O LOBO DAS PLANÍCIES

OBRAS DO AUTOR PUBLICADAS PELA EDITORA RECORD

O livro perigoso para garotos (com Hal Iggulden)
Tollins – histórias explosivas para crianças

Série *O Imperador*

Os portões de Roma
A morte dos reis
Campo de espadas
Os deuses da guerra
Sangue dos deuses

Série *O conquistador*

O lobo das planícies
Os senhores do arco
Os ossos das colinas
Império da prata
Conquistador

Série *Guerra das Rosas*

Pássaro da tempestade
Trindade
Herança de sangue
Ravenspur

CONN IGGULDEN

O LOBO DAS PLANÍCIES

Tradução de
ALVES CALADO

9ª edição

EDITORA RECORD
RIO DE JANEIRO • SÃO PAULO
2022

CIP-BRASIL. CATALOGAÇÃO NA PUBLICAÇÃO
SINDICATO NACIONAL DOS EDITORES DE LIVROS, RJ

Iggulden, Conn
126L   O lobo das planícies / Conn Iggulden; tradução de Alves Calado.
9ª ed.   – 9ª ed. – Rio de Janeiro: Record, 2022.

Tradução de: Wolf of the plains
ISBN 978-85-01-07962-6

1. Genghis Kahn, 1162-1227 – Ficção. 2 Mongóis – Reis e governantes – Ficção. 3. Romance inglês. I. Alves Calado, Ivanir, 1953- . II. Título.

CDD: 823
08-1265   CDU: 821.111-3

Copyright © Conn Iggulden 2007
Mapas adaptados a partir dos originais de © John Gilkes

Todos os direitos reservados. Proibida a reprodução, no todo ou em parte, através de quaisquer meios.

Direitos exclusivos de publicação em língua portuguesa somente para o Brasil adquiridos pela
EDITORA RECORD LTDA.
Rua Argentina, 171 – Rio de Janeiro, RJ – 20921-380 – Tel.: (21) 2585-2000, que se reserva a propriedade literária desta tradução.

Impresso no Brasil

ISBN 978-85-01-07962-6

Seja um leitor preferencial Record.
Cadastre-se no site www.record.com.br
e receba informações sobre nossos lançamentos e nossas promoções.

Atendimento e venda direta ao leitor:
sac@record.com.br

*Este livro não poderia ser escrito sem as pessoas da
Mongólia que me permitiram viver entre elas durante um tempo
e que me ensinaram sua história tomando chá salgado e vodca
enquanto o inverno ia virando primavera.*

*Agradeço especialmente a Mary Clements por seus
conhecimentos sobre cavalos e a Shelagh Broughton,
cuja pesquisa impecável tornou possível
boa parte deste livro.*

Para meus irmãos
John, David e Hal

Uma infinidade de governantes não é coisa boa.
Que haja um governante, um rei.

— Homero, *Ilíada*

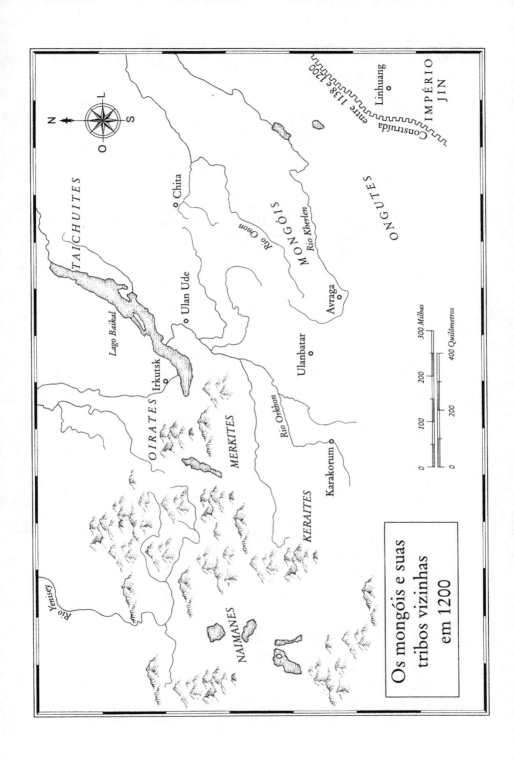

PRÓLOGO

A NEVE ERA OFUSCANTE ENQUANTO OS ARQUEIROS MONGÓIS CERCAVAM O GRU-
po de ataque tártaro. Cada homem guiava seu pônei com os joelhos, de pé
nos estribos para disparar uma flecha depois da outra com precisão devas-
tadora. Mantinham-se num grave silêncio, os cascos dos cavalos a galope
eram o único som a desafiar os gritos dos feridos e o vento uivante. Os
tártaros não podiam escapar da morte que chegava zunindo das laterais
escuras da batalha. Os cavalos caíam gemendo de joelhos, com sangue
espirrando brilhante das narinas.

Num afloramento de rocha cinza-amarelada, Yesugei olhava a batalha, muito encolhido no agasalho de pêlos. O vento era um demônio que
rugia na planície, golpeando sua pele onde não havia a cobertura de banha de carneiro. Ele não demonstrava desconforto. Havia-o suportado por
tantos anos que nem mesmo podia ter certeza de que continuava sentindo.
Era apenas um fato da vida, como ter guerreiros cavalgando sob sua ordem, ou inimigos para matar.

Aos tártaros não faltava coragem, por mais que ele os desprezasse.
Yesugei os viu se juntando ao redor de um jovem guerreiro e escutou os
gritos dele chegando no vento. O tártaro usava uma cota de malha que
Yesugei invejava, desejava ardentemente. Com curtas palavras de comando, o homem estava impedindo que o grupo se espalhasse, e Yesugei viu
que chegara o momento de avançar. Seu arban de nove companheiros sentiu

isso, os melhores de sua tribo, irmãos de sangue e unidos. Tinham merecido a preciosa armadura que usavam, de couro fervido gravado com a figura de um jovem lobo saltando.

— Estão prontos, irmãos? — perguntou, sentindo-os se virarem para ele.

Uma das éguas relinchou empolgada, e seu principal guerreiro, Eeluk,
deu um sorriso.

— Vamos matá-lo para você, pequenina — disse Eeluk, esfregando as
orelhas dela.

Yesugei bateu os calcanhares e eles partiram sem esforço num trote em
direção ao campo de batalha cheio de gritos e agitação na neve. De seu
alto ponto de observação acima da luta, podiam ver toda a extensão do
vento. Yesugei murmurou espantado ao ver os braços do pai céu girar e
girar ao redor dos frágeis guerreiros em grandes cachecóis brancos, pesados de gelo.

Passaram ao galope sem que a formação mudasse e sem pensar, à medida que cada homem avaliava as distâncias ao redor como fazia havia
décadas. Pensavam apenas no melhor modo de arrancar o inimigo das selas e deixá-los congelar na planície.

O arban de Yesugei foi de encontro aos homens em luta, indo em direção
ao líder que havia surgido nos últimos instantes. Se ele tivesse permissão de
viver, talvez se tornasse uma tocha que toda a tribo seguiria. Yesugei sorriu
enquanto seu cavalo se chocava contra o primeiro inimigo. Hoje, não.

O impacto partiu as costas de um guerreiro tártaro no momento em
que ele se virava para enfrentar a nova ameaça. Yesugei segurava a crina
de sua montaria com uma das mãos, usando a espada em golpes simples
que deixavam corpos caindo como folhas. Refugou dois golpes em que a
espada de seu pai poderia ter se perdido e, em vez disso, usou o pônei para
pisotear os homens e o punho como martelo contra um soldado desconhecido. Em seguida alcançava o núcleo da resistência tártara. Seus nove
seguidores ainda estavam com ele, protegendo o cã como haviam jurado
desde o nascimento. Yesugei sabia que estavam ali, guardando suas costas, mesmo que não os visse. Via a presença deles no modo como o olhar
do capitão tártaro saltava para um lado e para outro. O tártaro devia estar
enxergando sua morte nos rostos chatos e sorridentes. Talvez também

estivesse percebendo todos os cadáveres ao redor, cravados de flechas. O ataque fora sufocado.

Yesugei ficou satisfeito quando o tártaro se ergueu nos estribos e apontou uma lâmina comprida e vermelha em sua direção. Não havia medo nos olhos, só raiva e desapontamento porque o dia dera em nada. A lição seria desperdiçada nos mortos congelados, mas Yesugei sabia que as tribos tártaras não deixariam de perceber o significado daquilo. Encontrariam os ossos enegrecidos quando a primavera chegasse e saberiam que não deveriam atacar seus rebanhos outra vez.

Deu um risinho, fazendo o guerreiro tártaro franzir a testa quando os dois se entreolharam. Não, eles não aprenderiam. Os tártaros podiam morrer de fome enquanto escolhiam um dos peitos da mãe. Eles voltariam e ele os esmagaria de novo, matando mais ainda os daquele sangue desonesto. A perspectiva lhe agradava.

Viu que o tártaro que o havia desafiado era jovem. Yesugei pensou no filho que estava nascendo acima das colinas a leste, e se perguntou se um dia ele também iria encarar um guerreiro mais velho, grisalho, do outro lado de uma espada.

— Qual é o seu nome? — perguntou.

A batalha havia terminado ao redor, e seus mongóis já caminhavam em meio aos cadáveres, pegando qualquer coisa que parecesse útil. O vento continuava rugindo, mas a pergunta foi ouvida e Yesugei viu uma expressão séria passar pelo rosto do jovem inimigo.

— Qual é o seu, pênis de iaque?

Yesugei riu, mas sua pele exposta estava começando a doer e ele se sentia cansado. Haviam seguido o grupo de invasores durante quase dois dias através de suas terras, sem dormir e sobrevivendo apenas com um punhado de coalhada úmida a cada dia. Sua espada estava pronta para tirar outra vida e ele a ergueu.

— Não importa, garoto. Venha cá.

O guerreiro tártaro devia ter visto alguma coisa em seus olhos, alguma coisa mais certeira do que uma flecha. Assentiu, resignado.

— Meu nome é Temujin-Uge — disse. — Minha morte será vingada. Sou filho de uma grande casa.

Cravou os calcanhares na montaria, que saltou na direção de Yesugei. A espada do cã girou no ar com um único e perfeito golpe. O corpo caiu a seus pés e o pônei disparou pelo campo de batalha.

— Você é carniça, garoto — disse Yesugei —, assim como todos os homens que roubam meus rebanhos.

Olhou seus guerreiros reunidos ao redor. Quarenta e sete haviam deixado as tendas iurtas para atender a seu chamado. Haviam perdido quatro irmãos contra a ferocidade do ataque tártaro, mas nenhum dos vinte tártaros retornaria para casa. O preço fora alto, mas o inverno levava os homens ao limite em todas as coisas.

— Tirem tudo dos corpos, depressa — ordenou Yesugei. — É tarde demais para retornar à tribo. Vamos acampar ao abrigo das pedras.

Metal valioso ou arcos eram muito desejados para trocas e para substituir armas partidas. A não ser pela veste de cota de malha, os ganhos foram pobres, confirmando o pensamento de Yesugei, de que este era simplesmente um grupo de jovens guerreiros que saiu para fazer escaramuça e se mostrar. Pendurou a sangrenta veste de metal sobre o arção da sela, quando lhe foi jogada. Era de boa qualidade e suportaria pelo menos um golpe de adaga. Perguntou-se quem teria sido o jovem guerreiro a possuir uma coisa tão valiosa, revirando o nome dele na mente. Deu de ombros. Não importava mais. Trocaria sua parte dos pôneis por bebida forte e peles quando as tribos se encontrassem para comerciar. Apesar do frio nos ossos, havia sido um bom dia.

Na manhã seguinte, a tempestade não havia parado quando Yesugei e seus homens retornaram ao acampamento. Somente os que seguiam nos flancos carregavam pouco peso, mantendo-se em alerta contra algum ataque súbito. Os outros estavam tão enrolados em peles e levando o resultado do saque que ficavam informes e meio congelados, cobertos de gelo sujo e banha.

As famílias haviam escolhido bem o local, ao abrigo de um penhasco escarpado, de rocha e líquen batido pelo vento, as iurtas quase invisíveis na neve. A única luz era uma claridade fraca atrás das nuvens revoltas, mas os guerreiros que retornavam foram vistos por um dos garotos de olhos afiados que vigiavam a possibilidade de um ataque. O coração de Yesugei se animou ao escutar as vozes agudas alertando a aproximação.

As mulheres e crianças da tribo mal podiam ser acordadas, pensou. Num frio tão intenso, elas se arrastavam do sono apenas para acender os fogões de ferro. O momento de acordar de verdade chegaria apenas uma ou duas horas depois, quando as grandes tendas de feltro e vime teriam perdido o gume do gelo no ar.

À medida que os pôneis se aproximavam, Yesugei ouviu um grito se alçar como a fumaça cinza que vinha da iurta de Hoelun, e sentiu o coração bater mais rápido, de ansiedade. Ele tivera um filho, mas a morte estava sempre próxima dos pequenos. Um cã precisava do máximo de herdeiros que suas tendas pudessem abrigar. Sussurrou uma prece para ter outro menino, um irmão para o segundo.

Ouviu seu falcão ecoar a nota aguda dentro da iurta enquanto saltava da sela, com a armadura de couro estalando a cada passo. Mal viu o serviçal que pegou as rédeas, de pé impassível e envolto em peles. Yesugei empurrou a porta de madeira e entrou em casa, com a neve da armadura se derretendo instantaneamente e pingando em poças.

— Ha! Saiam! — disse rindo quando seus dois cães saltaram num frenesi, lambendo e pulando feito loucos ao redor. Seu falcão deu um pio de boas-vindas, mas ele achou que era mais um desejo de sair à caça. Seu primeiro filho, Bekter, engatinhava nu num canto, brincando com pedaços de queijo duros como pedra. Todas essas coisas Yesugei registrou sem que o olhar se afastasse da mulher sobre as peles. Hoelun estava vermelha com o calor do fogo, mas seus olhos eram luminosos à luz dourada do lampião. O rosto belo e forte brilhava de suor e ele viu um traço de sangue na testa, onde ela havia enxugado as costas da mão. A parteira estava remexendo num embrulho de pano e ele soube, pelo sorriso de Hoelun, que tinha um segundo filho.

— Dê-me — ordenou Yesugei, adiantando-se.

A parteira recuou com a boca enrugada contorcida de irritação.

— Você vai esmagar o menino com suas mãos grandes. Deixe que ele tome o leite da mãe. Pode segurá-lo mais tarde, quando ele estiver forte.

Yesugei não pôde resistir a se esticar para dar uma olhada no menininho enquanto a parteira o deitava, limpando os pequenos membros com um pedaço de pano. Envolto em peles, inclinou-se sobre os dois e a criança pareceu vê-lo, lançando um berro feroz.

— Ele me conhece — disse Yesugei com orgulho.

A parteira fungou.

— Ele é pequeno demais — murmurou.

Yesugei não respondeu. Sorriu para o bebê de rosto vermelho. Depois, sem aviso, seus modos mudaram e seu braço se estendeu bruscamente. Segurou o pulso da parteira idosa.

— O que é isso na mão dele? — perguntou com a voz rouca.

A parteira já ia limpar os dedos, mas, sob o olhar feroz de Yesugei, abriu gentilmente as mãos do bebê, revelando um coágulo de sangue do tamanho de um olho, que tremia com o menor movimento. Era preto e brilhava como óleo. Hoelun havia se erguido para ver que parte do menino recém-nascido atraíra a atenção de Yesugei. Quando viu o coágulo escuro, gemeu baixinho.

— Ele segura sangue na mão direita — sussurrou. — Caminhará com a morte durante toda a vida.

Yesugei inspirou fundo, desejando que ela não tivesse falado aquilo. Era imprudente atrair um destino ruim para o menino. Ficou em silêncio por um tempo, pensando. A parteira continuou nervosamente a enrolar e limpar, enquanto o coágulo estremecia sobre os cobertores. Yesugei estendeu a mão para aquilo e o segurou, brilhante.

— Ele nasceu com a morte na mão direita, Hoelun. Isso é bom. Ele é filho de um cã e a morte é sua companheira. Será um grande guerreiro. — E ficou olhando enquanto o menino era finalmente entregue à mãe exausta, sugando ferozmente um mamilo assim que este lhe foi apresentado. A mãe se encolheu, depois mordeu o lábio.

A expressão de Yesugei ainda estava perturbada quando se virou para a parteira.

— Jogue os ossos, velha mãe. Vejamos se esse coágulo de sangue significa coisa boa ou má para a tribo dos lobos. — Seus olhos estavam inexpressivos e ele não precisava dizer que a vida da criança dependia do resultado. Ele era o cã e a tribo olhava para ele em busca de força. Queria acreditar nas palavras que havia usado para afastar a inveja do pai céu, mas temia que a profecia de Hoelun fosse verdade.

A parteira baixou a cabeça, entendendo que algo temível e estranho havia penetrado nos rituais de nascimento. Enfiou a mão num saco cheio de ossos de tornozelo de ovelha, junto ao fogão, tingidos de vermelho e verde pelas crianças da tribo. Dependendo de como eles caíssem, podiam ser chamados de cavalo, vaca, ovelha ou iaque, e havia mil combinações que poderiam ser feitas com eles. Os mais velhos sabiam que eles podiam revelar mais quando lançados na hora certa e no lugar certo. A parteira recuou o braço para jogar, mas de novo Yesugei a conteve, com o aperto súbito fazendo-a se encolher.

— Este pequeno guerreiro é meu sangue. Deixe que eu faço — disse ele, pegando quatro ossos com ela. A mulher não resistiu, arrepiada pela expressão fria dele. Até os cães e o falcão haviam se aquietado.

Yesugei jogou os ossos e a velha parteira ofegou quando eles pararam.

— Aiee. Quatro cavalos é muita sorte. Ele será um grande cavaleiro. Irá conquistar sobre um cavalo.

Yesugei assentiu ferozmente. Queria apresentar o filho à tribo, e teria feito isso se a tempestade não estivesse feroz ao redor da iurta, procurando um modo de entrar no calor. Os velhos não sofriam por muito tempo em invernos tão fortes. As crianças fracas pereciam rapidamente. Seu filho não seria uma delas.

Ficou olhando aquela minúscula migalha de criança chupando o seio macio da mãe. O menino tinha olhos dourados como os dele, quase do tom amarelo dos lobos, de tão claros. Hoelun olhou para Yesugei e assentiu, o orgulho dele aliviando a preocupação dela. Tinha certeza de que o coágulo era um mau presságio, mas os ossos haviam ajudado a acalmá-la um pouco.

— Já tem um nome para ele? — perguntou a parteira a Hoelun.

Yesugei respondeu sem hesitar:

— O nome do meu filho é Temujin. Ele será ferro. — Lá fora, a tempestade rugia sem dar sinal de cessar.

PRIMEIRA PARTE

CAPÍTULO 1

Num dia da primavera de seu décimo segundo ano, Temujin disputou corrida com os quatro irmãos pelas estepes, à sombra da montanha conhecida como Deli'un-Boldakh. O mais velho, Bekter, montava uma égua cinza com habilidade e concentração, e Temujin acompanhava seu passo, esperando uma chance de ultrapassá-lo. Atrás deles vinha Khasar, gritando feito louco enquanto se aproximava dos dois líderes. Com 10 anos, Khasar era um dos prediletos da tribo, de coração tão leve quanto Bekter era carrancudo e sombrio. Seu garanhão vermelho malhado resfolegou e relinchou atrás da égua de Bekter, fazendo o menino gargalhar. Kachiun vinha atrás na linha de galope, um garoto de 8 anos que não era dado ao temperamento aberto que fazia as pessoas amarem Khasar. Dentre todos, Kachiun parecia o mais sério, até mesmo isolado. Só falava raramente e não reclamava, não importando o que Bekter lhe fizesse. Kachiun tinha um jeito para lidar com os pôneis que poucos outros podiam igualar, capaz de provocar um pique de velocidade quando o resto estava se exaurindo. Temujin olhou por cima do ombro para ver onde Kachiun havia se posicionado, com equilíbrio perfeito. Parecia estar ficando para trás, mas todos já haviam se surpreendido antes e Temujin se mantinha alerta.

Já a uma boa distância atrás dos irmãos, o menor e mais novo podia ser ouvido implorando que eles esperassem. Temuge era um menino com muito amor pelas coisas doces e pela preguiça, e isso o fazia ser mais lento.

Temujin riu ao ver o garoto gorducho balançando os braços para aumentar a velocidade. A mãe deles havia alertado contra incluir o mais novo em seus torneios loucos. Temuge mal havia superado a necessidade de ser amarrado à sela, mas chorava se fosse deixado para trás. Bekter ainda não havia encontrado uma palavra gentil para Temuge.

As vozes agudas chegavam longe sobre o capim de primavera da planície. Eles galopavam a toda, cada garoto empoleirado como um pássaro na garupa do pônei. Uma vez Yesugei os havia chamado de seus pardais, e via com orgulho sua habilidade. Temujin dissera a Bekter que ele era gordo demais para ser um pardal, e fora obrigado a passar uma noite escondido do mau humor do mais velho.

Mas num dia como este o humor de toda a tribo estava ótimo. As chuvas de primavera haviam chegado e os rios estavam cheios de novo, serpenteando em planícies onde a argila seca estivera havia apenas alguns dias. As éguas tinham leite quente para beber e virar queijo e iogurte refrescante. Os primeiros toques de verde já se mostravam por entre os ossos dos morros e com isso vinha a promessa de um verão e dias mais quentes. Era um ano de encontro, e antes do próximo inverno as tribos iriam se reunir em paz para competir e comerciar. Yesugei havia decretado que neste ano as famílias dos lobos fariam a viagem de mais de mil e seiscentos quilômetros para reabastecer seus rebanhos. A perspectiva de ver os lutadores e arqueiros bastava para que os meninos tivessem o melhor comportamento. Mas eram as corridas que os mantinham fascinados e enchiam sua imaginação enquanto montavam. A não ser por Bekter, todos os meninos haviam falado com a mãe em particular, pedindo a Hoelun para trocar uma palavra com Yesugei. Cada um deles queria disputar as corridas de longa distância ou de velocidade, para ganhar fama e ser homenageado.

Não era necessário dizer que um garoto que retornasse às suas iurtas com um título como "Cavaleiro Louvável" ou "Mestre do Cavalo" um dia poderia ocupar a posição do pai quando este se aposentasse para cuidar dos rebanhos. Com a possível exceção de Temuge, os outros não podiam deixar de sonhar. Temujin ficava irritado porque Bekter presumia que seria ele, como se um ou dois anos de idade fizessem diferença. O relacionamento entre os dois havia ficado tenso desde que Bekter retornara de seu ano de noivado longe da tribo. O garoto mais velho havia crescido de modo indefinível, e ainda que Temujin continuasse sendo o mais alto dos irmãos, havia descoberto que o novo Bekter era um companheiro sem humor.

A princípio, Temujin achou que fosse uma representação, com Bekter apenas fingindo maturidade. O garoto pensativo não falava mais sem pensar e parecia avaliar cada declaração na mente antes de permitir que ela passasse pelos lábios. Temujin havia zombado daquela seriedade, mas os meses de inverno chegaram e foram embora sem qualquer sinal de alívio. Havia momentos em que Temujin ainda achava engraçados os humores pomposos do irmão, mas conseguia respeitar o temperamento de Bekter, ainda que não seu direito de herdar as tendas e a espada do pai.

Temujin observava Bekter enquanto cavalgava, tendo o cuidado de não deixar que a distância entre os dois aumentasse. Era um dia bom demais para se preocupar com o futuro distante, e Temujin sonhava com os quatro irmãos — os cinco, contando até mesmo com Bekter — ganhando as honras na reunião tribal. Yesugei iria inchar de orgulho e Hoelun abraçaria um por um e os chamaria de seus pequenos guerreiros, seus pequenos cavaleiros. Até mesmo Temuge podia participar, com 6 anos de idade, mas os riscos de uma queda eram enormes. Temujin franziu a testa quando Bekter olhou por cima do ombro, verificando a distância. Apesar das manobras sutis dos garotos, Yesugei ainda não dera permissão para que nenhum deles participasse, quando viesse a primavera.

Hoelun estava grávida de novo, e perto do fim de seu tempo. A gravidez fora difícil e bem diferente das anteriores. Cada dia começava e terminava com ela vomitando num balde até o rosto ficar pintalgado de manchas de sangue sob a pele. Seus filhos estavam no melhor comportamento enquanto esperavam que Yesugei interrompesse os passos preocupados do lado de fora das iurtas. No fim, o cã havia se cansado dos olhares e do silêncio cauteloso deles, mandando-os sair para exercitar os cavalos. Temujin havia continuado a conversar e Yesugei o agarrou com a mão poderosa e o colocou num garanhão com uma pata branca. Temujin girou no ar, pousando na sela e se lançando a galope num só movimento. Pé-branco era um animal maldoso, que gostava de morder, mas seu pai sabia que ele era o predileto do garoto.

Yesugei havia olhado os outros montarem sem revelar no rosto largo e moreno qualquer sinal do orgulho que sentia. Como seu pai, ele não era um homem de demonstrar emoções, especialmente para os filhos que ele poderia deixar fracos. Era parte da responsabilidade do pai ser temido, ainda que houvesse ocasiões em que ele ansiasse por abraçar os meninos e jogá-los para o alto. Saber que cavalos eles preferiam demonstrava seu afeto, e se eles adivinhavam seus sentimentos apenas com um olhar ou uma luz nos olhos, isso não era mais do que seu próprio pai havia feito anos atrás. Ele valorizava essas lembranças, em parte pela raridade, e ainda podia recordar a vez em que seu pai havia finalmente grunhido em aprovação ao ver seus nós e o trabalho das cordas para prender uma carga pesada. Era uma coisa pequena, mas Yesugei pensava no velho sempre que apertava uma corda, com o joelho pressionando com força os fardos. Olhou seus garotos cavalgarem na direção do sol luminoso e, quando eles não podiam mais vê-lo, sua expressão se aliviou. Seu pai soubera da necessidade de homens duros numa terra dura. Yesugei sabia que eles teriam de sobreviver às batalhas, à sede e à fome se quisessem alcançar a idade adulta. Só um poderia ser o cã da tribo. Os outros dobrariam o joelho ou iriam embora com o presente de cabras e ovelhas dado a um desgarrado. Yesugei balançou a cabeça diante desse pensamento, olhando a trilha de poeira deixada pelos pôneis dos filhos. O futuro pairava sobre eles, enquanto viam apenas a primavera e as colinas verdes.

O sol estava luminoso em seu rosto enquanto Temujin galopava. Adorava a elevação do espírito que vinha de um cavalo rápido se esforçando embaixo dele, do vento no rosto. À frente viu a égua cinza de Bekter se recuperar de um tropeção numa pedra solta. Seu irmão reagiu com um golpe rápido na lateral da cabeça da égua, mas eles haviam perdido distância e Temujin gritou como se estivesse para ultrapassar. Não era o momento certo. Ele adorava ir à frente, mas também gostava de pressionar Bekter, por causa do modo como isso o irritava.

Bekter já era quase homem feito, com ombros largos e musculosos e imensa energia. Seu ano de noivado no povo olkhun'ut lhe dera uma aura de conhecimento do mundo que ele jamais deixava de explorar. Isso irritava Temujin como um espinho sob a pele, em especial quando os irmãos irritavam Bekter com perguntas sobre o povo da mãe deles e seus costumes. Temujin também queria saber, mas decidiu, sério, que esperaria para descobrir sozinho, quando Yesugei o levasse.

Quando um jovem guerreiro retornava da tribo de sua esposa, recebia pela primeira vez o status de homem. Assim que a garota tivesse o primeiro sangue, seria mandada para ele com uma guarda de honra para demonstrar seu valor. Uma iurta estaria preparada para ela e o jovem marido esperaria à porta para levá-la para dentro.

Para a tribo dos lobos, era tradição o rapaz desafiar os homens de confiança de seu cã antes de ser totalmente aceito como guerreiro. Bekter havia se mostrado ansioso, e Temujin se lembrava de ter olhado com espanto enquanto Bekter ia até a fogueira dos homens de confiança, perto da iurta de Yesugei. Bekter havia assentido para eles e três se levantaram para ver se o tempo passado com os olkhun'ut o havia enfraquecido. Das sombras, Temujin ficara olhando, com Khasar e Kachiun em silêncio ao lado. Bekter lutou com os três homens, um depois do outro, recebendo uma punição terrível sem reclamar. Eeluk fora o último, e o sujeito era como um pônei, uma parede de músculos lisos e braços largos. Havia derrubado Bekter com tanta força que o sangue escorreu de um ouvido, mas, para surpresa de Temujin, Eeluk ajudou Bekter a se levantar e estendeu um copo de airag quente e preto para ele beber. Bekter quase engasgou com o líquido amargo se misturando ao seu sangue, mas os guerreiros pareceram não se incomodar.

Temujin gostara de testemunhar o irmão mais velho ser espancado quase até perder os sentidos, mas também viu que os homens não mais zombavam dele ao redor das fogueiras à noite. A coragem de Bekter lhe rendera algo intangível mas importante. Em resultado, ele havia se tornado uma pedra no caminho de Temujin.

Enquanto os irmãos galopavam na planície sob um céu de primavera, não havia linha de chegada, como na grande reunião de tribos. Mesmo que houvesse, era cedo demais, depois do inverno, para exaurir os pôneis antes de eles terem um pouco de gordura de verão e boa grama verde na barriga. Esta era uma corrida para se afastar das tarefas e responsabilidades, e iria deixá-los com nada além de discussões sobre quem havia trapaceado ou quem deveria ter vencido.

Bekter montava quase de pé, de modo que parecia curiosamente imóvel enquanto o cavalo galopava abaixo dele. Era uma ilusão, Temujin sabia. As mãos de Bekter nas rédeas iam guiando sutilmente e sua égua cinza estava revigorada e forte. Ele suportaria bastante. Temujin montava como Khasar, baixo na sela, de modo que ficava praticamente achatado sobre o pescoço do cavalo. O vento parecia pinicar um pouco mais e os dois garotos preferiam essa posição.

Temujin sentiu que Khasar estava se aproximando à direita. Instigou o resto de velocidade de Pé-branco e o pequeno pônei resfolegou com algo parecido com raiva enquanto galopava. Temujin podia ver o pônei de Khasar com o canto do olho e pensou em se desviar um pouquinho, como se por acidente. Khasar pareceu sentir sua intenção e perdeu distância enquanto se afastava, deixando Temujin rindo. Eles se conheciam bem demais para disputar, pensava algumas vezes. Podia ver Bekter olhando para trás e seus olhares se encontraram por um segundo. Temujin levantou as sobrancelhas e mostrou os dentes.

— Estou chegando — gritou. — Tente me impedir!

Bekter lhe deu as costas, rígido de aversão. Era uma espécie de raridade Bekter cavalgar com os outros, mas, como ele estava lá, Temujin podia ver que o irmão estava decidido a mostrar às "crianças" como um guerreiro montava. Não aceitaria facilmente uma derrota, motivo pelo qual Temujin esforçaria cada músculo e tendão para vencê-lo.

Khasar havia se aproximado dos dois, e antes que Temujin pudesse se mover para bloqueá-lo, havia quase chegado junto. Os dois garotos sorriram um para o outro, confirmando que compartilhavam o júbilo do dia e da velocidade. O inverno longo e escuro estava lá atrás, e mesmo que fosse voltar muito cedo, teriam este tempo e sentiriam o prazer dele. Não havia um modo melhor de viver. A tribo comeria cordeiro gordo e os rebanhos iriam parir mais ovelhas e cabras para servirem de comida e para serem trocadas. As tardes seriam gastas emplumando flechas ou trançando crina de cavalo para fazer corda; cantando ou ouvindo histórias e a história das tribos. Yesugei partiria contra qualquer tártaro que atacasse seus rebanhos e a tribo se moveria facilmente nas planícies, de um rio ao outro. Haveria trabalho, mas no verão os dias eram suficientemente longos para permitir horas desperdiçadas, um luxo que eles jamais pareciam encontrar nos meses frios. De que adiantava sair para explorar quando um cão selvagem poderia encontrar você e mordê-lo na noite? Isso havia acontecido com Temujin quando era apenas um pouco mais velho do que Kachiun era agora, e o medo permanecia com ele.

Foi Khasar quem viu que Temuge havia caído, ao olhar para trás, para o caso de Kachiun estar tramando uma corrida tardia em direção ao terreno mais alto e coberto de capim. Khasar afirmava ter os olhos mais afiados da tribo e viu que a figura esparramada não estava se mexendo, e tomou uma decisão instantaneamente. Deu um assobio agudo e depois grave para Bekter e Temujin, informando que estava saindo da disputa. Os dois garotos olharam para trás e depois mais para longe, onde Temuge continuava caído. Temujin e o irmão mais velho compartilharam um momento de indecisão, nenhum dos dois querendo ceder a corrida para o outro. Bekter deu de ombros como se aquilo não importasse e fez a égua girar num círculo amplo na direção de onde tinham vindo. Temujin o acompanhou com o mesmo movimento e eles galoparam em par atrás dos outros, os líderes se transformando na retaguarda. Agora era Kachiun que ia à frente, mas Temujin duvidava que o garoto ao menos pensasse nisso. Aos 8 anos, Kachiun era o mais próximo de Temuge, em idade, e havia passado muitas tardes longas ensinando-lhe o nome das coisas nas iurtas, demonstrando uma paciência e uma gentileza incomuns. Talvez, em resultado disso, Temuge falasse melhor do que muitos meninos de sua idade, mas era imprestável com os nós que os dedos rápidos de Kachiun tentavam lhe ensinar. O mais novo dos filhos de Yesugei era desajeitado, e se algum deles tivesse de adivinhar a identidade do cavaleiro caído, teriam dito "Temuge" sem hesitar um instante.

Temujin pulou da sela quando alcançou os outros. Kachiun já estava no chão com Khasar, puxando Temuge para ficar sentado.

O rosto do menino estava muito pálido e parecia arranhado. Kachiun deu-lhe um tapinha gentil, encolhendo-se quando a cabeça de Temuge tombou.

— Acorda, homenzinho — disse Kachiun ao irmão, mas não houve resposta. A sombra de Temujin caiu sobre os meninos e Kachiun se submeteu a ele imediatamente.

— Não vi quando ele caiu — disse, como se tê-lo visto pudesse ajudar.

Temujin assentiu, com as mãos hábeis examinando Temuge em busca de ossos partidos ou sinais de ferimento. Havia um calombo na lateral da cabeça, escondido pelo cabelo preto. Temujin sondou o galo.

— Ele está desmaiado, mas não dá para sentir osso quebrado. Me dá um pouco de água para ele.

Estendeu a mão e Khasar pegou um odre numa sacola de sela, tirando a tampa com os dentes. Temujin pingou o líquido quente na boca aberta de Temuge.

— Não o faça engasgar — alertou Bekter, lembrando-os de que ainda estava montado, como se supervisionasse os outros.

Temujin não se deu o trabalho de responder. Ainda estava cheio de pavor quanto ao que sua mãe Hoelun diria se Temuge morresse. Eles não poderiam lhe dar uma notícia dessas enquanto sua barriga estivesse cheia com outra criança. Ela estava fraca dos enjôos e Temujin achava que o choque e o sofrimento poderiam matá-la; no entanto, como poderiam esconder a notícia? Ela adorava Temuge, e seu hábito de lhe dar torrões de coalhada doce era parte do motivo de sua carne gorducha.

De repente, Temuge engasgou e cuspiu água. Bekter fez um som irritado com os lábios, cansado dos jogos infantis. Os outros irmãos sorriram uns para os outros.

— Sonhei com a águia — disse Temuge.

Temujin assentiu para ele.

— É um bom sonho, mas você precisa aprender a montar, homenzinho. Nosso pai ficaria envergonhado diante dos homens de confiança se ouvisse dizer que você caiu. — Outro pensamento o assaltou e ele franziu a testa. — Se ele souber, talvez não tenhamos permissão de disputar a corrida no encontro.

Diante disso, até Khasar perdeu o sorriso, e Kachiun franziu a boca numa preocupação silenciosa. Temuge estalou os lábios pedindo mais água e Temujin lhe entregou o odre.

— Se alguém perguntar sobre seu calombo, diga que nós estávamos brincando e você bateu com a cabeça. Entendeu, Temuge? Isso é segredo. Os filhos de Yesugei não caem.

Temuge viu que todos estavam esperando sua resposta, até Bekter, que o amedrontava. Assentiu vigorosamente, encolhendo-se por causa da dor.

— Eu bati a cabeça — respondeu atordoado. — E vi uma águia do morro vermelho.

— Não há águias no morro vermelho — respondeu Khasar. — Eu estive fazendo armadilhas para marmotas lá, há apenas dez dias. Teria visto um sinal.

Temuge deu de ombros, o que era incomum. O menininho era um péssimo mentiroso e, quando questionado, gritava, como se, ao falar mais alto, os outros fossem obrigados a acreditar nele. Bekter estava virando seu pônei para longe quando olhou pensativo para o menino.

— Quando você viu a águia? — perguntou.

Temuge deu de ombros.

— Ontem, voando em círculos acima do morro vermelho. No meu sonho era maior do que uma águia normal. Tinha garras grandes como...

— Você viu uma águia de verdade? — interrompeu Temujin. Em seguida segurou o braço dele. — Um pássaro de verdade, tão cedo nesta estação? Você viu? — Queria ter certeza de que não era uma das histórias idiotas de Temuge. Todos se lembravam da ocasião em que ele entrara na iurta uma noite afirmando que fora perseguido por marmotas que se levantavam nas patas traseiras e falavam com ele.

A expressão de Bekter demonstrou que ele compartilhava a mesma lembrança.

— Ele está tonto por causa da queda — disse.

Temujin notou como Bekter havia segurado as rédeas com mais firmeza. Lentamente, como se estivesse se aproximando de um cervo selvagem, Temujin ficou de pé, arriscando um olhar para onde seu pônei pastava o capim. O falcão de seu pai havia morrido e ele ainda lamentava a perda do pássaro de grande coração. Temujin sabia que Yesugei sonhava em caçar com uma águia, mas encontrar uma era raro, e os ninhos em geral ficavam em penhascos suficientemente íngremes e altos para derrotar até mesmo o escalador mais determinado. Temujin viu que Kachiun havia alcançado seu pônei e estava pronto para ir. Um ninho poderia ter um filhote de águia para seu pai. Talvez Bekter quisesse um para si próprio, mas os outros sabiam que Yesugei ficaria dominado de gratidão pelo garoto que lhe trouxesse o cã dos pássaros. As águias governavam o ar assim como as tribos governavam a terra, e viviam quase tanto quanto um homem. Um presente assim significaria que todos poderiam disputar as corridas naquele ano, com certeza. Seria visto como um bom presságio uma águia chegar ao pai deles, reforçando sua posição entre as famílias.

Temuge havia ficado de pé, tocando a cabeça e se encolhendo ao ver a mancha de sangue que apareceu nos dedos. Parecia mesmo tonto, mas os outros acreditaram no que ele dissera. A corrida da manhã fora uma coisa leve. Esta seria de verdade.

Temujin foi o primeiro a se mover, rápido como um cão pulando. Saltou nas costas de Pé-branco, gritando "Chuh!" enquanto pousava na sela, instigando o animal de mau temperamento num galope fungado. Kachiun seguiu em seu cavalo, com a facilidade e o equilíbrio que marcavam todos os seus movimentos. Khasar estava apenas um instante atrás dele, rindo alto de empolgação.

Bekter já estava se adiantando, com as ancas da égua formando calombos musculosos sob ele. Em apenas alguns instantes, Temuge foi deixado sozinho na planície, olhando curioso a nuvem de poeira deixada pelos irmãos. Sacudindo a cabeça para limpar a visão turva, demorou-se um instante vomitando o desjejum leitoso no capim. Sentiu-se um pouco melhor depois disso e subiu na sela, levantando a cabeça do pônei e fazendo-o parar de pastar. Com um último puxão no capim, o pônei bufou e também partiu sacolejando atrás dos irmãos.

CAPÍTULO 2

O SOL ESTAVA ALTO NO CÉU ANTES QUE OS GAROTOS CHEGASSEM AO MORRO VERmelho. Depois do galope louco inicial, cada um havia se acomodado num trote capaz de engolir quilômetros, que seus pôneis fortes podiam manter durante horas seguidas. Bekter e Temujin seguiam juntos à frente, numa trégua mútua, com Khasar e Kachiun logo atrás. Todos estavam cansados quando avistaram a grande rocha que as tribos chamavam de morro vermelho, um imenso pedregulho com muitas dezenas de metros de altura. Era rodeado por uma dúzia de outros, menores, como uma loba com os filhotes. Os garotos haviam passado muitas horas subindo-o no verão anterior e conheciam bem a área.

Bekter e Temujin examinavam o horizonte sem descanso, procurando o sinal de outros cavaleiros. Os lobos não reivindicavam nenhum direito de caça tão longe das iurtas. Como tantas outras coisas nas planícies, a água corrente, o leite, as peles e a carne, tudo pertencia a quem tivesse força para pegar ou, melhor ainda, a força para manter. Khasar e Kachiun não viam nada além da empolgação de encontrar um filhote de águia, mas os dois garotos mais velhos estavam prontos para se defender ou correr. Ambos levavam facas, e Bekter tinha uma aljava e um pequeno arco às costas, que poderia ser encordoado rapidamente. Contra garotos de outra tribo, eles iriam se sair bem, pensava Temujin. Contra guerreiros totalmente adultos, estariam correndo sério perigo e o nome de seu pai não iria ajudá-los.

Temuge era de novo um pontinho atrás dos outros quatro, perseverando apesar do suor e das moscas que zumbiam e pareciam achá-lo delicioso. Sob seu olhar sofrido, os irmãos em pares bem arrumados pareciam uma raça diferente, como se fossem falcões e ele uma cotovia, como se fossem lobos e ele um cão. Queria que gostassem dele, mas todos eram muito altos e competentes. Ficava ainda mais desajeitado na presença deles do que sozinho, e jamais parecia falar como queria, a não ser, algumas vezes, com Kachiun, no silêncio das tardes.

Temuge cravava os calcanhares com força, mas seu pônei sentia a falta de habilidade e raramente passava sequer a um trote, quanto mais um galope. Kachiun dissera que ele tinha o coração muito mole, mas Temuge havia tentado bater no pônei implacavelmente quando estava fora das vistas dos irmãos. Não fazia diferença para o animal preguiçoso.

Se não soubesse o destino dos irmãos, ficaria perdido e seria deixado para trás na primeira hora. A mãe dissera para eles nunca o abandonarem, mas faziam isso mesmo assim, e ele sabia que reclamar com ela lhe renderia cascudos nas orelhas, dados por todos. Quando o morro vermelho surgiu, Temuge estava se lamentando. Mesmo a distância podia ouvir Bekter e Temujin discutindo. Suspirou, ajeitando as nádegas que haviam começado a doer. Tateou os bolsos procurando mais pedaços de coalhada doce e encontrou o resto de um velho. Antes que os outros pudessem ver, enfiou o pequeno bastão branco na bochecha, escondendo da vista afiada dos outros seu prazer deliciado.

Os quatro irmãos estavam parados junto aos pôneis, olhando Temuge se aproximar.

— *Eu* poderia carregá-lo mais depressa que isso — disse Temujin.

A cavalgada ao morro vermelho havia se transformado de novo numa corrida no último quilômetro e meio, e eles haviam chegado a pleno galope, saltando na poeira. Só então lhes ocorreu que alguém teria de ficar com os pôneis. Eles poderiam ser contidos enrolando-se as rédeas nas pernas, mas os garotos estavam longe de sua tribo e quem sabia que ladrões estariam prontos para se aproximar e roubá-los? Bekter tinha dito a Kachiun para ficar embaixo, mas o garoto era melhor escalador que os outros três e se recusou. Depois de alguns minutos de discussão, cada um havia indicado um outro, e Khasar e Kachiun trocaram socos, com Khasar sentando-se na cabeça do irmão mais novo enquanto este lutava em fúria silenciosa. Bekter os havia separado com um palavrão quando Kachiun ficou roxo-escuro. Esperar Temuge chegar era a única solução sensata e, na verdade, mais de um deles dera uma boa olhada na face íngreme do morro verme-lho e tivera dúvidas quanto a disputar uma corrida com os irmãos para chegar ao alto. Talvez, mais preocupante do que a rocha nua, fosse a total falta de algum sinal de águia. Era demais esperar que encontrassem cocô do bicho, ou mesmo vissem um pássaro voando em círculos, guardando o ninho ou caçando. Na ausência de qualquer prova, não podiam deixar de imaginar se Temuge estivera mentindo ou tecendo uma história louca para impressioná-los.

Temujin sentiu o estômago começando a doer. Havia perdido a refeição da manhã e, com uma subida íngreme pela frente, não queria correr o risco de ficar fraco. Enquanto os outros olhavam Temuge se aproximar, pegou um punhado de poeira avermelhada e fez uma pasta usando água do odre da sela. Pé-branco mostrou os dentes e relinchou, mas não resistiu quando Temujin amarrou suas rédeas num arbusto seco e desembainhou a faca.

Foi um trabalho rápido furar uma veia no ombro do pônei e grudar a boca. O sangue era quente e fino, e Temujin sentiu-o restaurar sua energia e aquecer a barriga vazia como o melhor airag preto. Contou seis bocados antes de afastar os lábios e apertar um dedo ensangüentado sobre o feri-mento. A pasta de poeira e água ajudou a estancar, e ele sabia que restaria apenas uma pequena casca de ferida quando retornasse. Riu, mostrando dentes vermelhos aos irmãos e enxugando a boca com as costas da mão. Podia sentir as forças retornando, agora que estava com o estômago cheio. Verificou se o sangue estava estancando no ombro de Pé-branco, vendo um pingo lento escorrer pela perna. O pônei não pareceu sentir aquilo e voltou a pastar o capim de primavera. Temujin afastou uma mosca da tri-lha de sangue e deu um tapinha no pescoço do animal.

Bekter também havia apeado. Ao ver Temujin se alimentando, o garo-to mais velho se ajoelhou e dirigiu para a boca um fino jato de leite de sua égua, estalando os lábios numa apreciação ruidosa. Temujin ignorou a de-monstração, mas Khasar e Kachiun olharam cheios de esperança. Sabiam, por experiência, que, se pedissem, ele recusaria, mas, se ignorassem a sede, Bekter poderia condescender e permitir um bocado quente para cada garoto.

— Quer beber, Khasar? — perguntou Bekter, levantando a cabeça rapidamente.

Khasar não esperou que ele perguntasse duas vezes e enfiou a cabeça como um potro na direção em que Bekter segurava a teta escura, brilhante de leite. Khasar sugou cobiçoso o jato, recebendo um pouco de leite no rosto e nas mãos. Resfolegou, engasgando, e até Bekter sorriu antes de chamar Kachiun.

Kachiun olhou para Temujin, vendo como ele estava rígido. O menino estreitou os olhos, depois balançou a cabeça. Bekter deu de ombros, soltando a teta com apenas um olhar para Temujin antes de esticar as costas e olhar o irmão mais novo descer do pônei.

Temuge apeou com a cautela usual. Para um menino de apenas seis verões, era um longo caminho até o chão, ainda que outras crianças da tribo saltassem da sela com toda a intrepidez dos irmãos mais velhos. Temuge não conseguia fazer uma coisa tão simples assim, e todos os irmãos se encolheram quando ele bateu no chão e cambaleou. Bekter fez um estalo na garganta e o rosto de Temuge ficou sombrio sob o exame dos outros.

— É aqui? — perguntou Temujin.

Temuge assentiu.

— Vi uma águia voando em círculos aqui. O ninho fica em algum lugar perto do topo — disse ele, franzindo os olhos para cima.

Bekter fez uma careta.

— Provavelmente era um gavião — murmurou, acompanhando o olhar de Temujin.

Temuge ficou ainda mais vermelho.

— Era uma águia! Marrom-escura e maior que qualquer gavião que já existiu!

Bekter deu de ombros diante da explosão, escolhendo o momento para cuspir um bocado de catarro leitoso no chão.

— Talvez. Vou saber quando encontrar o ninho.

Temujin poderia ter respondido ao desafio, mas Kachiun havia se cansado das birras dos dois e passou por eles, puxando o tecido de cintura que mantinha no lugar seu dil acolchoado. Deixou o casaco cair, revelando apenas uma túnica sem braços e calças justas, de tecido, enquanto começava a procurar os apoios de mão na rocha. O couro macio das botas se grudava quase tão bem quanto seus pés. Os outros se despiram como ele, vendo sentido em deixar no chão a roupa mais pesada.

Temujin se afastou vinte passos ao redor da base antes de ver outro local por onde começar, cuspindo nas mãos e se firmando. Khasar riu empolgado e jogou as rédeas para Temuge, espantando o menino. Bekter encontrou seu lugar e firmou as mãos e os pés fortes em fendas, erguendo-se com um pequeno grunhido.

Em alguns instantes, Temuge estava sozinho de novo. A princípio, ficou arrasado e seu pescoço doía de olhar as figuras que escalavam. Quando eles não passavam de aranhas, seu estômago se fez presente. Com um último olhar para os irmãos mais enérgicos, foi encher o estômago com leite roubado da égua de Bekter. Havia descoberto que existiam algumas vantagens em ser o último.

Depois de uns trinta metros, Temujin soube que estava numa altura suficiente para ser morto pela queda. Prestou atenção, acima da própria respiração ofegante, para ouvir os irmãos. Mas não havia qualquer som nem podia vê-los em nenhuma direção. Agarrava-se pelas pontas dos dedos e pelas botas, inclinando-se para trás o máximo possível, na tentativa de enxergar uma rota de subida. O ar parecia mais frio e o céu era de uma claridade dolorosa acima da cabeça, sem uma nuvem para estragar a ilusão de estar subindo na direção de uma tigela azul. Pequenos lagartos corriam para longe de seus dedos que procuravam, e ele quase perdeu o apoio quando um deles ficou preso, retorcendo-se sob sua mão. Quando o coração parou de martelar, empurrou o corpo partido do bicho para longe da laje onde estivera desfrutando o sol, e o viu se retorcer no vento enquanto caía.

Lá embaixo, viu Temuge puxando as tetas da égua de Bekter e esperou que ele tivesse o bom senso de deixar um pouco. Bekter iria espancá-lo se visse que o leite havia acabado, e o menininho cobiçoso provavelmente merecia isso.

O sol batia forte em sua nuca e Temujin sentiu um fio de suor escorrer em seus cílios, fazendo-o piscar por causa da ardência. Balançou a cabeça, pendurado apenas pelas mãos, enquanto os pés procuravam um novo local de descanso. Temuge poderia ter matado um deles com suas histórias de águias, mas era tarde demais para dúvidas. Temujin nem sabia se poderia descer de novo a encosta íngreme. Numa altura daquelas, ainda precisava encontrar um local de descanso, para não cair.

O sangue no estômago gorgolejava enquanto ele se movia, lembrando-lhe de sua força e fazendo-o arrotar o cheiro azedo. Mostrou os dentes enquanto subia ainda mais. Sentia um verme de medo no estômago, e isso começou a deixá-lo com raiva. *Não* ficaria com medo. Era filho de Yesugei, um lobo. Um dia seria cã. Não teria medo e não cairia. Começou a murmurar as palavras para si mesmo, repetidamente, enquanto escalava, permanecendo perto da rocha enquanto a força do vento crescia, puxando-o. Imaginar a irritação de Bekter se Temujin chegasse primeiro ao topo também ajudou.

Uma rajada de vento fez seu estômago afundar com uma sensação súbita de que seria arrancado e jogado da rocha alta, esmagando-se no chão ao lado de Temuge. Descobriu que seus dedos estavam tremendo a cada vez que se agarravam à pedra: o primeiro sinal de fraqueza. Tirou forças da raiva e foi em frente.

Estava difícil adivinhar até onde já havia ido, mas Temuge e os pôneis eram apenas pontos lá embaixo e seus braços e pernas queimavam com o esforço. Temujin chegou a uma crista onde podia ficar de pé ao abrigo do vento e ali ofegou, recuperando-se. A princípio não conseguia ver um caminho para continuar, e esticou o pescoço ao redor de uma plataforma de pedra. Certamente não ficaria preso ali enquanto os outros encontravam rotas de subida mais fáceis, não era? Só Kachiun era melhor escalador, e Temujin sabia que deveria parar um pouco e descansar os músculos doloridos. Respirou um pouco do ar quente, aproveitando a vista por quilômetros ao redor. Sentia-se como se pudesse ver até onde ficavam as iurtas de sua tribo, e se perguntou se Hoelun já teria dado à luz. Certamente muitas horas haviam se passado desde que tinham chegado ao morro vermelho.

— Você está preso? — ouviu uma voz acima.

Temujin xingou alto e viu o rosto de Kachiun espiando por cima da laje de pedra. O garoto o encarou com o início de um sorriso, franzindo os olhos. Temujin arrastou os pés pela laje até conseguir um apoio decente para as mãos. Esperava que esse apoio levasse a outro, mais acima. Com Kachiun olhando, controlou a respiração e mostrou o rosto frio do guerreiro.

Precisou pular para cima, para alcançar um segundo ponto de apoio, e por um momento o medo o dominou. No chão, não teria sido nada, mas no chão ele só cairia um pouquinho. Com o vento gemendo ao redor do penhasco, Temujin não ousava pensar no vazio às costas.

Seus braços e pernas ficaram turvos enquanto ele se projetou para cima com pura força e energia. Parar de se mover era começar a cair, e Temujin soltou um rugido quando chegou ao ponto em que Kachiun estava ajoelhado.

— Rá! Os cãs da montanha não ficam presos — disse a Kachiun em triunfo.

O irmão digeriu isso em silêncio.

— O morro se divide logo acima de nós — disse ele. — Bekter pegou a garganta sul para chegar ao pico.

Temujin ficou impressionado com a calma do irmão. Ficou olhando Kachiun ir até a borda da pedra vermelha que ele havia subido em pânico, chegando suficientemente perto para que o vento empurrasse seu cabelo trançado.

— Bekter não sabe onde estão as águias, se é que elas estão aqui — disse Temujin.

Kachiun deu de ombros outra vez.

— Ele pegou o caminho mais fácil. Não acho que uma águia construiria um ninho num lugar que pudesse ser alcançado tão facilmente.

— Então há outro caminho? — perguntou Temujin. Enquanto falava, ele subiu uma encosta pequena para ter uma visão melhor dos cumes do morro vermelho. Havia dois, como dissera Kachiun, e Temujin pôde ver Bekter e Khasar na encosta do lado sul. Mesmo a distância, os dois podiam identificar a figura poderosa do irmão mais velho, movendo-se devagar mas constantemente. O pico norte, que se erguia acima de Temujin e Kachiun, era uma ponta de rocha ainda mais desafiadora que a encosta íngreme que eles haviam subido.

Temujin fechou os punhos, sentindo o peso nos braços e nos tornozelos.

— Você está pronto? — perguntou Kachiun, assentindo na direção da face norte.

Temujin estendeu a mão e segurou o irmão sério pela nuca, num aperto rápido. Viu que Kachiun havia perdido uma unha da mão direita. Havia uma crosta de sangue escorrendo ao longo do antebraço até os músculos nodosos, mas o garoto não demonstrava sinal de desconforto.

— Estou pronto — respondeu Temujin. — Por que você me esperou?

Kachiun deu um grunhido baixo, segurando de novo a rocha.

— Se você caísse, Bekter seria cã um dia.

— Ele poderia ser um bom cã — disse Temujin, de má vontade. Não acreditava nisso, mas se lembrava de como Bekter havia lutado com os homens de confiança de seu pai. Havia aspectos do mundo adulto que ele ainda não entendia completamente, e Bekter pelo menos possuía as atitudes de um guerreiro.

Kachiun resfolegou diante disso.

— Ele monta como uma pedra, Temujin. Quem pode seguir um homem que cavalga tão mal?

Temujin sorriu enquanto ele e Kachiun começavam a escalar.

Era um pouquinho mais fácil com os dois trabalhando juntos. Mais de uma vez, Temujin usou a força para sustentar o pé de Kachiun enquanto o garoto trepava pela face de pedra como uma aranha ágil. Ele escalava tão bem quanto cavalgava, mas o corpo jovem estava mostrando sinais de exaustão e Temujin viu que ele estava empalidecendo enquanto deixavam mais trinta metros para trás. Os dois ofegavam e seus braços e pernas pareciam pesados demais para se mexer.

O sol havia atravessado o ponto mais alto do céu e começado a descer a trilha em direção ao oeste. Temujin olhava a posição dele sempre que podia encontrar um local para aproveitar um momento de alívio do esforço. Não poderiam ser apanhados na montanha pelo anoitecer, caso contrário os dois cairiam. Mais preocupante era a visão de uma crista de nuvem pairando a distância. Uma tempestade de verão arrancaria todos eles do morro vermelho, e ele temeu pelos irmãos quando Kachiun escorregou e quase levou os dois para a morte.

— Peguei você. Encontre outro ponto de apoio — grunhiu Temujin, com a respiração saindo como fogo da boca aberta. Não conseguia se lembrar de já ter ficado tão cansado, e o cume continuava parecendo impossivelmente distante. Kachiun conseguiu tirar o peso de cima do braço de Temujin, olhando para trás, por um momento, para as marcas sangrentas dos arranhões que sua bota havia deixado na pele exposta de Temujin. Kachiun seguiu o olhar do irmão, por sobre a planície, e se enrijeceu ao ver as nuvens. O vento era difícil de ser avaliado, soprando ao redor dos penhascos, mas os dois garotos tiveram a sensação de que vinha diretamente para eles.

— Anda, continua. Se começar a chover, estamos todos mortos — rosnou Temujin, empurrando o irmão para cima. Kachiun assentiu, mas fechou os olhos por um momento e pareceu atordoado. Às vezes era fácil esquecer como ele era novo. Temujin sentiu um feroz orgulho protetor pelo garoto, e prometeu que não iria deixá-lo cair.

O pico sul ainda estava visível enquanto eles subiam, mas não havia sinal de Bekter ou Khasar. Temujin se perguntou se eles teriam chegado ao topo e se já estariam descendo de novo com um filhote de águia em segurança sob a túnica. Bekter ficaria insuportável caso trouxesse um daqueles grandes pássaros de volta para as tendas do pai, e o pensamento bastou para dar um pouco de energia extra a seus músculos exaustos.

Nenhum dos dois garotos entendeu a princípio o que significavam os sons agudos. Nunca haviam escutado os gritos de filhotes de águias, e o vento era um companheiro constante com seu som sobre as rochas. As nuvens haviam se espalhado, enchendo o céu, e Temujin estava mais preocupado em encontrar um abrigo. A idéia de descer, tendo cada ponto de apoio escorregadio pela chuva, fez seu coração afundar. Nem Kachiun poderia fazer isso, tinha certeza. Pelo menos um deles cairia.

A ameaça das nuvens escuras não pôde prender totalmente a atenção dos dois garotos que se arrastaram até uma fenda cheia de galhos e penas. Temujin sentiu o cheiro de carne podre antes de ser capaz de elevar os olhos ao nível do ninho. Por fim, percebeu que o som assobiado vinha de um par de filhotes de águia, olhando os escaladores com interesse de fera.

Os pássaros adultos deviam ter se acasalado cedo, porque os filhotes não eram magricelos nem impotentes. Ambos ainda tinham as penas claras, com apenas toques do marrom dourado que iria levá-los alto acima das montanhas em busca de presas. As asas eram pequenas e feias, mas os dois garotos acharam que nunca tinham visto nada tão lindo. As garras pareciam grandes demais para os jovens pássaros, enormes dedos amarelos terminando em pontas escuras que já pareciam capazes de rasgar carne.

Kachiun havia se imobilizado de espanto na laje, pendurado pelas pontas dos dedos. Um dos pássaros confundiu sua imobilidade com algum tipo de desafio e sibilou para ele, abrindo as asas numa demonstração de coragem que fez Kachiun rir de prazer.

— Eles são pequenos cãs — disse o garoto, com os olhos brilhantes.

Temujin assentiu, incapaz de falar. Já estava imaginando como descer com os dois pássaros vivos tendo uma tempestade no caminho. Examinou o horizonte com a preocupação súbita de que as águias adultas poderiam ser impelidas a voltar para casa antes das nuvens. Perto como estariam, um ataque de águia seria demais para dois garotos tentando levar os filhotes para o chão.

Temujin ficou olhando enquanto Kachiun se agachava na beira do ninho, aparentemente não percebendo a vulnerabilidade da posição. Kachiun estendeu a mão, mas Temujin gritou um alerta.

— As nuvens estão muito perto para descermos agora — disse ele. — Deixe-os no ninho e podemos levá-los amanhã.

Enquanto falava, o rugido do trovão rosnou sobre a planície e os dois garotos olharam em direção à origem. O sol ainda estava claro acima deles, mas a distância podiam ver a chuva caindo torrencialmente, em fios escuros retorcidos, com uma sombra correndo na direção do morro vermelho.

Os dois compartilharam um olhar e Kachiun assentiu, recuando da beira do ninho para a laje embaixo.

— Vamos passar fome — disse ele, pondo o dedo machucado na boca e sugando a crosta de sangue seco.

Temujin assentiu, resignado.

— Melhor do que cair. A chuva está quase aqui, e quero achar um lugar onde possa dormir sem despencar. Vai ser uma noite horrível.

— Não para mim — disse Kachiun baixinho. — Eu olhei nos olhos de uma águia.

Com afeto, Temujin deu um cascudo leve no garoto, ajudando-o a atravessar a crista até onde pudessem subir mais ainda. Uma fenda os atraiu. Podiam se enfiar ali ao máximo possível e finalmente descansar.

— Bekter vai ficar furioso — disse Kachiun, gostando da idéia.

Temujin ajudou-o a entrar na fenda e o viu se espremer mais para o fundo, perturbando um par de lagartos minúsculos. Um deles correu até a borda e pulou em pânico com as pernas esticadas, caindo por longo tempo. Mal havia espaço para os dois garotos, mas finalmente estavam fora do vento. Seria desconfortável e amedrontador depois do anoitecer, e Temujin sabia que teria sorte se ao menos dormisse.

— Bekter escolheu a subida mais fácil — disse ele, segurando a mão de Kachiun e se enfiando entre as pedras.

CAPÍTULO 3

A TEMPESTADE ASSOLOU O MORRO VERMELHO DURANTE TODAS AS HORAS DE escuridão, se dissipando apenas ao amanhecer. O sol brilhava forte de novo num céu vazio, secando os filhos de Yesugei que saíam de suas fendas e esconderijos. Todos os quatro haviam sido apanhados muito no alto para ousarem descer. Haviam passado a noite num sofrimento molhado e trêmulo; caindo no sono, depois acordando em rompantes, com sonhos de queda. Quando a luz do amanhecer alcançou os dois picos do morro vermelho, eles estavam bocejando e rígidos, com círculos escuros sob os olhos.

Temujin e Kachiun sofreram menos que os outros dois por causa do que tinham encontrado. Assim que havia luz suficiente para enxergar, Temujin começou a sair da fenda para pegar o primeiro filhote de águia. Quase perdeu o apoio quando uma forma escura veio do oeste, uma águia adulta que parecia tão grande quanto ele.

O pássaro não ficou feliz ao encontrar dois invasores tão perto dos filhotes. Temujin sabia que as fêmeas eram maiores que os machos, e presumiu que a criatura devia ser a mãe, que gritava furiosa com eles. Os filhotes permaneceram sem ser alimentados enquanto o grande pássaro decolava repetidamente para flutuar no vento e olhar a fenda de rocha que abrigava os dois garotos. Era aterrorizante e maravilhoso estar tão alto e olhar os olhos pretos da ave, pendendo sem suporte nas asas estendidas. As garras se abriam e se fechavam convulsivamente, como se imaginasse que estava rasgando a carne deles. Kachiun estremeceu vendo aquilo, perdido em espanto e medo de que o pássaro enorme de repente se lançasse contra eles, arrancando-os como teria feito com uma marmota num buraco. Eles não tinham mais do que a frágil faquinha de Temujin para se defender contra uma caçadora que podia rasgar as costas de um cachorro com um único golpe.

Temujin olhou a cabeça marrom-dourada se virar de um lado para o outro, em agitação. Considerou que o pássaro poderia ficar ali o dia inteiro, e não gostava da idéia de permanecer exposto na laje abaixo do ninho. Um golpe de uma garra ali e ele seria arrancado da pedra. Tentou se lembrar de qualquer coisa que tivesse ouvido sobre os pássaros selvagens. Será que poderia gritar para espantar a mãe? Pensou nisso, mas não queria atrair Bekter e Khasar até o pico solitário, pelo menos até estar com os filhotes enrolados em pano e perto de seu peito.

Junto a seu ombro, Kachiun se agarrava à rocha vermelha do penhasco. Temujin viu que ele havia apanhado uma pedra solta e a estava sopesando.

— Consegue acertá-la? — perguntou Temujin.

Kachiun apenas deu de ombros.

— Talvez. Eu teria de ter sorte para derrubá-la, e esta foi a única que encontrei.

Temujin xingou baixinho. A águia adulta havia desaparecido por um tempo, mas os pássaros eram caçadores hábeis e ele não se sentiu tentado a ser atraído para fora de seu porto seguro. Soprou o ar em frustração. Estava morrendo de fome, com uma descida difícil pela frente. Ele e Kachiun mereciam coisa melhor do que ir embora de mãos vazias.

Lembrou-se do arco de Bekter, lá embaixo com Temuge e os pôneis, e xingou-se por não ter pensado em trazê-lo. Não que Bekter fosse deixá-lo pôr a mão na arma de curva dupla. O irmão mais velho era tão pretensioso com relação a isso quanto a todos os adereços de um guerreiro.

— Fique com a pedra — disse Kachiun. — Vou voltar ao ninho, e se ela vier, você pode derrubá-la.

Temujin franziu a testa. Era um plano razoável. Ele possuía mira excelente e Kachiun era o melhor escalador. O único problema era que seria Kachiun quem pegaria os pássaros, não ele. Era uma coisa sutil, talvez, mas não queria que ninguém os reivindicasse antes.

— Você fica com a pedra. Eu pego os filhotes — respondeu.

Kachiun virou os olhos escuros para o irmão mais velho, parecendo ler seus pensamentos. Deu de ombros.

— Certo. Você tem pano para amarrá-los?

Temujin usou sua faca para arrancar tiras da túnica. A roupa ficou arruinada, mas os pássaros eram um prêmio muito maior e valiam a perda. Enrolou um pedaço em volta da palma de cada mão, para tê-los preparados, depois esticou o pescoço para fora da fenda, procurando uma sombra em movimento ou um ponto voando em círculos no alto. O pássaro havia olhado em seus olhos e sabia o que ele estava tentando fazer, tinha certeza. Vira inteligência ali, tanto quanto em qualquer cachorro ou falcão, talvez mais.

Sentiu pontadas nos músculos rígidos quando saiu à luz do sol. De novo pôde ouvir guinchos finos vindos do ninho, os filhotes desesperados por comida depois de uma noite sozinhos. Talvez também tivessem sofrido sem o corpo quente da mãe para protegê-los da tempestade. Temujin se preocupou porque só ouvia um chamado e com a possibilidade de o outro filhote ter morrido. Olhou para trás, para o caso de a águia adulta estar vindo para esmagá-lo contra a rocha. Não havia nada ali, e ele se pendurou na laje mais alta, encolhendo as pernas até ficar agachado como Kachiun havia feito na noite anterior.

O ninho ficava no fundo de um buraco, largo e com as laterais íngremes, de modo que os ativos filhotes não pudessem sair e cair antes de serem capazes de voar. Quando viram seu rosto, as duas águias jovens e magricelas se afastaram dele, balançando as asas implumes em pânico e gritando por socorro. De novo ele examinou o céu azul e fez uma oração rápida ao pai céu para mantê-lo em segurança. Avançou lentamente, com o joelho direito pressionando a palha úmida e as penas velhas. Pequenos ossos se partiam sob seu peso e ele sentiu o cheiro nauseabundo de presas antigas.

Um dos pássaros se encolheu para longe de seus dedos, mas o outro tentou bicá-lo e arranhar sua mão com as garras. As unhas que pareciam agulhas eram pequenas demais para causar mais do que arranhões leves na pele, e ele ignorou a ardência enquanto trazia o pássaro para perto do rosto e o olhava se retorcendo.

— Meu pai vai caçar durante vinte anos com você — murmurou, soltando uma tira de pano da mão e enrolando o pássaro na altura das asas e das pernas. O segundo quase havia saído do ninho, em pânico, e Temujin foi obrigado a arrastá-lo para trás puxando uma garra amarela, fazendo-o gritar e lutar. Viu que as penas novas tinham um tom de vermelho em meio ao dourado.

— Chamaria você de pássaro vermelho, se fosse meu — disse ao filhote, enfiando os dois sob a túnica. Os pássaros pareceram mais quietos de encontro à sua pele, mas ele podia sentir as garras arranhando. Pensou que seu peito ficaria parecendo o resultado de uma queda num espinheiro, quando ele chegasse embaixo.

Temujin viu a águia adulta vindo como um tremor de escuridão acima de sua cabeça. O bicho estava se movendo mais depressa do que ele acreditava ser possível, e o garoto só teve tempo de levantar um dos braços antes de ouvir Kachiun gritar e o som da única pedra que possuíam acertar a lateral do pássaro, interrompendo o ataque. A águia *gritou* com a fúria mais verdadeira que ele já ouvira de um animal, lembrando-o de que era uma caçadora, com instintos de caçadora. Viu o pássaro tentar bater as asas enormes, procurando alcançar a laje para se equilibrar. Temujin não podia fazer nada além de permanecer agachado naquele espaço restrito e tentar proteger o rosto e o pescoço das garras que buscavam alcançá-lo. Ouviu o bicho guinchar em seu ouvido e sentiu as asas baterem contra ele antes que a águia caísse, gritando de raiva durante todo o caminho. Os dois garotos a viram descer numa espiral, praticamente não conseguindo controlar a descida. Uma asa estava imóvel, mas a outra parecia se retorcer e balançar na corrente ascendente. Temujin respirou mais devagar, sentindo que o coração começava a diminuir os batimentos. Tinha o pássaro para seu pai e talvez tivesse permissão de treinar o pássaro vermelho para si mesmo.

Bekter e Khasar haviam se juntado a Temuge com os pôneis quando Temujin desceu lentamente. Kachiun havia ficado com ele, ajudando onde podia, de modo que Temujin não precisasse procurar apoio nem arriscar a carga preciosa. Mesmo assim, quando finalmente ficou de pé no terreno plano e olhou para as alturas, elas pareciam impossivelmente distante; já estranhas, como se outros garotos tivessem feito a escalada.

— Encontraram o ninho? — perguntou Khasar, vendo a resposta no orgulho dos dois.

Kachiun assentiu.

— Com dois filhotes de águia. Lutamos com a mãe e pegamos os dois.

Temujin deixou o irmão mais novo contar a história, sabendo que os outros não entenderiam como havia sido estar agachado com o mundo sob os pés e a morte batendo contra os ombros. Descobriu que não havia sentido medo, ainda que o coração e o corpo tivessem reagido. Havia experimentado um momento de empolgação no morro vermelho e estava muito perturbado para falar disso, pelo menos por enquanto. Talvez mencionasse isso a Yesugei, quando o cã estivesse tranqüilo.

Temuge também havia passado uma noite horrível, mas conseguiu se abrigar com os pôneis e tomara jatos esporádicos de leite para se sustentar. Os outros quatro não pensaram em lhe agradecer por ter avistado a águia. Temuge não havia escalado com eles. Tudo que recebeu dos irmãos foi um beliscão de Bekter quando este descobriu que Temuge havia esvaziado as tetas da égua durante a noite. O menininho uivava quando partiram, mas os outros não demonstraram simpatia. Todos estavam sedentos e famintos, e até mesmo o geralmente alegre Khasar franziu-lhe a testa por causa de sua ganância. Logo o deixaram para trás, trotando juntos pela planície verde.

Os garotos viram os guerreiros do pai muito antes de estarem à vista das iurtas da tribo. Quase assim que saíram da sombra do morro vermelho foram vistos, com os toques agudos das trompas chegando a longa distância.

Não demonstraram o nervosismo, ainda que a presença dos cavaleiros só pudesse significar que sua ausência fora notada. Inconscientemente seguiram mais perto uns dos outros ao reconhecerem Eeluk galopando em direção a eles e verem que o guerreiro não sorriu, cumprimentando.

— Seu pai nos mandou para encontrar vocês — disse Eeluk, dirigindo as palavras a Bekter.

Temujin se eriçou automaticamente.

— Nós já passamos noites fora antes — respondeu.

Eeluk virou os olhos pequenos e pretos para ele e passou a mão pelo queixo. Balançou a cabeça.

— Não sem avisar, não numa tempestade, e não com sua mãe dando à luz — disse ele, falando rispidamente como se estivesse dando uma bronca numa criança.

Temujin viu que Bekter estava ficando vermelho de vergonha e se recusou a deixar que a emoção o perturbasse.

— Então vocês nos encontraram. Se nosso pai está com raiva, isso é entre ele e nós.

Eeluk balançou a cabeça de novo, e Temujin viu o clarão de despeito no rosto dele. Nunca havia gostado do sujeito, mas não sabia dizer o motivo. Havia malícia na voz de Eeluk quando ele prosseguiu.

— Sua mãe quase perdeu a criança, preocupada com vocês.

Seus olhos exigiam que Temujin baixasse o olhar, mas em vez disso o garoto sentiu uma raiva lenta subindo. Cavalgar com águias junto ao peito lhe deu coragem. Sabia que o pai perdoaria qualquer coisa quando visse os pássaros. Levantou a mão para fazer com que os outros parassem e até Bekter puxou as rédeas junto com ele, incapaz de simplesmente prosseguir. Eeluk também foi obrigado a virar o pônei de costas para eles, com o rosto sombrio de irritação.

— Você não cavalgará conosco, Eeluk. Volte — disse Temujin. Viu o guerreiro se enrijecer e balançou a cabeça, deliberadamente. — Hoje só cavalgamos com águias. — E o rosto de Temujin não revelava nada de sua diversão interior.

Os irmãos riram ao redor, adorando o segredo e a expressão séria que perturbava as feições rígidas de Eeluk. O sujeito virou para Bekter e viu que ele estava olhando para o nada, fixo no horizonte.

Então Eeluk resfolegou.

— Seu pai vai espancar vocês até enfiar um pouco de humildade nessa pele grossa — disse, com o rosto manchado de raiva.

Temujin olhou calmamente para o sujeito mais velho, e até seu pônei ficou absolutamente imóvel.

— Não. Ele não fará isso. Um de nós será cã um dia, Eeluk. Pense nisso e volte, como eu lhe disse. Nós iremos sozinhos.

— Vá — disse Bekter subitamente, com a voz mais profunda do que a de qualquer dos irmãos.

Eeluk pareceu ter levado um soco. Seus olhos estavam escondidos quando ele girou a montaria, guiando-a apenas com os joelhos. Não falou de novo, mas finalmente assentiu e se afastou, deixando-os sozinhos e tremendo com uma estranha liberação da tensão. Eles não haviam corrido perigo, Temujin tinha quase certeza. Eeluk não era idiota a ponto de desembainhar aço para os filhos de Yesugei. Na pior das hipóteses poderia tê-los espancado e feito com que caminhassem de volta. Mesmo assim, era como se uma batalha tivesse sido vencida, e Temujin sentiu o olhar de Bekter em sua nuca durante todo o caminho até o rio e o povo de seu pai.

Sentiram o cheiro de urina no vento antes de enxergar as iurtas. Depois de passarem o inverno à sombra do Deli'un-Boldakh, o cheiro havia penetrado no solo num grande círculo ao redor das famílias. Afinal de contas, havia apenas uma certa distância que qualquer pessoa estava disposta a andar no escuro. Mesmo assim, era o lar.

Eeluk havia apeado perto da iurta do pai deles, obviamente querendo vê-los serem punidos. Temujin gostou do interesse mal-humorado do sujeito e manteve a cabeça erguida. Khasar e Kachiun foram atrás, mas Temuge se distraiu com o cheiro de carneiro assado e Bekter assumiu sua expressão carrancuda de sempre.

Yesugei saiu ao ouvir os pôneis relinchando num cumprimento aos outros da manada. Estava com a espada à cintura e usava um dil que ia até os joelhos. Suas botas e calças estavam limpas e bem escovadas, e ele parecia ainda mais ereto do que o usual. Seu rosto não demonstrava raiva, mas os filhos sabiam que ele se orgulhava da máscara que todos os guerreiros tinham de aprender a usar. Para Yesugei, não era mais do que o hábito de toda uma vida avaliar os filhos que se aproximavam a cavalo. Observou o modo como Temujin protegia alguma coisa no peito e a empolgação mal controlada de todos eles. Até Bekter lutava para não demonstrar prazer, e Yesugei começou a se perguntar o que os filhos haviam trazido.

Viu também que Eeluk se mantinha por perto, fingindo escovar o pônei. Isso vindo de um homem que deixava o rabo de sua égua ficar grosso com lama e espinhos. Yesugei conhecia Eeluk suficientemente bem para sentir que seu humor alterado se dirigia aos garotos, e não contra ele. Teria dado de ombros se não tivesse adotado a imobilidade de guerreiro. Sendo assim, descartou da mente as preocupações de Eeluk.

Khasar e Kachiun apearam, fazendo Temujin ficar escondido por um momento. Yesugei observou atentamente e viu, num átimo, que a túnica de Temujin estava se mexendo. Seu coração começou a bater mais rápido, de ansiedade. Mesmo assim não tornaria a coisa muito fácil para eles.

— Vocês têm uma irmã, mas o parto foi mais difícil devido à ausência de vocês. Sua mãe quase se esvaiu em sangue, temendo por vocês.

Eles não baixaram o olhar diante disso. Yesugei franziu a testa, tentado a espancar todos pelo egoísmo.

— Estávamos no morro vermelho — murmurou Kachiun, encolhendo-se sob o olhar do pai. — Temuge viu uma águia lá, e nós escalamos para encontrar o ninho.

O coração de Yesugei se alçou com a notícia. Só poderia ser uma coisa que estava se retorcendo no peito de Temujin, mas ele não ousava ter esperanças. Ninguém na tribo havia apanhado uma águia por três gerações ou mais, desde que os lobos haviam descido do oeste distante. Os pássaros eram mais valiosos que uma dúzia de excelentes garanhões, e não só pela carne que podiam trazer da caçada.

— Você está com o pássaro? — perguntou Yesugei a Temujin, dando um passo à frente.

O garoto não pôde mais conter a empolgação e riu, orgulhoso enquanto pescava dentro da túnica.

— Kachiun e eu encontramos dois — disse ele.

Diante disso, o rosto frio do pai se abriu e ele mostrou os dentes muito brancos de encontro à pele escura e à barba rala.

Gentilmente, os dois pássaros foram retirados e postos nas mãos do pai, guinchando ao sair à luz. Temujin sentiu a perda do calor dele junto à pele assim que eles se afastaram. Olhou para o pássaro vermelho com olhos de dono, observando cada movimento.

Yesugei não podia encontrar palavras. Viu que Eeluk havia chegado perto para ver os filhotes enquanto ele os levantava, o rosto iluminado de interesse. Virou-se para os filhos.

— Vão ver sua mãe, todos vocês. Peçam desculpa por tê-la deixado com medo e dêem as boas-vindas à sua nova irmã.

Temuge passou pela porta da iurta antes que o pai tivesse parado de falar, e todos ouviram o grito de prazer de Hoelun ao ver o filho mais novo. Kachiun e Khasar foram atrás, mas Temujin e Bekter permaneceram onde estavam.

— Um é um pouquinho menor do que o outro — disse Temujin, indicando os pássaros. Estava desesperado para não ser mandado embora. — Há um toque de vermelho nas penas dele, e estive chamando-o de pássaro vermelho.

— É um bom nome — confirmou Yesugei.

Temujin pigarreou, subitamente nervoso.

— Eu esperava ficar com ele, com o vermelho. Já que são dois.

Yesugei olhou inexpressivamente para o filho.

— Estenda o braço — disse ele.

Temujin ergueu o braço à altura do ombro, perplexo. Yesugei segurou os dois filhotes enrolados na dobra de um de seus braços e usou o outro para pressionar a mão de Temujin, forçando o braço do garoto para baixo.

— Elas pesam tanto quanto um cão, quando são adultas. Você poderia segurar um cão pelo punho? Não. Este é um grande presente e eu agradeço. Mas o pássaro vermelho não é para um garoto, nem mesmo um filho meu.

Temujin sentiu lágrimas ardendo nos olhos enquanto os sonhos daquela manhã eram pisoteados. O pai pareceu não notar sua raiva e desespero quando chamou Eeluk para perto.

— Você tem sido meu primeiro guerreiro — disse Yesugei ao homem. — O pássaro vermelho é seu.

Os olhos de Eeluk se arregalaram de espanto. Pegou a ave com reverência, tendo esquecido os garotos.

— O senhor me honra — disse, baixando a cabeça.

Yesugei riu alto.

— Seu serviço me honra — respondeu. — Vamos caçar juntos com elas. Esta noite teremos música porque duas águias vieram para os lobos. — E se virou para Temujin. — Você terá de contar ao velho Chagatai tudo sobre a escalada, para que ele possa escrever as palavras de uma grande canção.

Temujin não respondeu, incapaz de ficar ali vendo Eeluk segurando o pássaro. Ele e Bekter passaram pela porta baixa da iurta para ver Hoelun e sua nova irmã, rodeadas pelos irmãos. Os garotos podiam ouvir o pai do lado de fora, gritando com os homens para verem o que seus filhos lhe haviam trazido. Haveria uma festa naquela noite e, no entanto, de algum modo, eles estavam desconfortáveis enquanto se entreolhavam. O prazer do pai significava muito para todos, mas o pássaro vermelho era de Temujin.

Naquela noite, a tribo queimou o esterco seco de ovelhas e cabras e assou carne de cordeiro nas chamas e em grandes caldeirões borbulhantes. O bardo, Chagatai, cantou sobre a descoberta de duas águias num morro vermelho, e sua voz era uma combinação fantasmagórica de tom agudo e grave. Os rapazes e as mulheres da tribo aplaudiram os versos e Yesugei foi pressionado a mostrar os pássaros de novo e de novo enquanto eles gritavam de dar pena, pelo ninho perdido.

Os garotos que haviam escalado o morro vermelho aceitaram um copo atrás do outro de airag preto, sentados ao redor das fogueiras no escuro. Khasar ficou pálido e silencioso depois da segunda dose e, depois de uma terceira, Kachiun fungou baixo e caiu lentamente para trás, com o copo rolando na grama. Temujin olhou para as chamas, obrigando-se a ficar cego. Não ouviu o pai se aproximar e não teria se importado se ouvisse. O airag havia esquentado seu sangue com cores estranhas que ele podia sentir atravessando-o por dentro.

Yesugei sentou-se junto aos filhos, dobrando as pernas fortes. Usava um dil com acabamento de pele para proteger do frio da noite, mas por baixo seu peito estava nu. O airag preto lhe dava calor suficiente e ele sempre afirmara a imunidade de um cã contra o frio.

— Não beba demais, Temujin — disse ele. — Você mostrou que está pronto para ser tratado como homem. Vou completar meu dever de pai com você amanhã e levá-lo aos olkhun'ut, o povo de sua mãe. — Ele viu Temujin levantar os olhos e deixou escapar totalmente o significado do olhar cor de ouro pálido. — Veremos as filhas mais lindas deles e encontraremos uma para esquentar sua cama quando o sangue dela chegar. — E deu um tapa no ombro de Temujin.

— E eu ficarei com eles enquanto Eeluk cria o pássaro vermelho — respondeu Temujin, a voz inexpressiva e fria. Parte do tom atravessou a embriaguez de Yesugei e ele franziu a testa.

— Você fará o que seu pai manda. — E deu um tapa com força na lateral da cabeça do filho, talvez mais forte do que havia pretendido. Temujin balançou para a frente, depois ficou ereto de novo, olhando o pai. Yesugei já havia perdido o interesse, desviando o olhar para aplaudir Chagatai que sacudia os ossos velhos numa dança, os braços cortando o ar como as asas de uma águia. Depois de um tempo, Yesugei viu que Temujin ainda estava olhando-o.

— Vou perder o encontro das tribos, as corridas — disse Temujin, quando os olhares dos dois se encontraram, lutando contra lágrimas raivosas.

Yesugei o encarou com o rosto ilegível.

— Os olkhun'ut vão viajar para o encontro, assim como nós. Você terá Pé-branco. Talvez eles deixem você montá-lo para disputar com seus irmãos.

— Preferia ficar aqui — disse Temujin, preparado para outra pancada.

Yesugei pareceu não escutar.

— Você viverá um ano com eles, como Bekter fez. Será difícil, mas haverá muitas lembranças boas. Não preciso dizer que você tomará nota da força deles, das armas, dos números.

— Nós não temos disputas com os olkhun'ut — disse Temujin.

Seu pai deu de ombros.

— O inverno é longo — respondeu ele.

CAPÍTULO 4

A CABEÇA DE TEMUJIN LATEJAVA À LUZ FRACA DO AMANHECER ENQUANTO SEU pai e Eeluk carregavam os pôneis com comida e cobertores. Hoelun estava se movimentando do lado de fora, com a filhinha mamando dentro de seu casaco. Ela e Yesugei falavam em voz baixa, e depois de um tempo ele se curvou para ela, apertando o rosto na curva do pescoço da mulher. Era um raro momento de intimidade que não serviu para afastar o humor sombrio de Temujin. Naquela manhã, ele odiava Yesugei com toda a força que um garoto de 12 anos pode juntar.

Num grave silêncio, Temujin continuou a passar gordura nas rédeas e verificar cada tira e cada nó no cabresto e nos estribos. Não daria ao pai uma desculpa para criticá-lo diante dos irmãos mais novos. Não que eles estivessem à vista. A iurta estava muito silenciosa depois da bebedeira da noite anterior. O filhote de águia dourada era ouvido pedindo comida, e foi Hoelun quem se enfiou pela porta para lhe dar um pedaço de carne sangrenta. A tarefa seria dela enquanto Yesugei estivesse fora, mas isso não a desviava da função de garantir que o marido estivesse contente e tivesse todo o necessário para a viagem.

Os pôneis bufaram e relincharam um para o outro, dando as boas-vindas a mais um dia. Era uma cena pacífica e Temujin estava parado no meio como um tumor sombrio, procurando a menor desculpa para reagir agressivamente. Não queria arranjar uma esposa parecida com uma vaca. Queria criar garanhões e cavalgar com o pássaro vermelho, ser conhecido e temido. Era uma punição ser mandado para longe, mesmo sabendo que Bekter havia ido antes e retornado. Quando Temujin retornasse, a noiva de Bekter poderia muito bem estar numa iurta com o novo marido, e seu irmão seria um homem aos olhos dos guerreiros.

O problema de Bekter era parte do motivo para o humor azedo de Temujin. Havia se tornado seu hábito cutucar o orgulho do garoto mais velho e garantir que ele não se tornasse claramente o favorito do pai. Em sua ausência, Temujin sabia que Bekter seria tratado como herdeiro. Depois de um ano, seu direito de herdar poderia estar quase esquecido.

No entanto, o que mais poderia fazer? Sabia o que Yesugei achava dos filhos desobedientes. Caso se recusasse a viajar, certamente levaria uma surra e, se continuasse a ser teimoso, poderia ser expulso da tribo. Yesugei freqüentemente lançava esse tipo de ameaça quando os irmãos estavam fazendo barulho demais ou eram muito agressivos uns com os outros. Jamais sorria ao fazer as ameaças, e eles não achavam que fosse blefe. Temujin estremeceu diante desse pensamento. Ser um desgarrado sem nome era um destino difícil. Não ter ninguém para vigiar os rebanhos enquanto você dormia, nem para ajudá-lo a escalar uma montanha. Sozinho morreria de fome, tinha quase certeza, ou mais provavelmente seria morto atacando uma tribo para pegar suprimentos.

Suas lembranças mais antigas eram de alegres empurra-empurras e de birras com os irmãos nas iurtas. Seu povo jamais estava sozinho e era difícil imaginar como seria isso. Temujin balançou a cabeça um pouquinho enquanto olhava o pai carregar as montarias. Sabia que não deveria demonstrar nada além do rosto frio. Ouviu Eeluk e Yesugei resmungando no mesmo ritmo, puxando as cordas o mais forte que podiam. Não era uma carga pesada para os dois.

Temujin ficou olhando-os terminar, depois passou por Eeluk e verificou cada nó de seu pônei uma última vez. O homem de confiança do pai pareceu se enrijecer, mas Temujin não se importou com os sentimentos magoados. Yesugei lhe dissera vezes suficientes que um homem não deve depender da habilidade de homens inferiores. Mesmo assim, Temujin não ousou verificar os nós de Yesugei. O humor do pai era muito incerto. Ele poderia achar aquilo divertido ou simplesmente nocautear o filho pela ousadia.

Franziu a testa pensando na viagem adiante, tendo apenas o pai por companhia e nenhum dos irmãos para romper os silêncios. Deu de ombros. Suportaria aquilo como descobrira que era capaz de suportar qualquer outro desconforto. O que era isso, senão outra provação? Ele havia esperado a passagem de tempestades, tanto de Yesugei quanto do pai céu. Havia sofrido sede e fome até ficar tentado a se morder para sentir o gosto do próprio sangue. Tinha sobrevivido a invernos nos quais os rebanhos morriam congelados e um verão que queimava a pele de modo que todos ficaram com bolhas gordas e amarelas. Seu pai havia suportado essas coisas sem reclamar nem dar sinal de fraqueza, demonstrando uma energia sem limites. Isso levantava o ânimo dos que estavam ao redor. Até Eeluk perdia o rosto azedo na presença de Yesugei.

Temujin estava tão ereto e pálido como um pequeno pé de bétula prateada quando Hoelun se abaixou sob o pescoço do pônei e abraçou o filho. Ele podia sentir a criança minúscula se retorcer junto ao seio dela, e sentiu o cheiro de leite doce e gordura de carneiro. Quando ela o soltou, a menininha começou a berrar, de rosto vermelho por causa da interrupção não desejada. Temujin viu Hoelun enfiar o peito achatado de novo sob a boca exigente. Não pôde encarar a mãe nos olhos e ela se virou para onde Yesugei estava, ali perto, orgulhoso e em silêncio olhando a distância. Hoelun suspirou.

— Pára com isso, Yesugei — disse ela em voz alta.

O marido estremeceu, a cabeça girando com uma vermelhidão que escurecia as bochechas.

— O que está...? — começou ele.

Ela o interrompeu:

— Você sabe exatamente o que quero dizer. Não teve uma palavra gentil para o garoto, e espera viajar os próximos três dias em silêncio?

Yesugei franziu a testa, mas Hoelun não havia acabado.

— Você pegou o pássaro do garoto e deu àquele sujeito feio. Esperava que ele risse e agradecesse?

O olhar pálido de Yesugei se alternou entre Eeluk e o filho, avaliando a reação deles àquelas falas.

— Ele é novo demais — murmurou.

Hoelun sibilou como uma panela no fogão.

— Ele é um garoto que vai ficar noivo. É jovem e orgulhoso demais, assim como o pai teimoso. Ele é tão parecido com você que você nem enxerga isso.

Yesugei ignorou-a, e Temujin não sabia o que dizer quando a mãe o olhou de novo.

— Ele ouve, mesmo fingindo que não, Temujin — murmurou ela. — Nesse ponto é como você. — Em seguida, segurou o rosto dele com os dedos fortes. — Não tenha receio das famílias do meu povo. Eles têm bom coração, mas você deve manter os olhos baixos perto dos rapazes. Eles vão testá-lo, mas você não deve ter medo.

Os olhos de Temujin relampejaram.

— Não tenho medo — respondeu. Ela esperou, e a expressão desafiadora do garoto se alterou sutilmente. — Certo, estou ouvindo também — disse ele.

Ela assentiu e tirou de um bolso um saco com pedaços de coalhada doce, apertando-o em sua mão.

— Há uma garrafa de airag preto na bolsa da sela, para proteger do frio. Isto é para a viagem. Fique forte e seja gentil com a garota que for escolhida para você.

— Gentil? — respondeu Temujin. Pela primeira vez desde que seu pai lhe dissera que ele ia embora, sentiu uma pontada de nervosismo na barriga. Em algum lugar havia uma estranha que seria sua mulher e teria seus filhos. Não podia imaginar como ela seria, nem o que desejava numa mulher daquelas.

— Espero que ela seja como a senhora — disse pensativamente.

Hoelun sorriu e o abraçou com um aperto breve que fez sua irmãzinha chorar indignada.

— Você é um bom garoto, Temujin. Será um ótimo marido.

Para sua perplexidade, Temujin viu lágrimas nos olhos dela. Hoelun esfregou-as ao mesmo tempo que ele sentia uma pontada, em resposta. Suas defesas estavam se desmoronando e a mãe viu seu medo de ser humilhado na frente de Yesugei e Eeluk. Os homens a caminho do noivado não abriam o berreiro com as mães.

Hoelun segurou o filho brevemente pelo pescoço, depois virou, trocando algumas poucas palavras murmuradas com o marido. O cã dos lobos suspirou visivelmente, assentindo em resposta enquanto montava. Temujin saltou ágil para a sela.

— Temujin! — ouviu ele.

Sorriu ao virar o pônei de pata branca com uma pressão suave das rédeas. Os irmãos sonolentos haviam finalmente acordado e saíram para vê-lo partir. Temuge e Khasar se juntaram ao redor de seus estribos, com adoração no rosto. Kachiun franziu os olhos por causa da luz enquanto demorava um momento para inspecionar um casco da frente meio desgastado. Eles formavam um grupo barulhento e animado, e Temujin sentiu o aperto no peito começando a se aliviar.

Bekter saiu da iurta, o rosto impassível. Temujin olhou-o, vendo uma fagulha de triunfo no olhar vazio. Bekter também havia pensado em como a vida seria mais fácil sem Temujin ali. Era difícil não se preocupar com os menores, mas Temujin não iria envergonhá-los verbalizando a preocupação. Os ossos tinham sido lançados, e o futuro estava definido para todos eles. Um homem forte pode dobrar o céu a seu favor, mas só para si mesmo, sabia Temujin. Eles estavam por conta própria.

Levantou a mão num último gesto de despedida para a mãe e instigou Pé-branco num trote fungado, ao lado do pai. Achou que não suportaria olhar para trás, por isso não olhou. Os sons da tribo que acordava e os relinchos dos cavalos foram sumindo rapidamente, e depois de pouco tempo havia apenas as batidas dos cascos e o tilintar dos arreios, e seu povo foi deixado para trás.

Yesugei cavalgava em silêncio enquanto o sol se erguia à frente deles. O povo de Hoelun estava mais próximo do que nos últimos três anos, e seria uma jornada de poucos dias sozinho com o filho. No fim, ele saberia se o garoto possuía o que era necessário para governar a tribo. Com Bekter, soubera depois de apenas um dia. O filho mais velho não era uma chama selvagem, verdade, mas a tribo precisava de uma mão firme, e Bekter estava se transformando num ótimo homem.

Franziu a testa enquanto cavalgava. Alguma parte de sua mente examinava a terra ao redor em busca de um inimigo ou algum animal. Jamais poderia se perder enquanto cada morro estivesse claramente definido em sua mente, e cada orelha de cabra cortada lhe mostrasse as tribos locais, como um padrão se estendendo na terra.

Havia gostado da viagem com Bekter, mas se esforçara muito para não demonstrar isso. Era difícil saber como um garoto se tornava líder de homens, mas Yesugei tinha certeza de que não era sendo mimado ou mantido frouxo. Levantou os olhos para o pai céu ao pensar no gordo Temuge, lá nas iurtas. Se o menininho não tivesse tantos irmãos fortes, Yesugei iria tirá-lo da influência da mãe, talvez para ser criado com outra tribo. Talvez fizesse isso ao retornar.

Remexeu-se na sela, incapaz de manter os pensamentos usuais que vagueavam, enquanto Temujin cavalgava ao lado. O garoto estava bastante atento aos arredores, a cabeça virando a cada visão nova. Bekter fora um companheiro pacífico, mas algo no silêncio de Temujin incomodava o pai.

Não ajudou nada o fato de que a rota para os olkhun'ut os levava para perto do morro vermelho, de modo que Yesugei foi obrigado a pensar na participação do filho para pegar os filhotes de águia. Sentiu os olhos de Temujin sobre ele enquanto olhava as encostas íngremes, mas o garoto teimoso não lhe daria uma abertura.

Yesugei grunhiu exasperado, sem saber por que seu humor estava ruim num dia tão belo e azul.

— Você teve sorte de alcançar o ninho naquela altura — disse.

— Não foi sorte — respondeu Temujin.

Yesugei xingou por dentro. O garoto estava parecendo um arbusto de espinheiro.

— Você *teve* sorte de não cair, garoto, mesmo com Kachiun ajudando.

Temujin estreitou os olhos. O pai havia parecido bêbado demais para escutar as canções de Chagatai. Teria conversado com Kachiun? Temujin não soube como reagir, por isso não falou nada.

Yesugei o observou atentamente, e depois de um tempo balançou a cabeça e pensou em Hoelun. Tentaria de novo, por ela, caso contrário nunca mais deixaria de ouvir as reclamações.

— Foi uma ótima escalada, pelo que ouvi dizer. Kachiun disse que você quase foi arrancado da rocha pela águia que voltou ao ninho.

Temujin se abrandou um pouquinho, dando de ombros. Estava absurdamente satisfeito porque o pai demonstrava interesse, mas seu rosto frio escondia tudo.

— Ele a derrubou com uma pedra — respondeu, fazendo com cuidado o elogio comedido. Kachiun era seu irmão predileto, de longe, mas Temujin havia aprendido o bom senso de esconder gostos e aversões em relação aos outros, o que era quase um instinto no fim de seu décimo segundo ano de vida.

Yesugei havia se calado de novo, mas Temujin revirou os pensamentos à procura de algo para romper o silêncio antes que ele se acomodasse e ficasse firme.

— Seu pai levou o senhor para os olkhun'ut? — perguntou.

Yesugei resfolegou, olhando o filho.

— Acho que agora você tem idade suficiente para saber. Não. Encontrei sua mãe com dois irmãos dela quando eu estava fazendo um ataque. Vi que ela era bonita e forte. — Ele suspirou e estalou os lábios, os olhos espiando o passado. — Ela montava uma eguazinha doce, cor de água de tempestade ao amanhecer. As pernas estavam nuas e eram muito morenas.

Temujin não conhecia a história e chegou um pouco mais perto.

— O senhor a roubou dos olkhun'ut? — perguntou. Ele sabia que isso não deveria surpreendê-lo. O pai gostava de caçar e de fazer incursões contra outras tribos, e seus olhos brilhavam quando recordava as batalhas. Se a estação fosse quente e houvesse bastante comida, ele mandava os guerreiros derrotados de volta a suas famílias a pé, com inchaços vermelhos na pele provocados pela parte chata das espadas. No inverno, quando a comida era escassa, ser apanhado era a morte. A vida era dura demais para gentilezas nos meses escuros.

— Espantei os irmãos dela como se fossem dois cabritos — disse Yesugei. — Eu mal tinha idade para estar sozinho, mas balancei a espada acima da cabeça e gritei com eles.

Apanhado na lembrança, ele inclinou a cabeça para trás e soltou um uivo ululante, terminando numa gargalhada.

— Você deveria ter visto a cara deles. Um tentou me atacar, mas eu era filho de um cã, Temujin, e não um filhote de cachorro para ser espantado e sair correndo. Cravei uma flecha no quadril dele e o fiz fugir.

Ele suspirou.

— Aqueles foram dias muito bons. Naquela época, eu pensava que nunca sentiria o frio nos ossos. Tinha uma idéia de que não me dariam nada na vida, que tudo que eu conseguisse seria tomado pela minha inteligência e minha força. — Olhou o filho, e sua expressão continha um arrependimento que Temujin só podia tentar adivinhar. — Houve um tempo, garoto, em que eu teria escalado para pegar o pássaro vermelho.

— Se eu soubesse, voltaria e contaria ao senhor — começou Temujin, tentando entender aquele homem que parecia um grande urso.

Yesugei balançou a cabeça, dando um risinho.

— Agora, não! Sou pesado demais para ficar dançando em lajes e rachaduras pequenas. Se eu tentasse agora, acho que despencaria na terra como uma estrela cadente. De que adianta ter filhos se eles não podem ficar fortes e testar a coragem? Esta é uma verdade que recordo de meu pai, quando ele estava sóbrio. A coragem não pode ser deixada como ossos num saco. Deve ser tirada para fora e mostrada à luz repetidamente, ficando mais forte a cada vez. Se você acha que ela vai se manter para quando for necessária, está errado. Se você ignorá-la, o saco estará vazio quando você mais precisar. Não, você estava certo em escalar até o ninho, e eu estava certo em dar o pássaro vermelho a Eeluk.

Não havia como esconder a rigidez súbita que surgiu na postura de Temujin. Yesugei resmungou de frustração, no fundo da garganta, como um rosnado.

— Ele é meu primeiro guerreiro, e é mortal, garoto, você deveria acreditar. Prefiro ter Eeluk do meu lado a qualquer outros cinco da tribo, ou dez dos olkhun'ut. Os filhos dele não vão governar as famílias. A espada dele jamais será tão boa quanto a minha, entende? Não, você tem apenas 12 anos. O que pode entender do que lhe digo?

— O senhor precisava dar alguma coisa a ele? — perguntou Temujin rispidamente. — É isso que quer dizer?

— Não. Eu não estava em dívida. Eu o honrei com o pássaro vermelho porque ele é meu primeiro guerreiro. Porque é meu amigo desde que éramos garotos e nunca reclamou que sua família estava abaixo da minha entre os lobos.

Temujin abriu a boca para responder com irritação. O pássaro vermelho seria manchado pelas mãos sujas de Eeluk, com sua pele amarela e grossa. Era um pássaro bom demais para o feio homem de confiança. Não falou; em vez disso, treinou a disciplina que lhe dava o rosto frio e não revelava nada ao mundo. Era sua única defesa real contra o olhar penetrante do pai.

Yesugei enxergou através daquilo e respirou fundo.

— Garoto, eu já mostrava o rosto frio quando você era o sonho do pai céu — disse ele.

Enquanto acampavam naquela noite junto a um riacho sinuoso, Temujin começou as tarefas que iriam ajudar a sustentá-los no dia seguinte. Com o punho da faca, partiu nacos de um pesado bloco de queijo duro, colocando os pedaços em bolsas de couro com um pouco d'água. A mistura úmida ficaria sob as selas, sacudidas e aquecidas pela pele dos pôneis. Ao meiodia, ele e o pai teriam uma bebida quente, feita de migalhas macias, amarga e revigorante.

Assim que essa tarefa estava terminada, Temujin começou a procurar esterco de ovelha, separando-o nos dedos para ver se estava suficientemente seco para queimar bem e de modo limpo. Montou uma pilha dos melhores e passou um pedaço de pederneira numa faca velha para acendêlos, transformando as fagulhas numa língua de fogo e depois numa fogueira. Yesugei cortou pedaços de carneiro seco e algumas cebolas selvagens junto com gordura de ovelha, e o cheiro delicioso encheu de água a boca dos dois. Hoelun havia lhes dado pães chatos que logo estariam duros, por isso partiram-nos e mergulharam no cozido.

Sentaram-se frente a frente para comer, chupando o caldo da carne nos dedos, entre cada bocado. Temujin viu o olhar do pai pousar no saco que continha o airag preto e pegou para ele. Esperou com paciência enquanto o cã tomava um gole comprido.

— Fale dos olkhun'ut — pediu Temujin.

A boca do pai se retorceu num inconsciente riso de superioridade.

— Eles não são fortes, mas são muitos, como formigas. Algumas vezes, acho que eu poderia fazer um ataque e matar o dia inteiro antes que me derrubassem.

— Eles não têm guerreiros? — perguntou Temujin, incrédulo. Não era impossível que seu pai inventasse alguma história absurda, mas ele parecia sério.

— Não como Eeluk. Você vai ver. Eles preferem usar o arco à espada e ficam longe do inimigo, jamais chegando perto a não ser que seja necessário. Escudos zombariam deles, mas eles matariam os pôneis com bastante facilidade. São como vespas picando, mas se você penetra no meio, a cavalo, eles se espalham como crianças. Foi assim que peguei sua mãe. Fui me esgueirando e pulei em cima deles.

— Como vou aprender a usar uma espada, então?

Ele havia esquecido a reação do pai a esse tom de voz e mal conseguiu evitar a mão que veio lhe incutir um pouco de humildade. Yesugei continuou como se nada tivesse acontecido:

— Você terá de treinar sozinho, garoto. Bekter precisou fazer isso, eu sei. Disse que não o deixaram tocar num dos arcos deles nem numa das facas, desde o dia em que chegou até quando foi embora. Covardes, todos eles. Mesmo assim, as mulheres são muito boas.

— Por que eles fazem tratos com o senhor, dando filhas para seus filhos? — perguntou Temujin, cauteloso com a possibilidade de outro tapa. Yesugei já estava arrumando seu dil para dormir, deitando-se no capim mordiscado pelas ovelhas.

— Nenhum pai quer filhas solteiras apinhando a iurta. O que eles fariam com elas, se eu não aparecesse com um filho de vez em quando? Isso não é tão incomum, em especial quando as tribos se encontram. Eles podem reforçar o sangue com a semente de outras tribos.

— Isso reforça a gente?

Seu pai respirou fundo sem abrir os olhos.

— Os lobos já são fortes.

CAPÍTULO 5

Os olhos afiados de Yesugei viram os batedores Olkhun'ut exatamente no mesmo instante em que eles o viram. As notas profundas de suas trompas chegaram de volta à tribo, incitando os guerreiros a defenderem seus rebanhos e mulheres.

— Você não falará a não ser que eles falem com você — alertou Yesugei. — Mostre o rosto frio, não importando o que aconteça. Entendeu?

Temujin não respondeu, mas engoliu em seco, nervoso. Os dias e noites com o pai haviam sido um tempo estranho para ele. Em toda a vida não podia se lembrar de ter tido a atenção de Yesugei por tanto tempo, sem os irmãos atravessando o campo de visão do cã e distraindo-o. A princípio, Temujin havia pensado que seria um sofrimento ficarem juntos durante toda a viagem. Eles não eram amigos e não poderiam ser, mas houve momentos em que captou um brilho de alguma coisa nos olhos do pai. Em qualquer outra pessoa, poderia ter sido orgulho.

A distância, Temujin viu poeira subir do chão seco enquanto jovens guerreiros saltavam para seus pôneis, pedindo armas. A boca de Yesugei se tornou uma linha fina e dura e ele se empertigou na sela, as costas eretas sem se dobrar. Temujin imitou-o do melhor modo que pôde, olhando a nuvem de poeira crescer à medida que dezenas de guerreiros vinham num enxame em direção ao par solitário.

— Não se vire, Temujin — disse Yesugei rispidamente. — São garotos fazendo jogos, e você vai me envergonhar se der confiança a eles.

— Entendo — respondeu Temujin. — Mas se o senhor ficar parado como uma pedra, saberão que o senhor está consciente deles. Não seria melhor falar comigo, rir?

Sentiu o olhar de Yesugei e teve um momento de medo. Aqueles olhos dourados tinham sido a última visão de um bom número de jovens. Yesugei estava se preparando para inimigos, com os instintos dominando-lhe os músculos e as reações. Quando Temujin virou para devolver o olhar, viu o pai relaxar visivelmente. Os olkhun'ut que vinham galopando não pareciam tão próximos e, de algum modo, o dia havia se tornado um pouco mais luminoso.

— Vou parecer um idiota se eles nos arrancarem dos pôneis aos pedaços — disse Yesugei, forçando um riso rígido que não ficaria deslocado num cadáver.

Temujin riu de seu esforço, numa diversão genuína.

— O senhor está sentindo dor? Tente inclinar a cabeça para trás.

O pai fez o que Temujin sugeria, e seu esforço reduziu os dois a uma gargalhada solta quando os cavaleiros olkhun'ut chegaram. Yesugei estava de rosto vermelho e enxugando lágrimas dos olhos quando os guerreiros pararam gritando, permitindo que suas montarias bloqueassem os dois estranhos. A nuvem de poeira chegou com eles, passando pelo grupo ao vento e fazendo todos estreitarem os olhos.

O grupo de guerreiros ficou em silêncio enquanto Temujin e Yesugei se controlavam e pareciam notar os olkhun'ut pela primeira vez. Temujin manteve o rosto tão inexpressivo quanto possível, porém mal conseguia esconder a curiosidade. Tudo era sutilmente diferente do que estava acostumado a ver. As linhagens de sangue dos cavalos deles eram soberbas, e os guerreiros usavam leves dils cinza com marcas de fios dourados, sobre calças marrom-escuras. De algum modo eram mais limpos e mais bem arrumados que seu povo, e Temujin sentiu um vago ressentimento começar. Seu olhar pousou no que certamente era o líder. Os outros cavaleiros abriram caminho, esperando ordens, enquanto ele se aproximava.

Temujin viu que o jovem guerreiro montava tão bem quanto Kachiun, mas era quase adulto, com apenas uma túnica levíssima e braços morenos à mostra. Tinha dois arcos presos à sela, com um bom machado de atirar. Temujin não pôde ver espadas com nenhum dos outros, mas eles também levavam machadinhas e ele se perguntou como aquilo seria usado contra homens armados. Suspeitou que uma boa espada reduziria as machadinhas a lascas de madeira com apenas um ou dois golpes — a não ser que eles as atirassem.

Seu exame dos olkhun'ut estava sendo devolvido. Um dos homens instigou o pônei mais para perto de Yesugei. Uma mão suja se estendeu para sentir o tecido de seu dil.

Temujin mal viu o pai se mover, mas a mão do sujeito estava manchada de vermelho antes que ele pudesse pôr um dedo nos pertences de Yesugei. O cavaleiro olkhun'ut gritou e recuou, com a dor se transformando em raiva num instante.

— Você se arrisca muito vindo aqui sem seus homens de confiança, cã dos lobos — disse subitamente o rapaz de túnica. — Trouxe outro de seus filhos para os olkhun'ut ensinarem a ser homem?

Yesugei virou para Temujin e de novo havia aquela luz estranha em seu olhar.

— Este é meu filho: Temujin. Temujin, este é seu primo Koke. O pai dele é o homem que acertei no quadril no dia em que conheci sua mãe.

— E ele ainda manca — concordou Koke, sem sorrir.

Seu pônei se moveu sem precisar de um sinal e ele deu um tapa no ombro de Yesugei. Este permitiu a ação, mas havia algo em sua imobilidade sugerindo que poderia não ter permitido. Os outros guerreiros relaxaram quando Koke se afastou. Ele havia mostrado que não tinha medo do cã, e Yesugei havia aceitado que não governava onde os olkhun'ut montavam suas iurtas.

— Vocês devem estar com fome. Os caçadores trouxeram gordas marmotas de primavera hoje cedo. Comem conosco?

— Comemos — respondeu Yesugei pelos dois.

A partir desse momento, estavam protegidos pelos direitos de hóspedes, e Yesugei perdeu a rigidez que sugeria que ele preferia estar segurando uma espada. Sua adaga havia desaparecido de novo no manto com acabamento de pele. Em comparação, o estômago de Temujin parecia ter encolhido. Não tinha avaliado totalmente como ficaria solitário rodeado de estranhos e, mesmo antes de chegarem às primeiras tendas dos olkhun'ut, estava observando o pai atentamente, morrendo de medo do momento em que ele iria embora, deixando-o para trás.

As iurtas dos olkhun'ut eram de um tom de cinza-claro diferente do conhecido por Temujin. Os cavalos eram mantidos em grandes currais fora do conjunto de tendas, e eram em número demasiado para ele contar. Com o gado bovino, as cabras e ovelhas mastigando capim em cada colina próxima, dava para ver que os olkhun'ut eram prósperos e, como dissera Yesugei, fortes em número. Temujin viu meninos da idade de seus irmãos disputando corrida nos arredores do acampamento. Cada um tinha um pequeno arco e parecia estar disparando diretamente no chão, gritando e xingando alternadamente. Era tudo estranho, e ele desejou que Kachiun e Khasar também estivessem ali.

Seu primo Koke pulou do pônei, dando as rédeas a uma mulher pequenina, com rosto enrugado como uma folha. Temujin e Yesugei apearam ao mesmo tempo e seus pôneis foram levados para tomar água e comer. Os outros cavaleiros se espalharam pelo acampamento, retornando a suas iurtas ou se juntando em grupos para conversar. Estranhos na tribo não eram coisa comum, e Temujin podia sentir centenas de olhares sobre ele enquanto Koke guiava os dois membros da tribo dos lobos por entre seu povo, caminhando à frente.

Yesugei grunhiu de desprazer por ser obrigado a caminhar atrás do rapaz. Em resposta, o cã andava mais lentamente, parando para inspecionar os nós decorativos na iurta de uma família inferior. Com um franzido no rosto, Koke foi obrigado a esperar os convidados ou teria de chegar ao destino sem eles. Temujin poderia ter aplaudido o modo sutil como seu pai havia alterado o pequeno jogo de status a seu favor. Em vez de correr atrás do rapaz, eles haviam transformado a caminhada num passeio pelas iurtas dos olkhun'ut. Yesugei até falou com uma ou duas pessoas, mas jamais com uma pergunta que elas poderiam não ter respondido, apenas fazendo um elogio ou uma observação simples. Os olkhun'ut olhavam os dois lobos e Temujin sentiu que o pai estava gostando tanto das tensões quanto se aquilo fosse uma batalha.

Quando pararam diante de uma iurta com porta de um azul intenso, Koke estava irritado com os dois, mas não podia dizer exatamente o motivo.

— Seu pai está bem? — perguntou Yesugei.

O jovem guerreiro foi obrigado a parar enquanto se abaixava para entrar na iurta.

— Continua forte como sempre — respondeu Koke.

Yesugei assentiu.

— Diga a ele que estou aqui — disse, olhando tranqüilo para o sobrinho de sua esposa.

Koke ficou ligeiramente vermelho antes de desaparecer na escuridão do interior. Ainda que houvesse olhos e ouvidos ao redor, Temujin e Yesugei foram deixados a sós.

— Observe as cortesias quando entrarmos — murmurou Yesugei. — Estas não são famílias que você conhece. Eles vão notar cada falha e se regozijar com elas.

— Entendo — respondeu Temujin, mal movendo os lábios. — Quanto anos tem meu primo Koke?

— Treze ou quatorze — respondeu Yesugei.

Temujin levantou os olhos com interesse.

— Então ele só está vivo porque o senhor acertou o pai dele no quadril, e não no coração?

Yesugei deu de ombros.

— Não tentei acertar no quadril. Atirei para matar, mas só tive um instante para disparar a flecha antes que o outro irmão de sua mãe lançasse um machado contra mim.

— Ele também está aqui? — perguntou Temujin, olhando ao redor.

Yesugei deu um risinho.

— Não, a não ser que tenha conseguido pôr a cabeça de volta no lugar.

Temujin ficou quieto enquanto pensava naquilo. Os olkhun'ut não tinham motivo para gostar de seu pai, e muitos possuíam motivos para odiá-lo, no entanto ele mandava os filhos a eles, em busca de esposas. As certezas que conhecera entre seu povo estavam desaparecendo enquanto se sentia perdido e temeroso. Temujin buscou sua determinação com esforço, compondo as feições para formar o rosto frio. Bekter havia suportado o ano com a tribo, afinal de contas. Eles não iriam matá-lo, e qualquer outra coisa era suportável, tinha quase certeza.

— Por que ele não saiu? — perguntou ao pai.

Yesugei grunhiu, afastando o olhar de algumas jovens olkhun'ut que estavam ordenhando cabras.

— Ele nos faz esperar porque acha que eu ficarei insultado. Ele me fez esperar quando vim com Bekter há dois anos. Sem dúvida vai me fazer esperar quando eu vier com Khasar. O sujeito é idiota, mas todos os cães latem para um lobo.

— Então por que o senhor os visita? — perguntou Temujin, baixando a voz ainda mais.

— O laço de sangue me deixa em segurança no meio deles. Eles ficam incomodados em me receber, mas honram sua mãe ao fazer isso. Eu represento meu papel e meus filhos têm esposas.

— O senhor vai ver o cã deles?

Yesugei balançou a cabeça.

— Se Sansar me receber, será obrigado a oferecer suas tendas e mulheres pelo tempo em que eu estiver aqui. Deve ter ido caçar, como eu faria se ele fosse visitar os lobos.

— O senhor gosta dele — disse Temujin, observando atentamente o rosto do pai.

— O sujeito tem honra suficiente para não fingir que é amigo, quando não é. Eu o respeito. Se algum dia eu decidir tomar seus rebanhos, vou deixar que ele mantenha algumas ovelhas e uma ou duas mulheres, talvez até um arco e um bom casaco para protegê-lo do frio.

Yesugei sorriu com esse pensamento, olhando de novo para as garotas que cuidavam do rebanho barulhento. Temujin se perguntou se as cabras sabiam que o lobo já estava entre elas.

O interior da iurta estava escuro e denso com o cheiro de cordeiro e suor. Quando Temujin se abaixou para passar sob a verga da porta, ocorreu-lhe pela primeira vez como um homem ficava vulnerável ao entrar no lar de outra família. Talvez as portas pequenas tivessem outra função além de manter o inverno do lado de fora.

A iurta tinha camas de madeira esculpida, junto à borda, com um pequeno fogão no meio. Temujin ficou vagamente desapontado com a aparência comum do interior, ainda que seus olhos afiados tenham notado um arco belo na parede mais distante, de curva dupla e com acabamento de chifre e tendão. Imaginou se teria chance de treinar arco e flecha com os olkhun'ut. Se o proibissem de usar arma durante todo o ciclo das estações, ele poderia perder as habilidades que tanto havia treinado para obter.

Koke estava de pé, com a cabeça respeitosamente baixa, mas outro homem se levantou quando Yesugei veio cumprimentá-lo. O sujeito media uma cabeça a menos do que o cã dos lobos.

— Trouxe-lhe outro filho, Enq — disse Yesugei formalmente. — Os olkhun'ut são amigos dos lobos e nos honram muito com esposas fortes.

Temujin observou o tio, fascinado. O irmão de sua mãe. Era estranho pensar nela crescendo nesta mesma iurta, montando uma ovelha, talvez, como algumas vezes os bebês faziam.

Enq era um homem fino como uma lança, a carne comprimida nos ossos, de modo que as linhas de seu crânio raspado podiam ser vistas facilmente. Mesmo na iurta escura, sua pele brilhava de banha, com apenas uma grossa mecha de cabelos grisalhos pendendo do couro cabeludo entre os olhos. O olhar que ele deu a Temujin não era de boas-vindas, mas apertou a mão de Yesugei e sua esposa preparou chá salgado para revigorá-los.

— Minha irmã está bem? — perguntou Enq enquanto o silêncio se avolumava ao redor.

— Ela me deu uma filha — respondeu Yesugei. — Talvez um dia você me mande um filho olkhun'ut.

Enq assentiu, mas a idéia não pareceu agradá-lo.

— A garota que você encontrou para meu filho mais velho já sangrou? — perguntou Yesugei.

Enq fez uma careta sobre o chá.

— A mãe dela diz que não. Ela irá quando estiver pronta. — Enq parecia a ponto de falar de novo, mas fechou a boca com força, de modo que as rugas ao redor dos lábios se aprofundaram.

Temujin se empoleirou na beira de uma cama, observando a boa qualidade dos cobertores. Lembrando-se do que o pai dissera, pegou com a mão direita a tigela de chá que lhe foi oferecida, com a esquerda apoiando o cotovelo direito, ao modo tradicional. Ninguém poderia criticar seus modos diante dos olkhun'ut.

Todos se acomodaram e tomaram o líquido em silêncio. Temujin começou a relaxar.

— Por que seu filho não me cumprimentou? — perguntou Enq a Yesugei dissimuladamente.

Temujin se enrijeceu quando seu pai franziu a testa. Pôs a tigela de lado e se levantou de novo. Enq se levantou com ele e Temujin ficou satisfeito ao ver que tinha a mesma altura do sujeito.

— Sinto-me honrado em conhecê-lo, tio — disse ele. — Sou Temujin, segundo filho do cã dos lobos. Minha mãe lhe manda lembranças. O senhor está bem?

— Estou, garoto — respondeu Enq. — Mas vejo que você ainda não aprendeu as cortesias de nosso povo.

Yesugei pigarreou baixinho e Enq fechou a boca e não disse o que iria acrescentar. Temujin não deixou de ver o clarão de irritação nos olhos do homem mais velho. Ele fora mergulhado num mundo adulto de sutilezas e jogos, e de novo começou a temer o momento em que seu pai o deixaria para trás.

— Como está seu quadril? — murmurou Yesugei.

A boca fina de Enq se apertou quando ele forçou um sorriso.

— Nunca penso nisso — respondeu.

Temujin notou que ele se moveu rigidamente ao se sentar de novo, e sentiu um prazer secreto. Não precisava gostar daquele povo estranho. Entendia que isso também era um teste, como todas as outras coisas que Yesugei fazia com os filhos. Iria suportar.

— Há uma esposa para ele nas iurtas? — perguntou Yesugei.

Enq fez uma careta, terminando de tomar sua tigela de chá e estendendo-a para ser enchida de novo.

— Há uma família que não conseguiu marido para a filha. Eles ficarão satisfeitos em vê-la comendo a carne e bebendo o leite de outra pessoa.

Yesugei assentiu.

— Irei vê-la antes de ir embora. Ela deve ser forte e capaz de ter filhos para os lobos. Quem sabe um dia ela pode ser mãe da tribo.

Enq assentiu, bebericando o líquido salgado como se estivesse em concentração profunda. Temujin não queria nada além de se afastar do cheiro azedo do sujeito e de sua iurta sombria, mas se obrigou a permanecer imóvel e ouvir cada palavra. Afinal de contas, seu futuro dependia daquele momento.

— Vou trazê-la até você — disse Enq, mas Yesugei balançou a cabeça.

— Bom sangue vem de boa linhagem, Enq. Vou ver os pais dela antes de ir embora.

Relutante, Enq assentiu.

— Muito bem. Eu preciso mijar, de qualquer modo.

Temujin se levantou, ficando afastado enquanto o tio passava pela porta. Pôde ouvir quase imediatamente o barulho de líquido batendo no chão. Yesugei deu um risinho no fundo da garganta, mas não era um som amigável. Em comunicação silenciosa, estendeu a mão e apertou a nuca de Temujin, depois os dois saíram para o sol luminoso.

Os olkhun'ut pareciam ter uma curiosidade insaciável em relação aos visitantes. Enquanto seus olhos se ajustavam à luz, Temujin viu muitas dezenas de pessoas reunidas ao redor da iurta de Enq, mas Yesugei mal lhes concedeu um olhar. Enq caminhou pela multidão, afastando dois cães com um chute que os fez partir ganindo. Yesugei foi atrás dele, com o olhar encontrando o do filho por um momento. Temujin devolveu o olhar com frieza até que Yesugei assentiu, tranqüilizado de algum modo.

A rigidez de Enq era muito mais visível quando eles andavam atrás, cada passo revelando o antigo ferimento. Sentindo o exame, seu rosto ficou vermelho enquanto os guiava através das iurtas amontoadas em direção aos limites do acampamento. Os olkhun'ut os acompanhavam conversando sem parar, sem vergonha do próprio interesse.

Um trovão de cascos soou atrás do pequeno grupo e Temujin sentiu-se tentado a olhar para trás. Viu o pai espiar e soube que, se houvesse uma ameaça, o cã teria desembainhado a espada. Ainda que seus dedos tenham se remexido junto ao punho da arma, Yesugei apenas sorriu. Temujin escutou o barulho dos cascos chegando mais e mais perto, até que o chão começou a tremer sob as patas dos cavalos.

No último momento possível, Yesugei se moveu bruscamente, levantando a mão num movimento que era um borrão, para agarrar um cavaleiro. O animal continuou galopando loucamente, sem rédeas ou sela. Livre de seu fardo, corcoveou duas vezes e depois se acalmou, abaixando a cabeça para mordiscar o capim seco.

Temujin havia girado quando o pai se moveu, vendo o sujeito enorme baixar uma criança ao chão como se o peso não fosse nada.

Podia ser uma menina, mas não era fácil ter certeza. O cabelo era curto e o rosto quase preto de sujeira. Ela lutou nos braços de Yesugei enquanto ele a punha no chão, cuspindo e gritando. Ele riu e virou para Enq com as sobrancelhas erguidas.

— Pelo que vejo, os olkhun'ut as criam selvagens — disse Yesugei.

O rosto de Enq estava retorcido com o que poderia ser diversão. Ficou olhando a menininha suja correr gritando.

— Vamos continuar até o pai dela — disse, lançando um olhar para Temujin, antes de sair mancando.

Temujin olhou para a figura que corria, desejando ter examinado melhor.

— É ela? — perguntou em voz alta. Ninguém respondeu.

Os cavalos dos olkhun'ut estavam nos arredores da tribo, relinchando e balançando a cabeça na animação da primavera. A última iurta ficava num trecho de terreno empoeirado junto aos currais, batida pelo sol e sem qualquer ornamento. Até a porta era de madeira sem pintura, sugerindo que os donos não tinham mais do que a vida e o lugar na tribo. Temujin suspirou ao pensar que passaria o ano com uma família tão pobre. Havia esperado ao menos receber um arco para caçar. Pela aparência da iurta, a família de sua esposa teria dificuldades até mesmo para alimentá-lo.

O rosto de Yesugei estava inexpressivo, e Temujin se esforçava muito para fazer o mesmo na frente de Enq. Já havia resolvido não gostar do tio magro que lhe dera boas-vindas tão relutantes. Não era difícil.

O pai da garota saiu para encontrá-los, sorrindo e fazendo reverências. Suas roupas estavam pretas de banha velha e de sujeira, camada sobre camada que Temujin suspeitou que ficavam sobre a pele dele independentemente da estação. O homem mostrou uma boca sem dentes quando sorriu, e Temujin ficou olhando-o coçar uma mecha escura no cabelo, jogando longe com os dedos algum parasita sem nome. Era difícil não sentir o estômago revoltado depois da iurta que sua mãe mantivera limpa durante toda a vida. O cheiro de urina era forte no ar e Temujin nem podia ver um buraco de latrina por perto.

Segurou a mão escura do homem quando esta foi oferecida e entrou para tomar outra tigela de chá salgado, movendo-se à esquerda depois do pai e de Enq. Seu ânimo afundou ainda mais ao ver as camas de madeira quebrada e a falta de pintura. Havia um arco velho na parede, mas era uma coisa pobre e muito remendada. O velho acordou a esposa com um tapa forte e mandou-a ferver a água no fogão.

Enq não conseguia esconder sua animação. Sorriu olhando a trama de madeira e feltro nus, consertada numa centena de lugares.

— Sentimo-nos honrados em estar na sua casa, Shria — disse ele à mulher, que baixou a cabeça brevemente antes de colocar o chá salgado nas tigelas rasas para eles. O bom humor de Enq estava crescendo visivelmente enquanto se dirigia ao marido dela. — Traga sua filha, Sholoi. O pai do garoto disse que quer vê-la.

O homenzinho magro mostrou de novo as gengivas desdentadas e saiu, puxando as calças sem cinto a cada dois passos. Temujin escutou uma voz aguda gritando e a resposta curta do homem, mas fingiu não ter ouvido, encobrindo a consternação com a tigela de chá e sentindo a bexiga ficar cheia.

Sholoi trouxe a garota suja de volta, lutando o tempo todo. Sob o olhar de Yesugei, bateu nela três vezes, rapidamente, no rosto e nas pernas. Lágrimas saltaram dos olhos da menina, mas ela lutou contra elas com a mesma determinação com que havia lutado com o pai.

— Esta é Borte — disse Enq dissimuladamente. — Será uma esposa boa e leal para seu filho, tenho certeza.

— Parece um tanto velha — disse Yesugei, em dúvida.

A garota se soltou das mãos do pai e foi sentar-se do outro lado da iurta, o mais longe deles que pudesse.

Enq deu de ombros.

— Tem 14 anos, mas não houve sangue. Talvez porque é magra. Houve outros pretendentes, claro, mas eles querem uma garota plácida, em vez de uma que tenha fogo. Será uma boa mãe para os lobos.

A garota em questão tirou um sapato e jogou contra Enq. Temujin estava suficientemente perto para pegá-lo no ar, e ela o encarou com raiva.

Yesugei atravessou a iurta e algo nele a fez ficar parada. Ele era grande para seu próprio povo, e maior ainda para os olkhun'ut, que tendiam para a delicadeza. Yesugei estendeu a mão e tocou-a gentilmente sob o queixo, levantando sua cabeça.

— Meu filho vai precisar de uma mulher forte — disse, olhando-a nos olhos. — Acho que será linda quando crescer.

A menina interrompeu a imobilidade pouco natural e tentou dar um tapa em sua mão, mas ele era rápido demais. Yesugei sorriu, assentindo.

— Gosto dela. Aceito o noivado.

Enq escondeu o desprazer por trás de um sorriso débil.

— Fico feliz por ter encontrado uma boa noiva para seu filho — disse ele.

Yesugei se levantou e esticou as costas, erguendo-se acima de todos.

— Retornarei para pegá-lo daqui a um ano. Ensinem-lhe disciplina, mas lembrem-se que um dia ele será homem e poderá voltar para pagar as dívidas para com os olkhun'ut.

A ameaça não passou despercebida por Enq e Sholoi, e o primeiro trincou o maxilar para não responder antes de ter se dominado.

— A vida nas iurtas dos olkhun'ut é dura. Nós vamos lhe devolver um guerreiro, além de uma esposa para ele.

— Não duvido — respondeu Yesugei.

Em seguida, se dobrou quase ao meio para passar pela porta pequena. Num pânico súbito, Temujin percebeu que o pai estava indo embora. Pareceu demorar uma eternidade até que os homens mais velhos fossem atrás, mas ele se obrigou a permanecer sentado até restar somente a esposa envelhecida e ele poder sair. Quando parou, piscando por causa da luz, o pônei do pai fora trazido. Yesugei montou facilmente, olhando todos de cima para baixo. Seu olhar firme finalmente encontrou Temujin, mas ele não disse nada e, depois de um momento, bateu os calcanhares e saiu trotando.

Temujin ficou vendo o pai se afastar, retornando aos seus irmãos, à sua mãe, a tudo o que ele amava. Mesmo sabendo que ele não faria isso, Temujin esperou que Yesugei olhasse para trás antes de estar fora das vistas. Sentiu lágrimas ameaçando brotar e respirou fundo para contê-las, sabendo que Enq ficaria satisfeito ao ver uma fraqueza.

Seu tio viu Yesugei partir e, em seguida, fechou uma das narinas com um dedo, soprando o conteúdo da outra no chão poeirento.

— Ele é um idiota arrogante, como todos os lobos — disse.

Temujin virou rapidamente, surpreendendo-o. Enq deu um risinho.

— E os cachorrinhos dele são piores que o pai. Bem, Sholoi bate nos cachorrinhos com tanta força quanto bate nas filhas e na mulher. Todos eles sabem qual é o lugar de cada um, garoto. Você saberá qual é o seu enquanto estiver aqui.

Ele sinalizou para Sholoi e o homenzinho segurou o braço de Temujin num aperto surpreendentemente forte. Enq sorriu ao ver a expressão do garoto.

Temujin ficou em silêncio, sabendo que estavam tentando amedrontá-lo. Depois de uma pausa, Enq virou e saiu andando, com a expressão azeda. Temujin viu que o tio mancava muito mais quando Yesugei não estava ali para ver. Em meio ao medo e à solidão, esse pensamento lhe deu uma migalha de consolo. Se tivesse sido tratado com gentileza, talvez não tivesse forças. Como as coisas estavam, sua aversão fervilhante era como um trago de sangue de égua em seu estômago, alimentando-o.

Yesugei não olhou para trás quando passou pelos últimos cavaleiros dos olkhun'ut. Seu coração doía por deixar o precioso filho nas mãos de fracos como Enq e Sholoi, mas ter dado ao menos algumas palavras de conforto a Temujin teria sido um triunfo para aqueles que ansiavam por esse tipo de coisa. Quando estava cavalgando sozinho pela planície e o acampamento havia ficado muito atrás, permitiu-se um raro sorriso. Temujin tinha um bocado de ferocidade por dentro, talvez mais do que qualquer outro de seus filhos. Enquanto Bekter podia ter se fechado, carrancudo, ele achava que Temujin talvez surpreendesse os que achavam que poderiam atormentar livremente o filho de um cã. De qualquer modo, o garoto sobreviveria ao ano e os lobos ficariam mais fortes devido às suas experiências e à esposa que ele levaria para casa. Yesugei se lembrou dos gordos rebanhos ao redor das iurtas da tribo de sua esposa. Ele não havia encontrado fraquezas verdadeiras nas defesas, mas, se o inverno fosse duro, podia ver um dia em que poderia atacá-los de novo, com guerreiros ao lado. Seu estado de espírito melhorou com a idéia de ver Enq fugir de seus homens de confiança. Não haveria sorrisos nem olhares dissimulados da parte do homenzinho magro. Bateu os calcanhares para galopar pela paisagem vazia, a imaginação cheia de pensamentos agradáveis de incêndios e gritos.

CAPÍTULO 6

TEMUJIN SAIU ABRUPTAMENTE DO SONO QUANDO UM PAR DE MÃOS O ARRANCOU de seu estrado para o chão de madeira. A iurta estava cheia daquela escuridão fechada que o impedia de ver ao menos os próprios membros, e nada era familiar. Podia ouvir Sholoi murmurando enquanto se movia e presumiu que o velho é que o havia acordado. Sentiu um jorro renovado de aversão pelo pai de Borte. Levantou-se, contendo um grito de dor ao bater o tornozelo em algum obstáculo desconhecido. Ainda não amanhecera, e o acampamento dos olkhun'ut estava silencioso ao redor. Ele não queria provocar o latido dos cães. Um pouco de água fria afastaria o sono, pensou, bocejando. Estendeu a mão para onde se lembrava de ter visto um balde na noite anterior, mas suas mãos se fecharam sobre nada.

— Já acordou? — disse Sholoi em algum lugar perto.

Temujin virou em direção ao som e apertou os punhos na escuridão. Tinha um hematoma na lateral do rosto, onde o velho havia batido na noite anterior. Isso havia provocado lágrimas vergonhosas em seus olhos, mas ele viu que Enq havia falado a verdade sobre a vida naquele lar miserável. Sholoi usava as mãos ossudas para garantir cada ordem, quer estivesse tirando um cão do caminho ou fazendo a filha ou a mulher começar alguma tarefa. A mulher de aparência rabugenta parecia ter aprendido um silêncio carrancudo, mas Borte sentiu os punhos do pai várias vezes naquela primeira tarde, só por estar perto demais no espaço confinado da iurta. Sob a roupa suja e velha, Temujin achou que ela devia estar coberta de machucados. Foram precisos dois golpes fortes de Sholoi antes que ele também mantivesse a cabeça baixa. Nesse ponto havia sentido os olhos dela fixos nele, com expressão de escárnio, mas o que mais poderia ter feito? Matado o velho? Não achava que viveria muito tempo depois do primeiro grito de socorro de Sholoi, ainda mais rodeado pelo restante da tribo. Pensou que eles sentiriam um prazer especial em matá-lo, se desse motivo. O último pensamento desperto à noite fora a imagem agradável de arrastar Sholoi ensangüentado atrás de seu pônei, mas era apenas uma fantasia resultante da humilhação. Bekter havia sobrevivido, lembrou-se, suspirando, imaginando como o grandalhão conseguira conter o temperamento.

Ouviu um ranger de dobradiças quando Sholoi abriu a porta pequena, deixando entrar a fria luz das estrelas em quantidade suficiente para Temujin se esgueirar ao redor do fogão e das formas adormecidas de Borte e sua mãe. Em algum lugar ali perto havia duas outras iurtas com os filhos de Sholoi e suas mulheres e crianças sujas. Todos haviam abandonado o velho anos atrás, deixando apenas Borte. Apesar do jeito rude, Sholoi era cã em sua própria casa e Temujin só podia baixar a cabeça e tentar não merecer muitos cascudos e socos.

Estremeceu ao sair, cruzando os braços em seu dil grosso, abraçando-se. Sholoi estava esvaziando a bexiga de novo, como parecia necessitar a cada hora, aproximadamente, durante a noite. Temujin havia acordado mais de uma vez, enquanto Sholoi passava cambaleando por ele, e imaginou por que fora arrancado dos cobertores desta vez. Sentia uma dor funda no estômago, de fome, e estava ansioso por algo quente para começar o dia. Com apenas um pouco de chá quente, tinha certeza que poderia fazer com que as mãos parassem de tremer, mas sabia que Sholoi só riria se ele pedisse um pouco antes que o fogão ao menos fosse aceso.

Os rebanhos eram figuras escuras sob a luz das estrelas quando Temujin esvaziou sua urina no solo, olhando-a soltar fumaça. As noites ainda estavam frias na primavera e ele viu que havia uma crosta de gelo no chão. Com a porta virada para o sul, não teve problema para encontrar o leste e procurar o alvorecer. Não havia sinal, e ele esperou que Sholoi não se levantasse àquela hora todo dia. O sujeito podia ser desdentado, mas era robusto e cheio de nós como um graveto velho, e Temujin teve a sensação desagradável de que o dia seria longo e difícil.

Enquanto entrava, Temujin sentiu o aperto de Sholoi no braço, empurrando-o. O velho estendia um balde de madeira, e quando Temujin o segurou, ele pegou outro, colocando-o em sua mão livre.

— Encha e volte depressa, garoto — disse ele.

Temujin assentiu, indo na direção do rio próximo. Desejou que Khasar e Kachiun pudessem estar ali. Já sentia falta deles e não era difícil imaginar a cena pacífica enquanto os irmãos acordavam na iurta que ele conhecera toda a vida, com Hoelun sacudindo-os para começar as tarefas. Os baldes estavam pesados quando ele voltou, mas queria comer e não duvidava que Sholoi o faria passar fome se ele lhe desse oportunidade.

O fogão fora aceso quando Temujin retornou, e Borte havia desaparecido de seus cobertores. A esposa séria e pequena de Sholoi, Shria, estava junto ao fogão, alimentando as chamas com torrões de esterco antes de fechar a porta com um estrondo. Ela não havia falado uma palavra com ele desde a chegada. Temujin olhou sedento para o pote de chá, mas Sholoi entrou no momento em que ele pôs os baldes no chão e o guiou de volta para a escuridão silenciosa apertando seu bíceps com dois dedos.

— Mais tarde você vai se juntar ao pessoal que cuida da lã, quando o sol tiver subido. Sabe feltrar?

— Não, nunca... — começou Temujin.

Sholoi fez uma careta.

— Você não me serve de grande coisa, não é, garoto? Eu posso carregar meus próprios baldes. Quando estiver claro, você pode catar cocô de ovelha para o fogão. Sabe acompanhar um rebanho?

— Já fiz isso — respondeu Temujin rapidamente, esperando que lhe dessem seu pônei para cuidar das ovelhas e do gado dos olkhun'ut. Isso pelo menos o levaria para longe da nova família durante algum tempo todo dia. Sholoi viu sua ansiedade e a boca desdentada se enrolou como um punho úmido e sujo.

— Quer voltar correndo para sua mãe, é, garoto? Está com medo de um pouco de trabalho duro?

Temujin balançou a cabeça.

— Sei curtir couro e trançar corda para arreios e selas. Sei esculpir madeira, chifre e osso. — Pegou-se ruborizando, mas duvidava que Sholoi pudesse ver isso na escuridão iluminada pelas estrelas. Ouviu o velho bufar.

— Não preciso de sela para um cavalo que não tenho, não acha? Alguns de nós não nasceram para sedas e peles bonitas.

Temujin viu o soco do velho chegando e se desviou, virando a cabeça. Sholoi não foi enganado e bateu até ele cair de lado na área mais escura, onde a urina havia comido o gelo. Enquanto Temujin tentava se levantar, Sholoi chutou suas costelas e o garoto perdeu as estribeiras. Saltou depressa e ficou de pé oscilando, subitamente inseguro. O velho parecia decidido a humilhá-lo com cada palavra, e ele não podia entender o que o sujeito queria.

Sholoi soltou um assobio de exasperação e cuspiu, tentando pegá-lo com os dedos nodosos. Temujin recuou, completamente incapaz de encontrar uma resposta que satisfizesse o atormentador. Abaixou-se e se protegeu de uma chuva de socos, mas alguns deles o alcançaram. Cada instinto lhe dizia para contra-atacar, no entanto ele não tinha certeza se Sholoi ao menos sentiria. O velho parecia ter crescido e se tornado temível no escuro, e Temujin não podia imaginar como acertá-lo com força suficiente para interromper o ataque.

— Chega — gritou. — Chega!

Sholoi riu, segurando a beira do dil de Temujin com seu aperto irresistível e ofegando como se tivesse corrido quilômetros ao sol do meio-dia.

— Já domei pôneis melhores que você, garoto. Com mais espírito, também. Você não é melhor do que pensei.

Havia um mundo de escárnio na voz dele, e Temujin percebeu que podia ver as feições do velho. A primeira luz do sol havia chegado ao leste e a tribo estava finalmente acordando. Os dois sentiram ao mesmo tempo que eram observados e, quando viraram, Borte estava ali, olhando.

Temujin ficou vermelho com uma vergonha mais dolorosa que os socos. Sentiu as mãos de Sholoi baixarem sob o exame silencioso de Borte, e o velho pareceu meio sem jeito. Sem outra palavra, ele passou por Temujin e desapareceu na escuridão fétida da iurta.

Temujin sentiu uma gota de sangue descer do nariz até o lábio superior, provocando coceira, e esmagou-a com um gesto raivoso, enojado de todos eles. O movimento pareceu espantar a filha de Sholoi e ela lhe deu as costas, correndo para a penumbra do amanhecer. Durante alguns momentos preciosos, Temujin ficou sozinho e se sentiu perdido e arrasado. Sua nova família era pouco melhor do que animais, pelo que tinha visto, e era apenas o início do primeiro dia.

Borte corria por entre as iurtas, desviando-se de obstáculos e passando a toda velocidade por um cão que latiu e tentou persegui-la. Bastaram algumas viradas rápidas e o bicho foi deixado para trás, latindo e rosnando em fúria impotente. Sentia-se viva quando corria, como se nada no mundo pudesse tocá-la. Quando ficava parada, o pai podia alcançá-la com as mãos ou a mãe batia em suas costas com um chicote de bétula. Ainda tinha as marcas por ter derrubado um balde de iogurte fresco dois dias antes.

A respiração entrava e saía facilmente de seus pulmões, e ela desejou que o sol permanecesse imobilizado no horizonte distante. Se a tribo continuasse dormindo, ela poderia encontrar um pouco de silêncio e felicidade longe dos olhares das pessoas. Sabia como falavam dela e havia ocasiões em que desejaria poder ser como as outras garotas da tribo. Havia até mesmo tentado, quando a mãe chorou por sua causa uma vez. Bastou um dia para ficar cansada de costurar e aprender a fermentar o airag preto para os guerreiros. Onde estava a empolgação daquilo? Até sua aparência era diferente das outras garotas, com o corpo magro e pouco mais que minúsculos relevos de seios para alterar a gaiola de costelas que era seu peito. A mãe reclamava que ela não comia o suficiente para crescer, mas Borte ouvira uma mensagem diferente. Não queria enormes peitos de vaca que penderiam para um homem ordenhá-la. Queria ser rápida como os cervos e magra como um cão selvagem.

Respirou fundo enquanto corria, adorando o prazer do vento. Seu pai havia lhe dado ao filhote de lobo sem pensar duas vezes. O velho era idiota demais para perguntar se ela iria aceitá-lo ou não. Não. Ele não se importaria mesmo. Ela sabia como o pai era duro, e o máximo que podia fazer era se esconder dele, como fizera mil vezes antes. Havia mulheres, dentre os olkhun'ut, que a deixavam passar a noite em suas iurtas se o velho Sholoi estivesse furioso. Mas eram ocasiões perigosas, se os homens delas tivessem tomado o leite fermentado. Borte sempre ficava atenta às vozes engroladas e ao hálito doce que significava que eles viriam tentar pegá-la depois de escurecer. Fora apanhada assim uma vez e isso não aconteceria de novo, pelo menos enquanto carregasse sua faquinha.

Passou correndo pelas últimas iurtas da tribo e tomou a decisão de chegar ao rio, sem sequer estar consciente disso. A luz do amanhecer revelava a linha negra e sinuosa da água e ela sentiu que a velocidade ainda estava em suas pernas. Talvez pudesse saltar por cima dele e jamais descer de novo, como uma garça decolando. Riu do pensamento de correr como aquelas aves desajeitadas, todas feitas de pernas e asas batendo. Então chegou à margem do rio e suas coxas se encolheram e soltaram a energia. Voou e, por um momento de glória, olhou para o sol nascente e pensou que não teria de descer. Seus pés bateram na margem oposta do rio sombreado e a fizeram cair no capim rígido da geada, sem fôlego diante de seus próprios vôos de imaginação. Invejava os pássaros que podiam ir tão longe da terra. Como deviam adorar a liberdade!, pensou, olhando o céu em busca das formas escuras se alçando ao amanhecer. Nada lhe daria mais prazer do que simplesmente ser capaz de abrir as asas e deixar a mãe e o pai para trás como manchas feias no chão. Tinha certeza de que eles ficariam pequenos abaixo dela, como insetos. Ela voaria até o sol e o pai céu lhe daria as boas-vindas. Até que ele também erguesse a mão contra ela, e ela tivesse de voar outra vez. Borte não tinha muita certeza sobre o pai céu. Em sua experiência, os homens de qualquer tipo eram muito semelhantes aos garanhões que via montando as éguas dos olkhun'ut. Eram suficientemente quentes antes e durante o ato, com seus mastros compridos balançando embaixo. Depois, pastavam o capim como se nada tivesse acontecido, e ela não via ternura naquilo. Não havia mistério no ato, depois de viver na mesma iurta com os pais durante toda a vida. Seu pai não ligava para a presença da filha caso decidisse puxar Shria durante a noite.

Deitada no chão frio, Borte soprou o ar pelos lábios. Se eles achavam que o filhote de lobo iria montá-la do mesmo modo, ela iria deixá-lo com um cotoco no lugar onde ficava sua hombridade. Imaginou-se carregando aquilo para longe, como um verme vermelho, e ele sendo obrigado a persegui-la, exigindo-o de volta. A imagem era divertida, e ela riu sozinha enquanto sua respiração finalmente se acalmava. A tribo estava acordando. Havia trabalho a ser feito nas iurtas e com os rebanhos. Seu pai estaria ocupado com o filho do cã, pensou, mas Borte deveria ficar perto, para o caso de ele ainda esperar que ela trabalhasse nos couros não curtidos ou espalhasse a lã para ser feltrada. Todo mundo estaria envolvido até que todas as ovelhas estivessem tosquiadas, e sua ausência significaria outra sessão com o chicote de bétula caso ela deixasse o dia passar.

Sentou-se no capim e arrancou uma haste para mastigar. *Temujin*. Disse em voz alta, sentindo o modo como o nome fazia sua boca se mexer. Significava homem de ferro, e era um bom nome, se ela não o tivesse visto se encolher sob a mão de seu pai. Ele era mais novo que ela e meio covarde, e era com aquilo que deveria se casar? Aquele era o garoto que lhe daria filhos e filhas fortes que poderiam correr tanto quanto ela?

— Nunca — disse em voz alta, olhando a água corrente. Num impulso, inclinou-se sobre a superfície e olhou para a visão turva de seu rosto. Poderia ser qualquer pessoa, pensou. Qualquer pessoa que cortasse o cabelo com uma faca e estivesse suja como um pastor. Ela não era nenhuma beldade, era fato, mas, se conseguisse correr suficientemente rápido, nenhum deles poderia pegá-la.

Sob o sol do meio-dia, Temujin enxugou o suor dos olhos, com o estômago roncando. A mãe de Borte era tão azeda e desagradável quanto o marido, com olhos igualmente afiados. Ele temia o pensamento de ter uma mulher tão feia e carrancuda. Para o desjejum, Shria lhe dera uma tigela de chá salgado e uma tira de queijo do tamanho de seu polegar e dura como um pedaço de osso. Ele havia posto aquilo dentro da bochecha para chupar, mas ao meio-dia o queijo mal havia começado a amolecer. Sholoi recebera três bolsas quentes com pão sem fermento e cordeiro temperado, e ficou balançando os pacotes gordurosos de uma das mãos para a outra, para afastar o frio da manhã. O cheiro fizera a boca de Temujin se encher de água, mas Shria beliscou a barriga dele e disse que ele podia suportar a falta de algumas refeições. Era um insulto, mas era apenas mais um.

Enquanto Sholoi passava gordura em couros e verificava os cascos de cada pônei dos olkhun'ut, Temujin havia carregado grandes fardos de lã tosquiada até o local onde as mulheres da tribo estavam espalhando-as em colchões feitos de tecido velho, para feltragem. Cada fardo era mais pesado que qualquer coisa que ele já havia carregado, mas conseguiu cambalear com eles através do acampamento, atraindo os olhares e as conversas animadas das crianças pequenas. As batatas das pernas e as costas haviam começado a queimar antes mesmo do fim da segunda viagem, mas ele não teve permissão de parar. No décimo fardo, Sholoi havia parado de passar gordura para olhar seu progresso hesitante e Temujin viu alguns homens rindo e murmurando apostas uns para os outros. Aparentemente, os olkhun'ut apostavam em qualquer coisa, mas ele nem conseguia mais se importar quando finalmente caiu, com as pernas frouxas. Ninguém veio ajudá-lo a se levantar, e ele pensou que nunca estivera tão desesperadamente infeliz quanto naquele momento de silêncio enquanto os olkhun'ut olhavam-no ficar de pé. Não havia pena nem humor em um único dos rostos duros, e quando Temujin finalmente se levantou, sentiu que a aversão deles alimentava seu espírito, e levantou a cabeça. Ainda que o suor ardesse em seus olhos e cada respiração ofegante parecesse queimá-lo, sorriu para eles. Para seu prazer, alguns até viraram sob seu olhar, mas a maioria estreitou os olhos.

Soube que havia alguém se aproximando pelo modo como as expressões dos outros mudaram. Ficou de pé, com o fardo equilibrado sobre um dos ombros e os dois braços levantados firmando-o. Não gostou da sensação de vulnerabilidade quando virou para ver quem havia atraído o olhar da turba. Ao reconhecer o primo, viu que Koke estava desfrutando o momento. Seus punhos pendiam frouxos aos lados do corpo, mas era fácil imaginá-los batendo em seu estômago desprotegido. Temujin tentou retesar a barriga, sentindo-a estremecer de exaustão. O fardo pesava muito e suas pernas continuavam estranhamente fracas. Mostrou o rosto frio enquanto Koke se aproximava, fazendo o máximo para desconcertar o garoto em seu próprio território.

Não deu certo. Koke chegou primeiro, mas havia outros garotos da mesma idade atrás dele, de olhos brilhantes e aparência perigosa. Com o canto do olho, Temujin viu os adultos cutucarem uns aos outros e rirem. Gemeu por dentro e desejou ter uma faca para apagar a arrogância do rosto deles. Será que Bekter havia sofrido assim? Ele nunca havia comentado.

— Pegue aquele fardo, garoto — disse Koke, rindo.

Enquanto abria a boca para responder, Temujin sentiu um empurrão que desequilibrou o fardo e quase o fez cair junto. Cambaleou na direção de Koke e foi empurrado com força para longe. Já havia travado muitas brigas com os irmãos para deixar aquilo passar, e deu um soco direto que fez a cabeça de Koke balançar para trás. Em instantes, os dois estavam rolando no chão empoeirado, tendo esquecido o fardo. Os outros garotos não comemoravam, mas um deles veio correndo e chutou a barriga de Temujin, tirando-lhe o fôlego. Ele gritou de raiva, mas outro o chutou nas costas enquanto ele lutava para se afastar de Koke e tentava ficar de pé. Koke estava com o nariz sangrando, mas o sangue era pouco mais que um fio, já se coagulando na poeira. Antes que Temujin voltasse a ficar de pé, Koke o agarrou de novo, pressionando sua cabeça contra a terra enquanto outros dois garotos sentavam-se em seu peito e nas pernas, achatando-o com o peso. Temujin estava cansado demais para afastá-los, depois de tanto tempo carregando os fardos. Lutou feito louco, mas a poeira tomava cada respiração e logo ele ficou engasgando e gadanhando. Estava apertando a garganta de outro garoto e Koke dava socos em sua cabeça para fazê-lo largar.

Não acordou exatamente, nem havia dormido, mas voltou como se estivesse emergindo de um sonho quando um balde foi virado sobre sua cabeça. Temujin engasgou com a água fria caindo sobre ele em jorros de sangue diluído e imundície lamacenta. Sholoi o levantou e Temujin viu que o velho havia finalmente expulsado os garotos, ainda zombando e rindo da vítima. Temujin olhou nos olhos de Sholoi e não viu nada além de irritação quando o velho estalou os dedos diante de seu rosto para atrair a atenção.

— Você precisa pegar água, agora que esvaziei este balde — ouviu Sholoi dizer como se estivesse muito longe. — Depois disso, vai ajudar a bater as peles até a hora de comer. Se trabalhar duro, terá carne e pão quente para lhe dar força. — O velho pareceu enojado por um momento. — Acho que ele ainda está tonto. Este aí precisa de um crânio mais grosso, como o irmão. Aquele garoto tinha a cabeça parecida com a de um iaque.

— Escutei — disse Temujin, irritado, afastando o resto da fraqueza. Pegou o balde, não se preocupando em esconder a raiva. Não podia ver Koke nem os outros, mas prometeu terminar a briga que eles haviam começado. Havia suportado o trabalho e o escárnio dos olkhun'ut, mas um espancamento público era demais. Sabia que não poderia correr às cegas contra o outro garoto. Era criança suficiente para querer isso, mas era guerreiro suficiente para esperar o momento. Ele viria.

Enquanto cavalgava entre picos num vasto vale verde, Yesugei viu os pontos móveis de cavaleiros a distância e apertou a boca numa linha firme. De tão longe, não podia dizer se os olkhun'ut haviam mandado guerreiros para segui-lo como sombras de volta a suas iurtas ou se era um grupo de ataque de uma tribo nova na área. Sua esperança de que fossem pastores foi rapidamente apagada quando ele olhou os morros nus ao redor. Não existiam ovelhas perdidas ali perto, e ele soube, com uma horrível sensação, que estava vulnerável caso o grupo virasse para caçá-lo.

Observou o movimento deles com o canto do olho, tendo o cuidado de não lhes mostrar um minúsculo rosto branco olhando em sua direção. Esperava que não se dessem ao incômodo de seguir um único cavaleiro, mas bufou ao vê-los virar, notando a poeira que subia enquanto eles instigavam as montarias a galope. Os batedores de seus lobos ainda estavam a dois dias de distância, e ele teria de se esforçar muito para despistar os atacantes numa terra aberta como aquela. Fez seu capão galopar, satisfeito porque ele era forte e estava bem descansado. Talvez os homens que o seguiam tivessem cavalos cansados e fossem deixados para trás.

Yesugei não olhou por cima do ombro enquanto cavalgava. Num vale tão amplo, podia ver e ser visto num raio de oito ou dez quilômetros. A perseguição seria longa, mas, se não tivesse muita sorte, eles iriam pegá-lo, a não ser que encontrasse um abrigo. Seu olhar viajava febril pelas colinas, vendo as árvores nas altas cristas, como cílios distantes. Elas não iriam escondê-lo, pensou. Precisava de um vale abrigado, onde a floresta se estendesse pelos ossos da terra, cobrindo-a em folhas antigas e agulhas cinzentas de pinheiros. Havia muitos lugares assim, mas ele fora visto muito antes de chegar a qualquer um deles. Com a irritação ressoando no fundo do peito, continuou galopando. Quando olhou para trás, os cavaleiros estavam mais perto, e ele viu que eram cinco na perseguição. Sabia que o sangue deles devia estar preparado para a caça. Deviam estar empolgados e gritando, ainda que seus gritos se perdessem muito lá atrás. Mostrou os dentes ao vento enquanto cavalgava. Se soubessem quem estavam perseguindo não seriam tão ousados. Tocou o punho da espada atravessada na anca do cavalo, batendo na pele. A lâmina comprida havia pertencido a seu pai e era presa por uma tira de couro, para mantê-la em segurança enquanto ele cavalgava. Seu arco estava amarrado na sela, mas ele podia encordoá-lo em segundos. Sob o dil, a velha camisa de cota de malha que ele havia conseguido num ataque era um peso reconfortante. Caso o pressionassem, Yesugei trucidaria todos, disse a si mesmo, sentindo as pontadas de uma antiga empolgação. Ele era o cã dos lobos e não temia ninguém. Eles pagariam caro por sua pele.

CAPÍTULO 7

Temujin se encolheu quando a lã crua se prendeu em seus dedos vermelhos pela centésima vez. Tinha visto aquilo ser feito, no acampamento dos lobos, mas em geral o trabalho era deixado para os garotos mais velhos e as mulheres jovens. Entre os olkhun'ut era diferente, e ele podia ver que não fora escolhido de modo especial. As crianças menores carregavam baldes cheios de água para salpicar sobre cada camada de lã tosquiada, mantendo-a constantemente úmida. Koke e os outros garotos amarravam os mantos de lã tosquiada em peles postas na vertical e batiam nelas com varas compridas e lisas durante horas, até que o suor escorresse em riachos. Temujin fizera sua parte, mas a tentação de acertar a vara no rosto sorridente de Koke havia sido quase avassaladora.

Depois que as mantas de lã eram batidas até ficarem macias, as mulheres usavam os braços abertos para medir a extensão de um ald, marcando as mantas com giz. Quando chegavam aos tamanhos certos, estendiam-nas sobre os panos de feltragem, alisando e cardando os nós e as fibras soltas até parecerem uma única manta branca. Mais água ajudava a pesar o feltro áspero em camadas, mas havia uma verdadeira habilidade em descobrir a grossura exata. Temujin havia olhado suas mãos ficarem vermelhas e ardidas à medida que o dia passava, trabalhando com os outros enquanto Koke zombava dele e fazia as mulheres rirem de seu desconforto. Temujin havia descoberto que não se importava. Agora que havia decidido esperar sua hora, descobriu que podia suportar os insultos e as zombarias. Na verdade, havia um prazer sutil em saber que chegaria a hora em que ninguém mais estaria por perto e ele devolveria a Koke um pouquinho do que ele merecia. Ou mais do que um pouquinho, pensou. Com as mãos ardendo e arranhões dolorosos até os cotovelos, era uma imagem agradável em sua mente.

Quando as mantas estavam lisas e regulares, um pônei dos olkhun'ut era trazido e a grande vastidão de lã branca era enrolada num longo cilindro, surrado até ficar perfeitamente liso com o trabalho de gerações. Temujin daria muita coisa para ser aquele que iria arrastá-lo durante quilômetros, para longe daquelas pessoas. Em vez disso, o trabalho foi dado ao risonho Koke, e Temujin percebeu que ele era popular na tribo, talvez porque fizesse as mulheres sorrirem de suas brincadeiras. Não havia nada para Temujin fazer além de manter a cabeça baixa e esperar a próxima porção de leite de égua e uma bolsa de legumes e cordeiro. Os braços e as costas ardiam como se alguém tivesse cravado uma faca e a torcesse a cada movimento, mas ele suportou, parado com os outros para colocar o próximo lote de mantas de lã batidas sobre o pano de feltragem.

Havia notado que não era o único a sofrer. Sholoi parecia supervisionar o processo, mas Temujin não achava que ele fosse o dono da lã. Quando um garotinho passou correndo muito perto e fez cair poeira sobre a lã crua, Sholoi agarrou o braço dele e o espancou implacavelmente com uma vara, ignorando seus gritos até que não havia nada além de gemidos curtos. A lã precisava ser mantida limpa, caso contrário o feltro ficaria fraco, e Temujin tinha o cuidado de não cometer o mesmo erro. Ajoelhava-se na borda da manta e não permitia que nenhuma pedrinha ou poeira estragasse sua parte do trabalho.

Borte havia trabalhado à frente dele, do outro lado, durante parte da tarde, e Temujin aproveitou a oportunidade para dar uma boa olhada na garota que seu pai havia aceitado para ele. Era magra a ponto de parecer uma coleção de ossos, com um tufo de cabelo preto que caía sobre os olhos e ranho seco sob o nariz. Ele achava difícil imaginar uma garota menos atraente, e quando ela o pegou olhando, pigarreou para cuspir antes de se lembrar da lã limpa, e engoliu o cuspe. Temujin balançou a cabeça num espanto, imaginando de quê seu pai poderia ter gostado nela. Era simplesmente possível que o orgulho de Yesugei o tivesse obrigado a aceitar o que lhe fora dado, envergonhando assim homens inferiores como Enq e Sholoi. Temujin precisava encarar o fato de que a garota que iria compartilhar sua iurta e lhe dar filhos era tão selvagem quanto um gato das planícies. Isso parecia se ajustar com sua experiência dos olkhun'ut até agora, pensou, arrasado. Eles não eram generosos. Se estavam dispostos a dar uma garota, seria aquela de quem desejavam se livrar, e que poderia causar encrenca para outra tribo.

Shria acertou os braços dele com sua vara de feltragem, fazendo-o gritar. Claro, todas as outras mulheres deram risinhos e uma ou duas até imitaram o som, de modo que ele ficou vermelho de fúria.

— Pára de sonhar, Temujin — disse a mãe de Borte, como havia feito uma dúzia de vezes.

O trabalho era monótono e repetitivo, e as mulheres mantinham um jorro de conversas ou trabalhavam quase num transe, mas esse não era um luxo permitido ao recém-chegado. A mínima desatenção era punida e o calor e o sol pareciam intermináveis. Até a água de beber, trazida para os trabalhadores, era quente e salgada e o fazia engasgar. Temujin parecia que estava batendo sua vara na lã fedorenta, retirando piolhos, enrolando-a ou carregando-a eternamente. Mal podia acreditar que ainda era seu primeiro dia.

Em algum lugar ao sul, seu pai estava cavalgando para casa. Temujin podia imaginar os cães saltando em volta dele e o prazer de ensinar as águias gêmeas a caçar e retornar ao pulso. Seus irmãos participariam do treinamento, tinha certeza, com permissão de levantar pedaços de carne com os dedos trêmulos. Kachiun não iria se encolher quando o pássaro vermelho aceitasse a isca, tinha certeza. Invejava o verão que eles teriam.

Shria deu-lhe outra pancada e ele levantou a mão com velocidade de raio para arrancar a vara das mãos dela, colocando-a gentilmente no chão ao lado. Ela o olhou boquiaberta por um instante, antes de tentar pegá-la, mas ele pôs o joelho em cima e balançou a cabeça, sentindo-se tonto enquanto o coração martelava. Viu o olhar dela saltar rapidamente até Sholoi, que estava parado ali perto, olhando um novo lote de mantas de lã molhada que eram postas no chão. Temujin esperou que ela gritasse. E então, para sua perplexidade, ela deu de ombros, estendendo a mão para a vara.

Foi um momento estranho, mas ele fez uma escolha e a entregou de volta, pronto para se abaixar. A mulher sopesou a vara por um instante, claramente indecisa, depois simplesmente deu as costas e se afastou dele. Temujin manteve-a firmemente em seu campo de visão por mais um tempo, enquanto seus dedos voltavam a alisar e puxar, mas ela não retornou, e depois de um tempo ele estava de novo imerso no trabalho.

Foi Enq, seu tio, que trouxe um pote cheio de leite fermentado para lhes dar a força para terminar. Enquanto o sol tocava os morros a oeste, cada um recebeu uma concha do líquido claro conhecido como airag preto, que parecia água mas queimava. Era mais quente que o chá leitoso nas iurtas, e Temujin engasgou, tossindo. Enxugou a boca e então ofegou de dor quando o líquido encontrou sua pele arranhada e ardeu como fogo. Koke estava longe, enrolando o feltro atrás de seu pônei, mas Sholoi viu seu desconforto e riu até que Temujin achou que ele teria um ataque e morreria bem à sua frente. Esperou que isso acontecesse, mas o velho sobreviveu enxugando lágrimas dos olhos e relinchando ao pegar outra concha de bebida. Era difícil não se ressentir de mais uma dose sendo dada a quem não fizera praticamente nada, mas ninguém mais pareceu se incomodar. A luz se desbotou lentamente, e a última manta de feltro foi enrolada num cilindro e amarrada atrás de outro cavalo.

Antes que alguém pudesse questionar, Borte saltou para a sela, surpreendendo Sholoi, que estava segurando as rédeas. Nenhuma palavra foi trocada entre eles, mas a boca desdentada do velho se remexeu como se ele tivesse encontrado um pedaço de cartilagem que não podia alcançar. Depois de um momento de indecisão, deu um tapa na anca do pônei e mandou-o para a penumbra, enrolando o feltro para ficar mais achatado e mais forte. Aquilo manteria o frio do inverno longe das iurtas e faria pesados tapetes e mantas para cavalos. Os retalhos ásperos seriam usados para bebês pequenos demais para usar um buraco de latrina sem cair dentro. Temujin sentou-se nos calcanhares e esticou as costas, fechando os olhos por causa das dores. Sua mão direita havia entorpecido, o que o preocupava. Usou a esquerda para massagear os dedos e fazer o sangue circular, mas, quando ele chegou, a dor trouxe lágrimas aos olhos. Nunca havia trabalhado tanto, pensou, e imaginou se isso iria torná-lo mais forte.

Sholoi se aproximou enquanto ele se levantava com dificuldade, e Temujin estremeceu ligeiramente ao registrar a presença do velho. Odiou o próprio nervosismo, mas houvera muitos golpes súbitos para ele não estar cauteloso. O trago de leite fermentado o fez arrotar azedo quando Sholoi o segurou com o aperto de dois dedos que ele estava começando a conhecer bem, apontando-o de volta na direção da iurta.

— Coma agora, e durma. Amanhã vai cortar lenha para o inverno.

Temujin estava cansado demais para responder, e o acompanhou num atordoamento de exaustão, com os membros e o espírito pesados.

Yesugei havia encontrado um lugar que parecia bastante seguro para acampar. O vale onde tinha avistado o grupo de cavaleiros chegara ao fim e ele havia galopado direto através da passagem curta entre as colinas, esperando encontrar algum abrigo que confundisse os perseguidores. Sabia que não seria difícil rastreá-lo no terreno poeirento, mas não poderia continuar durante toda a noite, arriscando-se a quebrar a perna do pônei num buraco de marmota. Em vez disso, forçou o corajoso capão a subir uma encosta íngreme até a linha das árvores, apeando para puxá-lo com as rédeas e encorajamento constante. Era uma subida difícil e perigosa, e os olhos do cavalo ficaram com as bordas brancas de medo quando seus cascos escorregaram na palha solta. Yesugei havia se movido depressa, passando as rédeas em volta do tronco de uma árvore e se pendurando desesperadamente até o capão encontrar apoio para os pés. Mesmo assim, o ombro e os músculos do peito doíam terrivelmente quando chegou ao topo, e o capão estava soprando com barulho suficiente para ser ouvido a mais de um quilômetro de distância. Não achava que eles iriam segui-lo penetrando nas árvores enquanto a escuridão chegava. Tudo que precisava fazer era ficar fora das vistas, e eles podiam procurar em vão uma trilha que desaparecia na cobertura de agulhas de pinheiro mortas. Yesugei teria rido pensando nisso, se pudesse vê-los, mas não podia. Sua nuca pinicando dizia que os perseguidores continuavam em algum lugar próximo, procurando e tentando ouvir algum sinal dele. Preocupava-se com a hipótese de sua montaria relinchar para os cavalos deles, entregando sua posição, mas o animal estava cansado demais depois da escalada e da cavalgada difícil. Com um pouco de sorte e uma noite sem fogueira, eles abandonariam a busca e seguiriam seu caminho na manhã seguinte. Não importava se ele chegasse às iurtas dos lobos com um dia de atraso, afinal de contas.

No alto da crista do morro, juntou dois arbustos mirrados e amarrou as rédeas neles, olhando com curiosidade o pônei se ajoelhar e descobrir que não poderia ficar deitado porque as rédeas se esticavam. Deixou a sela nas costas do animal, para o caso de ter de se mover rapidamente, afrouxando um pouco a corda da barriga ao longo da trança. O capão resfolegou diante da atenção e se ajeitou do modo mais confortável que pôde. Depois de um tempo, Yesugei o viu fechar os olhos e cochilar, com o focinho macio abrindo-se para revelar sólidos dentes amarelos.

Yesugei tentou ouvir algum sinal de que os perseguidores não haviam desistido. Seria difícil eles chegarem perto sem alertá-lo, num terreno tão irregular. Desamarrou a tira de corda que mantinha sua espada na bainha e desembainhou-a num movimento fácil, examinando a lâmina. Era de aço bom e, como prêmio, suficiente para torná-lo alvo de ladrões. Se Eeluk estivesse junto, Yesugei teria desafiado os homens na planície, mas cinco provavelmente era um número grande demais até mesmo para ele, a não ser que fossem garotos sem gosto de sangue, que pudessem ser espantados com um grito e alguns cortes rápidos. A lâmina de seu pai estava afiada como sempre, o que era ótimo. Não podia se arriscar que o ouvissem passando a pedra de amolar durante a noite. Em vez disso, tomou alguns goles d'água de seu odre de couro, fazendo uma careta ao perceber como estava leve. Se os riachos próximos tivessem secado, ele teria um dia difícil, quer os cavaleiros o vissem ou não. Deu de ombros ao pensar nisso. Já havia passado por coisas piores.

Espreguiçou-se e bocejou, sorrindo para o pônei adormecido enquanto pegava carne de cordeiro seca nas bolsas da sela e mastigava, grunhindo de prazer com o sabor temperado. Sentia falta de Hoelun e dos filhos, e imaginou o que estariam fazendo nesse momento.

Enquanto se deitava e punha as mãos de volta dentro do dil para dormir, esperava que Temujin tivesse o espírito para suportar o povo de Hoelun. Era difícil saber se o garoto tinha a força necessária, com tão pouca idade. Yesugei não ficaria surpreso se descobrisse que Temujin havia fugido, mas esperava que não. Seria uma vergonha difícil de suportar e a história se espalharia pelas tribos em menos de uma estação. Fez uma oração silenciosa para ajudar o filho. Bekter havia sofrido, ele sabia. Seu filho falava com pouco gosto pelos olkhun'ut quando Hoelun não estava por perto. Era o único modo de falar deles, claro. Yesugei grunhiu baixinho e agradeceu ao pai céu por lhe dar uma colheita de filhos tão boa. Um sorriso tocou seus lábios quando ele caiu no sono. Filhos, e agora uma filha. Fora abençoado com semente forte e uma boa mulher para carregá-la. Sabia de outras mulheres que haviam perdido um pedaço miserável de carne vermelha para cada um que chegava vivo ao mundo, mas todos os filhos de Hoelun haviam sobrevivido e crescido fortes. Crescido gordo, no caso de Temuge, que ainda era um problema que ele teria de enfrentar. Então o sono finalmente o dominou, e sua respiração saiu lenta e firme.

Quando seus olhos se abriram subitamente, a primeira luz do alvorecer estava no leste, com uma tira de ouro nos morros distantes. Ele amava essa terra, e por um momento agradeceu por ter vivido para ver outro dia. Então ouviu homens se movendo perto e a respiração se imobilizou na garganta. Afastou-se do chão gelado, puxando o cabelo onde havia se grudado à geada. Havia dormido com a espada nua sob o dil e os dedos encontraram o punho da arma, enrolando-se em volta. Sabia que tinha de se levantar para que eles não pudessem atacá-lo enquanto ainda estava rígido, mas ainda não sabia se fora avistado. Seus olhos giraram à esquerda e à direita e ele aguçou os sentidos, procurando a fonte do barulho. Havia uma chance de que fosse apenas um pastor procurando uma cabra perdida, mas sabia que não era provável. Ouviu um cavalo bufar ali perto e então seu capão acordou e relinchou, como ele temera que acontecesse. Um dos perseguidores montava uma égua, e ela respondeu ao chamado a menos de cinqüenta passos à direita. Yesugei se levantou como fumaça, ignorando a pontada nos joelhos e nas costas. Sem hesitar, tirou o arco da sela e o encordoou, puxando uma flecha comprida da aljava e encostando-a à corda. Apenas Eeluk podia atirar uma flecha mais longe, e ele não duvidava de seu olho. Se os homens fossem hostis, ele poderia derrubar um ou dois antes que chegassem à distância de usar espada. Sabia procurar os líderes nesses primeiros ataques rápidos, deixando apenas homens fracos o bastante para cair diante de sua lâmina.

Agora que eles sabiam qual era sua posição, não houve mais sons vindos do grupo, e Yesugei esperou com paciência que eles se mostrassem.

Ficou parado com o sol por trás e, depois de pensar um momento, desabotoou o dil e o virou pelo avesso. Seu coração estava na boca quando ele pousou a espada e o arco, mas o tecido interno, escuro, iria se confundir com os arbustos melhor do que o azul, tornando-o um alvo difícil. Apanhou as armas de novo e ficou tão imóvel quanto as árvores e arbustos ao redor. Pegou-se cantarolando baixinho e matou o som. O sono era apenas uma lembrança e o sangue corria depressa na carne. Apesar da ameaça, descobriu que estava gostando da tensão.

— Olá, acampamento — gritou uma voz à esquerda.

Yesugei xingou por dentro, sabendo que eles o haviam rodeado. Sem pensar, deixou o capão e se moveu mais para dentro das árvores, indo na direção da voz. Quem quer que fossem, não iriam matá-lo facilmente, prometeu. Atravessou sua mente a idéia de que poderiam não representar ameaça, mas um homem teria de ser idiota para arriscar a vida, o cavalo e a espada do pai numa vaga esperança. Nas planícies, até um homem forte sobrevivia apenas com cautela, e Yesugei sabia que era um prêmio valioso para um grupo de ataque, quer eles soubessem disso ou não.

Um fio de suor escorreu de seus cabelos enquanto ele esperava.

— Não posso vê-lo — disse outra voz, vinda de apenas alguns passos de distância.

Yesugei agachou-se, retesando o arco com um estalo.

— Mas o cavalo dele está aqui — disse um terceiro homem, a voz mais profunda que a dos outros. Todos pareciam jovens aos ouvidos de Yesugei, mas ele se perguntou qual seria a capacidade deles como rastreadores. Mesmo próximos como estavam, não dava para ouvi-los se mexer.

Com cuidado infinito, virou a cabeça para olhar atrás. Através dos arbustos, viu um homem puxando o nó que ele havia feito com as rédeas do capão. Yesugei fez uma careta em silêncio raivoso. Não podia permitir que roubassem seu cavalo e o deixassem ali.

Respirou fundo e se levantou totalmente, espantando o estranho junto ao capão. A mão do sujeito saltou para pegar uma faca, mas então registrou o arco retesado e se imobilizou.

— Não estamos procurando briga, velho — disse o estranho em voz alta.

Yesugei sabia que ele estava alertando os colegas, e um farfalhar à direita fez seu coração bater em maior velocidade.

— Então saiam para onde eu possa vê-los e parem de se esgueirar atrás de mim — disse, com a voz ressoando na clareira.

O farfalhar se interrompeu e o rapaz que estava parado tão tranqüilamente diante de sua flecha assentiu.

— Façam o que ele diz. Não quero ficar preso aqui antes de comer o desjejum.

— Gritem antes de se mexer — acrescentou Yesugei — ou morram. Uma coisa ou outra.

Houve um longo silêncio e o rapaz suspirou.

— Saiam daí, todos vocês — disse ele rispidamente, com a frieza se esgarçando visivelmente sob a ponta da flecha que jamais deixava de apontar para seu coração.

Yesugei ficou observando com os olhos apertados enquanto os outros quatro homens vinham ruidosamente por entre os arbustos. Dois tinham arcos com flechas a postos. Todos estavam armados e usavam dils muito acolchoados — o tipo de roupa destinado a impedir que uma flecha penetrasse muito. Yesugei reconheceu a costura e se perguntou se eles, por sua vez, saberiam quem ele era. Apesar de todos os modos leves do que estava perto do capão, aquele era um grupo de ataque tártaro, e Yesugei conhecia homens duros quando os via. Estavam ali para roubar o que pudessem.

— Eu alertei o acampamento, velho. Você nos dará direitos de hóspedes enquanto comemos?

Yesugei se perguntou se as regras de cortesia se aplicariam quando eles não estivessem correndo perigo sob seu arco, mas com dois estranhos também retesando arcos, assentiu e aliviou a tensão da corda. Todos os rapazes relaxaram visivelmente e o líder remexeu os ombros para liberar a rigidez.

— Meu nome é Ulagan, dos tártaros — disse o rapaz com um sorriso. — Você é dos lobos, a não ser que tenha roubado esse dil e essa espada.

— Sou — respondeu Yesugei, e acrescentou formalmente: — Vocês são bem-vindos para compartilhar a comida e o leite no meu acampamento.

— E qual é o seu nome? — perguntou Ulagan, levantando as sobrancelhas.

— Eeluk — respondeu Yesugei, sem hesitar. — Se fizerem uma fogueira, posso arranjar um copo de airag preto para esquentar o sangue.

Todos os homens se moveram lentamente enquanto preparavam a refeição, tendo o cuidado de não espantar uns aos outros com algum gesto súbito. Demorou mais do que o usual para que todos juntassem pedras e alimentassem uma chama com pederneira e aço, mas, enquanto o sol subia, eles comeram bem, com a carne seca das bolsas de sela de Yesugei e um pouco de mel raro que Ulagan trouxe de uma bolsa sob seu dil. A doçura foi maravilhosa para Yesugei, que não havia provado aquilo desde que a tribo havia encontrado uma colméia selvagem três anos atrás. Lambeu os dedos para pegar cada gota do líquido dourado, cheio de fragmentos de cera, mas suas mãos jamais se afastavam muito da espada, e a flecha permanecia a postos no chão à frente. Havia algo desconfortável no olhar de Ulagan observando-o comer, mas ele sorria sempre que Yesugei o encarava. Nenhum dos outros falou enquanto quebravam o jejum, e a tensão permanecia em cada movimento.

— Terminaram? — perguntou Ulagan depois de um tempo.

Yesugei percebeu uma tensão súbita quando um dos homens se moveu para o lado e baixou as calças para defecar no chão. O sujeito não tentou se esconder, e Yesugei teve um vislumbre de sua hombridade pendendo frouxa enquanto ele fazia força.

— Nós, lobos, mantemos o excremento longe da comida — murmurou Yesugei.

Ulagan deu de ombros. Em seguida, se levantou e Yesugei o acompanhou, para não ficar em desvantagem. Ficou olhando atônito Ulagan atravessar até a pilha de excremento fumegante e desembainhar a espada.

A espada de Yesugei estava em sua mão antes mesmo de ele tomar uma decisão consciente, mas não foi atacado. Em vez disso, viu Ulagan cravar a lâmina na massa fétida até que o metal estava com aquilo grudado por toda a extensão.

Ulagan franziu o nariz e levantou a cabeça para o sujeito cujos esforços haviam criado a pilha.

— Você está com as tripas doentes, Nasan, já falei?

— Já — respondeu Nasan sem boa vontade, repetindo a ação com sua espada. Foi então que Yesugei percebeu que aquele não era um encontro casual nas planícies.

— Quando vocês souberam quem eu era? — perguntou baixinho.

Ulagan sorriu, mas seus olhos estavam frios.

— Soubemos quando os olkhun'ut disseram que você tinha ido até eles com um filho. Pagamos ao cã deles muito bem para mandar um cavaleiro até nosso acampamento, mas não foi difícil convencê-lo. — Ulagan deu um risinho. — Você não é um homem popular. Houve ocasiões em que pensei que você nunca viria, mas o velho Sansar cumpriu a palavra.

O coração de Yesugei se encolheu com a notícia e ele temeu por Temujin. Enquanto contemplava suas chances, tentou manter o inimigo falando. Já havia decidido que Ulagan era idiota. Não havia sentido em conversar com um homem que você iria matar, mas o jovem guerreiro parecia estar gostando do poder sobre ele.

— Por que minha vida valia o envio de vocês? — perguntou Yesugei.

Ulagan riu.

— Você matou o homem errado, lobo. Matou o filho de um cã, que foi idiota o suficiente para roubar seus rebanhos. O pai dele não perdoa fácil.

Yesugei assentiu, como se estivesse ouvindo com atenção. Viu que os outros três homens pretendiam envenenar as lâminas na mesma imundície e, sem aviso, saltou adiante e atacou, cortando fundo o pescoço de Nasan enquanto este se virava para olhá-los. O tártaro caiu com um grito de morte, e Ulagan rugiu de fúria, estocando sua lâmina direto em direção ao peito de Yesugei. O tártaro era rápido, mas a lâmina escorregou na cota de malha por baixo do dil, cortando uma aba do tecido.

Yesugei atacou depressa, já que precisava de chances melhores. As lâminas ressoaram duas vezes enquanto os outros três se formaram a seu redor e ele sentiu a força nos ombros. Ia mostrar o que significava ser cã dos lobos.

Yesugei fintou sua estocada, depois recuou com tanta rapidez quanto podia correr para a frente, três passos deslizados que o levaram para fora do círculo antes que este pudesse se formar a seu redor. Um dos outros homens virou para baixar a espada num grande arco e Yesugei o acertou no peito, por baixo do ombro, arrancando de volta a espada de seu pai enquanto ele caía. Sentiu uma dor aguda nas costas, mas outro passo o levou para longe e um golpe rápido fez cair outro do grupo com metade da mandíbula arrancada.

Ulagan avançou pressionando, o rosto sério diante da morte de três de seus irmãos em armas.

— Vocês deveriam ter trazido mais homens para matar um cã — provocou Yesugei. — Cinco, para mim, é um insulto. — Em seguida, se abaixou subitamente sobre um dos joelhos para evitar o golpe de Ulagan. Com um safanão violento, conseguiu cravar a lâmina na canela do rapaz. Não era um ferimento mortal, mas o sangue encharcou a bota de Ulagan e de repente o guerreiro tártaro não estava mais tão confiante.

Enquanto se levantava, Yesugei saltou para a esquerda e depois à direita, mantendo os dois desequilibrados. Treinava todo dia com Eeluk e seus guerreiros, e sabia que o movimento era a chave para matar com espadas. Qualquer homem podia girar uma lâmina ao redor da cabeça, mas o trabalho de pés separava um homem de um mestre. Riu enquanto Ulagan mancava acompanhando-o, sinalizando para ele chegar mais perto. O tártaro assentiu para o guerreiro que restava e Yesugei vigiou enquanto ele se colocava ao lado para atacá-lo. Ulagan marcou bem o tempo e Yesugei não teve espaço para se afastar rapidamente. Cravou a espada no peito do homem sem nome, mas ela se agarrou nas costelas e Ulagan atacou com todo o peso, cravando a ponta da lâmina através da cota de malha e penetrando na barriga de Yesugei. O aperto da mão de Yesugei no punho da espada se afrouxou e ela caiu. Ele sentiu uma pontada pelos filhos, que foi pior do que a dor, mas usou a mão direita para segurar Ulagan contra ele. Com a esquerda, sacou uma adaga do cinto.

Ulagan viu o movimento e lutou, mas o aperto de Yesugei era como ferro. Ele olhou para o jovem tártaro e cuspiu em seu rosto.

— Seu povo será arrancado da terra devido a isso, tártaro. Suas iurtas queimarão e seus rebanhos serão espalhados.

Com um golpe rápido, cortou a garganta do rapaz e o deixou cair. Quando Ulagan desmoronou, a espada do tártaro deslizou para fora do ferimento de Yesugei e ele gritou de dor, caindo de joelhos. Podia sentir o sangue escorrendo pelas coxas e usou a adaga para cortar uma grande tira de seu dil, puxando e xingando a agonia, com os olhos fechados, agora que não havia ninguém para ver. Seu capão puxou as rédeas, nervoso, relinchando de perturbação. O animal estava apavorado com o cheiro de sangue e

Yesugei se obrigou a falar com calma. Se o cavalo se soltasse e disparasse, ele sabia que não conseguiria voltar ao seu povo.

— Tudo bem, pequenino. Eles não me mataram. Você se lembra de quando Eeluk caiu sobre aquela planta quebrada e ela penetrou nas costas dele? Ele sobreviveu, com bastante airag fervido jogado no ferimento.

Fez uma careta diante dessa idéia, lembrando-se de como o geralmente taciturno Eeluk havia gritado como uma criança pequena. Para seu alívio, sua voz pareceu aquietar o pônei, que parou de puxar o nó.

— Isso, pequenino. Fique e me leve para casa.

A tontura ameaçou dominá-lo, mas seus dedos enrolaram o tecido em volta da cintura e deram os nós com força e bem apertados. Levantou as mãos e cheirou-as, encolhendo-se diante do fedor de dejeto humano da espada de Ulagan. Aquilo era uma coisa maligna, pensou. Só por isso mereciam a morte.

Queria somente ficar de joelhos com as costas retas. A espada do pai estava perto de sua mão e ele sentiu conforto no toque do metal frio. Sentiu que poderia permanecer ali por longo tempo e ver o sol subir. Parte dele sabia que não podia fazer isso, se quisesse que Temujin vivesse. Precisava chegar aos lobos e mandar guerreiros para pegar o garoto. Tinha de voltar. O corpo estava pesado e inútil, mas Yesugei juntou forças de novo.

Com um grito de dor, levantou-se, cambaleando até o capão que o espiava com os brancos dos olhos aparecendo. Encostando a testa no flanco do pônei, enfiou a espada nas tiras da sela, respirando fundo por causa da dor. Seus dedos estavam desajeitados ao desfazer o nó das rédeas, mas de algum modo conseguiu subir de novo na sela. Sabia que não conseguiria descer pela encosta íngreme, mas o outro lado do morro era mais fácil e ele apertou os calcanhares, com a visão fixa na distância, em seu lar e sua família.

CAPÍTULO 8

Quando a tarde caiu, Bekter deixou a égua pastar e sentou-se numa encosta alta, vigiando o retorno do pai. Suas costas doíam de cansaço depois de passar o dia na sela com os rebanhos. Pelo menos não fora monótono. Havia resgatado um cabrito que caíra num trecho de terra pantanosa perto do rio. Com uma corda na cintura, havia entrado na lama preta para tirar o animal aterrorizado antes que se afogasse. O bicho lutou feito louco, mas Bekter o puxou por uma orelha e colocou-o na margem seca, onde ele ficou olhando-o como se o sofrimento fosse culpa sua. Enquanto movia o olhar lento pela planície, coçou preguiçosamente um respingo da lama preta na pele.

Gostava de estar longe da conversa barulhenta das iurtas. Quando seu pai estava ausente, ele sentia uma diferença sutil no modo como os outros homens o tratavam, em especial Eeluk. O sujeito era bastante humilde quando Yesugei estava lá para exigir obediência, mas, quando ficavam sozinhos, Bekter sentia no homem de confiança uma arrogância que o deixava desconfortável. Não era nada que ele pudesse ter mencionado ao pai, mas caminhava com cuidado perto de Eeluk e era reservado. Havia descoberto que o melhor caminho era simplesmente ficar em silêncio e acompanhar os guerreiros no trabalho e nos exercícios de batalha. Ali, pelo menos, podia mostrar suas habilidades, mas não ajudava nada ter os olhos de Temujin em sua nuca enquanto retesava o arco. Não havia sentido nada além de alívio quando Temujin foi para os olkhun'ut. Na verdade, ficara satisfeito na esperança de que seu irmão aprenderia bom senso a pancada, aprenderia a ter um pouco de respeito pelos mais velhos.

Bekter se lembrou com prazer de como Koke havia tentado atormentá-lo no primeiro dia. O garoto mais novo não tinha sido páreo para a força ou a ferocidade de Bekter, que o derrubou e chutou até deixá-lo inconsciente. Os olkhun'ut pareceram chocados com a violência, como se em sua tribo os garotos não brigassem. Bekter cuspiu ao se lembrar dos rostos de ovelhas das pessoas acusando-o. Koke não se arriscou a provocá-lo de novo. Foi uma boa lição para dar logo cedo.

Enq o havia espancado, claro, com uma vara de fazer feltro, mas Bekter suportou os golpes sem um único som e, quando Enq estava ofegando e cansado, Bekter estendeu a mão e partiu a vara com as mãos, demonstrando sua força. Depois disso, eles o deixaram em paz, e Enq percebeu que não deveria fazê-lo trabalhar demais. Os olkhun'ut eram fracos, como Yesugei dissera, mas as mulheres eram macias como manteiga branca e o provocavam ao passar.

Pensou que sua noiva certamente já teria sangrado, mas os olkhun'ut não a haviam mandado. Lembrou-se de ter cavalgado até as planícies com ela e se deitado com ela à margem de um riacho. A princípio, ela lutou um pouco, quando percebeu o que ele estava fazendo, e ele foi desajeitado. No fim, precisou obrigá-la, mas não era mais do que tinha o direito de fazer. Ela não deveria ter roçado nele na iurta se não quisesse que algo acontecesse, disse a si mesmo, sorrindo com a lembrança. Ainda que ela tivesse chorado um pouco, depois ele achou que a garota ficou com uma luz diferente no olhar. Sentiu-se enrijecer ao recordar a nudez dela e se perguntou de novo quando iriam mandá-la. O pai da menina assumira uma aversão por ele, mas os olkhun'ut não ousariam desagradar Yesugei. Não poderiam dá-la a outro homem depois de Bekter ter derramado a semente nela, pensou. Talvez ela até estivesse grávida. Não achava que isso fosse possível antes que o sangue da lua começasse, mas sabia que existiam mistérios que não entendia completamente.

A noite estava ficando muito fria para ele se atormentar com fantasias, e tinha consciência de que não deveria se distrair da vigilância. As famílias dos lobos aceitavam que ele iria liderá-los um dia, tinha quase certeza, mas, na ausência de Yesugei, todos acatavam as ordens de Eeluk. Fora ele que organizara os batedores e vigias, mas isso deveria ser esperado até que Bekter tomasse uma esposa e matasse seu primeiro homem. Até então, ele ainda seria um garoto aos olhos dos guerreiros experimentados, assim como, para ele, seus irmãos eram garotos.

Na escuridão que se aproximava, viu um ponto escuro movendo-se na planície abaixo de sua posição. Levantou-se imediatamente, soltando a trompa das dobras do dil. Hesitou enquanto a levava aos lábios, os olhos procurando algo mais ameaçador do que um único cavaleiro. O lugar alto que havia procurado lhe dava uma visão de uma vasta área de capim, e a pessoa que se aproximava parecia estar sozinha. Bekter franziu a testa, esperando que não fosse um de seus irmãos idiotas que tivesse saído sem avisar a ninguém. Não ajudaria seu status na tribo se ele tirasse os guerreiros da refeição sem motivo justo.

Optou por esperar, olhando a figura minúscula que se aproximava. O cavaleiro claramente não tinha pressa. Bekter podia ver que o pônei andava quase sem objetivo, como se o homem às suas costas estivesse vagueando sem rumo.

Franziu a testa ao pensar nisso. Havia homens que não afirmavam ter ligação com uma tribo em particular. Vagueavam entre as famílias das planícies, trocando o trabalho do dia por uma refeição ou ocasionalmente trazendo mercadorias para trocar. Não eram populares, e sempre havia o perigo de roubar qualquer coisa em que pudessem pôr as mãos, e em seguida desaparecer. Homens sem tribo não eram confiáveis, Bekter sabia. Imaginou se o cavaleiro seria um deles.

O sol havia afundado atrás dos morros e a luz ia sumindo depressa. Bekter percebeu que deveria tocar a trompa antes que o estranho se perdesse na escuridão. Levou-a aos lábios e hesitou. Algo na figura distante o fez parar. Não podia ser Yesugei, não? Seu pai jamais montaria tão mal.

Quase havia esperado demais quando finalmente tocou a nota de alerta. O som era longo e lamentoso ao ecoar nos morros. Outras trompas responderam, tocadas por vigias ao redor do acampamento, e ele a enfiou de volta no dil, satisfeito. Agora que o alerta fora dado, podia descer para ver quem era o cavaleiro. Montou em sua égua e verificou se a faca e o arco estavam fáceis, ao alcance. No silêncio do início da noite, já podia ouvir gritos de resposta e o som de cavalos enquanto os guerreiros saíam a toda do meio das iurtas. Bekter bateu os calcanhares para guiar o pônei encosta abaixo, querendo chegar antes de Eeluk e dos mais velhos. Tinha um sentimento de propriedade sobre o cavaleiro solitário. Ele o vira, afinal de contas. Quando chegou ao terreno plano e irrompeu a galope, os pensamentos nos olkhun'ut e na noiva sumiram da mente, e seu coração começou a bater mais rápido. O vento da noite era frio, e ele estava sedento para mostrar aos outros homens que podia liderá-los.

Os lobos saíram galopando do acampamento, com Eeluk à frente. Nos últimos instantes de luz, viram Bekter instigar a montaria a galope e foram atrás dele, ainda sem ver o motivo do alarme.

Eeluk mandou uma dúzia de cavaleiros à esquerda e à direita para rodear o acampamento, procurando algum ataque vindo de outra direção. Não seria bom deixar as iurtas sem defesa enquanto iam atrás de um ardil ou uma distração. Seus inimigos eram dissimulados o bastante para atrair os vigias para longe e em seguida atacar, e os últimos momentos de luz eram perfeitos para provocar confusão. Para Eeluk, era estranho cavalgar sem Yesugei à esquerda, mas descobriu que estava gostando do modo como os outros homens o olhavam em busca de liderança. Gritou ordens e o arban se formou ao redor, com Eeluk na ponta, disparando atrás de Bekter.

Outro toque de trompa veio bem da frente, e Eeluk estreitou os olhos, esforçando-se para enxergar. Quase não enxergava na penumbra, e galopar era arriscar a égua e sua vida, mas instigou o animal imprudentemente, sabendo que Bekter não teria tocado a trompa de novo se o ataque não fosse real. Eeluk pegou o arco e pôs uma flecha na corda só pelo tato, como fizera mil vezes antes. Os homens ao redor fizeram o mesmo. Quem quer que tivesse ousado atacar os lobos seria recebido com uma tempestade de flechas sibilantes antes que chegasse muito perto. Seguiam num silêncio grave, de pé sobre os estribos, equilibrando-se perfeitamente com a subida e a descida dos pôneis. Eeluk repuxou os lábios ao vento, sentindo a empolgação do ataque. Que eles ouçam os cascos trovejando em sua direção, pensou. Que sintam a vingança.

No escuro, os guerreiros quase colidiram com dois pôneis parados sozinhos no terreno aberto. Eeluk quase perdeu sua flecha, mas ouviu Bekter gritando e, com esforço, abaixou-se sobre a sela e afrouxou a corda. O sangue da batalha ainda estava forte nele, e Eeluk sentiu uma fúria súbita porque o filho de Yesugei os havia trazido por nada. Pendurando o arco no arção da sela, saltou leve no chão e desembainhou a espada. A escuridão havia baixado e ele não sabia o que estava acontecendo.

— Eeluk! Me ajude com ele — disse Bekter, a voz aguda e tensa.

Eeluk encontrou o garoto segurando a figura de Yesugei caída no chão. Sentiu o coração bater dolorosamente enquanto os últimos traços da fúria de batalha escorriam para longe e ele se ajoelhava junto aos dois.

— Ele está ferido? — perguntou Eeluk, estendendo a mão para seu cã. Mal podia ver alguma coisa, mas esfregou os dedos no polegar e cheirou. A barriga de Yesugei estava bem amarrada, mas o sangue havia atravessado o pano.

— Ele caiu, Eeluk. Ele caiu nos meus braços — disse Bekter, à beira do pânico. — Não consegui segurar.

Eeluk pôs a mão no garoto, para firmá-lo, antes de se levantar e assobiar para que os outros guerreiros se aproximassem. Segurou as rédeas de um cavaleiro no escuro.

— Basan, vá até os olkhun'ut e descubra a verdade sobre isso.

— Então é guerra? — perguntou o homem.

— Talvez. Diga que, se você não puder voltar em segurança, nós iremos atrás, atacando, e que eu garantirei que as iurtas deles sejam queimadas até virarem cinza.

O guerreiro assentiu e se afastou trotando, com as batidas dos cascos sumindo rapidamente na noite.

Yesugei gemeu e abriu os olhos, sentindo um pânico súbito das sombras que se moviam ao redor.

— Eeluk? — sussurrou ele.

Eeluk se agachou a seu lado.

— Estou aqui, meu cã.

Esperaram mais uma palavra, mas Yesugei havia retornado à inconsciência. Eeluk fez uma careta.

— Precisamos levá-lo para que o ferimento seja tratado. Afaste-se, garoto; não há nada que você possa fazer por ele aqui.

Bekter se levantou atordoado, incapaz de compreender que era seu pai que estava caído impotente a seus pés.

— Ele caiu — disse de novo, como num transe. — Ele está morrendo?

Eeluk olhou para o homem caído, a quem seguira durante toda a vida adulta. Do modo mais gentil que pôde, segurou Yesugei pelas axilas e o colocou nos ombros. O cã era um homem grande, mais pesado ainda por causa da cota de malha, mas Eeluk era forte e não deu sinal de desconforto.

— Ajude-me a montar, Bekter. Ele ainda não morreu e temos de levá-lo para o calor. Uma noite aqui fora acabaria com ele. — Um pensamento lhe veio enquanto punha Yesugei sobre sua sela, com os braços longos e frouxos quase chegando ao chão. — Onde está a espada dele? Está vendo?

— Não, deve ter caído.

Eeluk suspirou ao montar. Não tivera chance de pensar no que estava acontecendo. Podia sentir o calor sangrento de Yesugei junto ao peito quando se inclinou para falar com o filho do cã.

— Marque o lugar, de alguma forma, para poder encontrar de novo na claridade. Yesugei não vai agradecer a você por ter perdido a espada do pai dele.

Sem pensar, Bekter virou para um dos guerreiros do pai que estava parado ali perto, em choque com o que testemunhava.

— Fique aqui, Unegen. Devo retornar às iurtas com meu pai. Procure em círculos assim que puder enxergar, e traga a espada para mim quando encontrá-la.

— Farei o que você diz — respondeu Unegen na escuridão.

Bekter foi até seu pônei para montar e não viu a expressão de Eeluk observando a troca de palavras. O mundo estava mudando naqueles momentos, e Eeluk não sabia o que o dia iria trazer para eles.

Hoelun enxugou as lágrimas dos olhos ao encarar os homens de confiança do marido. Os homens e mulheres dos lobos tinham vindo, famintos por notícias, assim que se espalhou a notícia do ferimento do cã. Ela desejou ter mais alguma coisa para lhes dizer, mas Yesugei não havia acordado de novo e estava deitado dentro da iurta, nas sombras frescas, com a pele queimando. Nenhum deles havia se afastado da vigília enquanto o dia prosseguia e o sol se elevava alto acima das cabeças.

— Ele ainda está vivo — disse ela. — Limpei o ferimento, mas ele ainda não acordou.

Eeluk assentiu, e ela não pôde deixar de notar como os outros guerreiros o olhavam. Kachiun e Temuge estavam ali com Khasar, chocados e pálidos depois de terem visto o pai impotente. Yesugei parecia menor sob os cobertores, com a fraqueza apavorando os filhos mais do que qualquer coisa que já tivessem conhecido. Ele fora uma força tão grande em suas vidas que não parecia possível que talvez jamais fosse acordar. Ela temia por todos, mas não mencionava isso em voz alta. Sem Yesugei para protegê-los, via o brilho de cobiça nos olhos dos outros homens. Eeluk, em particular, parecia estar escondendo um sorriso quando falava com ela, mas suas palavras eram deliberadamente amáveis.

— Direi a vocês, caso ele acorde — informou aos guerreiros, voltando para dentro da iurta, para longe do interesse frio deles. Sua filha, Temulun, estava no berço, chorando para ser trocada. O som parecia combinar com a voz que gritava por dentro dela e que Hoelun mal conseguia conter. Não daria vazão àquilo, principalmente quando os filhos precisavam dela.

Temuge havia entrado com ela na iurta, a boquinha tremendo de sofrimento. Hoelun envolveu-o nos braços e acalmou suas lágrimas, mas as dela começaram com a mesma força. Os dois choraram juntos ao lado de Yesugei, e ela sabia que o cã não podia ouvi-los.

— O que vai acontecer se ele não viver? — perguntou Temuge.

Ela poderia ter respondido, mas a porta se entreabriu rangendo e Eeluk entrou. Hoelun sentiu um aperto de raiva incandescente por ter sido vista num momento daqueles, e enxugou ferozmente os olhos.

— Mandei seus outros filhos passarem o dia com os rebanhos, para manter a mente deles longe do pai — disse Eeluk.

Podia ter sido imaginação, mas de novo ela pensou ter visto um brilho de satisfação quando ele espiou a forma imóvel de Yesugei, brilho que foi rapidamente mascarado.

— Você foi forte quando a tribo necessitou, Eeluk — disse ela. — Meu marido vai agradecer pessoalmente quando acordar.

Eeluk assentiu como se mal tivesse escutado, atravessando a iurta até onde Yesugei estava. Em seguida, abaixou a mão e apertou-a contra a testa do cã, assobiando baixinho ao sentir o calor. Respirou fundo olhando o ferimento, e ela sabia que ele podia sentir o cheiro da corrupção que manchava a carne.

— Derramei álcool fervente no ferimento — disse Hoelun. — Tenho ervas para abaixar a febre. — Ela sentiu que precisava falar, só para romper o silêncio. Eeluk parecia ter mudado de maneira sutil desde a volta de Yesugei. Caminhava com um pouco mais de balanço com os homens, e seus olhos a desafiavam sempre que ela falava. Hoelun sentia necessidade de mencionar Yesugei sempre que eles conversavam, como se o nome do marido o mantivesse no mundo. A alternativa era apavorante demais para considerar, e ela não ousava olhar o futuro. Yesugei precisava viver.

— Minha família é ligada à dele desde o nascimento — disse Eeluk baixinho. — Sempre fui leal.

— Ele sabe disso, Eeluk. Tenho certeza que ele pode ouvi-lo agora, e sabe que você é o primeiro entre seus homens.

— A não ser que ele morra — disse Eeluk baixinho, virando-se para ela. — Se ele morrer, meus juramentos estão encerrados.

Hoelun encarou-o num horror doentio. Enquanto as palavras não fossem ditas, o mundo poderia continuar e ela poderia conter o medo. Morria de pavor de que ele falasse de novo, pelo que ele poderia ousar dizer.

— Ele vai sobreviver a isso, Eeluk — disse ela. Sua voz falhou, traindo-a. — A febre vai passar e ele saberá que você permaneceu leal quando isso era mais importante.

Algo pareceu se transmitir de Hoelun para o homem de confiança do marido, e ela estremeceu quando a expressão reservada nos olhos dele desapareceu.

— É. Ainda é muito cedo — disse ele, olhando o rosto pálido e o peito de Yesugei. As bandagens estavam manchadas de sangue escuro e ele as tocou, saindo com uma mancha vermelha nos dedos. — Mesmo assim eu tenho uma lealdade para com as famílias. Elas devem se manter fortes. Devo pensar nos lobos e nos dias que virão — disse, como se para si mesmo.

Hoelun mal pôde respirar enquanto as certezas de sua vida se desmoronavam. Pensou nos filhos e não pôde suportar a expressão calculada no rosto de Eeluk. Eles eram inocentes e iam sofrer.

Eeluk saiu sem dizer mais uma palavra, como se as cortesias não lhe importassem mais. Talvez não importassem. Ela vira o desejo de poder revelado no rosto dele, e não havia como voltar atrás. Mesmo que Yesugei saltasse curado da cama, ela não achava que as coisas seriam as mesmas de novo, agora que o coração de Eeluk havia despertado.

Ouviu o soluço de Temuge e abriu os braços para ele de novo, sentindo conforto no aperto desesperado do menino. Sua filha chorou no berço, sem receber atenção.

— O que vai acontecer com a gente? — soluçou o menino.

Hoelun balançou a cabeça aninhando-o. Não sabia.

Bekter viu o guerreiro que ele havia deixado para procurar a espada do pai. O sujeito estava andando rapidamente por entre as iurtas com a cabeça baixa, em pensamento. Bekter chamou-o, mas ele pareceu não ouvir e continuou andando depressa. Franzindo a testa, Bekter correu atrás dele e o segurou pelo cotovelo.

— Por que não veio falar comigo, Unegen? — perguntou. — Encontrou a espada do meu pai? — Ele viu o olhar de Unegen saltar rapidamente por cima do ombro e, quando se virou, Eeluk estava ali, observando-os.

Unegen não pôde encará-lo ao olhar para trás de Bekter.

— Não, não, não encontrei. Sinto muito — disse Unegen, puxando a manga e continuando a andar.

CAPÍTULO 9

Sob as luzes brancas das estrelas, Temujin espiava através do capim comprido. Fora bastante simples se afastar da iurta de Sholoi, com a urina ainda soltando fumaça atrás. A mulher e a filha de Sholoi dormiam a sono solto, e o velho havia saído cambaleando para aliviar a bexiga pouco tempo antes. Temujin sabia que tinha pouco tempo antes que notassem sua ausência, mas não ousara chegar perto dos currais dos cavalos. Os olkhun'ut vigiavam suas montarias e, mesmo que não vigiassem, encontrar seu pônei de pata branca no escuro, em meio a todos os outros, teria sido quase impossível. Não importava. Sua presa estava a pé.

As planícies estavam prateadas enquanto Temujin se movia suavemente pelo capim, tendo o cuidado de não chutar alguma pedra que pudesse alertar o garoto mais velho, adiante. Não sabia aonde Koke ia, não se importava. Quando vira a figura se movendo por entre as iurtas, havia observado com atenção, mantendo-se completamente imóvel. Depois de sete dias entre os olkhun'ut, conhecia bem o passo de Koke. No momento de reconhecimento, Temujin havia se esgueirado em silêncio atrás dele, com os sentidos aguçados para a caça. Não havia planejado a vingança para aquela noite, mas sabia que não poderia perder uma chance perfeita. O mundo estava adormecido e, na pálida penumbra, apenas duas figuras se moviam no mar de capim.

Temujin observava o garoto mais velho com concentração intensa. Saltava com os pés leves, pronto para se agachar caso Koke o pressentisse. Ao luar, imaginou por um tempo que estava perseguindo um fantasma, atraído para onde os espíritos mais sombrios iriam roubar sua vida. Seu pai havia contado histórias de homens encontrados congelados, os olhos fixos em algum horror distante enquanto o inverno estendia a mão e fazia seu coração parar. Temujin tremeu com a lembrança. A noite era fria, mas ele retirava calor da raiva. Ela o havia alimentado e abrigado através dos dias duros com a tribo, através de insultos e pancadas. Suas mãos ansiavam por segurar uma faca, mas ele achava que tinha força suficiente para vencer Koke com as mãos vazias. Ainda que seu coração batesse forte, sentia empolgação e medo juntos. Isso era estar vivo, disse a si mesmo enquanto seguia na perseguição. Havia poder em ser o caçador.

Koke não andava sem objetivo. Temujin o viu ir para uma sombra sólida ao pé de um morro. Quaisquer vigias que os olkhun'ut possuíssem estariam olhando para o outro lado, alertas para inimigos. Não veriam nenhum dos dois garotos naquela escuridão mais profunda, mas Temujin tinha medo de perder a presa. Começou a correr quando Koke atravessou a linha negra e pareceu sumir. A respiração de Temujin entrava um pouco mais depressa na garganta, mas ele se movia com cuidado, como aprendera, não permitindo que saísse mais som do que o de suas botas macias. Pouco antes de atravessar a fronteira de sombra, viu uma pilha de pedras soltas no caminho, um monumento para os espíritos. Sem pensar, parou e pegou uma do tamanho do punho, sopesando-a com prazer.

Piscou ao passar para a escuridão completa, forçando a vista em busca de algum sinal de Koke. Não seria bom tropeçar nele, ou pior, em algum grupo de garotos olkhun'ut que tivessem saído com um odre de airag preto roubado. Mais perturbador ainda era o pensamento de que Koke o estivesse atraindo deliberadamente para outra surra. Sacudiu a cabeça, para clareá-la. Seu caminho estava estabelecido, e ele não ia se afastar agora.

Ouviu vozes baixas à frente e se imobilizou, esforçando-se para ver de onde vinham. Com a montanha bloqueando a lua, quase não enxergava, e o suor brotava na pele à medida que cada passo cauteloso o levava mais para perto. Podia ouvir o riso baixo de Koke e depois outro respondeu, em tom mais leve. Temujin sorriu. Koke havia encontrado uma garota disposta a se arriscar à raiva dos pais. Talvez os dois estivessem fornicando, e ele poderia pegá-los desprevenidos. Controlou o desejo de ir rapidamente e atacar, decidindo esperar até que Koke tomasse o caminho de volta ao acampamento. Ele sabia que batalhas podiam ser vencidas tanto furtivamente quanto com velocidade e força. Não poderia dizer exatamente onde o casal estava, mas se encontravam perto o bastante para que ele ouvisse Koke começando a grunhir ritmicamente. Temujin riu diante do som, recostando-se numa pedra e esperando pacientemente para atacar.

Não demorou muito. A sombra da lua havia se movido pelo espaço equivalente ao tamanho de um palmo, estendendo a barra escura até o pé do morro enquanto Temujin ouvia de novo os sons de conversa, seguidos do riso baixo da garota. Imaginou qual das jovens teria saído na escuridão, e se pegou imaginando o rosto daquelas que ele havia conhecido durante a feltragem. Uma ou duas eram ágeis e morenas do sol. Ele as havia achado estranhamente inquietantes quando o olhavam, mas imaginou que era isso que todos os homens sentiam por uma mulher bonita. Era uma pena ele não sentir isso por Borte, que só parecia irritada em sua presença. Se ela tivesse membros longos e fosse dócil, ele poderia encontrar algum prazer na escolha do pai.

Ouviu passos e prendeu o fôlego. Alguém vinha pelo caminho, e ele se comprimiu contra a pedra, desejando que a pessoa não o notasse. Soube tarde demais que deveria ter se escondido no capim longo. Se os dois viessem juntos, teria de atacar ambos ou deixar que passassem. Seus pulmões começaram a martelar e ele sentia a pulsação como um grande tambor nos ouvidos. A respiração parecia se expandir por dentro enquanto seu corpo gritava pedindo ar e a figura invisível chegava mais perto.

Ficou observando num desconforto angustiante quando a pessoa passou a pouco mais de um metro dele. Tinha quase certeza que não podia ser Koke. Os passos eram leves demais, e ele sentiu que a sombra não tinha tamanho suficiente para ser seu inimigo. Seu coração martelou quando a garota passou e ele pôde soltar o ar lentamente. Por um instante, ficou tonto com o esforço, e em seguida virou para o lugar de onde Koke viria, saindo ao caminho para esperá-lo.

Ouviu mais passos e deixou o garoto mais velho chegar perto antes de falar, adorando o choque que sua voz provocaria.

— Koke! — sussurrou Temujin.

A sombra móvel saltou aterrorizada.

— Quem é? — sibilou Koke, a voz falhando de medo e culpa.

Temujin não deixou que ele se recuperasse e girou o punho com a pedra. Era um golpe ruim no escuro, mas fez Koke cambalear. Temujin sentiu um impacto, talvez um cotovelo em sua barriga, e então estava dando socos com fúria selvagem, finalmente liberado. Não podia ver o inimigo, mas a cegueira lhe dava poder enquanto os punhos e os pés acertavam repetidamente num jorro, até que Koke caiu e Temujin se ajoelhou sobre o peito dele.

Havia perdido a pedra na luta silenciosa e tentou achá-la enquanto mantinha a figura deitada no escuro. Koke tentou gritar por socorro, mas Temujin o acertou duas vezes no rosto, depois voltou a procurar a pedra. Seus dedos a encontraram e se enrolaram ao redor. Ele sentiu a raiva subir quando a levantou, pronto para esmagar a vida de seu atormentador.

— Temujin! — disse uma voz saída da escuridão.

Os dois garotos se imobilizaram, mas Koke gemeu ao escutar o nome. Temujin reagiu instintivamente, rolando para longe do inimigo e se lançando contra a nova ameaça. Chocou-se contra um corpo pequeno e o fez se esparramar com um grito que ele reconheceu. Atrás, ouviu Koke ficar de pé e sair correndo, os passos espalhando pedras soltas no caminho.

Temujin segurou os braços da nova figura, sentindo a magreza dura. Xingou baixinho.

— Borte? — sussurrou, sabendo a resposta. — O que está fazendo aqui?

— Vim atrás de você.

Ele pensou que podia ver os olhos da garota brilhando, captando algum raio fraco de luz que a montanha não pôde encobrir. Ela estava ofegando de medo ou cansaço, e ele se perguntou como a garota pudera permanecer em seu rastro sem que ele a visse.

— Você deixou que ele fosse embora — disse Temujin. Por um momento, continuou a pressioná-la contra o chão, furioso com o que ela lhe havia tirado. Quando Koke contasse ao resto dos olkhun'ut o que havia acontecido, ele seria espancado ou até mesmo mandado para casa em desgraça. Seu futuro havia mudado com uma única palavra. Com um palavrão, soltou-a e ouviu-a sentar-se e esfregar os braços. Podia sentir o olhar acusador de Borte, e em resposta jogou a pedra o mais longe que pôde, ouvindo-a estalar em algum local distante.

— Por que me seguiu? — disse em voz mais normal. Queria ouvi-la falar de novo. Na escuridão, tinha notado que a voz da garota era quente e grave, mais doce sem a magreza que distraía e sem os olhos irados.

— Achei que você ia fugir.

Ela se levantou, e ele também ficou de pé, não querendo perder a proximidade, mas não poderia explicar o motivo.

— Eu pensei que você ficaria satisfeita em me ver indo embora — disse ele.

— Eu... não sei. Você não me disse nenhuma palavra gentil desde que veio para as famílias. Por que eu iria querer que você ficasse?

Temujin piscou. Em apenas alguns instantes, os dois haviam dito mais coisas um ao outro do que nos dias anteriores. Não queria que aquilo terminasse.

— Por que me impediu? Koke vai correr de volta para Enq e seu pai. Quando eles descobrirem que eu saí, vão se espalhar e nos encontrar. Vai ser duro quando isso acontecer.

— Aquele sujeito é um idiota. Mas matá-lo seria uma coisa ruim.

No escuro, ele estendeu a mão às cegas e encontrou o braço dela. O toque confortou ambos e ela falou de novo, para encobrir a própria confusão.

— Seu irmão o espancou quase até a morte, Temujin. Segurou-o e chutou até ele chorar feito criança. Ele tem medo de você, por isso o odeia. Seria errado machucá-lo de novo. Seria como espancar um cachorro depois que ele perdeu o controle da bexiga. O espírito dele já está partido.

Temujin respirou lentamente, deixando o ar sair com um tremor.

— Eu não sabia — disse ele, mas muitas coisas haviam se encaixado com as palavras dela, como ossos estalando em sua memória. Koke havia sido perverso, mas quando Temujin pensava bem, o garoto mais velho tinha um olhar que era sempre próximo do medo. Por um instante não se importou e desejou ter golpeado com a pedra, mas então Borte encostou a mão em sua bochecha.

— Você é... estranho, Temujin. — Antes que ele pudesse responder, ela se afastou para a escuridão.

— Espera! — gritou ele. — É melhor voltarmos juntos.

— Eles vão bater em nós dois. Talvez eu fuja, em vez disso. Talvez não volte mais.

Ele descobriu que não podia suportar a idéia de ver Sholoi batendo em Borte, e se perguntou o que seu pai diria se ele a levasse de volta mais cedo para as iurtas dos lobos.

— Então venha comigo. Vamos pegar meu cavalo e ir para casa.

Temujin esperou a resposta, que não veio.

— Borte? — chamou ele.

Começou a correr e voltou para a luz das estrelas com o coração martelando. Viu a figura disparando, já muito à frente, e aumentou a velocidade até estar voando pelo capim. Veio-lhe a lembrança de ter sido obrigado a subir e descer morros correndo, com um bocado de água na boca, cuspindo-a no fim para mostrar que havia respirado pelo nariz, do modo certo. Corria facilmente e sem esforço, a mente fixa no dia seguinte. Não sabia o que poderia fazer, mas havia encontrado algo valioso naquela noite. O que quer que acontecesse, sabia que não poderia deixar que ela fosse machucada outra vez. Enquanto corria, escutou os vigias tocando as trompas nas colinas ao redor, dando o alarme para os guerreiros nas iurtas.

O acampamento estava num caos quando Temujin chegou. O alvorecer ia chegando, mas tochas haviam sido acesas, espalhando uma luz amarela e oleosa que revelava figuras correndo. Nos arredores, foi questionado duas vezes por homens nervosos segurando arcos retesados. Os guerreiros já haviam montado e estavam reunidos, levantando poeira e confusão. Aos olhos de Temujin, parecia não haver foco naquilo, nem um centro de autoridade. Se fossem os lobos, ele sabia que seu pai estaria dominando a situação, mandando os guerreiros para proteger os rebanhos dos atacantes. Viu pela primeira vez o que Yesugei tinha visto. Os olkhun'ut tinham muitos bons arqueiros e caçadores, mas não eram organizados para a guerra.

Viu Enq mancando por entre as iurtas e segurou-o pelo braço. Com um som irritado, Enq se soltou, depois levou um susto, estendendo a mão para segurar Temujin, por sua vez.

— Ele está aqui! — gritou Enq.

Temujin deu um soco por instinto, empurrando o tio de costas para se soltar. Teve um vislumbre de guerreiros movendo-se na sua direção e, antes que pudesse correr, foi pego por mãos fortes e praticamente carregado pelo terreno vazio. Então se afrouxou, como se tivesse desmaiado, esperando que eles relaxassem o aperto por um instante, permitindo que se soltasse. Era uma esperança inútil, mas não podia entender o que estava acontecendo, e os homens que o seguravam eram estranhos. Se pudesse alcançar um cavalo, tinha chance de escapar de qualquer punição que o esperasse. Passaram por um trecho iluminado por tochas, e Temujin engoliu em seco ao ver que seus captores eram guerreiros do cã, sérios e sombrios, com armaduras de couro fervido.

O chefe, Sansar, era um homem que Temujin tinha visto apenas de longe nos dias passados entre as famílias. Mesmo contra a vontade, lutou, e um dos guerreiros lhe deu um cascudo, fazendo luzes relampejarem em sua visão. Eles o jogaram sem cerimônia no chão à porta da iurta do cã. Antes que ele pudesse entrar, um deles o revistou com eficiência rude, depois o empurrou pela porta, fazendo-o cair de bruços no chão de madeira amarela e polida, brilhando dourada à luz das tochas.

Do lado de fora, os relinchos dos cavalos e os gritos dos guerreiros continuavam, mas Temujin se ajoelhou diante de uma cena de tensão silenciosa. Além do cã, havia três de seus guerreiros montando guarda com espadas desembainhadas. Temujin olhou o rosto dos estranhos ao redor, vendo raiva e, para sua surpresa, um bocado de medo. Podia ter ficado em silêncio, mas seu olhar pousou num homem que ele conhecia, e gritou perplexo:

— Basan! O que aconteceu? — perguntou, levantando-se. A presença do homem de confiança de seu pai causou um aperto de medo em seu estômago.

Ninguém respondeu, e Basan desviou o olhar, envergonhado. Temujin lembrou-se de quem era e ficou vermelho. Baixou a cabeça para o cã dos olkhun'ut.

— Senhor cã — disse formalmente.

Sansar era uma figura magra, comparada ao corpanzil de Eeluk ou ao de Yesugei. Estava de pé com os braços cruzados às costas, uma espada junto ao quadril. Sua expressão era calma, e Temujin suou sob o exame. Por fim, Sansar falou, a voz tensa e dura:

— Seu pai ficaria envergonhado se visse você de boca aberta — disse ele. — Controle-se, criança.

Temujin obedeceu, dominando a respiração e empertigando as costas. Contou até dez na cabeça, depois levantou os olhos de novo.

— Estou pronto, senhor.

Sansar assentiu, os olhos avaliando-o.

— Seu pai foi seriamente ferido, criança. Talvez ele morra.

Temujin empalideceu ligeiramente, mas seu rosto permaneceu impassível. Sentia uma malícia no cã dos olkhun'ut e decidiu subitamente que não demonstraria mais fraqueza diante dele. Sansar não disse nada, talvez esperando alguma reação. Quando ela não veio, falou de novo:

— Os olkhun'ut compartilham seu sofrimento. Vou revirar as planícies em busca dos desgarrados que ousaram atacar um cã. Eles sofrerão tremendamente.

O tom rápido desmentia o sentimento. Temujin se permitiu uma rápida confirmação de cabeça, mas sua mente girava rápido e ele queria gritar perguntas para a velha cobra que mal conseguia esconder o prazer diante de sua perturbação.

Sansar pareceu achar irritante o silêncio de Temujin. Olhou para Basan, que estava sentado como uma estátua à sua direita.

— Parece que você não completará seu ano com nosso povo, criança. Esta é uma época perigosa, quando se dizem ameaças que não deveriam ser pronunciadas. Mesmo assim, é certo que você retorne para o luto por seu pai.

Temujin trincou o maxilar. Não conseguia mais manter o silêncio.

— Então ele está morrendo?

Sansar sibilou respirando, mas Temujin o ignorou, virando para encarar o guerreiro de seu pai.

— Responda quando eu perguntar, Basan! — disse ele.

O homem de confiança o encarou e levantou a cabeça ligeiramente, com a tensão aparecendo. Na iurta de outro cã, Temujin estava arriscando a vida dos dois por causa de uma quebra dos costumes, mesmo depois daquela notícia. Os olhos de Basan mostraram que conhecia o perigo, mas ele também era um lobo.

— Ele foi seriamente ferido — respondeu com a voz firme. — Forte como é, conseguiu retornar vivo às famílias, mas... já faz três dias. Não sei.

— Está quase amanhecendo — respondeu Temujin. Em seguida, fixou o olhar no cã dos olkhun'ut e baixou a cabeça de novo. — É como o senhor diz. Devo retornar ao meu povo.

Sansar ficou imóvel diante disso, os olhos brilhando.

— Vá com minha bênção, Temujin. Você deixa apenas aliados aqui.

— Entendo. Eu honro os olkhun'ut. Com sua permissão, vou me retirar e pegar meu cavalo. Tenho uma longa viagem pela frente.

O cã se levantou e puxou Temujin num abraço formal, espantando-o.

— Que os espíritos guiem seus passos — disse ele.

Temujin fez uma última reverência e saiu para a escuridão, com Basan atrás.

Quando os dois haviam saído, o cã dos olkhun'ut virou para seus homens de maior confiança, estalando os nós dos dedos de uma das mãos dentro da outra.

— Devia ter sido uma coisa limpa! — disse rispidamente. — Em vez disso, os ossos estão voando e não sabemos onde cairão. — Em seguida, pegou um odre de airag num gancho e jogou um fio fino do líquido ardente no fundo da garganta, enxugando a boca com raiva. — Eu devia saber que os tártaros não seriam capazes de assassinar ao menos um homem sem provocar o caos. Eu o *entreguei* a eles. Como podem tê-lo deixado viver? Se ele tivesse simplesmente desaparecido, não haveria qualquer sugestão de nosso envolvimento. Se ele viver, vai se perguntar como os tártaros o encontraram. Haverá sangue antes do inverno. Digam o que devo fazer!

Os rostos dos homens que estavam com ele permaneceram vazios e preocupados enquanto o cã os olhava. Sansar deu um riso de desprezo.

— Saiam e acalmem o acampamento. Não há inimigos aqui, a não ser os que convidamos. Rezem para que o cã dos lobos já esteja morto.

Temujin andava às cegas por entre as iurtas, lutando para se acalmar. O que haviam lhe dito era impossível. Seu pai era um guerreiro nato e não existiam dois homens entre os lobos que pudessem enfrentá-lo com uma espada. Sabia que deveria perguntar os detalhes a Basan, mas morria de medo de ouvi-los. Enquanto não falasse, aquilo ainda poderia ser uma mentira ou um engano. Pensou na mãe e nos irmãos e parou subitamente, fazendo Basan tropeçar. Não estava pronto para desafiar Bekter, se a notícia fosse verdadeira.

— Onde está seu cavalo? — perguntou ao guerreiro de seu pai.

— Amarrado no lado norte do acampamento. Lamento muito trazer essa notícia...

— Venha comigo primeiro. Tenho uma coisa a fazer antes de sair daqui. Siga minhas ordens. — Ele não olhou para ver como Basan reagia, e talvez por isso o sujeito tenha assentido e obedecido ao jovem filho de Yesugei.

Temujin caminhou por entre os olkhun'ut enquanto eles corriam de um lado para o outro e se recuperavam da agitação. Os alarmes haviam soado com a aproximação de Basan, mas eles haviam reagido em pânico. Temujin deu um riso de desprezo por dentro, imaginando se um dia lideraria um grupo de ataque contra aquelas iurtas. O amanhecer finalmente havia chegado e, enquanto chegava aos arredores, viu a figura magra de Sholoi parada à sua porta com um machado de madeira nas mãos. Temujin não hesitou, andando até chegar ao alcance da arma.

— Borte está aqui? — perguntou.

Sholoi estreitou os olhos com a mudança de modos do garoto, sem dúvida por causa do guerreiro que estava parado sério a seu lado. Levantou a cabeça, teimosamente.

— Ainda não, garoto. Achei que ela poderia estar com você. Seu irmão tentou o mesmo com a garota que deram a ele.

Temujin hesitou, perdendo o ímpeto.

— O quê?

— Ele pegou a garota antes do tempo, como um bode e uma cabra fornicando. Ele não contou? Se você fez o mesmo, vou cortar suas mãos fora, garoto, e não pense que estou preocupado com o homem do seu papai. Já matei homens melhores apenas com as mãos. Um machado cuidará de vocês dois.

Temujin ouviu o som de aço deslizando quando Basan desembainhou a espada. Antes que um golpe pudesse ser dado, Temujin pôs a mão no braço do guerreiro, interrompendo-o com um toque.

— Não fiz mal a ela. Ela me impediu de brigar com Koke. Só isso.

Sholoi franziu a testa.

— Eu disse para ela não sair da tenda, garoto. Só isso importa.

Temujin chegou mais perto do velho.

— Esta noite fiquei sabendo de mais coisas do que queria saber. Independentemente da verdade disso, não sou o meu irmão. Vou retornar para pegar sua filha quando o sangue da lua tiver chegado nela. Vou levá-la como esposa. Até lá, você não encostará a mão nela. Irá fazer de mim um inimigo se machucá-la ao menos uma vez. Você não me quer como inimigo. Se me der motivo, os olkhun'ut vão sofrer.

Sholoi ouviu com uma expressão azeda no rosto, a boca se remexendo. Temujin esperou pacientemente que ele pensasse bem.

— Ela precisa de um homem forte para controlá-la, garoto.

— Lembre-se disso — respondeu Temujin.

Sholoi assentiu, observando enquanto os dois lobos se afastavam, com a visão da espada desembainhada espalhando crianças olkhun'ut à frente. Sholoi pôs o machado no ombro e repuxou as calças, resfolegando.

— Sei que você está aí, garota, esgueirando-se — disse ele para o ar vazio. Não houve resposta, mas o silêncio ficou tenso e ele riu sozinho, revelando gengivas pretas. — Acho que você arranjou um bom, se ele sobreviver. Eu não apostaria nisso.

CAPÍTULO 10

Temujin ouviu as trompas dos lobos soarem enquanto ele e Basan cavalgavam até o alcance das vistas, com o sol se pondo atrás. Uma dúzia de guerreiros galopou em formação perfeita para interceptá-lo, uma ponta de lança feita de guerreiros perfeitamente amadurecidos, capazes de lidar com um bando de atacantes. Não pôde deixar de comparar a reação instantânea com o pânico dos olkhun'ut que ele deixara para trás. Era difícil conter a montaria até o passo lento, mas apenas um idiota se arriscaria a ser morto antes de ser reconhecido.

Olhou para Basan, vendo uma nova tensão se sobrepondo à exaustão. Temujin o havia pressionado muito para cobrir a distância até em casa em apenas dois dias. Ambos tinham ficado sem dormir, sobrevivendo de água e goles de iogurte azedo. O tempo passado juntos não havia iniciado uma amizade e, quando voltaram ao território familiar, Temujin sentiu uma distância crescente entre eles. O guerreiro estivera relutante em falar, e seus modos preocuparam Temujin mais do que ele gostaria de admitir. Ocorreu-lhe que o arban de guerreiros a galope agora podia ser composto de inimigos. Não havia como saber, e só podia se manter empertigado e ereto na sela, como seu pai desejaria, enquanto eles se aproximavam.

Quando os guerreiros estavam à distância de saudação, Basan levantou o braço direito, mostrando que não segurava arma. Temujin reconheceu Eeluk entre eles e viu instantaneamente como os outros obedeciam ao homem de confiança de seu pai. Foi ele que deu o sinal de parada, e algo em sua confiança levou Temujin à beira das lágrimas. Havia chegado em casa, mas tudo mudara. Recusou-se a chorar diante de todos, mas seus olhos brilhavam.

Eeluk pôs a mão sobre as rédeas de Temujin, num gesto de comando. Os outros ficaram ao redor e começaram a trotar como se fossem um só, com a montaria de Temujin acompanhando o passo sem necessidade de comando da parte dele. Era uma coisa pequena, mas Temujin sentiu vontade de puxar as rédeas, numa raiva infantil. Não queria ser levado de volta à tribo do pai como um menino, mas sua força de vontade parecia tê-lo abandonado.

— Seu pai ainda vive — disse Eeluk. — O ferimento foi envenenado e ele está em delírio há muitos dias.

— Então está acordado? — perguntou Temujin, mal ousando ter esperanças.

Eeluk deu de ombros.

— Às vezes grita e luta contra inimigos que só ele consegue ver. É um homem forte, mas não aceita comida, e a carne se dissolveu, sumindo feito cera. Você deve se preparar. Não acredito que ele viva muito mais tempo.

Temujin baixou a cabeça sobre o peito, arrasado. Eeluk desviou o olhar para não envergonhá-lo em seu momento de fraqueza. Sem aviso, Temujin puxou as rédeas da mão de Eeluk.

— Quem é responsável? Ele deu o nome?

— Ainda não, mas sua mãe pergunta sempre que ele acorda. Ele não a reconhece.

Eeluk suspirou e Temujin viu sua tensão espelhada no sujeito. Os lobos deviam estar perplexos e temerosos com Yesugei delirando e à beira da morte. Deviam estar procurando um líder forte.

— E meu irmão Bekter? — perguntou Temujin.

Eeluk franziu a testa, talvez adivinhando o rumo de seus pensamentos.

— Partiu com os guerreiros para uma busca nas planícies. — Em seguida hesitou, como se decidisse o quanto deveria contar ao garoto. — Você não deve ter esperanças de encontrar os inimigos de seu pai agora. Os que sobreviveram devem ter se espalhado há dias. Não vão esperar que nós os encontremos.

O rosto dele era uma máscara, mas Temujin sentiu uma raiva escondida por dentro de Eeluk. Talvez ele não gostasse da influência de Bekter sobre os guerreiros. A busca teria ao menos de ser tentada, e Bekter era uma escolha óbvia, mas Eeluk não desejava que novas lealdades fossem forjadas longe dele. Temujin achou que podia ler muito bem o rosto do homem de confiança de seu pai, apesar das tentativas de esconder seu íntimo. Num momento assim, um homem teria de ser idiota para não pensar na sucessão. Temujin era quase certamente jovem demais, e Bekter estava à beira de virar adulto. Com o apoio de Eeluk, qualquer dos dois poderia governar os lobos, mas a alternativa era óbvia e arrepiante. Temujin forçou um sorriso ao encarar o homem que era uma ameaça maior que qualquer um dos olkhun'ut que ele havia deixado para trás.

— Você amou meu pai tanto quanto eu, Eeluk. O que ele desejaria para os lobos, se morresse? Ia querer que *você* os liderasse?

Eeluk se enrijeceu como se tivesse levado um tapa, virando uma expressão assassina para o garoto que cavalgava a seu lado. Temujin não se abalou. Sentia-se quase tonto, mas naquele momento não se importava se Eeluk o matasse. Independentemente do que o futuro reservasse, descobriu que podia devolver o olhar sem qualquer traço de medo.

— Fui leal durante toda a vida — disse Eeluk —, mas a época de seu pai veio e se foi. Nossos inimigos vão nos vigiar em busca de fraqueza quando a notícia se espalhar. Os tártaros virão no inverno atacar nossos rebanhos, talvez até os olkhun'ut, ou os kerait, só para ver se ainda podemos defender o que é nosso. — Ele segurou as rédeas com força, deixando brancos os nós dos dedos, e deu as costas a Temujin, incapaz de continuar com aqueles olhos amarelo-claros observando-o.

— Você sabe o que ele desejaria, Eeluk. Você sabe o que deve fazer.

— Não, eu *não* sei, garoto. Mas sei o que você está pensando, e lhe digo agora: você é novo demais para liderar as famílias.

Temujin engoliu o amargor e o orgulho num nó duro.

— Então Bekter. Não traia nosso pai, Eeluk. Ele o tratou como um irmão durante toda a vida. Honre-o agora ajudando o filho dele.

Para perplexidade de Temujin, Eeluk bateu os calcanhares nos flancos do animal e partiu à frente do grupo, com o rosto vermelho e furioso. Temujin não ousou olhar os homens ao redor. Não queria ver suas expressões e saber que seu mundo havia desmoronado. Não viu os olhares interrogativos que eles compartilhavam, nem a tristeza.

O acampamento dos lobos estava parado e quieto quando Temujin apeou junto à iurta de seu pai e respirou fundo. Sentia como se tivesse ficado longe durante anos. Na última vez em que havia parado naquele lugar, seu pai estava cheio de vitalidade e forte, era uma certeza na vida de todos. Simplesmente não era possível pensar que aquele mundo havia sumido e que não poderia ser trazido de volta.

Ficou parado rigidamente ao ar livre, olhando as iurtas das famílias. Poderia dizer o nome de cada homem, mulher e criança apenas com uma olhada para o desenho das portas. Aquele era seu povo, e Temujin sempre soubera de seu lugar no meio dele. A incerteza era uma emoção nova, como se houvesse um grande buraco em seu peito. Descobriu que precisava juntar toda a coragem só para entrar na iurta. Poderia ter ficado ali imóvel por mais tempo se não tivesse visto as pessoas começando a se juntar enquanto os raios do sol se desbotavam. Não podia suportar a pena delas e, com uma careta, abaixou-se e passou pela porta baixa, fechando-a para esconder os rostos que o encaravam.

O feltro da noite ainda não havia sido posto sobre o buraco para a fumaça, acima de sua cabeça, mas a iurta estava sufocante de calor e com um cheiro que o fazia engasgar. Viu a palidez da mãe quando ela se virou para ele, e suas defesas se desmoronaram quando ele correu até ela e foi envolvido num abraço. Lágrimas vieram, fora de seu controle, e ela o balançou em silêncio enquanto ele olhava o corpo encolhido do pai.

A carne de Yesugei estremeceu como um cavalo espantando moscas. Sua barriga estava amarrada com bandagens cheias de crostas, rígidas como juncos devido aos líquidos velhos. Temujin viu um fio de pus e sangue se mover como um verme pela pele e chegar aos cobertores. O cabelo do pai fora penteado e oleado, mas parecia fino e mais grisalho do que ele se recordava, nos fios que chegavam até os malares. Temujin viu que as costelas estavam pronunciadas. O rosto estava fundo e escuro nas reentrâncias, uma máscara de morte para o homem que ele havia conhecido.

— Você deveria falar com ele, Temujin — disse a mãe. Quando o garoto levantou a cabeça para responder, viu que os olhos dela estavam tão vermelhos quanto os seus. — Ele esteve chamando seu nome, e eu não sabia se você chegaria a tempo.

O garoto assentiu, enxugando com a manga uma trilha prateada de muco do nariz, enquanto olhava o único homem que ele achava que viveria para sempre. As febres haviam queimado o músculo dos ossos, e Temujin mal podia acreditar que era o mesmo guerreiro poderoso que havia cavalgado com tanta confiança para o acampamento dos olkhun'ut. Ficou olhando por longo tempo, incapaz de falar. Mal notou que sua mãe molhou um pano num balde de água fria e o apertou em sua mão. Ela guiou seus dedos para o rosto do pai e, juntos, os dois enxugaram os olhos e os lábios. A respiração de Temujin era curta, lutando contra a repulsa. O cheiro de carne doente era impressionante, mas sua mãe não demonstrava aversão e ele tentou ser forte para ela.

Yesugei se remexeu sob o toque e abriu os olhos, espiando-os diretamente.

— É Temujin, marido; ele chegou em casa em segurança — disse Hoelun gentilmente.

Os olhos permaneceram vazios, e Temujin sentiu novas lágrimas começando.

— Não quero que o senhor morra — disse ao pai, começando a soluçar em espasmos. — Não sei o que fazer.

O cã dos lobos respirou fundo, de modo que suas costelas se projetaram como uma gaiola. Temujin se inclinou sobre ele e apertou a mão contra a do pai. A pele estava bastante quente e seca, mas ele não soltou. Viu a boca do pai se mexer e baixou a cabeça para ouvir.

— Estou em casa, pai — disse ele. O aperto aumentou a ponto de doer. Temujin trouxe a outra mão para segurar os dedos do pai, e por um momento os olhos dos dois se encontraram e ele pensou ter visto um reconhecimento.

— Os tártaros — sussurrou Yesugei. Sua garganta pareceu se fechar com as palavras e o ar contido foi solto num grande suspiro que terminou com um estalo seco. Temujin esperou a próxima respiração, e quando ela não veio, percebeu que a mão que estava segurando havia se afrouxado. Segurou-a com mais força ainda, num jorro de desespero, ansiando por ouvir outra respiração.

— Não nos deixe aqui — implorou, mas sabia que não podia ser ouvido. Hoelun emitiu um som engasgado atrás dele, mas Temujin não conseguia se afastar do rosto fundo do homem que ele adorava. Será que havia lhe dito? Não podia se lembrar de ter falado as palavras e teve um medo súbito de que seu pai fosse para os espíritos sem saber o quanto significava para os filhos.

— Tudo que sou vem do senhor — sussurrou. — Sou seu filho e *nada* mais. Pode me ouvir?

Sentiu as mãos da mãe sobre a sua.

— Ele esperou por você, Temujin. Agora ele se foi.

Temujin não conseguia olhá-la.

— A senhora acha que ele sabia o quanto eu o amava?

Ela sorriu por entre as lágrimas e, por um momento, pareceu tão linda quanto devia ter sido na juventude.

— Ele sabia. Tinha muito orgulho de você, costumava dizer que o coração poderia explodir de tanto orgulho. Olhava para mim sempre que você montava ou lutava com seus irmãos ou discutia com eles. Nesses momentos, eu podia ver o orgulho nos olhos dele. Ele não queria mimar você, mas o pai céu deu a Yesugei os filhos que ele queria, e você era seu orgulho, sua alegria particular. Ele sabia.

Era demais para Temujin ouvir, e ele chorou sem qualquer vergonha.

— Precisamos dizer às famílias que ele finalmente se foi — disse Hoelun.

— E depois? — respondeu Temujin, enxugando as lágrimas. — Eeluk não vai me apoiar para liderar os lobos. Será que Bekter será o cã? — Procurou algum conforto no rosto dela, mas só encontrou exaustão e sofrimento para nublar os olhos.

— Não sei o que vai acontecer, Temujin. Se seu pai sobrevivesse mais alguns anos, isso não importaria. Mas agora? Não existe época boa para morrer, mas esta...

Ela começou a chorar, e Temujin se pegou puxando a cabeça da mãe contra o ombro. Não poderia se imaginar lhe dando conforto, mas isso pareceu vir naturalmente e, de algum modo, lhe deu forças para o que quer que viesse. Sentiu a própria juventude como uma fraqueza, mas com o espírito do pai ali perto, sabia que precisava encontrar coragem para encarar as famílias. Seu olhar percorreu a iurta ao redor.

— Onde está a águia que eu trouxe para ele?

Sua mãe balançou a cabeça.

— Não pude cuidar dela. Eeluk levou-a para outra família.

Temujin lutou com o ódio crescente pelo homem em quem seu pai havia confiado para todas as coisas. Afastou-se da mãe e Hoelun se levantou e olhou o corpo de Yesugei. Enquanto Temujin observava, ela se inclinou sobre o marido e beijou suavemente a boca aberta. Estremeceu ao contato, todo o corpo num espasmo. Com dedos trêmulos, fechou os olhos dele e depois puxou um cobertor sobre o ferimento. O ar estava denso de calor e morte, mas Temujin percebeu que o cheiro não mais o incomodava. Respirou fundo, enchendo os pulmões com a essência do pai enquanto também se levantava. Jogou água do balde no rosto e depois enxugou com um pedaço de pano limpo.

— Vou contar a eles — disse.

Sua mãe assentiu, os olhos ainda fixos num passado distante quando ele foi até a pequena porta e se abaixou para sair ao ar pungente da noite.

As mulheres das famílias ergueram vozes uivantes ao pai céu, para que ele ouvisse dizer que um grande homem havia saído das planícies. Os filhos de Yesugei se reuniram para prestar as últimas homenagens ao pai. Quando o alvorecer chegasse, iriam enrolá-lo num pano limpo e levá-lo até um morro alto, deixando sua carne nua para ser levada pelos falcões e abutres que eram queridos pelos espíritos. Os braços que haviam lhes ensinado a retesar um arco, o rosto forte, todo ele seria rasgado em mil pedaços para voar em bandos de pássaros sob o olhar do pai céu. Ele não estaria mais amarrado à terra como os outros.

À medida que a noite prosseguia, os guerreiros se juntaram em grupos, movendo-se de iurta em iurta até que todas as famílias tivessem falado. Temujin não tomou parte no processo, mas desejou que Bekter estivesse ali para ver o funeral do céu e as recitações. Por mais que desgostasse do irmão, sabia que ele ficaria magoado por ter perdido as histórias sobre a vida de Yesugei.

Ninguém dormiu. Depois que a lua subiu, uma grande fogueira foi montada no centro do acampamento e o velho Chagatai, o contador de histórias, esperou enquanto todos se reuniam, com um odre de airag preto a postos contra o frio. Só o grupo de batedores e os vigias permaneciam nos morros. Todos os outros homens, mulheres e crianças vieram escutar e chorar abertamente, prestando honra a Yesugei. Todos sabiam que uma lágrima derramada no chão um dia faria parte dos rios que aplacavam a sede dos rebanhos e das famílias de todas as tribos. Não havia vergonha em chorar por um cã que os havia mantido em segurança através dos invernos duros e tornado os lobos uma força nas planícies.

A princípio, Temujin ficou sentado sozinho, mas muitos vieram tocar seu ombro e dizer algumas palavras de respeito em voz baixa. Temuge estava com o rosto vermelho de chorar, mas veio com Kachiun e sentou-se ao lado do irmão, compartilhando a tristeza sem palavras. Khasar também veio ouvir Chagatai, e estava pálido e abatido quando abraçou Temujin. A última a chegar foi Hoelun, com a filha Temulun dormindo nas dobras de seu vestido. Ela abraçou os meninos um depois do outro, em seguida olhou para as chamas como se estivesse perdida.

Quando toda a tribo estava ali, Chagatai pigarreou e cuspiu no fogo que rugia às suas costas.

— Eu conheci o lobo quando ele era um menino pequeno e seus filhos e a filha eram apenas sonhos do pai céu. Ele nem sempre foi o homem que liderou as famílias. Quando era pequeno, se esgueirou para dentro da iurta do meu pai e roubou um favo de mel enrolado em pano. Enterrou o pano, mas na época ele tinha um cachorro, um animal amarelo e preto. O bicho desenterrou o pano e o trouxe para ele quando estava negando que ao menos sabia da existência do mel. Depois disso, ficou sem poder sentar-se durante dias! — Chagatai parou enquanto os guerreiros sorriam. — Como homem, liderou grupos de guerreiros depois de apenas doze verões, atacando repetidamente os tártaros para pegar pôneis e ovelhas. Quando Eeluk quis tomar uma noiva, foi Yesugei que roubou pôneis para dar ao pai dela, trazendo três éguas vermelhas e uma dúzia de cabeças de gado numa única noite. Tinha o sangue de dois homens brilhando na espada, mas mesmo na época havia poucos que poderiam se igualar a ele com uma espada ou um arco. Foi um flagelo para aquela tribo e, quando se tornou cã, eles aprenderam a temer Yesugei e os homens que cavalgavam com ele.

Chagatai tomou um gole comprido de airag, estalando os lábios.

— Quando o pai dele foi sepultado no céu, Yesugei juntou todos os guerreiros e os levou durante muitos dias, fazendo-os viver com apenas alguns punhados de comida e água suficiente para molhar a garganta. Todos os que foram naquela viagem retornaram com fogo na barriga e lealdade a ele nos corações. Ele lhes deu o orgulho, e os lobos ficaram fortes e gordos com carne de cordeiro e leite.

Temujin ouvia enquanto o velho recitava as vitórias de seu pai. A memória de Chagatai ainda era suficientemente afiada para se lembrar do que fora dito e de quantos haviam caído sob a espada ou o arco de Yesugei. Talvez os números fossem exagerados, ele não sabia. Os guerreiros mais velhos assentiam e sorriam com as lembranças e, enquanto esvaziavam os odres de airag, começaram a gritar em apreciação à medida que Chagatai pintava as batalhas para eles mais uma vez.

— Isso aconteceu quando o velho Yeke perdeu três dedos da mão direita — continuou Chagatai. — Foi Yesugei que os encontrou na neve e os trouxe de volta para ele. Yeke viu o que ele estava trazendo e disse que os dedos deveriam ser dados aos cães. Yesugei lhe disse que seria melhor amarrá-los num pedaço de pau. Disse que ele ainda poderia usá-los para se coçar.

Khasar riu disso, grudado a cada palavra, junto com os irmãos. Essa era a história de sua tribo, as histórias dos homens e mulheres que os tornavam o que eles eram.

Os modos de Chagatai mudaram sutilmente quando ele baixou o odre mais uma vez.

— Ele deixou filhos fortes para segui-lo, e ia querer que Bekter ou Temujin liderasse os lobos. Ouvi os sussurros entre as famílias. Ouvi as discussões e as promessas, mas o sangue de cãs corre neles, e se houvesse honra entre os lobos, não envergonhariam seu cã na morte. Ele está nos observando agora.

O acampamento ficou em silêncio, mas Temujin escutou alguns guerreiros murmurando em concordância. Sentiu uma centena de olhos fixos nele, na escuridão iluminada pelas chamas. Começou a se levantar, mas a distância todos ouviram as trompas dos vigias tocando lamentosas sobre as colinas, e os guerreiros saíram de seu transe bêbado, erguendo-se rapidamente e sacudindo-se para ficar alerta. Eeluk apareceu no limite da luz, olhando maldoso para Chagatai. Temujin viu que o contador de histórias parecia frágil e exausto, agora que o feitiço fora quebrado. Uma brisa soprou seu cabelo branco para trás e para a frente enquanto ele olhava Eeluk sem sinal de medo. Enquanto Temujin observava, Eeluk assentiu rispidamente, como se algo tivesse sido decidido. Seu cavalo lhe foi trazido e ele montou num movimento rápido, partindo para a escuridão sem olhar para trás.

As trompas cessaram de tocar depois de pouco tempo, quando os vigias perceberam que era um grupo de batedores retornando. Bekter vinha à frente de uma dúzia de guerreiros, cavalgando até a fogueira, onde apeou. Temujin viu que eles carregavam armaduras e armas diferentes das que ele conhecia. À luz da grande fogueira, viu cabeças meio podres amarradas pelos cabelos à sela de Bekter. Temujin estremeceu subitamente à vista das bocas abertas balançando como se ainda gritassem. Mesmo que a carne estivesse preta e coberta de moscas, soube que estava olhando o rosto dos que haviam matado seu pai.

Apenas sua mãe também ouvira Yesugei sussurrar o nome do inimigo na tenda, e nem ela nem Temujin haviam compartilhado a informação com qualquer pessoa. De algum modo, era arrepiante ouvir os tártaros sendo citados de novo pelos guerreiros que retornavam. Eles levantaram arcos e dils sujos de sangue seco, e as famílias se reuniram em volta num fascínio horrorizado, estendendo a mão para tocar o rosto dos mortos.

Bekter caminhou para a luz da fogueira como se a liderança da tribo já estivesse resolvida. Antes, essa teria sido uma cena amarga na imaginação de Temujin, mas, depois de seus temores, sentia um prazer selvagem. Que seu irmão ficasse com a tribo!

A princípio, as conversas eram ruidosas e houve gritos de choque diante da descrição do que haviam encontrado. Cinco corpos estavam apodrecendo onde haviam armado a emboscada para o cã dos lobos. Os olhares que pousavam nos filhos de Yesugei estavam luminosos de espanto. Mas ficaram em silêncio quando Eeluk se aproximou, saltando da sua sela para encarar os irmãos. Com resolução deliberada, Temujin foi para o lado de Bekter, e Khasar e Kachiun o acompanharam. Encararam Eeluk e esperaram que ele falasse. Talvez fosse um erro, porque Eeluk era um guerreiro poderoso e, em sua presença, eles pareciam os garotos que eram.

— Seu pai foi embora, finalmente, Bekter — disse Eeluk. — Não foi uma passagem fácil, mas terminou.

Os olhos sombreados de Bekter olharam o homem de confiança de seu pai, entendendo o desafio e o perigo. Ele ergueu a cabeça e falou, sentindo que jamais estaria mais forte em sua posição do que neste momento.

— Eu ficaria orgulhoso em liderar os lobos na guerra — disse com clareza.

Alguns guerreiros o aplaudiram, mas Eeluk balançou a cabeça lentamente, com a confiança reprimindo os poucos que haviam demonstrado apoio. O silêncio veio de novo, e Temujin se pegou prendendo a respiração.

— Eu serei o cã — disse Eeluk. — Está decidido.

Bekter estendeu a mão para a espada e os olhos de Eeluk brilharam de prazer. Foi Temujin que segurou o braço do irmão primeiro, mas Kachiun estava lá quase ao mesmo tempo.

— Ele vai matar você — disse Temujin enquanto Bekter tentava se soltar.

— Ou eu vou matá-lo por ser um imundo violador de juramento — respondeu Bekter rispidamente.

Presos em sua luta, nenhum deles teve tempo de reagir quando Eeluk desembainhou a espada e usou o punho como marreta, derrubando Bekter. Ele e Temujin caíram num emaranhado de membros e Kachiun se jogou desarmado contra o homem de confiança do pai, tentando impedi-lo de usar a lâmina para matar os irmãos. Hoelun gritou de medo atrás deles, e o som pareceu atravessar Eeluk quando ele avançou, jogando Kachiun longe com um gesto rápido do braço. O guerreiro olhou para os irmãos e em seguida embainhou a espada.

— Em honra de seu pai, não derramarei sangue esta noite — disse ele, mas o rosto estava pesado de raiva. Em seguida, levantou a cabeça para que a voz se espalhasse. — Os lobos vão cavalgar! Não ficarei onde o sangue do meu cã mancha a terra. Juntem seus rebanhos e cavalos. Quando o sol chegar ao meio-dia, viajaremos para o sul.

Em seguida, deu um passo para perto de Hoelun e seus filhos.

— Mas não com vocês. Não ficarei vigiando as costas para evitar suas facas. Vocês ficarão aqui e levarão o corpo de seu pai para os morros.

Hoelun cambaleou ligeiramente à brisa, o rosto branco e tenso.

— Você vai nos deixar para morrer?

Eeluk deu de ombros.

— Para morrer ou viver, vocês não farão parte dos lobos. Está feito.

Nesse momento, Chagatai surgiu atrás de Eeluk, e Temujin viu o velho segurá-lo pelo braço. Eeluk levantou a espada num reflexo, mas Chagatai ignorou a lâmina nua tão perto de seu rosto.

— Esta é uma coisa maligna! — disse Chagatai com raiva. — Você desonra a memória de um grande homem, deixado sem ter quem leve a morte a seus matadores. Como o espírito dele vai descansar? Você não pode deixar os filhos dele sozinhos na planície. É tão ruim quanto matá-los você mesmo.

— Afaste-se, velho. Um cã deve tomar decisões difíceis. Não derramarei o sangue de crianças nem de mulheres, mas se eles morrerem de fome, minhas mãos estão limpas.

O rosto de Chagatai ficou sombrio com fúria muda e ele agarrou a armadura de Eeluk, golpeando-o. Suas unhas rasgaram a carne do pescoço de Eeluk e a reação foi instantânea. Eeluk cravou a espada no peito do velho e o empurrou de costas. O sangue saiu pela boca aberta de Chagatai, e Hoelun caiu de joelhos, chorando e se balançando enquanto os filhos ficavam perplexos. Houve outros gritos diante do assassinato, e alguns guerreiros se puseram entre Eeluk e a família de Yesugei, as mãos a postos junto às espadas. Eeluk se sacudiu e cuspiu em Chagatai enquanto o sangue do velho jorrava no chão.

— Não deveria ter interferido, velho idiota — disse ele, embainhando a espada e se afastando rigidamente.

Os guerreiros ajudaram Hoelun a ficar de pé, e mulheres vieram ajudá-la a voltar para a iurta. Todos viraram o rosto para longe das crianças que choravam, e para Temujin isso foi tão ruim quanto todas as outras coisas que haviam acontecido naquela noite. As famílias os haviam abandonado e eles estavam perdidos.

Quando foram desmontadas, as iurtas dos lobos deixaram círculos pretos no chão duro, cheios de lascas de ossos velhos e pedaços de couro e cerâmica. Os filhos de Yesugei olharam esse processo como se fossem estranhos, parados no sofrimento junto com a mãe e a irmã. Eeluk fora implacável e Hoelun precisara de todos os outros para conter Bekter quando o homem de confiança ordenou que a iurta deles, com tudo que havia dentro, fosse levada com as outras. Algumas mulheres choraram diante dessa crueldade, mas muitas outras mantiveram silêncio e Eeluk ignorou todas. A palavra do cã era lei.

Temujin balançou a cabeça, incrédulo, enquanto as carroças eram carregadas e os rebanhos arrumados com varas e pancadas. Vira que Eeluk usava a espada de Yesugei ao caminhar pelo acampamento. Bekter trincou o maxilar ao ver a arma, com fúria evidente. Eeluk sorriu sozinho ao passar por eles, desfrutando seus olhares impotentes. Temujin se perguntou como Eeluk havia mantido essa ambição escondida durante tantos anos. Ele a havia sentido quando Yesugei lhe deu o pássaro vermelho, mas mesmo então não acharia possível que Eeluk os traísse de modo tão completo. Balançou a cabeça ao ouvir os filhotes de águia chorando quando suas asas foram apertadas e enroladas para a viagem. Não podia suportar. A visão do corpo esparramado de Chagatai atraía seus olhos repetidamente, lembrando-o da noite anterior. O velho contador de histórias seria deixado onde havia caído e, para os garotos, esse parecia um crime tão grande quanto todos os outros.

Ainda que seus filhos estivessem pálidos de desespero, Hoelun irradiava uma fúria gélida que punia qualquer um que fosse tolo o bastante para encará-la. Quando Eeluk viera ordenar que a iurta do cã fosse desmontada, nem mesmo ele a encarou; em vez disso, ficou olhando a meia distância enquanto o trabalho era feito. As grandes camadas de feltro pesado haviam sido unidas e enroladas, e a trama de madeira tombou em partes, com os nós de tendão seco cortados com golpes rápidos. Tudo dentro fora levado, desde os arcos de Yesugei até os dils de inverno com seus forros de pele. Bekter havia xingado e gritado ao ver que ficariam sem nada, mas Hoelun simplesmente balançou a cabeça diante da crueldade casual de Eeluk. As dils eram lindas e valiosas demais para serem desperdiçadas com quem não iria sobreviver. O inverno iria arrancá-los da vida com tanta certeza quanto uma flecha, quando as primeiras neves chegassem. Mesmo assim, ela encarava as famílias com dignidade, o rosto orgulhoso e sem lágrimas.

Não demorou muito. Tudo era projetado para viajar e, quando o sol estava acima deles, os círculos pretos estavam vazios e as carroças cheias, com homens puxando as cordas para amarrar tudo.

Hoelun estremeceu quando o vento soprou mais forte. Não havia abrigo, agora que as iurtas tinham ido embora, e ela se sentiu exposta e entorpecida. Sabia que Yesugei teria desembainhado a espada de seu pai e cortado uma dúzia de cabeças se visse aquilo. Seu corpo estava caído no chão, envolto em panos. À noite, alguém das famílias havia enrolado um pedaço de linho ao redor da figura encolhida de Chagatai, escondendo o ferimento. Os dois estavam lado a lado na morte, e Hoelun não suportava olhar para nenhum deles.

Os pastores gritaram quando Eeluk soprou sua trompa, usando varas mais compridas do que um homem para fazer com que os animais se movessem. O ruído aumentou enquanto ovelhas e cabras baliam e corriam para escapar do toque ardido e a tribo começou a se mover. Hoelun ficou parada com os filhos, como um agrupamento de bétulas pálidas, olhando-os se afastar. Temuge estava soluçando baixinho e Kachiun segurou a mão dele, para o caso de o menino tentar correr atrás da tribo.

O terreno aberto engoliu rapidamente os gritos dos pastores e seus animais. Hoelun ficou olhando-os até estarem bem longe, finalmente exalando alguma parte pequena de seu alívio. Sabia que Eeluk era capaz de mandar um homem de volta para dar um fim sangrento à família abandonada. Assim que a distância ficou grande demais para que fossem vistos, virou para os filhos, juntando-os ao redor.

— Precisamos de abrigo e comida, mas principalmente precisamos sair deste lugar. Logo vão aparecer criaturas de rapina para remexer nas cinzas das fogueiras. E nem todas andarão em quatro patas. Bekter! — O tom afiado arrancou o filho do transe enquanto ele espiava as figuras distantes. — Preciso de você agora para cuidar de seus irmãos.

— De que adianta? — perguntou ele, virando de novo para olhar a planície. — Estamos todos mortos.

Hoelun deu-lhe um tapa com força no rosto e ele cambaleou, os olhos chamejando. Um sangue novo escorreu do ponto em que Eeluk o havia acertado na noite anterior.

— Abrigo e comida, Bekter. Os filhos de Yesugei não irão quietos para a morte, como Eeluk deseja. Nem a mulher dele. Preciso de sua força, Bekter, entende?

— O que vamos fazer com... ele? — perguntou Temujin, olhando o corpo do pai.

Hoelun hesitou um instante enquanto acompanhava o olhar do filho. Em seguida, apertou o punho e o sacudiu com raiva.

— Seria demais deixar ao menos um único pônei? — perguntou baixinho. Teve uma visão de homens sem tribo tirando o pano do corpo nu de Yesugei e rindo, mas não havia opção. — É somente carne, Temujin. O espírito de seu pai saiu daqui. Que ele nos veja sobreviver, e ficará satisfeito.

— Então vamos deixá-lo para os cães selvagens? — perguntou Temujin, horrorizado.

Foi Bekter quem assentiu.

— Temos de deixar. Cães ou pássaros, não importa. Até onde você e eu podemos carregá-lo, Temujin? Já é meio-dia e precisamos chegar até um lugar com árvores.

— O morro vermelho! — disse Kachiun de repente. — Lá há abrigo.

Hoelun balançou a cabeça.

— É longe demais para chegarmos antes do anoitecer. A leste há uma fenda que vai servir até amanhã. Lá há árvores. Na planície iríamos morrer, mas na floresta eu cuspirei em Eeluk daqui a dez anos.

— Estou com fome — disse Temuge, fungando.

Hoelun olhou para o filho mais novo e seus olhos se encheram de lágrimas brilhantes. Em seguida, enfiou a mão nas dobras do dil e pegou um saco de pano com os pedaços de coalhada doce, que ele adorava. Cada um pegou um ou dois, solenes como se estivessem fazendo um juramento.

— Vamos sobreviver, meus filhos. Vamos sobreviver até que vocês sejam homens e, quando Eeluk estiver velho, cada vez que escutar cascos na escuridão, vai imaginar se são vocês indo pegá-lo.

Todos olharam seu rosto, espantados, vendo apenas uma determinação feroz. Era forte o bastante para banir um pouco do desespero que sentiam, e todos receberam força dela.

— Agora andem! — disse Hoelun rispidamente. — Abrigo, depois comida.

CAPÍTULO 11

Uma garoa fina caía enquanto Bekter e Temujin sentaram encolhidos juntos, molhados até os ossos. Antes do escurecer haviam chegado a uma fenda com árvores, nas colinas, onde um riacho borbulhava em terreno encharcado, pantanoso. O rasgo estreito na terra era abrigo de pinheiros de tronco preto e bétulas prateadas, pálidas como ossos. O som da água ecoando era estranho e amedrontador para os garotos que estremeciam num grande ninho de raízes escuras.

Antes que a luz sumisse, Hoelun os fizera levantar pequenos troncos caídos, arrastando os pedaços de madeira podre por entre as folhas e a lama para colocá-los sobre o galho de uma árvore baixa. Seus braços e pernas estavam totalmente arranhados, mas ela não os deixou descansar. Até mesmo Temuge havia carregado braçadas de agulhas de pinheiro mortas e empilhado sobre galhos menores, voltando vezes sem conta para pegar mais, até que o abrigo rudimentar estivesse pronto. Não tinha tamanho suficiente para Bekter e Temujin, mas Hoelun beijou os dois agradecendo e eles ficaram de pé, orgulhosos, enquanto ela se arrastava para dentro do espaço com o bebê. Khasar se enrolou como um cão trêmulo entre as pernas dela e Temuge se esgueirou atrás deles, soluçando baixinho. Kachiun ficou um tempo com os irmãos mais velhos, cambaleando levemente de exaustão. Temujin pegou-o pelo braço e o empurrou atrás dos outros. Mal havia espaço até mesmo para ele.

A cabeça da mãe baixara lentamente sobre o peito enquanto a menininha mamava. Temujin e Bekter haviam se afastado o mais silenciosamente que puderam, procurando qualquer coisa que mantivesse a chuva longe do rosto por tempo suficiente para dormirem.

Não encontraram. A massa de raízes parecera melhor do que simplesmente se deitar no molhado, mas calombos e curvas não vistas provocavam dor em qualquer posição que ficassem. Quando o sono chegava, um jorro de água gelada acertava-lhes o rosto e os fazia acordar de novo por instantes sonolentos, imaginando onde estavam. A noite pareceu durar para sempre.

Quando acordou mais uma vez e moveu as pernas com cãibras, Temujin pensou no dia. Fora estranho se afastar do corpo do pai. Todos haviam olhado para trás, vendo aquela mancha clara ir diminuindo. Hoelun vira os olhares tristonhos e ficara irritada com eles.

— Vocês sempre tiveram as famílias ao redor — disse. — Não tiveram de se esconder de ladrões e desgarrados. Agora *precisamos* nos esconder. Até um simples pastor pode matar todos nós, e não haverá justiça.

A dura realidade nova os havia enregelado tanto quanto a chuva que começava a cair, umedecendo os ânimos ainda mais. Temujin piscou por causa de uma gota d'água vinda de algum lugar acima. Não tinha certeza se havia dormido, mas sentia que o tempo havia passado. Sua barriga estava dolorosamente vazia e ele se perguntou o que arranjariam para comer. Se Eeluk tivesse deixado ao menos um arco, Temujin poderia alimentar todos eles com marmotas gordas. Sem arco, eles poderiam morrer de fome em apenas alguns dias. Levantou os olhos e viu que as nuvens de chuva haviam passado, deixando as estrelas brilhando até a terra embaixo. As árvores ainda pingavam a toda volta, mas ele esperava que a manhã fosse mais quente. A umidade havia encharcado cada parte de seu corpo, e as roupas estavam com uma crosta de lama e folhas. Sentiu a gosma escorregadia nos dedos quando fechou o punho e pensou em Eeluk. Uma agulha de pinheiro ou um espinho se cravou em sua palma, mas ele ignorou, xingando em silêncio o homem que havia traído sua família. Deliberadamente apertou mais até que todo o seu corpo tremeu e ele pôde ver clarões verdes por baixo das pálpebras.

— Mantenha-o vivo — sussurrou para o pai céu. — Mantenha-o forte e saudável. Mantenha-o vivo para que eu o mate.

Bekter resmungou no sono ao lado e Temujin fechou os olhos de novo, ansiando que as horas passassem até o amanhecer. Queria o mesmo que os mais novos: deixar sua mãe envolvê-lo nos braços e resolver todos os problemas. Em vez disso, sabia que precisava ser forte, por ela e pelos irmãos. Uma coisa era certa: eles sobreviveriam, e um dia ele iria encontrar Eeluk, matá-lo e tirar a espada de Yesugei de sua mão morta. O pensamento permaneceu até que ele caiu no sono.

Todos estavam acordados quando havia luz suficiente para que cada um enxergasse o rosto sujo do outro. Os olhos de Hoelun estavam inchados e parecendo feridos de exaustão, mas ela reuniu os filhos ao redor, olhando enquanto o único odre de água era passado de mão em mão. Sua filha pequenina estava se remexendo e já escorregadia de excremento novo. Não havia panos de sobra, e o bebê começou um ataque de gritos com o rosto vermelho, que não demonstrava sinal de parar. Hoelun só podia ignorar os gritos quando o bebê recusou o seio de novo, perturbada. No fim, até a paciência da mãe se exauriu, e ela deixou o seio nu exposto enquanto a menininha fechava os punhos e rugia para o céu.

— Se quisermos viver, temos de fazer um lugar seco e organizar a caça e a pesca — disse a eles. — Mostrem o que vocês têm, para que todos possamos ver. — Ela viu Bekter hesitar e virou para ele. — Não esconda nada, Bekter. Todos podemos estar mortos num único giro da lua se não pudermos caçar e nos aquecer.

No alvorecer, foi mais fácil encontrar um local onde o grosso tapete de agulhas de pinheiro estivesse úmido, e não encharcado. Hoelun tirou seu dil, tremendo. Todos podiam ver a mancha escura e escorregadia na lateral do corpo, onde as entranhas da irmã haviam se esvaziado durante a noite. O cheiro chegou a todos, fazendo Khasar levar a mão ao rosto. Hoelun o ignorou, com a boca formando uma linha fina de irritação. Temujin viu que ela mal conseguia disfarçar seu estado de espírito enquanto abria o dil no chão. Gentilmente pôs a filha sobre o tecido, e o movimento espantou a criança, fazendo-a olhar os irmãos ao redor, com olhos cheios de lágrimas. Era doloroso vê-la tremendo.

Bekter fez uma careta e tirou uma faca do cinto, pousando-a no dil. Hoelun testou a lâmina com o polegar e assentiu. Em seguida, pôs a mão em volta da cintura e desamarrou uma corda de crina trançada. Havia escondido sob o dil na noite anterior, procurando qualquer coisa que pudesse ajudá-los na dificuldade. A trança era fina mas forte, e se juntou às facas dos irmãos na pilha.

Afora sua pequena faca, Temujin só pôde acrescentar a faixa de pano que prendia seu dil, mas era comprida e bem tecida. Não duvidava que Hoelun encontrasse alguma utilidade para ela.

Todos ficaram olhando fascinados quando Hoelun pegou uma minúscula caixa de osso em um dos bolsos fundos do dil. Continha um pedacinho de aço serrilhado e uma boa pederneira, e ela deixou isso de lado, quase com reverência. A caixa amarelo-escura era lindamente esculpida e ela a esfregou com os polegares, lembrando-se, enquanto os filhos olhavam.

— Seu pai me deu isso quando nos casamos — disse. Em seguida, pegou uma pedra e despedaçou a caixa. Cada lasca de osso era afiada como navalha e ela as separou com cuidado, escolhendo as melhores.

— Esta aqui é um anzol para pescar, mais duas para pontas de flechas. Khasar? Você vai pegar o barbante e encontrar uma boa pedra para afiar o anzol. Use uma faca para cavar minhocas e encontre um local abrigado. Precisamos da sua sorte hoje.

Khasar pegou o material sem qualquer traço de seus modos geralmente luminosos.

— Entendo — disse ele, enrolando a corda de crina na mão.

— Deixe um pedaço para eu fazer uma armadilha — disse ela quando Khasar se levantou. — Precisamos de tripas e tendões para fazer um arco.

Ela se virou para Bekter e Temujin, entregando a cada um uma lasca de osso afiado.

— Cada um pegue uma faca e me faça um arco de bétula. Vocês já viram isso ser feito muitas vezes.

Bekter apertou a ponta de osso na palma da mão, testando-a.

— Se tivéssemos chifre ou couro de cavalo para a corda... — começou. Hoelun ficou parada e seu olhar silenciou-o.

— Só uma armadilha de marmota não vai nos manter vivos. Eu não disse que queria um arco capaz de orgulhar seu pai. Apenas corte alguma coisa com a qual você possa matar. Ou talvez nós devêssemos simplesmente nos deitar nas folhas e esperar que o frio e a fome nos levassem, não é?

Bekter franziu a testa, irritado com a crítica na frente dos outros. Sem olhar para Temujin, pegou sua faca e foi andando, com a lasca de osso apertada na mão.

— Eu poderia amarrar uma faca numa vara e fazer uma lança, talvez para pescar — disse Kachiun.

Hoelun olhou-o agradecida e respirou fundo. Em seguida, pegou a faca menor e entregou a ele.

— Bom garoto — disse, estendendo a mão para tocar o rosto dele. — Seu pai ensinou todos vocês a caçar. Acho que ele jamais adivinharia que isso importaria tanto. Mas precisamos de qualquer coisa que vocês tenham aprendido.

Em seguida, olhou para o número precário de coisas que restavam sobre o tecido e suspirou.

— Temuge? Posso acender uma fogueira se você encontrar alguma coisa seca para queimar. Qualquer coisa.

O menino gorducho se levantou com a boca tremendo. Ainda não havia começado a se recuperar do terror da nova situação, nem do desespero. Os outros garotos podiam ver que Hoelun estava à beira de desmoronar, mas Temuge ainda a via como uma rocha e estendeu a mão para ser abraçado. Ela lhe permitiu um momento nos braços antes de afastá-lo.

— Encontre o que puder, Temuge. Sua irmã não pode passar mais uma noite sem uma fogueira.

Temujin se encolheu quando o menino começou a soluçar e, quando Hoelun se recusou a olhar para ele, Temuge saiu correndo sob as árvores.

Temujin estendeu a mão desajeitadamente, para tentar dar algum conforto à mãe. Segurou o ombro de Hoelun e, para seu prazer, ela inclinou a cabeça de modo que o rosto tocou brevemente sua mão.

— Faça um arco mortal, Temujin. Encontre Bekter e o ajude — disse, levantando os olhos para ele.

O garoto engoliu em seco dolorosamente, com fome, e deixou-a ali com o bebê, cujo grito ecoava entre as árvores molhadas.

Temujin encontrou Bekter pelo som de sua faca batendo numa bétula jovem. Assobiou baixinho para que o irmão soubesse que ele estava se aproximando e recebeu um olhar carrancudo em troca. Sem uma palavra, firmou o tronco fino para a faca do irmão. Era uma peça sólida de ferro com gume e cortava fundo. Bekter parecia estar jogando a raiva contra a madeira, e Temujin precisou de coragem para manter as mãos firmes enquanto um golpe depois do outro batia perto de seus dedos.

Não demorou muito até que Temujin conseguiu apertar a árvore para baixo e expor as fibras esbranquiçadas da madeira jovem. O arco seria praticamente inútil, pensou, carrancudo. Era difícil não pensar nas belas armas que havia em cada iurta dos lobos. Os núcleos de bétula eram colados a tiras de chifre de ovelha fervidos e tendões batidos e depois deixados durante um ano inteiro na escuridão seca antes que as peças fossem juntadas. Cada um deles era uma maravilha de engenhosidade, capaz de matar até mesmo a uma distância de mais de duzentos alds.

Em comparação, o arco que ele e seu irmão suavam para fazer seria pouco mais do que um brinquedo de criança, e a vida deles dependeria daquilo. Temujin resfolegou numa diversão amarga quando Bekter fechou um dos olhos e finalmente levantou o pedaço de bétula, ainda com partes da casca. Viu o maxilar de Bekter se trincando em resposta e ficou olhando, surpreso, o irmão puxar a madeira de volta rapidamente e quebrá-la contra outro tronco, jogando a bétula partida sobre as folhas.

— Isso é perda de tempo — disse Bekter, furioso.

Temujin olhou para a faca que ele segurava, subitamente cônscio de como estavam solitários.

— Quanto eles podem viajar em um dia? — perguntou Bekter. — Você sabe rastrear. Conhecemos os guardas tão bem quanto conhecemos nossos irmãos. Eu poderia passar por eles.

— Para fazer o quê? Matar Eeluk?

Viu os olhos de Bekter ficarem vítreos por um momento enquanto ele saboreava a idéia e depois balançava a cabeça.

— Não. Nunca poderíamos chegar perto dele, mas poderíamos roubar um arco! Só um arco e algumas flechas e poderíamos comer. Você não está com fome?

Temujin tentou não pensar na dor no estômago. Já conhecera a fome, antes, mas sempre havia o pensamento de uma refeição quente esperando no fim. Ali, a coisa parecia pior, e sua barriga estava ardendo e dolorida ao toque. Esperava que não fosse o primeiro sinal de entranhas soltas, que vinha de doença ou carne ruim. Num lugar assim, qualquer fraqueza iria matá-lo. Sabia, tão bem quanto a mãe, que caminhavam numa borda estreita entre a sobrevivência e uma pilha de ossos, quando o inverno chegasse.

— Estou morrendo de fome – disse –, mas nunca iríamos entrar numa iurta sem que dessem o alarme. Mesmo que entrássemos, eles nos rastreariam de volta até aqui e Eeluk não nos deixaria viver pela segunda vez. Aquela vara quebrada é tudo que temos.

Os dois olharam para a madeira arruinada e Bekter pegou-a numa demonstração de raiva insensata, fazendo força com a madeira que não cedia e depois jogando-a no mato baixo.

— Certo, vamos começar de novo – disse ele, sério. – Se bem que não temos uma corda, não temos flechas e não temos cola. Temos a mesma chance de pegar um animal jogando pedras nele!

Temujin não disse nada, abalado com a explosão. Como todos os filhos de seu pai, estava acostumado a ter alguém que soubesse o que fazer. Talvez tivessem se acostumado demais a essa certeza. Desde que sentira a mão do pai se afrouxar na sua, ficara perdido. Havia ocasiões em que percebia a força de que necessitava começando a se acender no peito, mas ficava esperando que tudo aquilo acabasse e que sua vida antiga retornasse.

— Vamos trançar tiras de pano para fazer uma corda. Deve agüentar o suficiente para atirar duas vezes, acho. Só temos duas pontas de flecha, afinal de contas.

Bekter grunhiu em resposta e estendeu a mão para outra bétula pequena e esguia, com a grossura de seu polegar.

— Então segure isso firme, irmão – disse ele, erguendo a faca pesada. — Vou fazer um arco que sirva para duas chances de matar. Depois disso, vamos comer capim.

Kachiun alcançou Khasar no alto da fenda entre os morros. A figura do irmão mais velho estava tão imóvel que ele quase deixou de vê-lo enquanto subia pelas pedras, mas o olhar foi atraído para onde o riacho se alargava numa piscina, e viu o irmão à margem. Khasar havia feito uma vara de anzol simples com um comprido galho de bétula. Kachiun assobiou para que ele soubesse de sua presença e se aproximou o mais silenciosamente que pôde, olhando a água límpida.

— Dá para ver os peixes. Até agora nada maior do que um dedo — sussurrou Khasar. — Mas parece que não querem as minhocas.

Os dois ficaram olhando para o pedaço de carne frouxa que pendia na água, à distância de um braço em relação à margem. Kachiun franziu a testa, pensando.

— Vamos precisar de mais do que um ou dois, se todos quisermos comer esta noite — disse ele.

Khasar grunhiu em resposta.

— Se você tem alguma idéia, diga. Não posso *obrigar* os peixes a morderem o anzol.

Kachiun ficou quieto por longo tempo, e os dois garotos teriam gostado da paz se não fosse a dor na barriga. Por fim, Kachiun se levantou e começou a desenrolar o pano laranja que prendia seu dil à cintura. Tinha o tamanho de três alds, a extensão de três homens deitados, da cabeça aos pés. Ele podia não ter pensado em usá-lo se Temujin não tivesse posto o dele na pilha de Hoelun. Khasar olhou-o, com um sorriso tocando a boca.

— Vai nadar? — perguntou ele.

Kachiun balançou a cabeça.

— Uma rede seria melhor do que um anzol. Podemos pegar todos. Pensei que poderia represar o riacho com o pano.

Khasar tirou da água sua minhoca molhada, pousando o anzol precioso.

— Pode dar certo — disse ele. — Eu vou mais para cima, vou bater na água com uma vara enquanto retorno para baixo. Se você puder fechar o riacho com o pano, talvez consiga arrastar alguns para a margem.

Os dois garotos olharam relutantes para a água gelada. Kachiun suspirou, enrolando o pano nos braços.

— Certo; é melhor do que esperar — disse, estremecendo ao entrar no poço.

O frio o fez ofegar e se encolher, mas os dois garotos trabalharam rapidamente para amarrar o pano atravessando o riacho. Uma raiz de árvore era perfeita para prendê-lo de um dos lados e Kachiun pôs uma pedra do outro, enquanto dobrava o pano e trazia a ponta de volta. Havia mais do que o suficiente, e ele esqueceu o frio por um tempo ao ver os peixinhos tocando a barreira laranja e saltando para trás de novo. Viu Khasar cortar uma tira do pano e amarrar uma faca numa vara para fazer uma lança curta.

— Reze ao pai céu para haver alguns grandes — disse Khasar. — Precisamos fazer isso direito.

Kachiun continuou na água, lutando para não tremer demais enquanto o irmão se afastava e sumia. Não precisava que lhe dessem ordens.

Temujin tentou tirar o arco das mãos do irmão e Bekter bateu em seus dedos com o cabo da faca.

— Eu fico com ele — disse Bekter, irritado.

Temujin olhou o garoto mais velho curvar a bétula para prender na outra ponta o laço da corda trançada. Encolheu-se, antecipando o estalo que seria a ruína da terceira tentativa. Desde o início havia se ressentido da abordagem mal-humorada de Bekter para fazer a arma, como se a madeira e a corda fossem inimigos a serem esmagados até a obediência. Sempre que Temujin tentava ajudar, era afastado rudemente, e só quando Bekter fracassou repetidamente admitiu que o irmão segurasse a madeira enquanto os dois a dobravam. O segundo arco havia se partido e as duas primeiras cordas haviam durado apenas o bastante para serem retesadas antes de também ceder. O sol havia se movido acima das cabeças e o ânimo dos dois se esgarçava enquanto um fracasso se empilhava sobre o outro.

A nova corda era trançada com três tiras finas cortadas do pano de cintura de Temujin. Era infantilmente grossa e volumosa, vibrando visivelmente enquanto Bekter liberava o arco de sua posição curvada, encolhendo-se com a expectativa. A madeira não se partiu, e os dois garotos soltaram um suspiro de alívio. Bekter tocou o polegar na corda retesada, produzindo um som.

— Terminou de fazer as flechas? — perguntou a Temujin.

— Só uma — respondeu Temujin, mostrando a vara reta de bétula com uma agulha de osso presa firmemente na madeira. Havia demorado uma eternidade para afiar a lasca até uma forma que ele pudesse prender, deixando uma palheta delicada que se encaixava na madeira fendida. Durante parte do processo havia prendido o fôlego, sabendo que, se partisse a ponta, não haveria substituição.

— Então me dê — disse Bekter, estendendo a mão.

Temujin balançou a cabeça.

— Faça a sua — respondeu, segurando-a fora do alcance. — Esta é minha.

Viu a fúria nos olhos de Bekter e pensou que o garoto mais velho poderia usar o arco para bater nele. Talvez o tempo que tivessem gasto para fazê-lo o impedisse, mas finalmente Bekter assentiu.

— Eu deveria esperar isso, vindo de você.

Bekter fez questão de colocar o arco fora do alcance de Temujin enquanto procurava uma pedra para afiar sua ponta de flecha. Temujin ficou parado rigidamente, olhando, irritado por ter de cooperar com um idiota.

— Os olkhun'ut não falam bem de você, Bekter, sabia disso? — perguntou.

Bekter resfolegou, cuspindo na pedra e passando a lasca de osso para trás e para a frente.

— Não me importa o que eles acham de mim, irmão — respondeu ele, sério. — Se eu tivesse me tornado cã, iria atacá-los no primeiro inverno. Teria mostrado o preço do orgulho deles.

— Não deixe de contar isso à nossa mãe, quando voltarmos. Ela vai ficar satisfeita em saber o que você estava planejando.

Bekter levantou para Temujin os olhos pequenos, escuros e assassinos.

— Você não passa de uma criança — disse, depois de um tempo. — Nunca poderia liderar os lobos.

Temujin sentiu a raiva relampejar, mas não demonstrou nada.

— Agora não saberemos isso, não é?

Bekter o ignorou, afiando o osso até conseguir uma boa forma para a flecha.

— Em vez de ficar aqui parado, por que não faz alguma coisa útil, como encontrar um buraco de marmota?

Temujin não se preocupou em responder. Deu as costas ao irmão e foi andando.

A refeição naquela noite foi digna de pena. Hoelun havia alimentado uma chama, mas as folhas úmidas soltavam fumaça e estalavam. Outra noite no frio poderia matá-los, mas ela temia que a luz fosse vista. A fenda nos morros deveria escondê-los, mas mesmo assim ela os fez se amontoar ao redor do fogo, bloqueando a luz com os corpos. Estavam todos fracos de fome, e Temuge tinha uma mancha verde em volta da boca, por ter experimentado comer mato e vomitado.

Dois peixes foram o produto dos trabalhos do dia, ambos capturados mais por sorte do que por habilidade na armadilha do rio. Mesmo sendo pequenos, os dedos de carne preta atraíam os olhos de todos os garotos.

Temujin e Bekter estavam silenciosamente furiosos um com o outro depois de uma tarde de frustrações. Quando Temujin encontrou um buraco de marmota, Bekter se recusou a entregar o arco e Temujin saltou sobre ele em fúria, e os dois rolaram no chão molhado. Uma das flechas se partiu embaixo deles e o som interrompeu a briga. Bekter havia tentado pegar a outra, mas Temujin foi mais rápido. Já havia decidido pegar emprestada a faca de Kachiun e fazer seu próprio arco no dia seguinte.

Hoelun estremeceu, sentindo-se doente enquanto mantinha os gravetos no fogo e se perguntava qual de seus filhos passaria fome. Kachiun e Khasar mereciam pelo menos uma prova de carne, mas ela sabia que sua própria força era a coisa mais importante que eles possuíam. Se ela começasse a desmaiar de fome, ou mesmo se morresse, o restante iria perecer. Trincou os maxilares com raiva quando o olhar pousou nos dois garotos mais velhos. Ambos tinham ferimentos recentes e ela queria bater neles com uma vara, pela estupidez. Eles não entendiam que não haveria resgate, não haveria trégua. A vida de todos estava em dois peixes minúsculos nas chamas, mal dariam para encher uma boca.

Hoelun cutucou a carne preta com uma unha, tentando não ceder ao desespero. Um líquido transparente escorreu pelo dedo quando ela a apertou, e Hoelun comprimiu a boca contra o dedo, fechando os olhos com algo que parecia êxtase. Ignorou o estômago que reclamava e partiu o peixe em dois pedaços, entregando-os a Kachiun e Khasar.

Kachiun balançou a cabeça.

— A senhora primeiro — disse ele, fazendo lágrimas brotarem nos olhos de Hoelun.

Khasar o ouviu e parou enquanto levava o peixe à boca. Podia sentir o cheiro da carne cozida e Hoelun viu que a saliva estava molhando os lábios dele.

— Eu posso agüentar um pouquinho mais do que você, Kachiun — disse ela. — Vou comer amanhã.

Isso bastou para Khasar, que fechou a boca sobre o peixe e sugou ruidosamente os ossos. Os olhos de Kachiun estavam escuros de dor por causa da fome, mas ele balançou a cabeça.

— A senhora primeiro — disse de novo. Em seguida, estendeu a cabeça do peixe e Hoelun pegou-o gentilmente.

— Acha que posso tirar comida de você, Kachiun? Meu filho querido? — Sua voz se endureceu. — Coma-o, ou então vou jogá-lo de volta no fogo.

Ele se encolheu diante desse pensamento e pegou-a imediatamente. Todos puderam ouvir os ossos se partindo enquanto ele os esmagava formando uma pasta na boca, saboreando cada gota de alimento.

— Agora a senhora — disse Temujin à mãe. Em seguida, estendeu a mão para o segundo peixe, pretendendo entregá-lo a ela. Bekter bateu no seu braço e Temujin quase saltou sobre ele de novo, em fúria súbita.

— Não preciso comer esta noite — disse Temujin, controlando a raiva. — Nem Bekter. Divida o último com Temuge.

Ele não pôde suportar os olhos famintos ao redor do fogo e se levantou de súbito, preferindo não ver. Estava cambaleando ligeiramente, sentindo-se tonto, mas então Bekter estendeu a mão e pegou o peixe, partindo-o ao meio. Em seguida, pôs a metade maior na boca e estendeu o resto para a mãe, incapaz de encará-la.

Hoelun escondeu a irritação, enojada com as mesquinharias que a fome havia trazido para sua família. Todos sentiam que a morte estava perto e era difícil permanecer forte. Perdoou Bekter, mas o último pedaço de peixe foi para Temuge, que o sugou avidamente, olhando ao redor à procura de mais. Temujin cuspiu no chão, deliberadamente acertando a borda do dil de Bekter com o catarro. Antes que o irmão mais velho pudesse ficar de pé, Temujin havia desaparecido na escuridão. Sem o sol, o ar úmido esfriou rapidamente, e eles se prepararam para outra noite gélida.

CAPÍTULO 12

Temujin se manteve imóvel ao espiar ao longo da linha da flecha. Ainda que todas as marmotas tivessem se espalhado à sua chegada, eram criaturas estúpidas e nunca demorava muito até que retornassem. Com um arco decente e flechas com penas, ele teria confiança de que levaria um macho gordo para a família.

A toca mais próxima do penhasco no morro ficava perigosamente exposta. Temujin teria preferido alguns arbustos pequenos como cobertura, mas em vez disso precisava ficar sentado perfeitamente imóvel e esperar que os tímidos animais se arriscassem a retornar. Ao mesmo tempo, mantinha vigilância nos morros ao redor, para o caso de algum desgarrado surgir sobre uma crista. Hoelun os havia enchido de avisos até que todos ficassem com medo de sombras e olhassem o horizonte sempre que saíam do abrigo da fenda.

O vento soprava no rosto de Temujin, de modo que seu cheiro não assustasse a presa, mas ele precisava manter o arco meio retesado, já que o menor movimento as fazia mergulhar de novo nos buracos como manchas marrons no chão. Seus braços estavam tremendo de fadiga e sempre havia uma voz em sua cabeça, dizendo que ele precisava matar desta vez, estragando a calma. Depois de quatro dias sobrevivendo de minúsculas migalhas e um punhado de cebolas selvagens, os filhos e a mulher de Yesugei estavam morrendo de fome. Hoelun perdera a energia e ficava sentada imóvel enquanto a filhinha batia nela com as mãos e gritava. Só o bebê havia se alimentado bem nos primeiros três dias, mas então o leite de Hoelun começara a faltar, e os soluços da menina eram de cortar o coração dos garotos.

Kachiun e Khasar haviam subido até o alto da fenda, examinando a terra e procurando algum animal que pudesse ter se desgarrado de algum rebanho e se tornado selvagem. Kachiun fizera um pequeno arco e três flechas com pontas duras e pretas do fogo. Temujin lhes desejou sorte, mas sabia que tinha mais chance de salvá-los se conseguisse acertar um tiro. Quase podia sentir o gosto da carne quente da marmota que estava sentada a uns vinte passos de distância. Era um tiro que uma criança poderia acertar, se as flechas tivessem penas. Como estava, Temujin era obrigado a esperar enquanto a agonia crescia nos braços. Não ousava falar em voz alta, mas em sua mente chamava as criaturas nervosas, instigando-as a se afastarem um pouco mais da segurança, chegarem um pouco mais perto dele.

Piscou para afastar dos olhos o suor que ardia enquanto a marmota olhava ao redor, sentindo que havia um predador por perto. Temujin ficou olhando quando o animal se imobilizou, sabendo que o próximo movimento seria uma corrida para desaparecer, quando o alarme fosse dado. Soltou o fôlego e atirou a flecha, enjoado com a expectativa de vê-la desperdiçada.

Acertou a marmota no pescoço. O golpe fora sem força verdadeira, e a flecha permaneceu grudada enquanto o animal lutava num frenesi, gadanhando-a. Temujin largou o arco e saltou de pé, correndo para a presa antes que ela pudesse se recuperar e desaparecer no subsolo. Viu a pele mais clara da barriga e as pernas se sacudindo de modo enlouquecido enquanto ele corria, desesperado para não perder a chance.

Caiu sobre a marmota, agarrando-a freneticamente. O bicho ficou louco e, em seu estado enfraquecido, o garoto quase a perdeu, retorcendo-se. A flecha caiu e o sangue espirrou no chão seco. Temujin descobriu que havia lágrimas de alívio em seus olhos quando puxou o pescoço do animal e o torceu. A marmota ainda chutou e se sacudiu contra sua perna enquanto ele se levantava ofegando, mas todos iriam comer. Esperou que a tontura passasse, sentindo o peso do animal que havia apanhado. Era gordo e saudável, e ele soube que sua mãe teria um pouco de carne quente e sangue naquela noite. Os tendões seriam amassados até formar uma pasta e postos numa camada com cola de peixe em seu arco, para reforçá-lo. Seu próximo tiro seria de maior distância, a morte mais certa. Pôs as mãos nos joelhos e riu debilmente de seu próprio alívio. Era uma coisa muito pequena, mas significava tanto que ele mal podia suportar.

Às costas ouviu uma voz conhecida.

— O que você pegou? — indagou Bekter, caminhando pelo capim em direção ao irmão. Ele levava seu próprio arco no ombro e não tinha a expressão magra e faminta dos outros. Fora Kachiun que verbalizara primeiro a suspeita de que Bekter não estava trazendo para a família o que pegava. Ele aceitava sua parte prontamente, mas, nos quatro dias desde que haviam chegado àquele lugar, não trouxera nada para o fogo. Temujin ficou ereto, desconfortável com o modo como os olhos de Bekter iam até a presa que ele havia conseguido.

— Uma marmota — respondeu, levantando-a.

Bekter chegou mais perto para ver, e então a agarrou. Temujin inclinou-se com força para trás e o cadáver frouxo caiu esparramado na poeira. Os dois garotos tentaram pegá-lo, chutando e dando socos loucamente. Temujin estava muito fraco para fazer algo além de segurar Bekter antes de ser jogado longe e deixado olhando para o céu azul, com o peito arfando.

— Vou levar isto de volta para nossa mãe. Você só iria roubá-la e comer sozinho — disse Bekter, sorrindo para Temujin.

Era insuportável ver a suspeita de Kachiun lançada em seu rosto, e Temujin tentou lutar para ficar de pé. Bekter manteve-o no chão com um dos pés e ele não pôde lutar. Sua força parecia ter desaparecido.

— Pegue outra para você, Temujin. Não volte enquanto não conseguir.

Então Bekter riu e pegou a marmota frouxa, correndo morro abaixo até onde o verde se tornava escuro e denso. Temujin ficou olhando, com tanta raiva que achou que o coração ia explodir. O coração tremia no peito e ele se perguntou, com uma pontada de terror, se a fome poderia tê-lo enfraquecido. Não podia morrer enquanto Eeluk comandasse os lobos ou enquanto Bekter não fosse punido.

Quando conseguiu se sentar, havia se dominado outra vez. As marmotas imbecis haviam retornado enquanto ele estava ali, mas se espalharam assim que se levantou. Sério, voltou à flecha e prendeu-a na tira trançada, acomodando-se de novo na imobilidade do caçador. Seus músculos doíam e as pernas ameaçavam ter cãibras sob a tensão, mas seu coração diminuiu o ritmo até bater com força e necessidade.

Naquela noite, houve apenas uma marmota para alimentar a família. Hoelun reviveu quando Bekter a trouxe e fez uma fogueira maior para aquecer pedras. Ainda que estivesse com as mãos trêmulas, ela cortou muito bem a barriga do animal e tirou as tripas e órgãos internos, enchendo o espaço com pedras quentes a ponto de se partir. Mantinha o dil em volta das mãos, mas por duas vezes se encolheu quando o calor doeu em seus dedos. A carne foi assada por dentro e depois a pele inchada rolou nas brasas que a chamuscaram, criando uma delícia crocante. O coração também foi assado nas brasas até chiar. Nada seria desperdiçado.

Só o cheiro já pareceu colocar um pouco de cor nas bochechas de Hoelun, e ela abraçou Bekter, com o alívio se transformando em lágrimas que ela não parecia sentir. Temujin não disse nada do que havia acontecido. Ela precisava que todos trabalhassem juntos, e seria crueldade acusar o irmão sorridente quando ela estava tão fraca.

Bekter adorou a atenção, com o olhar brilhante pousando em Temujin a intervalos regulares. Temujin o encarava de volta, sombrio, quando a mãe não estava olhando. Kachiun notou, enquanto a tarde se transformava em noite, e cutucou o irmão com o cotovelo.

— O que há de errado? — sussurrou o menino, enquanto eles se acomodavam para comer.

Temujin balançou a cabeça, não querendo compartilhar o ódio. Mal podia pensar em alguma coisa que não fosse as migalhas fumegantes de carne que Bekter havia posto em sua mão. Bekter escolhia as porções como um cã alimentando seus homens. Temujin viu que ele manteve o ombro, o melhor pedaço, para si.

Nenhum deles jamais havia provado algo tão bom quanto aquela carne. A família ficou um pouquinho mais feliz, um pouquinho mais esperançosa, enquanto ela os aquecia. Um tiro com o arco havia provocado as mudanças, ainda que Kachiun tivesse acrescentado mais três peixinhos e alguns grilos à fogueira. Era um festim que doía e queimava por dentro enquanto os meninos menores engoliam os bocados rápido demais e precisavam beber água por causa do calor. Temujin poderia ter perdoado o roubo se seus irmãos não tivessem sido tão generosos nos elogios. Bekter os aceitou como se fossem merecidos, os olhos pequenos cheios de uma diversão interna que só Temujin entendia.

Naquela noite não choveu, e os meninos dormiram no segundo abrigo precário que haviam construído, com uma parte minúscula da fome posta para descansar. Ela continuava ali, doendo, mas eles podiam contê-la de novo e mostrar o rosto frio ao desconforto enquanto recuavam da beira de um precipício onde não havia controle possível.

Temujin não dormiu. Levantou-se com pés silenciosos e saiu para a escuridão, olhando a lua e tremendo. O verão não duraria muito mais, percebeu enquanto caminhava. O inverno estava chegando e iria matá-los com tanta certeza quanto uma faca no peito. As marmotas dormiam nos buracos nos meses frios, muito abaixo da superfície, onde não poderiam ser alcançadas. Os pássaros voavam para o sul e não podiam ser apanhados. O inverno já era bastante duro para as famílias nas iurtas, rodeadas pelo gado e pelos cavalos. Seria um assassinato para a família de Yesugei.

Enquanto esvaziava a bexiga no chão, não pôde deixar de pensar nos olkhun'ut e na noite em que havia se esgueirado atrás de Koke. Na época, era uma criança, sem nada melhor a fazer do que resolver pendências com outros garotos. Ansiava pela inocência daquela noite e desejava que Borte estivesse ali para ser envolvida nos braços. Respirou fundo ao pensar nisso, sabendo que Borte estava quente e bem alimentada, enquanto os ossos dele iam aparecendo.

Sentiu uma presença atrás e girou, abaixando-se e preparado para atacar ou correr.

— Você deve ter bons ouvidos, irmão — disse a voz de Kachiun. — Sou como uma brisa silenciosa à noite.

Temujin sorriu para o irmão, relaxando.

— Por que está acordado?

Kachiun deu de ombros.

— Fome. Tinha parado de sentir o dia inteiro, ontem, aí Bekter trouxe um punhado de carne de marmota e meu estômago acordou de novo.

Temujin cuspiu no chão.

— *Minha* marmota. Eu a matei; ele só a tomou de mim.

O rosto de Kachiun era difícil de ser lido ao luar, mas Temujin pôde ver que ele ficou perturbado.

— Foi o que eu achei. Não creio que os outros tenham notado.

Ficou quieto, uma figura séria e silenciosa parada no escuro. Temujin viu que ele tinha um volume na túnica e cutucou com o dedo.

— O que é isso? — perguntou, curioso.

Kachiun olhou nervoso de volta para o acampamento, antes de tirar algo e estender para que Temujin visse. Era outra carcaça de marmota, e Temujin tateou os ossos, já com raiva. Estavam partidos exatamente como se alguém faminto os tivesse aberto para pegar minúsculas migalhas de tutano. Bekter não havia se arriscado a fazer uma fogueira. Os ossos estavam crus, e não tinham mais de um dia.

— Encontrei no lugar onde Bekter estava caçando — disse Kachiun, com a voz perturbada.

Temujin revirou os ossos frágeis nas mãos, passando os dedos pelo crânio. Bekter havia deixado a pele ali, mas os olhos haviam sumido. Ele a havia matado num dia em que não houvera nada no acampamento para os outros comerem.

Temujin se ajoelhou e procurou algum pequeno resto de carne. Havia um cheiro de podre nos ossos, mas não deveria ter estragado muito em apenas um dia. Kachiun se ajoelhou com ele e os dois sugaram de novo cada um dos ossos, arrancando até mesmo um sussurro de sabor. Não durou muito.

— O que vai fazer? — perguntou Kachiun quando haviam terminado.

Temujin tomou uma decisão e não sentiu arrependimento.

— Você já viu algum carrapato num cavalo, Kachiun?

— Claro — respondeu o irmão. Os dois haviam visto os parasitas gordos, grandes como a última junta dos polegares. Quando eram arrancados, deixavam uma trilha de sangue que demorava séculos para coagular.

— Um carrapato é uma coisa perigosa quando o cavalo está fraco — disse Temujin baixinho. — Sabe o que você deve fazer quando encontra um?

— Matar — sussurrou Kachiun.

Quando Bekter deixou o acampamento no alvorecer seguinte, Temujin e Kachiun se esgueiraram atrás dele. Sabiam onde ele preferia caçar e o deixaram ir bem à frente, para não sentir que estava sendo seguido.

Kachiun lançava olhares de preocupação para Temujin enquanto se esgueiravam entre as árvores. Temujin viu o medo e se perguntou por que ele mesmo não o sentia. Sua fome era uma dor constante nas entranhas e por duas vezes teve de parar e soltar um líquido esverdeado das tripas, limpando-se com folhas molhadas. Sentia-se tonto e fraco, mas a fome havia queimado qualquer sentimento de piedade. Pensava que talvez tivesse uma febre fraca, mas forçou-se a continuar, ainda que o coração martelasse e estremecesse debilmente. Isso é que era ser um lobo, percebeu. Sem medo nem arrependimento, só um único impulso de se livrar de um inimigo.

Não era difícil rastrear Bekter no terreno lamacento. Ele não havia tentado despistar o caminho, e o único perigo era tropeçarem nele quando se acomodasse para vigiar a presa. Temujin e Kachiun seguiam atrás em silêncio, com todos os sentidos retesados. Quando viram duas cotovias numa árvore à frente, Kachiun tocou o irmão de leve no braço, alertando-o, e os dois fizeram um círculo ao redor do local, para que os pássaros não gritassem em alerta.

Kachiun parou e Temujin virou para ele, encolhendo-se ao ver como o crânio do irmão estava perfeitamente visível sob a pele esticada. Doía ver aquilo, e Temujin presumiu que também estivesse parecendo à beira da morte. Quando fechava os olhos, isso parecia roubar seu equilíbrio, ele cambaleava e precisava lutar contra a tontura. Era necessário ter força de vontade para respirar longa e lentamente e baixar o ritmo frenético do coração.

Kachiun levantou o braço para apontar, e Temujin olhou adiante, imobilizando-se ao ver que Bekter havia assumido posição cem passos à frente, junto ao riacho. Era difícil não ficar com medo da figura ajoelhada como uma estátua nos arbustos. Todos haviam sentido a força dos punhos e o peso de Bekter nos jogos infantis. Temujin observava Bekter, imaginando como chegaria perto para arriscar um tiro. Não havia dúvida em sua mente. Sua visão parecia luminosa e ligeiramente turva, e os pensamentos eram coisas frias, lentas, mas o caminho estava definido.

Kachiun e Temujin estremeceram quando Bekter atirou uma flecha na água, do lugar onde estava escondido. Os dois garotos recuaram para se esconder quando ouviram um bater de asas e pânico, e viram três patos saírem voando loucamente, gritando os alertas tarde demais.

Bekter pulou e entrou no rio. Nesse momento, sumiu atrás de uma árvore, mas, quando retornou à margem, os dois viram que ele segurava o corpo frouxo de um pato vermelho.

Temujin espiou por entre o emaranhado de galhos e espinhos.

— Vamos esperar aqui — murmurou. — Encontre um lugar do outro lado deste caminho. Vamos pegá-lo na volta.

Kachiun engoliu um nó na garganta, tentando não demonstrar o nervosismo. Não gostava da nova frieza que via em Temujin e se arrependia de ter mostrado os ossos de marmota na noite anterior. À luz do dia, suas mãos tremiam diante do pensamento do que pretendiam fazer, mas, quando Temujin o olhou, ele não encarou de volta. O menino esperou até as costas de Bekter estarem viradas e atravessou correndo o caminho, com o arco a postos.

Temujin estreitou os olhos enquanto olhava Bekter recuperar a flecha e enfiar o pato dentro da túnica. Sentiu uma pontada de desapontamento quando Bekter espreguiçou os músculos doloridos e foi caminhando na direção oposta, avançando mais para dentro do desfiladeiro. Temujin levantou a palma da mão para o lugar onde Kachiun estava escondido, mesmo não podendo vê-lo. Pensou em Bekter devorando o pato gordo em algum lugar privado e quis matá-lo imediatamente. Se estivesse forte, com bom leite e carne na barriga, poderia ter ido atrás dele, mas, fraco como estava, só uma emboscada teria chance de sucesso. Temujin soltou as pernas antes que começasse a sentir cãibras. Sua barriga enviou um espasmo de dor que o fez fechar os olhos e se enrolar, até que aquilo passasse. Não ousava baixar as calças enquanto esperava, pois o olfato aguçado de Bekter poderia sentir. Yesugei os havia criado para perceberem tudo, e Temujin não queria perder a vantagem. Venceu o desconforto e se acomodou para esperar.

O pior momento foi quando um pombo veio pousar numa árvore não muito longe de onde os dois garotos estavam agachados, escondidos no mato baixo e úmido. Temujin ficou olhando-o em agonia, sabendo que poderia acertá-lo facilmente, tão de perto. A ave pareceu não notá-los, e a fome provocou novas cólicas, repetidamente, enquanto ele tentava ignorá-las. Pelo que sabia, Bekter poderia já estar retornando, todos os pássaros ali perto voariam das árvores e denunciariam sua posição se Temujin atirasse no pombo. Mesmo assim não podia afastar o olhar e, quando o bicho voou, Temujin acompanhou seu vôo até onde pôde, ouvindo as batidas das asas muito tempo depois de ele ter sumido.

Bekter voltou quando o sol havia passado acima da fenda e as sombras estavam se alongando. Temujin ouviu seus passos e se arrastou para fora de algo que era quase um transe. Ficou surpreso ao descobrir que havia se passado tanto tempo e se perguntou se teria dormido. Seu corpo estava falhando e a água do riacho não conseguia preencher a dor na barriga.

Ajustou a flecha e esperou, balançando a cabeça por causa da tontura e para clarear a vista. Tentou dizer a si mesmo que Bekter iria matá-lo caso ele errasse, para fazer seu corpo ficar vivo e servir só por mais um tempo. Era difícil, e ele esfregou os olhos com raiva para clareá-los. Podia ouvir a proximidade de Bekter, e então o momento havia chegado.

Saiu no caminho a apenas alguns passos de Bekter. Retesou o arco e Bekter olhou-o boquiaberto. Houve um instante em que Bekter tentou pegar a faca no cinto e então Temujin soltou a flecha, vendo a ponta de osso se cravar no peito do irmão. No mesmo instante, Kachiun disparou de trás e de lado, lançando Bekter para a frente com o segundo golpe.

Bekter cambaleou e rugiu de fúria. Desembainhou a faca e avançou um passo, depois outro, antes que suas pernas cedessem e ele caísse nas folhas. As duas flechas o haviam acertado em cheio, e Temujin pôde ouvir o enorme sibilo borbulhante de um pulmão perfurado. Não havia piedade nele. Num atordoamento, adiantou-se, largando o arco e tirando a faca de Bekter dos dedos dele.

Olhou o rosto aterrorizado de Kachiun, depois fez uma careta, abaixando-se e cravando a faca no pescoço de Bekter, liberando seu sangue e sua vida.

— Está feito — disse Temujin, olhando para baixo, para os olhos que encaravam os dois. Não podia sentir seu próprio peso enquanto tateava o dil e a túnica de Bekter, procurando o pato. Não estava ali, e Temujin chutou o cadáver e se afastou cambaleando, tão tonto que achou que iria desmaiar. Apertou a testa contra a umidade fresca de um tronco de bétula e esperou que a pulsação diminuísse o latejamento.

Ouviu Kachiun se aproximar, os passos suaves nas folhas ao rodear o corpo do irmão. Temujin abriu os olhos.

— É melhor esperarmos que Khasar tenha trazido alguma coisa para comer — disse ele. Quando Kachiun não respondeu, Temujin pegou as armas de Bekter, pendurando o arco encordoado no ombro.

— Se os outros virem a faca de Bekter, vão ficar sabendo — disse Kachiun, a voz enjoada de sofrimento.

Temujin estendeu a mão e segurou o pescoço dele, firmando-se tanto quanto segurava o irmão. Podia ouvir o pânico em Kachiun e também sentiu o primeiro eco nele mesmo. Não havia pensado no que aconteceria depois da morte do inimigo. Não haveria vingança para Bekter, nenhuma chance de conquistar de volta as iurtas e os rebanhos de seu pai. Ele apodreceria onde estava. A realidade daquilo estava apenas começando a se assentar e Temujin mal podia acreditar no que havia feito. O estado de espírito estranho de antes do disparo havia sumido; ele tinha apenas fraqueza e fome.

— Vou contar a eles — disse Temujin. Sentiu seu olhar descer até o corpo de Bekter outra vez, como se estivesse sendo puxado por um peso invisível. — Vou contar que ele estava deixando que todos nós morrêssemos de fome. Aqui não há lugar para amenidades. Vou dizer isso a eles.

Entraram de novo na fenda, cada um sentindo conforto na presença do outro.

CAPÍTULO 13

Hoelun sentiu que havia alguma coisa errada no momento em que viu os dois garotos retornando ao acampamento. Khasar e Temuge estavam sentados com ela e a pequena Temulun estava deitada num pedaço de pano perto do calor da fogueira. Hoelun se levantou devagar, o rosto fino já demonstrando medo. À medida que Temujin se aproximava, viu que ele trazia o arco de Bekter e enrijeceu, entendendo o que aquilo poderia significar. Nem Temujin nem Kachiun conseguiam encará-la, e a voz dela era apenas um sussurro quando finalmente saiu.

— Onde está seu irmão? — perguntou.

Kachiun olhou para o chão, incapaz de responder. Ela deu um passo adiante quando Temujin levantou a cabeça e engoliu em seco visivelmente.

— Ele estava pegando comida, comendo sozinho... — começou.

Hoelun soltou um grito de fúria e deu-lhe um tapa com força suficiente para fazer sua cabeça virar de lado.

— Onde está seu irmão? — perguntou em voz aguda. — Onde está meu filho?

O nariz de Temujin estava sangrando num jorro vermelho sobre a boca, e ele foi obrigado a cuspir. Em seguida, mostrou os dentes e a dor para a mãe.

— Morto — respondeu rispidamente. Antes que pudesse continuar, Hoelun bateu nele de novo, repetidamente, até que ele só pôde se encolher e cambalear para trás. Ela continuou, atacando com um sofrimento que não podia suportar.

— *Você* o matou? — gritou num uivo. — O que você é?

Temujin tentou segurar as mãos dela, mas Hoelun era forte demais para ele e os golpes choviam em seu rosto e nos ombros, onde quer que ela pudesse alcançar.

— Pára de bater nele! Por favor! — gritou Temuge atrás deles, mas Hoelun não podia ouvir. Havia um trovão em seus ouvidos e uma fúria que ameaçava despedaçá-la. Fez Temujin recuar contra uma árvore e o agarrou pelos ombros, sacudindo seu corpo magro com tanta violência que a cabeça do garoto rolou, fraca.

— A senhora vai matá-lo também? — gritou Kachiun, tentando puxá-la.

Ela arrancou o dil da mão de Kachiun e segurou Temujin pelo cabelo comprido, puxando a cabeça do filho de modo que ele tivesse de olhá-la nos olhos.

— Você nasceu com um coágulo de sangue na mão, com a morte. Eu disse a seu pai que você era uma maldição sobre nós, mas ele não quis enxergar. — Ela não conseguia enxergar por entre as lágrimas, e Temujin sentiu suas mãos se apertando como garras em seu couro cabeludo.

— Ele estava escondendo a comida de nós todos, deixando que morrêssemos — gritou Temujin. — Deixando *você* morrer de fome! — Em seguida, começou a chorar sob o ataque, mais solitário do que jamais estivera. Hoelun o olhou como se ele fosse doente.

— Você roubou um filho meu, o meu menino — respondeu. Enquanto o focalizava, levantou a mão sobre seu rosto e ele viu as unhas partidas da mãe estremecerem sobre seus olhos. Foi um momento que durou longo tempo enquanto ele olhava horrorizado, esperando que ela o rasgasse.

A força nos braços dela sumiu tão de repente quanto havia chegado, e Hoelun desmoronou numa pilha frouxa, sem sentidos. Temujin se viu de pé, sozinho e tremendo em reação. Seu estômago doeu, obrigando-o a vomitar, mas não havia nada dentro dele além de um líquido amarelo e azedo.

Enquanto se afastava da mãe, viu que os irmãos o olhavam e gritou selvagemente com eles:

— Ele estava comendo marmotas gordas enquanto nós morríamos de fome! Era certo matá-lo. Quanto tempo você acha que teríamos vivido com ele pegando nossa parte, além do que havia apanhado sozinho? Eu o vi caçar um pato hoje, mas o pato está aqui, para nos dar forças? Não, está na barriga dele.

Hoelun se remexeu no chão atrás dele e Temujin deu um pulo, com medo de outro ataque. Seus olhos se encheram de novas lágrimas e ele olhou para a mãe que adorava. Poderia tê-la poupado da verdade, se tivesse pensado bem, talvez inventando uma história de queda para explicar a morte de Bekter. Não, disse a si mesmo. Não fora errado. Bekter era o carrapato grudado no couro, tomando mais do que sua parte e não dando nada em troco enquanto eles morriam ao redor. Com o tempo, Hoelun veria isso.

Sua mãe abriu os olhos injetados e se ajoelhou com dificuldade, gemendo de sofrimento. Não tinha forças para ficar de pé outra vez, e Temuge e Khasar precisaram ajudá-la. Temujin esfregou uma mancha de sangue na pele e a encarou, carrancudo. Queria correr para longe, em vez de encarar o olhar dela de novo, mas se obrigou a ficar de pé.

— Ele ia nos matar — disse.

Hoelun virou o olhar vazio para ele e ele tremeu.

— Diga o nome dele — ordenou Hoelun. — Diga o nome de meu filho primogênito.

Temujin se encolheu, subitamente dominado pela tontura. Seu nariz sangrento parecia quente e enorme no rosto, e ele via relâmpagos escuros na visão. Só queria desmoronar e dormir, mas permanecia ali, olhando para a mãe.

— Diga o nome dele — ordenou ela outra vez, a raiva substituindo a opacidade nos olhos.

— Bekter — respondeu Temujin, cuspindo a palavra —, que roubava comida enquanto nós estávamos morrendo.

— Eu deveria ter matado você quando vi a parteira abrir sua mão — disse Hoelun num tom leve, mais amedrontador do que sua raiva. — Devia saber o que você era.

Temujin sentiu-se rasgado por dentro, incapaz de impedir que ela o magoasse. Queria correr até ela e que ela o abraçasse para protegê-lo do frio, fazer qualquer coisa para não ver aquele sofrimento medonho e vazio que ele havia causado.

— Vá para longe de mim, garoto — disse a mãe baixinho. — Se eu o vir dormindo, vou matá-lo pelo que fez aqui. Pelo que tirou de mim. Você não o acalmou quando os dentes dele saíram. Não estava lá para aliviar as febres dele com ervas e niná-lo para o pior passar. Você não existia quando Yesugei e eu amamos o menininho. Quando éramos novos e ele era tudo o que tínhamos.

Temujin ouviu, entorpecido de choque. Talvez sua mãe não tivesse entendido o homem em quem Bekter havia se transformado. O bebê que ela balançara no colo havia se tornado um ladrão cruel, e Temujin não conseguia encontrar as palavras para lhe dizer. No mesmo momento em que elas se formavam na boca, ele as engolia, sabendo que seriam inúteis, ou pior, que iriam provocá-la a atacá-lo de novo. Balançou a cabeça.

— Sinto muito — disse, mas enquanto falava sabia que sentia pela dor que havia causado, não pela morte.

— Saia daqui, Temujin — sussurrou Hoelun. — Não suporto olhar para você.

Ele soluçou e virou para passar correndo pelos irmãos, com cada respiração atravessando áspera a garganta e com o gosto do próprio sangue na boca.

Depois disso, eles não o viram durante cinco dias. Ainda que Kachiun vigiasse em busca do irmão, o único sinal dele era a presa que trazia e deixava no limite do pequeno acampamento. Dois pombos estavam ali no primeiro dia, ainda quentes, com o sangue correndo do bico. Hoelun não recusou o presente, mas não queria falar com nenhum deles sobre o que havia acontecido. Comeram a carne num silêncio sofrido, Kachiun e Khasar compartilhando olhares enquanto Temuge fungava e chorava sempre que Hoelun o deixava sozinho. A morte de Bekter poderia ter sido um alívio para os garotos mais novos se tivesse vindo enquanto eles estavam em segurança nas iurtas dos lobos. Eles teriam lamentado sua morte e levado o corpo para o enterro no céu, sentindo conforto com o ritual. Na fenda dos morros, aquilo era apenas mais uma lembrança de que a morte caminhava com eles. No início, por um tempo, fora uma aventura, até que a fome esticou a pele sobre os ossos. Como as coisas estavam, eles viviam como animais selvagens e tentavam não temer o inverno que se aproximava.

Khasar havia perdido seu riso na fenda das colinas. Havia começado a ficar pensativo depois que Temujin foi embora, e foi ele que deu um cascudo em Temuge por ficar incomodando a mãe com muita freqüência. Na ausência de Bekter, todos estavam encontrando novos papéis, e era Khasar que liderava a caçada todas as manhãs com Kachiun, mantendo o rosto sério. Haviam encontrado um poço melhor, mais adiante na fenda, mas para alcançá-lo teriam de passar por onde Bekter havia morrido. Kachiun havia revistado o lugar, visto para onde Temujin arrastara o corpo e cobrira com galhos. A carne do irmão atraía animais em busca de carniça, e quando Kachiun encontrou um cão magro morto no limite do acampamento na segunda noite, teve de se obrigar a engolir cada pedaço vital. Não conseguia fugir da visão de Temujin matando o animal enquanto este estava preocupado com o corpo de Bekter, mas Kachiun precisava da comida, e o cão era a melhor refeição que tinham desde que haviam chegado àquele lugar.

Na noite do quinto dia, Temujin entrou de novo no acampamento. Sua família se imobilizou ao vê-lo chegar, os mais novos olhando Hoelun à espera de uma reação. Ela o viu se aproximando e viu que ele segurava nos braços um cabrito novo, ainda vivo. Percebeu que o filho parecia mais forte, a pele escurecida pelos dias passados nas colinas ao vento e ao sol. Era perturbador sentir tamanha onda de alívio por ele estar bem e, ao mesmo tempo, um ódio não diminuído pelo que ele havia feito. Não conseguia encontrar o perdão dentro de si.

Temujin segurou pela orelha o animal que havia encontrado e o empurrou para o círculo da família.

— Há dois pastores alguns quilômetros a leste daqui — disse. — Estão sozinhos.

— Eles viram você? — perguntou Hoelun subitamente, surpreendendo a todos.

Temujin olhou-a e seu olhar firme ficou incerto.

— Não. Peguei este quando eles foram para trás de um morro. Podem sentir falta dele, não sei. Era uma chance boa demais para ser ignorada. — Ele mudou o peso do corpo de um pé para o outro enquanto esperava a mãe dizer alguma outra coisa. Não sabia o que faria se ela o mandasse embora outra vez.

— Eles vão procurar o animal e encontrar seus rastros — disse Hoelun. — Você pode tê-los atraído para cá.

Temujin suspirou. Não tinha forças para mais uma discussão. Antes que a mãe pudesse protestar, sentou-se de pernas cruzadas perto do fogo e pegou sua faca.

— Precisamos comer para viver. Se eles nos encontrarem, vamos matá-los.

Viu o rosto da mãe ficar frio de novo e esperou a tempestade que certamente viria. Havia corrido quilômetros naquele dia, e cada músculo do corpo magro estava doendo. Não podia suportar mais uma noite sozinho e talvez esse medo tivesse aparecido no rosto.

Kachiun falou para quebrar a tensão:

— Um de nós deve ficar de guarda no acampamento esta noite para o caso de eles virem.

Temujin assentiu sem virar para ele, o olhar fixo na mãe.

— Nós precisamos uns dos outros — disse. — Se eu errei em matar meu irmão, isso não muda esse fato.

O cabrito baliu e tentou correr para um espaço entre Hoelun e Temuge. Hoelun estendeu a mão e o segurou pelo pescoço, e Temujin viu, à luz da fogueira, que ela estava chorando.

— O que eu deveria dizer a você, Temujin? — murmurou ela. O cabrito era quente e ela enterrou o rosto nos pêlos enquanto o animal gritava e lutava. — Você arrancou meu coração, e talvez eu não me importe com o que resta.

— Mas a senhora se importa com os outros. Precisamos da senhora para sobreviver ao inverno, caso contrário estamos todos acabados. — Temujin se empertigou enquanto falava, e seus olhos amarelos pareciam brilhar à luz das chamas.

Hoelun assentiu consigo mesma, cantarolando uma música de sua infância ao acariciar as orelhas do cabrito. Tinha visto dois de seus irmãos morrerem de uma peste que os deixou inchados e pretos, abandonados nas planícies pela tribo do pai. Tinha ouvido guerreiros gritarem devido a ferimentos que não podiam ser curados, a agonia continuando por dias até que a vida finalmente lhes era arrancada. Alguns até pediam a misericórdia de uma lâmina abrindo-lhes a garganta, e recebiam. Ela havia caminhado com a morte durante toda a vida e até podia perder um filho e sobreviver a isso, como mãe de lobos.

Não sabia se podia amar o homem que o havia matado, mesmo ansiando por segurá-lo e aplacar a tristeza dele. Mas não; em vez disso, pegou sua faca.

Havia feito tigelas de casca de bétula para o acampamento enquanto os filhos caçavam, e jogou uma delas para Khasar e Kachiun. Temuge se adiantou para pegar outra, e então restavam apenas duas tigelas grosseiras e Hoelun virou o olhar triste para o último filho.

— Pegue uma tigela, Temujin — disse depois de um tempo. — O sangue vai lhe dar força.

Ele baixou a cabeça ao ouvir as palavras, sabendo que teria permissão para ficar. Descobriu que as mãos estavam tremendo ao pegar a tigela e estendê-la junto com os outros. Hoelun suspirou e segurou o cabrito com mais firmeza antes de cravar a faca e cortar as veias do pescoço. O sangue jorrou sobre suas mãos e os meninos se apertaram, um depois do outro, para pegá-lo antes que acabasse. O cabrito continuou a lutar enquanto eles enchiam as tigelas e tomavam o líquido quente, estalando os lábios e sentindo-o chegar aos ossos, aliviando as dores.

Quando restava apenas um fio de sangue, Hoelun segurou o animal frouxo numa das mãos e pacientemente encheu sua tigela até a borda, antes de beber. O cabrito ainda batia as patas no ar, mas estava morrendo ou já morrera, e seus olhos estavam enormes e escuros.

— Vamos cozinhar a carne amanhã à noite, quando tiver certeza que o fogo não vai atrair os pastores procurando o cabrito perdido — disse ela. — Se eles vierem aqui, não devem ir embora para dizer onde estamos. Entenderam?

Os garotos lamberam os lábios manchados de sangue enquanto assentiam solenemente. Hoelun respirou fundo, esmagando o sofrimento em algum lugar escondido, onde ainda lamentava por Yesugei e tudo o que haviam perdido. A dor precisava ser trancada onde não pudesse destruí-la, mas em algum lugar ela estava chorando sem parar.

— Eles virão matar a gente? — perguntou Temuge em sua voz aguda, olhando nervoso para o cabrito roubado.

Hoelun balançou a cabeça, puxando-o para dar e receber um pouco de conforto.

— Nós somos lobos, pequenino. Não morremos facilmente. — Enquanto falava, seus olhos estavam em Temujin, e ele estremeceu diante da fria ferocidade da mãe.

Com o rosto pressionado contra o capim branco e congelado, Temujin olhou para os dois pastores abaixo. Eles dormiam de costas, enrolados em dils acolchoados, com os braços enfiados nas mangas. Seus irmãos estavam a seu lado de barriga para baixo, com o frio enregelante penetrando nos ossos. A noite estava perfeitamente calma. O amontoado de animais e homens adormecidos não percebia os que olhavam e sentiam fome. Temujin forçou a vista na escuridão. Todos os três garotos carregavam arcos e facas, e não havia leveza em suas expressões enquanto olhavam e avaliavam suas chances. Qualquer movimento faria as cabras balirem em pânico e os dois homens acordariam num instante.

— Não podemos chegar mais perto — sussurrou Khasar.

Temujin franziu a testa enquanto pensava no problema, tentando ignorar a dor na carne por estar deitado no chão gelado. Os pastores deviam ser homens duros, capazes de sobreviver por conta própria. Deviam ter arcos por perto e estariam acostumados a saltar e matar um lobo que tentasse roubar um cordeiro. Não faria diferença se a presa fosse três garotos, em especial à noite.

Temujin engoliu um nó na garganta, olhando a cena pacífica abaixo. Poderia ter concordado com o irmão e se esgueirado de volta para a fenda nos morros se não fosse o pônei magricelo que os homens haviam amarrado ali perto. O bicho dormia de pé, com a cabeça quase tocando o chão. Temujin ansiava por tê-lo, por montar de novo. Significaria que ele poderia caçar mais longe do que antes, arrastando uma presa ainda maior. Se fosse uma égua, poderia ter leite, e sua língua sentiu o gosto azedo na lembrança. Os homens deviam ter uma quantidade de coisas úteis e ele não suportava simplesmente deixá-los ir, não importando o risco. O inverno estava chegando. Podia senti-lo no ar e nas agulhas penetrantes de gelo que se formavam em sua pele exposta. Sem gordura de carneiro para protegê-los, quanto tempo durariam?

— Vocês conseguem ver os cachorros? — murmurou Temujin. Ninguém respondeu. Os animais deviam estar dormindo com as caudas enfiadas sob o corpo, por causa do frio, impossíveis de serem vistos. Odiava pensar que os bichos saltariam sobre ele no escuro, mas não havia escolha. Os pastores tinham de morrer para que sua família sobrevivesse.

Respirou fundo e verificou se a corda de seu arco estava seca e forte.

— Eu tenho o melhor arco. Vou até eles e mato o primeiro homem que se levantar. Venham atrás e atirem nos cães quando eles partirem para cima de mim. Entenderam? — Ao luar, podia ver como os irmãos estavam nervosos. — Os cachorros primeiro, e depois quem eu deixar de pé — disse Temujin, querendo ter certeza. Quando eles assentiram, levantou-se em silêncio e foi em direção aos homens adormecidos, caminhando contra o vento para que seu cheiro não assustasse o rebanho.

O frio parecia ter entorpecido os habitantes do minúsculo acampamento. Temujin chegou cada vez mais perto, ouvindo sua própria respiração áspera. Mantinha o arco pronto enquanto corria. Para alguém que fora treinado a atirar flechas de um cavalo a galope, esperava que não fosse difícil.

A trinta passos, alguma coisa se mexeu perto dos homens adormecidos, uma forma escura que saltou e uivou. Do outro lado, outro cão saltou na direção dele, rosnando e latindo enquanto se aproximava. Temujin gritou de medo, tentando desesperadamente manter o foco nos pastores.

Eles saíram do sono com um tremor, levantando-se atabalhoadamente no momento em que Temujin disparou a primeira flecha. No escuro, não ousara uma tentativa de acertar a garganta, e sua flecha atravessou o dil, cravando-se no peito do homem, fazendo-o tombar para trás, sobre um dos joelhos. Temujin ouviu-o gritando de dor para o companheiro e viu o segundo rolar para longe, levantando-se com um arco encordoado. As ovelhas e cabras baliram em pânico, correndo loucamente na escuridão, de modo que algumas passaram por Temujin e pelos irmãos, desviando-se ao verem os predadores.

Temujin correu para disparar mais rápido que o pastor. A segunda flecha estava enfiada na faixa de cintura e ele a puxou, xingando quando a ponta se agarrou. O pastor ajustou sua flecha com a confiança fácil de um guerreiro, e Temujin sentiu um momento de desespero. Não conseguia soltar a dele, e o som de um rosnado perto o fez entrar em pânico. Virou quando um dos cães saltou para sua garganta, e caiu para trás quando a flecha do pastor passou zumbindo acima de sua cabeça. Gritou de dor quando os dentes do cão se fecharam sobre seu braço e então a flecha de Khasar atravessou o pescoço do animal, e a selvageria rosnante foi interrompida.

Temujin havia largado seu arco e viu que o pastor estava calmamente colocando uma nova flecha na corda. Pior, o que fora derrubado estava se levantando de novo com dificuldade. Ele também havia encontrado um arco, e Temujin pensou em fugir correndo. Sabia que a coisa precisava ser terminada ali, caso contrário os homens iriam segui-los e matá-los um a um, ao luar. Puxou a flecha, que se soltou. Apertou-a contra a corda com as mãos trêmulas. Onde estava o outro cachorro?

A flecha de Kachiun acertou o pastor que estava de pé, bem sob o queixo. Por um momento ele ficou ali, com o arco retesado, e Temujin pensou que o sujeito ainda ia disparar antes que a morte o levasse. Tinha ouvido falar de guerreiros tão treinados que podiam desembainhar a espada mesmo depois de serem mortos, mas, enquanto olhava, o pastor desmoronou.

O homem que Temujin havia ferido estava lutando com seu próprio arco, gritando de dor enquanto tentava retesá-lo. A flecha de Temujin havia rasgado os músculos de seu peito e ele não conseguia curvar a arma o suficiente para disparar.

Temujin sentiu o coração se acalmando, sabendo que a batalha estava vencida. Khasar e Kachiun chegaram junto dele e os três ficaram olhando o homem cujos dedos escorregavam repetidamente do arco.

— E o segundo cachorro? — perguntou Temujin.

Kachiun não conseguia afastar os olhos do homem que lutava, agora rezando enquanto encarava os atacantes.

— Eu matei.

Temujin deu um tapa nas costas do irmão, agradecendo.

— Então vamos acabar com isso.

O pastor viu o atacante mais alto pegar uma flecha com um dos outros e retesar o arco. Então desistiu da luta e deixou o arco cair, tirando uma faca de dentro do dil e olhando para as estrelas e a lua. Sua voz silenciou, e o disparo de Temujin acertou-o na palidez da garganta. Mesmo assim, ele permaneceu de pé por um momento, antes de despencar na terra.

Os três irmãos se moveram cuidadosamente na direção dos corpos, procurando algum sinal de vida. Temujin mandou Khasar atrás do pônei, que havia conseguido se afastar do cheiro de sangue, apesar das rédeas enroladas nas pernas. Em seguida, virou para Kachiun e o segurou pela nuca, puxando-o até que as testas dos dois se tocaram.

— Vamos sobreviver ao inverno — disse, sorrindo.

Kachiun captou seu humor e os dois soltaram juntos um grito de vitória nas planícies vazias. Talvez isso fosse bobagem, mas, mesmo tendo matado, ainda eram garotos.

CAPÍTULO 14

Eeluk ESTAVA SENTADO OLHANDO AS CHAMAS, PENSANDO NO PASSADO. Nos quatro anos desde que havia deixado a sombra do Deli'un-Boldakh e as terras ao redor do morro vermelho, os lobos haviam prosperado, crescendo em número e em riqueza. Ainda havia na tribo os que o odiavam por ter abandonado os filhos de Yesugei, mas não houvera qualquer sinal de destino maligno. A primeira primavera do ano seguinte vira mais cordeiros nascidos do que qualquer pessoa poderia recordar, e uma dúzia de bebês chorões havia chegado às iurtas. Nenhum fora perdido no parto, e quem procurava sinais estava satisfeito.

Eeluk resmungou sozinho, gostando de como sua visão diminuía e ficava turva depois do segundo odre de airag preto. Os anos haviam sido bons e ele tinha três filhos novos para correr pelo acampamento e aprender a usar o arco e a espada. Havia ganhado peso, mas era mais um adensamento do que um excesso de gordura. Os dentes e os olhos ainda estavam fortes e seu nome era temido entre as tribos. Sabia que deveria estar contente.

Os lobos haviam ido muito mais para o sul naqueles anos, até chegarem a uma terra tão infestada de moscas e com o ar úmido que eles suavam o dia inteiro e a pele ficava imunda com coceiras e feridas. Eeluk havia ansiado pelos ventos frescos e secos dos morros ao norte, mas, enquanto levava os lobos de volta para os caminhos antigos, havia se perguntado o que fora feito da família de Yesugei. Parte dele ainda desejava ter mandado um homem de confiança de volta, para lhes dar um fim limpo, mas não por culpa, e sim por um sentimento incômodo de trabalho inacabado.

Resfolegou, virando o odre para trás e descobrindo que estava vazio. Com um gesto preguiçoso, pediu outro, e uma jovem o trouxe à sua mão. Eeluk olhou-a, apreciando, enquanto ela se ajoelhava à frente, de cabeça baixa. Não conseguia lembrar o nome da garota, atrapalhado pela opacidade do airag, mas era magra e de pernas longas, como um dos potros da primavera. Sentiu o desejo nascer e estendeu a mão para tocar o rosto dela, levantando-o para que o olhasse. Com lentidão deliberada, segurou a mão da garota e a apertou contra o colo, deixando-a sentir seu interesse. Ela pareceu nervosa, mas Eeluk nunca havia se incomodado com isso, e um cã não poderia ser recusado. Pagaria ao pai dela com um dos pôneis novos, caso ela o satisfizesse.

— Vá à minha iurta e espere por mim — disse com voz engrolada, olhando-a se esgueirar para longe. Pernas boas, notou ele, e pensou em ir atrás. A ânsia se esvaiu rapidamente e ele voltou a olhar para as chamas.

Ainda se lembrava de como os filhos de Yesugei tinham ousado encará-lo enquanto os deixava para trás. Se fosse naquela manhã, tê-los-ia matado pessoalmente. Quatro anos antes, ele mal havia posto as mãos nas rédeas da tribo e não sabia o quanto o suportariam. Pelo menos isso Yesugei lhe havia ensinado. As tribos suportariam muita coisa dos que as lideravam, mas sempre havia um ponto a observar, uma linha que não deveria ser atravessada.

Certamente o primeiro inverno havia levado aquelas crianças magras e a mãe, não? Era uma coisa estranha retornar a uma região com tantas lembranças. O acampamento daquela noite era temporário, um lugar para deixar os cavalos engordarem de novo com capim bom. Dentro de cerca de um mês estariam voltando às terras ao redor do morro vermelho. Eeluk ouvira dizer que os olkhun'ut também haviam retornado à área, e ele trouxera os lobos para o norte com alguns sonhos de conquista meio formados. O airag esquentou seu sangue e o fez ansiar por uma batalha, ou pela mulher que esperava em sua iurta.

Respirou fundo, adorando o ar gélido. Havia sentido desejo pelo frio nas noites úmidas do sul, quando sua pele ficava vermelha com as picadas e os estranhos parasitas que precisavam ser arrancados com uma ponta de faca. O ar do norte parecia mais limpo e a doença da tosse já havia diminuído na tribo. Um velho e duas crianças tinham morrido e foram deixados nos morros para os gaviões, mas os lobos estavam de coração leve enquanto viajavam de volta às terras conhecidas.

— Tolui! — gritou Eeluk, embora a idéia estivesse apenas parcialmente formada. Olhou para um dos lados, onde o homem de confiança se levantou da postura agachada para chegar a seu lado. Eeluk ficou observando a figura enorme que fazia uma reverência e teve o mesmo sentimento de satisfação de quando olhava para os rebanhos cada vez maiores. Os lobos haviam se saído bem na última grande reunião de tribos, vencendo duas corridas curtas e só perdendo a mais longa por pouco. Seus arqueiros haviam sido homenageados e dois de seus homens de confiança chegaram à final da competição de luta. Tolui chegara à quinta disputa e recebera o título de Falcão, antes de ser derrotado por um homem da tribo dos naimanes. Em recompensa, Eeluk o tornara homem de confiança e, com mais um ou dois anos para aumentar a força, ele apostaria em Tolui para vencer todos os concorrentes. O rapaz forte era de uma lealdade feroz, e não era coincidência que Eeluk chamasse alguém criado por sua própria mão.

— Você era só um garoto quando cavalgamos pela última vez no norte — disse Eeluk. Tolui assentiu, os olhos escuros sem expressão. — Você estava lá quando deixamos os filhos e a mulher do antigo cã.

— Eu vi, mas não havia lugar para eles — respondeu Tolui, a voz profunda e segura.

Eeluk sorriu.

— Isso mesmo. Não havia mais lugar para eles. Nós enriquecemos desde que fomos para o sul. O pai céu nos abençoou.

Tolui não respondeu, e Eeluk deixou o silêncio crescer enquanto pensava no que queria que fosse feito. Não eram mais do que fantasmas e ferimentos antigos, mas ele ainda sonhava com Hoelun e acordava suando. Algumas vezes ela estava se retorcendo nua embaixo de seu corpo e ele via os ossos dela atravessando a carne. Não era nada, mas as terras ao redor da velha montanha traziam o passado de volta das cinzas.

— Leve dois homens em quem você confie — disse Eeluk.

Tolui ficou mais retesado ao se avultar acima de seu cã, ansioso por agradá-lo.

— Aonde o senhor vai nos mandar? — perguntou, esperando uma resposta enquanto Eeluk enchia a boca com airag e engolia.

— Retornem às velhas áreas de caça — disse finalmente. — Veja se ainda estão vivos, algum deles.

— Devo matá-los?

Não havia nada além de simples curiosidade em sua voz, e Eeluk esfregou a barriga aumentada enquanto pensava. A seu lado estava a espada que pertencera a Yesugei. Seria justo que sua linhagem terminasse com alguns golpes rápidos daquela lâmina.

— Se tiverem sobrevivido, devem estar vivendo como animais. Faça o que quiser com eles. — Eeluk parou um tempo, lembrando-se do desafio de Bekter e Temujin enquanto olhava as chamas. — Se encontrar os mais velhos, arraste-os para cá, para mim. Vou mostrar a eles o que os lobos se tornaram sob o comando de um cã forte, antes de os entregarmos aos pássaros e espíritos.

Tolui baixou a cabeça e murmurou:

— Sua vontade. — Antes de virar e juntar os companheiros para a cavalgada. Eeluk olhou-o se afastar à luz da fogueira, vendo como ele andava com passos firmes e seguros. A tribo havia esquecido os filhos de Yesugei. Algumas vezes ele pensava que era o único a se lembrar.

Tolui partiu do acampamento com Basan e Unegen. Os dois companheiros estavam se aproximando dos 30 anos, mas não eram homens nascidos para liderar, como ele. Tolui adorava a própria força, e mesmo tendo visto apenas 18 invernos, sabia que eles temiam seu temperamento. Para o jovem e poderoso homem de confiança, esta era uma coisa que mal conseguia manter sob as rédeas, gostando dos olhares nervosos que recebia de homens mais velhos. Via como eles se moviam com cautela nos meses mais frios e como tomavam cuidado com os joelhos. Tolui podia sair do sono e saltar de pé, pronto para trabalhar ou lutar, orgulhoso de sua juventude.

Apenas Eeluk jamais havia mostrado a menor hesitação e, quando Tolui o havia desafiado para lutar, o cã o derrubou com tanta força que ele quebrou dois dedos e uma costela. Tolui sentia um orgulho perverso em seguir o único homem capaz de enfrentá-lo, e não havia ninguém mais leal entre os lobos.

Nos primeiros dias, viajaram sem falar. Os guerreiros mais velhos mantinham uma distância cautelosa do favorito de Eeluk, sabendo da rapidez com que o humor dele podia mudar. Examinaram a terra indo direto até o morro vermelho, notando como o capim havia ficado denso e doce para os rebanhos que Eeluk impeliria à frente da tribo. Era uma terra boa e nenhuma outra tribo a havia reivindicado nesta estação. Apenas alguns pastores distantes estragavam a ilusão de estarem sozinhos nas vastas planícies.

No décimo segundo dia, avistaram uma iurta solitária perto de um rio e galoparam até lá. Tolui gritou "*Nokhoi Khor*" para que os pastores isolados segurassem seus cães, depois apeou na terra fofa, caminhando até a porta baixa e entrando. Basan e Unegen trocaram olhares antes de acompanhá-lo, os rostos duros e frios. Os dois se conheciam desde que eram crianças, antes mesmo de Yesugei comandar os lobos. Incomodava-os que o jovem e arrogante Tolui os liderasse, mas ambos haviam gostado da chance de ver o que fora feito dos que tinham sido deixados para trás.

Tolui aceitou a tigela de chá salgado com leite, nas mãos enormes, bebendo-o ruidosamente enquanto se sentava numa cama antiga. Os outros homens se juntaram a ele depois de baixar a cabeça para o pastor e sua mulher, que estavam olhando os estranhos em franco terror, do outro lado da casa.

— Vocês não têm o que temer — disse Basan ao aceitar o chá, recebendo um olhar de escárnio de Tolui. O jovem homem de confiança não se importava nem um pouco com quem não fosse um lobo.

— Estamos procurando uma mulher com cinco filhos e uma filha — disse Tolui, a voz profunda soando alta demais na iurta pequena. A esposa do pastor levantou os olhos, nervosa, e Basan e Unegen sentiram uma aceleração súbita na pulsação.

Tolui também havia notado a reação.

— Vocês os conhecem? — perguntou, inclinando-se adiante.

O pastor recuou, claramente intimidado pelo tamanho do guerreiro estranho. Balançou a cabeça.

— Ouvimos falar deles, mas não sabemos onde estão — respondeu.

Tolui sustentou o olhar do homem, com o corpo absolutamente imóvel. Sua boca se abriu ligeiramente, mostrando dentes brancos. Uma ameaça havia entrado na iurta, e todos podiam senti-la.

Antes que mais alguma coisa pudesse ser dita, um menino entrou correndo e parou derrapando ao ver os estranhos na casa dos pais.

— Eu vi os cavalos — disse ele, espiando ao redor com olhos arregalados e escuros.

Tolui deu um risinho e, antes que mais alguém pudesse se mexer, estendeu a mão e pôs o menino sobre o joelho, virando-o de cabeça para baixo e balançando-o. O menininho gargalhou, mas o rosto de Tolui estava frio, e o pastor e sua mulher se enrijeceram de medo.

— Nós precisamos encontrá-los — disse Tolui acima do riso do menino. Segurava-o sem esforço aparente nos braços estendidos, virando-o rapidamente até ele ficar de pé sobre seus joelhos.

— De novo! — disse o menino, sem fôlego.

Tolui viu a mãe começando a se levantar e o marido segurando o braço dela.

— Vocês os conhecem — disse Tolui, com certeza. — Digam e vamos embora. — De novo virou o filho deles de cabeça para baixo, ignorando os gritos deliciados. Tolui inclinou a cabeça para ver a reação deles. O rosto da mãe desmoronou.

— Há uma mulher com garotos a um dia de cavalgada ao norte, num pequeno acampamento. Só duas iurtas e alguns pôneis. São gente pacífica — disse ela, quase sussurrando.

Tolui assentiu, gostando do poder que exercia sobre ela enquanto o filho ria, sem perceber nada, em seus braços. Quando eles não puderam mais suportar, pôs o garoto no chão e o empurrou na direção dos pais. A mãe abraçou o filho, fechando os olhos com força enquanto o apertava.

— Se estiverem mentindo, eu voltarei — disse Tolui. O perigo era claro em seus olhos escuros e nas mãos que poderiam facilmente ter matado seu filho. O pastor não queria encará-lo, olhando para os pés até que Tolui e os companheiros houvessem saído.

Enquanto montavam nos cavalos do lado de fora, Tolui notou um cachorro grande vir bamboleando de trás da iurta. O animal era velho demais para caçar e espiou os estranhos com olhos esbranquiçados que sugeriam estar quase cego. Tolui mostrou os dentes para o cão, que respondeu com um rosnado baixo no fundo da garganta. Em seguida deu um risinho, encordoando o arco em movimentos rápidos e seguros. Basan ficou olhando com a testa franzida quando Tolui disparou uma flecha atravessando a garganta do cachorro. O animal entrou em espasmos, fazendo sons engasgados enquanto eles batiam os calcanhares e iam embora.

Tolui parecia estar de ótimo humor enquanto preparavam uma refeição naquela noite. A carne de cordeiro seca não estava velha demais e o queijo estava ligeiramente rançoso, ardendo na língua quando eles mastigavam e engoliam.

— Quais são as ordens do cã para quando os encontrarmos? — perguntou Basan.

Tolui olhou para o homem mais velho, franzindo a testa como se a pergunta fosse uma intromissão. Gostava de causar a submissão dos outros guerreiros com seus olhares, sempre apoiados por uma força capaz de derrubar um pônei com um único soco. Só respondeu quando Basan havia desviado o olhar e outra pequena luta fora vencida.

— O que eu quiser, Basan — disse ele, saboreando a idéia. — Mas o cã quer que os mais velhos sejam arrastados de volta. Vou amarrá-los à cauda de nossas montarias e fazer com que corram.

— Talvez estes não sejam os que estamos procurando — lembrou Unegen ao jovem guerreiro. — Eles têm iurtas e pôneis, afinal de contas.

— Veremos. Se forem, vamos levar as montarias de volta conosco, também — disse Tolui, sorrindo diante do pensamento. Eeluk não imaginara que pudesse haver espólios, mas ninguém questionaria o direito de Tolui tomar as posses da família de Yesugei. O destino deles fora mostrado no dia em que a tribo os deixara. Estavam fora das leis da hospitalidade, meros desgarrados sem cã para protegê-los. Tolui arrotou enquanto enfiava as mãos dentro do dil para dormir. Fora um bom dia. Um homem dificilmente poderia pedir mais.

Temujin enxugou o suor dos olhos enquanto amarrava o último pedaço de madeira transversal para fazer um pequeno curral para as ovelhas e cabras darem à luz. O pequeno rebanho havia crescido, com apenas algumas bocas para serem alimentadas, e dois anos antes os irmãos haviam se misturado aos desgarrados para trocar lã e carne por feltro. Haviam barganhado o suficiente para fazer duas pequenas iurtas, e a visão delas jamais deixava de elevar o ânimo de Temujin.

Khasar e Kachiun estavam treinando arco e flecha ali perto, com um alvo feito de grossas camadas de feltro enroladas em pano. Temujin se levantou e esticou os músculos rígidos, apoiando-se na cerca para olhá-los e pensando nos primeiros meses, quando a morte e o inverno espreitavam cada passo. Fora difícil para todos, mas a promessa da mãe se cumpriu. Haviam sobrevivido. Sem Bekter, os irmãos tinham criado um laço de confiança enquanto trabalhavam a cada hora de luz do dia. Isso havia endurecido todos eles, e, quando não estavam trabalhando com o rebanho ou preparando mercadorias para trocar, passavam cada momento treinando as habilidades com armas.

Temujin tocou a faca na cintura, mantida afiada o bastante para cortar couro. Em sua iurta havia um arco equivalente às coisas que seu pai possuíra: uma linda arma com uma curva interna de chifre brilhante. Puxar a corda era como apertar um gume de faca nos dedos, e Temujin havia passado meses endurecendo as mãos para suportar o peso. O arco ainda não matara um homem, mas o rapaz sabia que ele atiraria uma flecha direta e certeira caso precisasse.

Uma brisa fresca veio pelas planícies verdes e ele fechou os olhos, gostando de como ela secava o suor. Podia ouvir a mãe na iurta com Temuge e a pequena Temulun, cantando para os filhos mais novos. Sorriu ao ouvir o som, esquecendo-se por um tempo da luta na vida deles. Não era freqüente encontrar paz, nem mesmo em fragmentos. Apesar de comerciarem com pastores isolados e suas famílias, fora uma surpresa descobrir que existia outra sociedade além das grandes tribos que pastavam na terra. Alguns haviam sido banidos por crimes de violência ou luxúria. Outros tinham nascido sem a proteção de um cã. Era um povo cauteloso, e Temujin havia lidado com eles apenas para sobreviver. Para alguém nascido na iurta de um cã, aqueles ainda eram homens e mulheres sem tribo, abaixo até mesmo do desprezo. Temujin não gostava de fazer parte daquilo, e seus irmãos compartilhavam da mesma frustração. Enquanto iam virando homens, não podiam deixar de recordar como a vida deveria ter prosseguido. Um único dia roubara o futuro de todos, e Temujin se desesperava ao pensar na vida difícil com algumas cabras e ovelhas até ficar velho e fraco. Era isso que Eeluk havia tirado deles. Não somente o direito de nascimento, mas a tribo, a grande família que protegia uns aos outros e tornava a vida suportável. Temujin não podia perdoar aqueles anos difíceis.

Ouviu Kachiun gritar de prazer e abriu os olhos, vendo uma flecha bem no centro do alvo. Temujin se empertigou e foi até os irmãos, o olhar examinando automaticamente a terra ao redor, como já fizera mil vezes. Jamais poderiam ficar seguros e viviam com o medo de ver Eeluk cavalgando de volta com uma dúzia de homens cruéis a qualquer momento.

Esse sentimento de mau presságio era uma constante na vida de todos, mas havia se entorpecido com o tempo. Temujin vira que era possível viver fora da percepção das grandes tribos, como outras famílias desgarradas. Mas tudo isso poderia ser tomado deles por um único grupo de ataque que tivesse saído por esporte, sendo caçados como animais e vendo suas iurtas serem despedaçadas ou roubadas.

— Viu o tiro, Temujin? — perguntou Kachiun.

Temujin balançou a cabeça.

— Eu estava olhando para o outro lado, irmão, mas é um belo arco. — Como o outro que estava em sua iurta, a arma de curva dupla fora secada durante um ano antes que as tiras de chifre de ovelha fervido fossem coladas e sobrepostas na estrutura. A cola de peixe deixara as iurtas fedendo durante semanas, mas a madeira ficou dura como ferro com as novas camadas, e eles tinham orgulho do que haviam feito.

— Dê um tiro — disse Kachiun, estendendo o arco para o irmão.

Temujin sorriu para ele, vendo de novo como seus ombros haviam aumentado e o novo tamanho que parecia chegar em jorros. Todos os filhos de Yesugei eram altos, mas Temujin havia crescido mais que os outros, igualando a altura do pai ao fazer 17 anos.

Segurou o arco com firmeza e encaixou uma flecha com ponta de osso, puxando-o com as almofadas calejadas dos dedos. Esvaziou os pulmões e, no momento em que poderia ter respirado, soltou a flecha e olhou-a mergulhar ao lado da de Kachiun.

— É um belo arco — disse ele, passando a mão pela extensão de chifre amarelo. Sua expressão estava sombria ao encarar os irmãos, e Kachiun foi o primeiro a notar, sempre sensível aos pensamentos do outro.

— O que é? — perguntou.

— Soube, pelo velho Horghuz, que os olkhun'ut voltaram para o norte — respondeu Temujin, olhando o horizonte.

Kachiun assentiu, entendendo imediatamente. Ele e Temujin compartilhavam uma ligação especial desde o dia em que haviam matado Bekter. A princípio a família lutara simplesmente para sobreviver ao inverno e depois ao próximo, mas no terceiro tinham feltro suficiente para as iurtas e Temujin havia trocado um arco e lã por outro pônei para cruzar com a égua velha e cansada que haviam tirado dos pastores nos primeiros dias. A nova primavera do quarto ano havia trazido inquietação no vento para todos eles, mas afetou Temujin particularmente. Tinham armas e carne, e acampavam suficientemente perto de florestas para se esconder de alguma força que não pudessem enfrentar. A mãe havia perdido a magreza e, mesmo ainda sonhando com Bekter e o passado, a primavera despertara um pouco do futuro em seus filhos.

Em seus sonhos, Temujin ainda pensava em Borte, mas os olkhun'ut haviam desaparecido das planícies e não havia como segui-los. Mesmo se os tivesse encontrado, eles zombariam de um desgarrado maltrapilho. Não tinha espada, nem meios para barganhar uma, mas os garotos cavalgavam por quilômetros ao redor do pequeno acampamento e conversavam com os desgarrados e ouviam notícias. Os olkhun'ut haviam sido vistos nos primeiros dias da primavera, e desde então Temujin estava inquieto.

— Vai trazer Borte para este lugar? — perguntou Kachiun, olhando o acampamento ao redor.

Temujin acompanhou seu olhar e engoliu a amargura diante da visão de suas iurtas precárias e das ovelhas balindo. Quando vira Borte pela última vez, fora com a promessa não verbalizada de que ela iria se casar com ele e ser esposa de um cã. Na época, ele sabia do próprio valor.

— Talvez ela já tenha sido dada a outro — disse Temujin, azedamente.

— Ela deve ter... o quê? Dezoito anos? O pai dela não era homem de deixá-la esperando tanto tempo.

Khasar fungou.

— Ela foi prometida a você. Se tiver se casado com outro, você pode desafiá-lo.

Temujin olhou para o irmão, vendo de novo a falta de compreensão que significava que ele, pelo menos, jamais poderia ter governado os lobos.

Khasar não tinha nem um pouco do fogo interior de Kachiun, a percepção instantânea de planos e estratégias. No entanto, Temujin recordava a noite em que eles haviam matado os pastores. Khasar lutara a seu lado. Tinha algo do pai, afinal de contas, mesmo que jamais fosse capaz de captar as sutilezas que Yesugei amava. Se seu pai tivesse vivido, Khasar também seria levado aos olkhun'ut no ano seguinte. Sua vida também fora tirada do rumo pela traição de Eeluk.

Temujin assentiu, relutante.

— Se eu tivesse um dil novo, poderia ir até eles e ver o que foi feito dela. Pelo menos saberia com certeza.

— Todos nós precisamos de mulheres — concordou Khasar, animado. — Eu também andei sentindo a ânsia, e não quero morrer sem ter uma por baixo.

— Mas as cabras vão sentir falta do seu amor — disse Kachiun.

Khasar tentou lhe dar um cascudo, mas o irmão se desviou do golpe.

— Talvez eu mesmo pudesse levá-lo aos olkhun'ut — disse Temujin a Khasar, olhando-o de cima a baixo. — Não sou o cã desta família agora? Você é um belo garoto, afinal de contas.

Era verdade, mesmo que ele tivesse dito aquilo como uma piada. Khasar havia crescido magro, e era moreno e forte sob a cabeleira que ia direto até os ombros. Os irmãos não se incomodavam mais em trançar os cabelos, e quando se incomodavam em usar uma faca neles, era apenas com o objetivo de tirar o suficiente para facilitar a visão durante a caça.

— Dez ovelhas estão grávidas — disse Temujin. — Se ficarmos com os carneirinhos, podemos vender uns bodes e dois carneiros mais velhos. Isso renderia um novo dil costurado e talvez umas rédeas melhores. O velho Horghuz estava segurando umas rédeas quando falei com ele. Acho que queria que eu fizesse uma oferta.

Khasar tentou esconder o interesse, mas o rosto frio do guerreiro havia se perdido entre eles muito tempo atrás. Não tinham necessidade de se resguardar como Yesugei havia ensinado, e estavam sem prática. Por mais pobres que fossem, a decisão era somente de Temujin, e fazia muito tempo que os outros irmãos haviam aceitado seu direito de liderá-los. Seu ânimo crescia por ser cã até mesmo de alguns pôneis precários e duas iurtas.

— Vou falar com o velho e barganhar com ele — disse Temujin. — Vamos juntos, mas não posso deixar você lá, Khasar. Precisamos demais de seu braço e seu arco. Se houver uma garota que já tenha tido o sangue, falarei com eles por você.

O rosto de Khasar ficou frustrado e Kachiun deu-lhe um tapa no braço, em simpatia.

— Mas o que podemos oferecer? Eles saberão que não temos nada.

Temujin sentiu a empolgação sumir e cuspiu no chão.

— Podemos atacar os tártaros — disse Kachiun subitamente. — Se invadirmos as terras deles, podemos pegar o que encontrarmos.

— E fazer com que eles nos cacem — respondeu Khasar irritado. Não tinha visto a luz que chegou aos olhos de Temujin.

— A morte do nosso pai nunca foi vingada — disse ele. Kachiun sentiu seu humor e apertou o punho enquanto Temujin continuou: — Somos bastante fortes e podemos atacar antes mesmo que eles saibam que estamos lá. Por que não? Os olkhun'ut nos receberiam bem se chegássemos com gado e cavalos, e ninguém vai se importar se eles tiverem marcas tártaras.

Pegou os dois irmãos pelos ombros e os apertou.

— Nós três podemos pegar de volta só um pouquinho do que eles nos tiraram. Por tudo que perdemos por causa deles. — Khasar e Kachiun estavam começando a acreditar, dava para ver, mas foi Kachiun que franziu a testa de repente.

— Não podemos deixar nossa mãe desprotegida com os pequenos — disse ele.

Temujin pensou depressa.

— Vamos levá-la ao velho Horghuz e sua família. Ele tem uma esposa e meninos pequenos. Ela vai ficar em segurança lá. Vou lhe prometer um quinto do que trouxermos de volta e ele vai aceitar, sei que vai.

Enquanto ele falava, viu Kachiun olhar para o horizonte. Temujin se enrijeceu ao ver o que havia atraído o olhar do irmão.

— Cavaleiros! — gritou Kachiun para a mãe.

Todos se viraram quando ela apareceu à porta da iurta mais próxima.

— Quantos? — perguntou ela. Em seguida, andou até eles e se esforçou para ver os estranhos a distância, mas seus olhos não eram tão bons quanto os dos filhos.

— Três, sozinhos — disse Kachiun com certeza. — Vamos fugir?

— Você se preparou para isso, Temujin — disse Hoelun baixinho. — A escolha é sua.

Temujin sentiu que todos o observavam, mas não afastou o olhar dos pontos escuros na planície. Ainda estava animado pelas palavras que havia falado com os irmãos e queria cuspir ao vento e desafiar os recém-chegados. A família de Yesugei *não* seria intimidada, principalmente depois de terem chegado tão longe. Respirou fundo e deixou os pensamentos se acomodarem. Os homens poderiam ser um grupo avançado para muitos outros, ou três atacantes que vinham queimar, estuprar e matar. Fechou os punhos, mas tomou a decisão.

— Vão para a floresta, todos vocês — disse furiosamente. — Levem os arcos e tudo que puderem carregar. Se eles tiverem vindo roubar, vamos estripá-los, eu juro.

Sua família se moveu rapidamente, Hoelun desaparecendo dentro da iurta e emergindo com Temulun no colo e Temuge trotando ao lado. O filho mais novo havia perdido a gordura de filhote nos anos duros, mas ainda olhava temeroso para trás enquanto iam para a floresta, tropeçando ao lado da mãe.

Temujin reuniu-se a Khasar e Kachiun, que pegavam seus arcos e flechas, colocando sacos nos ombros e correndo para a linha das árvores. Podiam ouvir os cavaleiros gritando atrás ao vê-los correr, mas ficariam em segurança. Temujin engoliu a amargura na garganta enquanto entrava no meio das árvores e parava, ofegando, e olhava para trás. Quem quer que fossem, odiava-os por tê-lo obrigado a fugir, quando havia jurado que ninguém faria isso de novo.

CAPÍTULO 15

Os TRÊS GUERREIROS ENTRARAM MONTADOS CAUTELOSAMENTE NO ACAMPAMENto minúsculo, notando o fio de fumaça que ainda saía de uma das iurtas. Podiam ouvir o balido de cabras e ovelhas, mas, afora isso, a manhã estava estranhamente silenciosa e todos sentiam a pressão de olhos ocultos.

As pequenas iurtas e o curral precário ficavam junto de um riacho na base de um morro coberto de árvores. Tolui tinha visto as figuras em fuga desaparecendo no meio das árvores e teve o cuidado de apear para que o corpo de seu pônei o protegesse de uma emboscada ou de um disparo de flecha. Sob os dils, Basan e Unegen usavam armaduras de couro como a dele, uma camada que protegia o peito e lhes daria vantagem até mesmo contra um ataque direto.

Tolui mantinha as mãos baixas atrás do pescoço do cavalo enquanto sinalizava aos outros. Um deles teria de verificar as iurtas antes de irem em frente, para não correrem o risco de uma flechada pelas costas. Foi Basan que assentiu, guiando sua égua para a sombra da iurta e usando-a para bloquear a visão enquanto entrava. Tolui e Unegen esperavam, enquanto ele fazia a busca, com os olhos examinando as fileiras de árvores. Os dois podiam ver pesadas faixas de espinheiros amarrados com corda fina entre as árvores, forçando qualquer perseguidor a seguir a pé. O terreno fora preparado por alguém que havia esperado um ataque, e a pessoa escolhera bem. Para chegar às árvores, os guerreiros teriam de atravessar trinta passos de terreno aberto, e se os filhos de Yesugei estivessem esperando com arcos, seria algo difícil e sangrento.

Tolui franziu a testa enquanto pensava na situação. Não duvidava mais que as figuras em fuga eram os filhos do cã, que eles haviam deixado para trás. As poucas famílias desgarradas que sobreviviam nas planícies não teriam se preparado para a batalha como aquelas pessoas. Encordoou o arco pelo tato, jamais afastando os olhos do mato baixo, escuro, que poderia estar escondendo um exército. Sabia que poderia ir embora e retornar com homens suficientes para caçá-los, mas Eeluk não teria visto as barreiras de espinheiros e acharia que Tolui perdera a coragem. Tolui não aceitaria que seu cã pensasse isso a seu respeito e começou a se preparar para uma luta. Sua respiração mudou de inalações longas e lentas para o ritmo curto que acelerava os batimentos cardíacos e o enchia de força, enquanto Basan entrava na segunda iurta e saía balançando a cabeça.

Tolui fechou o punho, depois abriu três dedos num movimento rápido. Basan e Unegen assentiram para mostrar que haviam entendido. Prepararam seus arcos e esperaram o comando. Tolui sentia-se forte e, com a armadura de couro, sabia que apenas a flecha mais poderosa poderia feri-lo. Levantou o punho e os três homens começaram a correr juntos, separando-se quando chegaram ao terreno aberto.

Tolui ofegava ao correr, atento ao menor movimento. De um lado, captou um tremor e se jogou rolando no chão, como numa luta livre, levantando-se depressa quando algo zumbiu acima de sua cabeça. Os outros dois se esquivavam rapidamente enquanto percorriam o caminho, mas Tolui já vira que não havia como passar pela primeira linha de árvores. Cada espaço fora fechado pelos grandes rolos de espinheiros amarrados. Os filhos de Yesugei deviam ter puxado o último depois de passar, e Tolui se pegou hesitando, enquanto o coração martelava por estar tão exposto.

Antes que pudesse tomar uma decisão, uma flecha acertou seu peito, fazendo-o cambalear. A dor era colossal, mas ele a ignorou, confiando na armadura para impedi-la de se cravar muito fundo. Eles tinham bons arcos, percebeu.

Os três lobos pararam na pior situação possível, diante dos rolos de espinheiros. Mas, como arqueiros, cada um deles podia acertar um pássaro na asa: a situação não era tão desastrosa quanto Tolui havia temido. Porque, para os inimigos atirarem, teriam de se mostrar, ao menos por um instante. Se fizessem isso, um dos três homens de confiança mandaria uma flecha de volta num piscar de olhos, rápida demais para que o alvo se desviasse.

Os filhos de Yesugei deviam ter percebido a fraqueza de sua tática enquanto o silêncio crescia e se espalhava entre as árvores. Todos os pássaros tinham voado diante da súbita corrida dos guerreiros, e o único som era dos homens ofegando com temor pela vida, lentamente retomando o controle.

Tolui deu dois passos lentos à direita, cruzando uma perna sobre a outra em equilíbrio perfeito enquanto Basan e Unegen se espalhavam à esquerda. Cada sentido era estimulado enquanto eles olhavam, prontos para matar ou ser mortos. Era fácil demais imaginar uma flecha se cravando na carne, mas Tolui descobriu que estava gostando do sentimento de perigo. Manteve a cabeça alta e, num impulso, gritou para o inimigo oculto.

— Meu nome é Tolui, dos lobos — disse em voz alta na clareira. — Homem de confiança de Eeluk, que já foi homem de confiança de Yesugei. — Ele respirou fundo. — Não há necessidade de lutar. Se nos derem direitos de hóspedes, voltaremos às iurtas e eu lhes direi quais são minhas mensagens.

Esperou uma resposta, mas não imaginava realmente que eles fossem se revelar de modo tão fácil. Com o canto do olho, viu Basan mudar o peso do corpo ligeiramente, delatando seu desconforto.

— Não podemos ficar aqui o dia inteiro — murmurou Basan.

Os olhos deles se moviam incessantemente enquanto Tolui sibilava de volta:

— Vocês deixariam que eles fugissem?

Só os lábios de Basan se moveram para responder.·

— Agora sabemos que eles estão vivos, e deveríamos levar a notícia ao cã. Talvez ele tenha novas ordens.

Tolui virou a cabeça apenas um pouco, para responder, e foi esse movimento que quase o matou. Ele viu um garoto se levantar e puxar rapidamente uma flecha. Para Tolui, o mundo rugiu nos ouvidos quando ele soltou sua flecha no momento exato em que foi obrigado a cambalear com outro golpe no peito, logo abaixo da garganta. O tiro fora apressado, percebeu junto com a dor. Ouviu Unegen disparar contra os arbustos e Tolui rugiu de raiva ao se levantar, pondo outra flecha na corda.

Basan disparou às cegas para o local onde viu algo se mover. Não escutaram nenhum grito de dor e Tolui olhou à esquerda, vendo Unegen no chão, com uma flecha cravada na garganta, da frente para as costas. Os brancos dos olhos estavam aparecendo e a língua pendia frouxa da boca. Tolui xingou, balançando o arco retesado para trás e para a frente, em fúria.

— Vocês pediram uma morte difícil, e eu lhes darei! — gritou. Por um instante, pensou em correr para os pôneis, mas o orgulho e a fúria o mantinham ali, desesperado para castigar quem ousava atacá-lo. Seu dil estava cravado de flechas e ele quebrou duas hastes com movimentos rápidos das mãos quando elas interferiram em seus movimentos.

— Acho que acertei um deles — disse Basan.

De novo o silêncio retornou junto com a ameaça de outra troca de flechas.

— Deveríamos retornar aos cavalos — continuou Basan. — Podemos rodear os espinheiros e pegá-los num lugar aberto.

Tolui mostrou os dentes em fúria. As pontas de flechas o haviam cortado, e seu corpo latejava de dor. Ele rosnou cada palavra como se fosse uma ordem.

— Fique *onde está* — disse, examinando as árvores. — Mate qualquer coisa que se mexer.

Temujin se agachou atrás da barreira de espinheiros que havia preparado meses atrás. Fora sua flecha que havia acertado Unegen na garganta, e isso lhe deu uma satisfação selvagem. Lembrava-se de como Unegen entregara a espada de seu pai a Eeluk. Temujin havia sonhado muitas vezes em se vingar. Mesmo uma parte daquilo era como a doçura do mel selvagem.

Ele e seus irmãos haviam se preparado para um ataque assim, mas de qualquer modo fora um choque ver homens de confiança dos lobos em seu acampamento precário. Temujin preparara uma área de matança para qualquer atacante que não fosse tão mortal quanto os homens que Eeluk havia escolhido como seus melhores guerreiros. O peito de Temujin estava apertado de orgulho por ter derrubado um deles, mas a sensação se misturava com o medo. Aqueles eram os guerreiros de seu pai, os mais rápidos e melhores. Matar um deles, até mesmo Unegen, era um certo pecado. Mas isso não o impediria de tentar matar os outros.

Lembrava-se de Tolui como um garoto de olhos desafiantes, não suficientemente idiota para se meter com os filhos de Yesugei, mas mesmo assim uma das crianças mais fortes no acampamento dos lobos. Pelo vislumbre que Temujin tivera ao longo da haste de uma flecha, Tolui havia crescido em força e arrogância. Havia prosperado sob o comando de Eeluk.

Forçou a vista através de uma abertura minúscula nos espinheiros, observando Tolui e Basan. Basan parecia infeliz e Temujin se lembrou de como ele fora mandado aos olkhun'ut para trazê-lo para casa. Será que Tolui sabia disso ao escolhê-lo? Provavelmente não. Naquela época, o mundo era diferente, e Tolui era apenas outro pequeno valentão sujo, sempre causando encrencas. Agora usava a armadura e o dil de um homem de confiança de um cã, e Temujin queria ferir seu orgulho.

Mantinha-se completamente imóvel enquanto pensava no que fazer. O mais lentamente que pôde, virou a cabeça para olhar onde Kachiun havia se posicionado. A qualquer instante esperava que o movimento atraísse o olhar afiado de Basan e que uma flecha mergulhasse através dos espinheiros, em sua direção. O suor escorria por sua testa.

Quando Temujin viu o irmão, este piscou, perturbado. Kachiun estava olhando de volta para ele, esperando silenciosamente ser notado. Os olhos do garoto estavam arregalados de dor e choque, e Temujin pôde ver a flecha que o havia acertado na coxa. Kachiun havia se lembrado do rosto frio nesta manhã em que a morte viera atrás deles. Estava sentado como uma estátua, as feições tensas e brancas enquanto olhava de volta para o irmão e não ousava fazer um gesto. Apesar do controle, as penas da flecha tremiam ligeiramente e, com os sentidos aguçados a ponto de causar tontura, Temujin podia ouvir o leve movimento das folhas. Tolui veria, pensou, e dispararia outra flecha que seria mortal. Não era impossível que um dos homens de Eeluk sentisse o cheiro de sangue na brisa.

Temujin sustentou o olhar de Kachiun por longo tempo, cada um observando o outro em desespero mudo. Não podiam escapar. Khasar estava escondido das vistas de Temujin, mas também estava encrencado, soubesse ou não.

Temujin virou a cabeça de volta com lentidão infinita até que Tolui e Basan pudessem ser vistos. Eles também esperavam. Mas Tolui estava claramente furioso e, enquanto Temujin olhava, partiu duas das flechas cravadas em seu peito. A fúria do rapaz teria animado Temujin, caso o tiro que havia ferido Kachiun não tivesse estragado todos os planos deles.

O impasse não poderia durar para sempre, percebeu Temujin. Havia uma chance de Tolui recuar, para retornar com mais homens. Se ele fizesse isso, Temujin e Khasar teriam tempo suficiente para levar Kachiun para um local seguro.

Trincou os dentes, lutando com a decisão. Não achava que Tolui enfiaria o rabo entre as pernas e correria para os pôneis, principalmente depois de perder Unegen. O orgulho do sujeito não permitiria. Se ele ordenasse que Basan fosse em frente, Khasar e Temujin teriam de arriscar outro disparo, mas encontrar a garganta de um homem com armadura era quase impossível quando ele mantinha a cabeça baixa e corria. Temujin sabia que teria de agir antes que Tolui chegasse à mesma conclusão e talvez se afastasse e viesse até eles por outro caminho. Os garotos haviam bloqueado a entrada do bosque ao redor do acampamento, mas havia lugares onde um guerreiro sozinho poderia forçar a passagem.

Temujin amaldiçoou o azar. Haviam-se passado apenas alguns instantes desde a troca de flechas, mas o tempo parecia haver se distorcido enquanto sua mente disparava. Sabia o que precisava fazer, mas estava com medo. Fechou os olhos por um momento e juntou a força de vontade. Um cã tomava decisões difíceis, e ele sabia que seu pai já teria agido. Basan e Tolui precisavam ser atraídos para longe antes que pudessem encontrar Kachiun e matá-lo.

Começou a se arrastar para trás, ainda de olho nos intrusos sempre que podia captar um vislumbre. Eles estavam conversando, dava para ver, mas não conseguia ouvir as palavras. Quando havia coberto dez ou vinte alds, usou uma bétula para esconder o movimento enquanto ficava de pé e tirava outra flecha da aljava às costas. Não podia mais ver nenhum dos dois homens e teria de atirar de memória. Fez uma oração ao pai céu para lhe conceder alguns momentos de confusão, em seguida retesou o arco e mandou a flecha para onde Tolui estivera de pé.

Tolui ouviu a flecha na fração de tempo que ela demorou para atravessar as folhas, vinda de lugar nenhum. Sua própria flecha foi liberada antes que a outra o alcançasse, provocando um rasgo comprido no antebraço antes de girar inutilmente para longe. Gritou de dor e surpresa, e então viu uma figura correndo por entre as árvores. Pôs outra flecha no arco e disparou na esperança de um tiro certeiro. Ela se perdeu nos arbustos densos do morro e a raiva de Tolui suplantou a cautela.

— Vá atrás dele! — gritou para Basan, que já estava se movendo. Os dois correram juntos para o leste das barreiras, tentando manter à vista a figura que corria, enquanto procuravam um caminho para penetrar entre as árvores.

Quando encontraram uma abertura, Tolui mergulhou por ela sem hesitação, mas Basan ficou atrás, para vigiar no caso de o ataque ser um ardil. Tolui continuou subindo e Basan correu para alcançá-lo morro acima. Podiam ver que o garoto carregava um arco, e os dois sentiram a empolgação da caçada. Estavam bem alimentados e eram fortes, e ambos se sentiam confiantes enquanto passavam correndo por galhos que chicoteavam e saltavam por cima de um córrego minúsculo. A figura não parou para olhar para trás, mas deu para ver que havia tomado um caminho através dos arbustos mais densos.

Tolui começou a ofegar e Basan estava de rosto vermelho pela subida, mas eles deixaram as espadas preparadas e continuaram, ignorando o desconforto.

Kachiun olhou para cima quando a sombra de Khasar caiu sobre seu rosto. Seus dedos tentaram pegar a faca antes de ver quem era e relaxar.

— Temujin ganhou um pouco de tempo para nós — disse ele ao irmão.

Khasar espiou por entre as árvores, para onde os dois podiam ver os dois homens correndo e subindo cada vez mais o morro. As bétulas e os pinheiros chegavam apenas até a metade da encosta, e eles sabiam que Temujin ficaria exposto até chegar ao vale do outro lado, onde havia outro bosque. Não sabiam se ele conseguiria escapar dos perseguidores, mas os dois irmãos estavam abalados e aliviados porque os homens de confiança de Eeluk os haviam deixado.

— E agora? — perguntou Khasar, quase para si mesmo.

Kachiun tentou se concentrar em meio à dor que parecia algo comendo a carne de sua perna. A fraqueza chegava e ia embora em ondas enquanto ele lutava para permanecer consciente.

— Agora vamos tirar esta flecha — disse ele, encolhendo-se com o pensamento.

Todos tinham visto isso ser feito quando os homens voltavam dos combates com invasores. O ferimento na perna estava bastante limpo, e o fluxo de sangue havia se reduzido a um fio. Mesmo assim, Khasar pegou um grosso maço de folhas para Kachiun morder. Apertou aquela coisa imunda na boca do irmão e em seguida segurou a haste da flecha, partindo-a e puxando do outro lado enquanto os olhos de Kachiun se arregalavam, mostrando a parte branca. Mesmo contra a vontade, um gemido baixo saiu de seus lábios e Khasar apertou a mão contra a boca de Kachiun para abafar o som, sufocando-o até que os pedaços da flecha estivessem no chão. Com movimentos rápidos e hábeis, Kachiun cortou tiras de seu pano de cintura e amarrou a perna.

— Apóie-se no meu ombro — disse, puxando Kachiun de pé. O irmão mais novo estava claramente atordoado e tonto enquanto cuspia as folhas, mas Khasar ainda olhava para ele, querendo saber o que fariam em seguida.

— Eles vão voltar — disse Kachiun, quando havia se recuperado. — Traga os outros para cá. Se formos rápidos, podemos pegar todos os pôneis e ir para o segundo acampamento.

Khasar ficou com ele por tempo suficiente para colocá-lo na sela do pônei de Tolui. Firmou Kachiun com uma das mãos no ombro, apertando as rédeas contra seus dedos antes de sair correndo para onde a mãe estava escondida com as outras crianças. Temujin havia preparado o esconderijo, e Khasar agradeceu a previdência do irmão enquanto corria. O surgimento dos guerreiros de Eeluk havia assombrado os sonhos de todos em algum momento dos anos passados sozinhos. O fato de Temujin repassar os planos vezes sem conta havia ajudado, mas uma parte de Khasar estava enjoada com o pensamento de retornar à mesma fenda escura nas colinas onde haviam passado as primeiras noites. Temujin insistira em pôr uma iurta minúscula naquele lugar, mas eles não sonhavam que ela seria necessária tão cedo. Ficariam sozinhos de novo e seriam caçados.

Enquanto corria, rezava para que Temujin escapasse dos perseguidores. Quando retornasse, ele saberia o que fazer. A idéia de que Temujin talvez não sobrevivesse era terrível demais para que Khasar a contemplasse.

Temujin correu até que suas pernas estivessem fracas, e a cabeça girava a cada passo. A princípio, tinha força e velocidade para saltar e se abaixar ultrapassando qualquer coisa no caminho, mas quando seu cuspe virou uma pasta amarga na boca e a energia foi se esvaindo, só podia continuar desajeitadamente, com a pele chicoteada por mil galhos e espinhos.

A pior parte fora atravessar o topo do morro, tão nu quanto uma pedra de rio. Tolui e Basan haviam disparado com os arcos atrás dele e Temujin fora obrigado quase a caminhar, para vigiar as flechas que vinham e desviar o corpo exausto. Os perseguidores haviam se aproximado dele através do vasto espaço vazio, mas então ele se pegou cambaleando outra vez entre árvores antigas e foi em frente, a visão se turvando e cada respiração parecendo queimar a garganta.

Perdeu o arco quando este se prendeu num galho de urze com tanta firmeza que ele mal puxou-o antes de abandoná-lo. Xingou-se por isso enquanto corria, sabendo que deveria ter retirado a corda, ou pelo menos cortado. Qualquer coisa era melhor do que perder uma arma que lhe dava alguma chance de enfrentá-los enquanto o perseguiam. Sua pequena faca não iria ajudá-lo contra Tolui.

Não podia correr mais rápido que os guerreiros. O melhor que poderia fazer era procurar um local para se enfiar. Enquanto cambaleava por entre os arbustos, procurava um esconderijo. O medo era denso na garganta, e ele não conseguia limpá-la. Um olhar para trás lhe mostrou uma visão confusa dos dois homens vindo por entre as árvores. Eles haviam tirado as cordas dos arcos, e Temujin conheceu o desespero. Não havia planejado ser perseguido por quilômetros, e era inútil desejar que tivesse preparado um depósito de armas ou um buraco do tipo usado como armadilha para lobos no inverno. Sua respiração ofegante se transformou num murmúrio, depois num som completo enquanto cada exalação era um grito do corpo pedindo para parar. Não sabia a distância que havia percorrido e só podia prosseguir e prosseguir. Até que seu coração explodisse ou uma flecha encontrasse suas costas.

Um riacho estreito atravessava o caminho e seu pé escorregou numa pedra molhada, fazendo-o despencar espirrando água gelada. O impacto rompeu seu transe e em apenas alguns instantes ele estava se levantando e correndo com um pouco mais de controle. Então tentou ouvir enquanto corria, contando os passos até escutar Tolui e Basan espadanando na mesma água. Cinqüenta e três passos atrás, suficientemente perto para derrubá-lo como um cervo se ele lhes permitisse um único disparo limpo. Levantou a cabeça e invocou a resistência para levá-lo mais longe. Seu corpo estava acabado, mas lembrava-se de Yesugei dizendo que a vontade de um homem podia carregá-lo muito depois de a carne fraca ter desistido.

Uma depressão súbita o colocou fora da visão dos perseguidores e ele se desviou através de um agrupamento de bétulas antigas. Os arbustos de urze eram da altura de um homem, e ele mergulhou no meio sem pensar, avançando loucamente contra os espinhos que arranhavam, enfiando-se cada vez mais na proteção escura. Estava desesperado e à beira do pânico, mas quando a luz do dia havia recuado, encolheu-se o mais que pôde e ficou imóvel.

Seus pulmões gritavam por ar, enquanto ele se obrigava a ficar imóvel. O desconforto crescia e suor novo brotou na pele. Sentiu o rosto ficar vermelho e as mãos tremerem, mas apertou cada músculo da boca e das bochechas com força enquanto deixava entrar e sair um fino sopro de ar, tudo que ousava se permitir.

Ouviu Tolui e Basan passarem fazendo barulho, gritando um para o outro. Não iriam longe antes de retornar para procurá-lo, tinha certeza. Mesmo não querendo nada mais do que apertar os olhos com força e desmoronar, usou o tempo precioso para se enfiar ainda mais no núcleo escuro. Os espinhos se cravavam nele, mas não podia gritar, e simplesmente continuava fazendo força contra eles até que se saíssem da pele. Essas pequenas dores não importavam, comparadas a ser apanhado.

Obrigou-se a parar de se arrastar insensatamente. Por algum tempo, não havia pensado em nada além da escuridão e da segurança, como um animal caçado. A parte dele que era o filho de seu pai sabia que as folhas tremulando iriam entregá-lo caso não interrompesse qualquer movimento. Esse eu interior observava sua fuga desajeitada com desdém frio, tentando recuperar o controle. No fim, foi o som da voz de Tolui que o fez congelar e fechar os olhos com algo parecido com alívio. Não havia mais nada que ele pudesse fazer.

— Ele está escondido — disse Tolui claramente, numa proximidade apavorante. Os dois deviam ter retornado assim que o perderam de vista.

O peito de Temujin doeu e ele apertou a mão contra a boca pegajosa para engolir a dor. Concentrou-se numa imagem do pai na iurta e viu de novo a vida que se esvaiu dele.

— Sabemos que pode nos ouvir, Temujin — gritou Tolui, ofegando. Ele também havia sofrido durante os quilômetros, mas os guerreiros eram os homens mais duros e em forma que existiam, e estavam se recuperando depressa.

Temujin ficou deitado com a bochecha comprimida contra as folhas antigas, sentindo o cheiro de mofo da podridão velha que jamais vira a luz do dia. Sabia que era capaz de escapar deles no escuro, mas isso só aconteceria dali a muitas horas, e não conseguia pensar em outro modo de melhorar suas chances. Odiava os homens que o estavam procurando, odiava-os com um calor que achava que eles certamente sentiriam.

— Onde está seu irmão, Bekter? — gritou Tolui de novo. — Você e ele são os únicos que nós queremos; entende?

Num tom diferente, Temujin ouviu Tolui murmurar baixinho a Basan:

— Ele deve estar encolhido no chão em algum lugar aqui perto. Procure tudo e grite quando encontrá-lo.

A voz dura havia recuperado parte da confiança, e Temujin rezou ao pai céu para derrubar o sujeito, queimá-lo ou despedaçá-lo com um raio, como um dia vira uma árvore ser destruída. O pai céu permaneceu em silêncio, se é que o ouviu, mas a fúria renasceu no peito de Temujin com visões de vingança sangrenta.

A respiração cortante de Temujin havia aliviado um pouquinho, mas o coração continuava martelando e ele mal conseguia se impedir de se mexer ou ofegar alto. Ouviu passos perto, esmagando espinhos e folhas. Havia um retalho de luz que atravessava do lado de fora, e Temujin fixou o olhar ali, observando as sombras se moverem. Para seu horror, viu um pé calçado com bota atravessar a luz e então ela foi totalmente bloqueada quando um rosto espiou para dentro, os olhos se arregalando ao vê-lo espiar de volta, os dentes à mostra como um cão selvagem. Por um momento longo, muito longo, ele e Basan se encararam, e então o homem de confiança desapareceu.

— Não consigo encontrá-lo — gritou Basan, afastando-se.

Temujin sentiu lágrimas se juntando, e acima do rugido do sangue nos ouvidos pôde sentir de repente todas as dores e ferimentos que seu pobre e exausto corpo havia sofrido na caçada. Lembrou-se que Basan fora leal a Yesugei, e o alívio foi esmagador.

Escutou a voz de Tolui gritando a distância e, por longo tempo, ficou sozinho com apenas o sussurro da respiração. O sol afundou na direção de morros distantes e invisíveis e a escuridão chegou cedo no fundo da colina de urzes. Temujin podia ouvir os dois homens gritando um para o outro, mas os sons pareciam distantes. Por fim, a exaustão roubou sua consciência num golpe súbito e ele dormiu.

Acordou e viu um tremular de chama amarela movendo-se no campo de visão. A princípio, não conseguiu entender o que era, ou por que estava deitado cheio de cãibras e enrolado no meio de espinheiros tão densos que mal dava para se mexer. Era amedrontador estar enfiado na escuridão e nos espinhos, e não sabia como sair sem se espremer pelo mesmo caminho por onde viera.

Através da penumbra, via a tocha queimar trilhas em sua visão, e uma vez enxergou o rosto de Tolui à luz dourada. O guerreiro ainda o procurava, e agora parecia sério e cansado. Sem dúvida os dois estavam com fome e rígidos, assim como o próprio Temujin.

— Vou arrancar sua pele se não se entregar — gritou Tolui de repente. — Se me fizer procurar a noite toda, vou espancá-lo até sair sangue.

Temujin fechava os olhos e tentava esticar os músculos sempre que a chama se afastava. Tolui não veria os espinheiros balançando na escuridão e Temujin começou a se preparar para fugir de novo. Liberou as pernas que estavam pressionadas contra o peito, quase gemendo de alívio. Tudo estava frio e com cãibras, e ele achou que suas dores o haviam acordado, e não os gritos de Tolui.

Usou as mãos para esfregar os nós dos músculos das coxas, afrouxando-os. A primeira corrida precisava ser rápida. Só precisava de uma pequena vantagem e a escuridão iria escondê-lo da vista dos perseguidores. Sabia que a família teria ido para a fenda na colina e, caso se esforçasse, achava que poderia alcançá-la antes do amanhecer. Tolui e Basan jamais poderiam rastreá-lo sobre a planície de capim seco e teriam de retornar para trazer mais homens. Temujin jurou em silêncio que eles jamais iriam pegá-lo de novo. Levaria a família para longe dos lobos de Eeluk e começaria nova vida onde pudessem ficar em segurança.

Estava pronto para se mover quando a luz da tocha caiu em seu trecho de terreno e ele se imobilizou. Podia ver o rosto de Tolui e o guerreiro parecia estar olhando direto para ele. Temujin não se mexeu, nem mesmo quando o homem de confiança de Eeluk começou a pressionar as bordas das urzes. A luz da tocha lançava sombras móveis, e o coração de Temujin martelou com medo de novo. Não ousava virar para olhar, mas ouvia a chama estalando nos espinheiros ao redor das pernas. Tolui devia ter estendido a tocha entre os arbustos para lançar luz sobre suas suspeitas.

Temujin sentiu uma mão segurar seu tornozelo e, mesmo tendo reagido e chutado, o aperto parecia de ferro. Segurou a faca no cinto e soltou-a enquanto era arrastado pelo chão, saindo no espaço aberto com um grito de medo e raiva.

Tolui havia jogado a tocha no chão para pegá-lo, e Temujin mal podia ver o homem que agarrou seu dil e levantou um punho. Uma mão enorme esmagou o punho que segurava a faca e Temujin se retorceu, impotente. Mal viu o golpe chegando, antes de ser lançado num mundo mais escuro.

Quando acordou de novo, foi para ver uma fogueira e os dois homens se aquecendo junto dela. Haviam-no amarrado num pequeno pé de bétula, frio e fazendo suas costas se arrepiarem. Havia sangue em sua boca e Temujin o lambeu, usando a língua para separar os lábios da gosma pegajosa. Os braços estavam altos às costas, e ele mal se incomodou em testar os nós. Nenhum homem de confiança dos lobos teria deixado uma corda frouxa que ele poderia alcançar com os dedos. Em alguns instantes, Temujin soube que não poderia escapar e ficou espiando Tolui com os olhos opacos, ansiando pela morte do guerreiro com toda a ferocidade de sua imaginação. Se houvesse algum deus para ouvir, Tolui teria desaparecido em chamas.

Não sabia o que pensar de Basan. O sujeito estava sentado de lado, com o rosto na direção do fogo. Eles não haviam trazido comida e estava claro que preferiam passar a noite na floresta em vez de arrastá-lo de volta aos pôneis no escuro. Temujin sentiu um fio de sangue descer pela garganta e tossiu engasgado, fazendo os dois homens olharem ao redor.

As feições taurinas de Tolui se iluminaram de prazer ao vê-lo acordado. Levantou-se imediatamente, enquanto, atrás dele, Basan balançava a cabeça e desviava o olhar.

— Eu disse que encontraria você — falou Tolui, animado.

Temujin olhou para o rapaz de quem se lembrava como um garoto com braços e pernas grandes demais para o resto do corpo. Cuspiu sangue no chão e viu o rosto de Tolui ficar sombrio. Uma faca apareceu do nada na mão do guerreiro, e Temujin viu Basan se levantar perto da fogueira atrás dele.

— Meu cã quer você vivo — disse Tolui. — Mas posso arrancar um olho, talvez, em troca da perseguição, não é? O que acha? Ou cortar sua língua ao meio, como a de uma cobra? — Ele fez um gesto como se fosse segurar o queixo de Temujin, depois riu, divertindo-se.

"É estranho pensar nos dias em que seu pai era cã, não é? — prosseguiu Tolui, balançando uma faca diante dos olhos de Temujin. — Eu costumava olhar você e Bekter quando eram pequenos, para ver se havia alguma coisa especial nos dois, alguma parte que fizesse com que fossem melhores que eu. — Ele sorriu e balançou a cabeça.

"Eu era muito novo. Não é possível ver o que torna um homem cã e o outro escravo. Está aqui. — Ele bateu no próprio peito, os olhos brilhando.

Temujin levantou as sobrancelhas, enjoado com a pose do sujeito. O odor de gordura de carneiro rançosa que emanava de Tolui era forte e, enquanto respirava aquele azedume, Temujin teve a visão de uma águia batendo as asas contra seu rosto. Sentia-se distanciado e de repente não havia medo.

— Ai, não, Tolui, não em você — disse lentamente, levantando o olhar para encarar de volta o homem enorme que o ameaçava. — Você não passa de um iaque estúpido, que só serve para levantar toras.

Tolui levou a mão contra o rosto de Temujin num golpe forte que fez sua cabeça tombar de lado. O segundo foi pior, e o garoto viu sangue em sua mão. Tinha visto ódio e triunfo maligno nos olhos do outro, e não sabia se ele iria parar, até que Basan falou junto ao ombro de Tolui, surpreendendo-o com a proximidade.

— Deixe-o — disse Basan, baixinho. — Não há honra em bater num homem amarrado.

Tolui resfolegou, dando de ombros.

— Então ele deve responder às minhas perguntas — disse rispidamente, virando para encarar o companheiro. Basan não falou de novo, e o coração de Temujin se encolheu. Não viria mais ajuda da parte dele.

— Onde está Bekter? — perguntou Tolui. — Eu devo a ele uma surra de verdade. — Seu olhar parecia distante quando mencionou o nome de Bekter, e Temujin se perguntou o que teria acontecido entre os dois.

— Morto — respondeu. — Kachiun e eu o matamos.

— Verdade? — Foi Basan que perguntou, esquecendo-se de Tolui por um momento. Temujin jogou com a tensão entre eles respondendo diretamente a Basan.

— Foi um inverno difícil e ele roubava comida, Basan. Fiz uma escolha de cã.

Basan poderia ter respondido, mas Tolui chegou mais perto, pousando as mãos enormes nos ombros de Temujin.

— Mas como vou saber que você está dizendo a verdade, homenzinho? Ele pode estar se esgueirando para perto de nós agora mesmo, e como ficaríamos?

Temujin sabia que não adiantava. Tudo que podia fazer era tentar se preparar para a surra. Ajustou o rosto frio.

— Tenha cuidado na sua vida, Tolui. Quero você em forma e forte para quando eu for pegá-lo.

Tolui ficou boquiaberto, sem saber se ria ou batia. No fim, optou por um soco na barriga de Temujin e em seguida continuou socando, rindo da própria força e dos danos que podia causar.

CAPÍTULO 16

TOLUI O HAVIA ESPANCADO DE NOVO AO DESCOBRIR QUE OS PÔNEIS TINHAM SUmido. O jovem homem de confiança ficou numa fúria quase cômica diante do puro desplante dos irmãos de Temujin, e um sorriso descuidado da parte do prisioneiro bastara para ele liberar a frustração num acesso de raiva. Basan interviera, mas a exaustão e os golpes tinham cobrado seu preço, e Temujin perdeu horas do alvorecer enquanto a consciência ia e vinha.

O dia estava quente e agradável quando Tolui queimou as iurtas que Temujin e seus irmãos haviam construído. Tiras de fumaça preta chegaram ao céu atrás deles, e Temujin olhou só uma vez para fixar aquilo na mente, para se lembrar de mais uma coisa a ser cobrada. Cambaleou atrás dos captores quando começaram a longa viagem, puxado por uma corda amarrada nos punhos.

A princípio, Tolui tinha dito a Basan que pegariam novos pôneis dos desgarrados que tinham visto antes. Mas, quando chegaram àquele lugar, depois de um dia duro, não havia nada esperando por eles a não ser um círculo de capim preto, queimado, marcando o local onde a iurta estivera. Desta vez, Temujin escondeu o sorriso, mas sabia que o velho Horghuz teria espalhado a notícia entre as famílias desgarradas e levado a dele para longe daqueles duros guerreiros dos lobos. Eles podiam não ser uma tribo, mas as trocas e a solidão uniam os fracos. Temujin sabia que a notícia da volta dos lobos iria se espalhar cada vez mais longe. A decisão de Eeluk, de voltar às terras ao redor do morro vermelho, era como largar uma pedra num lago. Todas as tribos num círculo de cem dias de cavalgada saberiam e iriam imaginar se os lobos seriam ameaça ou aliados. Os que eram como o velho Horghuz, que se viravam sem a proteção das grandes famílias, ficariam ainda mais cautelosos com as agitações e a nova ordem. Os cães pequenos se escondiam quando os lobos estavam à solta.

Pela primeira vez, Temujin via o mundo pelo outro lado. Poderia ter odiado as tribos pelo modo como percorriam as planícies, mas em vez disso sonhava que seus passos um dia fizessem outros homens sair correndo. Ele era filho de seu pai e era difícil se enxergar como um desgarrado sem tribo. Onde quer que Temujin estivesse, a linhagem de direito dos lobos continuava nele. Abrir mão disso seria desonrar o pai e a luta da família para sobreviver. Através de tudo aquilo, Temujin conhecera uma verdade simples. Um dia seria cã.

Sem nada além de um pouco de água do rio para aliviar a sede e nenhuma esperança de resgate, quase podia rir da idéia. Primeiro precisava escapar do destino que Tolui e Eeluk tramavam para ele. Devaneava enquanto prosseguia preso ao pedaço de corda. Havia pensado em avançar e passar um laço em volta do pescoço de Tolui, mas o rapaz forte estava sempre cauteloso quanto a ele e, mesmo que o momento certo chegasse, Temujin duvidava que teria forças para esmagar o pescoço grosso do guerreiro.

Tolui estava num silêncio pouco característico durante a marcha. Ocorrera-lhe que ia retornando com apenas um dos filhos do cã, e nem mesmo era o mais velho, que os valiosos pôneis haviam sido roubados e que Unegen estava morto atrás dele. Se não fosse o cativo, o ataque teria sido um desastre completo. Tolui vigiava o prisioneiro constantemente, preocupado com a hipótese de ele desaparecer, de algum modo, e deixá-lo sem nada além da vergonha para levar de volta. Quando a noite chegou, Tolui se pegou saltando do sono inquieto para verificar as cordas a intervalos regulares. Sempre que fazia isso, encontrava Temujin acordado e observando-o com uma diversão oculta. Ele também havia pensado na volta e estava satisfeito porque seus irmãos mais novos pelo menos haviam negado a Tolui a chance de ganhar novas honrarias diante de Eeluk. Chegar a pé seria grande humilhação para o orgulhoso homem de confiança e, se não estivesse tão espancado e sofrido, Temujin poderia ter se regozijado do recolhimento carrancudo de Tolui.

Sem os suprimentos que estavam nas bolsas das selas, todos iam enfraquecendo. No segundo dia, Basan ficou vigiando Temujin enquanto Tolui pegava seu arco e seguia até um agrupamento de árvores numa encosta alta. Era a chance que Temujin estivera esperando e Basan viu sua ansiedade antes mesmo que pudesse abrir a boca.

— Não vou soltar você, Temujin. Você não pode me pedir isso.

O peito de Temujin se desinflou como se a esperança tivesse saído junto com a respiração.

— Você não disse a ele onde eu estava escondido — murmurou.

Basan ficou vermelho e desviou o olhar.

— Deveria ter dito. Eu lhe dei uma chance, em honra da memória do seu pai, e Tolui o encontrou mesmo assim. Se não estivesse escuro, ele poderia ter percebido o que eu fiz.

— Ele não. Ele é um idiota.

Basan sorriu. Tolui era um rapaz em ascensão nas iurtas dos lobos, e seu temperamento estava se tornando lendário. Fazia muito tempo que o sujeito não ouvia ninguém ousar insultá-lo em voz alta, mesmo quando não estava escutando. Ver Temujin enfrentá-lo com força era uma lembrança de que havia um mundo fora dos lobos. Quando falou de novo, foi com amargura.

— Dizem que os lobos são fortes, Temujin... e somos, em homens como Tolui. Eeluk criou novos rostos como seus homens de confiança, homens sem honra. Ele nos faz ajoelhar à sua frente e, se alguém o fez rir ou trouxe um cervo de volta, digamos, ou atacou uma família, Eeluk joga um odre de airag preto para o homem que fez o bom trabalho, como se ele fosse um cão. — Ao falar, Basan olhou para os morros, lembrando-se de um tempo diferente. — Seu pai nunca fazia com que nos ajoelhássemos — disse baixinho. — Quando Yesugei era vivo, eu daria minha vida por ele sem pensar, mas ele nunca fez com que eu me sentisse menos do que um homem.

Era um discurso longo vindo do guerreiro taciturno, e Temujin ouviu, sabendo da importância de ter Basan como aliado. Não tinha nenhum outro entre os lobos; não mais. Poderia ter pedido ajuda de novo, mas Basan não havia falado levianamente. Seu senso de honra significava que não podia deixar Temujin fugir, agora que ele fora apanhado. Temujin aceitou isso, mas as planícies abertas o chamavam e ele ansiava por se afastar da morte feia que Eeluk lhe planejava. Sabia que não deveria esperar misericórdia pela segunda vez, agora que Eeluk estava seguro em sua posição. Ao falar, escolheu as palavras cuidadosamente, precisando que Basan recordasse, que ouvisse mais do que o pedido de um prisioneiro.

— Meu pai nasceu para governar, Basan. Ele caminhava com leveza entre os homens em quem confiava. Eeluk não é tão... autoconfiante. Não pode ser. Não perdôo o que ele fez, mas o entendo e também o motivo para ele ter trazido homens como Tolui para ficar ao lado dele. A fraqueza deles os torna malignos, e algumas vezes homens assim podem ser guerreiros mortais. — Viu que Basan estava relaxando enquanto ele falava, pensando nas idéias difíceis, quase como se um deles não fosse prisioneiro do outro.

— Talvez tenha sido isso que Eeluk viu em Tolui — continuou Temujin, pensativo. — Não vi Tolui num ataque, mas pode ser que ele aplaque o próprio medo com atos loucos de coragem.

Temujin não teria dito isso se acreditasse. O Tolui que havia conhecido quando garoto fora um encrenqueiro com mais probabilidade de fugir chorando caso se machucasse. Temujin escondeu o prazer atrás do rosto frio quando Basan pareceu perturbado, pensando em alguma lembrança à luz das palavras de Temujin.

— Seu pai não o teria como homem de confiança — disse Basan, balançando a cabeça. — Foi a maior honra da minha vida ser escolhido por Yesugei. Isso significou mais do que ter a força e a armadura para atacar famílias fracas e roubar seus rebanhos. Significou... — Ele estremeceu, afastando-se das lembranças.

Temujin queria que ele continuasse por esse caminho, mas não ousava pressionar. Os dois ficaram em silêncio por longo tempo, então Basan suspirou.

— Com seu pai eu podia ter orgulho — murmurou, quase para si mesmo. — Nós éramos a vingança e a morte para os que nos atacavam, mas jamais para as famílias, jamais para os lobos. Eeluk nos faz andar por entre as iurtas, vestidos com armaduras, e não trabalhamos a lã para fazer feltro nem domamos pôneis novos. Ele nos deixa engordar e amolecer com presentes. Os novos não conhecem nada diferente, mas eu já fui magro, forte e seguro, Temujin. Lembro como era cavalgar com Yesugei contra os tártaros.

— Você ainda o honra — murmurou Temujin, tocado pelas lembranças do homem. Em resposta, viu o rosto de Basan ficar calmo e soube que naquele dia não viria mais nada dele.

Tolui retornou em triunfo com duas marmotas amarradas ao cinto. Ele e Basan as cozinharam com pedras quentes dentro da pele, e a boca de Temujin ficou molhada de saliva ao sentir o cheiro da carne na brisa. Tolui deixou Basan jogar uma das carcaças para onde Temujin podia alcançá-la, e ele rasgou os restos com cuidado deliberado, precisando permanecer forte. Tolui parecia sentir prazer em puxar a corda sempre que ele ia colocar a comida na boca.

Enquanto partiam de novo, Temujin lutou contra o cansaço, a dor e as feridas nos punhos. Não reclamou, sabendo que Tolui ficaria satisfeito em ver qualquer fraqueza. Sabia que o homem de confiança preferiria matá-lo ao vê-lo escapar, e Temujin não conseguia enxergar uma oportunidade de se afastar dos homens que o mantinham como prisioneiro. A idéia de ver Eeluk de novo era um medo que devorava sua barriga vazia. Então, enquanto a noite ia chegando, Tolui parou subitamente, os olhos fixos em algo a distância. Temujin franziu a vista através do sol poente e desanimou.

O velho Horghuz não tinha ido longe, afinal de contas. Temujin reconheceu seu pônei malhado e a carroça que ele puxava, com a grande pilha das magras posses familiares. O pequeno rebanho de cabras e ovelhas ia à frente, com os balidos alcançando longe na brisa. Talvez Horghuz não tivesse entendido o perigo. Temujin sentia dor em imaginar que o velho havia permanecido na área para saber o que acontecera com a família de quem se tornara amigo.

Horghuz não era idiota. Não se aproximou dos guerreiros a pé, mas todos puderam ver a palidez de seu rosto quando virou para olhá-los. Temujin desejou silenciosamente que ele se afastasse para o mais longe e o mais rápido que pudesse.

Temujin não podia fazer nada senão olhar numa expectativa doentia enquanto Tolui entregava a corda do prisioneiro a Basan e tirava o arco dos ombros, escondendo-o da vista do velho enquanto deixava a corda preparada na mão. Caminhou rapidamente na direção do velho e sua família, e Temujin não conseguiu mais suportar. Levantou as mãos e acenou furiosamente para o velho, desesperado para que ele se afastasse.

Horghuz hesitou visivelmente, virando na sela e olhando para a figura solitária que avançava em sua direção. Viu o gesto frenético de Temujin, mas era tarde demais. Tolui havia chegado ao alcance e encordoou o arco com um dos pés na madeira, levantando a arma pronta em alguns instantes. Antes que Horghuz pudesse dar mais do que um grito de alerta para a mulher e os filhos, Tolui havia retesado o arco e soltado a flecha.

Não foi um tiro difícil para um homem capaz de disparar a pleno galope. Temujin soltou um gemido ao ver Horghuz bater os calcanhares no animal e soube que o pônei cansado não seria rápido o bastante. Os homens de confiança e o prisioneiro seguiram o caminho da flecha. Tolui havia mandado outra em seguida, que pareceu pender sombria no ar enquanto as figuras humanas se moviam lentamente demais, tarde demais.

Temujin gritou quando a flecha acertou o velho Horghuz nas costas, fazendo o pônei empinar, em pânico. Mesmo àquela distância, pôde ver a figura do amigo estremecer, os braços balançando debilmente. A segunda flecha seguiu praticamente o mesmo caminho da primeira, pousando de ponta na sela de madeira enquanto Horghuz deslizava para o chão, um amontoado de roupas escuras na planície verde. Temujin se encolheu ao ouvir o som da segunda flecha um instante depois de vê-la pousar. Tolui rugiu de triunfo e partiu num trote de caçador, o arco pronto ao se aproximar da família em pânico como um lobo correndo na direção de um rebanho de cabras.

A mulher de Horghuz cortou a corda que prendia o pônei à carroça e pôs os dois filhos na sela depois de afastar o eixo vertical. Podia ter batido no animalzinho para ele correr, mas Tolui já estava gritando um alerta. Quando ele ergueu o arco de novo, a capacidade de luta a abandonou e ela ficou frouxa, derrotada.

Temujin olhou em desespero Tolui chegar ainda mais perto, casualmente ajustando outra flecha na corda.

— Não! — gritou Temujin, mas Tolui estava se divertindo. A primeira flecha acertou a mulher no peito e em seguida ele escolheu uma das crianças que gritavam. A força dos impactos arrancou-as do pônei, deixando-as esparramadas no chão empoeirado.

— Que mal essas pessoas fizeram a ele, Basan? Diga!

Basan espiou-o com leve surpresa, os olhos sombrios e interrogativos.

— Eles não são do nosso povo. Você os deixaria para morrer de fome?

Temujin afastou os olhos da visão de Tolui chutando o corpo de uma das crianças, para montar no pônei. Parte dele sentia o crime no que havia testemunhado, mas não tinha palavras para explicar. Não havia laço de sangue ou casamento com o velho Horghuz e sua família. Eles não eram lobos.

— Ele mata como um covarde — disse, ainda remoendo a idéia. — Ele enfrenta homens armados com tanto prazer assim?

Viu Basan franzir a testa e soube que seu argumento havia causado efeito. Era verdade que a família do velho Horghuz não teria sobrevivido à estação. Temujin sabia que Yesugei poderia até ter dado a mesma ordem, mas lamentando e entendendo que seria uma espécie de misericórdia numa terra difícil. Temujin assumiu uma expressão de desprezo quando o homem de confiança retornou para eles. Tolui era um sujeito pequeno, apesar do tamanho e da grande força. Havia tirado a vida daquelas pessoas para satisfazer a própria frustração e estava sorrindo de orelha a orelha ao retornar aos que haviam observado. Temujin o odiou nesse momento, mas fez suas promessas em silêncio e não falou com Basan de novo.

Tolui e Basan se revezavam montando a égua malhada, enquanto Temujin cambaleava e caía atrás deles. Os corpos foram deixados para os animais de rapina assim que Tolui recuperou suas flechas das carnes. A pequena carroça atraiu o interesse do homem de confiança por tempo suficiente para examiná-la, mas havia pouco mais do que carne-seca e roupas esfarrapadas. Os desgarrados como Horghuz não tinham tesouros escondidos. Tolui cortou a garganta de um cabrito e bebeu o sangue com prazer evidente antes de amarrar o corpo atrás da sela e guiar os outros com eles. Teriam carne fresca mais do que suficiente para chegar às iurtas dos lobos.

Temujin olhara o rosto imóvel e pálido de Horghuz e da família enquanto passava. Eles o haviam recebido bem, compartilhado chá e carne quando ele estava com fome. Sentia-se atordoado e fraco pelas emoções do dia, mas, enquanto os deixava para trás, soube, num momento de revelação, que eles haviam sido sua tribo, sua família. Não por sangue, mas por amizade e por um laço maior de sobrevivência num tempo difícil. Aceitou a vingança deles como sendo sua.

Hoelun pegou Temuge pelos ombros e o sacudiu. O garoto havia crescido como capim de primavera nos anos desde que haviam deixado os lobos, e não havia mais sinal de sua gordura de filhote. Mas não era forte onde mais importava. Ele ajudava os irmãos a trabalhar, mas só fazia o que mandavam e, freqüentemente, se afastava e passava o dia nadando num rio ou subindo um morro para ver a paisagem. Hoelun poderia ter cuidado de uma simples preguiça se tivesse um açoite para bater nele. Mas Temuge era um menininho infeliz, e ainda sonhava em ir para casa junto aos lobos e a tudo o que haviam perdido. Precisava de tempo longe da família e, se isso lhe era negado, ficava nervoso e carrancudo até que Hoelun perdia a paciência e o mandava para longe, para deixar que o ar puro soprasse seus pensamentos como se fossem teias de aranha.

Temuge estava chorando quando a noite chegou, soluçando sozinho na minúscula iurta até que Hoelun perdeu a paciência com ele.

— O que vamos fazer? — perguntou ele, fungando e enxugando uma trilha brilhante de muco quase tão larga quanto seu nariz.

Hoelun conteve a irritação e alisou o cabelo do filho com as mãos duras. Se ele era mole demais, não era mais do que Yesugei a havia alertado que aconteceria. Talvez ela o tivesse mimado.

— Ele vai ficar bem, Temuge. Seu irmão jamais seria apanhado facilmente. — Tentava manter a voz animada, mas já havia começado a pensar no futuro da família. Temuge podia chorar, mas Hoelun precisava planejar e ser inteligente, caso contrário poderia perder todos eles. Seus outros filhos estavam atordoados e sofrendo com esse golpe na vida. Com Temujin, todos haviam começado a sentir um pouco de esperança. Perdê-lo era retornar ao desespero absoluto dos primeiros dias sozinhos, e a fenda escura nos morros trazia tudo aquilo de volta, como uma pedra pendendo sobre seus espíritos.

Do lado de fora da iurta, Hoelun ouviu um dos pôneis relinchar baixinho. Pensou no som enquanto tomava decisões que pareciam arrancar o coração de seu peito. Por fim, quando Temuge estava fungando num canto e olhando para o nada, falou com todos eles.

— Se Temujin não voltar até amanhã à noite, teremos de sair deste lugar. — Nesse ponto, tinha a atenção de todos, até da pequena Temulun, que parou de brincar com seus ossos coloridos e olhava, assustada, para a mãe. — Agora não temos escolha, já que os lobos estão retornando para o morro vermelho. Eeluk vai revirar a área por mais de cem quilômetros e vai encontrar nosso pequeno esconderijo aqui. Será o nosso fim.

Foi Kachiun que respondeu, escolhendo as palavras com cuidado.

— Se formos embora, Temujin não vai conseguir nos encontrar de novo, mas a senhora sabe disso. Eu poderia ficar e esperar por ele, se vocês levarem os pôneis. Só me diga qual é a direção, e eu vou atrás quando ele chegar.

— E se ele não vier? — perguntou Khasar.

Kachiun franziu a testa.

— Vou esperar enquanto puder. Se os lobos vierem procurar na fenda, vou me esconder ou viajar à noite atrás de vocês. Se simplesmente formos embora, será o mesmo que ele estar morto. Nunca mais nos encontraremos.

Sorrindo, Hoelun apertou o ombro de Kachiun, obrigando-se a ignorar o próprio desespero. Mesmo sorrindo, seus olhos brilhavam desconfortavelmente.

— Você é um bom irmão, e um ótimo filho. Seu pai teria orgulho. — Em seguida, se inclinou adiante, com uma intensidade perturbadora. — Mas não arrisque a vida se vir que ele foi apanhado, entendeu? Temujin nasceu com sangue na mão, talvez esse seja o destino dele. — Seu rosto se desmoronou sem aviso. — Não posso perder todos os meus filhos, um a um. — A lembrança de Bekter trouxe um espasmo de choro súbito, chocando a todos. Kachiun estendeu os braços e envolveu os ombros da mãe, e no canto Temuge começou a soluçar sozinho outra vez.

CAPÍTULO 17

Eeluk estava numa iurta com o dobro do tamanho de qualquer outra no acampamento, sentado num trono de madeira e couro polido. Yesugei havia desdenhado esses símbolos de poder, mas Eeluk sentia-se reconfortado por se alçar acima de seus homens de confiança. Que eles lembrassem quem era o cã! Ouviu o estalo de tochas e as vozes distantes da tribo. Estava bêbado de novo, ou quase isso, de modo que sua mão ficava turva quando ele a passava diante dos olhos. Pensou em pedir airag suficiente para derrubá-lo de sono, mas em vez disso permaneceu sentado num silêncio carrancudo, olhando o chão. Seus homens de confiança sabiam que era melhor não tentar animar o cã quando ele estava pensando em dias melhores.

A águia estava empoleirada numa árvore de madeira junto à sua mão direita. O pássaro encapuzado era uma presença meditativa que podia ficar silenciosa como bronze por um tempo enorme, e subitamente se sacudir ao escutar um som, inclinando a cabeça como se pudesse enxergar através do couro grosso. O tom vermelho das penas havia permanecido, brilhando quando as asas captavam a luz das tochas. Eeluk sentia orgulho do tamanho e do poder da ave. Tinha-a visto atacar um cabritinho e lutar para levantar vôo com a carne frouxa pendurada. Não lhe dera mais do que uma migalha de carne pela caçada, claro, mas fora um momento glorioso. Havia entregado a águia de Yesugei a outra família, prendendo-a ao cã na gratidão pelo presente. Ansiava por mostrar as duas a Temujin ou

Bekter, e quase desejava que eles estivessem vivos para experimentar sua raiva mais uma vez.

Lembrou-se do dia em que ganhara o pássaro vermelho das próprias mãos de Yesugei. Contra sua vontade, lágrimas súbitas surgiram nos olhos e ele soltou um palavrão, xingando o airag por provocar melancolia. Na época ele era mais jovem, e para os jovens tudo é melhor, mais limpo e mais perfeito do que para quem se deixa ficar com o corpo mais pesado e mais bêbado toda noite. Mas ainda era forte, sabia disso. Forte o bastante para dobrar qualquer um que ousasse testá-lo.

Olhou tonto ao redor, procurando Tolui, esquecendo por um momento que ele não havia retornado. Os lobos tinham viajado lentamente, indo mais para o norte desde que Tolui partira com Basan e Unegen. Teria sido bastante simples determinar se os filhos de Yesugei ainda viviam, ou pelo menos encontrar os ossos deles. Eeluk pensou em seu primeiro inverno como cã e estremeceu. Havia sido difícil, mesmo na viagem para o sul. Para os que estavam no norte, devia ter sido de uma dureza cruel, tanto para os jovens quanto para os velhos. Hoelun e seus filhos não teriam durado muito, tinha quase certeza. No entanto, ficava incomodado. O que teria retardado Tolui e os outros homens? O jovem lutador era um homem útil de se ter por perto, Eeluk sabia. Sua lealdade era inquestionável, em comparação com alguns mais velhos. Eeluk sabia que ainda havia quem negasse seu direito de liderar a tribo, idiotas que não podiam aceitar a nova ordem. Certificava-se que fossem vigiados e, quando chegasse a hora, eles encontrariam homens como Tolui do lado de suas iurtas num amanhecer. Ele próprio arrancaria a cabeça deles. Nunca estava longe de seus pensamentos a certeza de que havia dominado a tribo pela força — e só a força poderia mantê-la. A deslealdade poderia crescer sem controle até que eles encontrassem coragem para desafiá-lo. Ele não havia sentido as sementes disso muito antes da morte de Yesugei? Em seu coração mais secreto, havia.

Quando as trompas de alerta soaram, Eeluk se levantou cambaleando, pegando a espada que estava encostada no braço da cadeira. O pássaro vermelho guinchou, mas ele o ignorou, balançando a cabeça para liberar os vapores enquanto saía para o ar frio. Já podia sentir o jorro de sangue e empolgação que adorava. Esperava a chegada de cavaleiros voltando de ataques, ou o retorno de Tolui com os filhos do antigo cã. Uma coisa ou outra traria sangue à sua espada, e ele jamais considerara o sono tão leve e sem sonhos como quando havia matado um homem.

Seu cavalo foi trazido e ele montou com cuidado, para não cair. Podia sentir o airag por dentro, mas isso só o deixava mais forte. Virou os olhos vermelhos e remelentos para os homens de confiança que se reuniam, e em seguida bateu os calcanhares no garanhão, fazendo-o galopar ao encontro da ameaça.

Eeluk gritou no vento frio enquanto os cavaleiros se juntavam ao redor, em formação perfeita. Eles eram os lobos e deviam ser temidos. Jamais havia se sentido tão vivo quanto naquele momento, quando as deslealdades eram esquecidas e um único inimigo tinha de ser enfrentado. Era por isso que ele ansiava, e não pelos problemas mesquinhos e pelas rixas das famílias. O que lhe importava isso? Sua espada e seu arco estavam prontos para a defesa delas, e era só isso que precisava lhes dar. Elas podiam crescer e aumentar em número, assim como as cabras sob seus cuidados. Nada mais importava enquanto os guerreiros cavalgavam e ele os comandava.

A pleno galope, Eeluk baixou a espada por cima das orelhas do garanhão e gritou "Chuh!", pedindo mais velocidade, sentindo o airag se evaporar. Desejava que pudesse haver uma horda inimiga vindo contra eles, uma batalha para testar sua coragem e fazê-lo experimentar de novo o sentimento inebriante de caminhar perto da morte. Em vez disso, viu apenas duas figuras na planície, montando pôneis marrons escuros com muita carga para representar ameaça. O desapontamento foi amargo em sua garganta, mas ele o aplacou, forçando o rosto frio. Os lobos tomariam qualquer coisa que os dois homens possuíssem, deixando-os com vida se não optassem por lutar. Eeluk esperava que lutassem, à medida que se aproximava, com seus homens cavalgando ao redor e assumindo as posições.

Com cuidado, bêbado, apeou e caminhou para encarar os estranhos. Para sua surpresa, viu que ambos estavam armados, mas não eram idiotas a ponto de desembainhar as espadas. Era raro ver lâminas longas nas mãos de desgarrados. A habilidade para dobrar e bater o aço era muito procurada em meio às tribos, e uma boa espada seria uma posse valiosa. No entanto os dois não pareciam prósperos. Suas roupas podiam ter sido de boa qualidade, mas estavam imundas com poeira e sujeira antigas. Através da sensação vaga do airag preto no sangue, o interesse de Eeluk foi despertado.

À medida que chegava mais perto, observou os homens com cuidado, lembrando-se das lições de Yesugei sobre a avaliação dos inimigos. Um era suficientemente velho para ser pai do segundo, mas parecia forte apesar do cabelo grisalho, trançado e oleado, caindo às costas. Eeluk teve um sentimento incômodo de perigo no modo como ele estava de pé, e ignorou o mais novo, sabendo por instinto que deveria vigiar o mais velho em busca de um primeiro movimento. Não poderia ter explicado a decisão, mas isso lhe salvara a vida mais de uma vez.

Apesar de cercados por guerreiros a cavalo, nenhum dos dois homens baixou a cabeça. Eeluk franziu a testa, pensando na estranheza e na confiança deles. Antes que pudesse falar, o mais velho pareceu levar um susto, os olhos afiados percebendo a imagem de lobo que saltava na armadura de Eeluk. Murmurou algo ao companheiro e os dois relaxaram visivelmente.

— Meu nome é Arslan — disse o mais velho com clareza — e este é meu filho, Jelme. Somos ligados por juramento aos lobos e finalmente os encontramos. — Quando Eeluk não respondeu, o homem olhou o rosto dos guerreiros ao redor. — Onde está o que se chama Yesugei? Eu honrei minha promessa. Finalmente os encontrei.

Eeluk olhou com irritação para os estranhos sentados no calor de sua iurta. Dois de seus homens de confiança estavam do lado de fora da porta, no frio, prontos para entrar a seu chamado. Dentro, apenas Eeluk tinha arma. Apesar disso, sentia uma tensão constante na presença deles, sem qualquer motivo que pudesse trazer claramente ao pensamento. Talvez fosse a absoluta falta de medo nos dois. Arslan não havia demonstrado surpresa ou espanto diante da grande iurta que Eeluk construíra. Havia entregado sua espada sem olhar para trás. Quando o olhar de Arslan passou pelas armas nas paredes, Eeluk teve quase certeza de que vira um leve riso de desprezo no rosto dele, que sumiu tão rapidamente quanto havia chegado. Apenas o pássaro vermelho atraíra sua atenção e, para irritação de Eeluk, Arslan havia feito um som estalado no fundo da garganta e passado a mão pelas penas vermelhas e douradas do peito da ave. Ela não reagiu, e Eeluk sentiu sua raiva fervilhante aumentar.

— Yesugei foi morto por tártaros há quase cinco anos — disse Eeluk quando eles haviam se acomodado e bebido suas tigelas de chá. — Quem são vocês, para virem até nós agora?

O mais novo abriu a boca para responder, mas Arslan tocou-o levemente no braço e ele desistiu.

— Eu teria vindo mais cedo se vocês tivessem permanecido no norte. Meu filho e eu cavalgamos mais de mil dias para encontrá-los e honrar a promessa que fiz ao seu pai.

— Ele não era meu pai — reagiu Eeluk rispidamente. — Eu era o primeiro entre seus homens de confiança. — E viu os dois homens trocarem olhares.

— Então não era um boato, que você abandonou os filhos e a mulher de Yesugei na planície? — perguntou Arslan baixinho.

Eeluk se colocou na defensiva sob o exame silencioso do homem.

— Sou cã dos lobos — respondeu. — Governo-os há quatro anos e eles estão mais fortes do que nunca. Se você é ligado por juramento aos lobos, é ligado a mim.

De novo viu Arslan e seu filho se entreolharem e ficou com raiva.

— Olhe para mim quando estou falando com você — ordenou.

Obedientemente, Arslan encarou o homem no trono de madeira e couro, sem dizer nada.

— Como conseguiram espadas longas como as que estavam carregando? — perguntou Eeluk.

— É minha profissão fazê-las, senhor — disse Arslan, baixinho. — Já fui armeiro dos naimanes.

— Vocês foram banidos? — perguntou Eeluk imediatamente. Desejava não ter bebido tanto antes de eles chegarem. Seus pensamentos estavam lentos e ele ainda sentia perigo vindo do homem mais velho, apesar de toda a fala mansa. Havia nele uma economia de movimentos, uma sugestão de dureza que Eeluk reconhecia. O homem podia ser armeiro, mas também era guerreiro. Seu filho era esguio como uma corda, mas o que quer que tornava um homem perigoso não existia nele, e Eeluk podia descartá-lo dos pensamentos.

— Deixei o cã depois de ele tomar minha esposa para si — respondeu Arslan.

Eeluk estremeceu de repente, lembrando-se de uma história que tinha escutado havia anos.

— Ouvi falar disso — começou, forçando a memória. — Foi você que desafiou o cã dos naimanes? Foi você que violou o juramento?

Arslan suspirou, lembrando-se da dor antiga.

— Foi há muito tempo e eu era jovem, mas sim. O cã era um homem cruel e, mesmo aceitando meu desafio, retornou primeiro à sua iurta. Nós lutamos e eu o matei, mas, quando fui reivindicar minha mulher, descobri que ele havia cortado a garganta dela. É uma história antiga e eu não pensava nela há muitos anos.

Os olhos de Arslan estavam sombrios de tristeza, e Eeluk não acreditou nele.

— Ouvi falar disso até mesmo no sul, onde o ar é quente e úmido. Se você é o mesmo homem, dizem que é muito hábil com a espada. É mesmo?

Arslan deu de ombros.

— As histórias sempre exageram. Talvez eu tenha sido, um dia. Agora meu filho é melhor que eu. Tenho minhas habilidades e ainda posso fazer armas para a guerra. Conheci Yesugei quando ele estava caçando com seu falcão. Ele viu meu valor para suas famílias e se ofereceu para quebrar a tradição e nos trazer de volta para uma tribo. — O homem parou por um momento, olhando para os anos passados. — Eu estava sozinho e desesperado quando ele me encontrou. Minha mulher havia sido tomada por outro e eu não queria viver. Ele me ofereceu abrigo junto aos lobos se eu conseguisse levar minha mulher e meu filho. Acho que ele era um grande homem.

— Eu sou maior — respondeu Eeluk, irritado por ver Yesugei ser elogiado em sua própria iurta. — Se você tem as habilidades que afirma, os lobos ainda irão recebê-lo com honra.

Por longo tempo Arslan não respondeu nem desviou o olhar. Eeluk podia sentir a tensão crescendo na iurta e teve de se obrigar a não deixar que os dedos baixassem ao punho da espada. Viu o pássaro vermelho levantar a cabeça com o capuz, como se também sentisse o ar tenso.

— Fiz um juramento a Yesugei e aos filhos dele — disse Arslan.

Eeluk fungou.

— Eu não sou o cã aqui? Os lobos são meus, e você se ofereceu aos lobos. Aceito ambos e vou lhes oferecer uma iurta, ovelhas, sal e segurança.

De novo o silêncio se estendeu e ficou desconfortável, até que Eeluk sentiu vontade de xingar. Então Arslan assentiu, baixando a cabeça.

— O senhor nos dá grande honra — respondeu.

Eeluk sorriu.

— Então está resolvido. Vocês vieram num momento em que preciso de boas armas. Seu filho será um dos meus homens de confiança, se for tão rápido com uma espada como você diz. Cavalgaremos para a guerra com espadas de sua forja. Acredite quando digo que este é o tempo de os lobos se erguerem.

Na escuridão rançosa de uma nova iurta, Jelme virou para o pai, mantendo a voz baixa.

— Vamos ficar aqui, então?

O pai balançou a cabeça sem ser visto na escuridão. Cônscio da possibilidade de ouvidos escutando, modulou a voz para pouco mais do que um sussurro.

— Não. Este homem que se diz cã é apenas um cão que late, com sangue nas mãos. Você pode me ver servindo a outro igual ao cã dos naimanes? Yesugei era um homem de honra, um homem que eu seguiria sem me arrepender. Ele me encontrou quando eu estava colhendo cebolas selvagens, com apenas uma faca pequena. Poderia ter roubado tudo o que eu tinha, mas não fez isso.

— O senhor o teria matado se ele tentasse fazer isso — disse Jelme, sorrindo no escuro. Tinha visto o pai lutar e sabia que, mesmo desarmado, a maioria dos lutadores não era páreo para ele com uma espada.

— Eu poderia tê-lo surpreendido — respondeu Arslan sem orgulho —, mas ele não sabia disso. Estava caçando sozinho e eu senti que ele não queria companhia, mas me tratou com honra. Compartilhou carne e sal comigo. — Arslan suspirou, lembrando-se. — Gostei dele. Lamento saber que ele se foi das planícies. Esse tal de Eeluk é fraco, e Yesugei era forte. Não deixarei minhas belas espadas nas mãos dele.

— Eu sabia — disse Jelme. — O senhor não fez juramento a ele, e eu adivinhei. Ele nem ouviu as palavras que o senhor usou. O sujeito é um idiota, mas o senhor sabe que ele não nos deixará ir embora.

— Não, não deixará. Eu deveria ter ouvido os boatos sobre o novo cã. Não deveria ter trazido você para o perigo.

Jelme bufou.

— Aonde mais eu iria, pai? Meu lugar é ao seu lado. — Ele pensou por um momento. — Devo desafiá-lo?

— Não! — respondeu Arslan num sussurro áspero. — Um homem que foi capaz de deixar crianças nas planícies para congelar junto com a mãe? Ele mandaria pegar você e decapitá-lo sem sequer desembainhar a própria espada. Cometemos um erro vindo para cá, mas agora tudo o que podemos fazer é ficar atentos para a hora de partir. Vou mandar você sair para pegar madeira e ervas, qualquer coisa para mantê-lo fora do acampamento. Aprenda o nome dos guardas e faça com que se acostumem a vê-lo sair para pegar materiais. Você pode encontrar um local para guardar o que precisarmos e, quando chegar a hora certa, levarei os pôneis.

— Ele mandará guardas conosco — respondeu Jelme.

Arslan deu um risinho.

— Que mande. Não encontrei um homem que eu não pudesse matar. Teremos ido embora no fim do verão e a forja que deixarei para eles será inútil para qualquer coisa além de sucata de ferro.

Jelme suspirou por um momento. Fazia muito tempo desde que vira o interior de uma iurta, e parte dele não gostava da idéia de retornar às noites duras e à dificuldade dos invernos.

— Há algumas mulheres bonitas aqui — disse.

Seu pai sentou-se empertigado ao escutar o desejo na voz do filho. Por um tempo não respondeu.

— Eu não pensei nisso, filho. Talvez esteja sendo idiota. Não vou me casar de novo, mas se você quiser ficar e criar um lugar no meio deste povo, ficarei com você. Não posso arrastá-lo atrás de mim pelo resto da vida.

Jelme estendeu a mão no escuro para encontrar o braço do pai.

— Eu vou aonde o senhor for, o senhor sabe disso. Seu juramento me obriga tanto quanto o obriga.

Arslan bufou.

— Um juramento aos mortos não obriga ninguém. Se Yesugei tivesse sobrevivido, ou se seus filhos sobrevivessem, eu iria até eles de coração limpo. Como está, não há vida para nós a não ser aqui ou nas planícies com os lobos de verdade. Não me responda esta noite. Durma e conversaremos de novo de manhã.

Eeluk se levantou ao amanhecer, a cabeça martelando de dor e com suor escorregadio, fétido, na pele. Havia pedido mais airag depois que Arslan e

Jelme tinham ido para a iurta, e devia ter dormido no máximo pelo tempo que as estrelas demorariam para percorrer um palmo no céu. Sentia-se péssimo, mas quando saiu da iurta e examinou o acampamento, espantou-se ao ver Arslan e seu filho já de pé. Os dois recém-chegados estavam se exercitando juntos, as espadas desembainhadas enquanto se moviam no que, aos olhos sonolentos de Eeluk, parecia uma dança.

Alguns dos homens de confiança já haviam se reunido em volta deles, alguns rindo e fazendo comentários grosseiros. Os dois homens ignoraram os outros como se eles não existissem e, para os que tinham olhos de ver, o equilíbrio e a agilidade que praticavam revelavam um alto nível de habilidade. Arslan estava com o peito nu e sua pele era uma colcha de retalhos de cicatrizes. Até Eeluk ficou impressionado com as marcas, desde a trama branca de cortes velhos nos braços até os nós de queimaduras e pontas de flechas nos ombros e no peito. O sujeito havia lutado e, enquanto girava no ar, Eeluk viu apenas alguns poucos ferimentos na pele mais clara das costas. Os dois eram impressionantes, admitiu com relutância. Arslan brilhava de suor, mas não estava respirando pesadamente. Eeluk olhou irritado, tentando se lembrar da conversa da noite anterior. Notou que os homens de confiança haviam ficado em silêncio, e bufou sozinho enquanto pai e filho terminavam a rotina de exercícios. Não confiava neles. Enquanto ficava parado, coçando-se, viu dois de seus homens de confiança começarem uma conversa com Arslan, claramente fazendo perguntas sobre os exercícios que tinham visto. Eeluk se perguntou se os recém-chegados poderiam ser espiões, ou mesmo assassinos. O mais velho, em particular, tinha aparência de matador, e Eeluk sabia que precisaria forçar um pouco de obediência, para que sua autoridade não fosse questionada no acampamento.

Apesar dos receios, a chegada deles foi uma bênção do pai céu, numa época em que ele planejava uma campanha contra os olkhun'ut. Os lobos estavam crescendo, e ele sentia a maré da primavera nas entranhas e no sangue, chamando-o à guerra. Precisaria de boas espadas para cada jovem guerreiro das famílias, e talvez Arslan fosse o homem capaz de produzi-las. Seu armeiro era um velho bêbado e somente a profissão valiosa o impedia de ser deixado na neve a cada inverno. Eeluk sorriu sozinho ao pensar que Arslan faria cotas de malha e espadas para os lobos crescerem em força.

Quando Eeluk sonhava, era sempre com morte. A mulher mais velha havia lançado os ossos em sua iurta e profetizado um grande derramamento de sangue sob seus estandartes. Talvez Arslan fosse um mensageiro dos espíritos, como contavam as lendas. Eeluk se espreguiçou, sentindo a força enquanto os ossos estalavam e os músculos se retesavam de modo delicioso. Havia despertado a ambição depois da morte de Yesugei. Não havia como dizer aonde ela iria levá-lo.

Quatro dias depois da chegada de Arslan e seu filho, Tolui e Basan retornaram às iurtas dos lobos arrastando uma figura em condições precárias. Eeluk partiu a cavalo com os outros e gritou rouco ao ver que seus homens haviam retornado com um prisioneiro vivo. Queria que fosse Bekter, mas de algum modo foi ainda mais doce ver Temujin encarando-o de volta com os olhos inchados.

A viagem fora dura para Temujin, mas ele permaneceu o mais ereto possível enquanto Eeluk apeava. Estivera morrendo de medo desse momento desde que o haviam apanhado e, agora que chegara, a exaustão e a dor o deixavam entorpecido.

— Então tenho direitos de hóspede? — perguntou.

Eeluk bufou e, com as costas da mão, deu-lhe um tapa, que o derrubou.

— Bem-vindo ao lar, Temujin — disse Eeluk, mostrando dentes brancos e fortes. — Esperei muito tempo para vê-lo de barriga no chão. — Enquanto falava, ele ergueu a perna e apertou o rosto de Temujin contra a poeira. Pouco a pouco aumentou a pressão, e havia uma luz em seus olhos que deixou os outros guerreiros em silêncio.

Foi Basan que rompeu o silêncio.

— Senhor, Unegen está morto. Os outros escaparam.

Eeluk pareceu se arrastar de algum lugar distante para responder, soltando a figura silenciosa sob sua bota.

— Todos sobreviveram? — perguntou, surpreso.

Basan balançou a cabeça.

— Bekter está morto. Pelo que sei, os outros continuam vivos. Encontramos o acampamento deles e o queimamos.

Eeluk não se importou em saber que Unegen havia morrido. O sujeito era um dos homens de confiança antigos. Nenhum deles podia realmente ver Eeluk como cã, ele sabia. À medida que os anos passavam, ele equilibrava os números, aumentando lentamente o número de homens mais jovens, famintos por sangue e conquista.

— Vocês fizeram bem — disse, dirigindo-se a Tolui e vendo como ele inchava o peito de orgulho. — Podem escolher um dos meus próprios cavalos e pegar uma dúzia de odres de airag. Fiquem bêbados. Vocês mereceram o elogio de um cã.

Tolui ficou satisfeito e se curvou ao máximo que pôde.

— O senhor me honra — disse, lançando um olhar de lado para Temujin. — Eu gostaria de vê-lo ser humilhado.

— Muito bem, Tolui. Você estará presente. Os espíritos precisam de sangue para alimentar a fome. Ele será a mancha no chão que nos levará à vitória e à grandeza. Um armeiro veio até nós. O filho de um cã será nosso sacrifício. O pai céu vai nos trazer mulheres doces e colocará mil tribos sob nossos pés. Posso sentir isso no sangue.

Temujin lutou para ficar de joelhos. Seu corpo estava machucado e dolorido da viagem, e os punhos pareciam pegar fogo. Cuspiu no chão e pensou no pai enquanto olhava ao redor.

— Já vi ovelhas *cagarem* com mais honra do que você — disse lentamente a Eeluk. Tentou não se encolher quando um dos homens de confiança se aproximou e usou o punho da espada para deixá-lo inconsciente. Foram necessários três golpes antes de ele cair, os olhos ainda abertos no chão empoeirado.

Temujin acordou de novo com água quente molhando as roupas e o rosto. Ofegou e lutou para ficar de pé, gritando de dor ao descobrir que um dos dedos fora quebrado e que o olho direito estava com uma crosta de sangue grossa demais para ser aberto. Esperava que não o tivessem cegado, mas parte dele nem se importava mais. A escuridão era tanta que não dava para saber onde se encontrava. Acima da cabeça podia ver barras bloqueando a luz distante das estrelas e estremeceu. Estava num buraco congelado, com a treliça de madeira alta demais para ele saltar. Apertou a mão boa contra as paredes e descobriu que a terra era escorregadia e úmida. Seus pés estavam submersos em água, e acima escutou risos baixos.

Para seu horror, um grunhido baixo foi seguido de outra chuva de líquido fedorento. Os homens de confiança estavam urinando no buraco e rindo.

Cobriu a cabeça com as mãos e lutou contra um desespero profundo. Sabia que poderia terminar a vida naquele buraco imundo, talvez com pedras jogadas para quebrar suas pernas e os braços. Não havia justiça no mundo, mas ele sabia disso desde a morte do pai. Os espíritos não participavam mais da vida dos homens a partir do momento em que eles nasciam. Um homem suportava o que o mundo lhe mandava ou era esmagado.

Os homens grunhiram ao colocar uma pedra pesada sobre a treliça de galhos. Quando tinham ido embora, Temujin tentou rezar um pouco. Para sua surpresa, isso lhe deu força e ele se agachou contra as paredes lamacentas e geladas até o amanhecer, incapaz de fazer mais do que cair no sono e sair dele. Era um pequeno conforto perceber que suas entranhas não tinham nada dentro. Sentia-se como se sempre tivesse estado faminto e ferido. Houvera uma vida em que ele era feliz e podia cavalgar até o morro vermelho com os irmãos. Agarrou-se ao pensamento como uma luz na escuridão, mas ele não permanecia.

Antes do amanhecer, ouviu passos se aproximando e uma figura sombria se inclinou sobre os galhos, bloqueando uma parte maior das estrelas. Temujin se encolheu, antecipando outra bexiga se esvaziando, mas em vez disso a figura perguntou em voz baixa:

— Quem é você?

Temujin não olhou para cima, mas sentiu o orgulho se reacender e respondeu:

— Sou o filho mais velho sobrevivente de Yesugei, que era cã dos lobos.

Por um instante, viu luzes relampejando nos limites de seu campo de visão e pensou que fosse desmaiar. Lembrou-se de palavras antigas que seu pai dissera e falou-as afoitamente:

— Sou a terra e os ossos das montanhas, sou o inverno. Quando eu estiver morto, virei para todos vocês nas noites mais frias.

E olhou para cima, desafiador, decidido a não mostrar o sofrimento. A sombra não se mexeu, mas depois de um tempo murmurou algumas palavras e desapareceu, deixando a luz das estrelas brilhar no poço.

Temujin abraçou os joelhos e esperou o amanhecer.

— Quem é você para dizer que eu não me desespere? — murmurou.

CAPÍTULO 18

TEMUJIN VIU O SOL PASSAR POR CIMA, COM O FOGO ENFRAQUECIDO POR NUVENS pesadas, de modo que podia olhar o disco laranja com apenas um pouco de desconforto. O calor débil era bem-vindo a cada manhã depois da noite gelada. Quando retornava à consciência, sua primeira ação era soltar os pés da gosma de gelo e lama, batê-los e estimular os membros até que o sangue começasse a correr outra vez. Havia usado um canto do pequeno buraco para seus excrementos, mas mesmo assim aquilo ficava praticamente sob seus pés e, no terceiro dia, o ar estava denso e nauseabundo. Moscas desciam zumbindo pela treliça do alto e ele passava um tempo batendo nelas de leve, mantendo-as vivas pelo máximo de tempo possível, por esporte.

Haviam jogado pão e carne de carneiro para ele, rindo de suas tentativas de pegar a comida antes que caísse na gosma do chão. Seu estômago se espremera dolorosamente na primeira vez em que comeu algo caído no chão, mas era isso ou morrer de fome, e ele forçou aquilo para dentro sem qualquer reação além de encolher os ombros. A cada dia marcava as sombras móveis lançadas pelo sol com pequenas pedras na lama; qualquer coisa para entorpecer a passagem do tempo e seu sofrimento.

Não entendia por que Eeluk o havia deixado no buraco em vez de lhe dar uma morte rápida. Nas horas passadas sozinho, fantasiava que Eeluk estaria dominado pela vergonha, ou que se descobria incapaz de ferir um filho de Yesugei. Talvez até tivesse sido afetado por uma maldição ou uma doença desfiguradora. Temujin achava divertido imaginar isso, mas na realidade Eeluk provavelmente só estava longe caçando ou planejando alguma coisa maligna. Fazia muito tempo que descobrira que o mundo real era muito menos agradável do que sua imaginação.

Quando a pedra foi retirada e a treliça jogada de lado, foi quase com um sentimento de alívio que ele percebeu que a morte finalmente estava chegando. Levantou os braços e se deixou ser arrastado para fora. Ouviu as vozes das famílias se reunindo e adivinhou que aconteceria alguma coisa. Não ajudou nada o fato de um dos homens que o puxava apertar seu dedo quebrado, fazendo-o ofegar enquanto o osso rangia.

Temujin caiu de joelhos quando eles o soltaram. Podia ver mais de cem rostos ao redor e, à medida que seus olhos se clareavam, começou a reconhecer pessoas. Algumas zombavam e as crianças menores jogavam pedras afiadas contra ele. Outras pareciam perturbadas, com a tensão forçando-as a usar o rosto frio.

Preparou-se para a morte, para o fim. Os anos desde o abandono haviam sido um presente, apesar das dificuldades. Ele conhecera alegria e tristeza, e prometeu entregar o espírito com a dignidade intacta. Seu pai e seu sangue exigiam isso, não importando o custo.

Eeluk estava sentado em sua grande cadeira, trazida ao sol para a ocasião. Temujin o encarou antes de desviar o olhar, preferindo ver os rostos das famílias. Apesar de tudo que sofrera, era estranhamente reconfortante ver todos eles de novo. Ignorando Eeluk, assentiu e sorriu para alguns que conhecia bem. Eles não ousaram responder a seus gestos, mas deu para ver que os olhos se suavizavam ligeiramente.

— Eu o teria trazido aqui em honra — berrou Eeluk subitamente para a multidão. Em seguida, baixou a grande cabeça e balançou-a sério para trás e para a frente. — Mas encontrei-o vivendo como um animal sem as graças dos homens. No entanto, até um rato pode morder e, quando ele matou meu homem de confiança, eu quis que esse desgarrado *sem tribo* fosse arrastado de volta para receber a justiça. Vamos dá-la? Vamos mostrar que os lobos não perderam a força?

Temujin olhou para as famílias enquanto os homens de confiança de Eeluk aplaudiam irracionalmente. Algumas pessoas gritavam concordando, mas muitas outras permaneciam em silêncio e olhavam o rapaz sujo que os encarava de volta com os olhos amarelos. Temujin ficou de pé lentamente. Fedia à sua própria imundície e estava coberto de picadas de insetos e feridas, mas manteve-se ereto e esperou a chegada da lâmina.

Eeluk desembainhou a espada com uma cabeça de lobo esculpida no punho.

— Os espíritos abandonaram a família dele, meus lobos. Olhem seu estado agora e acreditem. Onde está a sorte de Yesugei?

Foi um erro mencionar o nome do velho cã. Muitas cabeças se abaixaram imediatamente ao ouvi-lo, e Eeluk ficou vermelho de raiva. Subitamente, não bastava cortar a cabeça de Temujin, e ele embainhou a espada.

— Amarrem-no num pônei — disse. — Arrastem-no até sangrar e depois o deixem no buraco. Talvez eu o mate amanhã.

Enquanto ele olhava, Tolui fez recuar um capão castanho e amarrou uma corda comprida à sela. A multidão se dividiu, empolgada, esticando a cabeça para ver o estranho esporte. Enquanto seus punhos eram presos à corda, Temujin voltou o olhar claro para Eeluk por alguns instantes, depois cuspiu no chão. Eeluk deu um riso enorme.

Tolui girou na sela, e sua expressão era uma mistura de presunção e malícia.

— O quanto você consegue correr? — perguntou.

— Vamos descobrir — respondeu Temujin, lambendo os lábios rachados. Podia sentir o suor brotando nas axilas. Pudera juntar coragem para se manter de pé diante de uma espada. A idéia de ser despedaçado atrás de um cavalo a galope era mais do que poderia suportar.

Tentou se firmar, mas Tolui cravou os calcanhares nos flancos do pônei e gritou loucamente. A corda estalou, retesando-se, e Temujin foi puxado na corrida, com as pernas fracas já cambaleando. Tolui cavalgava afoitamente, divertindo-se. Não demorou muito para Temujin cair.

Quando Tolui finalmente retornou ao acampamento, Temujin era um peso morto na corda. Era difícil ver um pedaço de pele que não estivesse arranhado e ensangüentado. Suas roupas haviam sido reduzidas a trapos empoeirados que balançavam à brisa quando Tolui finalmente cortou a corda. Temujin não sentiu quando despencou no chão. Suas mãos estavam quase pretas e a boca pendia aberta, com cuspe vermelho escorrendo de onde havia mordido a língua. Viu Basan parado junto à porta da iurta de sua família, o rosto pálido e tenso enquanto Temujin o encarava.

Eeluk foi cumprimentar Tolui, lançando um olhar divertido para a figura arrebentada que um dia ele considerara importante. Ficou feliz por não ter acabado com ela depressa demais. De fato, estava no melhor dos ânimos e brincou de lutar com Tolui por um momento, antes que o homem de confiança levasse Temujin de novo ao buraco no chão e pusesse a treliça de volta no lugar.

Temujin ficou sentado na imundície gelada, quase inconsciente do que existia ao redor. Havia encontrado um dente na lama do fundo, suficientemente grande para ter saído da boca de um homem. Não sabia quanto tempo ficou parado olhando-o. Talvez tivesse dormido; não podia ter certeza. A dor e o desespero haviam exaurido seus sentidos ao ponto em que não podia ter certeza se sonhava ou se estava acordado. Todos os ossos doíam, e o rosto estava tão cheio de ferimentos que ele mal conseguia ver através de uma fenda num dos olhos. O outro continuava com uma crosta de sangue grosso e ele não ousava arrancá-lo. Na verdade, não queria se mover, com a ameaça de dor vinda dos incontáveis arranhões e cortes. Nunca havia se sentido tão arrasado, e mal conseguia se conter para não gritar ou chorar. Mantinha o silêncio, encontrando uma força de vontade que, até aquele momento, não tinha idéia de que possuía. Ela endurecera na fornalha do ódio, e ele adorava aquela sua essência que não se dobrava, alimentando-o enquanto se descobria capaz de suportar e viver.

— Onde está meu pai? Onde está minha tribo? — murmurava, franzindo o rosto contra o sofrimento. Havia ansiado por retornar aos lobos, mas eles não se importavam com ele. Não era uma coisa sem importância jogar fora as últimas esperanças da infância, a história compartilhada que os ligara a eles. Lembrava-se da gentileza simples do velho Horghuz e de sua família, quando ele e os irmãos estavam sozinhos. Durante um tempo que não pôde medir, ficou de pé encostado nas paredes de terra, com pensamentos se movendo lentamente como gelo num rio.

Algo fez um ruído acima de sua cabeça e ele estremeceu de medo, acordando como se tivesse sonhado. Parte dele estivera consciente de uma sombra se movendo no piso do buraco. Olhou atordoado para cima e viu, para sua perplexidade embotada, que a treliça havia desaparecido. As estrelas brilhavam sem restrição e ele só podia olhar, incapaz de entender o que estava acontecendo. Se não estivesse ferido, poderia ter tentado subir, mas mal conseguia se mexer. Era insuportável ver uma chance de escapar e não ser capaz de aproveitá-la. Fizera o máximo para espalhar os danos o máximo possível, mas sua perna direita parecia despedaçada. Ainda escorria sangue lentamente na lama ao redor, e ele não podia pular, tanto quanto não poderia voar do buraco como um pássaro.

Pegou-se rindo quase histericamente ao pensar que seu salvador desconhecido fora embora, esperando que ele saísse sozinho. De manhã, o idiota iria encontrá-lo ainda no buraco, e Eeluk não o deixaria sem alguém vigiando de novo.

Algo desceu deslizando pela parede do buraco e Temujin saltou para longe, pensando que era uma cobra. Sua mente estava lhe pregando peças enquanto ele sentia as fibras ásperas de uma corda trançada e o início de uma esperança. Acima, viu a sombra bloquear as estrelas e se esforçou para manter a voz baixa.

— Não consigo subir — disse.

— Amarre-se — respondeu a voz da noite anterior. — Mas me ajude quando eu puxar.

Com dedos desajeitados, Temujin amarrou a corda na cintura, imaginando de novo quem iria se arriscar à ira de Eeluk. Não duvidava que, se fossem descobertos, seu salvador se juntaria a ele no buraco e sofreria o mesmo destino.

Enquanto a corda provocava dor nas suas costas, as pernas de Temujin lutaram inutilmente contra as paredes de terra. Descobriu que podia cravar as mãos enquanto subia, mas o esforço era como pôr fogo na pele. Sentiu um grito borbulhar por dentro até que lágrimas involuntárias se espremeram pelos cantos dos olhos. Mesmo assim, não fez nenhum som até que, finalmente, ficou deitado no chão gélido de um acampamento silencioso.

— Vá para o mais longe que puder — disse seu salvador. — Use a lama das margens do rio para esconder seu cheiro. Se você sobreviver, irei pegá-lo e levá-lo mais para longe. — À luz das estrelas, Temujin pôde ver que o homem era grisalho e tinha ombros fortes, mas, para sua surpresa, não o conhecia. Antes que ele pudesse responder, o estranho apertou um saco em sua mão e a boca de Temujin se encheu de água com o odor de cebolas e carne de cordeiro. O saco estava quente e ele o apertou como se fosse sua última esperança.

— Quem é você, para me salvar? — sussurrou. Parte dele estava gritando que isso não importava, que precisava fugir, mas não suportava não saber.

— Fiz um juramento a seu pai, Yesugei — respondeu Arslan. — Agora vá, eu o encontrarei durante o tumulto da busca por você.

Temujin hesitou. Será que Eeluk poderia ter armado tudo aquilo para encontrar a localização de seus irmãos? Não podia se arriscar a falar a um estranho sobre a fenda na montanha.

— Quando for embora — disse Temujin —, cavalgue cinco dias para o norte, de um pôr-do-sol ao outro. Encontre um morro alto para me vigiar. Eu irei se puder e o levarei à minha família. Você tem meus agradecimentos para sempre, homem sem nome.

Arslan sorriu da coragem do rapaz. Em muitos sentidos, ele fazia o armeiro se lembrar do filho, Jelme, mas neste jovem existia um fogo que seria difícil de extinguir. Não havia pretendido dar seu nome, para o caso de o jovem guerreiro ser capturado e obrigado a revelá-lo. Sob o olhar de Temujin, assentiu, tomando uma decisão.

— Meu nome é Arslan. Viajo com meu filho, Jelme. Se você viver, vamos nos encontrar de novo — disse, segurando o braço de Temujin num aperto breve que quase o fez chorar de dor súbita. Arslan recolocou a treliça e a pedra, depois se afastou, movendo-se como um gato sob a luz gelada das estrelas. Temujin mal podia se arrastar enquanto tomava uma direção diferente, concentrando-se em permanecer vivo e ir o mais longe que pudesse antes do início da caçada.

À luz cinza-azulada do amanhecer, dois meninos se desafiaram a ir à beira do buraco e olhar o prisioneiro. Quando finalmente encontraram coragem para espiar pela borda, não havia ninguém olhando de volta, e eles correram para os pais, gritando em alarme.

Quando Eeluk saiu de sua iurta, seu rosto estava tenso. O poderoso pássaro vermelho apertava a manga de couro ao redor de seu antebraço direito, o bico escuro aberto o bastante para mostrar um pedaço de língua escura. Dois cães de caça saltavam ao redor, sentindo seu humor e latindo feito loucos.

— Saiam em grupos de três — gritou Eeluk aos guerreiros que iam se reunindo. — Vou pegar a ponta a oeste, e quem o trouxer de volta ganhará um dil novo e duas facas com cabo de chifre da minha mão. Tolui, você está comigo. Montem, irmãos. Hoje vamos caçar.

Ficou olhando enquanto os homens de confiança e os guerreiros inferiores se formavam em grupos, verificando equipamentos e suprimentos antes de saltarem nas selas dos pôneis. Eeluk ficou satisfeito ao ver que o humor deles estava leve e se parabenizou pela decisão de trazer Temujin de volta ao acampamento. Talvez vê-lo espancado e arrastado sangrando fosse uma prova final de que o pai céu amava o novo cã dos lobos. Afinal de contas, não houvera um raio caindo para punir Eeluk, e até mesmo os mais velhos ficariam satisfeitos com o que ele havia alcançado.

Passou por sua mente imaginar como Temujin havia escapado do buraco, mas esse era um problema para seu retorno. O rapaz não poderia ter ido longe, com os ferimentos. Quando o trouxessem, Eeluk iria perguntar como ele havia subido pelas paredes escorregadias ou quem o havia ajudado. Franziu a testa diante desse pensamento. Talvez houvesse traidores entre as famílias. Se houvesse, iria desenraizá-los.

Enrolou as rédeas no punho e montou, gostando da sensação de força nas pernas. O pássaro vermelho abriu as asas para se equilibrar enquanto ele se acomodava. Eeluk deu um riso tenso, sentindo que o coração começava a bater mais depressa. Em geral, ele demorava algum tempo para acordar totalmente, mas a perspectiva de caçar um homem ferido havia incendiado seu sangue e ele estava pronto para galopar. O pássaro vermelho sentiu isso e baixou a cabeça, puxando o capuz com uma garra comprida. Eeluk puxou a tira de couro e a águia voou de seu antebraço, disparando com um guincho agudo. Ele a olhou bater o ar para ganhar altura, seu braço levantando sem o peso até estar quase acenando em despedida. Numa manhã assim, podia sentir a terra. Olhou o acampamento ao redor e assentiu para Tolui.

— Venha. Vejamos até onde ele conseguiu fugir.

Tolui riu para seu senhor, batendo os calcanhares e fazendo a montaria saltar adiante. Os cães de caça pararam de uivar para correr ao lado, famintos por uma matança. O ar estava frio, mas os guerreiros usavam dils acolchoados e o sol ia se levantando.

Temujin ficou deitado imóvel e olhou uma mosca se arrastar pela lama diante de seu rosto. Havia se coberto de barro do rio para mascarar o cheiro, mas não sabia se isso daria certo ou não. Havia chegado o mais longe possível no escuro, mas no fim estava mancando e soluçando a cada passo. Era estranho quanta fraqueza conseguia mostrar quando estava sozinho. Não se importava com o ardor das lágrimas na pele arranhada quando não havia ninguém para testemunhá-las. Cada passo era uma agonia, no entanto ele havia se esforçado, lembrando-se das palavras de Hoelun nas primeiras noites na fenda da montanha. Não haveria resgate; não haveria um fim para seu sofrimento a não ser que eles mesmos o criassem. Continuava indo, contando com a escuridão para esconder seus movimentos dos vigias nos morros.

Quando o alvorecer chegou, ele estava mancando como um animal ferido, quase dobrado ao meio de tanta dor e fraqueza. Havia finalmente desmoronado junto à margem de um riacho e ficou ali deitado, ofegando, com a cabeça virada para o céu pálido que anunciava o nascer do sol. Sabia que eles iriam descobrir sua fuga às primeiras luzes. Que distância teria percorrido? Olhou a primeira fagulha dourada tocar o horizonte escuro, instantaneamente ardido demais nos olhos. Começou a cavar o barro com as mãos inchadas, gritando quando o dedo quebrado se deslocou de novo.

Ficou entorpecido por um tempo e houve alívio nisso. A lama se soltou numa pasta que ele podia espremer entre os dedos e passar sobre a pele e a roupa. Era fresca, mas coçava de modo assustador quando secava.

Pegou-se olhando o dedo quebrado, vendo a junta inchada e a pele roxa por baixo da lama. Então saiu do atordoamento, subitamente com medo de que o tempo estivesse se esvaindo em sua exaustão. O corpo estava no fim da capacidade de resistência, e ele só queria desistir e desmaiar. Em seu coração, na parte mais funda, ainda havia uma fagulha que queria viver, mas ela estava esmagada naquela coisa lamacenta e estúpida que chafurdava na margem e mal podia virar o rosto para sentir o sol se movendo no céu.

A distância, escutou cães latindo e emergiu do frio e da exaustão. Tinha comido a porção de comida de Arslan havia muito tempo, e estava com fome de novo. Os cães pareciam perto, e ele subitamente temeu que a lama fedorenta do rio não significasse proteção. Ergueu-se pela encosta da margem, escondido pelo capim na beira enquanto se movia em espasmos, frouxo e fraco. Os cães uivando estavam mais perto ainda e seu coração batia num pânico irregular, aterrorizado com a idéia de eles o despedaçarem, arrancando sua carne dos ossos. Ainda não podia ouvir os cascos dos cavalos, mas sabia que não tinha ido longe o bastante.

Com um gemido por causa das pontadas gélidas, enfiou-se na água, indo para o ponto mais fundo, onde havia um grosso banco de juncos. A parte dele que ainda podia pensar forçou-o a ignorar a primeira touceira. Se vissem onde ele estivera deitado, iriam procurar ao redor.

O rio entorpecia o pior da dor e, mesmo ainda sendo raso, ele usou a correnteza para ser levado de quatro, apoiando-se na lama macia. Sentia coisas vivas movendo-se entre os dedos, mas o frio o havia reduzido a um núcleo de sensação que não tinha elo com o mundo. Eles veriam o trecho turvo que ele provocara na água. Certamente não havia esperança, mas ele não parou, procurando água mais funda.

O rio fez uma curva, sob árvores antigas que pendiam. De um dos lados havia um banco de gelo azul que sobrevivera ao inverno numa sombra constante. A água que borbulhava comera o gelo por baixo, formando uma prateleira, e, mesmo temendo o frio cortante, Temujin foi para lá sem hesitação.

Perguntou-se vagamente quanto tempo conseguiria sobreviver na água gelada. Forçou-se a entrar sob a crista de gelo e se ajoelhou na lama mantendo apenas os olhos e o nariz acima da superfície. Eles precisariam entrar na água para vê-lo, mas não duvidava que os caçadores mandariam cães para cima e para baixo ao longo do riacho.

O frio havia entorpecido cada parte dele, e Temujin pensou que provavelmente estava morrendo. Apertou o maxilar para impedir que os dentes batessem e, por pouco tempo, esqueceu o que estava acontecendo e simplesmente esperou como um peixe, congelado e vazio de pensamentos. Podia ver a respiração como uma névoa na superfície da água límpida enquanto a nuvem de lama se acomodava ao redor.

Ouviu os latidos empolgados dos cães por perto, mas seus pensamentos se moviam lentos demais para sentir medo. Seria aquilo um grito? Pensou que era. Talvez tivessem encontrado a trilha que ele fizera pelo barro. Talvez tivessem reconhecido aquilo como a marca que um homem faria caso se arrastasse de barriga como um bicho. Não se importava mais. O frio parecia ter chegado dentro dele e apertado o coração, diminuindo seu ritmo com uma força terrível. Podia sentir cada batida como um jorro de calor no peito, mas o coração estava ficando mais fraco a cada momento que passava.

Depois de um tempo, os latidos dos cães ficaram mais baixos, mas ele permaneceu onde estava. No fim, não foi uma decisão consciente que o fez se mexer, foi mais um impulso da carne que não queria a morte. Quase se afogou quando uma onda de fraqueza o acertou e ele lutou para manter a cabeça acima da água. Lentamente forçou-se a ir para a água mais profunda, sentando-se nela com membros tão pesados que mal podiam ser movidos.

Empurrou-se até a outra margem e ficou deitado na lama escura de novo, estragando a lisura perfeita enquanto se arrastava até o capim alto e finalmente desmaiava.

Quando acordou, o dia ainda estava claro, mas não havia som perto dele, além do próprio rio passando com neve derretida das montanhas. A dor o havia acordado enquanto o sangue corria nos membros, escorrendo da pele rasgada para a água. Lançou um braço e se arrastou um pouco mais para fora da água, quase soluçando com a dor da carne que despertava. Conseguiu se erguer o bastante para espiar por entre as árvores, e não viu ninguém perto.

Eeluk não desistiria, Temujin tinha certeza. Se a primeira caçada fracassasse, ele mandaria toda a tribo atrás, cobrindo a terra no espaço de um dia de cavalgada ao redor do acampamento. Sabiam que ele não teria ido mais longe que isso, e na certa acabariam encontrando-o. Ficou deitado olhando para o céu e percebeu que só havia um lugar aonde ir.

Enquanto o sol se punha, Temujin lutou para ficar de pé, tremendo tanto que era como se fosse se despedaçar. Quando as pernas falharam, arrastou-se por um tempo sobre o capim. As tochas do acampamento podiam ser vistas a distância e ele percebeu que não havia ido muito longe em seu estado enfraquecido. A maioria dos caçadores provavelmente tomara um caminho mais distante para procurá-lo.

Esperou até que os últimos raios de sol tivessem sumido e a terra estivesse de novo escura e fria. Seu corpo parecia estar disposto a carregá-lo um pouco mais, e havia muito tempo que deixara de se perguntar até onde poderia forçar os membros quebrados e danificados. O rio havia desgrudado o olho inchado e Temujin descobriu, com alívio, que podia enxergar um pouco com ele, mas tudo estava turvo e o olho lacrimejava constantemente.

Morria de medo dos cães do acampamento, mas esperava que a lama do rio tivesse diminuído seu cheiro. A idéia de um daqueles animais malignos sair correndo para destroçá-lo era um temor constante, mas não tinha escolha. Se parasse de se arrastar, seria encontrado na segunda onda de caçadores de manhã. Continuou e, quando olhou para trás, ficou surpreso ao ver o espaço que havia percorrido.

Conhecia a iurta que queria encontrar, e agradeceu ao pai céu por ela estar perto do acampamento silencioso. Ficou deitado de barriga por longo tempo, nos arredores, vigiando o menor movimento. Eeluk havia posto suas sentinelas vigiando, mas elas precisariam ter a visão de uma coruja para ver a figura enlameada se arrastando na terra escura.

Depois de uma eternidade, Temujin estendeu a mão e tocou a parede de feltro de uma iurta, sentindo a aspereza seca com uma espécie de êxtase. Cada sentido estava intensificado e, ainda que a dor tivesse retornado, ele se sentia vivo e com a cabeça leve. Pensou em tentar entrar por baixo da parede, mas ela devia estar presa com grampos, e Temujin não queria que alguém gritasse de medo ou pensasse que ele era um lobo. Riu sozinho ao pensar nisso. Era um lobo muito maltrapilho, descendo das montanhas para conseguir calor e leite. Nuvens escondiam as estrelas e, na escuridão, ele chegou à pequena porta da iurta e a abriu; em seguida entrou, fechou-a e ficou parado ofegando na escuridão mais profunda do interior.

— Quem é? — ouviu uma mulher perguntar. À sua esquerda, escutou um farfalhar de lençóis e outra voz, mais profunda.

— Quem está aí? — perguntou Basan.

Ele estaria pegando uma faca, Temujin sabia.

— Temujin — sussurrou ele.

O silêncio recebeu seu nome e ele esperou, sabendo que sua vida pendia na balança. Ouviu o som de uma pederneira batendo em aço, o clarão iluminando os rostos por um instante. A mulher e os filhos de Basan estavam acordados, e Temujin só pôde ficar olhando entorpecido enquanto Basan acendia uma lamparina de óleo e abaixava a chama para pouco mais do que uma brasa acesa.

— Você não pode ficar aqui — disse a mulher de Basan.

Temujin viu o medo no rosto dela, mas virou-se num apelo mudo para o homem de confiança de seu pai e esperou.

Basan balançou a cabeça, pasmo com a figura trôpega que estava encolhida em sua casa.

— Estão procurando você — disse ele.

— Então me esconda, por um dia, até que a busca termine — respondeu Temujin. — Reivindico direitos de hóspede. — Não ouviu a resposta e desmoronou de súbito, com o resto das forças desaparecendo. Tombou de joelhos e sua cabeça pendeu para a frente.

— Não podemos mandá-lo embora — ouviu Basan dizer à mulher. — Não para ser morto.

— Ele vai matar todos nós — disse ela, a voz subindo de volume.

Com os olhos turvos, Temujin viu Basan atravessar a iurta até ela e segurar seu rosto com as duas mãos.

— Faça chá para ele e arranje alguma coisa para comer — disse. — Farei isso pelo pai dele.

Ela não respondeu, mas foi até a chaleira e começou a atiçar o pequeno fogareiro de ferro, com o rosto duro. Temujin sentiu que era levantado nos braços fortes de Basan e então a escuridão o dominou.

Eeluk não pensou em revistar as iurtas das famílias. Seu bom humor inicial se esvaiu visivelmente enquanto o segundo dia se passava e depois o terceiro, sem qualquer sinal do fugitivo. No fim do quarto dia, Basan foi a Temujin para informar que Arslan e seu filho também haviam desaparecido. Tinham cavalgado para o norte naquela manhã, junto com um dos homens de confiança, mas até o pôr-do-sol nenhum deles havia retornado, e Eeluk estava fora de si, de tanta fúria. Mandara homens à iurta que dera ao ferreiro e descobrira que suas ferramentas mais valiosas haviam desaparecido junto com ele. Ninguém esperava que o homem de confiança retornasse, e o choro de sua família podia ser ouvido até tarde da noite. O humor dos lobos havia azedado, e Eeluk deixara um homem inconsciente por questionar sua decisão de mandá-los sair à procura outra vez.

Temujin mal podia se lembrar dos dois primeiros dias. Uma febre o havia abatido, talvez por causa do ar fétido do buraco. O rio gelado limpara sua pele e talvez isso o tivesse salvado. A mulher de Basan cuidara de seus ferimentos com eficiência, banhando o pior da sujeira que restava e limpando o sangue e o pus com um pano mergulhado em airag fervido. Ele havia gemido sob o toque, e tinha uma lembrança da mão dela sobre sua boca para abafar o som.

A cada manhã Basan os deixava para se juntar aos outros homens, depois de sérios alertas aos dois filhos para não dizerem uma palavra a ninguém. Eles olhavam Temujin com curiosidade de coruja, amedrontados com o estranho que não dizia nada e possuía ferimentos tão horríveis. Tinham idade suficiente para entender que a vida do pai dependia de seu silêncio.

Eeluk havia passado a beber cada vez mais, à medida que suas equipes de busca retornavam de mãos vazias um dia após o outro. No fim de uma semana, deu uma ordem bêbada para as famílias continuarem indo para o norte, deixando o buraco e o azar para trás. Naquela noite, ele se retirou para sua iurta com duas das garotas mais novas da tribo, e as famílias delas não ousaram reclamar. Basan ficou com um turno de vigia tardio, da meia-noite até o amanhecer, vendo uma chance de finalmente retirar Temujin do acampamento. As famílias estavam infelizes e nervosas, e ele sabia que existiriam olhos observando e prestando atenção sempre que ele se movesse. Mesmo que isso fosse tremendamente perigoso, Temujin seria descoberto quando as iurtas fossem desmontadas, de modo que era naquela noite ou nada.

Era difícil fazer qualquer coisa na sociedade compacta da tribo sem ser notado. Basan esperou até o mais próximo da meia-noite que pôde, levantando o feltro do topo da iurta e espiando as estrelas que se esgueiravam pela concha do céu. Em resultado, todos estavam tremendo quando ele avaliou que a tribo se encontrava o mais silenciosa e imóvel possível. Os que permaneciam acordados não comentariam sobre um homem de confiança que estivesse indo para seu turno de vigia, mas Basan agonizara com a necessidade de dar um de seus pôneis a Temujin. Ele possuía onze, e amava todos como se fossem seus filhos. No fim, escolheu uma pequena égua preta e levou-a à porta da iurta, amarrando sacolas com comida suficiente para manter Temujin vivo durante a viagem.

Temujin ficou parado na sombra mais profunda e lutou para encontrar palavras que expressassem a gratidão. Não tinha nada para dar nem mesmo às crianças, e sentia vergonha do fardo e do medo que havia trazido para a casa deles. A mulher de Basan não criara vínculos com ele, mas o filho mais velho parecia ter perdido o nervosismo e o substituído por um novo espanto ao saber quem era o estranho que estava em sua casa. O menino havia visivelmente reunido coragem quando Basan lhes disse que seria naquela noite, e se aproximou de Temujin com toda a falta de jeito de seus 12 anos. Para surpresa de Temujin, o garoto se abaixou sobre um dos joelhos e pegou sua mão, apertando-a no topo de sua cabeça, onde Temujin pôde sentir o tufo de cabelos contra a pele arrepiada.

Temujin descobriu que estava com a garganta apertada de emoção diante do gesto simples do garoto.

— Seu pai é um homem corajoso — murmurou. — Não deixe de seguir os passos dele.

— Seguirei, meu cã — respondeu o garoto.

Temujin encarou-o, e a mulher de Basan, sibilando, inspirou o ar. Junto à porta, Basan ouviu as palavras e balançou a cabeça, perturbado. Antes que Temujin pudesse responder, o guerreiro atravessou a iurta até o filho e fez com que ele ficasse de pé.

— Você não pode prestar juramento a este homem, pequenino. Quando chegar a época, irá oferecer sua espada e sua vida a Eeluk, como eu. — Não conseguia encarar os olhos de Temujin enquanto falava, mas a resistência do menino desapareceu no aperto forte da mão do pai. Ele se encolheu e correu para o abraço da mãe, observando os dois por baixo da dobra de um braço.

Temujin pigarreou.

— O espírito de meu pai nos observa — murmurou, vendo a respiração congelada sair como uma pluma de névoa. — Você o honra ao me salvar.

— Ande comigo agora — disse Basan, desconcertado. — Não fale com ninguém, e eles pensarão que você é outro guarda que vai para as colinas. — Manteve a porta aberta e Temujin se abaixou para passar, encolhendo-se por causa da dor das feridas. Usava uma túnica limpa e calças justas por baixo de um dil de inverno, acolchoado, que pertencia a Basan. Por baixo das grossas camadas, os piores ferimentos estavam cobertos de bandagens. Faltava muito para se curar totalmente, mas ele ansiava por ser posto numa sela. Iria encontrar sua tribo em meio aos desgarrados das planícies e os lobos não iriam pegá-lo de novo.

Basan caminhava com lentidão deliberada pelo acampamento, confiando na escuridão para esconder a identidade do companheiro caso alguém fosse idiota o suficiente para enfrentar o frio. Havia uma chance de alguém notar que ele voltaria sem a égua, mas não tinha escolha. Não demorou muito até deixarem as iurtas para trás, e ninguém os questionou. Os dois caminharam juntos em silêncio, puxando o pônei pelas rédeas até que o acampamento dos lobos ficasse bem para trás. Era tarde, e Basan teria de suar para chegar a seu posto sem provocar comentários. Quando estavam escondidos na sombra de um morro, ele pôs as rédeas nas mãos de Temujin.

— Enrolei meu segundo arco e pus aqui — disse ele, batendo num embrulho amarrado à sela. — Há um pouco de comida, mas deixei duas flechas também, para quando você precisar caçar. Siga a pé até estar bem longe, caso contrário os vigias ouvirão os cascos. Fique à sombra dos morros o mais que puder.

Temujin assentiu, estendendo a mão para apertar o braço do homem de confiança. O sujeito o havia aprisionado junto com Tolui, depois salvado sua vida e arriscado a própria família para fazer isso. Temujin não o entendia, mas estava agradecido.

— Fique atento a mim no horizonte, Basan — disse ele. — Tenho contas a ajustar com os lobos.

Basan olhou-o, vendo de novo a determinação que o fazia se lembrar, de modo arrepiante, de Yesugei na juventude.

— Isto é seu pai falando — disse ele, estremecendo de súbito.

Temujin retornou o olhar por um momento, depois deu-lhe um tapa no ombro.

— Quando você me vir de novo, prometo que sua família estará em segurança — disse, depois deu um estalo na garganta para fazer a égua andar de novo. Basan ficou olhando-o se afastar antes de perceber que estava atrasado, e começou a correr. Quando Temujin saísse da sombra do morro, apenas Basan estaria em condições de vê-lo ir embora, e sua trompa permaneceria em silêncio.

CAPÍTULO 19

Kachiun estava sentado sozinho numa pequena encosta, fazendo o desjejum com um pouco de pão duro e o resto do carneiro temperado. Ele e Khasar haviam conseguido recapturar boa parte do rebanho que Tolui tinha espalhado, e Hoelun havia matado e defumado carne suficiente para mantê-lo por muitos dias de sua vigília solitária pelo irmão. O suprimento estava acabando, apesar de suas tentativas de comer frugalmente, e ele sabia que teria de caçar marmotas e pássaros no dia seguinte, se não quisesse passar fome.

Enquanto mastigava a carne-seca, pegou-se sentindo falta da família e se perguntou se os outros ainda estariam vivos. Sabia, tão bem quanto qualquer um, que uma família de desgarrados era vulnerável nas planícies, mesmo que se movesse à noite. Assim como um dia os irmãos haviam emboscado dois pastores, seus familiares poderiam ser atacados por causa do pequeno rebanho ou pelos pôneis que montavam. Não duvidava de que Khasar daria trabalho, mas contra dois ou três guerreiros dispostos a roubar, haveria apenas um resultado.

Kachiun suspirou, repugnado com o modo como o mundo tinha virado o rosto contra todos eles. Quando Temujin estava lá, eles ousavam ter esperança de algo mais do que uma vida passada com medo de cada estranho. De algum modo, a presença do irmão o fazia se manter um pouco mais empertigado e se lembrar de como havia sido quando Yesugei era vivo. Kachiun temia por todos eles, e sua imaginação lançava sangrentas imagens indesejadas à medida que os dias passavam.

Era difícil estar sozinho. Sentira a estranheza de sua situação quando Hoelun levou os três últimos filhos para o oeste. Quando menino, havia ficado acordado, de vigia, por muitas noites, mas sempre com um guerreiro mais velho para garantir que ele não caísse no sono. Nem mesmo aquelas horas longas o haviam preparado para a solidão pavorosa das planícies vazias. Sabia que existia uma chance de nunca mais ver sua família de novo, sua mãe ou Temujin. O mar de capim era vasto, além da imaginação e, se eles estivessem mortos, talvez ele nem pudesse encontrar os ossos.

Depois dos primeiros dias, achou reconfortante falar alto sozinho enquanto examinava os morros longínquos, só para escutar uma voz. O lugar que escolhera ficava no alto da fenda, perto de onde ele e Temujin tinham matado Bekter, havia tanto tempo. Ainda estremecia ao passar pelo local, a cada amanhecer, quando subia para o posto de vigilância. Dizia a si mesmo que o espírito de Bekter não ficaria ali, mas seu conhecimento dos rituais era nebuloso. Kachiun se lembrava do velho Chagatai referindo-se a mais de uma alma. Uma cavalgaria os ventos lá no alto; mas não existia uma parte dela que ficava presa à terra? Ele não se importava em fazer o caminho à luz do sol da manhã, mas quando saía tarde demais e estava escurecendo quando retornava, era fácil imaginar Bekter parado ali, à sombra das árvores, branco e mortal. Kachiun estremeceu com o pensamento. Suas lembranças de Bekter pareciam ter se congelado naquele único momento em que ele cravara uma flecha nas costas do irmão. O que acontecera antes era apenas névoa, uma vida diferente. Lembrava-se de seu terror de que, de algum modo, Bekter arrancasse a flecha e se virasse contra ele em fúria. O mundo mudou quando Bekter caiu nas folhas úmidas, e algumas vezes Kachiun se perguntava se ainda estava pagando por aquele dia. Temujin dissera que os espíritos davam à gente apenas inteligência e força suficiente para viver, e depois não se interessavam mais, porém parte de Kachiun temia que houvesse um preço a pagar por cada ato selvagem. Na época era criança, mas poderia ter se recusado a seguir Temujin.

Riu sozinho da idéia. Nenhum dos irmãos poderia recusar algo a Temujin. Ele tinha mais do pai do que Kachiun havia percebido nos primeiros tempos. Isso se tornara cada vez mais evidente quando Kachiun via Temujin barganhar e fazer trocas com as famílias de desgarrados, como a do velho Horghuz e sua mulher. Apesar da idade, ele jamais era desconsiderado e, se tivesse sido morto, Kachiun iria honrá-lo tentando seguir o mesmo caminho. Encontraria a mãe e construiria um lugar seguro em algum local com água limpa e boa pastagem. Talvez encontrassem uma pequena tribo disposta a aceitar uma família. Hoelun poderia se casar de novo e eles estariam quentes e em segurança.

Era um sonho e, mesmo sabendo disso, ele passava muitas horas nessa fantasia, imaginando algo que era bastante parecido com sua infância ao redor das iurtas dos lobos, com cavalos para montar ao sol. Na época, não passava cada dia pensando no futuro e sentia falta da certeza da vida antiga, do caminho sólido diante dos pés. Na colina alta, com o sangue soprando no cabelo, sentia falta de tudo aquilo e sofria de novo por Temujin. O ferimento na coxa de Kachiun ainda estava dolorido, mas Hoelun havia costurado os buracos vermelhos e o garoto os coçava preguiçosamente enquanto ficava sentado ouvindo a brisa.

Temujin não havia escapado dos perseguidores, Kachiun tinha certeza. Lembrava-se de Tolui como um valentão maldoso, que gostava de dar beliscões e rir com desprezo quando ninguém estava olhando. A idéia de Temujin estar sob o poder dele fazia Kachiun torcer as mãos dentro das mangas do dil. A família de Yesugei recebera uma vida dura, e ninguém poderia dizer que eles não haviam lutado. Houvera ocasiões, como a manhã da chegada de Tolui, em que ele realmente começara a ter esperanças de uma vida normal. Agora tudo isso lhes fora tirado e, ainda que esperasse, não acreditava mais que veria Temujin retornando à fenda nos morros. Se o pai céu fosse justo, traria sofrimento a Eeluk e seus homens de confiança, mas isso também era apenas um sonho. Não existia justiça no mundo, e os homens maus prosperavam. Kachiun lutava para não entrar em desespero enquanto apertava o dil em volta do corpo, mas havia ocasiões em que odiava com tanta ferocidade quanto Temujin. Deveria existir justiça. Deveria existir vingança.

Terminou o resto da carne, enfiando os dedos nas costuras do saco de pano em busca de um último pedaço. Estava cansado e rígido por ficar sentado por tanto tempo, mas o frio era mais do que apenas do vento. Em algum lugar no oeste, Hoelun poderia estar indo para o perigo, e ele não se encontrava lá para matar por ela e morrer com ela. Somente a teimosia o mantinha no posto enquanto os dias voavam.

Temujin viu dois homens a distância, no alto de um morro. Seu coração se animou com a idéia de que poderia ser Arslan e seu filho, mas certificou-se que o arco estivesse encordoado e pronto. Se fossem guerreiros atacando, prometeu que assaria o coração deles sobre fogo brando. Seus ferimentos não iriam impedi-lo de disparar o arco de Basan e não estava com disposição para jogos, depois de tudo que havia sofrido.

Ainda que o movimento arrancasse as cascas das feridas, havia cavalgado por cinco dias, do nascer ao pôr-do-sol, como instruíra Arslan a fazer. A fenda nos morros estava a muitos quilômetros daquele local desolado, mas nesse ponto sabia que poderia confiar em homens que tinham abandonado Eeluk. O novo cã dos lobos não era inteligente o bastante para planejar com tanta antecipação, mas Yesugei podia ter sido. Temujin abrigou os olhos contra o sol poente para observar os dois homens guiarem os pôneis descendo um morro íngreme, inclinados na sela para se equilibrar. Grunhiu ao ver um deles apear e caminhar sozinho em sua direção, levantando as mãos. O significado era claro, e Temujin levantou o arco em resposta. Só poderia ser Arslan.

Trotou adiante, ainda mantendo o arco pronto. O homem podia tê-lo salvado do buraco, mas iria demorar muito tempo até que Temujin confiasse em alguém outra vez. Parou e deixou Arslan atravessar os últimos passos entre eles, vendo a passada firme do sujeito sobre o capim macio. Ele caminhava como Yesugei havia andado, e a lembrança trouxe uma dor súbita que jamais chegou ao rosto de Temujin.

— Sabia que você escaparia deles — disse Arslan, sorrindo com gentileza à medida que se aproximava. — Só o esperava para daqui a muitos dias, mas vejo que encontrou uma bela égua.

— Foi presente de um homem que se lembrava de meu pai — respondeu Temujin rigidamente. — Mas diga, o que acha que irá acontecer aqui?

Arslan piscou e deu um risinho.

— Acho que você vai acenar para meu filho se juntar a nós e vai se sentar e compartilhar nossa comida. Como o acampamento é nosso, dou-lhe direitos de hóspede.

Temujin pigarreou. Tinha uma dívida enorme para com o sujeito, e sentia-se desconfortável com esse fardo.

— Por que me ajudou?

Arslan ergueu os olhos, vendo as feridas que apenas começavam a sumir e o modo encurvado como o jovem montava na sela. Yesugei teria orgulho daquele filho, pensou.

— Fiz um juramento a seu pai, Temujin. Você é o filho mais velho dele que sobreviveu.

Os olhos de Temujin brilharam ao pensar em Bekter. Será que esse homem teria vindo ajudar seu irmão mais velho? Só podia se maravilhar com as reviravoltas do destino.

— Você não me conhece — disse ele.

Arslan ficou imóvel.

— Não. Pensei em esperar enquanto você apodrecia naquele buraco, mas não sou homem de esperar. Mesmo que não tivesse conhecido seu pai, teria tirado você de lá.

Temujin ficou vermelho.

— Eu... agradeço o que você fez — disse, olhando para as colinas.

— Não vamos falar disso. Ficou para trás. Por enquanto, vou dizer que você não me conhece, mas descobrirá que minha palavra é de ferro.

Temujin olhou rapidamente para o homem, procurando alguma zombaria. Em vez disso, encontrou apenas um controle implacável.

— É, seu pai costumava dizer isso — continuou Arslan. — Foi o que me atraiu para ele e eu acreditei. Se você é metade do homem que ele foi, meu filho e eu lhe faremos um juramento e nos ligaremos em honra à sua linhagem.

Temujin olhou para o homem, sentindo a força silenciosa que havia ali. Ele não carregava armas, mas a égua dera três passos para longe de Arslan enquanto os dois conversavam, cônscia, como seu cavaleiro, de um predador sob controle rígido. Imaginou se Arslan achava que haveria uma horda de guerreiros esperando o retorno de Temujin. Ocorreu-lhe a idéia de que o homem que se punha sob o peso da própria palavra permaneceria ligado mesmo quando descobrisse que não havia nada além de alguns irmãos magricelos escondidos nas colinas. A tentação estava presente, mas Temujin a ignorou, incapaz de ser falso com quem havia salvado sua vida.

— Eu não tenho tribo, nem riqueza, nem nada além de minha família escondida — disse. — Não tenho nada para lhe oferecer, nem a seu filho. Se optarem por ir embora, voltarei a eles e mesmo assim bendirei vocês pela ajuda.

— Você disse que era a terra e os ossos das colinas — disse Arslan baixinho. — Acredito que estava falando com as palavras de seu pai. Vou segui-lo.

— Então, chame seu filho — disse Temujin, com exasperação súbita. Não queria começar a ter esperanças, mas havia mudado durante o cativeiro. Não podia mais se satisfazer com a mera sobrevivência. Olhou para Arslan enquanto imaginava uma trilha de fogo e sangue através das tribos, que terminaria nas iurtas dos lobos. Tinha visto isso nos dias mais escuros dentro do buraco. Enquanto as moscas zumbiam ao redor, sua imaginação estivera em chamas.

À medida que Jelme ia se aproximando, Temujin apeou e foi mancando até os dois homens.

— Se me chamarem de cã, sua vontade não é mais sua — disse, lembrando-se de ter ouvido o pai falar as mesmas palavras. — Ajoelhem-se.

Jelme e o pai se abaixaram sobre um dos joelhos e Temujin apertou as mãos machucadas contra a cabeça deles.

— Peço a vocês sal, leite, cavalos, iurtas e sangue.

— São seus, meu cã — disseram juntos os dois homens.

— Então vocês são meus parentes e somos da mesma tribo — disse Temujin, surpreendendo-os. — Eu os chamo de irmãos e somos um povo.

Arslan e Jelme levantaram a cabeça, impressionados com o tom de voz e com tudo que isso significava. O vento aumentou, vindo das montanhas. Temujin virou a cabeça na direção de onde sua família estaria escondida. Sabia que poderia encontrar sua tribo entre homens desprezados por todos os outros, dentre os desgarrados e pastores. Homens como o velho Horghuz e sua família, mortos por Tolui. Eram poucos, mas eram endurecidos com fogo. Tinham sido expulsos, e muitos teriam a mesma fome que ele: fome de uma tribo, e de uma chance de contra-atacar um mundo que os havia abandonado.

— Começou aqui — sussurrou Temujin. — Já estou farto de me esconder. Que eles se escondam de *mim*.

Quando Kachiun viu três homens cavalgando para o sul, não sabia quem eram. Observou cuidadosamente o caminho deles e esgueirou-se de volta para a fenda nos morros, com o arco e a aljava prontos. Conhecia o terreno melhor que qualquer pessoa, e desceu correndo as encostas internas, saltando sobre árvores caídas e madeira velha até estar ofegante.

Assumiu posição perto de onde eles iriam passar, bem escondido no mato baixo. Havia assassinato em seu coração enquanto se preparava. Se Tolui e Basan tivessem retornado com o cativo, Kachiun arriscaria dois disparos de longe e confiaria na própria habilidade. Havia treinado para isso, e nem Khasar nem Temujin eram melhores que ele com o arco. Esperou em silêncio pelo barulho dos cascos, pronto para matar.

Quando chegaram à vista, o coração de Kachiun martelou empolgado ao reconhecer o irmão. Só de ver Temujin vivo seu ânimo se levantou de onde havia afundado nos dias anteriores. Apertou os lábios com força e só então percebeu que estivera murmurando o nome do irmão em voz alta. Estivera por muito tempo sozinho, admitiu enquanto apontava a flecha para o mais velho dos dois que cavalgavam com Temujin.

Kachiun hesitou, os olhos afiados percebendo cada detalhe dos três homens. Temujin estava empertigado na sela e não havia sinal de cordas ou de uma rédea amarrada aos outros homens. Será que eles confiavam que o cativo não galoparia para longe diante da menor chance de liberdade? Havia algo errado, e ele ajustou a mão no arco tenso, os músculos fortes de seus ombros começando a tremer. Não deixaria que passassem — não poderia deixar —, mas, se disparasse um tiro de alerta, perderia a chance de matá-los rapidamente. Os dois estavam armados com arcos, mas viu que estes não estavam encordoados. Não cavalgavam como se estivessem em território inimigo. Kachiun viu que levavam espadas longas como as que Yesugei mantinha junto ao quadril. Nada neles fazia sentido e, enquanto hesitava, eles chegaram perto de sua posição entre as árvores.

Arriscou tudo.

— Temujin! — gritou agachado e puxando a corda do arco até as orelhas. Temujin viu a figura com o canto do olho.

— Espere! Espere, Kachiun — gritou, levantando os braços e acenando.

Kachiun viu os dois estranhos desaparecerem no instante de seu alerta, rápidos como gatos. Os dois saltaram do lado oposto dos pôneis, usando os animais para abrigá-los do ataque. Kachiun respirou aliviado quando Temujin assentiu para ele, inclinando-se para apear com uma falta de jeito terrível.

O coração de Kachiun martelou ao ver aquilo. Os lobos haviam machucado seu irmão, mas ele estava ali, e em segurança. Temujin mancava visivelmente quando os dois se juntaram e Kachiun o abraçou, dominado pela emoção. Tudo ficaria bem.

— Eu não sabia se eles eram amigos ou inimigos — disse Kachiun, ofegante.

Temujin assentiu, firmando-o com um aperto na nuca.

— Homens de confiança, irmão. Arslan e Jelme, que me tiraram do cativeiro. Vieram até nós pelo espírito do nosso pai.

Kachiun se virou para os dois homens que se aproximavam.

— Então são sempre bem-vindos no meu acampamento — disse ele. — Tenho dois patos para lhes dar de comer, se tiverem fome. Quero ouvir a história.

Temujin assentiu, e Kachiun percebeu que ele não havia sorrido desde que o avistara. Seu irmão tinha mudado no tempo que passou longe, tinha ficado mais sombrio sob o peso das experiências.

— Vamos passar a noite aqui — confirmou Temujin. — Mas onde estão minha mãe e os outros?

— Foram para o oeste. Fiquei sozinho para o caso de você conseguir retornar. Eu... estava quase pronto para ir embora. Tinha perdido a esperança de vê-lo outra vez.

Temujin bufou.

— Nunca perca a fé em mim, irmãozinho. Minha palavra é de ferro, e eu sempre voltarei para casa.

Para sua perplexidade, Kachiun descobriu que estava com lágrimas nos olhos. Piscou para afastá-las, embaraçado diante dos estranhos. Havia ficado tempo demais sozinho e perdera completamente o rosto frio. Lutou para colocar as emoções novamente sob controle.

— Venham. Vou fazer uma fogueira e preparar a carne — disse.

Temujin assentiu.

— Como quiser. Temos terreno a cobrir às primeiras luzes. Quero alcançar nossa mãe.

Os três seguiram Kachiun de volta ao acampamento, um lugar úmido, praticamente indigno desse nome, com ossos velhos espalhados ao redor de um pequeno buraco para a fogueira. Kachiun começou a acender o fogo, as mãos desajeitadas enquanto se ajoelhava sobre cinzas velhas.

— Há uma família de desgarrados a meio dia de cavalgada a oeste — disse enquanto usava a pederneira e o aço. — Três homens e duas mulheres. Passaram por aqui ontem à tarde. — Ele viu Temujin levantar os olhos com interesse e entendeu mal a luz em seu olhar.

— Podemos evitá-los se tomarmos uma linha direta para o sul antes de atravessar as colinas negras — disse, grunhindo com satisfação quando as chamas lamberam a acendalha.

Temujin olhou para o pequeno fogo.

— Não quero evitá-los, irmão. Eles podem não saber, mas são meu sangue, tanto quanto você.

Kachiun parou e sentou-se nos calcanhares.

— Não entendo — disse, vendo Arslan e Jelme trocarem olhares. — O que vamos querer com desgarrados?

— Eles são a grande tribo — respondeu Temujin, quase consigo mesmo. Sua voz era tão baixa que Kachiun teve de se esforçar para ouvir. — Vou lhes dar uma família de novo. Vou trazê-los e endurecê-los, e vou mandá-los contra os que mataram nosso pai. Vou escrever o nome de Yesugei com sangue tártaro e, quando estivermos fortes, voltarei do norte e espalharei os lobos na neve.

Kachiun estremeceu de repente. Talvez fosse sua imaginação, mas pensou ter ouvido o estalo de ossos velhos no vento.

SEGUNDA PARTE

CAPÍTULO 20

KHASAR ESPERAVA NA NEVE FUNDA, O ROSTO ENTORPECIDO APESAR DE COBERTO por gordura de carneiro. Não podia evitar um pouco de autopiedade. Seus irmãos pareciam ter esquecido, mas esse era seu décimo sexto aniversário. Num impulso, esticou a língua e tentou pegar alguns flocos frios. Estava ali havia muito tempo e se sentia cansado e entediado. Imaginou preguiçosamente se iria arranjar uma mulher no acampamento tártaro, enquanto o observava a uma distância de cem passos de terreno branco. O vento era cortante e as nuvens passavam em grande velocidade acima, impulsionadas como cabras pálidas diante de uma tempestade. Khasar gostou da imagem das palavras e as repetiu para si mesmo. Teria de se lembrar de dizer a Hoelun, quando retornassem do ataque. Khasar pensou em tomar um gole de seu airag para se manter quente, mas lembrou-se das palavras de Arslan e resistiu. O ferreiro havia lhe dado apenas um pouquinho do líquido precioso num segundo odre.

— Não quero você bêbado — dissera Arslan, sério. — Se os tártaros o alcançarem, precisaremos de mão firme e olho límpido.

Khasar gostava do pai e filho que Temujin havia trazido de volta, em particular do homem mais velho. Às vezes Arslan o fazia se lembrar do pai.

Um movimento distante distraiu Khasar de seus pensamentos soltos. Era difícil permanecer focalizado na tarefa diante de si quando pensava estar congelando lentamente. Decidiu beber o airag para não ficar rígido demais para agir. Moveu-se lentamente para não perturbar a camada de neve que havia crescido sobre seu dil e o cobertor.

A bebida ardeu nas gengivas, mas ele engoliu depressa, sentindo o calor se espalhar na parte inferior do peito e subir pelos pulmões. Isso ajudou contra o frio, e agora havia definitivamente atividade no acampamento tártaro. Khasar estava a oeste deles, invisível sob sua cobertura de neve. Podia ver figuras correndo e, quando o vento baixou, pôde ouvir gritos. Assentiu consigo mesmo. Temujin havia atacado. Agora eles saberiam se era realmente apenas um pequeno grupo de tártaros que tinham vindo para o norte, invadir suas terras. No mínimo, isso ajudava Temujin a recrutar guerreiros das famílias dos desgarrados, levando as mulheres e filhos para sua proteção e tratando-os com honra. Os tártaros estavam ajudando Temujin a montar uma tribo nas vastidões geladas.

Khasar ouviu os estalos das flechas sendo atiradas. Daquela distância, era impossível saber se eram de arcos tártaros, mas isso não importava. Temujin mandara que ele ficasse deitado naquele ponto, com um cobertor em cima, e era isso que ele faria. Podia ouvir cães latindo e esperava que alguém atirasse neles antes que pudessem ameaçar Temujin. Seu irmão ainda temia os animais e não seria certo ele demonstrar fraqueza diante dos novos homens, alguns ainda cautelosos e desconfiados.

Khasar sorriu. Temujin preferia pegar guerreiros com mulheres e filhos. Eles não podiam traí-los enquanto seus entes queridos estivessem no acampamento sob os cuidados de Hoelun. A ameaça jamais fora falada e talvez apenas Khasar pensasse nela. Mas seu irmão era bem inteligente, ele sabia, mais inteligente que todos.

Estreitou os olhos, a pulsação duplicando a velocidade bruscamente quando duas figuras saíram correndo do acampamento. Reconheceu Temujin e Jelme, e viu que estavam correndo com arcos e flechas preparados. Atrás deles vinham seis tártaros cobertos de peles e tecidos enfeitados, gritando e mostrando dentes amarelos na perseguição.

Khasar não hesitou. Seu irmão e Jelme passaram correndo sem olhar para ele. Esperou mais um instante, até os guerreiros tártaros se aproximarem, depois se levantou da neve como um demônio vingativo, puxando a corda até a orelha direita enquanto se movia. Duas flechas mataram dois homens, jogando-os de cara na neve. O restante parou em pânico e confusão. Nesse momento, poderiam ter saltado sobre Khasar, despedaçando-o, mas Temujin e Jelme não o haviam abandonado. Assim que escutaram seu arco, os dois viraram e se abaixaram sobre um dos joelhos, cravando flechas na neve, prontas para as mãos pegarem. Atiraram contra o restante dos tártaros e Khasar teve tempo para mais um disparo, cravando a flecha perfeitamente na garganta pálida do homem mais perto de sua posição. O guerreiro tártaro puxou a flecha e quase a havia arrancado, quando caiu imóvel. Khasar estremeceu quando o homem morreu. Os tártaros usavam dils muito parecidos com os de seu povo, mas os homens do norte tinham pele branca, eram estranhos e pareciam não sentir dor. Mesmo assim, morriam tão facilmente quanto cabras e ovelhas.

Temujin e Jelme recuperaram as flechas dos corpos, arrancando-as com cortes rápidos de suas facas. Era um trabalho sangrento, e o rosto de Temujin estava sujo ao entregar meia dúzia de flechas a Khasar, molhadas e vermelhas em toda a extensão. Sem uma palavra, ele deu um tapa no ombro de Khasar e os dois voltaram agachados para o acampamento tártaro, com os arcos junto ao chão. O coração acelerado de Khasar começou a bater mais lento e ele arrumou muito bem as flechas sangrentas para o caso de ter de matar outra vez. Com grande cuidado, enrolou um pedaço de pano oleado na corda do arco, para mantê-la forte e seca, depois se acomodou de novo em sua posição. Desejou ter trazido um pouco mais de airag quando o frio penetrou nos ossos e a neve que caía começou a se assentar de novo sobre ele.

— Não era emboscada, Arslan! — gritou Temujin do outro lado do acampamento tártaro.

O ferreiro deu de ombros e assentiu. Isso não significava que ela não viria. Significava que desta vez não tinha vindo. Ele havia argumentado contra eles atacarem com tanta freqüência as terras dos tártaros. Ficava muito fácil montar uma armadilha se Temujin aproveitasse toda oportunidade que eles lhes davam.

Arslan ficou olhando o jovem cã andar por entre as iurtas dos mortos. Os gritos das mulheres haviam começado, e Temujin estava rindo diante do som. Significava vitória para todos eles, e Arslan jamais conhecera um homem mais desprovido de remorso que o filho de Yesugei.

Arslan olhou para os flocos que caíam suavemente, sentindo-os bater no cabelo e nos cílios. Tinha vivido quarenta invernos e sido pai de dois filhos mortos e um vivo. Se estivesse sozinho, sabia que teria vivido os últimos anos de sua vida longe das tribos, talvez no alto das montanhas, onde apenas os mais duros conseguiam sobreviver. Com Jelme, só conseguia pensar como pai. Sabia que um jovem precisava de outros da mesma idade e de uma chance para encontrar uma mulher e ter filhos.

Sentiu o frio atravessar o dil acolchoado que tomara do corpo de um tártaro morto. Não havia esperado segurar um tigre pelo rabo. Preocupava-se ao ver o modo de Jelme cultuar Temujin como um herói, apesar de ter apenas 18 anos. Arslan pensou azedamente que, em sua juventude, um cã era um homem temperado por muitas estações e batalhas. No entanto, não poderia encontrar falha na coragem dos filhos de Yesugei, e Temujin não perdera nenhum homem em seus ataques. Suspirou, imaginando se a sorte duraria.

— Vai morrer congelado se ficar imóvel, ferreiro — disse uma voz atrás.

Arslan virou e viu a figura parada de Kachiun. O irmão de Temujin mantinha uma intensidade silenciosa que não revelava nada. Ele certamente era capaz de se mover em silêncio, admitiu Arslan. Tinha-o visto atirar flechas, e Arslan não duvidava mais que o garoto poderia tê-los matado escondido, quando voltavam à fenda nos morros. Todos na família tinham algo de impressionante, e Arslan achava que eles se destinavam à fama ou à morte prematura. Em qualquer das duas opções, Arslan estaria com eles.

— Não sinto frio — mentiu Arslan, forçando um sorriso.

Kachiun não havia se ligado a ele do mesmo modo que Khasar, mas a reserva natural estava se derretendo lentamente. Arslan vira o mesmo frio em muitos recém-chegados ao acampamento de Temujin. Eles vinham porque Temujin os aceitava, mas era difícil acabar com hábitos antigos para homens que tinham vivido tanto tempo longe de uma tribo. Os invernos eram cruéis demais para confiar com facilidade e sobreviver.

Arslan sabia o suficiente para ver que Temujin escolhia com muito cuidado seus companheiros para os ataques. Alguns precisavam de confirmação constante, e Temujin deixava Khasar cuidar desses, com seu jeito áspero e seu humor. Outros não abriam mão das dúvidas até terem visto Temujin arriscar a vida a seu lado. Em um ataque depois do outro, viam que ele era tão completamente desprovido de medo que caminhava para espadas desembainhadas e *sabia* que não estaria sozinho. Até agora tinham ido com ele. Arslan esperava que isso durasse, pelo bem de todos.

— Ele vai atacar de novo? — perguntou Arslan subitamente. — Os tártaros não vão aceitar isso por muito mais tempo.

Kachiun deu de ombros.

— Primeiro vamos vigiar os acampamentos, mas eles são burros e lentos no inverno. Temujin diz que podemos continuar desse modo por muito mais tempo.

— Mas você sabe que não é assim, não é? Eles vão nos atrair com um alvo gordo e homens escondidos em cada iurta. Você não faria isso? Cedo ou tarde vamos cair numa armadilha.

Para sua perplexidade, Kachiun riu.

— São apenas tártaros. Acho que podemos matar quantos eles quiserem mandar contra nós.

— Podem ser milhares, se você provocá-los durante todo o inverno. No momento em que o degelo chegar, eles podem mandar um exército.

— Espero que mandem — disse Kachiun. — Temujin acha que é o único modo de unir as tribos. Diz que precisamos de um inimigo e de uma ameaça à terra. Acredito nele.

Kachiun deu um tapinha no ombro de Arslan, como se o consolasse, antes de ir andando pela neve. O ferreiro permitiu o toque por pura perplexidade. Não estava segurando um tigre pelo rabo, afinal de contas: estava segurando pelas orelhas, com a cabeça na boca do bicho.

Uma figura chegou perto e ele escutou a única voz que amava.

— Pai! O senhor vai congelar aqui fora — disse Jelme, parando.

Arslan suspirou.

— Já ouvi essa opinião. Não sou tão velho como vocês parecem achar.

Ficou olhando o filho enquanto falava, vendo o passo leve. Jelme estava embriagado com a vitória, os olhos brilhando. Embora o coração de Arslan estivesse envaidecido pelo filho, via que o rapaz mal conseguia ficar parado. Em algum lugar ali perto, Temujin estaria de novo reunindo seu conselho de guerra, planejando o próximo ataque contra a tribo que havia matado seu pai. Cada um era mais ousado e mais difícil que o último, e freqüentemente as noites eram loucas, com bebidas e mulheres capturadas, longe do acampamento principal. De manhã, seria diferente, e Arslan não podia privar o filho da companhia dos novos amigos. Pelo menos Temujin respeitava sua habilidade com arco e espada. Isso Arslan dera ao filho.

— Você se feriu? — perguntou.

Jelme deu um sorriso, mostrando pequenos dentes brancos.

— Nem um arranhão. Matei três tártaros com um arco e um com a espada, usando o golpe de puxada alta que o senhor me ensinou. — Ele o imitou automaticamente e Arslan assentiu, aprovando.

— É um bom golpe se o oponente estiver desequilibrado — respondeu, esperando que o filho pudesse ver o orgulho que ele sentia. Não podia expressá-lo. — Lembro de quando ensinei — continuou Arslan debilmente. Desejou ter mais palavras, mas de algum modo uma distância havia brotado entre eles, e não sabia como superá-la.

Jelme se adiantou e estendeu a mão para segurar o braço do pai. Arslan se perguntou se ele havia aprendido com Temujin o hábito do contato físico. Para alguém da geração do ferreiro, isso era uma intromissão, e ele sempre tinha de dominar a ânsia de dar um tapa na mão. Mas não de seu filho. Amava-o demais para se importar.

— Quer que eu fique com o senhor? — perguntou Jelme.

Arslan teve de fungar com um riso mal contido, tingido de tristeza. Aqueles rapazes eram tão arrogantes que isso lhe causava dor, mas com as famílias de desgarrados eles haviam crescido até se transformarem num bando de atacantes que não questionavam a autoridade do líder. Arslan tinha observado as redes de confiança se desenvolvendo entre eles e, quando seu ânimo estava baixo, imaginava se teria de ver o filho morto à sua frente.

— Vou rodar o perímetro do acampamento e garantir que não haja mais surpresas para estragar meu sono esta noite — disse Arslan. — Vá. — No fim, forçou um sorriso e Jelme deu um risinho, com a empolgação borbulhando de volta à superfície. Ele saiu correndo por entre as iurtas até onde Arslan podia ouvir o som de festa. Os tártaros haviam estado longe da tribo principal, pensou. Pelo que sabia, eles tinham procurado a própria força que os esmagara sem misericórdia. A notícia retornaria aos cãs locais e eles reagiriam, quer Temujin entendesse isso ou não. Não poderiam se dar ao luxo de ignorar os ataques. No leste, as grandes cidades dos Jin teriam mandado espiões, sempre procurando fraquezas nos inimigos.

Enquanto caminhava ao redor do acampamento, encontrou mais dois homens fazendo a mesma coisa, e reconsiderou a visão que tinha de Temujin. O jovem guerreiro estava atento, Arslan teve de admitir, mas não gostava de pedir ajuda. Isso valia ser lembrado.

Enquanto abria caminho com os passos rangendo na neve cada vez mais funda, ouviu um soluço fraco vindo de um agrupamento de árvores perto dos arredores das iurtas dos tártaros. Desembainhou a espada em silêncio absoluto ao ouvir o som, parando como uma estátua até que a lâmina estivesse completamente liberada. Poderia ser uma armadilha, mas não achava que fosse. As mulheres do acampamento teriam ficado nas iurtas ou se escondido nos arredores. Numa noite de verão, elas poderiam esperar até que os atacantes fossem embora, antes de voltar ao seu povo, mas não na neve do inverno.

Não havia alcançado os 40 anos de idade sem uma cautela sensata, assim Arslan ainda estava com a espada desembainhada quando olhou o rosto de uma jovem com metade de sua idade. Com um riso satisfeito, embainhou a espada e estendeu a mão para puxá-la de pé. Quando ela apenas o encarou, ele deu um riso baixo, na garganta.

— Você vai precisar de alguém para esquentá-la nos cobertores esta noite, garota. Acho que ficaria melhor comigo do que com os jovens. Para começar, os homens da minha idade têm menos energia.

Para seu imenso prazer, a garota deu um risinho. Arslan achou que ela não era parente dos mortos, mas lembrou-se de manter suas facas bem escondidas se pretendesse dormir. Tinha ouvido falar de mais de um homem morto por uma prisioneira de sorriso doce.

Ela segurou sua mão e ele a puxou e colocou sobre o ombro, batendo em seu traseiro enquanto voltava ao acampamento. Estava cantarolando sozinho quando encontrou uma iurta com um fogão e uma cama quente para deixar de fora a neve que caía suave.

Temujin apertou o punho com prazer ao ouvir a contagem dos mortos. Os corpos dos tártaros não falariam, mas eram em número grande demais para ser uma viagem de caça, em especial no auge do inverno. Kachiun achou que provavelmente era uma equipe de ataque e roubo, como a deles.

— Vamos ficar com os pôneis e levá-los conosco — disse Temujin aos companheiros. O airag estava sendo passado e o humor geral era de júbilo. Dentro de pouco tempo, estariam bêbados e cantando, talvez procurando com luxúria alguma mulher, mas sem esperança naquele acampamento vazio. Temujin ficara desapontado ao descobrir que a maior parte das mulheres eram velhas endurecidas que os homens poderiam levar para o ermo, mais para cozinhar e costurar do que como objetos de luxúria. Ainda não conseguira encontrar uma esposa para Khasar ou Kachiun e, como seu cã, precisava do maior número possível de famílias leais ao redor.

As velhas foram interrogadas sobre os homens, mas, claro, disseram não saber de nada. Temujin observou um exemplar particularmente encarquilhado que remexia numa panela de cozido de carneiro na iurta que ele escolhera. Talvez devesse mandar outra pessoa prová-lo, pensou, sorrindo da idéia.

— Você tem tudo de que precisa, mãe velha? — perguntou. A mulher olhou-o de volta e cuspiu cuidadosamente no chão. Temujin riu alto. Uma das grandes verdades da vida era que, não importando o quanto um homem pudesse ficar furioso, ainda podia ser obrigado a se encolher diante de uma demonstração de força. Mas ninguém podia obrigar uma mulher furiosa a se encolher. Talvez ele devesse mandar que provassem a comida primeiro, diante disso. Olhou os outros ao redor, satisfeito com todos.

— A não ser que a neve tenha coberto alguns — disse —, temos uma contagem de 27 mortos, inclusive a velha em que Kachiun atirou.

— Ela veio para cima de mim com uma faca — respondeu Kachiun, irritado. — Se você tivesse visto, também atiraria.

— Então agradeça aos espíritos por não estar ferido — respondeu Temujin com rosto impassível.

Kachiun revirou os olhos enquanto alguns homens riam. Jelme estava ali, com uma cobertura de neve fresca nos ombros, além de três irmãos que haviam chegado apenas no último mês. Eram tão verdes que dava para sentir o cheiro de musgo neles, mas Temujin os havia escolhido para ficar a seu lado nos primeiros instantes caóticos de luta na neve. Kachiun trocou olhares com Temujin depois de olhar na direção deles. O pequeno movimento de confirmação com a cabeça bastou para que ele os abraçasse como se fossem do mesmo sangue. A aceitação não era fingida, agora que eles haviam se revelado, e os três riam para os outros ao redor, desfrutando completamente da primeira vitória em sua companhia. O airag estava quente no fogão e cada um deles bebeu o máximo que pôde para manter o frio longe, antes que o cozido desse força aos membros cansados. Todos haviam merecido a refeição, e o humor era bom.

Temujin se dirigiu ao mais velho deles, um homem pequeno e rápido com pele muito escura e cabelos desgrenhados. O sujeito já fizera parte dos quirai, mas uma disputa com o filho do cã fez com que ele tivesse de ir embora com os irmãos antes que sangue fosse derramado. Temujin havia recebido todos eles.

— Batu? Acho que está na hora de tirar meu irmão Khasar do frio. Não haverá mais surpresas esta noite.

Enquanto Batu se levantava, Temujin se virou para Jelme.

— Imagino que seu pai esteja lá fora verificando o acampamento.

Jelme assentiu, tranqüilizado pelo sorriso de Temujin.

— Eu não esperaria nada a menos. Ele é um homem meticuloso. Pode ser o melhor de todos nós. — Jelme assentiu lentamente, satisfeito. Temujin sinalizou para a velha tártara servir o cozido. Ela considerou claramente a idéia de recusar, mas pensou melhor e lhe deu uma grande porção da mistura fumegante.

— Obrigado, mãe velha — disse Temujin, pondo uma colherada na boca. — Isso está bom. Acho que nunca provei nada melhor do que a comida de outro homem na iurta dele. Se eu tivesse a bela esposa e as filhas dele para me divertir, teria tudo.

Seus companheiros riram enquanto também recebiam a comida quente e começavam a devorá-la como animais selvagens. Alguns tinham perdido quase todos os traços de civilização nos anos longe de uma tribo, mas Temujin valorizava essa ferocidade. Aqueles eram homens que não pensariam em questionar suas ordens. Se ele os mandasse matar, matariam até ficarem vermelhos até os cotovelos, independentemente de quem ficasse pelo caminho. Enquanto levava sua família para o norte, havia-os encontrado espalhados na terra. Os mais brutais estavam sozinhos, e um ou dois daqueles eram muito parecidos com cães loucos para serem dignos de confiança. Estes ele havia levado para longe das iurtas, matando-os rapidamente com a primeira espada que Arslan lhe forjou.

Enquanto comia, Temujin pensou nos meses passados desde a volta à sua família. Na época, não poderia ter sonhado com a fome que via nos homens ao redor, a necessidade de serem aceitos de novo. No entanto, isso nem sempre aconteceu facilmente. Houve uma família que se juntou a ele só para fugir no meio da noite com tudo que pôde carregar. Temujin e Kachiun os rastrearam e levaram os pedaços de volta ao acampamento, para que os outros vissem, antes de deixá-los para os animais selvagens. Não havia retorno à vida anterior, depois de terem se juntado a ele. Dado o tipo de pessoa que ele decidira receber, Temujin sabia que não poderia demonstrar fraqueza, caso contrário iriam despedaçá-lo.

Khasar entrou com Batu, soprando e esfregando as mãos. Sacudiu-se deliberadamente perto de Temujin e Kachiun, espalhando neve sobre eles. Os dois xingaram e se encolheram para longe dos tufos macios que voavam em todas as direções.

— Você se esqueceu de mim de novo, não foi? — perguntou Khasar.

Temujin balançou a cabeça.

— Não! Você era o meu segredo, para o caso de haver um último ataque quando estivéssemos todos acomodados.

Khasar olhou irritado para os irmãos, depois virou para pegar sua tigela de cozido.

Quando ele fez isso, Temujin se inclinou para perto de Kachiun e sussurrou suficientemente alto para que todos ouvissem:

— Esqueci que ele estava lá fora.

— Eu sabia! — rugiu Khasar. — Praticamente morri congelado, mas o tempo todo ficava dizendo a mim mesmo: "Temujin não abandonaria você, Khasar. Vai voltar a qualquer momento e chamar você para o calor."

Os outros ficaram olhando, divertindo-se, enquanto Khasar enfiava a mão na calça e remexia lá dentro.

— Acho que o saco congelou — disse, lamentando. — Será possível? Só tem um pedaço de gelo aqui embaixo.

Temujin riu do tom magoado, até correr o risco de derramar o resto do cozido.

— Você se saiu bem, irmão. Eu não mandaria para aquele lugar um homem em quem não confiasse. E não foi bom você estar lá?

Contou aos outros sobre os guerreiros tártaros que Khasar e Jelme haviam matado. Enquanto o airag esquentava o sangue, eles respondiam com histórias próprias, mas alguns as contavam com humor e outros usavam um tom sombrio e sinistro, trazendo um toque de inverno para a iurta quente. Pouco a pouco iam compartilhando as experiências uns dos outros. O pequeno Batu não tivera o tipo de treinamento com o arco que havia marcado a infância dos filhos de Yesugei, mas era rápido como um raio com uma faca e dizia que nenhuma flecha poderia acertá-lo se ele a visse ser disparada. Jelme era igual ao pai com espada ou arco, e com uma competência tão fria que Temujin estava tendendo a nomeá-lo segundo no comando. Jelme era confiável, e Temujin agradecia aos espíritos pelo pai, o filho e todos que tinham vindo depois deles.

Havia ocasiões em que sonhava estar de volta àquele buraco fedorento. Algumas vezes estava inteiro, o corpo perfeito. Em outras estava coberto de cicatrizes ou, ainda, com feridas abertas e sangrando. Fora lá que ele havia chegado ao pensamento estranho que ainda o queimava por dentro. Havia apenas uma tribo nas planícies. Quer se chamassem de lobos, olkhun'ut ou mesmo desgarrados sem tribos, falavam a mesma língua e eram ligados pelo sangue. Mesmo assim ele sabia que seria mais fácil passar uma corda ao redor de uma névoa de inverno do que juntar as tribos depois de mil anos de guerra. Havia feito o começo, mas não passava disso.

— Então, o que faremos quando terminarmos de contar nossos novos cavalos e as iurtas aqui? — perguntou Kachiun ao irmão, interrompendo os pensamentos dele. Os outros pararam de comer para ouvir a resposta.

— Acho que Jelme pode cuidar do próximo ataque — disse Temujin. O filho de Arslan levantou o rosto da comida, com a boca aberta. — Quero que você seja um martelo — continuou Temujin. — Não arrisque meu povo, mas se puder encontrar um grupo pequeno, quero que ele seja esmagado, em memória do meu pai. Eles não são nosso povo. Não são mongóis, como nós. Que os tártaros temam enquanto crescemos.

— Você tem mais alguma coisa em mente? — perguntou Kachiun com um sorriso. Ele conhecia o irmão.

Temujin assentiu.

— É hora de retornar aos olkhun'ut e reivindicar minha esposa. Você precisa de uma boa mulher. Khasar diz que precisa de uma mulher ruim.

Todos precisamos de filhos para levar a linhagem adiante. Eles não zombarão de nós quando cavalgarmos em seu meio, agora.

"Ficarei longe durante alguns meses, Jelme — disse Temujin, olhando para o filho de Arslan. Seus olhos amarelos não piscavam e Jelme não pôde encará-los por muito tempo. — Vou trazer mais homens para nos ajudar aqui, agora que sei onde encontrá-los. Enquanto eu estiver fora, será sua tarefa fazer os tártaros sangrarem e temerem a primavera.

Jelme estendeu a mão, e os dois seguraram os antebraços um do outro para selar o acordo.

— Serei um terror para eles — disse Jelme.

Na escuridão, Temujin estava parado, oscilando, do lado de fora da iurta que Arslan havia escolhido, e ouvia os sons dentro, achando divertido que o ferreiro finalmente tivesse encontrado alguém para tirar o excesso da tensão. Temujin jamais conhecera um homem tão retesado quanto o ferreiro, e não conhecera um homem junto de quem teria preferido permanecer em batalha, a não ser seu pai. Talvez porque Arslan fosse daquela geração, Temujin descobriu que podia respeitá-lo sem se eriçar nem ter de se justificar a cada palavra e gesto. Hesitou antes de interromper o sujeito durante a cópula, mas agora que a decisão estava tomada, pretendia cavalgar para o sul de manhã e queria saber que Arslan estaria com ele.

Não era algo sem importância a se pedir. Qualquer um podia ver como Arslan observava o filho sempre que as flechas estavam voando. Obrigá-lo a deixar Jelme no norte frio seria um teste para a sua lealdade, mas Temujin não achava que Arslan fraquejaria. Sua palavra era de ferro, afinal de contas. Levantou a mão para bater na pequena porta, depois pensou melhor. Que o ferreiro tivesse seu momento de paz e prazer. De manhã eles cavalgariam de novo para o sul. Temujin podia sentir a amargura se agitando por dentro ao pensar nas planícies de sua infância, redemoinhando como óleo na água. A terra lembrava.

CAPÍTULO 21

TEMUJIN E ARSLAN TROTAVAM PELO MAR DE CAPIM. PARA SUA SURPRESA, ARSLAN havia descoberto que se sentia confortável com o silêncio entre os dois. Conversavam à noite ao redor da fogueira e treinavam com espadas até suar bastante. A lâmina que Temujin carregava era lindamente equilibrada e tinha um canal para o sangue, que a permitia deslizar para fora de um ferimento sem agarrar. Arslan a fizera para ele e o instruíra sobre o modo de manter o gume e lubrificar com óleo contra a ferrugem. Os músculos do braço direito de Temujin se destacavam em cristas à medida que ele se tornava completamente familiarizado com o peso e, tendo Arslan como professor, sua habilidade crescia diariamente.

Os dias de cavalgada eram gastos, se não em pensamentos, na pacífica ausência deles. Para Arslan, era exatamente como havia viajado com seu filho, Jelme, e considerava isso um descanso. Observava enquanto Temujin cavalgava um pouco adiante ou subia um morro para ver a melhor rota em direção ao sul. O jovem guerreiro tinha uma segurança calma, uma confiança que podia ser percebida em cada movimento. Arslan pensava nas reviravoltas do destino que o haviam levado a resgatar Temujin dos lobos. Eles o chamavam de cã, no pequeno acampamento, mas mal havia vinte homens para segui-los, e apenas um punhado de mulheres e crianças. Mesmo assim, Temujin caminhava com orgulho entre eles, e os homens lutavam num ataque após outro. Havia ocasiões em que Arslan se perguntava o que havia liberado no mundo.

Os olkhun'ut haviam mudado o acampamento muitas vezes desde que Temujin cavalgara para longe deles com Basan, com a notícia do ferimento do pai ainda fresca. Demoraram duas luas somente para chegar às terras ao redor do morro vermelho, e Temujin continuava sem saber onde encontrá-los. Era até mesmo possível que eles tivessem iniciado outra jornada para o sul, como haviam feito anos atrás, o que os colocaria fora do alcance. Arslan viu a tensão crescer no jovem companheiro enquanto interrogavam cada desgarrado e cada pastor que encontravam, procurando qualquer notícia deles.

Para Temujin, não era uma tarefa fácil abordar estranhos com Arslan ao lado. Mesmo quando prendia o arco na sela e cavalgava com as mãos no alto, eram recebidos por arcos retesados e os olhares amedrontados das crianças. Temujin apeava para falar com os sem-tribo, porém vários galopavam para longe assim que ele e Arslan eram vistos. Alguns ele direcionava para o norte, prometendo boas-vindas em seu nome. Não sabia se acreditavam. Era uma situação frustrante, mas uma velha sem medo finalmente assentiu ao ouvir o nome e os mandou para o leste.

Temujin não encontrava paz para seu espírito em cavalgar nas terras que conhecera quando criança. Também pedia notícias dos lobos, para evitálos. Eeluk ainda estava em algum ponto daquela área, e não seria bom Temujin atravessar despreparado o caminho de um grupo de caça. Sabia que haveria um ajuste de contas entre eles, mas não antes de ter reunido guerreiros suficientes para atravessar as iurtas dos lobos como uma tempestade de verão.

Quando avistaram o grande acampamento dos olkhun'ut, depois de mais um mês cavalgando, Temujin puxou as rédeas, dominado pela lembrança. Podia ver a poeira dos cavaleiros de vigia que se aproximavam, zumbindo como vespas ao redor da tribo.

— Mantenha a mão longe da espada quando eles chegarem — murmurou para Arslan.

O ferreiro conteve uma careta diante do conselho desnecessário, imóvel como uma pedra. O pônei de Temujin tentou pastar um pouco do capim marrom e ele lhe deu um tapa no pescoço, mantendo as rédeas esticadas.

Lembrava-se do pai com tanta clareza como se ele estivesse ali, e mantinha as emoções sob controle rígido, mostrando um rosto frio que Yesugei teria aprovado.

Arslan sentiu a mudança no jovem, vendo a tensão nos ombros e o modo como ele se mantinha no cavalo. O passado de um homem era sempre cheio de dor, pensou, relaxando deliberadamente enquanto esperava que os guerreiros que gritavam terminassem sua demonstração de bravura.

— E se eles se recusarem a entregá-la? — perguntou Arslan.

Temujin virou os olhos amarelos para o ferreiro e Arslan sentiu uma estranha emoção sob aquele olhar frio. Quem era aquele garoto, para perturbá-lo de tal modo?

— Não partirei sem ela — respondeu Temujin. — Não serei mandado embora sem uma morte.

Arslan assentiu, perturbado. Ainda podia se lembrar de quando tinha 18 anos, mas a imprudência daquela época ficara para trás. Havia crescido em habilidade desde a juventude e ainda não conhecera um homem que pudesse vencê-lo com uma espada ou um arco, mas, presumia que tal homem existisse. O que não conseguia era acompanhar Temujin em sua frieza, na pura indiferença para com a morte, que só era possível para os muito jovens. Afinal de contas, ele tinha um filho.

Arslan não demonstrou nada de sua luta interna, mas, quando os guerreiros olkhun'ut os alcançaram, ele havia esvaziado a mente e estava imóvel.

Os cavaleiros gritavam e uivavam enquanto galopavam perto, com arcos retesados e flechas nas cordas. A demonstração se destinava a impressionar, mas nem Arslan nem Temujin davam qualquer importância a isso. Arslan viu um dos cavaleiros hesitar e puxar as rédeas ao ver o rosto de Temujin. O movimento brusco quase deixou seu pônei de joelhos, e o rosto do guerreiro ficou tenso de perplexidade.

— É você — disse o cavaleiro.

Temujin assentiu.

— Vim pegar minha esposa, Koke. Eu lhe disse que viria.

Arslan ficou olhando enquanto o guerreiro olkhun'ut pigarreava para tirar o catarro da garganta e cuspia no chão. A pressão dos calcanhares trouxe seu capão suficientemente perto para um toque. Temujin ficou olhando impassível enquanto Koke levantava o braço como se fosse lhe dar um tapa, o rosto franzindo numa fúria pálida.

Arslan se moveu, instigando o pônei para perto. Sua espada deslizou para fora de modo que a ponta afiadíssima se acomodou, presunçosa, sob a garganta de Koke, pousando ali. Os outros guerreiros rugiram de fúria, juntando-se ao redor. Curvaram os arcos, prontos para disparar, e Arslan os ignorou como se não estivessem ali. Esperou até o olhar de Koke saltar rapidamente na sua direção, e viu o medo doentio ali.

— Não toque no cã — disse Arslan baixinho. Usou sua visão periférica para observar os outros homens, vendo como um arco se dobrava mais do que os outros. A morte estava suficientemente perto para ser sentida na brisa, e o dia pareceu se imobilizar.

— Fale com cuidado, Koke — disse Temujin, sorrindo. — Se seus homens dispararem, você estará morto antes de nós.

Arslan viu que Temujin havia notado o arco mais retesado e se espantou de novo com a calma dele.

Koke parecia uma estátua, mas seu capão se remexia nervosamente. Ele apertou as rédeas com mais força para que sua garganta não fosse cortada devido a um movimento brusco da montaria.

— Se vocês me matarem, serão feitos em pedacinhos — disse num sussurro.

Temujin riu.

— É verdade — respondeu, sem oferecer mais ajuda. Mesmo sorrindo, sentia um nó frio de raiva por dentro. Não tinha paciência para a humilhação ritual de pessoas estranhas, principalmente vinda daquele povo.

— Afaste a espada — disse Koke.

A seu favor, Koke tinha a voz calma, mas Temujin podia ver o suor aparecendo na testa dele, apesar do vento. Chegar perto da morte fazia isso com os homens, pensou. Imaginou por que não sentia medo, mas não havia nenhum traço de temor nele. Uma vaga lembrança de asas batendo em seu rosto retornou, e teve a sensação de estar se distanciando do momento, intocado pelo perigo. Talvez o espírito de seu pai ainda o vigiasse, pensou.

— Dê-me as boas-vindas a seu acampamento — disse Temujin.

O olhar de Koke saltou de novo de Arslan para o rapaz que ele conhecera tanto tempo atrás. Temujin sabia que Koke estava numa situação impossível. Teria de recuar e ser humilhado ou morreria.

Esperou, sem se importar. Olhou os outros homens ao redor e passou um longo tempo olhando o guerreiro que havia puxado uma flecha até junto da orelha. O sujeito estava pronto para disparar, e Temujin levantou o queixo num pequeno movimento brusco, mostrando que sabia.

— Você é bem-vindo ao acampamento — sussurrou Koke.

— Mais alto — disse Temujin.

— Você é *bem-vindo* — repetiu Koke, com os dentes trincados.

— Excelente — respondeu Temujin. Em seguida, se virou na sela para o homem que ainda esperava com o arco retesado.

"Se você disparar essa flecha, vou arrancá-la e cravá-la em sua garganta — disse. O homem piscou e Temujin ficou encarando até que a ponta afiada como agulha foi baixada de modo quase subserviente. Ouviu Koke ofegar ao lado quando Arslan afastou a lâmina, e respirou fundo, descobrindo, para sua própria surpresa, que estava gostando daquilo.

"Então cavalgue conosco, Koke — disse, dando um tapa nas costas do primo. — Vim pegar minha esposa.

Não havia como entrar no acampamento sem visitar o cã dos olkhun'ut. Com uma angústia provocada pela memória, Temujin se lembrou dos jogos de status entre Yesugei e Sansar, de um cã para outro. Manteve a cabeça erguida, mas não sentiu vergonha enquanto Koke o levava até a iurta de Sansar no centro do acampamento. Apesar de seus sucessos contra os tártaros, ele não era igual a Sansar, como fora seu pai. Na melhor das hipóteses, era o líder de um bando de guerreiros, que mal se aproximava do nível em que poderia ser recebido. Se não tivesse ao menos esse status, Temujin sabia que apenas a memória de seu pai lhe teria garantido uma audiência, e talvez nem mesmo isso.

Ele e Arslan apearam e permitiram que seus pôneis fossem levados. Koke havia se tornado um homem desde que tinham se conhecido, e Temujin ficou interessado em saber como os homens de confiança do cã aceitavam o direito de seu primo entrar na iurta depois de apenas algumas palavras murmuradas. Koke havia ascendido no mundo, percebeu Temujin. Imaginou que serviço ele teria realizado para o cã dos olkhun'ut.

Quando Koke não retornou, Temujin foi assaltado por uma lembrança e riu subitamente, fazendo Arslan sair espantado de sua tensão silenciosa.

— Esse povo sempre me faz esperar — disse Temujin. — Mas tenho paciência, não tenho, Arslan? Suporto os insultos deles com grande humildade. — Seus olhos brilharam com algo que não era diversão, e Arslan apenas baixou a cabeça. O controle frio que vira em Temujin estava sob tensão naquele acampamento. Mesmo que ele não demonstrasse qualquer sinal disso, Arslan considerava que havia uma chance de os dois serem mortos devido a uma palavra áspera.

— Você honra seu pai com sua prudência — disse baixinho. — Sabendo que ela não se deve à fraqueza, e sim à força.

Temujin olhou-o enfaticamente, mas as palavras pareceram acalmar seus nervos. Arslan manteve o rosto desprovido de qualquer alívio. Apesar de toda a sua capacidade, Temujin tinha apenas 18 anos. Astutamente, Arslan admitiu que Temujin escolhera bem o companheiro para a viagem ao sul. Eles haviam cavalgado até um perigo terrível, e Temujin era irritadiço como qualquer outro jovem, em relação a seu status e orgulho. Arslan se preparou para ser a força calmante de que Temujin soubera que precisaria quando sua capacidade de julgamento estivesse límpida.

Koke retornou depois de uma eternidade, com desdém rígido em cada movimento.

— Meu senhor Sansar irá recebê-lo — disse —, mas vocês devem entregar suas armas.

Temujin abriu a boca para protestar, porém Arslan desamarrou a bainha com um estalo dos dedos e bateu com o punho da espada na mão aberta de Koke.

— Guarde bem esta espada, garoto — disse Arslan. — Você não verá outra da mesma qualidade durante toda a vida.

Koke não pôde resistir a experimentar o equilíbrio da espada, mas Temujin estragou a tentativa colocando a segunda espada feita por Arslan nos braços dele, de modo que ele teria de segurá-la ou deixar que as duas caíssem. A mão de Temujin pareceu vazia ao entregá-la, e seu olhar permaneceu fixo nas armas enquanto Koke recuava.

Foi Arslan que encarou um dos homens de confiança do cã junto à porta, abrindo os braços e convidando a uma revista. Não havia nada de passivo no modo como ele se portava, e Temujin se lembrou da imobilidade mortal de uma cobra em vias de atacar. O guarda também sentiu isso e tateou cada centímetro do ferreiro, incluindo os punhos do dil e os tornozelos.

Temujin não poderia fazer nada menos que isso, e suportou a revista sem expressão, ainda que por dentro começasse a fumegar. Não conseguia gostar daquelas pessoas, por mais que sonhasse em formar uma grande tribo com as tribos da terra. Quando fizesse isso, os olkhun'ut não fariam parte dela até que tivessem sido limpos pelo sangue.

Quando os homens de confiança estavam satisfeitos, os dois entraram na iurta e, num instante, Temujin estava de volta à noite em que ficara sabendo do ferimento do pai. O piso de madeira polida era o mesmo, e o próprio Sansar parecia não ter as marcas da passagem dos anos.

O cã dos olkhun'ut permaneceu sentado enquanto eles se aproximavam, os olhos escuros observando-os com um quê de diversão condescendente.

— Sinto-me honrado por estar na sua presença, senhor — disse Temujin com clareza.

Sansar sorriu, a pele franzindo como pergaminho.

— Achei que não iria vê-lo aqui de novo, Temujin. O falecimento de seu pai foi uma perda para todo o nosso povo, para todas as tribos.

— Ainda há um preço alto a ser pago pelos que o traíram — respondeu Temujin. Ele sentiu uma tensão sutil no ar quando Sansar se inclinou adiante em sua grande cadeira, como se esperasse algo mais. Quando o silêncio havia se tornado doloroso, Sansar sorriu.

— Ouvi falar de seus ataques no norte — disse o cã, a voz sibilando na penumbra. — Você está fazendo nome. Acho, sim, acho que seu pai teria orgulho.

Temujin baixou o olhar, sem saber como responder.

— Mas você não veio a mim para alardear pequenas batalhas contra alguns poucos guerreiros, tenho certeza — continuou Sansar.

Sua voz continha uma malícia que deixou Temujin irritado, mas ele respondeu com calma, olhando Sansar nos olhos:

— Vim pelo que me foi prometido.

Sansar fingiu estar confuso.

— A garota? Mas na época você veio a nós como filho de um cã, alguém que poderia herdar os lobos. Aquela história foi contada e encerrada.

— Não toda — respondeu Temujin, observando enquanto Sansar piscava lentamente, com a diversão interior brilhando no olhar. O sujeito estava gostando daquilo, e Temujin imaginou se teria permissão de partir vivo. Havia dois homens de confiança na iurta, com o cã, ambos armados com espadas. Koke estava de lado com a cabeça baixa. Num olhar, Temujin viu que as espadas que ele segurava poderiam ser arrancadas de suas mãos. Seu primo ainda era um idiota.

Obrigou-se a relaxar. Não viera para morrer na iurta. Tinha visto Arslan matar com as mãos e achava que eles poderiam sobreviver aos primeiros golpes dos homens de confiança. Assim que os guerreiros se juntassem na defesa, seria o fim. Temujin descartou a idéia. Sansar não valia sua vida; nem naquele momento nem nunca.

— Então a palavra dos olkhun'ut não tem valor? — perguntou baixinho.

Sansar inspirou longamente, soltando o ar com um sibilo entre os dentes. Seus homens de confiança se remexeram, permitindo que as mãos tocassem os punhos das espadas.

— Somente os jovens podem ser tão descuidados com a própria vida a ponto de me insultar em minha própria casa — disse Sansar. Seu olhar baixou para Koke e ficou afiado ao ver as duas espadas.

— O que um mero guerreiro desgarrado pode me oferecer em troca de uma das mulheres olkhun'ut? — perguntou.

Não viu Arslan fechar os olhos por um momento, lutando contra a indignação. Sua espada estava com ele havia mais de uma década; era a melhor que já fizera. Os dois não possuíam mais nada a oferecer. Por um instante, imaginou se Temujin teria adivinhado que existiria um preço e optado por não lhe avisar.

A princípio Temujin não respondeu. Os homens de confiança, ao lado de Sansar, o vigiavam como alguém poderia vigiar um cão perigoso, esperando que ele mostrasse as presas para ser morto.

Temujin respirou fundo. Não havia escolha, e ele não olhou para Arslan em busca de aprovação.

— Ofereço-lhe uma espada perfeita, feita por um homem sem igual em todas as tribos — disse. — Não como preço, mas como presente de honra ao povo de minha mãe.

Sansar baixou a cabeça, agradecido, sinalizando para Koke se aproximar. O primo de Temujin cobriu o sorriso e estendeu as duas espadas.

— Parece que tenho uma escolha a fazer, Temujin — disse Sansar, sorrindo.

Temujin ficou olhando, frustrado, enquanto Sansar manuseava os punhos esculpidos, passando as almofadas dos polegares sobre o osso e o latão. Mesmo na penumbra da iurta, elas eram lindas, e Temujin não pôde evitar a lembrança da espada de seu pai, a primeira que lhe fora tomada. No silêncio, lembrou-se da promessa feita aos irmãos e falou de novo, antes que Sansar pudesse responder.

— Além da mulher que me foi prometida, preciso de mais duas para serem esposas de meus familiares.

Sansar deu de ombros, depois pegou a espada de Arslan e ergueu-a diante dos olhos, para olhar por toda a extensão.

— Se você me der de presente as duas espadas, considerarei sua oferta aceitável, Temujin. Temos muitas garotas nas iurtas. Você pode levar a filha de Sholoi, se ela o quiser. Ela tem sido um espinho no nosso pé por tempo suficiente, e ninguém pode dizer que os olkhun'ut não honram suas promessas.

— E mais duas, jovens e fortes? — perguntou Temujin, pressionando.

Sansar olhou-o por longo tempo, baixando as espadas sobre o colo. Por fim, assentiu, de má vontade.

— Em memória do seu pai, Temujin, vou lhe dar duas filhas dos olkhun'ut. Elas vão reforçar sua linhagem.

Temujin gostaria de estender a mão e agarrar o cã pelo pescoço magro. Baixou a cabeça e Sansar sorriu.

As mãos ossudas do cã ainda acariciavam as armas e seu olhar ficou distante, enquanto ele parecia quase ter esquecido o homem que estava à sua frente. Com um gesto preguiçoso, sinalizou para que os dois fossem retirados de sua presença. Os homens de confiança os levaram para o ar frio e Temujin respirou fundo, com o coração martelando no peito.

O rosto de Arslan estava tenso de raiva, e Temujin estendeu a mão para tocá-lo de leve no pulso. O ferreiro pareceu saltar ao contato, e Temujin permaneceu imóvel, sentindo a força interior do sujeito, que se enrolava e desenrolava.

— Foi um presente maior do que você imagina — disse Arslan.

Temujin balançou a cabeça, vendo Koke sair atrás deles com os braços vazios.

— Uma espada é apenas uma espada — respondeu. Arslan lançou uma expressão fria para ele, mas Temujin não se abalou. — Você fará uma melhor, para nós dois.

Em seguida, se virou para Koke, que estava olhando fascinado a troca de palavras.

— Leve-me até ela, primo.

Apesar de os olkhun'ut terem progredido muito nos anos desde que ele estivera pela última vez no acampamento, parecia que o status de Sholoi e sua família havia permanecido o mesmo. Koke guiou Temujin e Arslan até o limite exterior das iurtas, ao mesmo lar remendado de que se recordava. Havia passado apenas alguns dias curtos ali, mas eles ainda estavam frescos em sua mente, e foi com esforço que Temujin afastou o passado. Na época, era pouco mais que uma criança. Como homem, imaginava se Borte iria gostar de seu retorno. Sem dúvida Sansar teria dito, caso ela houvesse se casado em sua ausência, não? Temujin pensou, sério, que o cã dos olkhun'ut gostaria muito de obter duas belas espadas em troca de nada.

Enquanto Koke se aproximava, eles viram Sholoi sair pela porta pequena, esticando as costas e repuxando um cinto feito de corda. O velho os viu chegando e abrigou os olhos contra o sol da manhã, para olhar. Os anos haviam deixado mais marcas em Sholoi do que no cã. Estava mais magro do que Temujin recordava e seus ombros estavam frouxos sob um dil antigo e sujo. Quando chegaram perto, Temujin pôde ver uma teia de veias azuis nas mãos nodosas dele, e o velho pareceu levar um susto, como se só agora o tivesse reconhecido. Sem dúvida seus olhos estavam falhando, mas ainda havia uma sugestão de força naquelas pernas, como uma raiz velha que permanecia rígida até o momento em que se partisse.

— Achei que você estava morto — disse Sholoi, enxugando o nariz nas costas da mão. Temujin balançou a cabeça.

— Ainda não. Eu disse que voltaria.

Sholoi começou a chiar, e demorou alguns instantes até que Temujin percebesse que ele estava rindo. O som terminou num engasgo e ele ficou olhando enquanto Sholoi escarrava e cuspia um bocado de catarro marrom e feio no chão.

Koke pigarreou, irritado.

— O cã deu a permissão, Sholoi — disse ele. — Pegue sua filha.

Sholoi deu um riso de desprezo.

— Eu não vi o cã aqui quando a costura da minha iurta se partiu no inverno passado. Não vi o velho Sansar ao vento comigo, com um remendo e um pouco de fio. E pensando bem, não o estou vendo aqui agora; portanto, fique com a língua parada enquanto nós conversamos.

Koke ficou vermelho, o olhar saltando para Temujin e Arslan.

— Vá pegar as outras garotas para meus irmãos, Koke — disse Temujin. — Paguei um preço alto; portanto, certifique-se que sejam fortes e bonitas.

Koke lutou contra o mau humor, irritado pela dispensa. Nem Temujin nem Arslan o olharam enquanto ele se afastava.

— Como vai sua mulher? — perguntou Temujin quando seu primo havia ido embora.

Sholoi deu de ombros.

— Morreu há dois invernos. Simplesmente se deitou na neve e partiu. Borte é tudo que tenho agora, para cuidar de mim.

Temujin sentiu o coração martelar à menção do nome dela. Até aquele momento, não tivera certeza de que ela ao menos estivesse viva. Teve um momento de compreensão pela solidão do velho, mas não havia como resolver isso, nem como pagar todas as pancadas e palavras duras que ele havia usado com os filhos. Era tarde demais para se arrepender, mas esse parecia ser o jeito dos idosos.

— Onde...? — começou Temujin. Antes que pudesse continuar, a porta da iurta se abriu e uma mulher saiu no chão frio. Enquanto ela se empertigava, Temujin viu que Borte havia ficado alta, quase tanto quanto ele. Ela parou ao lado do pai e enfrentou seu olhar com franca curiosidade, finalmente baixando a cabeça num cumprimento. Seu gesto quebrou o feitiço e ele viu que ela estava vestida para viajar, com um dil forrado de pele e o cabelo preto amarrado atrás.

— Você demorou muito para vir — disse Borte.

Temujin se lembrou da voz dela e seu peito ficou apertado. Borte não era mais a criança ossuda que ele havia conhecido. Seu rosto era forte, com olhos escuros que pareciam espiar direto através dele. Temujin não poderia dizer mais nada sobre ela sob o dil grosso, mas a jovem se mantinha bem ereta e sua pele não era marcada por doenças. O cabelo brilhou quando ela se curvou e beijou o pai na bochecha.

— O potro preto tem um casco que precisa ser lancetado — disse ela. — Eu ia fazer isso hoje.

Sholoi assentiu, arrasado, mas os dois não se abraçaram. Borte pegou uma bolsa de pano dentro da porta e a pendurou no ombro.

Temujin ficou hipnotizado por ela e mal ouviu Koke retornando com os pôneis. Duas meninas caminhavam ao lado dele, ambas de rosto vermelho e chorando. Temujin só olhou para elas quando uma tossiu e levou um pano sujo à boca.

— Esta está doente — disse a Koke.

O primo deu de ombros com insolência, e a mão de Temujin baixou para onde sua espada deveria estar. Koke viu os dedos se fecharem no ar e riu.

— Foi esta que Sansar mandou que eu pegasse para você, com a irmã — respondeu ele.

Temujin apertou a boca, formando uma linha dura, e estendeu a mão para segurar a garota pelo queixo, levantando o rosto para encará-lo. A pele estava muito pálida, percebeu, com o coração se encolhendo. Era típico de Sansar procurar uma barganha mesmo depois de os termos terem sido selados.

— Há quanto tempo você está doente, pequenina? — perguntou Temujin.

— Desde a primavera, senhor — respondeu ela, claramente aterrorizada. — Isso vem e vai, mas sou forte.

Temujin deixou o olhar pousar sobre Koke e sustentou-o até que o primo perdeu o sorriso. Talvez ele estivesse recordando a surra que levara das mãos de Temujin numa noite havia muito tempo. Temujin suspirou. Ela teria sorte se sobrevivesse à viagem de volta a seu acampamento no norte. Se morresse, um de seus irmãos teria de encontrar uma esposa entre as mulheres tártaras que eles capturavam.

Arslan pegou as rédeas e Temujin montou, olhando para Borte. A sela de madeira não tinha espaço para dois, por isso estendeu a mão e ela subiu, sentando-se atravessada em seu colo, apertando a sacola. Arslan fez o mesmo com a garota que tossia. A irmã teria de andar atrás deles. Temujin percebeu que deveria ter trazido outros pôneis, mas era tarde demais para se arrepender.

Assentiu para Sholoi, sabendo que não se encontrariam de novo.

— Sua palavra é boa, velho — disse ele.

— Cuide dela — respondeu Sholoi, mas seu olhar não se afastou da filha.

Sem responder, Temujin virou com Arslan e eles voltaram pelo acampamento, com a garota dos olkhun'ut trotando atrás.

CAPÍTULO 22

Arslan teve o bom senso de deixá-los a sós naquela primeira noite. O ferreiro ainda estava lamentando a perda de suas espadas e preferiu pegar um arco e ir caçar enquanto Temujin passava a conhecer a mulher dos olkhun'ut. A menina que havia caminhado estava com os pés feridos e cansada quando eles pararam naquela noite. Temujin ficou sabendo que o nome dela era Eluin e que estava acostumada a cuidar da irmã, Makhda, quando esta ficava fraca devido à doença. Temujin deixou as duas com os pôneis, depois de terem comido, mas ainda podia ouvir a tosse de Makhda chegando a intervalos. As duas tinham os cobertores dos cavalos para protegê-las do frio, mas nenhuma parecia particularmente resistente. Se Makhda sobrevivesse o bastante para chegar ao norte, Temujin achava que sua mãe poderia encontrar ervas para ela, mas era uma esperança débil.

Borte mal falou enquanto Temujin desenrolava um cobertor no chão, junto à fogueira crepitante. Estava acostumado a dormir sem nada além do dil para protegê-lo do chão gelado, mas não parecia certo pedir o mesmo a ela. Não sabia a qual vida ela estava acostumada, nem como Sholoi a havia tratado depois de sua partida. Não havia crescido com irmãs por perto, e sentia-se desconfortável com ela de um modo que não entendia completamente.

Quisera conversar e ouvi-la enquanto cavalgavam, mas ela havia permanecido com as costas eretas e rígida, balançando com o movimento e olhando o horizonte. Temujin perdera a chance de iniciar uma conversa naturalmente, e agora parecia haver uma tensão entre os dois que ele não conseguia aliviar.

Quando retornou da caçada, Arslan fez o papel de serviçal com sua eficiência de sempre. Retalhou uma marmota que havia apanhado, assando as tiras de carne até estarem marrons e deliciosas. Depois disso, foi para algum lugar próximo, perdido na escuridão que se aproximava. Temujin esperou um sinal de que Arslan tivesse aceitado sua troca por uma esposa, mas não havia nada além de um silêncio grave da parte do homem mais velho.

Enquanto as estrelas giravam ao redor de seu ponto ao norte, Temujin começou a se remexer, incapaz de ficar confortável. Tinha visto a lisura da pele bronzeada de Borte enquanto ela lavava o rosto e os braços num riacho frio o bastante para fazer seus dentes chacoalharem. Eram dentes bons, havia notado, fortes e brancos. Por um tempo, pensou em elogiá-los, mas parecia um pouco como admirar um pônei novo, e as palavras não saíram. Não podia fingir que não a queria com ele sob um cobertor, mas os anos separados estavam entre os dois como um muro. Se ela tivesse pedido, ele lhe contaria tudo o que fizera desde quando tinham se visto pela última vez, mas Borte não fez isso, e ele não sabia como começar.

Deitado sob as estrelas, esperou que ela ouvisse o modo como ele soprava o ar em grandes suspiros. Mas, se ouviu, ela não deu qualquer sinal de estar ao menos acordada. Era como se ele estivesse sozinho no mundo, e era exatamente assim que se sentia. Pensou em ficar acordado até o amanhecer, para que ela visse seu cansaço e lamentasse tê-lo ignorado. Era uma idéia interessante, mas Temujin não conseguiu manter por muito tempo o sentimento de nobreza ferida.

— Você está acordada? — perguntou subitamente, sem pensar. Viu-a sentar-se sob as estrelas.

— Como eu poderia dormir com você bufando e soprando assim?

Ele se lembrou da última vez em que havia escutado aquela voz no escuro, e do beijo que viera em seguida. A idéia era excitante, e ele sentiu o corpo ficar quente sob o dil, apesar do ar gélido.

— Eu tinha a idéia de que passaríamos a primeira noite juntos sob um cobertor — disse. Apesar das melhores intenções, aquilo saiu como uma reclamação irritada, e Temujin ouviu-a fungar antes de responder.

— Quem conseguiria resistir a palavras tão doces?

Ele aguardou com esperança, mas o silêncio contínuo dela serviu como resposta. Aparentemente, ela conseguia. Ele suspirou, contendo o som enquanto ouvia o risinho de Borte, rapidamente suprimido no cobertor. No escuro, sorriu, subitamente divertido.

— Pensei em você muitas vezes nesses anos longe — disse. Então viu a forma dela se mexer e achou que Borte tinha virado para ele. Deitou-se de lado, encarando-a, e coçou o nariz onde o capim úmido pinicava a pele.

— Quantas vezes? — murmurou ela.

Ele pensou por um momento.

— Onze. Doze, incluindo esta noite.

— Você não pensou em mim. O que você se lembra de quem eu era?

— Lembro que você tinha uma voz agradável e um bocado de ranho sob o nariz — respondeu com um tom de verdade tão casual que a reduziu a um silêncio perplexo.

— Eu esperei por muito tempo que você viesse e me levasse para longe do meu pai — disse ela finalmente. — Havia noites em que sonhava com você chegando a cavalo, crescido, como cã dos lobos.

Temujin ficou tenso na escuridão. Então era isso? Será que seu novo status o tornava menor aos olhos dela? Apoiou-se sobre um dos cotovelos para responder, mas ela continuou, sem perceber sua rápida mudança de humor:

— Recusei três rapazes olkhun'ut, o último quando minha mãe estava doente e não tinha probabilidade de sobreviver ao inverno. As mulheres riam da garota que se sentia comprometida com um lobo, e mesmo assim eu caminhava com orgulho entre elas.

— Você sabia que eu viria — disse Temujin com um toque de presunção.

Ela fungou.

— Achei que você estava morto, mas não queria me casar com um garoto que cuidava dos cavalos, ter os filhos dele. Riam do meu orgulho, mas era tudo o que eu tinha.

Temujin olhou para a escuridão, tentando entender a luta que ela havia enfrentado, talvez tão grande, a seu modo, quanto a dele. Se aprendera algo na vida, era que existe gente que prospera na solidão e ganha forças a partir dela. Eram pessoas enérgicas, perigosas e gostavam das coisas que as mantinham à parte. Aparentemente, Borte era uma dessas. Ele também. Pensou em sua mãe por um momento. Ela havia lhe dito para ser gentil.

— Na primeira vez em que fui aos olkhun'ut, você me foi dada, aceita pelo meu pai — disse baixinho. — Na segunda vez, fui por minha própria vontade encontrá-la.

— Você queria pôr sua semente em mim — disse ela, tensa.

Ele desejou que Borte pudesse ver seu rosto na escuridão.

— Queria. Quero seu espírito nos meus filhos e filhas: o melhor dos olkhun'ut. O melhor dos lobos.

Ouviu um farfalhar e sentiu o calor dela se esgueirando para perto e puxou o cobertor sobre os dois.

— Diga que sou linda — sussurrou ela em seu ouvido, excitando-o.

— Você é — respondeu ele, a voz ficando rouca. Moveu as mãos sobre ela em meio ao negrume, abrindo seu dil e sentindo a lisura de sua barriga. — Seus dentes são muito brancos.

Ouviu o riso dela em sua orelha, mas as mãos de Borte haviam se movido sobre ele e Temujin não tinha mais palavras, nem precisava delas.

O dia seguinte foi estranhamente animado enquanto Temujin cavalgava com Borte. Seus sentidos pareciam aguçados e quase dolorosos. A cada vez que a carne dos dois se tocava, ele pensava na noite anterior e nas noites que viriam, empolgado pelas experiências e pela proximidade.

Não faziam muito progresso, apesar de Arslan ter pegado as rédeas e deixado as duas irmãs cavalgarem juntas pela maior parte da tarde. Paravam para caçar, e juntos conseguiam carne suficiente para assar a cada noite. A tosse de Makhda parecia estar piorando longe do abrigo das iurtas dos olkhun'ut, e sua irmã soluçava sempre que cuidava dela. Arslan falava gentilmente com as duas, mas, quando o primeiro mês terminou, Makhda tinha de ser amarrada à sela para não cair de fraqueza. Mesmo não falando disso, nenhum deles esperava que ela vivesse muito mais.

O verde da terra estava se desbotando enquanto seguiam para o norte e, certa manhã, Temujin acordou e viu neve caindo. Estava enrolado em cobertores com Borte e haviam dormido pesadamente, desgastados pelo frio e pelas planícies intermináveis. A visão da neve trouxe um pouco de gelo de volta ao espírito de Temujin, marcando o fim de um tempo feliz; talvez mais feliz do que ele jamais tivesse conhecido. Sabia que estava retornando à dureza e às lutas, para liderar seus irmãos numa guerra contra os tártaros. Borte sentiu a nova distância nele e que se afastava dela, de modo que passavam horas em silêncio, quando antes haviam tagarelado como pássaros.

Foi Arslan que viu primeiro os desgarrados a distância, e sua voz arrancou Temujin do devaneio. Três homens haviam reunido um pequeno rebanho na encosta de um morro protegida pelo vento e montado ali uma iurta imunda, protegida contra o frio do inverno. Desde que Sansar havia tomado suas espadas, Temujin temia um encontro desses. Com Borte nos braços, xingou baixinho. A distância, os estranhos montaram rapidamente, instigando os pôneis num galope. Talvez suas intenções fossem pacíficas, mas a visão de três jovens iria levá-los à violência. Temujin puxou as rédeas e pôs Borte no chão. Tirou o arco do embrulho e pôs a melhor corda que restava, puxando a cobertura de sua aljava. Viu que Arslan estava pronto. O ferreiro tinha cortado a corda que prendia Makhda à sela, deixando-a sentar-se no chão gelado com a irmã. Enquanto montava no lugar dela, ele e Temujin trocaram um olhar.

— Esperamos? — gritou Arslan.

Temujin observou os guerreiros a galope e desejou ter uma espada. Três pobres viajantes não poderiam possuir uma espada longa, e isso bastaria para garantir o resultado. Como estava, ele e Arslan poderiam ser deixados para os pássaros em apenas alguns instantes sangrentos. Era menos arriscado atacar.

— Não — gritou de volta acima do vento. — Vamos matá-los.

Ouviu as irmãs gemendo de medo atrás quando bateu os calcanhares e preparou o arco. Mesmo contra a vontade, existia uma empolgação ao cavalgar apenas com os joelhos, perfeitamente equilibrado para lançar a morte com o arco.

A distância entre eles parecia longa enquanto disparavam pela planície, e de repente estavam perto e o vento rugia nos ouvidos. Temujin ouviu o som dos cascos de seu pônei batendo no chão, sentindo o ritmo. Havia um ponto no galope em que os quatro cascos deixavam o chão apenas por um instante. Yesugei lhe havia ensinado a disparar nesse instante, de modo que a mira fosse sempre perfeita.

Os homens que eles enfrentavam não haviam passado por anos de treinamento assim. Avaliaram mal a distância na empolgação, e as primeiras flechas passaram zumbindo acima das cabeças antes que Temujin e Arslan os alcançassem. Os cascos trovejavam e repetidamente havia aquele momento de liberdade em que os pôneis voavam. Temujin e Arslan dispararam juntos, com as flechas desaparecendo longe.

O guerreiro que Arslan havia escolhido caiu com força da sela, golpeado por uma flecha no peito. Sua montaria relinchou loucamente, escoiceando e empinando. O tiro de Temujin foi igualmente limpo, e o segundo homem girou livre para despencar imóvel no chão congelado. Temujin viu o terceiro soltar a flecha enquanto passavam um pelo outro a toda velocidade, apontada direto para seu peito.

Temujin se inclinou para o lado. A flecha passou acima, mas ele havia tombado demais e não conseguiu se erguer de novo. Gritou de raiva quando seu pé escorregou do estribo e ele se viu agarrado quase embaixo do pescoço do pônei a pleno galope. O chão corria veloz sob ele, enquanto puxava cruelmente as rédeas, com o peso inteiro soltando o freio da boca do pônei, de modo que tombou mais uns trinta centímetros. Por alguns instantes, foi arrastado pela terra gelada. Então, com um gigantesco esforço, abriu a mão soltando as rédeas e caiu, tentando desesperadamente rolar para longe do caminho dos cascos.

O pônei continuou correndo sem ele, com o som afastando-se até o silêncio da neve. Temujin ficou deitado de costas, ouvindo a própria respiração arfante e se recuperando. Tudo doía e suas mãos estavam tremendo. Piscou grogue enquanto se sentava, olhando para trás para ver o que fora feito de Arslan.

O ferreiro havia cravado a segunda flecha no peito do pônei do guerreiro, fazendo-o tropeçar e cair. Enquanto Temujin observava, o estranho cambaleou levantando-se, obviamente atordoado.

Arslan tirou uma faca de dentro do dil e caminhou sem pressa para terminar a matança. Temujin tentou gritar, mas, quando respirou, seu peito deu uma pontada, e ele percebeu que havia partido uma costela na queda. Com um esforço, levantou-se e encheu os pulmões.

— Espere, Arslan! — gritou, encolhendo-se com a pontada.

O ferreiro ouviu e ficou imóvel, olhando o homem que havia derrubado. Temujin apertou as costelas com a mão, encurvando-se de dor enquanto andava de volta.

O desgarrado o viu chegar, com resignação. Seus companheiros estavam caídos, os pôneis pastando com as rédeas emboladas e soltas. Sua própria montaria estava agonizando no chão coberto de geada. Enquanto Temujin chegava mais perto, viu o desgarrado ir até o animal que escoiceava e mergulhar uma faca em sua garganta. As patas agitadas se afrouxaram e o sangue saiu numa torrente vermelha, soltando vapor.

Temujin viu que o estranho era baixo e tinha músculos poderosos, com pele muito escura, avermelhada, e olhos fundos sob uma sobrancelha pesada. Estava coberto por muitas camadas de roupa contra o frio e usava um chapéu quadrado que terminava numa ponta. Com um suspiro, ele se afastou do pônei morto e chamou Arslan com sua faca ensangüentada.

— Venha me matar, então — disse ele. — Veja o que tenho para você.

Arslan não respondeu, mas virou para Temujin.

— O que você vê acontecendo aqui? — gritou Temujin para o homem, diminuindo a distância. Em seguida, afastou a mão do lado do corpo enquanto falava e tentou se empertigar, mas cada respiração lançava um choque de dor pelo corpo. O homem o olhou como se ele fosse insano.

— Espero ser morto como vocês mataram meus amigos — disse. — A não ser que queiram me dar um pônei e uma de suas mulheres.

Temujin deu um risinho, olhando para onde Borte estava sentada com Eluin e Makhda. Pensou que podia ouvir a tosse, mesmo de tão longe.

— Isso pode esperar até termos comido. Dou-lhe direitos de hóspede.

O rosto do homem se franziu de espanto.

— Direitos de hóspede?

— Por que não? É o seu cavalo que vamos comer.

Quando partiram na manhã seguinte, as irmãs estavam montadas nos pôneis e eles tinham outro guerreiro para os ataques aos tártaros. O recém-chegado não confiava nem um pouco em Temujin, mas com sorte suas dúvidas e confusões durariam o suficiente para chegarem ao acampamento no meio da neve. Caso contrário, ele receberia uma morte rápida.

O vento golpeava violentamente, com a neve ardendo ao ser jogada contra os olhos e qualquer pedaço de pele exposto. Eluin estava sentada sobre os calcanhares, na neve, chorando ao lado do corpo da irmã. Makhda não tivera uma morte fácil. O frio constante havia piorado a densidade do muco nos pulmões. Durante toda a lua anterior, cada manhã havia começado com Eluin batendo nas costas e no peito dela até que grandes coágulos de sangue vermelho e catarro se soltassem o bastante para que ela cuspisse. Quando ela ficou fraca demais, Eluin havia usado os dedos para limpar a boca e a garganta da irmã, enquanto Makhda olhava em terror e engasgava, desesperada por mais um pouco do ar gelado. Sua pele havia ficado como cera, e no último dia eles puderam ouvi-la se esforçando, como se respirasse através de um pedaço de junco que assobiava. Temujin ficara fascinado com a resistência da garota, e mais de uma vez pensou em lhe dar um fim rápido com uma faca na garganta. Arslan o havia pressionado a fazer isso, mas Makhda balançava a cabeça, exausta, sempre que ele se oferecia, até o fim.

Estavam viajando havia quase três meses quando ela se afrouxou na sela, inclinando-se de lado contra as cordas, de modo que Eluin não pôde puxá-la para cima. Arslan baixou-a e então Eluin começou a soluçar, o som quase perdido na face do vento uivante.

— Temos de continuar — disse Borte a Eluin, pondo a mão no ombro dela. — Sua irmã se foi.

Eluin assentiu, de olhos vermelhos e silenciosa. Arrumou o corpo da irmã com as mãos cruzadas no peito. A neve iria cobri-la, talvez antes que os animais selvagens encontrassem outra refeição, na luta para sobreviver.

Ainda chorando, Eluin permitiu que Arslan a pusesse na sela. Olhou por longo tempo para trás, para a figura minúscula, antes que a distância a escondesse. Temujin viu que Arslan havia lhe dado uma camisa extra, que ela usava sob o dil. Todos sentiam frio, apesar das camadas de roupa e das peles. A exaustão estava próxima, porém Temujin sabia que seu acampamento não devia estar longe. A estrela polar havia subido enquanto eles viajavam para o norte, e ele avaliava que teriam chegado a terras tártaras. Pelo menos a neve os escondia dos inimigos, assim como os escondia de seus irmãos e de Jelme.

Enquanto descansavam os pôneis e cambaleavam pela neve com os pés congelados, Borte andava com Temujin, os braços entrelaçados nas mangas largas um do outro, de modo que pelo menos uma parte deles sentia-se quente.

— Você terá de arranjar um xamã para nos casar — disse Borte sem olhá-lo.

Caminhavam de cabeça baixa contra o vento e a neve formava crostas nas sobrancelhas como demônios de inverno. Temujin grunhiu, assentindo, e ela sentiu a mão dele apertar brevemente seu braço.

— Meu sangue não veio este mês — disse ela.

Ele assentiu vagamente, pondo um pé à frente do outro. Os cavalos estavam esqueléticos sem capim bom, e logo eles também estariam caindo. Sem dúvida era hora de montar de novo por algumas horas, não? As pernas dele estavam doloridas e a costela partida ainda doía a cada puxão das rédeas.

Temujin se empertigou um pouco na neve e virou para ela.

— Você está grávida? — perguntou, incrédulo.

Borte se inclinou adiante e esfregou o nariz contra o dele.

— Talvez. Tem havido pouca comida, e algumas vezes o sangue não vem por causa disso. Mas acho que estou. — Ela o viu emergir do transe ambulante e um sorriso atravessou os olhos dele.

— Será um filho forte, se teve o início numa jornada assim.

O vento rugiu num grande sopro enquanto ele falava, de modo que tiveram de virar. Não podiam ver o sol, mas o dia estava acabando, e ele gritou para Arslan procurar abrigo.

Enquanto Arslan começava a buscar algum lugar protegido do vento, Temujin captou um vislumbre de movimento em meio às camadas de neve. Sentiu uma pontada de perigo na nuca e deu um assobio baixo, para Arslan retornar. O desgarrado olhou-o interrogativamente e desembainhou a faca em silêncio, olhando para a neve.

Os três esperaram num silêncio tenso que Arslan retornasse, enquanto a neve chicoteava ao redor. Estavam quase cegos no meio daquilo, mas de novo Temujin pensou ter visto a forma de um homem montado, uma sombra. Borte lhe fez uma pergunta, mas ele não ouviu enquanto sacudia o gelo do embrulho do arco e prendia a corda de crina numa das extremidades. Com um grunhido de esforço, percebeu que a corda havia ficado úmida apesar do tecido oleado. Conseguiu passar a alça sobre a outra extremidade, mas a corda rangeu de modo agourento, e ele pensou que ela poderia se partir facilmente na primeira puxada. Onde estava Arslan? Podia ouvir o troar de cavalos galopando perto, o som ecoando na brancura até que não podia mais ter certeza da direção de onde vinham. Com uma flecha na corda, girou, prestando atenção. Estavam mais perto. Ouviu o desgarrado soltar o ar num sibilo entre os dentes, preparando-se para um ataque. Temujin notou como o sujeito se mantinha firme e agradeceu por haver mais um com coragem para permanecer a seu lado. Levantou o arco que rangia. Viu formas escuras, escutou vozes gritando e, por um instante, imaginou os tártaros vindo pegar sua cabeça.

— Aqui! — ouviu uma voz. — Eles estão aqui!

Temujin quase largou o arco, aliviado, ao reconhecer Kachiun e saber que estava de novo no meio de seu povo. Ficou parado, entorpecido, enquanto Kachiun saltava da sela na neve e se chocava contra ele, abraçando-o.

— Foi um bom inverno, Temujin — disse Kachiun, batendo empolgado em suas costas com a mão enluvada. — Venha ver.

CAPÍTULO 23

Temujin e os outros montaram pela última vez, ainda que seus pôneis estivessem caindo de exaustão. O acampamento ao qual chegaram estava armado de encontro à face escura de um antigo deslizamento de terra, abrigado do pior do vento por um afloramento de rocha acima e o morro atrás. Duas dúzias de iurtas se agarravam ali como liquens, com cães selvagens e pôneis amarrados em cada local disponível fora do vento. Apesar de ansiando por descanso e comida quente, Temujin não pôde deixar de olhar ao redor, vendo o local movimentado, escondido na neve. Pôde ver que Jelme mantinha o acampamento em prontidão de guerra. Guerreiros a caminho de um longo turno de vigia passavam com as cabeças baixas por causa do vento. Havia muito mais homens do que mulheres e crianças, notou Temujin, vendo o acampamento com os olhos novos de um estranho. Isso era uma bênção, já que estavam prontos para cavalgar e lutar a qualquer instante, mas isso não poderia continuar assim para sempre. Os homens seguiam seus líderes à guerra, mas queriam um lar ao qual retornassem, com o toque de uma mulher no escuro e crianças em volta dos pés como cachorrinhos.

Os que haviam conhecido a fome e o medo como desgarrados podiam estar satisfeitos com a tribo precária no meio da neve, mas mesmo assim eram tão desconfiados uns dos outros quanto cães selvagens. Temujin conteve a impaciência. Os desgarrados aprenderiam a ver um irmão onde antigamente estivera um inimigo. Aprenderiam que o pai céu conhecia apenas um povo e *não* via tribos. Isso chegaria com o tempo, prometeu a si mesmo.

Enquanto caminhava pelo acampamento, ficou mais alerta, afastando o cansaço enquanto os detalhes atraíam seu interesse. Viu vigias no alto do penhasco acima de sua cabeça, enrolados por causa do vento. Não os invejou e achou que eles veriam pouca coisa em meio à neve constante. Mesmo assim, isso demonstrava a meticulosidade de Jelme, e Temujin ficou satisfeito. O acampamento tinha um sentimento de urgência em cada movimento, em vez da letargia usual de inverno que afetava as tribos. Sentiu a empolgação contida assim que estava entre eles.

Havia rostos novos, homens e mulheres que o olhavam como se ele fosse um estranho. Imaginou que viam seu grupo maltrapilho como outra família de desgarrados trazidos para o rebanho. Temujin olhou para Borte, para ver como ela estava recebendo a primeira visão de sua pequena tribo no norte. Ela também estava pálida de cansaço, mas cavalgava ao lado e seus olhos afiados captavam tudo. Não dava para saber se ela aprovava. Passaram por uma iurta onde Arslan havia construído uma forja de tijolos meses antes, e Temujin viu o brilho de sua chama, uma língua de luz na neve. Havia homens e mulheres ali, em busca do calor, e ele ouviu risos ao passar trotando. Virou para o ferreiro, querendo ver se ele havia notado, mas Arslan estava distraído. Seu olhar procurava incessantemente pela tribo, buscando o filho.

Jelme veio recebê-los assim que ouviu Kachiun gritar. Khasar também saiu derrapando de outra iurta, rindo de deleite à visão do pequeno grupo que havia partido meio ano atrás. Enquanto eles apeavam, meninos sorridentes vieram pegar seus pôneis sem terem de ser chamados. Temujin deu um cascudo amigável num deles, fazendo-o se desviar. Ficou satisfeito com o modo como Jelme cuidava da tribo. Eles não haviam ficado gordos e lentos em sua ausência.

O orgulho de Arslan com o filho era óbvio, e Temujin viu Jelme assentir para o pai. Para surpresa de Temujin, Jelme se abaixou sobre um dos joelhos e tentou pegar a mão de Temujin.

— Não, Jelme, levante-se — disse Temujin, meio irritado. — Quero sair do vento.

Jelme permaneceu onde estava, mas levantou a cabeça.

— Deixe que os homens novos vejam, senhor cã. Eles ainda não o conhecem.

Temujin entendeu, e seu apreço por Jelme aumentou mais um pouco. Algumas das famílias de desgarrados deviam conhecer Jelme como a coisa mais próxima de um cã, durante os meses em que Temujin estivera longe. Era importante mostrar que o verdadeiro líder havia retornado. Não questionou de novo e permitiu que Jelme pusesse sua mão na cabeça, antes de levantá-lo e abraçá-lo.

— Você encontrou um xamã entre os recém-chegados? — perguntou Temujin.

Jelme estremeceu com a pergunta, enquanto se levantava.

— Há um, mas roubou o suprimento de airag e barganha a ração em troca de mais, sempre que pode.

— Então mantenha-o sóbrio por alguns dias. Se ele puder dedicar meu casamento ao pai céu e à mãe terra, eu o manterei bêbado por um mês, depois disso.

Olhou de novo ao redor, vendo quantos rostos haviam parado no meio da neve e do vento para ver a cena. Quando captava o olhar dos que conhecia, eles baixavam a cabeça em reconhecimento. O olhar de Jelme pousou em Borte e Eluin, e ele fez uma reverência profunda.

— Estamos honrados em tê-las conosco, filhas dos olkhun'ut — disse.

Borte não sabia o que pensar daquele estranho confiante. Em resposta, baixou a cabeça bruscamente, ruborizando ao desviar o olhar. Nada em sua vida a preparara para ser tratada com respeito e, por um momento, teve de piscar para conter as lágrimas.

Liberado das formalidades da recepção, Jelme finalmente estava livre para segurar o braço do pai e abraçá-lo.

— Sangrei os tártaros — disse a Arslan, lutando para não parecer orgulhoso demais. Seu pai deu um risinho e um tapa nas costas do filho. Talvez com o tempo ele se tornasse confortável com a informalidade que Temujin encorajava entre seus homens.

— Estou em casa — disse Temujin, baixinho e sem ser ouvido pelos outros. Era pouco mais do que o acampamento de um bando em meio à neve, apenas com comida e abrigo suficientes, mas não existia dúvida. Havia trazido Borte para casa.

— Leve-me até minha mãe, Jelme — disse, estremecendo no vento. — Ela deve estar faminta por notícias dos olkhun'ut.

Captou um vislumbre do nervosismo de Borte diante de suas palavras e buscou tranqüilizá-la.

— Ela vai receber você bem, Borte, como se você fosse filha dela.

Enquanto Jelme ia à frente, Temujin viu o desgarrado que ele havia posto sob sua proteção parado desconfortavelmente nas proximidades do pequeno grupo. Sua mente estava tonta com uma centena de coisas para lembrar, mas não poderia deixar o sujeito parado no meio de estranhos.

— Kachiun? Este é Barakh, um ótimo guerreiro. Precisa de trabalho com o arco e jamais usou uma espada. Mas é corajoso e forte. Veja o que pode fazer com ele. — E franziu a testa consigo mesmo enquanto falava, lembrando-se de mais uma dívida.

— Certifique-se de que Arslan tenha tudo de que precisa para forjar espadas novas. Mande homens para cavar minério.

Kachiun assentiu.

— Há um veio neste morro. Já temos pedras cinzentas empilhadas para ele. Jelme não deixou ninguém tocá-las até que o pai retornasse.

Temujin viu que Arslan e o filho estavam escutando.

— Isso foi correto — disse imediatamente. — Arslan fará duas espadas tão fantásticas quanto as melhores que já vimos na vida, não é?

Arslan ainda estava empolgado com o prazer de ver o filho vivo e forte, líder de homens. Baixou a cabeça.

— Vou fazê-las — disse.

— Agora, pelo pai céu, vamos sair deste vento — disse Temujin. — Achei que já deveria ser primavera.

Khasar deu de ombros.

— Achamos que é primavera. Estou gostando do tempo ameno.

Temujin olhou ao redor, para Khasar, Kachiun, Jelme e Arslan. Eram ótimos guerreiros, e seu coração se elevou ao pensar no que eles poderiam realizar juntos. Estava em casa.

Hoelun tinha uma iurta própria, com uma menina das famílias de desgarrados para ajudá-la. Estava esfregando gordura limpa de carneiro na pele quando ouviu a agitação. Sua serviçal saiu para a neve em busca de notícias, retornando de rosto vermelho e ofegando por causa do frio.

— Seu filho está no acampamento, senhora — disse ela.

Hoelun deixou o pote de gordura cair das mãos e enxugou-as com um pano velho. Fez um estalo com a garganta para apressar a menina enquanto estendia os braços e se enfiava no dil. A força das emoções a surpreendeu, mas seu coração havia saltado diante da notícia. Temujin havia sobrevivido de novo. Mesmo não conseguindo esquecer o que ele fizera em tempos mais sombrios, ainda era seu filho. O amor era uma coisa estranha e distorcida para qualquer mãe, fora de qualquer razão.

Quando escutou a voz dele do lado de fora, Hoelun havia se composto, pegando a pequena Temulun no colo e penteando o cabelo da menina para acalmar as mãos trêmulas. A menina pareceu sentir o estranho estado da mãe, e olhou ao redor, os olhos arregalados quando a porta se abriu. Temujin trouxe o inverno para dentro num sopro de neve e ar cortante que fez Hoelun estremecer e Temulun gritar de felicidade para o irmão mais velho que não via há tanto tempo.

Hoelun ficou olhando Temujin abraçar a irmã, elogiando-a pelo lindo cabelo, como sempre fazia. A menina ficou tagarelando enquanto Hoelun bebia cada detalhe do jovem que lhe inspirava sentimentos tão confusos. Quer ele soubesse ou não, Temujin era o filho que Yesugei teria desejado. Em seus momentos mais sombrios, ela sabia que Yesugei teria aprovado a morte de Bekter quando eles estavam perto de morrer de fome. Seus filhos haviam herdado a implacabilidade do pai, ou talvez esta tivesse sido incutida a marteladas pela vida que haviam levado.

— É bom vê-lo, meu filho — disse Hoelun formalmente. Temujin apenas sorriu, virando de lado para deixar entrar uma mulher alta e outra em seguida. Os olhos de Hoelun se arregalaram ao captar as feições delicadas de seu povo. Isso lhe trouxe uma pontada de saudade, surpreendendo-a depois de tantos anos. Levantou-se e segurou as mãos das duas jovens, trazendo-as para o calor. Temulun veio se juntar a elas, aconchegando-se no meio e exigindo saber quem eram.

— Mais lenha no fogo aqui — disse Hoelun à serviçal. — Vocês duas devem estar congelando. Qual de vocês é Borte?

— Sou eu, mãe — respondeu Borte timidamente. — Dos olkhun'ut.

— Eu sabia, pelo rosto e pelas marcas no dil — disse Hoelun enquanto virava para a outra. — E você, filha, qual é o seu nome?

Eluin ainda estava atordoada de tristeza, mas fez o melhor possível para responder. Hoelun sentiu seu sofrimento e a abraçou num impulso. Trouxe ambas para onde pudessem se sentar, pedindo tigelas de chá quente para aquecê-las. Temulun foi mantida quieta com um saco de pedaços de coalhada doce e sentou-se no canto, enfiando a mão dentro. Temujin observou enquanto as mulheres dos olkhun'ut conversavam e ficou satisfeito ao ver que Borte começava a sorrir diante das lembranças de sua mãe. Hoelun entendia o medo delas em meio à estranheza. Havia sentido a mesma coisa, um dia. Enquanto elas se aqueciam, interrogou-as interminavelmente, a voz retornando a um sotaque antigo que Temujin reconheceu como sendo dos olkhun'ut. Era estranho ouvir o sotaque vindo por sua mãe, e ele pensou de novo na vida que ela tivera antes de Yesugei ou dos filhos.

— Sansar ainda é o cã? E meu sobrinho, Koke, e o pai dele, Enq?

Borte respondia com facilidade, reagindo sem embaraço aos modos maternais de Hoelun. Temujin olhava com orgulho, como se fosse responsável. Sua mãe parecia tê-lo esquecido, por isso ele se acomodou e assentiu para a serviçal pedindo uma tigela de chá, aceitando-a agradecido e fechando os olhos com prazer enquanto o calor penetrava. Eluin também começou a participar da conversa e ele finalmente se permitiu relaxar e fechou os olhos.

— ... isso não pode continuar por muito mais tempo, essa tempestade — ouviu a mãe dizendo. — O degelo já começou, e as passagens no morro começaram a ser liberadas.

— Acho que nunca senti tanto frio — respondeu Borte, esfregando as mãos. As mulheres pareciam gostar umas das outras, e Temujin se acomodou, agradecido.

— Eu trouxe Eluin para ser esposa de Khasar ou Kachiun. A irmã dela morreu durante a viagem — disse, entreabrindo os olhos. As duas mulheres o olharam, e então a conversa recomeçou como se ele não tivesse falado. Temujin bufou em silêncio. Nenhum homem poderia ser cã de sua mãe. O calor o deixou sonolento e, com as vozes suaves delas nos ouvidos, caiu no sono.

Kachiun e Khasar estavam numa iurta ali perto, mastigando carne de carneiro quente que estivera borbulhando num cozido durante boa parte do dia. Com o frio, era necessário manter um cozido no fogo o tempo todo, de modo que sempre houvesse uma tigela para aquecê-los antes de saírem de novo. Houvera pouca chance de relaxar enquanto Temujin estava fora. Os irmãos toleravam de boa vontade as ordens de Jelme, sabendo que era isso que Temujin teria desejado. Mas em particular tiravam todas as máscaras e os fingimentos, falando longamente durante a noite.

— Gostei do jeito da tal de Eluin — disse Khasar.

Kachiun aproveitou a deixa imediatamente, como seu irmão sabia que iria acontecer.

— *Sua* garota morreu, Khasar. Eluin foi prometida a mim, e você sabe disso.

— Não sei de nada, irmãozinho. Os mais velhos recebem o chá e o cozido antes, já notou? Acontece o mesmo em relação às mulheres.

Kachiun resfolegou, achando meio divertido. Tinha visto Eluin primeiro, quando partiu para responder ao chamado do vigia. Na hora, mal a havia notado, coberta de roupas contra o frio, mas achava que isso lhe dava uma espécie de direito de descoberta. Certamente era uma reivindicação mais forte que a de Khasar, que havia acabado de sair de uma iurta e a encontrado.

— Temujin vai decidir — disse ele.

Khasar assentiu, rindo de orelha a orelha.

— Fico feliz porque não vamos discutir. Afinal de contas, sou o mais velho.

— Eu disse que ele vai decidir, e não que vai escolher você — respondeu Kachiun azedamente.

— Achei que ela era bonita. Com pernas compridas.

— O que você pôde ver das pernas? Ela parecia um iaque, com todas aquelas camadas de roupa.

Khasar olhou ao longe.

— Ela era alta, Kachiun, não notou? A não ser que você ache que os pés dela não chegam ao chão, deve haver pernas compridas lá embaixo, em algum lugar. Pernas fortes para se enrolar em volta de um homem, se é que você sabe o que estou dizendo.

— Temujin poderia casá-la com Jelme — respondeu Kachiun, mais para provocar o irmão do que por acreditar nisso.

Khasar balançou a cabeça.

— O sangue vem primeiro. Temujin sabe disso melhor que ninguém.

— Se você parasse um instante para ouvi-lo, saberia que ele afirma ter um laço de sangue com todo homem e mulher do acampamento, independentemente da tribo ou da família — disse Kachiun. — Pelos espíritos, Khasar, você pensa mais em seu estômago e em seu baixo-ventre do que no que ele está tentando fazer aqui.

Os dois irmãos se encararam com ar funesto.

— Se quer dizer que não ando atrás dele como um cachorro perdido, está certo. Com você e Jelme, hoje em dia ele tem sua própria matilha para adorá-lo.

— Você é idiota — disse Kachiun, lenta e deliberadamente.

Khasar ficou vermelho. Sabia que não tinha a inteligência aguda de Temujin, e talvez nem mesmo a de Kachiun, mas o mundo poderia se congelar e ficar sólido antes que ele admitisse isso.

— Talvez você devesse ir se deitar à porta da iurta da nossa mãe, na neve — disse. — Você poderia encostar o focinho nela, ou algo assim.

Os dois haviam matado homens, com Temujin e com Jelme; no entanto, quando se embolaram, foi com a energia furiosa de dois meninos, feitos de cotovelos e rosto avermelhado na luta. Nenhum tentou pegar uma faca, e Khasar estava rapidamente com a cabeça de Kachiun presa sob o braço e começou a sacudi-lo.

— Diga que você é o cachorro dele — disse Khasar, ofegando com o esforço. — Depressa, estou no próximo turno de vigia.

— Eu vi Eluin primeiro e ela é minha — respondeu Kachiun, sufocando.

Khasar apertou com mais força ainda.

— Diga que prefere que ela vá para a cama com seu irmão mais velho e mais bonito — exigiu.

Kachiun lutou violentamente e os dois caíram juntos contra uma cama, fazendo com que Khasar liberasse o aperto. Os dois ficaram deitados ofegando, observando-se cautelosamente.

— Não me importo se sou o cachorro dele — disse Kachiun. — Jelme também não se importa. — Em seguida, respirou fundo para o caso de o irmão se lançar contra ele de novo. — E você também não.

Khasar deu de ombros.

— Gosto de matar os tártaros, mas, se eles continuarem mandando velhas com os guerreiros, não sei o que vou fazer. Até Arslan conseguiu encontrar uma coisinha nova e bonita antes de ir embora.

— Ela continua se recusando a ficar com você? — perguntou Kachiun. Khasar franziu a testa.

— Ela disse que Arslan me mataria se eu a tocasse, e acho que talvez esteja certa. Aquele é um sujeito que eu não quero incomodar.

Arslan estava de pé na iurta que havia construído ao redor de sua forja, deixando o calor penetrar nos ossos. Suas preciosas ferramentas haviam sido oleadas e embrulhadas para não enferrujar, e ele não encontrou nada de que pudesse reclamar quando encarou Jelme.

— Você se saiu bem aqui, filho. Vi como os outros homens o olhavam. Talvez tenha sido o pai céu que nos guiou para os lobos.

Jelme deu de ombros.

— Isso está no passado. Encontrei um objetivo aqui, pai, um lugar. Agora estou preocupado com o futuro, se esse inverno algum dia acabar. Nunca vi um assim.

— Em todos os seus muitos anos — respondeu Arslan, sorrindo. Jelme parecia ter ganhado confiança longe dele, e ele não sabia exatamente como entender o jovem guerreiro que o encarava com tanta calma. Talvez Jelme tivesse necessitado da ausência do pai para se tornar homem. Era um pensamento que o tornava sóbrio, e Arslan não queria ficar sóbrio.

— Pode me arranjar um ou dois odres de airag enquanto conversamos? Preciso saber sobre os ataques.

Jelme foi à sua iurta e pegou um gordo odre do líquido potente.

— Arranjei para trazerem cozido quente para nós — disse. — É ralo, mas ainda temos um pouco de carne seca e salgada.

Os dois se encostaram na forja, relaxando no calor. Arslan desamarrou o dil para deixar que a quentura entrasse.

— Vi que as espadas de vocês sumiram — disse Jelme.

Arslan grunhiu, irritado.

— Foram o preço pelas mulheres que Temujin trouxe de volta.

— Sinto muito. Você fará outras tão boas quanto aquelas. Ou melhores.

Arslan franziu a testa.

— Cada uma é um mês de trabalho ininterrupto, e isso não inclui o tempo de cavar o minério ou fazer lingotes de ferro. Quantas mais você acha que ainda tenho em mim? Não vou viver para sempre. Quantas vezes poderei conseguir o aço certo e trabalhá-lo sem falhas? — Ele cuspiu na forja e olhou o cuspe borbulhar suavemente, ainda não quente o bastante para deslizar. — Achei que você herdaria a espada que eu carregava.

— Talvez ainda herde, se ficarmos suficientemente fortes para tomá-la dos olkhun'ut — respondeu Jelme.

Seu pai deu as costas para a forja e o encarou.

— É isso que você acha? Que este pequeno grupo vai varrer a terra na primavera?

Jelme o encarou com teimosia, mas não respondeu. Arslan bufou.

— Eu o criei para ter mais bom senso que isso. Pense taticamente, Jelme, como ensinei. Temos... o quê, trinta guerreiros no máximo? Quantos foram treinados desde os primeiros anos, como você, Temujin ou os irmãos dele?

— Nenhum, mas...

O pai baixou a mão num gesto cortante, a raiva crescendo.

— As menores tribos podem pôr no campo entre sessenta e oitenta homens de boa qualidade, Jelme, homens que podem acertar a asa de um pássaro com os arcos, homens com boas espadas e conhecimento suficiente para formar chifres durante o ataque, ou para recuar em ordem. Eu não confiaria que este acampamento montasse um ataque contra um quinto dos guerreiros olkhun'ut. Não se deixe enganar! Este lugarzinho congelado precisará das bênçãos do pai céu para sobreviver a uma única estação depois do degelo. Os tártaros chegarão uivando, procurando vingança contra qualquer dano minúsculo que tenham sofrido no inverno.

Jelme apertou o maxilar diante disso e olhou irritado para o pai.

— Nós já tomamos cavalos, armas, comida, até espadas...

De novo o pai o silenciou.

— Espadas que eu poderia dobrar com as mãos! Conheço a qualidade das armas dos tártaros, garoto.

— Pára com isso! — Jelme rugiu subitamente para o pai. — O senhor não sabe de nada do que fizemos. Não me deu chance de contar, antes de começar com seus alertas e profecias de destruição. É, podemos ser destruídos na primavera. Fiz o que pude para melhorá-los e treiná-los enquanto vocês estavam longe. Quantos homens o senhor pegou para trabalhar na forja e aprender sua profissão? Não ouvi falar de nenhum.

Arslan abriu a boca, mas Jelme havia entrado numa fúria e não havia como fazê-lo parar.

— O senhor preferiria que eu desistisse e me deitasse na neve? Este é o caminho que escolhi. Encontrei um homem a quem seguir e fiz meu juramento. Minha palavra é de ferro, pai, como o senhor me ensinou que deveria ser. Quer dizer que ela só era forte quando as chances estavam do nosso lado? Não. O senhor me ensinou bem demais, se espera que eu desista dessas pessoas. Eu tenho um lugar, já lhe disse, não importa qual seja o resultado. — Ele parou, respirando fundo devido à força da emoção. — Fiz os tártaros nos temerem, como disse que faria. Esperava que o senhor sentisse orgulho de mim, e em vez disso sopra como um velho sem fôlego, com seus medos.

Arslan não pretendia bater nele. O filho estava parado perto demais e, quando ele moveu as mãos, Arslan reagiu por instinto, lançando um punho duro como ferro contra o queixo do filho. Jelme caiu, atordoado, o ombro batendo na lateral da forja.

Arslan ficou olhando, pasmo, enquanto Jelme demorava um momento e se levantava com calma gélida. O filho esfregou o queixo e estava com o rosto muito pálido.

— Não faça isso de novo — disse Jelme baixinho, os olhos duros.

— Foi um erro, filho — respondeu Arslan. — Foi preocupação e cansaço, nada mais. — Ele parecia estar sentindo a dor.

Jelme assentiu. Havia sofrido coisas piores em seus treinamentos juntos, mas ainda havia raiva correndo por dentro dele, e era difícil afastá-la.

— Treine homens para fazer espadas — disse, tornando isso uma ordem. — Vamos precisar de cada uma delas e, como o senhor disse, não vai viver para sempre. Nenhum de nós vive para sempre. — Ele esfregou o queixo de novo, estremecendo ao ouvir um estalo.

— Encontrei algo digno de valor aqui — disse, esforçando-se muito para fazer o pai entender. — As tribos lutam entre si e desperdiçam a força. Aqui mostramos que um homem pode recomeçar, e não importa se ele já foi um naiman ou um lobo.

Arslan viu uma luz estranha nos olhos do filho e ficou preocupado com ela.

— Ele lhes dá comida para a barriga e, por algum tempo, eles esquecem as velhas rixas e ódios. É isso que estou vendo aqui! — disse rispidamente para o filho. — As tribos lutaram por mil anos. Você acha que um homem pode interromper toda essa história, esse ódio?

— Qual é a alternativa? — perguntou Temujin, da porta.

Os dois giraram para encará-lo e ele viu o hematoma escuro no queixo de Jelme, entendendo num instante.

— Não pude dormir com três mulheres e minha irmã tagarelando como pássaros, por isso vim para cá.

Nem o filho nem o pai responderam, e Temujin continuou, fechando os olhos para o calor que o alcançava:

— Não peço seguidores cegos, Arslan. Você tem o direito de questionar nosso objetivo aqui. Você vê um grupo maltrapilho, praticamente sem comida para chegar ao fim do degelo. Talvez possamos encontrar um vale em algum lugar, criar rebanhos e filhos enquanto as tribos continuam a atacar e trucidar umas às outras.

— Não vai me dizer que se importa com quantos estranhos morrem nessas batalhas — disse Arslan com certeza.

Temujin fixou os olhos amarelos no ferreiro, parecendo preencher o pequeno espaço da iurta.

— Nós alimentamos o solo com nosso sangue, com nossa rixa interminável — disse, depois de um tempo. — Sempre fizemos isso, o que não significa que devamos fazer sempre. Eu mostrei que uma tribo pode vir dos quirai, dos lobos, dos woyela, dos naimanes. Somos um povo, Arslan. Quando tivermos força suficiente, eu *farei* com que eles venham a mim, ou vou derrubá-los um a um. Somos *mongóis*, Arslan. Somos o povo de prata, e um cã pode liderar todos nós.

— Você está bêbado ou sonhando — respondeu Arslan, ignorando o desconforto do filho. — O que o faz pensar que eles vão aceitá-lo?

— Eu sou a terra. E a terra não vê diferença nas famílias de nosso povo. — Temujin olhou de um para o outro. — Não peço sua lealdade. Vocês me deram isso com seu juramento, e ele os obriga até a morte. Pode ser que todos sejamos mortos na tentativa, mas vocês não são os homens que acho que são, se isso os impedir. — Ele deu um risinho consigo mesmo por um momento, apertando os olhos com os dedos, contra o cansaço piorado pelo calor.

"Uma vez escalei para pegar um filhote de águia. Poderia ter ficado no chão, mas o prêmio valia o risco. Por acaso eram dois, de modo que tive mais sorte do que havia esperado. — Seu riso pareceu amargo, mas ele não explicou. Deu um tapa no ombro do pai e no do filho.

"Agora parem de discutir e *escalem* comigo. — Ele parou por um momento para ver como os dois recebiam suas palavras, depois retornou para a neve fria, para encontrar um local onde dormir.

CAPÍTULO 24

WEN CHAO MANTINHA VIGILÂNCIA ATENTA NOS SERVOS ATRAVÉS DAS CORTInas da liteira enquanto eles lutavam sob seu peso. Com três homens em cada cabo de madeira, o trabalho deveria ser suficiente para mantê-los quentes, mas, quando olhou para fora do toldo de seda, notou que mais de um estava ficando azulado ao redor dos lábios. Ele não havia se movido antes que a neve do inverno tivesse começado a derreter, mas ainda existia gelo fazendo barulho sob os pés e o vento era cruel. Suspeitava que perderia outro escravo antes que chegassem ao acampamento mongol, se não dois. Puxou as peles ao redor do corpo e se perguntou, mal-humorado, se ao menos encontrariam o acampamento.

Divertiu-se durante um tempo xingando Togrul, o cã dos keraites, que afirmara saber onde o bando de atacantes esperava a passagem do inverno. Com um pouco mais de calor e imaginação, chegou a insultos ainda mais complicados para os membros da corte jin em Kaifeng.

Soubera que fora passado para trás desde o momento em que pôs os olhos nas expressões dos eunucos. Eles eram tão ruins quanto velhas fofoqueiras e pouca coisa acontecia na corte que eles não ficassem sabendo. Wen lembrou-se do deleite ácido do pequeno Zhang, o primeiro dentre eles, enquanto o levava à presença do primeiro-ministro.

Franziu os lábios, irritado com a lembrança. Orgulhava-se de sua habilidade nos jogos de poder, mas ali estava. Fora atraído por uma mulher da melhor casa dos Willows em Kaifeng e havia perdido apenas uma reunião importante. Suspirou ao pensar na habilidade dela, lembrando-se de cada toque libertino e da coisa peculiar que ela tentara fazer com uma pena. Esperava que os serviços dela tivessem custado caro aos seus inimigos, pelo menos. Quando fora convocado da cama da mulher no meio da noite, soube imediatamente que iria pagar pelos prazeres. Dez anos de esperteza haviam sido desperdiçados por uma noite embriagada de poesia e amor. E nem mesmo havia sido boa poesia, refletiu. O ministro anunciou uma missão diplomática às tribos bárbaras como se isso fosse uma grande honra e, claro, Wen foi obrigado a sorrir e bater a cabeça no chão como se tivesse recebido o que mais desejava.

Dois anos depois, ainda estava esperando para ser chamado de volta. Longe das maquinações e dos jogos da corte jin, sem dúvida fora esquecido. Endereçava cópias de seus relatórios a amigos de confiança, com instruções para que fossem enviados, mas provavelmente nenhum deles sequer era lido. Não era uma tarefa difícil perdê-los no meio dos milhares de escribas que atendiam à corte do Reino do Meio, pelo menos para alguém tão trapaceiro quanto Zhang.

Ainda que Wen se recusasse a ficar desesperado, havia uma chance de terminar seus dias em meio às feias tribos mongóis, morto congelado ou envenenado pela interminável carne de carneiro rançosa e leite azedo. Realmente era demais, para um homem de sua posição e avançado em anos. Havia levado apenas uma dúzia de serviçais, além dos guardas e carregadores de liteira, mas o inverno tinha se mostrado intenso demais para os mais fracos, mandando-os de volta pela roda da vida, para a próxima reencarnação. Ainda ficava furioso ao se lembrar do modo como seu escriba pessoal havia contraído uma febre e morrido. O sujeito se sentou na neve e se recusou a continuar. Um dos guardas o chutou, sob instruções de Wen, mas o sujeitinho abriu mão do espírito com todo sinal de prazer vingativo enquanto morria.

Wen esperava fervorosamente que ele retornasse como lavador de chão, ou um pônei que fosse espancado regularmente e com muito entusiasmo. Agora que o sujeito se fora, Wen só podia lamentar as surras que ele próprio não infligira. Nunca havia tempo suficiente, nem mesmo para os senhores mais conscienciosos.

Ouviu o ritmo das batidas de cascos e pensou em puxar de volta a cortina que mantinha o vento do lado de fora da liteira, mas decidiu não fazer isso. Sem dúvida seriam os guardas informando uma ausência completa de sinais, como haviam feito nos doze dias anteriores. Quando os ouviu gritar, seu velho coração bateu forte de alívio, ainda que fosse indigno demonstrar. Ele não era o quinto primo da segunda mulher do imperador? Era. Em vez disso, pegou um de seus rolos de pergaminhos mais cheios de anotações e leu as palavras de filosofia, encontrando a calma nos pensamentos simples. Nunca havia se sentido confortável com a alta moral de Confúcio, mas o discípulo dele, Xun Zi, era um homem que Wen gostaria de convidar para uma bebida. Era para as palavras dele que costumava se voltar quando seu moral estava baixo.

Ignorou as conversas agitadas dos guardas enquanto decidiam se deveriam perturbá-lo em seu esplendor solitário. Xun Zi acreditava que o caminho da excelência era o caminho do esclarecimento, e Wen estava pensando num paralelo delicioso em sua vida. Já ia pegar seus instrumentos de escrita quando a liteira foi posta no chão e ele ouviu uma garganta nervosa pigarreando junto a seu ouvido. Suspirou. A viagem havia sido monótona, mas a idéia de se misturar de novo com bárbaros que não tomavam banho levaria sua paciência ao limite. Tudo isso em troca de uma noite de luxúria, pensou, enquanto puxava a cortina de lado e olhava o rosto de seu guarda de maior confiança.

— Bem, Yuan, parece que paramos — disse, deixando as unhas longas estalarem no pergaminho em sua mão, para mostrar o desprazer. Yuan estava agachado junto à liteira e se deitou quando Wen falou, apertando a testa no chão gelado. Wen suspirou audivelmente.

— Pode falar, Yuan. Se não fizer isso, vamos ficar aqui o dia inteiro. — A distância, ouviu o tom lamentoso de trombetas de alerta ao vento. Yuan olhou de volta para a direção de onde havia chegado.

— Nós os encontramos, senhor. Eles estão vindo.

Wen assentiu.

— Você é o primeiro dentre meus guardas, Yuan. Quando eles terminarem de vociferar e latir, avise-me.

Deixou a cortina de seda cair de volta e começou a amarrar os pergaminhos com fitas vermelhas. Ouviu o troar de cavalos se aproximando e sentiu a coceira da curiosidade se tornar avassaladora. Com um suspiro diante da própria fraqueza, Wen puxou a portinhola de madeira da liteira, espiando através dela. Só Yuan sabia que ela existia, e ele não diria nada. Para os escravos, pareceria que o senhor zombava do perigo. Era importante apresentar a imagem correta aos escravos, pensou, imaginando se haveria tempo para acrescentar uma anotação a seus pequenos pensamentos sobre filosofia. Mandaria seu trabalho ser encadernado e enviado para publicação, prometeu a si mesmo. O texto era particularmente crítico em relação ao papel dos eunucos na corte de Kaifeng. Enquanto espiava pelo buraco minúsculo, pensou que seria melhor publicá-lo anonimamente.

Temujin cavalgava com Arslan e Jelme nos flancos. Dez de seus melhores homens vinham com eles, enquanto Khasar e Kachiun haviam se separado com forças melhores ao redor do acampamento, para procurar um segundo ataque.

Temujin percebeu, à primeira vista, que havia algo errado com a cena. Imaginou por que tantos homens armados pareciam estar guardando uma caixa. Os homens, em si, eram estranhos, mas era capaz de reconhecer guerreiros treinados quando os via. Em vez de atacar, eles haviam formado um quadrado defensivo ao redor da caixa, para esperar sua chegada. Temujin olhou para Arslan, as sobrancelhas erguidas. Acima do som dos cavalos galopando, Arslan foi obrigado a gritar.

— Vá com cuidado, senhor. Só pode ser um representante dos jin, alguém importante.

Temujin olhou de novo para a estranha cena, com interesse renovado. Tinha ouvido falar das grandes cidades no leste, mas nunca vira alguém daquele povo. Diziam que eram enxames como de moscas e que usavam ouro como material de construção, de tão comum que era. Quem quer que fosse, era importante o suficiente para viajar com uma dúzia de guardas e bastantes escravos para carregar a caixa de laca. Em si, aquela era uma coisa estranha de se ver nas vastidões. Brilhava negra e nas laterais havia panos pendurados, da cor do sol.

Temujin tinha uma flecha na corda e guiava o pônei com os joelhos. Baixou o arco, dando uma ordem curta para os que estavam ao redor fazerem o mesmo. Se fosse uma armadilha, os guerreiros jin descobririam que haviam cometido um erro ao entrar naquelas terras.

Puxou as rédeas. Para quem sabia enxergar, seus homens mantinham a formação perfeitamente quando o imitavam. Temujin amarrou muito bem o arco na tira de couro da sela, tocou o punho da espada para dar sorte e cavalgou até o homem no centro do estranho grupo.

Não falou. Aquelas terras eram suas por direito, e ele não precisava explicar sua presença ali. Seu olhar amarelo estava firme no guerreiro, e Temujin notou com interesse a armadura de placas sobrepostas. Como a caixa em si, as chapas eram laqueadas com uma substância que brilhava como água negra, com as amarras escondidas. Aquilo parecia capaz de parar uma flecha, e Temujin imaginou se poderia obter uma, para testar.

O guerreiro observou Temujin por baixo da borda de um elmo acolchoado, o rosto meio escondido por laterais de ferro. Ele parecia doente, para Temujin, de uma cor amarela e medonha que indicava noites demais bebendo. No entanto, os brancos dos olhos eram límpidos, e o sujeito não estremeceu ao ver tantos homens armados enquanto esperavam ordens.

O silêncio se estendeu e Temujin esperou. Por fim, o oficial franziu a testa.

— Meu senhor, da corte de jade, deseja falar com o senhor — disse Yuan rigidamente, com um sotaque estranho aos ouvidos de Temujin. Como seu senhor, Yuan não gostava dos guerreiros das tribos. Eles não demonstravam disciplina do tipo que ele entendia, apesar de toda a ferocidade que possuíam. Via-os como cães mal-humorados e era indigno ter de conversar com eles como se fossem seres humanos.

— Ele está escondido naquela caixa? — perguntou Temujin.

O oficial ficou tenso e Temujin baixou a mão perto do punho da espada. Havia passado centenas de tardes treinando com Arslan e não temia um choque súbito de lâminas. Talvez sua diversão aparecesse nos olhos, porque Yuan se conteve e ficou sentado como pedra.

— Devo dizer uma mensagem de Togrul, dos keraites — continuou Yuan.

Temujin reagiu ao nome com curiosidade intensa. Tinha-o ouvido antes, e seu acampamento continha três desgarrados que haviam sido banidos daquela tribo.

— Diga sua mensagem, então — respondeu.

O guerreiro falou como se estivesse recitando, olhando para o nada.

— "Confie nestes homens e lhes ofereça direitos de hóspedes em meu nome."

Temujin riu subitamente, surpreendendo o soldado jin.

— Talvez isso fosse sensato. Você pensou na alternativa?

Yuan olhou de volta para Temujin, irritado.

— Não há alternativa. Vocês receberam as ordens.

Diante disso, Temujin riu alto, mas sem perder a percepção do soldado ao alcance de uma espada.

— Togrul dos keraites não é meu cã — disse. — Ele não dá ordens aqui.

— Mesmo assim, seu interesse pelo grupo que entrara nas terras ao redor do acampamento de guerra havia aumentado. O oficial não disse mais nada, porém irradiava tensão.

— Eu poderia matar todos vocês e pegar o que há naquela bela caixa que estão protegendo — disse Temujin, mais para provocar o sujeito do que por qualquer outra coisa. Para sua surpresa, o oficial não ficou irado como antes. Em vez disso um sorriso grave apareceu em seu rosto.

— Você não tem homens suficientes — respondeu Yuan com certeza.

Quando Temujin ia responder, uma voz vinda da caixa deu uma ordem ríspida numa língua que ele não pôde entender. Parecia o grasnar de um ganso, mas o oficial baixou a cabeça imediatamente.

Temujin não pôde mais resistir à curiosidade.

— Muito bem. Dou-lhes direitos de hóspedes em minha casa — disse. — Venham comigo para que meus guardas não cravem flechas em suas gargantas. — Viu que Yuan estava franzindo a testa e falou de novo: — Cavalguem lentamente e não façam gestos súbitos. Em meu acampamento há homens que não gostam de estranhos.

Yuan levantou um punho e os doze carregadores seguraram os cabos compridos e se levantaram ao mesmo tempo, olhando adiante impassivelmente. Temujin não sabia o que pensar de nada daquilo. Deu ordens ríspidas a seus homens e foi na frente com Arslan, enquanto Jelme e os outros trotavam com os pôneis ao redor do pequeno grupo para seguir na retaguarda.

Quando alcançou Arslan, Temujin se inclinou na sela, falando num murmúrio:

— Você conhece esse povo?

Arslan assentiu.

— Já o encontrei antes.

— São ameaça para nós?

Temujin ficou olhando enquanto Arslan pensava.

— Podem ser. Têm grandes riquezas e dizem que as cidades são vastas. Não sei o que querem conosco, neste lugar.

— Ou que jogo Togrul está fazendo — acrescentou Temujin. Arslan assentiu e eles não falaram de novo enquanto cavalgavam.

Wen Chao esperou até que sua liteira fosse posta no chão e Yuan estivesse ao lado. Observara a chegada ao acampamento com interesse e suprimira gemidos à visão familiar das iurtas e das ovelhas magras. O inverno fora duro, e o povo que ele via tinha uma aparência desgastada. Podia sentir o cheiro de gordura de carneiro na brisa muito antes de chegar ao acampamento e soube que o odor permaneceria em suas vestes até que fossem lavadas repetidamente. Quando Yuan puxou a cortina de seda, Wen saiu no meio deles, respirando o mais superficialmente possível. Por experiência, sabia que acabaria se acostumando, mas ainda não conhecera alguém daquelas tribos que pensasse em tomar banho mais do que uma ou duas vezes por ano e, mesmo assim, apenas se caísse num rio. De qualquer modo, tinha uma tarefa a cumprir e, mesmo xingando baixinho o pequeno Zhang, saiu ao vento frio com o máximo de dignidade que pôde reunir.

Mesmo que não tivesse visto como os outros homens obedeciam ao jovem de olhos amarelos, Wen saberia que ele era o líder. Na corte de Kaifeng, eles sabiam sobre os que eram "tigres nos juncos", os que tinham sangue de guerreiro correndo nas veias. Esse tal de Temujin era um daqueles tigres, decidiu Wen, assim que encarou aqueles olhos. E que olhos! Wen não vira nada igual.

O vento era cortante para alguém que usasse vestes finas, mas Wen não demonstrou desconforto ao encarar Temujin e fazer uma reverência. Só Yuan saberia que o gesto era muito mais curto do que o ângulo ditado pela cortesia, mas Wen achava divertido insultar os bárbaros. Para sua surpresa, o guerreiro meramente observou o movimento, e Wen ficou irritado.

— Meu nome é Wen Chao, embaixador da corte jin dos Sung do Norte. Sinto-me honrado em estar no seu acampamento — disse. — As notícias de suas batalhas contra os tártaros se espalharam longe, pela terra.

— E isso o trouxe aqui em sua caixinha, foi? — respondeu Temujin. Estava fascinado com cada aspecto do homem estranho atendido por tantos serviçais. Ele também tinha a pele amarela que parecia doente aos olhos de Temujin, mas se portava bem ao vento que agitava seus mantos. Temujin avaliou sua idade em mais de 40 anos, mas a pele não tinha rugas. O diplomata jin era uma visão estranha para quem havia crescido nas tribos. Usava um manto verde que parecia brilhar. O cabelo era preto como o deles, mas raspado na testa e preso num rabo com um prendedor de prata. Para sua perplexidade, Temujin viu que as mãos do sujeito terminavam em unhas parecidas com garras, que refletiam a luz. Perguntou-se por quanto tempo ele suportaria o frio. O sujeito não parecia notar, mas seus lábios estavam ficando azuis enquanto Temujin observava.

Wen fez outra reverência antes de falar.

— Trago cumprimentos da corte de jade. Ouvimos falar muito de seus sucessos aqui e há muitas coisas a discutir. Seu irmão dos keraites manda os cumprimentos.

— O que Togrul quer comigo?

Wen fumegou, sentindo o frio cortá-lo. Será que não seria convidado para as iurtas aquecidas? Decidiu pressionar um pouco.

— Não recebi direitos de hóspedes, senhor? Não é adequado falar de grandes questões com tantos ouvidos ao redor.

Temujin deu de ombros. O sujeito estava obviamente congelando, e ele queria ouvir o que o trouxera através de uma planície hostil antes que o embaixador morresse.

— Você é bem-vindo — e experimentou o nome na língua antes de mutilá-lo terrivelmente —, Wencho?

O velho controlou a repulsa e Temujin sorriu do orgulho dele.

— Wen *Chao*, senhor — respondeu o diplomata. — A língua deve tocar o céu da boca.

Temujin assentiu.

— Então venha para o calor, Wen. Mandarei trazer chá salgado quente para você.

— Ah, o chá — murmurou Chao enquanto seguia Temujin até uma iurta remendada. — Que falta senti dele!

Na penumbra, Wen sentou-se e esperou com paciência até que uma tigela de chá quente foi posta em suas mãos pelo próprio Temujin. A iurta se encheu de homens que o encaravam inquietos, e Wen se obrigou a respirar superficialmente até se acostumar com a proximidade suada deles. Ansiava por um banho, mas esses prazeres haviam ficado muito para trás.

Temujin ficou olhando Wen provar o chá através dos lábios franzidos, claramente fingindo que gostava.

— Fale de seu povo — disse Temujin. — Ouvi dizer que é muito numeroso.

Wen assentiu, agradecido pela chance de falar, em vez de beber.

— Somos um reino dividido. As fronteiras do sul têm mais de sessenta mil milhares de almas sob o domínio do imperador Sung. Os jin do norte talvez sejam em igual número.

Temujin piscou. Os números eram maiores do que ele podia imaginar.

— Acho que está exagerando, Wen Chao — respondeu, pronunciando o nome corretamente, para sua surpresa.

Wen encolheu os ombros.

— Quem pode ter certeza? Os camponeses se reproduzem mais do que carrapatos. Há mais de mil autoridades somente na corte de Kaifeng, e a contagem oficial demora muitos meses. Não tenho o número exato. — Wen gostou dos olhares de perplexidade trocados entre os guerreiros.

— E você? É um cã entre eles? — insistiu Temujin.

Wen balançou a cabeça.

— Eu passei nas... — Ele revirou seu vocabulário e descobriu que não havia palavra para aquilo. — Lutas? Não. — E disse uma palavra estranha. — Significa sentar-se a uma mesa e responder a perguntas junto com centenas de outras pessoas, primeiro num distrito, depois na própria Kaifeng, para as autoridades do imperador. Fiquei em primeiro lugar entre todos os que foram testados naquele ano. — Ele olhou para as profundezas de suas memórias e levou a tigela à boca. — Foi há muito tempo.

— Então você é homem de quem? — perguntou Temujin, tentando entender.

Wen sorriu.

— Talvez do primeiro-ministro do serviço público, mas acho que você quer dizer os imperadores Sung. Eles governam o norte e o sul. Talvez eu viva para ver as duas metades do Reino do Meio reunidas de novo.

Temujin lutou para entender. Enquanto eles o encaravam, Wen pousou a tigela e enfiou a mão dentro do manto para pegar uma bolsa. Uma tensão coletiva o fez parar.

— Estou pegando uma gravura, senhor, só isso.

Temujin sinalizou para ele prosseguir, fascinado com a idéia. Ficou olhando Wen retirar um maço de papéis multicoloridos e lhe passou um. Havia símbolos estranhos, mas no meio ficava o rosto de um rapaz, olhando fixamente à frente. Temujin segurou o papel em diferentes ângulos, perplexo porque o pequeno rosto parecia encará-lo.

— Vocês têm pintores hábeis — admitiu, de má vontade.

— É fato, senhor, mas o papel que o senhor está segurando foi impresso numa grande máquina. Ele tem valor e foi dado em troca de mercadorias. Com mais alguns como ele, eu poderia comprar um bom cavalo na capital, ou uma jovem mulher para passar uma noite.

Wen viu Temujin passá-lo aos outros e observou com interesse a expressão deles. Eram como crianças, pensou. Talvez devesse dar uma nota a cada um, como presente, antes de ir embora.

— Você usa palavras que não conheço — disse Temujin. — O que é "impresso", que você falou? Uma grande máquina? Talvez você tenha decidido nos enganar nas nossas iurtas.

Ele não falava com leviandade, e Wen se lembrou que os homens das tribos podiam ser implacáveis mesmo com os amigos. Se pensassem ao menos por um momento que ele estava zombando, não sobreviveria. Se eram crianças, seria melhor lembrar que também eram mortais.

— É só um modo de pintar mais rápido do que um homem sozinho — disse Wen, de modo tranqüilizador. — Talvez um dia o senhor visite o território jin e veja por si mesmo. Sei que o cã dos keraites tem muito interesse em minha cultura. Ele falou muitas vezes sobre o desejo de possuir terras no Reino do Meio.

— Togrul disse isso? — perguntou Temujin.

Wen assentiu, pegando a nota de volta com o último homem a segurá-la. Dobrou-a cuidadosamente e guardou a bolsa enquanto todos os outros olhos observavam.

— É o maior desejo dele. Lá há solo rico e preto, onde tudo pode ser cultivado, rebanhos de cavalos selvagens sem conta e melhor caça que em qualquer outro lugar do mundo. Nossos senhores vivem em casas grandes, feitas de pedra, e têm mil serviçais para atender a qualquer capricho. Togrul, dos keraites, gostaria de uma vida assim para ele e seus herdeiros.

— Como é possível mover uma casa de pedra? — perguntou subitamente um dos outros homens.

Wen assentiu para ele, cumprimentando-o.

— Ela não pode ser movida, como vocês movem suas iurtas. Há algumas do tamanho de montanhas.

Temujin riu disso, sabendo finalmente que o estranho homenzinho estava brincando com eles.

— Então isso não me serviria, Wen. As tribos devem se mover quando a caça é ruim. Acho que eu morreria de fome na tal montanha de pedra.

— Não morreria, senhor, porque seus serviçais comprariam comida nos mercados. Eles criariam animais para comer e plantariam cereais para fazer pão e arroz para o senhor. O senhor poderia ter mil esposas e jamais conhecer a fome.

— E isso atrai Togrul — disse Temujin baixinho. — Dá para entender. — Sua mente estava em redemoinho com tantas idéias novas e estranhas, mas ainda não ouvira o motivo para Wen procurá-lo em meio às vastidões, tão longe de sua casa. Ofereceu um copo a Wen e encheu-o com airag. Quando viu que o homem estava firmando o maxilar para impedir os dentes de chacoalharem, Temujin resmungou.

— Esfregue-o nas mãos e no rosto e eu encho de novo o copo — disse.

Wen inclinou a cabeça em agradecimento, antes de fazer o que Temujin sugeria. O líquido transparente trouxe um rubor à sua pele amarela, fazendo-a florescer num calor súbito. Em seguida, bebeu o resto e esvaziou o segundo copo assim que Temujin o havia enchido, estendendo-o para uma terceira dose.

— Talvez eu viaje para o leste algum dia — disse Temujin — e veja essas coisas estranhas com meus próprios olhos. No entanto, me pergunto por que você deixaria tudo isso para trás, para viajar até onde meu povo domina com espada e arco. Aqui não pensamos no seu imperador.

— Ainda que ele seja pai de todos nós — disse Wen automaticamente. Temujin encarou-o e Wen lamentou ter bebido tão depressa, de estômago vazio.

— Estou em meio às tribos há dois anos, senhor. Há ocasiões em que sinto muita falta do meu povo. Fui mandado aqui para reunir aliados contra os tártaros do norte. Togrul, dos keraites, acredita que o senhor é um que compartilha nossa aversão por aqueles cães pálidos.

— Parece que Togrul é bem informado — respondeu Temujin. — Como ele sabe tanto sobre minhas atividades? — Em seguida, encheu pela quarta vez o copo de Wen e ficou olhando enquanto o líquido seguia o mesmo caminho do resto. Agradava-o ver o sujeito beber, e encheu um copo para si mesmo, bebericando cuidadosamente para manter a cabeça limpa.

— O cã dos keraites é um homem sábio — respondeu Wen Chao. — Ele lutou contra os tártaros durante anos no norte e recebeu muito ouro como homenagem dos meus senhores. É um equilíbrio, entende? Se eu mandar a Kaifeng uma ordem para que cem pôneis sejam trazidos ao oeste, eles virão dentro de uma estação e, em troca, os keraites derramam sangue tártaro e os mantêm longe das nossas fronteiras. Não queremos que entrem nas nossas terras.

Um dos homens que ouvia se remexeu, desconfortável, e Temujin olhou para ele.

— Vou querer sua opinião em relação a isso, Arslan, quando conversarmos a sós — disse Temujin.

O sujeito se acomodou, satisfeito. Wen olhou para todos ao redor.

— Estou aqui para oferecer o mesmo acordo. Posso lhes dar ouro, cavalos...

— Espadas — disse Temujin. — E arcos. Se eu concordar, vou querer uma dúzia de armaduras como as que seus homens estão usando lá fora, além de cem pôneis, tanto éguas quanto garanhões. Tenho tão pouca utilidade para ouro quanto para uma casa de pedra que não posso mover.

— Não vi cem homens no acampamento — protestou Wen. Por dentro estava se regozijando. A barganha havia começado de modo mais fácil do que ele poderia imaginar.

— Você não viu todos — respondeu Temujin resfolegando. — E eu não disse que concordo. Que papel Togrul representa em tudo isso? Não o conheço, mas sei sobre os keraites. Ele virá depois de você, para implorar minha ajuda?

Wen ficou vermelho, pousando o copo de airag que havia levantado.

— Os keraites são uma tribo estranha, com mais de trezentos homens armados, senhor. Eles ouviram prisioneiros tártaros contarem que o senhor estava atacando cada vez mais ào norte. — Wen fez uma pausa, escolhendo as palavras. — Togrul é um homem de visão e me mandou, não para implorar, mas para convencer o senhor a juntar suas forças às dele. Juntos vocês expulsarão os tártaros por doze gerações, ou mais.

O homem que Temujin havia chamado de Arslan pareceu se eriçar de novo, e Wen viu Temujin pousar a mão no braço dele.

— Aqui eu sou cã, responsável por meu povo — disse ele. — Você iria querer que eu dobrasse o joelho para Togrul em troca de alguns pôneis? — Uma ameaça sutil havia penetrado na iurta apinhada, e Wen desejou que Yuan houvesse tido permissão de acompanhá-lo.

— O senhor só tem de recusar, e eu partirei — disse ele. — Togrul não precisa de um homem de confiança. Precisa de um líder guerreiro implacável e forte. Precisa de cada homem que o senhor possa trazer.

Temujin olhou para Jelme. Depois do inverno interminável, sabia melhor que qualquer um que os tártaros estariam sedentos de vingança. A idéia de juntar forças com uma tribo maior era tentadora, mas ele precisava de tempo para pensar.

— Você disse muita coisa interessante, Wen Chao — observou Temujin depois de um tempo. — Agora deixe-me tomar uma decisão. Kachiun? Arranje camas quentes para os homens dele e mande trazerem um pouco de cozido para aliviar a fome. — Viu o olhar de Wen baixar para o odre de airag pela metade, a seus pés. — E um pouco de airag para esquentá-lo esta noite, também — acrescentou, deixando-se levar pela própria generosidade.

Todos se levantaram quando Wen ficou de pé, não tão firme como quando havia entrado. O sujeito fez mais uma reverência, e Temujin notou como foi um pouco maior que a primeira tentativa. Talvez ele estivesse rígido por causa da viagem.

Quando estavam a sós, Temujin voltou o olhar brilhante para seus homens de maior confiança.

— Eu quero isso — disse ele. — Quero aprender o máximo possível sobre esse povo. Casas de pedra! Escravos aos milhares! Isso não provoca ansiedade em vocês?

— Você não conhece esse tal de Togrul — disse Arslan. — Então o povo de prata está à venda? — bufou. — Esses jin acham que podemos ser comprados com promessas, que vamos ficar fascinados com histórias de milhões de pessoas apinhadas nas cidades deles. O que eles são para nós?

— Vamos descobrir — disse Temujin. — Com os homens dos keraites, posso cravar uma lança nos tártaros. Que os rios fiquem vermelhos com o que vamos fazer.

— Meu juramento é para você, e não para Togrul — disse Arslan.

Temujin encarou-o.

— Eu sei. Não prestarei juramento a nenhum outro. Se ele quiser juntar forças conosco, ficarei com a maior parte da barganha. Pense em Jelme, Arslan. Pense no futuro dele. Somos muito cheios de vida para aumentar nossa tribo acrescentando um a um ou dois a dois. Vamos dar grandes saltos e arriscar tudo de cada vez. Você ficaria sentado esperando os tártaros?

— Você sabe que não — respondeu Arslan.

— Então minha decisão está tomada — disse Temujin, cheio de empolgação.

CAPÍTULO 25

Wen Chao ficou três dias no acampamento, discutindo os termos. Permitiu que eles o cobrissem com odres de airag antes de baixar as cortinas douradas de sua liteira e Yuan dar o sinal para que fosse levantado.

Atrás dos véus de seda, Wen se coçou, convencido de que havia pegado piolhos das iurtas. Fora um sacrifício, como havia imaginado, mas eles pareciam tão ansiosos por guerrear contra os tártaros quanto Togrul esperava. Não era surpresa, pensou enquanto era carregado pelas planícies. As tribos atacavam umas às outras mesmo no inverno. Agora que a primavera havia trazido o primeiro capim através do chão congelado, elas estariam ansiosas para agir. Esse sempre fora o modo de vida daqueles homens. Wen sorriu sozinho enquanto lia as obras de Xun Zi e cochilava, ocasionalmente fazendo anotações nas margens. O ministro estivera certo em mandar alguém com suas habilidades diplomáticas, pensou. O pequeno Zhang não poderia ter conseguido um acordo daqueles, mesmo com as promessas de pôneis e armaduras. O eunuco ciciante certamente teria demonstrado nojo diante da cerimônia de casamento presenciada por Wen no dia anterior. Estremeceu ao pensar na bebida quente de leite e sangue que haviam lhe dado. Xun Zi teria aplaudido sua disciplina. A tal de Borte era tão magra e dura quanto o marido, refletiu Wen. Nem um pouco a seu gosto, mas o jovem guerreiro parecia achá-la agradável. O que Wen teria dado por uma noite com as mulheres Willow! Não havia lugar para coxas macias e empoadas naquela terra dura, e Wen xingou de novo seu trabalho, arrasado.

No quarto dia, estava pronto para dar a ordem de parar para uma refeição quando Yuan galopou de volta de um de seus turnos avançados. Wen ouviu impaciente, de dentro da liteira, enquanto Yuan dava ordens. Era frustrante fazer o papel de nobre quando coisas interessantes estavam acontecendo ao redor. Suspirou. Sua curiosidade o havia posto em situações difíceis mais de uma vez.

Quando finalmente Yuan se aproximou da liteira, Wen havia guardado os pergaminhos e se aquecia com um gole do líquido transparente que as tribos preparavam. Isso, pelo menos, era útil, mas perdia importância quando comparado ao saquê que ele conhecia em casa.

— Por que me incomoda desta vez, Yuan? — perguntou. — Eu ia tirar um cochilo antes da refeição. — Na verdade, bastou um olhar para o rosto ruborizado de seu primeiro guarda para fazer sua pulsação latejar. Ele precisava se reequilibrar, tinha certeza. Se passasse tempo demais em meio às tribos, acabaria pensando em pegar uma espada, como um soldado comum. Elas produziam esse efeito até mesmo nos homens mais cultos.

— Cavaleiros, senhor. Tártaros — disse Yuan, tocando com a testa a grama gelada.

— E daí? Estamos em terras tártaras, não estamos? Não é surpresa encontrar alguns deles enquanto viajamos até os keraites, no sul. Deixe-os passar, Yuan. Se ficarem em nosso caminho, mate-os. Você me incomodou por nada.

Yuan baixou a cabeça e Wen falou rapidamente, para não envergonhar seu primeiro guarda. Em questões de honra, o sujeito era tão melindroso quanto um eunuco.

— Falei precipitadamente, Yuan. Você estava certo em trazer isso à minha atenção.

— Senhor, são trinta guerreiros, todos bem armados e montando pôneis descansados. Só podem ser de um acampamento maior.

Wen falou devagar, tentando conter a paciência:

— Não vejo em quê isso nos afeta, Yuan. Eles sabem que não devem se meter com um representante dos jin. Diga para passarem ao largo.

— Eu pensei... — começou Yuan. — Pensei se deveríamos mandar um cavaleiro de volta ao acampamento que deixamos, senhor. Para alertá-los. Os tártaros podem estar procurando-os.

Wen piscou para seu primeiro guarda, com surpresa.

— Você desenvolveu um afeto por nossos anfitriões, pelo que vejo. É uma fraqueza de sua parte, Yuan. O que me importa se os tártaros e os mongóis se matam uns aos outros? Não é essa a minha tarefa, dada pelo próprio primeiro-ministro? Honestamente, acho que você se esquece.

Um grito de alerta veio de um dos guardas mais afastados, e Wen e Yuan ouviram a aproximação de cavaleiros. Yuan permaneceu onde estava.

Wen fechou os olhos por um momento. Não havia paz nesta terra, nem silêncio. Sempre que pensava ter encontrado isso, alguém passava cavalgando, procurando inimigos para matar. Sentiu uma onda de saudade de casa, como uma força física, mas esmagou-a. Até que fosse chamado de volta, este era seu destino.

— Se lhe agradar, Yuan, diga que não vimos os guerreiros mongóis. Diga que estou exercitando meus homens para a primavera.

— Sua vontade, senhor.

Wen ficou olhando os guerreiros tártaros se aproximarem. Realmente pareciam armados para a guerra, admitiu, mas não se importava nem um pouco com Temujin ou suas iurtas remendadas. Não derramaria uma só lágrima se toda a nação tártara fosse destruída e, com elas, as tribos mongóis. Talvez então finalmente fosse chamado de volta para casa.

Viu Yuan falar com o líder, um homem atarracado envolto em peles grossas. Wen estremeceu ao ver um guerreiro tão imundo, e certamente não iria se rebaixar para falar com ele pessoalmente. O tártaro parecia raivoso, mas Wen não se importou nem um pouco com isso. Seus homens eram escolhidos a partir da guarda pessoal do primeiro-ministro e um deles valia meia dúzia de guerreiros tribais gritando. O próprio Yuan havia ganhado sua espada num torneio de todo o exército, ficando no primeiro lugar em sua categoria. Nisso, pelo menos, Wen estava bem servido.

Com olhares furiosos para a liteira, os tártaros se agitaram e apontaram as espadas, enquanto Yuan se mantinha impassível no cavalo, balançando a cabeça. Apenas o orgulho juvenil os impedia de cavalgar para longe, e Wen se perguntou se de fato seria chamado a lembrá-los de seu status.

Até mesmo os tártaros sem banho sabiam que o representante dos jin não deveria ser tocado, e sentiu alívio quando os guerreiros terminaram a demonstração e partiram sem olhar para trás. Uma pequena parte dele ficou desapontada porque não haviam decidido desembainhar as espadas. Yuan os teria trucidado. Preguiçosamente, Wen se perguntou se Temujin estaria preparado para uma força daquelas. Decidiu que não se importava. Se eles encontrassem o acampamento mongol, um ou outro prevaleceria. De qualquer modo, haveria menos guerreiros tribais para perturbar seu sono.

Quando tinham ido embora, Wen descobriu que sua digestão estava perturbada. Soprando o ar pelos lábios com irritação, pediu para Yuan montar o pequeno pavilhão que ele usava para esvaziar as tripas longe de olhos curiosos. Fazia o máximo possível para se sentir confortável, mas os prazeres da corte assombravam seus sonhos e ele não tinha uma mulher há muito, muito tempo. Talvez, se escrevesse humildemente ao pequeno Zhang, ele pudesse conseguir seu retorno. Não. Não podia suportar esse pensamento.

Os cavaleiros tártaros vieram com força e rapidez assim que ouviram os sons de alerta das trompas. Instigaram os pôneis a galope e cada homem cavalgava com um arco pronto para mandar a morte para a garganta de quem estivesse no caminho.

Temujin e seus irmãos saíram derrapando das iurtas quando as primeiras notas das trompas ainda soavam. Os guerreiros foram para suas posições sem pânico. Os que estavam no caminho principal puxaram barreiras de madeira do chão, enfiando varas sob elas para mantê-las firmes. Os cavaleiros não conseguiriam galopar direto para o meio das iurtas. Teriam de rodear os obstáculos e seriam obrigados a diminuir a velocidade.

Temujin viu seus homens prepararem as flechas, arrumando-as no chão congelado. Estavam prontos instantes antes de enxergarem o primeiro inimigo envolto em peles fedorentas.

Os tártaros cavalgavam três a três, altos nas selas enquanto procuravam alvos. Temujin viu que eles contavam com o medo e a confusão, e mostrou os dentes enquanto os olhava chegar. Sentiu o chão tremer sob os pés e desejou ter a espada que Arslan lhe fizera. No lugar havia uma lâmina tártara, de má qualidade.

Os primeiros cavaleiros viram a barreira no caminho. Dois giraram as montarias ao redor, atrapalhando o terceiro. Viram os homens à sombra do anteparo e soltaram suas flechas por instinto, acertando inutilmente a madeira. Assim que elas se cravaram, Kachiun e Khasar se ergueram acima da borda e dispararam, fazendo zumbir as cordas dos arcos. As flechas se cravaram nos cavaleiros, derrubando dois tártaros a pleno galope. Eles não se levantaram de novo.

A princípio foi um massacre. Os tártaros que galopavam atrás dos colegas encontraram o caminho bloqueado por pôneis sem cavaleiros e pelos mortos. Dois deles saltaram sobre a barricada antes que Kachiun e Khasar pudessem disparar outra flecha. Os cavaleiros se viram em espaço aberto, com arcos retesados a toda volta. Mal tiveram tempo de gritar antes que as hastes escuras os empalassem, cortando seus gritos de guerra e fazendo-os girar, tombando das selas.

Outro tártaro tentou saltar sobre a primeira barreira. Seu pônei errou o salto e se chocou contra ela, soltando a vara que a mantinha de pé. Khasar rolou para longe, mas a perna de Kachiun foi apanhada e ele gritou de dor. Ficou deitado impotente, de costas, enquanto mais homens vinham galopando, sabendo que podia medir a vida em instantes.

Um cavaleiro viu Kachiun lutando e retesou o arco para espetá-lo no chão. Antes que ele pudesse disparar, Arslan saiu de um dos lados e passou uma espada por sua garganta. O tártaro despencou, com o pônei relinchando loucamente. Flechas zumbiam ao redor enquanto Arslan soltava Kachiun. Khasar estava apoiado sobre um dos joelhos, disparando uma flecha depois da outra contra os tártaros, mas havia perdido a calma e seis homens atravessaram, intocados por qualquer uma delas.

Temujin os viu chegando. Sem a primeira barreira, os homens podiam cavalgar direto pela esquerda do caminho principal. Viu dois de seus homens os enfrentarem e caírem com flechas tártaras se projetando às costas. O segundo grupo nas barreiras virou para atirar flechas contra eles e, atrás, mais um grupo de seis cavaleiros passou por seus irmãos. O ataque estava correndo risco, apesar de suas precauções.

Esperou até um tártaro ter disparado sua flecha antes de sair e cravar a espada na coxa do sujeito. O sangue espirrou sobre ele enquanto o homem gritava, puxando loucamente as rédeas. Fora de controle, o tártaro virou o pônei para uma iurta, que desmoronou com estalos de madeira quebrada, fazendo-o voar sobre a cabeça do pônei.

O primeiro grupo de seis virou os arcos para Temujin, obrigando-o a saltar em busca de cobertura. Um guerreiro cavalgou para ele, rosnando, o arco encurvado para mandar a flecha contra seu peito. Temujin rolou, levantando-se com a espada estendida. O sujeito berrou quando a lâmina se enterrou em suas tripas e a flecha passou voando sobre a cabeça de Temujin. O ombro do pônei acertou Temujin ao passar, derrubando-o. Ele se levantou grogue e olhou ao redor.

O acampamento era um caos. Os tártaros haviam perdido muitos homens, mas os que viviam estavam cavalgando em triunfo, procurando alvos. Muitos deles haviam baixado os arcos e desembainhado espadas para o trabalho corpo a corpo. Temujin viu dois instigarem as montarias para Arslan e pegou seu arco para disparar contra eles. A primeira flecha em que tocou estava quebrada, e o resto espalhado. Encontrou uma que serviria, depois de um momento de busca frenética. Podia ouvir sua mãe gritando e, quando virou para olhar, Borte disparou para fora de uma iurta, correndo atrás da pequena Temulun. Sua irmã mais nova estava correndo em pânico e nenhuma das duas viu o tártaro indo atrás. Temujin prendeu o fôlego, mas Arslan estava armado e preparado para os atacantes. Fez sua escolha.

Temujin puxou a corda, apontando para o guerreiro solitário que se abaixava na direção de Borte. Ouviu um trovão súbito e outro tártaro vinha cavalgando para ele, com a espada já num giro para decepar sua cabeça. Não havia tempo para se desviar, mas Temujin se ajoelhou enquanto disparava, lutando para ajustar a mira. A flecha passou roçando acima do chão, desperdiçada. Então algo o acertou com força suficiente para sacudir o mundo, e ele caiu.

Jelme saltou ao lado do pai enquanto os dois tártaros vinham para eles.

— Vá para a esquerda — gritou Arslan para o filho, ao mesmo tempo que saltava à direita.

Os tártaros os viram se mover, mas o pai e o filho haviam deixado a ação para o último instante e eles não puderam se ajustar. A ponta da lâmina de Arslan encontrou o pescoço de um homem enquanto Jelme cortava o de outro, quase arrancando sua cabeça. Os dois tártaros morreram instantaneamente, com os pôneis correndo sem direção.

O líder tártaro não havia sobrevivido ao primeiro ataque contra as barricadas, e mal restavam doze da força original. Com o morro atrás do acampamento, não havia chance de atravessá-lo cavalgando e ir embora, de modo que os que ainda viviam gritaram e giraram os cavalos, golpeando qualquer coisa que viesse contra eles. Arslan viu dois saltarem das selas e usarem as facas enquanto giravam gritando. Era um negócio sangrento, mas boa parte da força tártara fora destruída. Os poucos sobreviventes se mantinham baixos nas selas enquanto galopavam de volta por onde tinham vindo, com flechas zumbindo ao redor.

Arslan viu um retornando do outro lado do acampamento e se preparou para matar de novo, mantendo-se perfeitamente imóvel no caminho do pônei. No último instante, viu as pernas de um cativo balançando sobre a sela e desperdiçou o golpe. A mão direita saltou para libertar Borte, mas seus dedos pegaram apenas uma borda de tecido, e o homem passou. Arslan viu que Khasar estava seguindo o cavaleiro com uma flecha na corda, e gritou.

— Espere, Khasar. Espere!

A ordem ressoou num acampamento que estava subitamente silencioso depois dos berros dos tártaros. Não mais que seis haviam sobrevivido, e Arslan já estava correndo para os pôneis.

— Montem! — rugiu ele. — Levaram uma das mulheres. Montem!

Procurou Temujin enquanto corria, então viu uma figura caída e parou, derrapando aterrorizado. Temujin estava rodeado por homens mortos. Um pônei com a perna quebrada tremia de pé ao lado dele, com as laterais cobertas de suor esbranquiçado. Arslan ignorou o animal, empurrando-o para o lado ao se ajoelhar ao lado do rapaz que ele resgatara dos lobos.

Havia muito sangue, e Arslan sentiu o coração se contrair num espasmo doloroso. Estendeu a mão e tocou o pedaço de carne que fora arrancada do couro cabeludo de Temujin. Com um grito de alegria, viu que o sangue ainda corria na poça que se formava ao redor da cabeça dele. Levantou Temujin, livrando-o do sangue que cobria metade de seu rosto.

— Está vivo — sussurrou Arslan.

Temujin permaneceu inconsciente enquanto Arslan o carregava até uma tenda. Seus irmãos partiram a galope atrás dos atacantes, lançando apenas um olhar para a figura nos braços de Arslan. Estavam sérios e raivosos ao passar por ele, e Arslan não sentiu pena de nenhum tártaro que eles apanhassem naquele dia.

Arslan deitou Temujin na iurta de sua mãe, entregando-o a ela. Temulun estava chorando amargamente num canto, e o som era quase doloroso. Hoelun afastou o olhar do filho enquanto procurava agulha e linha.

— Conforte minha filha, Arslan — disse ela, concentrando-se na tarefa.

Arslan baixou a cabeça, obedecendo, e foi até a menina.

— Quer que eu pegue você no colo? — perguntou.

Temulun assentiu por entre as lágrimas, e ele a pegou. Ela o olhou e ele se obrigou a sorrir. A reação à matança estava se assentando e ele se sentia ficando tonto enquanto o coração batia rápido demais comparado à imobilidade e ao silêncio ao redor. Hoelun enfiou a agulha de osso pelo primeiro pedaço do couro cabeludo de Temujin e Arslan viu a menina se encolher e abrir a boca para chorar de novo.

— Está tudo bem, pequenina, vou levá-la a Eluin. Ela estava procurando você. — Arslan não queria que a menina visse os corpos lá fora, mas, igualmente, não podia ficar na iurta sem fazer nada. Esperava que Eluin ainda estivesse viva.

Enquanto virava para sair, escutou Temujin soltar um som ofegante e trêmulo. Quando Arslan olhou, viu que os olhos de Temujin estavam abertos e límpidos, olhando Hoelun costurar com mãos rápidas e hábeis.

— Fique parado — disse Hoelun, quando o filho tentou se levantar. — Preciso fazer isso direito.

Temujin obedeceu, com o olhar encontrando Arslan junto à porta.

— Diga — ordenou.

— Sufocamos o ataque. Eles levaram Borte.

Enquanto ele falava, Hoelun puxou o fio e toda uma parte do couro cabeludo de Temujin se franziu. Arslan balançou Temulun no colo, mas ela havia se aquietado de novo e parecia contente em brincar com um botão de prata no dil dele.

Hoelun usou um pano para enxugar o sangue dos olhos do filho. O ferimento ainda estava sangrando muito, mas a costura ajudou. Empurrou a agulha por outro pedaço de carne e sentiu Temujin se retesar.

— Preciso me levantar, mãe — murmurou ele. — Já está acabando?

— Seus irmãos foram atrás dos últimos deles — disse Arslan rapidamente. — Com um ferimento assim, não faz sentido ir atrás, pelo menos por enquanto. Você perdeu muito sangue e não vale a pena se arriscar a uma queda.

— Ela é minha mulher — respondeu Temujin, os olhos ficando frios. Sua mãe se curvou como se fosse beijá-lo, mas em vez disso partiu com os dentes a ponta do fio junto à pele. Ele se sentou assim que ela se afastou, e levou os dedos à linha dos pontos.

— Obrigado — disse. Seus olhos haviam perdido o foco duro, e Hoelun assentiu enquanto esfregava o sangue seco na bochecha dele.

Arslan escutou a voz de Eluin fora da iurta e passou pela porta para entregar Temulun a seus cuidados. Retornou, sério, enquanto Temujin tentava se levantar. O jovem cambaleou, segurando o suporte central da iurta para se manter de pé.

— Você não pode cavalgar hoje — disse Arslan. — Só poderia seguir os rastros de seus irmãos. Deixe que eles a encontrem.

— Você deixaria? — perguntou Temujin. Ele havia fechado os olhos por causa da tontura, e o coração de Arslan se dilatou ao ver a determinação do rapaz. Suspirou.

— Não, eu iria atrás deles. Vou trazer seu pônei e o meu.

Em seguida, saiu da iurta, e Hoelun se levantou e segurou a mão livre de Temujin.

— Você não vai querer ouvir o que tenho a dizer — murmurou ela.

Temujin abriu os olhos, piscando por causa de uma nova trilha de sangue.

— Diga o que tiver de dizer.

— Se, seus irmãos não puderem encontrá-los antes do anoitecer, eles vão machucá-la.

— Vão estuprá-la, mãe. Eu sei. Ela é forte.

Hoelun balançou a cabeça.

— Você não sabe. Ela será envergonhada. — E parou um momento, querendo que ele entendesse. — Se eles a machucarem, você terá de ser muito forte. Não pode esperar que ela continue sendo a mesma, com você ou com qualquer homem.

— Vou matá-los — prometeu Temujin, a raiva despertando por dentro.
— Vou queimá-los e comer a carne, se eles fizerem isso.

— Isso vai lhe trazer paz, mas não vai mudar nada para Borte.

— O que mais posso fazer? Ela não pode matá-los como eu poderia, nem ao menos pode forçá-los a matá-la. Nada que aconteça é culpa dela. — Ele se pegou chorando e enxugou com raiva as lágrimas misturadas com sangue. — Ela confiou em mim.

— Você não pode consertar isso, filho. Não se eles escaparem aos seus irmãos. Se você a encontrar viva, terá de ser paciente e gentil.

— Sei disso! Eu a amo; isso basta.

— Bastava — insistiu Hoelun. — Talvez não baste mais.

Temujin estava parado ao vento frio, a cabeça latejando. Enquanto Arslan trazia os pôneis, ele olhou ao redor, sentindo cheiro de sangue na brisa. O acampamento estava cheio de corpos caídos. Alguns ainda se moviam. Um tártaro estava caído de costas, como se morto, mas seus dedos puxavam duas hastes de flecha cravadas no peito, retorcendo-se como aranhas pálidas. Temujin tirou uma faca do cinto e cambaleou até ele. O homem estaria a apenas alguns momentos da morte, mas mesmo assim Temujin se ajoelhou a seu lado e pôs a ponta da faca na garganta que pulsava. O toque imobilizou os dedos, e o tártaro virou os olhos para Temujin sem dizer nada. Quando os encarou, Temujin empurrou a lâmina devagar, cortando a traquéia e liberando um jorro de ar sangrento.

Quando se levantou, Temujin continuava trôpego. O sol parecia luminoso demais e, sem aviso, ele virou e vomitou. Ouviu Hoelun falar com ele, mas era através de um rugido que não conseguia afastar. Ela e Arslan estavam discutindo sobre ele sair, e Temujin pôde ver o rosto de Arslan se franzindo em dúvida.

— Não vou cair — disse Temujin aos dois, segurando o arção da sela. — Ajude-me a montar. Tenho de ir atrás deles.

Foram necessários os dois para colocá-lo na sela, mas, assim que estava ali, Temujin sentiu-se um pouco mais seguro. Balançou a cabeça, encolhendo-se da dor que esmagava atrás dos olhos.

— Jelme? — gritou ele. — Onde você está?

O filho de Arslan estava coberto de sangue meio seco, a espada ainda desnuda enquanto caminhava ao redor de cadáveres até alcançá-los. Temujin o viu chegar, com uma leve percepção de que nunca vira Jelme furioso antes.

— Enquanto estivermos fora, você deve mover o acampamento — disse Temujin, engrolando as palavras. Sua cabeça parecia grande demais, balançando sobre os ombros. Não escutou o que Jelme respondeu.

— Viaje à noite. Leve-os para as colinas, mas vão para o sul, em direção aos keraites. Se Togrul tiver homens para nos acompanhar, vou arrancar os tártaros da face do mundo a fogo. Procuro vocês quando tiver encontrado minha mulher.

— Irá encontrá-la — disse Jelme. — Mas e se o senhor não voltar? — Isso precisava ser dito, porém Temujin se encolheu de novo enquanto a dor se tornava insuportável.

— Então encontre aquele vale do qual falamos e crie filhos e ovelhas — disse finalmente.

Ele havia cumprido seu dever como cã. Jelme era um ótimo líder, e os que procuravam Temujin em busca de liderança estariam seguros. Apertou as rédeas. Não podia estar muito atrás dos irmãos. Tudo que restava era a vingança.

CAPÍTULO 26

Enquanto o sol afundava no oeste e banhava as planícies em ouro, Khasar e Kachiun chegavam ao corpo de um dos homens que eles estavam seguindo. Cauteloso com a possibilidade de ser uma armadilha, Kachiun permaneceu na sela com o arco retesado, enquanto Khasar se aproximava, virando o cadáver com o bico da bota.

O tártaro tinha uma flecha partida se projetando da barriga. Toda a parte inferior do corpo estava preta de sangue e o rosto branco como giz e rígido. Os companheiros haviam levado seu pônei, cujas marcas de cascos, mais leves, ainda eram visíveis na terra. Khasar revistou o corpo rapidamente, mas se houvesse alguma coisa útil os tártaros já teriam pegado.

Os irmãos cavalgaram enquanto puderam ver rastros, mas no fim a escuridão que aumentava os obrigou a parar, para não correrem o risco de perder os homens que estavam perseguindo. Nenhum deles falava enquanto misturavam o leite com sangue tirado de uma veia da égua de Kachiun. Os dois tinham visto Temujin inconsciente nos braços de Arslan e estavam desesperados para não deixar os atacantes escaparem.

Dormiram desconfortavelmente e acordaram antes do amanhecer, movendo-se assim que as primeiras luzes revelaram de novo os rastros dos atacantes. Com apenas um olhar de um para o outro, instigaram as montarias a galope. Os dois estavam em forma e eram endurecidos. Não deixariam que eles escapassem por fraqueza.

Durante todo o segundo dia, as pegadas ficaram mais frescas e fáceis de serem vistas. Kachiun era melhor rastreador que o irmão, que jamais tivera paciência para aprender as sutilezas. Foi Kachiun que saltou da sela para encostar a mão nos montes de esterco, procurando algum traço de calor. No entardecer do segundo dia, ele riu ao enfiar os dedos numa bola escura.

— Mais fresca que a última. Estamos chegando perto deles, irmão — disse a Khasar.

Os tártaros haviam feito poucas tentativas de confundir a trilha. A princípio tinham tentado despistar os perseguidores, mas os rastros da segunda manhã eram quase retos, indo depressa na direção de algum destino. Se os tártaros sabiam que ainda eram seguidos, não se incomodavam mais em despistá-los.

— Espero que possamos pegá-los antes que cheguem aonde estão indo — disse Khasar, soturno. — Se estiverem indo para um acampamento grande, vamos perdê-los e perder Borte.

Kachiun montou de novo, o rosto fazendo uma careta enquanto os músculos cansados protestavam.

— Eles devem ter vindo de algum lugar — disse. — Se chegarem à segurança, um de nós vai retornar e juntar os outros. Talvez ir com Temujin até os keraites e juntar forças. Eles não vão escapar de nós, Kachiun. De um modo ou de outro, vamos caçá-los.

— Se Temujin estiver vivo — murmurou Khasar.

Kachiun balançou a cabeça.

— Está. Nem os lobos conseguiram acabar com ele. Você acha que um ferimento dos tártaros fará isso?

— Fez com o nosso pai — disse Khasar.

— Essa é uma dívida que ainda não foi paga — respondeu Kachiun com selvageria.

Enquanto dormiam na terceira noite, os dois irmãos estavam rígidos e cansados da cavalgada difícil. A mistura de sangue e leite poderia sustentá-los indefinidamente, mas não tinham montarias de reserva, e a égua estava demonstrando sinais de sentir os ferimentos, assim como eles. Os dois haviam sofrido impactos com hematomas durante o ataque, e o tornozelo de Kachiun estava inchado e dolorido ao toque. Ele não falou disso com o irmão, mas não conseguia esconder o passo manco sempre que apeavam. Dormiram a sono solto, e Kachiun acordou com um susto quando a lâmina fria encostou em sua garganta.

Era uma escuridão de breu sob as estrelas, e seus olhos se abriram de repente. Tentou rolar para longe, mas o alívio o inundou ao escutar uma voz conhecida.

— Arslan poderia ensinar algumas coisinhas sobre rastreamento a você, Kachiun — disse Temujin perto de seu ouvido. — Já está amanhecendo; pronto para mais um dia?

Kachiun saltou de pé e abraçou Temujin e em seguida Arslan, surpreendendo o velho.

— Não podemos estar muito atrás deles — disse.

A alguns passos de distância, Khasar havia parado de roncar e virou. Kachiun foi até ele e lhe deu um pontapé nas costelas.

— Acorde, Khasar, temos visita.

Ouviram Khasar saltando de pé e o estalo de um arco sendo retesado. Mesmo dormindo como os mortos, não havia nada de errado com os reflexos dele.

— Estou com você, irmão — disse Temujin baixo, na escuridão. O arco rangeu de novo e Khasar liberou a tensão na corda.

— Como está sua cabeça? — perguntou Khasar.

— Dói, mas os pontos estão agüentando. — Temujin olhou para o leste e viu o lobo do amanhecer, a primeira luz cinzenta antes do nascer do sol. Estendeu um odre de airag preto para eles.

— Bebam depressa e estejam prontos para cavalgar — disse. — Já estamos há muito tempo nessa caçada.

Sua voz tinha uma dor silenciosa que todos entendiam. Borte havia passado três noites com o grupo de atacantes. Não falaram sobre isso. O airag esquentou os estômagos vazios e lhes deu um jorro de energia de que precisavam tremendamente. Leite e sangue viriam mais tarde. Seria o bastante.

Os três irmãos e Arslan estavam empoeirados e sujos quando captaram um vislumbre de sua presa. A trilha havia serpenteado por morros e o terreno irregular diminuíra a vantagem. Temujin não havia falado uma palavra com nenhum dos outros, mantendo o olhar constantemente no horizonte enquanto procurava o último tártaro.

O sol estava baixo no horizonte quando chegaram a um pico e viram o grupo seguindo com dificuldade no outro extremo do vale. Todos os quatro desceram das selas e puxaram os pôneis, para não serem avistados com facilidade. Temujin ficou com o braço no pescoço da montaria, apertando-o contra o capim.

— Então será esta noite — disse. — Vamos pegá-los quando montarem acampamento.

— Tenho três flechas — disse Kachiun. — Tudo que restou na aljava quando saí.

Temujin virou para o irmão mais novo, o rosto parecendo pedra.

— Se você puder, quero que eles sejam derrubados, mas não mortos. Não quero que seja rápido, para esses.

— Você torna a coisa mais difícil, Temujin — disse Arslan, olhando o pequeno grupo a distância. — É melhor lançar um ataque e matar o máximo que pudermos. Eles também têm arcos e espadas, lembre-se.

Temujin ignorou o homem mais velho, sustentando o olhar de Kachiun.

— Se você *puder* — repetiu. — Se Borte estiver viva, quero que ela os veja morrer, talvez com sua própria faca.

— Entendo — murmurou Kachiun, lembrando-se de quando haviam matado Bekter. Temujin mostrara a mesma expressão, ainda que agora estivesse pior por causa da feia linha de pontos costurando-lhe a testa. Kachiun não conseguiu sustentar o olhar feroz e também espiou o vale. Os tártaros haviam chegado ao fim e entraram em meio a árvores grossas.

— Hora de andar — disse Temujin, levantando-se. — Temos de diminuir a distância antes de montarem acampamento esta noite. Não quero perdê-los no escuro. — Não olhou para ver se era seguido quando forçou o pônei a galopar outra vez. Sabia que conseguiriam.

Borte estava deitada de lado numa camada úmida de folhas velhas e agulhas de pinheiro. As mãos e os pés haviam sido habilmente amarrados pelos tártaros enquanto faziam o acampamento na floresta. Olhava-os cheia de medo enquanto eles usavam uma machadinha para cortar a madeira seca de uma árvore morta e montar uma pequena fogueira. Todos estavam passando fome, e o desespero atordoante das primeiras noites só agora ia começando a se dissipar. Escutava as vozes guturais deles e tentava não sentir medo. Era difícil. Eles haviam entrado no acampamento de Temujin com toda a expectativa de um ataque bem-sucedido. Em vez disso, tinham sido esmagados e divididos, perdendo irmãos, amigos e quase a própria vida. Dois deles, em particular, ainda fumegavam com a vergonha da retirada. Esses é que haviam ido até ela na primeira noite, liberando a frustração e a raiva do único modo que restava. Borte estremeceu, deitada, sentindo de novo as mãos ásperas deles. O mais novo era pouco mais que um garoto, mas fora o mais cruel, e bateu em seu rosto com o punho fechado até ela ficar atordoada e sangrando. Depois a estuprou com os outros.

Borte soltou um som baixo com a garganta, um ruído baixo, animal, de medo que não podia controlar. Disse a si mesma para ser forte, mas, quando o garoto se levantou de perto da fogueira e veio até ela, sentiu a bexiga ceder num súbito jorro quente, fumegando no ar frio. Mesmo que o dia estivesse ficando escuro, ele viu isso e mostrou os dentes.

— Pensei em você o dia inteiro enquanto estávamos cavalgando — disse, agachando-se ao lado.

Ela começou a tremer e se odiou pelos sinais de fraqueza. Temujin havia lhe dito que ela era uma loba, como ele; que podia suportar qualquer coisa. Não gritou quando o jovem tártaro pegou-a por um dos pés e a arrastou até os homens ao redor da fogueira. Em vez disso, tentou pensar na infância, quando corria entre as iurtas. Mesmo assim, todas as lembranças eram de seu pai lhe batendo, da indiferença da mãe para com seu sofrimento. A única lembrança que havia permanecido era do dia em que Temujin finalmente viera pegá-la, tão alto e bonito em suas peles que os olkhun'ut nem podiam olhá-lo.

Os tártaros ao redor da fogueira olharam com interesse enquanto o mais novo desamarrava os pés dela. Borte podia ver a luxúria nos olhos dos homens e se preparou para lutar de novo. Isso não iria impedi-los, mas era tudo que lhe restava, e ela não lhes entregaria esse último pedaço de seu orgulho. Assim que suas pernas estavam livres, chutou, o pé descalço se chocando inutilmente contra o peito do jovem tártaro. Ele bateu, afastando-o, com um risinho sinistro.

— Vocês todos estão mortos — disse ela rispidamente. — Ele vai matar todos.

O mais novo estava vermelho e excitado, e não respondeu enquanto arrancava o dil de Borte e expunha seus seios ao frio da noite. Ela lutou feito louca, e ele assentiu para um dos outros ajudá-lo a mantê-la firme. O que se levantou tinha o corpo atarracado e fedia. Ela havia sentido seu hálito fétido perto do rosto na noite anterior, e a lembrança a fez sentir náusea, o estômago vazio se convulsionando inutilmente. Chutou com toda a força e o garoto xingou.

— Pegue as pernas dela, Aelic — ordenou ele, puxando as peles para se expor.

O mais velho se abaixou para fazer o que fora mandado e então todos ouviram o som de passos nas folhas.

Quatro homens saíram do meio das árvores. Três tinham espadas nas mãos e o quarto um arco retesado até a orelha.

Os tártaros reagiram depressa, saltando e pegando as armas. Borte foi jogada no chão molhado e se ajoelhou rapidamente. Seu coração martela-va dolorosamente no peito ao ver Temujin com os irmãos e o ferreiro Arslan no meio. Eles avançaram com passos leves, perfeitamente equilibrados para os primeiros golpes.

Os tártaros rugiram em alarme, mas os recém-chegados atacaram em silêncio. Temujin se desviou de uma lâmina em movimento, depois usou o punho de sua espada para fazer um homem voar. Chutou com força quan-do passou sobre o inimigo, sentindo o osso do nariz estalar sob o calca-nhar. O próximo estava se levantando de cima de Borte e Temujin não ousou olhá-la quando o homem se lançou à frente, armado apenas com uma faca. Temujin deixou-o se aproximar, ajeitando-se apenas um pouco para que o golpe se perdesse contra seu dil. Em seguida, deu um soco forte com a mão esquerda, lançando o tártaro para trás, depois passou a espada pelas coxas do sujeito, jogando-o de costas com um grito de dor. A faca caiu nas fo-lhas quando Temujin virou, ofegando, procurando outro alvo. Ela foi pa-rar perto de Borte, que a pegou com as mãos amarradas.

O garoto tártaro estava uivando no chão, os membros se agitando en-quanto tentava se levantar. Temujin havia se afastado para atacar um ter-ceiro junto com Kachiun, e a princípio o tártaro não viu quando Borte se esgueirou de joelhos até ele. Quando seu olhar pousou nela, ele balançou a cabeça, desesperado. Levantou os punhos, mas Borte deu uma joelhada em seu braço direito e lutou para baixar a faca. A mão livre do garoto encontrou a garganta dela, e sua força ainda era de dar medo. Ela sentiu a visão ficar turva enquanto ele apertava desesperadamente, mas Borte não se rendia. Sua cabeça foi empurrada para cima pelo braço do garoto enquanto ela encontrava a garganta dele pulsando sob os dedos. Poderia ter enfiado a faca ali, mas levou a mão mais para cima, segurando a cabeça dele do melhor modo que pôde. Ele lutou, mas havia sangue escorrendo das pernas, e Borte podia senti-lo enfraquecendo enquanto ela ficava mais forte.

Encontrou os olhos do garoto e cravou as unhas neles, ouvindo-o gritar. A ponta da faca raspou ao longo do rosto dele, abrindo sua bochecha antes que ela pudesse apertar todo o seu peso para baixo. De repente não houve mais resistência, e ela encontrou o globo ocular e cravou a lâmina. O braço em sua garganta caiu frouxo e ela relaxou, ofegando. Ainda podia sentir o cheiro dos homens na pele e murmurou uma fúria sem palavras enquanto torcia a lâmina dentro da órbita ocular, cravando mais fundo.

— Ele está morto — disse Arslan ao lado, pondo a mão em seu ombro. Ela se afastou bruscamente do toque como se aquilo a queimasse e, quando olhou para cima, viu os olhos dele cheios de tristeza. — Agora você está em segurança.

Borte não falou, mas seus olhos se encheram de lágrimas. Num jorro, os sons do acampamento retornaram de onde ela havia se perdido. O restante dos tártaros estava gritando em agonia e medo ao redor. Não era mais do que ela teria desejado.

Sentou-se nos calcanhares, olhando atordoada para o sangue que cobria suas mãos. Deixou a faca cair de novo e olhou para o nada.

— Temujin — ouviu Arslan gritar. — Venha cuidar dela. — Borte viu o ferreiro pegar a faca e jogá-la no meio das árvores. Não entendeu por que ele desperdiçaria uma lâmina boa e levantou a cabeça para perguntar.

Temujin atravessou o acampamento, espalhando a pequena fogueira sem notar nem se importar. Segurou-a pelos ombros e puxou-a para seus braços. Ela lutou, irrompendo em soluços enquanto tentava se afastar dele.

— Fique quieta! — ordenou ele quando ela ergueu os punhos para acertar seu rosto. Os primeiros socos o fizeram desviar a cabeça e segurá-la com mais força. — Acabou, Borte. Fique parada!

A vontade de luta abandonou-a num instante, e ela se deixou cair no abraço dele, chorando.

— Estou com você agora — sussurrou ele. — Você está segura e tudo acabou. — Repetiu as palavras num murmúrio, as emoções provocando um redemoinho doloroso. Estava aliviado por encontrá-la viva, mas ainda havia nele uma essência vermelha que queria machucar os homens que a haviam tomado. Olhou para onde seus irmãos estavam amarrando os tártaros. Dois deles gritavam como crianças, com as flechas de Kachiun nas pernas e nos braços. O terceiro provavelmente morreria do ferimento aberto por Arslan em suas entranhas, mas os outros viveriam o bastante.

— Aumentem a fogueira — disse Temujin aos irmãos. — Quero que eles sintam o calor e saibam o que está vindo.

Khasar e Kachiun começaram a juntar as brasas que ele havia chutado, arrastando um tronco velho para perto. Logo as chamas lamberam a madeira seca, aumentando rapidamente.

Arslan ficou olhando marido e mulher parados juntos. O rosto de Borte estava vazio, quase como se ela tivesse desmaiado. O ferreiro balançou a cabeça.

— Vamos matá-los e voltar aos outros — disse Arslan. — Não há honra no que você está planejando.

Temujin virou para ele, os olhos selvagens.

— Vá embora, se quiser — disse rispidamente. — Isto é uma dívida de sangue.

Arslan ficou totalmente imóvel.

— Não tomarei parte nisso — respondeu finalmente.

Temujin assentiu. Khasar e Kachiun tinham vindo para seu lado. Os três irmãos olharam para o ferreiro, que sentiu frio. Não havia piedade nos olhos deles. Atrás, os tártaros gemiam de terror e o fogo estalava, aumentando.

Temujin estava parado com o peito desnudo, o suor brilhando na pele. Seus irmãos haviam empilhado madeira no fogo até que se transformasse num inferno e eles não conseguissem se aproximar do coração amarelo que rugia.

— Dou estas vidas ao céu e à terra, espalhando suas almas no fogo — disse Temujin, levantando a cabeça para as estrelas frias. A boca e o peito estavam ensangüentados, numa grande mancha preta que chegava à cintura.

Segurou o último tártaro pelo pescoço. O sujeito estava fraco devido aos ferimentos, mas ainda lutava debilmente, as pernas raspando marcas no chão. Temujin não parecia sentir o peso. Estava tão perto do fogo que os pêlos finos de seus braços haviam desaparecido, mas estava perdido no transe da morte e não sentia dor.

Kachiun e Khasar observavam em silêncio grave, a alguns passos de distância, atrás. Também estavam marcados com o sangue dos tártaros e sentiam gosto de carne queimada nas chamas. Havia três corpos nus de um dos lados da fogueira, dois deles com buracos pretos no peito e sangue suficiente para lavar o sofrimento e a raiva. Não haviam cortado o homem morto por Borte. O fogo era apenas para os vivos.

Sem ligar para todos eles, Temujin começou a entoar palavras que não escutava desde que o velho Chagatai as havia sussurrado numa noite gelada há muito tempo. O canto do xamã falava de perda e vingança, de inverno, gelo e sangue. Não precisava se esforçar para lembrar as palavras; elas estavam prontas em sua língua como se ele sempre as soubesse.

O último tártaro gemeu de terror, as mãos gadanhando os braços de Temujin e arranhando a pele com unhas quebradas. Temujin olhou para ele.

— Chegue mais perto, Borte — disse, sustentando o olhar do homem.

Borte entrou na luz da fogueira, as sombras das chamas brincando em sua pele. Seus olhos captaram a luz tremeluzente, de modo que ela parecia ter chamas por dentro.

Temujin olhou para a esposa e tirou de novo a faca do cinto, já escorregadia com energia negra. Num movimento brusco, abriu um rasgo no peito do tártaro, passando a arma para trás e para a frente, para cortar o músculo. A boca do tártaro se escancarou, mas nenhum som saiu. Órgãos brilhantes pulsavam enquanto Temujin enfiava a mão, agarrando e cortando. Entre dois dedos, puxou um pedaço de carne sangrenta do coração. Apertou-o contra a ponta da faca e estendeu-o para as chamas, de modo que sua própria pele criou bolhas enquanto a carne chiava e estalava. Grunhiu de dor, cônscio dela mas não se importando. Deixou o tártaro cair sobre as folhas meio queimadas, de olhos ainda abertos. Sem dizer uma palavra, tirou da faca a carne chamuscada e estendeu-a para Borte, observando enquanto ela a levava aos lábios.

Ainda estava quase crua, e ela mastigou com força para engolir, sentindo o sangue quente escorrer nos lábios. Não soubera o que esperar. Esta era a magia mais antiga: comer almas. Sentiu a carne escorregar pela garganta e com isso veio um sentimento de grande leveza e de força. Seus lábios recuaram para mostrar os dentes, e Temujin pareceu relaxar o corpo, como se algo houvesse saído de dentro dele. Pouco antes, ele fora um tecelão de encantamentos sombrios, aquele que trazia a vingança. Num instante não era mais do que um homem cansado, exausto pelo sofrimento e a dor.

Borte levou a mão ao rosto do marido, tocando sua bochecha e deixando uma mancha de sangue.

— Basta — disse ela acima dos estalos das chamas. — Agora você pode dormir.

Ele assentiu, cansado, afastando-se finalmente das chamas para se juntar aos irmãos. Arslan ficou mais afastado, a expressão sombria. Não havia se juntado ao derramamento de sangue nem comido as lascas de carne cortadas de homens vivos. Não havia sentido o jorro de vida que vinha com aquilo nem a exaustão que se seguia. Não olhou para os corpos mutilados dos tártaros quando se acomodou no chão e enfiou os braços no dil. Sabia que seus sonhos seriam terríveis.

CAPÍTULO 27

Togrul dos Keraites foi despertado do sono pela mão de sua primeira esposa, sacudindo-o violentamente.

— Acorda, preguiçoso! — disse ela, a voz dura despedaçando um sonho feliz com sua força usual.

Togrul gemeu ao abrir os olhos. Seis filhas ela lhe dera, e nem um único filho. Olhou-a irritado e esfregou o rosto.

— Por que me perturba, mulher? Eu estava sonhando com a época em que você era nova e bonita.

A resposta dela foi cutucá-lo com força nas costelas.

— Esse novo homem que você chamou chegou com seus seguidores maltrapilhos. Pelo que pude ver, não parecem melhores do que desgarrados sujos. Vai ficar o dia inteiro nesse sono lerdo enquanto eles inspecionam suas iurtas?

Togrul franziu a testa, contendo um bocejo enquanto se coçava. Girou as pernas para o chão frio e olhou ao redor.

— Não vejo comida para me dar força — disse, franzindo a testa. — Terei de ir até eles de estômago vazio?

— Esse estômago nunca está vazio. Não é bom deixá-los esperando enquanto você empurra outra ovelha garganta abaixo.

— Mulher, diga de novo por que eu mantenho você — disse ele, levantando-se. — Eu esqueci.

A mulher resfolegou enquanto ele se vestia, movendo-se surpreendentemente rápido para um homem tão grande. Enquanto Togrul jogava água no rosto, ela pôs uma bolsa de carne de carneiro quente e pão em suas mãos, com uma grossa camada de gordura. Ele sorriu finalmente ao ver aquilo, pegando metade numa grande mordida e arrotando baixinho enquanto mastigava. Sentando-se de novo, esforçou-se para terminar de comer enquanto a mulher amarrava suas botas. Ele a amava muito.

— Você está parecendo um pastor de ovelhas — disse ela enquanto Togrul ia para a porta. — Se perguntarem onde o verdadeiro cã dos keraites está escondido, diga que você o comeu.

— Mulher, você é a luz do meu coração — disse ele, baixando a cabeça para passar à luz do amanhecer. Deu um risinho quando ela jogou alguma coisa que bateu na porta que estava se fechando.

Seu humor mudou ao ver os guerreiros que tinham vindo para as iurtas dos keraites. Haviam apeado e estavam rodeados por suas famílias idiotas, já parecendo irritados pela pressão da turba. Togrul soprou o ar pelos lábios, desejando ter trazido outra bolsa de comida. Seu estômago roncou, e ele pensou que os recém-chegados gostariam de um festim em sua honra. A mulher não poderia reclamar disso.

A multidão de crianças kerait se separou e ele viu que seus homens de confiança estavam ali, à sua frente. Olhou ao redor procurando Wen Chao, mas o embaixador jin ainda não havia saído do sono. Quando Togrul se aproximou do grupo, seu coração afundou ao ver o pequeno número deles. Onde estava a horda prometida por Wen?

Muitos dos recém-chegados olhavam ao redor com fascínio e nervosismo. No centro, Togrul viu cinco homens parados junto a pôneis magros, os rostos duros e tensos. Sorriu para eles ao avançar, com seus homens de confiança acompanhando-o.

— Dou-lhes direitos de hóspedes em minha casa — disse ele. — Qual de vocês é Temujin dos lobos? Ouvi falar muito de você.

O mais alto se adiantou, baixando a cabeça rigidamente, como se o gesto fosse pouco familiar.

— Não sou mais dos lobos, senhor. Não devo lealdade à tribo do meu pai. Agora este é o meu povo.

Temujin nunca vira um homem tão gordo como Togrul. Tentou manter a surpresa longe do rosto enquanto Togrul cumprimentava seus irmãos, além de Jelme e Arslan. O cã não poderia ter mais de 30 anos, e seu aperto de mão era forte, mas a carne o envolvia, de modo que o dil se esticava sob um cinto largo. O rosto era redondo, com grossos rolos de gordura sobre a gola. Mais estranho ainda era o fato de que ele estava com um manto muito parecido com o que Wen usara na viagem. O cabelo de Togrul estava amarrado para trás ao modo dos jin, e Temujin não sabia o que pensar daquele homem. Não se parecia com nenhum cã que ele tivesse visto, e somente as feições familiares e a pele avermelhada o identificavam como alguém de seu povo.

Temujin trocou um olhar com Kachiun enquanto Togrul terminava de dar as boas-vindas e punha as mãos pesadas na barriga.

— A fera acordou, amigos. Vocês devem estar com fome depois da viagem, não é?

Ele bateu palmas e pediu que trouxessem comida. Temujin ficou olhando a multidão se afastar para as iurtas, sem dúvida procurando comida suficiente para aliviar o apetite do cã. Eles pareciam há muito familiarizados com essa tarefa.

— Não vejo mais de trinta guerreiros com você — disse Togrul, continuando baixinho. — Wen Chao disse que poderia haver até cem.

— Encontrarei mais — disse Temujin, instantaneamente na defensiva. Togrul levantou uma sobrancelha, surpreso.

— Então é verdade que você recebe desgarrados em seu acampamento? Eles não roubam?

— De mim, não — respondeu Temujin. — E lutam bem. Disseram-me que você precisava de um líder guerreiro. Se não for assim, vou levá-los de volta para o norte.

Togrul piscou diante dessa resposta incisiva. Por um momento desejou ter um único filho, em vez das filhas que sua mulher lhe dera. Talvez assim não precisasse cortejar selvagens recém-chegados das montanhas.

— Wen Chao falou muito bem de você e confio na recomendação dele — disse. — Mas falaremos disso depois de termos comido. — Ele sorriu de novo, em expectativa, já podendo sentir o cheiro da carne chiando nas iurtas.

— Existe um acampamento tártaro a um mês de viagem ao norte — disse Temujin, ignorando a oferta. — Há, talvez, uma centena de guerreiros lá. Se você juntar trinta homens aos meus, eu lhe trarei cabeças tártaras e mostrarei o que podemos alcançar.

Togrul piscou. O jovem guerreiro estava rodeado por um acampamento gigantesco e muitos homens armados. Estava se dirigindo a um homem que ele precisava persuadir a trazer para seu lado, mas falava como se Togrul é que devesse baixar a cabeça. Considerou brevemente se deveria lembrar ao sujeito qual era sua posição, mas pensou melhor.

— Falaremos disso também — disse. — Mas se não comer comigo, vou me sentir insultado.

Ficou olhando Temujin assentir. Togrul relaxou quando os pratos de carne fumegante foram trazidos ao ar frio. Viu os olhos dos recém-chegados saltarem na direção deles. Sem dúvida haviam quase morrido de fome durante todo o inverno. Uma fogueira fora armada no centro do acampamento, e Togrul assentiu para ela enquanto as chamas cresciam. Temujin compartilhou um olhar cauteloso com seus companheiros e Togrul viu os irmãos dele darem de ombros, e um sorrir em expectativa.

— Muito bem, senhor — disse Temujin, relutante. — Vamos comer primeiro.

— Sinto-me honrado — respondeu Togrul, incapaz de impedir um tom cortante na voz. Disse a si mesmo para se lembrar das propriedades que Wen havia oferecido. Talvez este guerreiro as trouxesse um pouco mais para perto.

Wen Chao se juntou a eles perto da fogueira quando o sol havia saído do horizonte. Seus serviçais desdenharam os cobertores oferecidos para afastar o frio do chão. Em vez disso, trouxeram um pequeno banco para o senhor. Temujin ficou olhando com interesse enquanto os serviçais temperavam a carne com condimentos tirados de minúsculos frascos, antes de entregá-la a ele. Togrul estalou os dedos para que sua carne também fosse tratada, e os serviçais se moveram rapidamente para cumprir seu pedido. Obviamente não era uma exigência nova da parte do cã dos keraites.

Os soldados de Wen Chao não se juntaram à comemoração. Temujin viu o primeiro dentre eles, Yuan, direcionar os outros para posições defensivas ao redor do acampamento enquanto seu senhor comia, aparentemente sem perceber.

Togrul não quis permitir a conversa até haver saciado o apetite. Por duas vezes Temujin começou a falar, mas, nas duas, Togrul meramente sinalizou para a comida, ocupado demais com a dele. Isso era frustrante, e Temujin teve certeza de que Wen Chao tinha um brilho de diversão nos olhos. Sem dúvida estava se lembrando de sua própria surpresa diante da prodigiosa capacidade de Togrul para comer e beber. O gordo cã parecia não ter limite para a quantidade que conseguia ingerir. Temujin e seus irmãos haviam terminado muito antes dele, e somente depois de Wen, que comia pouco, como um passarinho.

Por fim Togrul se anunciou satisfeito e escondeu um arroto com a mão.

— Dá para ver que não passamos fome no inverno — disse, animado, batendo na barriga. — Os espíritos foram bons com os keraites.

— E serão generosos no futuro — acrescentou Wen Chao, observando Temujin. — Fico feliz em ver que o senhor aceitou a oferta que levei.

As últimas palavras pareceram estranhamente falsas em sua garganta, mas Temujin as aceitou como se fossem devidas.

— Por que sou necessário aqui? — perguntou ele a Togrul. — Você tem homens e armas suficientes para esmagar os tártaros sozinho. Por que chamou meus homens?

Togrul levou a mão aos lábios engordurados, para limpá-los. Pareceu sentir o olhar de Wen Chao pousar sobre ele e, em vez disso, pegou um pano dentro do dil, para essa tarefa.

— Seu nome é conhecido, Temujin. É verdade que os keraites são fortes, fortes demais para que outra tribo os ataque, mas Wen me convenceu da necessidade de lutar mais ao norte, como você fez.

Temujin ficou quieto. Pelo primeiro olhar ao homem enorme, não precisava perguntar por que Togrul não os liderava pessoalmente. Imaginou se o sujeito ao menos conseguia montar num pônei por mais do que alguns quilômetros. No entanto, podia ver centenas de pessoas do povo kerait ao redor do festim, além de cerca de cinqüenta que haviam se unido a eles junto ao fogo. A tribo era maior do que os lobos ou mesmo os olkhun'ut. Sem dúvida havia alguém entre eles que pudesse liderar um bando de ataque. Não verbalizou o pensamento, mas Togrul viu sua expressão e deu um risinho.

— Eu poderia mandar um dos meus homens de confiança atacar os tártaros, não poderia? Quanto tempo demoraria para ele vir até mim com uma faca escondida na manga do dil? Não sou idiota, Temujin, não pense isso. Os keraites cresceram porque eu os mantive fortes e porque Wen Chao nos trouxe cavalos, comida e ouro do leste. Talvez um dia eu esteja olhando para terras minhas naquele país. Os keraites conhecerão a paz e a fartura no meu tempo de vida, se eu puder afastar os tártaros.

— Você levaria toda a tribo kerait para território jin? — perguntou Temujin, incrédulo.

Togrul deu de ombros.

— Por que não? Seria demais imaginar a vida sem uma dúzia de tribos ladrando ao redor, procurando alguma fraqueza? Wen nos prometeu a terra, e os keraites vão prosperar lá.

Temujin lançou um olhar afiado para o representante dos jin.

— Já ouvi muitas promessas — disse ele. — Mas ainda não vi nada real, a não ser imagens em papel. Onde estão os pôneis, as armaduras e as armas que me prometeram?

— Se concordarmos com um curso de ação hoje, mandarei um mensageiro à cidade de Kaifeng. O senhor terá tudo isso em menos de um ano — respondeu Wen.

Temujin balançou a cabeça.

— Mais promessas — disse. — Vamos falar de coisas que eu possa tocar. — Em seguida olhou para Togrul, os olhos amarelos parecendo ouro à luz da manhã. — Eu lhes disse que há um acampamento tártaro ao norte. Meus irmãos e eu o observamos totalmente, vendo como eles organizavam os homens. Seguimos um grupo menor até um dia de cavalgada e não fomos vistos. Se querem que eu lidere seus homens em ataques, dê-me gente que tenha conhecido sangue e eu destruirei os tártaros. Que isso sele nossa barganha, e não presentes que podem nunca chegar.

Wen Chao estava com raiva por ver suas palavras postas em dúvida. Seu rosto não demonstrou sinal disso quando falou.

— O senhor teve sorte por não encontrar os cavaleiros que partiram daquele acampamento. Eu cruzei com eles enquanto retornava aos keraites.

Temujin virou o olhar claro para o diplomata jin.

— Estão todos mortos — disse. Wen permaneceu sentado como pedra enquanto digeria a notícia. — Nós rastreamos os últimos enquanto eles fugiam de volta ao acampamento principal.

— Talvez por isso o senhor tenha trazido tão poucos homens para os keraites — disse Wen, assentindo. — Entendo.

Temujin franziu a testa. Havia exagerado seus números e fora apanhado, mas não poderia deixar que isso passasse.

— Perdemos quatro homens no ataque e matamos trinta. Temos os cavalos e as armas deles, mas não os homens para montá-los, a não ser que os encontre aqui.

Togrul olhou para Wen Chao, observando sua reação com interesse.

— Eles fizeram um bom trabalho, não foi, Wen? Ele merece a reputação que ganhou. Pelo menos você trouxe o homem certo aos keraites. — O olhar do cã pousou em alguns poucos pedaços de carne gordurosa deixados num prato. Estendeu a mão para eles, pegando a gordura densa.

— Você terá seus trinta homens, Temujin, os melhores dos keraites. Traga-me cem cabeças e eu mandarei que seu nome seja escrito nas canções do meu povo.

Temujin deu um sorriso tenso.

— O senhor me honra, mas, se eu lhe trouxer cem cabeças, vou querer cem guerreiros para o verão.

Ficou olhando Togrul enxugar a mão com um pano, pensando. O sujeito era obscenamente enorme, mas Temujin não duvidava da inteligência feroz que espreitava naqueles olhos escuros. Togrul já havia verbalizado seu medo de ser traído. Como poderia confiar mais num estranho do que num homem de sua própria tribo? Temujin se perguntou se Togrul acreditava que os guerreiros keraites retornariam às suas iurtas inalterados depois de uma batalha contra os tártaros. Temujin se lembrou das palavras de seu pai há muito tempo. Não existia laço mais forte do que entre homens que tivessem arriscado a vida na companhia uns dos outros. O laço poderia ser maior que o de tribo ou de família, e Temujin pretendia ter como seus aqueles guerreiros dos keraites.

Foi Wen Chao quem rompeu o silêncio, talvez adivinhando as dúvidas de Togrul.

— Dê apenas um ano para a guerra, senhor — disse a Togrul — e terá mais trinta de paz. O senhor governará terras de beleza.

Ele falava quase num sussurro, e Temujin o observou com aversão crescente. Togrul não se mexeu enquanto as palavras chegavam aos seus ouvidos, mas depois de um tempo assentiu, satisfeito.

— Vou lhe dar meus melhores homens para esmagar o acampamento tártaro. Se você tiver sucesso, talvez eu lhe entregue mais. Não vou incomodá-lo com mais promessas, já que você parece desprezá-las. Podemos ajudar um ao outro e cada um terá o que deseja. Se houver traição, tomarei providências quando ela chegar.

Temujin manteve o rosto frio ao responder, sem demonstrar nada da fome que o devorava por dentro.

— Então concordamos. Também quero seu guerreiro comigo, Wen Chao. Aquele que se chama Yuan.

Wen ficou imóvel, considerando. Na verdade, ia sugerir a mesma coisa e ficou pensando na sorte. Fingiu relutância.

— Para este primeiro ataque, o senhor pode levá-lo. É um ótimo soldado, mas eu preferiria que ele não soubesse que eu disse isso.

Temujin estendeu a mão e Togrul pegou-a primeiro, com os dedos gorduchos, antes que Wen também apertasse com os dedos ossudos.

— Vou fazer com que eles *tremam* — disse Temujin. — Mande que o tal de Yuan seja trazido a mim, Wen Chao. Quero testar a armadura dele e ver se podemos fazer mais.

— Mandarei que uma centena seja trazida em menos de um ano — protestou Wen.

Temujin deu de ombros.

— Em um ano, eu posso estar morto. Chame seu homem.

Wen assentiu para um dos serviçais sempre presentes e o mandou correndo para retornar com Yuan em alguns instantes. O rosto do soldado estava absolutamente desprovido de emoção ao se curvar primeiro para Togrul e Wen Chao, depois para Temujin. Temujin se aproximou dele enquanto Wen rosnava ordens em sua língua. O que quer que ele tenha dito, Yuan ficou parado como uma estátua enquanto Temujin examinava atentamente sua armadura, vendo como as placas sobrepostas eram juntadas e costuradas num tecido pesado e rígido por baixo.

— Isso impede uma flecha? — perguntou Temujin.

Yuan baixou os olhos e assentiu.

— Uma das suas, sim — respondeu ele.

Temujin deu um sorriso tenso.

— Fique parado, Yuan — disse ele, afastando-se.

Wen Chao observou com interesse Temujin pegar seu arco e encordoá-lo, ajustando uma flecha à corda. Yuan não demonstrou medo, e Wen sentiu orgulho de sua calma aparente quando Temujin puxou até a orelha, mantendo o arco perfeitamente imóvel por um momento, mirando.

— Vamos descobrir — disse Temujin, disparando com um estalo.

A flecha se cravou com força suficiente para lançar Yuan para trás, fazendo-o cair. O homem ficou atordoado por um momento e, justo quando Temujin pensou que ele estava morto, levantou a cabeça e lutou para ficar de pé. Seu rosto estava impassível, mas Temujin viu nos olhos um brilho sugerindo que a vida se encontrava em algum lugar mais fundo.

Temujin ignorou os gritos chocados dos keraites ao redor. Togrul estava de pé e seus homens de confiança haviam se movido rapidamente para ficar entre o cã e o estranho. Com cuidado para não agitá-los, Temujin pousou o arco e soltou a corda antes de percorrer a distância até Yuan.

A flecha havia rompido a primeira placa de ferro laqueado, com a ponta se prendendo no tecido grosso por baixo, de modo que se projetava e vibrava com a respiração de Yuan. Temujin soltou os laços no pescoço e na cintura de Yuan, puxando de lado uma túnica de seda até que o peito nu estivesse exposto.

Havia um hematoma surgindo na pele de Yuan, ao redor de um corte oval. Uma fina linha de sangue escorria pelos músculos até o estômago.

— Ainda pode lutar? — perguntou Temujin.

A voz de Yuan estava tensa quando ele cuspiu uma resposta.

— Experimente.

Temujin riu da raiva que via. O sujeito tinha grande coragem, e Temujin deu-lhe um tapa nas costas. Espiou mais de perto o buraco deixado pela flecha.

— A túnica de seda não se rasgou — disse ele, tateando a mancha de sangue.

— É uma trama muito forte — respondeu Yuan. — Já vi ferimentos em que a seda penetrou fundo no corpo sem sofrer um furo.

— Onde posso arranjar essas camisas? — murmurou Temujin.

Yuan olhou-o.

— Só nas cidades jin.

— Talvez eu mande buscar algumas — disse Temujin. — Nosso couro cozido não impede flechas tão bem assim. Podemos fazer bom uso de sua armadura. — Em seguida, virou para Togrul, que ainda estava em choque pelo que havia testemunhado. — Os keraites têm uma forja? Ferro?

Togrul assentiu em silêncio, e Temujin olhou para Arslan.

— Consegue fazer essa armadura?

Arslan se levantou para inspecionar Yuan como Temujin havia feito, arrancando a flecha de onde ela havia se alojado e examinando o quadrado de metal cinza rasgado pela flecha. A laca havia caído em flocos e o metal se dobrara antes de permitir a passagem da flecha. Sob a pressão dos dedos de Arslan, o resto da costura caiu e a peça se soltou em sua mão.

— Poderíamos levar peças de reserva — disse Arslan. — Esta não pode ser usada de novo. — Os olhos de Yuan acompanharam o pedaço de ferro quebrado enquanto Arslan o observava. Sua respiração havia se acalmado e Temujin não pôde deixar de se impressionar com a disciplina do sujeito.

— Se ficarmos com os keraites por cinco dias, quantas armaduras posso ter? — perguntou Temujin, pressionando-o. Arslan balançou a cabeça enquanto pensava.

— Essas placas de ferro finas não são difíceis de forjar, mas cada uma deve ser acabada à mão. Se eu deixá-las ásperas e tiver ajudantes na forja e mulheres para costurar... — Ele parou, pensando. — Provavelmente três, talvez mais.

— Então esta é sua tarefa — disse Temujin. — Se Wen Chao nos emprestar mais armaduras de seus guardas, teremos uma força de homens que os tártaros não conseguirão matar. Vamos fazer com que nos temam.

Wen franziu a boca enquanto pensava. Era verdade que o primeiro-ministro mandaria ouro e cavalos caso ele pedisse. A corte não regateava com materiais para subornar as tribos. Não tinha certeza de que seriam tão generosos com armas e armaduras. Só um idiota entregaria suas vantagens na guerra, apesar de todas as promessas que Wen havia feito ao jovem guerreiro. Se permitisse que Temujin pegasse as armaduras de seus homens, sem dúvida os cortesãos ficariam desconfiados caso ouvissem falar disso, mas que opção havia? Inclinou a cabeça, forçando um sorriso.

— Elas são suas, senhor. Mandarei que lhe sejam levadas esta noite. — Conteve um tremor ao pensar nos homens de Temujin tão bem protegidos quanto qualquer soldado jin. Talvez, com o tempo, ele tivesse de cortejar os tártaros para fazê-los esmagar as tribos mongóis. Imaginou se sua permanência nas planícies seria estendida, e o coração se encolheu com o pensamento.

Nas iurtas dos keraites na noite seguinte, Khasar deu um cascudo no irmão mais novo, fazendo Temuge rodar. Com 13 anos, o garoto não tinha nem um pouco do fogo dos mais velhos, e lágrimas brilharam em seus olhos enquanto ele se firmava.

— Por que fez isso? — perguntou Temuge.

Khasar suspirou.

— Como é que você é filho do nosso pai, homenzinho? Kachiun teria arrancado minha cabeça se eu tentasse bater nele assim, e ele só tem dois anos a mais que você.

Com um grito, Temuge se lançou contra Khasar e caiu esparramado quando o irmão lhe deu outro cascudo.

— Foi um pouco melhor — admitiu Khasar, de má vontade. — Na sua idade, eu já havia matado um homem... — Ele parou, chocado ao ver que Temuge estava choramingando, com lágrimas escorrendo pelas bochechas. — Você não está *chorando*, está? Kachiun, dá para acreditar nesse sujeitinho?

Kachiun estava deitado no canto da iurta, ignorando-os enquanto aplicava uma camada de óleo no arco. Parou ao ouvir a pergunta, olhando para onde Temuge estava, esfregando o nariz e os olhos.

— Ele é só uma criança ainda — disse, retornando à tarefa.

— Não sou! — gritou Temuge, o rosto vermelho.

Khasar riu para ele.

— Você chora como criança — disse, provocando-o. — Se Temujin o visse assim, deixaria você para os cachorros.

— Não deixaria — respondeu Temuge, com lágrimas aparecendo de novo.

— Deixaria, você sabe. Iria tirar sua roupa e deixar você num morro para os lobos morderem — continuou Khasar, parecendo triste. — Eles gostam dos novos, por causa da carne macia.

Temuge bufou com desdém.

— Temujin disse que eu poderia cavalgar com ele contra os tártaros, se eu quisesse — anunciou. Khasar sabia que Temujin havia feito a oferta, mas fingiu espanto.

— O quê, uma porcariazinha como você? Contra aqueles tártaros grandes e peludos? Aqueles guerreiros são piores que lobos, garoto. Mais altos que nós e de pele branca, como fantasmas. Algumas pessoas dizem que eles são fantasmas e que vêm pegar a gente quando a gente cai no sono.

— Deixe-o em paz — murmurou Kachiun.

Khasar pensou nisso, cedendo com relutância. Kachiun recebeu o silêncio como confirmação e sentou-se na cama.

— Eles não são fantasmas, Temuge, mas são homens duros e bons com arco e espada. Você ainda não tem força suficiente para ir contra eles.

— Na minha idade, você tinha.

Havia um fio de muco brilhante sob o nariz dele, e Khasar imaginou se aquilo pingaria na boca do garoto. Olhou com interesse quando Kachiun pôs os pés no chão para falar com Temuge.

— Eu podia disparar um arco melhor que você, na sua idade, sim. Treinava todo dia até que minhas mãos ficavam com cãibra e os dedos sangravam. — Ele bateu no ombro direito com a mão esquerda, indicando o músculo compacto. Era maior que o esquerdo e estremecia sempre que ele se mexia.

"Aumentei minha força, Temuge. Você fez a mesma coisa? Sempre que vejo, você está brincando com as crianças ou conversando com nossa mãe.

— Eu treinei — disse Temuge, carrancudo, mas os dois sabiam que ele estava mentindo, ou pelo menos rodeando a verdade. Mesmo com um aro de osso para proteger os dedos, era um péssimo arqueiro. Kachiun o havia levado muitas vezes e corrido com ele, aumentando sua energia. Isso não parecia melhorar o fôlego do garoto. No fim de apenas um quilômetro e meio, ele estava bufando e ofegando.

Khasar balançou a cabeça, como se estivesse cansado.

— Se você não consegue disparar um arco e não tem força para usar uma espada, vai matá-los a chutes? — perguntou. Pensou que o garoto ia pular em cima dele outra vez, mas Temuge havia desistido.

— Odeio vocês — disse ele. — Espero que os tártaros matem os dois. — E teria saído intempestivamente da iurta, mas Khasar o fez tropeçar de propósito, de modo que ele caiu de cara junto à porta. Temuge saiu correndo sem olhar para trás.

— Você é duro demais com ele — disse Kachiun, pegando o arco de novo.

— Não. Se eu ouvir mais uma vez que ele é um "garoto sensível", acho que vou pôr o jantar para fora. Sabe com quem ele estava falando hoje? Com o jin, Wen Chao. Ouvi os dois tagarelando sobre pássaros ou algo assim, enquanto passava. Diga que negócio é esse.

— Não posso, mas ele é meu irmão mais novo e quero que você pare de incomodá-lo como uma velha; isso é pedir demais?

A voz de Kachiun continha fogo, e Khasar pensou na resposta. Ainda era capaz de vencer as lutas dos dois, mas as últimas haviam resultado em tantos hematomas dolorosos que não as provocava por qualquer motivo.

— Todos nós o tratamos de modo diferente e, em resultado, que tipo de guerreiro ele é?

Kachiun levantou a cabeça.

— Talvez ele venha a ser um xamã ou um contador de histórias, como o velho Chagatai.

Khasar bufou.

— Chagatai foi guerreiro quando era novo, ou pelo menos era o que sempre dizia. Isso não é tarefa para um garoto.

— Deixe-o descobrir o próprio caminho, Khasar — disse Kachiun. — Pode não ser para onde o estamos levando.

Borte e Temujin estavam deitados juntos sem se tocar. Com sangue fresco na boca, tinham feito amor na primeira noite do ataque punitivo contra os tártaros, mas ela havia chorado de sofrimento e dor quando sentiu o peso dele. Temujin poderia ter parado, mas Borte segurou suas nádegas, mantendo-o nela enquanto lágrimas escorriam pelo rosto.

Fora a única vez. Desde aquele dia, ela não conseguia permitir que ele a tocasse de novo. Sempre que ele vinha para as peles, Borte o beijava e se aninhava em seus braços, porém nada mais. Seu sangue mensal não vinha desde que deixara os olkhun'ut, mas agora temia pelo filho. Tinha de ser dele, estava quase certa. Tinha visto o modo como muitos cães montavam uma cadela no acampamento dos olkhun'ut. Algumas vezes os filhotes mostravam as cores de mais de um pai. Ela não sabia se o mesmo poderia se aplicar a ela, e não ousava perguntar a Hoelun.

Na escuridão de uma iurta estranha, chorou de novo enquanto o marido dormia, e não soube por quê.

CAPÍTULO 28

Temujin esfregou com raiva o suor nos olhos. A armadura que Arslan havia feito era muito mais pesada do que ele pensara. Era como se tivesse sido enrolado num tapete, e o braço da espada parecia ter perdido metade da velocidade. Encarou Yuan enquanto o sol subia, vendo, para sua irritação, como o sujeito usava a mesma armadura sem sequer um traço de transpiração na testa.

— De novo — disse Temujin rispidamente.

Os olhos de Yuan brilharam com diversão e ele fez uma reverência antes de levantar a espada. Tinha dito para eles usarem a armadura o tempo todo, até que ela se transformasse numa segunda pele. Mesmo depois de uma semana na rota de volta ao acampamento tártaro, eles ainda eram lentos demais. Temujin obrigou seus homens a treinarem durante duas horas ao amanhecer e ao pôr-do-sol, quer usassem armadura ou não. Isso diminuía o progresso dos sessenta que haviam partido dos keraites, mas Yuan aprovava o esforço. Sem isso, os homens com armaduras seriam como as tartarugas que ele recordava, de casa. Poderiam sobreviver às primeiras flechas dos tártaros, mas no chão seriam uma presa fácil.

Com a ajuda dos ferreiros dos keraites, Arslan havia feito cinco daquelas roupas com placas. Além disso, Wen cumprira a promessa e entregara mais dez, mantendo apenas uma para seu novo guarda pessoal. Yuan escolhera pessoalmente o homem, certificando-se que ele entendia as responsabilidades, antes de sair.

Temujin usava uma das armaduras novas, com as placas num grande peitoral e outro conjunto para cobrir a virilha e mais dois nas coxas. Guarda-ombros iam do pescoço aos cotovelos, e eram essas partes que mais lhe causavam dificuldade. Várias vezes Yuan simplesmente se desviava dos golpes, afastando-se da lentidão com facilidade.

Ele olhou Temujin vir na sua direção, lendo as intenções pelo modo como o mongol andava. O peso do jovem cã estava mais apoiado no pé esquerdo, e Yuan suspeitou de que ele começaria o golpe pela esquerda baixa, e subindo. Os dois usavam afiadas lâminas de aço, mas até agora houvera pouco perigo real para qualquer um. Yuan era perfeccionista demais para cortar o oponente durante um treino, e Temujin nunca chegava perto.

No último segundo, Temujin mudou o peso de novo, transformando o golpe giratório numa estocada. Yuan recuou a perna direita para sair do caminho, deixando a lâmina roçar as escamas de sua armadura. Não temia um corte que viesse com força, e Temujin também estava precisando aprender isso. Muitos outros golpes poderiam ser ignorados ou meramente afinados com um pouco de delicadeza.

Quando a espada passou, Yuan se adiantou rapidamente e levou o punho da sua arma para tocar Temujin de leve no nariz. Ao mesmo tempo, deixou o ar explodir dos pulmões, gritando "Hei!", antes de recuar.

— De novo — disse Temujin, irritado, movendo-se antes que Yuan houvesse assumido posição. Desta vez ergueu a espada acima da cabeça, baixando-a em um movimento de corte. Yuan recebeu a lâmina com a dele, e os dois chegaram peito com peito, num choque de armaduras. Temujin havia posto seu pé avançado atrás do de Yuan, e o soldado acabou caindo para trás.

Olhou para Temujin do chão, esperando o próximo golpe.

— E então?

— Então o quê? — perguntou Temujin. — Agora eu cravaria a espada no seu peito.

Yuan não se mexeu.

— Não cravaria. Fui treinado para lutar em qualquer posição. — Enquanto falava, ele chutou com uma das pernas, derrubando Temujin facilmente.

Temujin saltou de pé, o rosto tenso.

— Se eu não estivesse usando esta armadura pesada, você não acharia isso tão fácil — disse.

— Eu atiraria no senhor de longe — respondeu Yuan. — Ou atiraria em seu cavalo, se visse que o senhor estava com armadura.

Temujin treinava novamente o processo de levantar a espada. Seus pulsos ardiam de fadiga, mas tinha decidido dar um golpe sólido antes de montar para a cavalgada do dia. Em vez disso, parou.

— Então devemos pôr armaduras nos pôneis, só na cabeça e no peito.

Yuan assentiu.

— Já vi isso ser feito. As placas de ferro podem ser costuradas num arnês de couro, tão facilmente quanto na sua armadura.

— Você é um professor hábil, Yuan, já lhe disse isso?

Yuan o observou atentamente, sabendo que um golpe súbito era possível. Na verdade, ainda estava pasmo por Temujin parecer não se incomodar em apanhar repetidamente diante de seus homens. Yuan não podia imaginar seus antigos oficiais permitindo uma demonstração assim. A humilhação seria demasiada para eles, mas Temujin parecia não perceber ou não se importar. Os homens das tribos eram estranhos, mas absorviam tudo que Yuan podia lhes dizer sobre a nova armadura. Ele havia até começado a discutir táticas com Temujin e seus irmãos. Para Yuan, era uma nova experiência ter homens mais novos ouvindo tão atentamente. Quando estava guardando Wen Chao, tinha consciência de que existia para dar a vida pelo embaixador, ou pelo menos matar o máximo de inimigos possível antes de cair. Os homens que tinham vindo para as planícies com ele conheciam o trabalho e raramente Yuan precisava corrigi-los. Havia descoberto que gostava de ensinar.

— Mais uma vez — ouviu Temujin dizer. — Vou chegar pela sua esquerda.

Yuan sorriu. Nas últimas duas vezes em que Temujin havia pensado em avisá-lo, o ataque viera da direita. Isso não importava particularmente, mas achava divertidas as tentativas de nublar sua capacidade de avaliação.

Temujin veio rápido, a espada saltando com velocidade maior do que Yuan vira antes. Viu o ombro direito baixar e levantou sua lâmina. Tarde demais para corrigir, viu que Temujin havia seguido pela esquerda, deliberadamente. Yuan ainda poderia ter estragado o golpe, mas optou por não fazer isso, deixando a ponta da lâmina tocar sua garganta enquanto Temujin ofegava, empolgado.

— Bem melhor — disse Yuan. — O senhor está ficando mais rápido com a armadura.

Temujin assentiu.

— Você deixou a espada passar, não foi?

Yuan permitiu que um sorriso aparecesse.

— Quando o senhor estiver ainda melhor, saberá.

A pleno galope, Yuan olhou à esquerda e à direita, vendo como os irmãos de Temujin mantinham a linha sólida. Os exercícios continuaram durante todo o dia, e Yuan se viu envolvido na solução dos problemas de um ataque em massa. Cavalgava com o arco preso à sela, mas a capacidade dos sessenta homens com o arco não estava em dúvida. Togrul dera vinte de seus homens de confiança pessoais para o grupo. Estavam em forma e eram hábeis, mas não tinham experiência em guerra e, a princípio, Temujin estava mordaz com eles. Seus próprios guerreiros seguiam as ordens com obediência instantânea, mas os novos eram sempre lentos.

Yuan ficara surpreso ao receber o comando da ala esquerda. Essa posição exigia um oficial superior, e ele esperara que ela ficasse com Khasar. Certamente Khasar havia pensado nisso. Yuan não havia deixado de perceber os olhares irritados que vinham do irmão de Temujin na sua direção, enquanto ele cavalgava com seus dez homens logo do lado de dentro. Depois dos treinamentos todo fim de tarde, Temujin os reunia ao redor de uma pequena fogueira e dava as ordens para o dia seguinte. Talvez fosse uma coisa pequena, mas ele incluía Yuan no conselho, junto com Jelme e Arslan, fazendo mil perguntas. Quando Yuan podia responder devido à experiência, eles ouviam atentamente. Algumas vezes Temujin sacudia a cabeça na metade de sua fala e Yuan entendia o raciocínio dele. Os homens que Temujin comandava não haviam lutado juntos durante anos. Havia um limite para o que poderia ser ensinado num curto tempo, mesmo com disciplina implacável.

Yuan viu a trompa de Temujin dar dois toques curtos. Isso significava que a ala esquerda cavalgaria à frente do resto, torcendo a linha. Acima do som dos cascos, compartilhou um olhar com Khasar e os dois grupos de dez aceleraram para a nova posição.

Yuan olhou ao redor. Tinha sido bem-feito, e desta vez até os homens de Togrul haviam escutado o toque e reagido. Eles estavam melhorando, e Yuan sentiu uma fagulha de orgulho no coração. Se seus antigos oficiais pudessem vê-lo, iriam morrer de rir. Primeira espada em Kaifeng, e aqui estava cavalgando com selvagens. Tentou zombar de si mesmo como os soldados em seu país teriam feito, mas de algum modo seu coração não queria.

Temujin tocou uma única nota e a ala direita avançou, deixando o centro para trás. Yuan olhou para Kachiun e Jelme que cavalgavam ali, sérios em suas armaduras. Os cavaleiros ao redor do irmão de Temujin eram um pouco mais maltrapilhos, mas formaram a linha enquanto Yuan olhava, trovejando como se fossem um só. Ele assentiu, começando a gostar da batalha que viria.

De trás, Temujin tocou uma nota longa e descendente. Eles reduziram a velocidade juntos, cada um dos oficiais gritando ordens para os homens em seus grupos de dez. Os pôneis vigorosos passaram ao meio-galope, depois ao trote, e Temujin moveu-se pelo grupo central com Arslan.

Temujin cavalgou adiante da linha formada de novo, levando a montaria para a ala esquerda. Yuan permitiu que eles o alcançassem e viu o rosto dele vermelho de empolgação, os olhos luminosos.

— Mande os batedores à frente, Yuan — gritou Temujin. — Vamos descansar os pôneis enquanto eles procuram.

— Sua vontade, senhor — respondeu Yuan automaticamente. Conteve-se ao virar na sela para falar com dois jovens guerreiros, depois deu de ombros. Era soldado há tempo demais para mudar os hábitos e, na verdade, estava gostando da tarefa de transformar os homens das tribos num grupo de batalha.

— Tayan, Rulakh, vão adiante até o pôr-do-sol. Se virem algo mais do que alguns desgarrados, voltem. — Agora ele já sabia os sessenta nomes, forçando-os a serem gravados na memória, questão de hábito pessoal. Os dois homens eram guerreiros de Temujin. E baixaram a cabeça enquanto passavam por ele, instigando as montarias. Yuan não demonstrou nada de sua satisfação interior, mas Temujin pareceu senti-la, pelo riso que veio ao seu rosto.

— Acho que você sentia falta disso, professor — gritou Temujin. — A primavera está subindo no seu sangue.

Yuan não respondeu, enquanto Temujin retornava à linha. Estava há dois anos no serviço de guarda para Wen Chao. O juramento que fizera ao imperador o obrigava a obedecer a qualquer ordem dada por uma autoridade legítima. No mais fundo de seu coração, reconhecia a verdade das palavras de Temujin. Sentira falta da camaradagem de uma campanha, ainda que os homens das tribos não se parecessem nem um pouco com os que ele conhecera. Esperava que os irmãos sobrevivessem ao primeiro choque de armas.

A lua estava cheia de novo, um mês depois de terem deixado os keraites. A exuberância das primeiras semanas fora substituída por uma objetividade séria. Não havia mais tanta conversa ao redor das fogueiras como antes, e os batedores estavam tensos. Haviam encontrado o local em que Temujin e seus irmãos tinham visto o grande grupo de tártaros. Os círculos de capim enegrecido traziam memórias sombrias dos homens que haviam estado lá. Kachiun e Khasar estavam particularmente silenciosos ao montarem de novo. A noite do resgate de Borte fora gravada a fogo neles, fundo demais para esquecerem o canto de Temujin ou o jorro de luz que haviam sentido ao engolir a carne dos inimigos. Não falavam do que tinham feito. Aquela noite parecera interminável, mas, quando o amanhecer finalmente chegara, eles examinaram a área, tentando ver para onde o pequeno grupo estivera levando-a. O principal acampamento tártaro não ficava longe. Os últimos atacantes poderiam tê-lo alcançado cavalgando durante a manhã, e Borte ficaria perdida durante meses, se não para sempre.

Temujin encostou a mão nas cinzas de uma fogueira e fez uma careta. Estava fria.

— Mandem os batedores mais longe — disse aos irmãos. — Se nós os pegarmos em movimento, será rápido.

O acampamento tártaro viera preparado para uma estação, talvez com a intenção de caçar os atacantes que os haviam perturbado durante todo o inverno. Moviam-se com carroças carregadas com iurtas e grandes rebanhos cujo excremento podia ser lido e contado. Temujin se perguntou a que distância eles estariam. Lembrou-se de sua frustração ao permanecer deitado com sangue tártaro na boca, observando um acampamento pacífico, grande demais para ser atacado. Não havia como deixá-los escapar. Ele fora a Togrul como alguém que não tinha outra escolha.

— Houve muitas pessoas neste lugar — observou Yuan junto a seu ombro. O guerreiro jin havia contado os círculos pretos e observado os rastros. — Mais do que os cem que o senhor disse a Togrul.

Temujin olhou-o.

— Talvez. Eu não pude ter certeza.

Yuan observou o homem que os havia trazido através de uma vastidão, para matar. Ocorreu-lhe que cinqüenta dos melhores homens de Togrul teria sido algo melhor do que trinta. Os recém-chegados estariam em número maior do que o povo de Temujin, e talvez isso não fosse do agrado do jovem. Yuan notou como Temujin havia misturado os grupos, fazendo com que trabalhassem juntos. Sua reputação de ferocidade — e de sucesso — era conhecida. Eles já o olhavam como um cã. Yuan se perguntou se Togrul sabia do risco que havia assumido. Suspirou quando Temujin se afastou para falar com os irmãos. Ouro e terras comprariam grandes riscos, se fossem bem usados. Wen Chao havia demonstrado a verdade disso.

Temujin assentiu para os irmãos, incluindo Temuge no gesto. O irmão mais novo recebera a armadura menor. Os homens de Wen Chao costumavam ter corpo pequeno, mas mesmo assim ela era grande demais para ele, e Temujin conteve um sorriso ao ver Temuge virar rigidamente no pônei, testando as tiras e as rédeas.

— Você se saiu bem, irmãozinho — disse Temujin ao passar por ele. Ouviu Khasar resfolegando ali perto mas o ignorou. — Vamos encontrá-los logo, Temuge. Você estará pronto quando partirmos para o ataque?

Temuge olhou para o irmão que ele reverenciava. Não falou do frio gelado no estômago, nem de como a cavalgada o havia exaurido até ele pensar que despencaria da sela, envergonhando a todos. Toda vez que apeava, suas pernas haviam se enrijecido ao ponto em que ele precisava segurar o pônei com força ou despencar de joelhos.

— Estarei pronto, Temujin — disse, forçando um tom animado. Por dentro entrava em desespero. Sabia que sua capacidade com o arco mal valia esse nome, e a espada tártara que Temujin lhe dera era pesada demais para sua mão. Tinha uma faca menor escondida dentro do dil e esperava usá-la. Mesmo assim, a idéia de cortar carne e músculo, de sentir o sangue jorrar nas mãos era algo que o apavorava. Não podia ser tão forte e implacável quanto os outros. Ainda não sabia que utilidade poderia ter para qualquer um deles, mas não podia suportar o escárnio nos olhos de Khasar. Kachiun viera até ele na noite antes de partirem, dizendo que Borte e Hoelun precisariam de apoio no acampamento dos keraites. Havia sido uma tentativa transparente de deixá-lo fora da luta que viria, mas Temuge recusou. Se elas precisassem de alguma ajuda, nem cinqüenta guerreiros poderiam salvá-las no coração do povo kerait. A presença delas era uma garantia de que Temujin retornaria com as cabeças que prometera.

De todos os irmãos, apenas Temuge não fora nomeado oficial. Com Jelme, Arslan e Yuan, além de seus irmãos, Temujin tinha os seis de que precisava, e Temuge sabia que era novo demais, inexperiente demais na guerra. Tocou a lâmina de sua faca longa enquanto montava, sentindo a ponta afiada. Sonhava em salvar a vida deles, repetidamente, para que o olhassem com perplexidade e percebessem que ele era mesmo filho de Yesugei. Não gostava de acordar desses sonhos. Estremeceu quando começaram a cavalgar de novo, sentindo o frio mais do que qualquer outro homem aparentava. Olhou para dentro de si mesmo procurando a coragem tranqüila que eles demonstravam, e não achou nada além de terror.

Os batedores encontraram a força principal dos tártaros apenas dois dias depois de Temujin ter visitado o acampamento antigo. Os homens chegaram a pleno galope, saltando dos cavalos para dar o informe.

— Eles estão em movimento, senhor — disse bruscamente o primeiro. — Têm cavaleiros avançados em todas as direções, mas o exército se move lentamente pelo próximo vale, vindo para cá.

Temujin mostrou os dentes.

— Eles mandaram trinta homens para nos encontrar e nenhum voltou vivo. Devem suspeitar de que haja uma tribo grande na área. Ótimo. Se estiverem cautelosos, vão hesitar.

Levantou o braço para chamar seus oficiais. Todos haviam observado as ações agitadas dos batedores e vieram depressa, esperando as novidades.

— Diga a seus homens para seguirem as ordens — disse Temujin enquanto montava. — Vamos cavalgar como um só, sigam minha velocidade. Se algum homem romper a formação, vou deixá-lo para os falcões.

Viu Khasar rindo e o olhou irritado.

— Mesmo que seja meu próprio irmão, Khasar, mesmo que seja. Disparem as flechas à minha ordem, depois desembainhem as espadas. Vamos acertá-los como uma linha. Se alguém perder o cavalo, fique vivo por tempo suficiente para que o resto de nós termine a matança.

— Você não pegará prisioneiros? — perguntou Arslan.

Temujin não hesitou.

— Se algum deles sobreviver ao ataque, vou interrogar os líderes para saber mais. Depois disso, não tenho utilidade para eles. Não vou aumentar nossas fileiras com inimigos de sangue.

A notícia se espalhou rapidamente entre os guerreiros quando os oficiais voltaram para eles. Fizeram os pôneis avançar numa única fileira. Ao passar por uma crista de morro, cada homem pôde ver a formação tártara, com cavaleiros e carroças movendo-se lentamente pela planície.

Como se fossem um só, começaram a trotar em direção ao inimigo. Temujin ouviu trompas de alarme soando distantes e desamarrou o arco, prendendo uma corda e experimentando-a. Levou a mão atrás para abrir a aljava presa à sela, levantando a primeira flecha e testando as penas com o polegar. Ela voaria reta e firme, como deveria.

CAPÍTULO 29

OS TÁRTAROS NÃO ERAM DESPROVIDOS DE CORAGEM. QUANDO AS TROMPAS DE alerta gemeram na planície, cada guerreiro correu para seu cavalo, montando com gritos agudos que chegavam aos ouvidos dos guerreiros de Temujin. Seus sessenta homens cavalgavam juntos enquanto aumentavam o passo até um galope. Os oficiais rosnavam ordens para qualquer homem que se mostrasse ansioso demais, observando Temujin enquanto este disparava sua primeira flecha num equilíbrio perfeito.

Yuan havia discutido a vantagem de atacar o inimigo como uma linha, e esta apareceu nos primeiros contatos sangrentos com os batedores tártaros. À medida que os homens de Temujin os alcançavam, os batedores tártaros eram espetados com flechas compridas, os corpos caindo junto com os cavalos. Temujin pôde ver que os tártaros haviam dividido a força para deixar alguns defendendo as carroças, mas mesmo assim eram em maior número do que ele supusera, espalhando-se pela planície como vespas.

A carga de Temujin os atravessou, passando por cima de cavalos e homens agonizantes abalroados em grupos de dois, cinco, uma dúzia de cada vez. Os arcos distribuíram a morte rápida a galope e trouxeram uma força grande demais para que as frouxas formações tártaras resistissem. Para Temujin, pareceu que haviam se passado apenas alguns instantes antes que deixassem uma trilha de homens mortos e cavalos sem cavaleiros para trás, e as carroças estavam se aproximando a uma velocidade estonteante. Olhou à esquerda e à direita antes de dar três toques rápidos, convocando as formações em chifre. O atraso quase foi fatal, mas os homens de Yuan se moveram, igualando Kachiun e Jelme à direita. Acertaram as carroças numa formação em crescente, envolvendo os rebanhos e os tártaros com um rugido.

Os dedos de Temujin descobriram que sua aljava estava vazia e ele jogou o arco no chão, pegando a espada. No centro do crescente, descobriu seu caminho bloqueado por uma carroça pesada cheia de feltro e couro. Mal viu o primeiro homem que entrou em seu caminho, arrancando a cabeça dele com um único giro da espada antes de bater os calcanhares no animal e partir para uma massa de guerreiros tártaros. Arslan e outros dez iam com ele no centro, matando enquanto prosseguiam. Mulheres e crianças se enfiavam sob as carroças, aterrorizadas, enquanto os cavaleiros passavam, e seus gritos pareciam os pios agudos de falcões no vento.

A mudança veio sem aviso. Um dos tártaros largou a espada, e mesmo assim teria sido morto se não tivesse se jogado no chão enquanto Khasar passava. Outros fizeram o mesmo, caindo prostrados enquanto Temujin e seus oficiais galopavam ao redor do acampamento, procurando alguma resistência. Demorou um tempo para o desejo de sangue se aplacar dentro deles, e foi o próprio Temujin que pegou a trompa e tocou a nota descendente que significava um passo mais lento. Seus homens estavam cobertos de sangue fresco, mas ouviram-no e passaram os dedos pelas lâminas, limpando o brilho de vida.

Houve um momento de silêncio absoluto. Onde antes seus ouvidos haviam ressoado com as pancadas dos cascos e os berros das ordens, agora a calma crescia ao redor. Temujin ouviu com espanto um silêncio que durou o suficiente para seus irmãos chegarem a seu lado. Em algum lugar, uma mulher começou a gemer e os balidos das ovelhas e cabras recomeçaram. Talvez houvessem sempre estado ali, mas Temujin não os escutava acima da pulsação de sangue que fez parar seus ouvidos e latejar o coração no peito.

Puxou as rédeas, virando o cavalo enquanto examinava a cena. O acampamento fora despedaçado. Os tártaros que ainda viviam estavam de rosto no capim, silenciosos e desesperados. Olhou de volta para o caminho do ataque e viu um cavaleiro que, de algum modo, sobrevivera à carga. O homem estava de queixo caído com o que presenciara, perplexo demais até mesmo para cavalgar e salvar a própria vida.

Temujin franziu a vista para o cavaleiro solitário, assentindo para Kachiun.

— Traga-o ou mate-o — disse.

Kachiun assentiu rapidamente e deu um tapinha no ombro de Khasar, pedindo mais flechas. Khasar tinha apenas duas, mas entregou-as e Kachiun pegou seu arco, que estava bem preso à sela. Não havia jogado fora a arma valiosa, notou Temujin com uma diversão marota.

Temujin e Khasar ficaram olhando Kachiun galopar na direção do cavaleiro tártaro. A visão do mongol chegando pareceu arrancar o sujeito de um transe, e ele virou a montaria para finalmente escapar. Kachiun diminuiu a distância antes que o tártaro pudesse chegar ao pleno galope, então disparou uma flecha que o acertou no alto das costas. O homem continuou cavalgando alguns instantes antes de cair, e Kachiun deixou-o ali, se virando de volta para o acampamento e levantando o arco para sinalizar a morte.

Temujin levou um susto quando seus homens rugiram. Todos estavam observando, e o gesto liberou a empolgação. Os que tinham arcos levantaram-nos, sacudindo os braços em triunfo. A coisa acontecera tão depressa que, de algum modo, eles haviam sido surpreendidos com o fim, inseguros. Agora, o grande jorro de alegria que resulta de encarar a morte e sobreviver preencheu-os e todos apearam. Alguns homens de confiança de Togrul moveram-se empolgados para as carroças, puxando peles e feltro para ver o que haviam ganhado.

Os homens de Arslan amarraram os prisioneiros, tirando suas armas. Alguns estavam sem marcas e foram tratados asperamente, com desprezo. Não tinham direito de estar vivos depois de uma batalha daquelas, e Temujin não se importava nem um pouco com eles. Descobriu que estava com as mãos trêmulas e, ao apear, puxou seu cavalo, para continuar segurando as rédeas e esconder a fraqueza.

Levantou os olhos afastando-se dos pensamentos ao ver seu irmão Temuge se aproximar a cavalo, passar a perna sobre a sela e apear. O garoto estava branco como leite e claramente abalado, mas Temujin viu que ele segurava uma arma sangrenta como se não soubesse como aquilo havia chegado à sua mão. Temujin tentou atrair o olhar do irmão para lhe dar os parabéns, mas o garoto virou e vomitou no capim. Temujin se afastou para não envergonhá-lo notando aquilo. Quando ele tivesse se recuperado, Temujin encontraria algumas palavras de elogio para lhe dizer.

Temujin parou no centro das carroças, sentindo os olhares de seus oficiais. Estavam esperando alguma coisa, e ele levou a mão aos olhos, afastando os pensamentos sombrios que deslizavam e se acotovelavam procurando espaço na mente. Pigarreou e fez a voz ir longe.

— Arslan! Encontre os odres de airag que eles tiverem e ponha um guarda para vigiá-los, alguém em quem você confie. Khasar, mande oito homens como batedores ao redor. Pode haver mais deles. — Virou-se para Kachiun, que vinha retornando e saltou agilmente do pônei. — Junte os prisioneiros e mande seus dez montarem três das iurtas deles o mais rapidamente que puder. Vamos passar a noite aqui.

Isso não bastava, percebeu. Eles ainda o espiavam com olhos brilhantes e o início de sorrisos.

— Vocês se saíram bem — gritou. — Tudo que tivermos conquistado é de vocês, para ser dividido igualmente.

Eles comemoraram, lançando olhares para as carroças tártaras cheias de coisas valiosas. Só os cavalos significariam riqueza instantânea para muitos, mas Temujin não se importava com isso. No momento em que a batalha foi vencida, ele encarou a perspectiva de retornar a Togrul. O cã dos keraites reivindicaria sua parte, claro. Isso estava certo, mesmo que ele não se encontrasse presente. Temujin não relutaria em lhe dar algumas dúzias de pôneis e espadas. Mesmo assim isso o incomodava. Não queria retornar. A idéia de humildemente devolver os homens de confiança que o haviam servido tão bem fez sua mandíbula se contrair com força, irritado. Precisava de todos eles, e Togrul era um homem que só via as terras dos jin como recompensa. Num impulso, abaixou-se e roçou o capim a seus pés. Alguém fora morto naquele trecho, percebeu. Minúsculas gotas de sangue se grudavam às folhas e mancharam sua mão enquanto ele se empertigava. Levantou a voz de novo.

— Lembrem-se disso quando contarem a seus filhos que vocês lutaram com os filhos de Yesugei. Há uma tribo e uma terra que não reconhece fronteiras. Isto é apenas o começo.

Talvez eles tenham gritado de comemoração porque ainda estavam cheios da empolgação da vitória; não importava.

Os tártaros haviam chegado preparados para uma longa campanha. As carroças continham óleo para lâmpadas, cordas trançadas, roupas – desde a seda mais fina até lona tão grossa que mal podia ser dobrada. Além disso havia uma bolsa de couro com moedas de prata e airag preto suficiente para esquentar as gargantas mais frias nas noites de inverno. Temujin mandou que estes últimos itens lhe fossem trazidos e empilhados contra a parede interna da primeira iurta que foi montada. Mais de vinte tártaros haviam sobrevivido ao ataque, e ele os interrogou para descobrir quem era o líder. A maioria meramente o olhou, permanecendo em silêncio. Temujin havia desembainhado a espada e matado três antes que o quarto xingasse e cuspisse no chão.

— Não há líder aqui – dissera o tártaro em fúria. – Ele morreu com os outros.

Sem uma palavra, Temujin puxou o homem de pé e o entregou a Arslan. Em seguida, olhou para a fileira de homens, o rosto frio.

— Não tenho amor pelo seu povo, nem necessidade de manter vocês vivos – disse. – A não ser que possam ser úteis para mim, serão mortos aqui.

Ninguém respondeu, e os tártaros não o encararam.

— Muito bem – disse Temujin em meio ao silêncio. Em seguida, virou para seu guerreiro que estava mais próximo, um dos irmãos que ele trouxera para seu acampamento no norte. – Mate-os rapidamente, Batu.

O homenzinho desembainhou a faca sem expressão.

— Espere! Posso ser útil para o senhor – disse de repente outro tártaro.

Temujin parou, depois deu de ombros e balançou a cabeça.

— Tarde demais – disse.

Na iurta, Arslan havia amarrado o único sobrevivente da força tártara. Os gritos dos outros eram dignos de pena, e o guerreiro olhava para eles com ódio.

— Vocês mataram os outros. Vão me matar, não importando o que eu fale – disse, fazendo força contra as cordas às costas.

353

Temujin pensou nisso. Precisava saber o máximo possível sobre os tártaros.

— Se você não esconder nada, dou-lhe minha palavra de que vai sobreviver.

O tártaro resfolegou.

— Quanto tempo eu viveria aqui sozinho, sem ao menos uma arma? — perguntou rispidamente. — Prometa-me um arco e um pônei e eu digo o que você quiser.

Temujin riu de repente.

— Está barganhando comigo?

O tártaro não respondeu e Temujin deu um risinho.

— Você é mais corajoso do que eu esperava. Tem minha palavra de que receberá o que pedir.

O tártaro afrouxou o corpo, com alívio, mas Temujin falou de novo antes que ele pudesse organizar os pensamentos:

— Por que vocês entraram nas terras do meu povo?

— Você é Temujin dos lobos? — perguntou o homem.

Temujin não se preocupou em corrigi-lo. Era o nome que espalhava medo no norte, quer ele fizesse parte daquela tribo ou não.

— Sou.

— Há um preço de sangue por sua cabeça. Os cãs do norte querem você morto — disse o tártaro com um prazer sinistro. — Eles vão caçá-lo aonde quer que você vá.

— Não se pode caçar um homem se ele vem à sua procura — lembrou Temujin baixinho.

O tártaro piscou, considerando os acontecimentos do dia. Havia começado aquela manhã no meio de guerreiros fortes e terminado com pilhas de mortos. Estremeceu diante do pensamento e de repente deu um riso áspero.

— Então nós caçamos uns aos outros e só os corvos e os gaviões engordam.

O riso ficou amargo, e Temujin esperou pacientemente que o sujeito recuperasse o controle.

— Seu povo assassinou o cã dos lobos — lembrou Temujin. Não falou sobre Borte. Essa dor ainda era forte e sangrenta demais para ter permissão de passar pelos lábios.

— Sei disso — respondeu o tártaro. — Também sei quem o entregou a nós. Não foi alguém do meu povo.

Temujin se inclinou adiante, o olhar feroz.

— Você jurou dizer tudo que sabe — murmurou. — Fale e sua vida estará salva.

O prisioneiro baixou a cabeça enquanto pensava.

— Primeiro me desamarre.

Temujin desembainhou a espada, ainda suja com o sangue dos que ele havia matado. O tártaro começou a virar, estendendo as mãos para que as cordas fossem cortadas. Em vez disso, sentiu o metal frio tocar sua garganta quando Temujin o rodeou.

— Diga.

— O cã dos olkhun'ut — respondeu o tártaro, derramando as palavras. — Ele recebeu prata para nos dar a notícia.

Temujin recuou. O tártaro virou para encará-lo de novo, os olhos violentos.

— Foi lá que essa rixa de sangue começou. Quantos você matou até agora?

— Pelo meu pai? Não o suficiente. Nem de longe o suficiente. — Pensou de novo na esposa e no frio que havia entre os dois. — Ainda nem comecei a cobrar a dívida que seu povo tem comigo.

Temujin sustentou o tártaro com o olhar quando a porta se abriu. A princípio, nenhum dos dois olhou para ver quem havia entrado na iurta, então o olhar do tártaro se agitou e ele ergueu os olhos. Inspirou fundo ao ver Yuan ali parado e sério.

— Conheço você! — disse o tártaro, puxando os pulsos amarrados, em desespero. Em seguida, virou o rosto para Temujin, com claro terror. — Por favor, eu posso...

Yuan moveu-se rapidamente, desembainhando a arma e matando num só golpe. Sua lâmina atravessou o pescoço do tártaro num jorro de sangue.

Temujin reagiu com velocidade ofuscante, segurando o pulso de Yuan e empurrando-o para trás até ele ser encostado na trama de vime e ficar grudado ali. Segurou Yuan pela garganta e pela mão, o rosto se remexendo em fúria.

— Eu disse que ele iria viver — disse Temujin. — Quem é você para desonrar minha palavra?

Yuan não podia responder. Os dedos em sua garganta eram como ferro, e seu rosto começou a ficar roxo. Temujin apertou os ossos do pulso dele até que a espada caiu dos dedos, em seguida sacudiu-o com fúria, xingando.

Sem aviso, Temujin soltou-o, e Yuan caiu de joelhos. Temujin chutou a espada dele para longe, antes que o jin pudesse se recuperar.

— Que segredos ele tinha, Yuan? Como conhecia você?

Quando falou, a voz de Yuan era um grasnado rouco e sua garganta já estava machucada.

— Ele não sabia de nada. Talvez eu o tivesse visto antes, quando meu senhor viajou para o norte. Achei que ele estava atacando o senhor.

Temujin deu um riso de desprezo.

— De joelhos? Com as mãos amarradas? Você está mentindo.

Yuan levantou a cabeça, os olhos inflamados.

— Aceitarei seu desafio, se o senhor quiser. Isso não muda nada.

Temujin bateu nele com força suficiente para sacudir a cabeça.

— O que está escondendo de mim? — perguntou.

Atrás deles, a porta se abriu de novo, e Arslan e Kachiun entraram correndo, as armas desembainhadas. As iurtas não davam privacidade em relação a quem estivesse perto, e eles tinham ouvido a luta. Yuan ignorou as armas, ainda que seu olhar carrancudo tenha saltado para Arslan por um momento. Enquanto todos observavam, ele respirou fundo e fechou os olhos.

— Estou preparado para a morte, se o senhor quiser tirar minha vida — disse calmamente. — Eu lhe trouxe desonra, como o senhor disse.

Temujin tamborilou os dedos de uma das mãos sobre a outra, enquanto olhava Yuan ajoelhado no chão.

— Há quanto tempo Wen Chao está entre meu povo, Yuan?

Yuan pareceu necessitar de força de vontade para responder, como se tivesse ido longe demais.

— Dois anos.

— E antes dele, quem seu primeiro-ministro mandou?

— Não sei. Na época eu ainda estava no exército.

— Seu senhor barganhou com os tártaros — continuou Temujin.

Yuan não respondeu, olhando-o firmemente.

— Ouvi dizer que o cã dos olkhun'ut traiu meu pai — disse Temujin baixinho. — Como os tártaros puderam abordar uma grande tribo para conseguir uma coisa dessas? Seria preciso um intermediário, um neutro em quem ambos confiassem, não é?

Ouviu Kachiun ofegar atrás dele, quando percebeu o ocorrido.

— Vocês viajaram até os olkhun'ut também? Antes dos keraites? — continuou Temujin, pressionando-o.

Yuan permaneceu imóvel, como se fosse feito de pedra.

— Você está falando de um tempo antes de meu senhor ao menos estar nesta terra — disse Yuan. — Está procurando segredos onde não existem.

— Antes de Wen Chao, imagino quem esteve entre nós — disse Temujin, murmurando. — Imagino quantas vezes os jin mandaram seus homens para minhas terras, traindo meu povo. Imagino que *promessas* eles fizeram.

O mundo que parecera tão sólido naquela manhã estava se desmoronando ao redor. Era demais para absorver, e Temujin se viu ofegando, quase tonto com as revelações.

— Eles não queriam que nós crescêssemos, não é, Yuan? Queriam que tártaros e mongóis se despedaçassem. Não foi isso que Wen Chao me disse? Que os tártaros haviam ficado fortes demais, perto demais de suas preciosas fronteiras?

Temujin fechou os olhos, imaginando o olhar frio dos jin enquanto pensavam nas tribos. Pelo que sabia, eles poderiam estar influenciando sutilmente as tribos há séculos, mantendo cada uma na garganta das outras.

— Quantas pessoas do meu povo morreram por causa do seu, Yuan?

— Eu lhe disse tudo que sei — respondeu Yuan, levantando a cabeça. — Se não acredita em mim, tire minha vida ou me mande de volta para Wen Chao. — Seu rosto endureceu enquanto prosseguia. — Ou ponha uma espada na minha mão e deixe que eu me defenda dessas acusações.

Foi Arslan quem falou, o rosto pálido com o que ouvira.

— Deixe que eu faça isso, senhor — disse a Temujin, jamais afastando o olhar de Yuan. — Dê-lhe uma espada e eu irei enfrentá-lo.

Yuan virou para olhar o ferreiro, a boca se retorcendo para cima nos cantos. Sem falar, baixou a cabeça ligeiramente, aceitando a oferta.

— Já ouvi demais. Amarrem-no até o amanhecer, e então decidirei — disse Temujin. Ficou olhando Kachiun amarrar habilmente as mãos de Yuan. Este não resistiu nem lutou, nem mesmo quando Kachiun lhe deu um chute nas costelas. Ficou deitado perto do corpo do tártaro que havia matado, o rosto calmo.

— Ponha um guarda vigiando-o enquanto comemos — ordenou Temujin, balançando a cabeça. — Preciso pensar.

À primeira luz do amanhecer, Temujin estava andando de um lado para o outro diante do agrupamento de pequenas iurtas, o rosto perturbado. Não havia dormido. Os batedores que mandara com Khasar ainda não haviam retornado, e seus pensamentos continuavam se retorcendo sem respostas. Havia passado anos da vida punindo os tártaros pelo que eles tinham feito, pela vida de seu pai e pela vida que os filhos dele deveriam ter tido. Se Yesugei tivesse sobrevivido, Bekter ou Temujin se tornaria cã dos lobos e Eeluk permaneceria um leal homem de confiança. Havia uma trilha de morte e dor entre o dia em que ficara sabendo e o atual, que o encontrava perturbado e deprimido, com a vida despedaçada. O que conseguira naqueles anos? Pensou em Bekter e, por um momento, desejou que ele estivesse vivo. O caminho poderia ter sido muito diferente caso Yesugei não fosse morto.

Ali sozinho, sentiu uma raiva nova se acender no peito. O cã dos olkhun'ut merecia parte do sofrimento que havia causado. Temujin se lembrou da revelação que havia tido como cativo dos lobos. Não existia justiça no mundo — a não ser que ele mesmo a fizesse. A não ser que cortasse duas vezes mais fundo do que fora cortado e devolvesse golpe por golpe. Tinha esse direito.

A distância, viu dois de seus batedores cavalgando rapidamente de volta às iurtas. Franziu a testa diante do ritmo acelerado deles, sentindo o coração bater mais rápido. A chegada deles não passara despercebida, e Temujin sentiu o acampamento ficar vivo ao redor enquanto os homens vestiam dils e armaduras, selando os cavalos com rápida eficiência. Sentiu orgulho de todos e de novo se perguntou o que faria com Yuan. Não podia mais confiar nele, mas passara a gostar do sujeito desde que havia cravado uma flecha em seu peito no acampamento dos keraites. Não queria matá-lo.

À medida que os batedores se aproximavam, viu que Khasar era um deles, cavalgando feito um maníaco. Seu cavalo estava bufando e coberto de suor, e Temujin sentiu o alarme se espalhar entre os homens que esperavam notícias. Khasar não era de entrar em pânico facilmente, mas cavalgava sem pensar na própria segurança nem na de sua montaria.

Temujin se obrigou a permanecer imóvel enquanto Khasar chegava e saltava no chão. Os homens precisavam vê-lo como alguém diferente, intocado pelos temores que sentiam.

— O que fez você cavalgar tão depressa, irmão? — perguntou, mantendo a voz firme.

— Mais tártaros do que jamais vi — respondeu Khasar, ofegando. — Um exército capaz de fazer estes que matamos parecerem um bando de saqueadores. — Parou para respirar. — Você disse que eles poderiam vir em força total nesta primavera, e vieram.

— Quantos?

— Mais do que pude contar. Estão no máximo a um dia a cavalo, provavelmente mais perto, agora. Os que nós matamos eram só os que abriam caminho. Há *centenas* de carroças chegando, cavalos. Talvez mil homens. Nunca vi nada assim, irmão, nunca.

Temujin fez uma careta.

— Também tenho notícias que você não vai querer ouvir. Mas elas podem esperar. Dê água a seu cavalo antes que ele caia morto. Mande os homens montarem e encontre um pônei descansado. Quero ver esse exército capaz de amedrontar meu irmãozinho.

Khasar bufou.

— Eu não disse que eles me amedrontaram, mas achei que você gostaria de saber que toda a nação tártara está vindo para o sul atrás da sua cabeça. Só isso. — Ele riu da idéia. — Pelos espíritos, Temujin. Nós atormentamos e atormentamos esses sujeitos, e agora eles estão rugindo. — Em seguida, olhou ao redor, para os homens que observavam, ouvindo cada palavra. — O que vamos fazer agora?

— Espere, Khasar. Há algo que preciso fazer antes. — Temujin foi até a iurta onde Yuan havia passado a noite e desapareceu ali dentro. Arslan e Kachiun foram atrás dele e os três escoltaram Yuan para a luz cinzenta, esfregando os pulsos. Suas cordas haviam sido cortadas e Khasar só pôde ficar olhando espantado, imaginando o que acontecera em sua ausência.

Temujin encarou o soldado jin.

— Cheguei a pensar em você como amigo, Yuan. Não posso matá-lo hoje. — Enquanto Yuan se mantinha em silêncio, Temujin lhe entregou um pônei selado e passou as rédeas às suas mãos.

— Retorne a seu senhor — disse Temujin.

Yuan montou com facilidade. Olhou para Temujin por longo tempo.

— Desejo-lhe boa sorte, senhor — disse finalmente.

Temujin bateu na anca do pônei e Yuan se afastou trotando, sem olhar para trás.

Khasar chegou junto dos irmãos, o olhar acompanhando o deles, em direção ao soldado que se afastava.

— Imagino que isso significa que fiquei com a ala esquerda — disse ele.

Temujin riu.

— Encontre um cavalo descansado, Khasar, e você também, Kachiun. Quero ver o que você viu.

Em seguida, olhou ao redor e encontrou Jelme já montado e pronto para ir.

— Leve os homens de volta aos keraites e diga a eles que um exército foi reunido. Togrul terá de lutar ou fugir, como quiser.

— E nós? — perguntou Khasar, perplexo. — Precisamos de mais de sessenta guerreiros. Precisamos de mais homens do que os keraites podem colocar no campo.

Temujin virou o rosto para o sul, amargo com as lembranças.

— Quando eu tiver visto esse exército invasor com meus olhos, retornaremos às terras ao redor do morro vermelho. Vou encontrar os homens de que necessitamos, mas primeiro temos outro inimigo que precisamos enfrentar. — Ele parecia tão sério que nem Khasar reagiu, e Temujin falou tão baixo que eles mal o ouviram.

"Meus irmãos e eu temos uma dívida a saldar com os olkhun'ut, Arslan. Todos podemos ser mortos. Você não precisa vir conosco.

Arslan balançou a cabeça. Não olhou para Jelme, mas sentiu os olhos do filho.

— Você é meu cã — respondeu ele.

— Isso basta? — perguntou Temujin.

Arslan assentiu lentamente.

— É tudo.

CAPÍTULO 30

TEMUJIN FICOU PARADO COM OS BRAÇOS ESTENDIDOS ENQUANTO OS HOMENS DE confiança dos olkhun'ut o revistavam meticulosamente. Khasar e Arslan suportaram as mesmas mãos batendo em cada centímetro do corpo. Os homens que guardavam a iurta de Sansar sentiram o humor sério dos visitantes e não deixaram escapar nada. Os três usavam armaduras jin sobre dils de verão e túnicas internas de seda, tiradas dos tártaros. Temujin olhou irritado enquanto os homens de confiança passavam os dedos nas estranhas placas costuradas em tecido grosso. Um deles começou a comentar sobre isso, mas Temujin escolheu esse momento para dar um tapa na mão dele, como se irritado com a afronta à sua dignidade. Seu coração batia num ritmo rápido no peito enquanto ele permanecia ali parado, esperando encontrar seu mais antigo inimigo.

Ao redor, os sempre curiosos olkhun'ut haviam se reunido, conversando e apontando para os homens com roupas estranhas que haviam perturbado o trabalho matinal. Temujin não viu Sholoi entre eles, mas seu tio malhumorado estava lá, e Koke assumira de novo a posse de suas espadas, desaparecendo na iurta do cã para levar notícias de sua chegada. O jovem guerreiro havia aceitado suas armas com uma espécie de desapontamento no rosto. Mesmo a um simples olhar, podia ver que não eram da qualidade das que Temujin carregara antes. O trabalho dos tártaros era grosseiro, e as lâminas precisavam ser afiadas com mais freqüência do que o aço de Arslan.

— Você pode entrar — disse finalmente um dos homens de confiança. — E você — acrescentou, apontando para Khasar. — Seu amigo terá de esperar aqui fora.

Temujin escondeu a consternação. Não tinha certeza de que Khasar poderia conter o temperamento sob tensão, mas Kachiun tinha outras tarefas naquela manhã. Não se preocupou em responder e se abaixou para passar pela porta pequena, a mente acelerada.

Pela primeira vez, Sansar não estava ocupando a grande cadeira que dominava a iurta usada para encontros formais. Estava falando em voz baixa com mais dois homens de confiança quando Temujin entrou. Koke ficou de lado, olhando-os. As espadas que eles haviam trazido estavam encostadas descuidadamente na parede, como indicação do valor que possuíam.

Ao ouvir a porta rangendo, Sansar interrompeu os murmúrios e foi até sua cadeira. Temujin viu que ele se movia com cuidado, como se a idade estivesse deixando os ossos fracos. O cã ainda tinha a expressão de uma cobra velha, com a cabeça raspada e os olhos fundos que jamais ficavam parados. Era difícil para Temujin olhá-lo sem mostrar um traço de ódio, mas manteve o rosto frio. Os homens de confiança dos olkhun'ut assumiram posição dos dois lados do líder, olhando com raiva para os recémchegados. Temujin se obrigou a se lembrar das cortesias devidas ao cã de uma tribo poderosa.

— Sinto-me honrado por estar em sua presença, senhor Sansar — disse.

— De novo — respondeu Sansar. — Achei que nunca mais iria vê-lo. Por que me incomoda na minha casa, Temujin? Parece que vejo você mais do que vejo minhas esposas. O que mais você poderia querer de mim?

Com o canto do olho Temujin viu Koke sorrir e ficou vermelho com aquele tom de voz. Sentiu que Khasar se agitava, irritado, e lançou um olhar de alerta para o irmão antes de falar.

— Talvez o senhor tenha ouvido contar sobre o exército tártaro que está vindo rápido das vastidões do norte. Eu o vi com meus próprios olhos e vim alertá-lo.

Sansar deu um risinho seco.

— Cada desgarrado e pastor num raio de mil quilômetros está falando deles. Os olkhun'ut não têm disputas com os tártaros. Não viajamos tão ao norte há quarenta anos, antes do meu tempo como cã. — Seus olhos brilharam quando ele se inclinou adiante na cadeira, olhando os dois homens que permaneciam de pé rígidos à sua frente.

— Você os incitou à guerra, Temujin, com seus ataques. E deve aceitar as conseqüências. Temo por você, temo de verdade. — Seu tom de voz negava as palavras, e Temujin esperou que Khasar se mantivesse em silêncio como ele havia ordenado.

— Os tártaros não respeitarão as tribos que afirmam não ter rixa de sangue com eles, senhor — continuou Temujin. — Vi mil guerreiros, com um número equivalente de mulheres e crianças no acampamento. Eles entraram em nossas terras com força maior do que qualquer pessoa pode lembrar.

— Estou pasmo — disse Sansar, sorrindo. — Então o que você propõe fazer?

— Ficar no caminho deles — respondeu Temujin rispidamente, com seu próprio humor se esgarçando diante da evidente diversão do velho.

— Com os keraites? Ah, ouvi falar de sua aliança, Temujin. As notícias se espalham depressa quando se trata de algo tão interessante. Mas isso bastará? Não creio que Togrul possa levar mais de trezentos guerreiros a essa festa em particular.

Temujin respirou fundo, dominando-se.

— Os arqueiros olkhun'ut têm grande reputação, senhor. Com mais trezentos de seus homens, eu poderia...

Ele parou quando Sansar começou a rir, olhando para Koke e seus dois homens de confiança. Sansar viu a expressão raivosa de Temujin e Khasar e fez uma tentativa de ficar sério.

— Sinto muito, mas a idéia foi... — Ele balançou a cabeça. — Você veio aqui me implorar por guerreiros? Espera ter toda a força dos olkhun'ut cavalgando sob seu comando? Não.

— Os tártaros vão nos pegar, uma tribo de cada vez. — Temujin deu um passo adiante em sua necessidade de persuadir o cã. Os homens de confiança viram o movimento e se retesaram, mas Temujin os ignorou. — Por quanto tempo o senhor vai estar em segurança, depois que os keraites forem destruídos? Quanto tempo vão sobreviver os quirai, os naimanes, os lobos? Nós estamos separados há tempo demais, acho que o senhor se esqueceu que somos um só povo.

Sansar ficou imóvel, observando Temujin pelo canto de seus olhos escuros.

— Não conheço irmãos entre os keraites — disse finalmente. — Os olkhun'ut ficaram fortes sem a ajuda deles. Você deve ficar de pé ou fugir sozinho, Temujin. Não terá meus guerreiros. Essa é minha resposta. Não haverá outra.

Por um momento, Temujin ficou em silêncio. Quando falou, foi como se cada palavra lhe fosse arrancada.

— Tenho sacos de lingotes de prata, capturados dos tártaros. Dê-me um preço para cada homem e eu os comprarei de você.

Sansar virou a cabeça para trás, para rir, e Temujin se moveu. Com um movimento selvagem, arrancou uma das placas de ferro de sua armadura e saltou adiante, cravando-a na garganta nua de Sansar. O sangue espirrou em seu rosto quando ele passou a lâmina de metal para trás e para a frente, ignorando as mãos de Sansar, que o gadanhavam.

Os homens de confiança não estavam preparados para lidar com a morte súbita. Quando se livraram do choque e desembainharam as espadas, Khasar já estava lá, o punho batendo no nariz do mais próximo. Ele também segurava um pedaço de ferro afiado, arrancado de onde ele e Temujin haviam enfraquecido os fios da armadura. Usou-o para cortar a garganta do segundo homem de confiança num golpe violento. O sujeito cambaleou para trás, caindo com um estrondo no chão de madeira. Um cheiro amargo encheu o ar quando as tripas do homem de confiança se soltaram, com as pernas ainda chutando em espasmos.

Temujin empurrou para trás o corpo frouxo do cã, ofegando e coberto de sangue. O homem de confiança em quem Khasar dera um soco saltou à frente numa fúria insensata, mas Khasar havia tomado a espada de seu companheiro. Quando se encontraram, Temujin saltou da cadeira, chocando-se contra o homem de Sansar, jogando-o no chão polido. Enquanto Temujin o segurava, Khasar mergulhou a lâmina no peito arfante do sujeito, movendo-a para trás e para a frente até ele estar imóvel.

Só Koke estava de pé, a boca aberta num terror sem fala. Quando Temujin e Khasar viraram o olhar duro para ele, Koke recuou até a parede, com os pés batendo nas espadas tártaras. Pegou uma com medo desesperado, livrando a lâmina da bainha com um puxão forte.

Temujin e Khasar se entreolharam. Temujin pegou a segunda espada e os dois avançaram para ele com ameaça deliberada.

— Sou seu primo — disse Koke, a mão da espada tremendo visivelmente. — Deixe-me viver, pelo menos por sua mãe.

Do lado de fora, Temujin podia escutar gritos de alarme. Os guerreiros dos olkhun'ut deviam estar se reunindo, e sua vida corria perigo.

— Largue a espada e você viverá — disse.

Khasar olhou para o irmão, mas Temujin balançou a cabeça. A espada de Koke tombou no chão, fazendo barulho.

— Agora saia — disse Temujin. — Corra, se quiser. Não preciso de você.

Koke quase quebrou as dobradiças na pressa de abrir a porta. Temujin e Khasar ficaram parados um momento em silêncio, olhando a garganta rasgada do cã dos olkhun'ut. Sem dizer uma palavra, Khasar se aproximou da cadeira e chutou o corpo, a força do golpe fazendo-o deslizar, esparramando-se os seus pés.

— Quando vir meu pai, diga como você morreu — murmurou Khasar para o cã morto.

Na parede, Temujin viu duas espadas que conhecia e estendeu a mão para elas. Os dois podiam ouvir os gritos e o estardalhaço de homens se reunindo do lado de fora. Olhou para Khasar, os olhos amarelos frios.

— Agora, irmão, está preparado para morrer?

Saíram ao sol de primavera, os olhos se movendo rapidamente para avaliar o que os esperava. Arslan estava a um passo da porta, com dois corpos caídos a seus pés. Na noite anterior, tinham combinado cada detalhe do plano, mas não havia como saber o que aconteceria em seguida. Temujin deu de ombros ao encarar Arslan. Não esperava sobreviver aos próximos instantes. Tinha dado aos dois a chance de cavalgar para longe, mas eles haviam insistido em vir junto.

— Ele está morto? — perguntou Arslan.

— Está — respondeu Temujin.

Levantou as antigas espadas de Arslan e pôs na mão dele a que o ferreiro havia usado. Arslan sabia que talvez não a segurasse por muito tempo, mas assentiu ao pegá-la, largando no chão a espada tártara. Temujin olhou para além do ferreiro, para o caos dos guerreiros olkhun'ut. Muitos deles haviam pegado arcos, mas hesitavam, sem ordens, e Temujin aproveitou a chance antes que eles pudessem encontrar a calma para atirar.

— Fiquem parados e em silêncio! — rugiu para a multidão.

No todo, o barulho de medo e os gritos aumentaram, mas os que estavam perto pararam e ficaram olhando. Temujin se lembrou de como os animais podiam ficar imobilizados sob o olhar de um caçador até ser tarde demais.

— Eu reivindico os olkhun'ut por direito de conquista — gritou, tentando alcançar o maior número possível. — Vocês não serão maltratados, dou minha palavra.

Olhou ao redor, avaliando o nível do medo e da raiva. Alguns guerreiros pareciam estar instigando outros, mas por enquanto ninguém estava disposto a correr para a iurta do cã e matar os homens parados com tanta confiança diante deles.

Por instinto, Temujin deu dois passos à frente, indo na direção de um grupo de homens de confiança de Sansar. Eram guerreiros treinados, e ele sabia que o risco maior estava ali. Uma única palavra que faltasse ou uma hesitação bastaria para que irrompessem num espasmo de violência, tarde demais para salvar o homem que haviam jurado proteger. A humilhação lutava contra a raiva no rosto deles quando Temujin ergueu de novo a voz acima das cabeças.

— Sou Temujin dos lobos. Vocês conhecem meu nome. Minha mãe era olkhun'ut. Minha esposa é olkhun'ut. Meus filhos o serão. Reivindico o direito de herança através do sangue. Com o tempo reunirei todas as outras tribos sob meus estandartes.

Ainda assim os homens de confiança não responderam. Temujin manteve a espada baixa, perto dos pés, sabendo que levantá-la provocaria sua morte. Viu arcos retesados apontados para ele e forçou a calma no rosto. Onde estaria Kachiun? Seu irmão devia ter ouvido a agitação.

— Não temam quando ouvirem as trompas dos vigias — disse em voz baixa aos homens de confiança. — Serão meus homens, mas eles têm ordens de não tocar em meu povo.

Eles haviam começado a perder o choque pálido dos primeiros momentos, e Temujin não sabia o que fariam. Os mais próximos pareciam estar escutando.

— Sei que vocês estão furiosos, mas serão honrados quando eu levar meu povo para o norte contra os tártaros — disse. — Vocês vingarão a morte do meu pai e seremos uma tribo por toda a face das planícies, um povo. Como sempre deveria ter sido. Então, que os tártaros nos temam. Que os jin nos temam.

Viu as mãos tensas deles começando a relaxar e lutou para impedir que o triunfo aparecesse no rosto. Ouviu as trompas de alarme soando e de novo procurou tranqüilizar a multidão.

— Nenhum olkhun'ut será machucado, juro pela alma do meu pai. Não por meus homens. Deixem-nos passar e pensem no juramento que pedirei que façam. — Em seguida olhou a multidão ao redor e encontrou-a encarando-o de volta, todos os olhares fixos no dele.

— Vocês ouviram falar que sou um lobo selvagem para os tártaros, que sou um flagelo para eles. Ouviram falar que minha palavra é de ferro. Digolhes agora: os olkhun'ut estão seguros sob meu comando.

Ficou olhando enquanto Kachiun e seus dez homens cavalgavam lentamente pela multidão, com um alívio indizível ao vê-los. Alguns olkhun'ut ainda estavam enraizados no lugar e tiveram de ser gentilmente cutucados pelos pôneis para sair do caminho. A multidão manteve o silêncio quando Kachiun e seus homens apearam.

Kachiun não sabia o que havia esperado, mas estava pasmo com os olkhun'ut imóveis olhando seu irmão. Para sua surpresa, Temujin abraçou-o rapidamente, dominado por emoções que ameaçavam estragar o que havia obtido.

— Encontrarei os homens de confiança em particular e receberei o juramento deles — disse Temujin à multidão. No silêncio, todos puderam ouvilo. — Ao pôr-do-sol, receberei o de vocês. Não tenham medo. Amanhã o acampamento se moverá para o norte para se juntar aos keraites, nossos aliados. — Ele olhou ao redor, vendo que os arcos finalmente haviam sido baixados. Assentiu rigidamente para os arqueiros.

— Ouvi dizer que os olkhun'ut são temidos em batalha. Mostraremos aos tártaros que eles não podem entrar em nossas terras sem serem punidos.

Um homem atarracado abriu caminho pela multidão, vindo de trás. Um garoto foi lento demais para sair da frente e o homem deu um tapa com as costas da mão na cabeça dele, derrubando-o.

Temujin o viu chegar, com o triunfo se evaporando. Sabia que Sansar tinha filhos. O que se aproximava possuía as mesmas feições do pai, mas com um corpo mais forte. Talvez o próprio Sansar já tivesse sido forte assim.

— Onde está meu pai? — perguntou o homem enquanto avançava.

Os homens de confiança viraram para vê-lo e muitos baixaram a cabeça automaticamente. Temujin firmou o maxilar, pronto para que eles viessem correndo. Seus irmãos se retesaram ao lado e todos os homens subitamente estavam segurando uma espada ou um machado.

· — Seu pai está morto — disse Temujin. — Eu reivindiquei a tribo.

— Quem.é você para falar comigo? — perguntou o homem. Antes que Temujin pudesse responder, o filho de Sansar deu um comando para os homens de confiança ficarem a postos. — Matem todos eles.

Ninguém se mexeu, e Temujin sentiu uma fagulha de esperança retornar ao seu espírito cansado.

— É tarde demais — disse baixinho. — Eu os reivindiquei por sangue e conquista. Não há lugar para você aqui.

O filho de Sansar abriu a boca, pasmo, olhando ao redor para o povo que ele conhecera durante toda a vida. Eles não queriam encará-lo, e seu rosto lentamente se tornou uma máscara fria. Temujin pôde ver que não faltava coragem àquele homem. Seus olhos eram os do pai, movendo-se constantemente enquanto avaliava a nova situação. Por fim, fez uma careta.

— Então reivindico o direito de desafiar você, na frente de todos eles. Se quer ocupar o lugar do meu pai, terá de me matar ou eu vou matá-lo. — Falava com convicção, e Temujin sentiu uma pontada de admiração.

— Aceito — disse ele. — Mesmo não sabendo seu nome.

O filho de Sansar girou os ombros, afrouxando-os.

— Meu nome é Paliakh, cã dos olkhun'ut.

Era uma declaração corajosa, e Temujin baixou a cabeça, em vez de refutá-la. Em seguida, retornou a Arslan e pegou a espada boa nas mãos dele.

— Mate-o depressa — sussurrou Arslan. — Se eles começarem a aplaudi-lo, estaremos todos mortos.

Temujin o encarou sem responder, virando de novo para Paliakh e jogando a espada para ele. Ficou olhando para ver a habilidade do filho de Sansar em pegá-la, e franziu a testa. A vida de todos eles agora dependia de sua capacidade e dos treinos intermináveis com Arslan e Yuan.

Paliakh girou a lâmina no ar, os dentes à mostra. Deu um risinho quando Temujin veio encará-lo.

— Com essa armadura? Por que não manda atirarem uma flecha em mim, de longe? Tem medo de me enfrentar sem ela?

Temujin teria ignorado as palavras se os homens de confiança dos olkhun'ut não murmurassem sua aprovação. Estendeu os braços e esperou enquanto Arslan e Kachiun desamarravam os painéis. Quando eles haviam sido tirados, Temujin usava apenas uma túnica leve de seda e grossas calças de algodão. Levantou a espada sob os olhos de todos os homens e mulheres dos olkhun'ut.

— Venha — disse.

Paliakh rugiu e saltou adiante, mirando, em sua fúria, para cortar a cabeça de Temujin com um único golpe de cima para baixo. Temujin se desviou à esquerda, na área externa do golpe, dando um corte rápido contra o peito de Paliakh. Abriu um talho na lateral do peito, que ele não pareceu sentir. A lâmina girou numa velocidade ofuscante, e Temujin foi obrigado a apará-la. Os dois lutaram cara a cara por um momento, antes de Paliakh empurrá-lo para longe com a mão livre. Nesse instante, Temujin atacou, passando a lâmina com força através do pescoço dele.

O filho de Sansar tentou cuspir o sangue que lhe subia pela garganta. A espada de Arslan caiu de seus dedos e ele ergueu as duas mãos ao pescoço com um aperto de força terrível. Sob o olhar de Temujin, virou como se fosse sair andando, então caiu de cabeça e ficou imóvel. Um suspiro atravessou a multidão e Temujin olhou friamente para todos, imaginando se iriam despedaçá-lo. Viu Koke no meio deles, a boca aberta em terror. Quando Temujin o encarou, o primo virou e se enfiou no meio da turba.

O restante dos olkhun'ut ficou olhando como se fossem ovelhas, e Temujin descobriu que sua paciência estava se acabando. Caminhou entre eles até uma fogueira de cozinhar e pegou uma acha acesa sob a panela. Dando as costas para todos, encostou-a nas bordas da iurta do cã, olhando, impiedoso, as chamas pegarem e começarem a lamber o feltro seco. Ela queimaria bem, e ele não envergonharia os homens de confiança fazendo-os ver seu cã morto.

— Deixem-nos agora, até o pôr-do-sol — gritou para a multidão. — Sempre há trabalho a ser feito e partiremos ao amanhecer. Estejam prontos.

Olhou irritado para eles até que a multidão atordoada começou a se afastar, dividindo-se em grupos menores para discutir o que havia acontecido. As pessoas olharam para trás muitas vezes, para as figuras ao redor da iurta em chamas, mas Temujin não se moveu até que restassem apenas os homens de confiança.

Os homens que Sansar havia escolhido como guarda pessoal eram em menor número do que Temujin havia pensado. Os olkhun'ut não iam à guerra há uma geração, e até mesmo os lobos mantinham mais homens armados ao redor de seu cã. Mesmo assim, eram em maior número do que os que Kachiun havia trazido, e havia uma tensão incômoda entre os dois grupos quando foram deixados a sós.

— Não vou incomodar as esposas e os filhos pequenos de Sansar esta noite — disse Temujin. — Que eles lamentem seu falecimento com dignidade. Não sofrerão sob minha mão, nem serão abandonados como eu fui.

Alguns dos homens de confiança assentiram, aprovando. A história dos filhos e da mulher de Yesugei era conhecida de todos. Havia passado pelas tribos e se tornara uma das muitas narrativas e mitos dos contadores de histórias.

— Vocês são bem-vindos à minha fogueira — disse Temujin. Falava como se não houvesse possibilidade de ser recusado, e talvez por isso eles não protestassem. Ele não sabia nem se importava. Um grande cansaço havia baixado e ele descobriu que estava com fome e com tanta sede que mal podia falar.

"Mandem que tragam comida para nós enquanto discutimos a guerra que virá — disse. — Preciso de homens inteligentes para serem meus oficiais, e ainda não sei quem de vocês comandará e quem será liderado.

Esperou até que Kachiun e Khasar tivessem posto camadas de lenha entrelaçadas na fogueira de cozinhar, tornando-a alta e feroz. Por fim sentou-se no chão perto das chamas. Seus irmãos e Arslan o acompanharam, depois outros, até que todos estavam sentados no chão frio, observando, cautelosos, a nova força que entrara na vida deles.

CAPÍTULO 31

A NÃO SER NA GUERRA, NÃO HAVIA PRECEDENTE PARA OS OLKHUN'UT SE APRO-
ximarem dos keraites sozinhos, e os guerreiros de cada lado demonstravam o nervosismo. As duas tribos estavam em movimento, enquanto Togrul
mantinha um espaço entre seu povo e os invasores tártaros que vinham
para o sul.

Temujin mandara Kachiun adiante para alertar Togrul, mas mesmo assim
os keraites haviam se armado e montado, formando uma posição defensiva ao redor do centro do acampamento. Trompas soaram notas lamentosas
repetidamente no ar imóvel. Temujin trouxe o povo de sua mãe mais para
perto, até que os dois grupos pudessem se ver, separados por apenas oitocentos metros. Então fez com que parassem, cavalgando com Khasar, Arslan
e dez homens de confiança de Sansar até um ponto central. Deixou seus
próprios homens com as carroças, atentos para um ataque surpresa vindo
de qualquer direção. A tensão era palpável e ele não precisava avisar para
que permanecessem alertas. Mesmo com a retirada dos keraites para o sul,
os tártaros não poderiam estar a mais de duas semanas de cavalgada, e
Temujin ainda não se sentia pronto para eles.

Apeou no capim verde, deixando a cabeça de seu pônei baixar para
mastigá-lo. A distância, podia ver Togrul e se perguntou vagamente como
o sujeito arranjaria um cavalo para carregá-lo. Foi com um sorriso torto
que viu Togrul subir numa carroça puxada por dois capões pretos e chico-

tear com as rédeas na direção do grupo de Temujin. Wen Chao vinha com ele, e os homens de confiança dos keraites formaram um quadrado apertado ao redor de seu senhor, levando arcos e espadas.

Temujin levantou as mãos quando eles chegaram a distância de serem ouvidos com gritos, mostrando que estavam vazias. Era um gesto inútil, considerando que continuava rodeado por homens com armas, mas não queria preocupar Togrul mais do que já havia preocupado. Precisava do apoio do gordo cã.

— Você é bem-vindo no meu acampamento, Togrul dos keraites — gritou Temujin. — Dou-lhe direitos de hóspede com honras.

Togrul apeou com cautela, o rosto carnudo imóvel como se fosse feito de pedra. Quando chegou perto de Temujin, olhou para além dele, para as fileiras de guerreiros e as massas dos olkhun'ut em formação. A reunião de guerreiros era quase tão grande quanto a sua, e ele mordeu o lábio inferior antes de falar.

— Aceito, Temujin — respondeu. Algo nos olhos de Temujin o fez continuar: — Agora você é cã dos olkhun'ut? Não entendo.

Temujin escolheu as palavras com cuidado.

— Eu os reivindiquei, por direito da minha mãe e da minha esposa. Sansar está morto e eles vieram comigo, lutar contra os tártaros.

Conhecendo o sujeito, Temujin havia arranjado para que as fogueiras de cozinhar fossem acesas assim que os olkhun'ut parassem na grande planície. Enquanto falava, enormes pratos de carneiro e cabrito assado foram trazidos, e grandes panos de feltro foram postos no chão. Como anfitrião, Temujin normalmente teria se sentado por último, mas queria deixar Togrul à vontade. Sentou-se no feltro, dobrando as pernas sob o corpo. O cã dos keraites não tinha opção, depois desse gesto, e ocupou um lugar diante dele, sinalizando para Wen Chao acompanhá-lo. Temujin começou a relaxar e não olhou em volta quando Khasar e Arslan ocuparam suas posições com os outros. Cada um deles tinha seu equivalente num guerreiro keraites, até que estivessem iguais em forças. Às costas de Temujin, o povo dos olkhun'ut esperava e olhava seu novo cã em silêncio.

Yuan também estava lá, e baixou a cabeça para não olhar para Temujin, enquanto se abaixava sobre o grosso tapete de feltro. Wen Chao olhou seu principal soldado e franziu a testa.

— Se ninguém mais vai perguntar, Temujin — começou Togrul —, como foi que você partiu com apenas uma dúzia de homens e retornou com uma das maiores tribos sob seu comando?

Temujin sinalizou para a comida antes de responder, e Togrul começou a comer quase automaticamente, com as mãos trabalhando independentemente dos olhos afiados.

— O pai céu cuida de mim. Ele recompensa aqueles, de nosso povo, que reagem às ameaças à nossa terra. — Temujin não queria falar sobre como havia matado Sansar em sua própria iurta, não na frente de um homem de quem precisava como aliado. Seria fácil demais Togrul temer seu líder de guerra.

Togrul ficou claramente insatisfeito com a resposta e abriu a boca para falar de novo, revelando um bolo de carne e molho. Antes que ele pudesse continuar, Temujin prosseguiu rapidamente:

— Eu tenho o direito de reivindicá-los através do sangue, Togrul, e eles não me recusaram. O que importa é que temos homens suficientes para vencer os tártaros, quando chegarem.

— Quantos você trouxe? — perguntou Togrul, ocupado com a mastigação.

— Trezentos cavaleiros bem armados. Você pode ter um número igual.

— Os tártaros têm mais de mil, pelo que você contou — disse Wen Chao subitamente.

Temujin virou os olhos amarelos para o embaixador jin, sem responder. Sentiu Yuan observando-o e se perguntou o quanto Wen Chao saberia, o quanto Yuan teria lhe contado.

— Não será fácil — disse Temujin a Togrul, como se Wen Chao não tivesse falado. — Precisaremos de muitas armaduras dos jin. Os olkhun'ut têm dois homens com forjas e habilidade para fazer espadas e placas. Eu lhes dei as ordens. Também precisaremos de armaduras para os cavalos, com couro e ferro no pescoço e no peito. — Ele fez uma pausa, observando Togrul lutar com um pedaço de carne mais duro.

— Demonstrei o sucesso de nossas táticas contra grupos menores — prosseguiu Temujin —, ainda que estivéssemos em número menor. Os tártaros não usam nossa linha de ataque, nem a formação em chifres para flanquear. — Olhou rapidamente para Wen Chao. — Não temo o número deles.

— Mesmo assim você me faria arriscar tudo — disse Togrul, balançando a cabeça.

Foi Wen Chao que interrompeu a comunicação silenciosa entre eles.

— Esse exército dos tártaros deve ser derrotado, senhor cã — disse baixinho a Togrul. — Meus senhores se lembrarão de seu serviço. Há terras demarcadas para seu povo quando a batalha estiver terminada. Lá o senhor será rei e jamais conhecerá fome nem guerra outra vez.

De novo Temujin viu a prova de que Wen Chao possuía um domínio peculiar sobre o gordo cã, e a aversão pelo embaixador jin cresceu intensamente. Por mais que suas necessidades fossem as mesmas, ele não gostava de ver alguém de seu povo nas garras do diplomata estrangeiro.

Para encobrir a irritação, começou a comer, gostando do sabor das ervas dos olkhun'ut. Notou que só então Wen Chao o acompanhou e estendeu a mão para os pratos. O sujeito era acostumado demais à intriga, pensou Temujin. Isso o tornava perigoso.

Togrul também havia notado o movimento, avaliando a carne em sua mão por um instante, antes de colocá-la na boca com um gesto de ombros.

— Você deseja liderar os keraites? — perguntou Togrul.

— Para esta batalha, sim, como fiz antes. — Esse era o âmago da situação, e Temujin não podia culpar Togrul por seus temores. — Agora tenho minha própria tribo, Togrul. Muitos olham para mim em busca de segurança e liderança. Quando os tártaros estiverem esmagados, vou para o sul, em busca de terras mais quentes, durante cerca de um ano. Já estou farto do norte frio. A morte do meu pai foi vingada e talvez eu conheça a paz e crie filhos e filhas.

— Por que outro motivo nós lutamos? — murmurou Togrul. — Muito bem, Temujin. Você terá os homens de que precisa. Terá meus keraites, mas quando tivermos terminado eles virão para o leste comigo, para uma terra nova. Não espere que permaneçam onde nenhum inimigo nos ameaça.

Temujin assentiu e estendeu a mão. Os dedos gordurosos de Togrul se fecharam sobre os dele e os olhos dos dois se encontraram, ambos desconfiados.

— Agora tenho certeza de que minha mulher e minha mãe gostarão de se reunir ao povo delas — disse Temujin, apertando a mão com força.

Togrul assentiu.

— Mandarei que sejam enviadas a você — disse, e Temujin sentiu o resto da tensão se aliviar.

Hoelun caminhou pelo acampamento de sua infância com Borte e Eluin. As três estavam acompanhadas por Khasar e Kachiun, além de Arslan. Temujin os havia alertado para não relaxar. Os olkhun'ut aparentemente o haviam aceitado, levados pela maré irresistível dos acontecimentos. Isso não significava que eles estivessem livres para caminhar por qualquer local entre as iurtas.

A gravidez de Borte estava ficando pesada, alterando seu passo de modo que ela mal conseguia acompanhar Hoelun. Havia adorado a chance de visitar as famílias dos olkhun'ut. Tinha ido embora como mulher de um desgarrado. Retornar como esposa do cã era um prazer cheio de requinte. Caminhava de cabeça erguida, gritando para os que reconhecia. Eluin esticava o pescoço empolgada, procurando algum vislumbre de sua família. Quando os viu, passou correndo por dois cães adormecidos para abraçar a mãe. Sua confiança havia aumentado desde que chegara ao acampamento. Khasar e Kachiun a cortejavam, e Temujin parecia contente em deixar que eles resolvessem a pendência. Eluin havia florescido sob a atenção. Hoelun ficou olhando-a dar a notícia da morte da irmã, a voz baixa demais para ser ouvida. Seu pai sentou-se pesadamente num tronco junto à porta da iurta, baixando a cabeça.

Por si mesma, Hoelun sentia apenas tristeza ao olhar o acampamento ao redor. Todo mundo que ela conhecia havia crescido ou passado para os pássaros e espíritos. Era uma experiência estranha e desconfortável ver as iurtas e os dils decorados das famílias que conhecera na infância. Em sua mente, tudo havia permanecido igual, mas a realidade era um lugar de rostos desconhecidos.

— Vai ver seu irmão, Hoelun? Seu sobrinho? — murmurou Borte. Estava quase em transe enquanto as duas olhavam a reunião de Eluin com a família. Hoelun pôde ver um alerta na jovem esposa de seu filho. Ela não havia mencionado uma visita à sua própria casa.

A distância ouviram o som de cascos enquanto Temujin e seus oficiais treinavam os olkhun'ut e os keraites nas táticas de guerra. Estavam fora desde o amanhecer, e Hoelun sabia que o filho iria fazê-los cavalgar até a exaustão nos primeiros dias. Seu novo status não afetava o ressentimento que muitos keraites sentiam por ter de lutar ao lado de famílias inferiores. Quase antes do fim da primeira tarde, aconteceram duas brigas e um homem dos keraites foi cortado com uma faca. Temujin matou o vitorioso sem lhe dar chance de falar. Hoelun estremeceu ao ver o rosto do filho. Será que Yesugei teria sido tão implacável? Pensou que sim, se ele tivesse a chance de comandar tantos homens. Se os xamãs falavam a verdade sobre uma alma ser deixada para a terra e outra ir se juntar ao céu, ele estaria orgulhoso das realizações do filho.

Hoelun e Borte olharam Eluin beijar o rosto do pai repetidamente, as lágrimas se misturando às dele. Por fim ela se levantou para deixar a família e sua mãe tomou sua cabeça na curva do ombro, apertando-a ali. Borte desviou o olhar daquele momento de afeto, a expressão ilegível.

Hoelun não precisara perguntar a Borte o que acontecera quando os tártaros a levaram do marido. Tudo estava claro demais no modo como ela resistia a qualquer toque, recuando bruscamente até mesmo quando Hoelun tentava segurar seu braço. O coração de Hoelun se condoía com o que ela sofrera, mas sabia, melhor que ninguém, que o tempo cegaria a lâmina do sofrimento. Até as lembranças de Bekter pareciam distantes, de algum modo; não menos intensas, mas sem dor.

O sol pareceu gelado em sua pele e Hoelun descobriu que não estava gostando do retorno aos olkhun'ut como havia esperado. Tudo estava diferente demais. Ela não era mais a menininha que havia cavalgado com os irmãos e encontrado Yesugei. Lembrava-se dele naquele dia, bonito e intrépido enquanto os atacava. Enq havia gritado enquanto levava a flecha de Yesugei no quadril, batendo os calcanhares no cavalo e galopando para longe. Naquele momento ela odiou o guerreiro estranho, mas como poderia saber que Yesugei era um homem a ser amado? Como poderia saber que estaria de novo em meio a seu povo como mãe de um cã?

Através das iurtas, viu um velho caminhando rigidamente, apoiando o peso num cajado. Borte ofegou ao olhá-lo, e Hoelun adivinhou quem o homem era pelo modo como a filha dele se mantinha dolorosamente ereta, reunindo o orgulho.

Sholoi veio mancando até elas, captando cada detalhe dos guerreiros que faziam a proteção. Seu olhar passou sobre Hoelun e voltou rapidamente, num reconhecimento súbito.

— Eu me lembro de você, garota — disse —, mas faz muito tempo.

Hoelun estreitou os olhos, tentando se lembrar de como ele poderia ter sido quando era jovem. Uma vaga lembrança retornou, um homem que lhe havia ensinado a trançar arreios com corda e couro. Na época ele era idoso, pelo menos para seus olhos jovens. Para sua surpresa, sentiu lágrimas brotando.

— Eu me lembro — disse, e ele riu, revelando gengivas marrons. Borte não havia falado, e ele assentiu para a filha, o sorriso sem dentes se alargando.

— Pensei que não fosse vê-la de novo nestas iurtas — disse ele.

Borte pareceu se enrijecer, e Hoelun se perguntou se poderia perceber o afeto no tom carrancudo do pai dela. O homem riu de repente.

— Duas esposas de cãs, duas mães de outros. No entanto, apenas duas mulheres estão à minha frente. Vou ganhar um ou dois odres de airag com uma charada tão boa.

Ele estendeu a mão e tocou a bainha do dil de Borte, esfregando os dois dedos para avaliar o tecido.

— Você fez a escolha certa, garota. Posso ver. Achei que havia alguma coisa naquele lobo. Não lhe falei isso?

— O senhor disse que ele provavelmente estava morto — respondeu Borte, a voz numa frieza que Hoelun jamais ouvira.

Sholoi deu de ombros.

— Talvez tenha dito — respondeu com tristeza.

O silêncio doía entre eles, e Hoelun suspirou.

— Você a adora, velho — disse. — Por que não lhe diz isso?

Sholoi ficou vermelho, mas elas não conseguiram identificar se era por raiva ou vergonha.

— Ela sabe — murmurou.

Borte empalideceu, ali parada. Balançou a cabeça.

— Eu não sabia — respondeu. — Como poderia saber, se o senhor nunca disse?

— Achei que tinha dito — respondeu Sholoi, olhando para o acampamento. As manobras dos guerreiros reunidos na planície pareceram atrair sua atenção, e ele não conseguia olhar para a filha.

"Tenho orgulho de você, garota, você deveria saber — disse de repente. — Trataria você com mais gentileza se pudesse criá-la de novo.

Borte balançou a cabeça.

— Não pode — disse. — E não tenho nada a lhe dizer agora.

O velho pareceu encolher sob as palavras e, quando Borte virou para Hoelun, havia lágrimas em seus olhos. Sholoi não as viu e continuou a olhar para a planície e as iurtas.

— Vamos voltar — disse Borte, os olhos implorando. — Foi um erro vir aqui.

Hoelun pensou em deixá-la ali por algumas horas com o pai. Mas Temujin fora firme. Borte carregava seu herdeiro e não poderia correr riscos. Hoelun conteve a irritação. Talvez isso fizesse parte de ser mãe, mas as complexidades entre os dois pareciam tolas. Se elas partissem agora, sabia que Borte jamais veria o pai de novo e passaria os anos posteriores lamentando a perda. Temujin simplesmente teria de esperar.

— Fiquem confortáveis — disse Hoelun bruscamente aos filhos e a Arslan. Pelo menos Khasar e Kachiun estavam acostumados à sua autoridade. — Vamos ficar aqui enquanto Borte visita o pai em sua iurta.

— O cã foi muito claro... — começou Arslan.

Hoelun virou rispidamente para ele.

— Não somos um só povo? Não há nada a temer dos olkhun'ut. Eu saberia, se houvesse.

Arslan baixou o olhar, sem saber como responder.

— Kachiun — disse Hoelun —, vá encontrar meu irmão Enq e diga que a irmã vai comer com ele. — Esperou enquanto Kachiun saía correndo depressa, as pernas se movendo antes mesmo que ele pensasse onde poderia estar a iurta em questão. Hoelun o viu hesitar num cruzamento e sorriu. Ele preferia pedir informação a voltar sem graça, tinha certeza. Seus filhos conseguiam pensar por si mesmos.

— Você vai me acompanhar, Khasar, e você também, Arslan. Vão comer, depois vamos encontrar Borte e o pai dela e levá-los de volta.

Arslan estava dividido, lembrando-se dos avisos de Temujin. Não gostava de ser posto numa situação daquelas, mas argumentar mais envergonharia Hoelun diante dos olkhun'ut, e ele não poderia fazer isso. No fim, baixou a cabeça.

Sholoi havia retornado para ver a conversa. Lançou um olhar para a filha, para ver como ela recebia isso.

— Eu gostaria — disse ele.

Borte assentiu rigidamente, e o sorriso dele iluminou o rosto. Juntos voltaram por entre as iurtas dos olkhun'ut, e o orgulho de Sholoi era visível de longe. Hoelun viu-os se afastarem com satisfação.

— Vamos à guerra — murmurou. — Você negaria a eles a última chance de conversar como pai e filha?

Arslan não sabia se a pergunta era dirigida a ele, por isso não deu resposta. Hoelun pareceu perdida em lembranças, e então estremeceu.

— Estou com fome — anunciou. — Se a iurta de meu irmão ficar no mesmo lugar de antigamente, ainda posso encontrá-la. — Saiu caminhando, e Arslan e Khasar a acompanharam, incapazes de se entreolhar.

Quatro dias depois de Temujin ter trazido os olkhun'ut, trompas de alerta soaram quando o sol se punha sobre a planície. Ainda que tivessem cavalgado até a exaustão durante o dia, os guerreiros das duas tribos saltaram no meio da refeição, esquecendo a fome ao pegarem as armas.

Temujin montou em seu pônei para ter uma visão melhor. Por um único instante enjoativo, pensou que os tártaros de algum modo haviam conseguido marchar ao redor deles, dividindo as forças para atacar em duas frentes. Então suas mãos apertaram as rédeas e ele empalideceu.

Os olhos de Kachiun estavam afiados como sempre, e ele também se enrijeceu. Arslan olhou para a reação dos dois jovens, ainda incapaz de identificar os detalhes na penumbra que aumentava.

— Quem são eles? — perguntou, franzindo a vista para a massa de guerreiros escuros que vinha galopando.

Temujin cuspiu furiosamente no chão perto dos pés de Arslan. Viu como os estranhos cavalgavam bem, em formação, e sua boca permaneceu amarga.

— É a tribo do meu pai, Arslan. São os lobos.

CAPÍTULO 32

Tochas de ferro tremulavam e rugiam com o vento da noite quando Eeluk entrou no acampamento conjunto. Temujin havia mandado Arslan marcar um encontro com o cã assim que os lobos pararam. Ele próprio não iria, enquanto via Eeluk caminhar pelas iurtas até onde ele estava com os irmãos, não sabia se poderia deixá-lo sair vivo. Atacar um hóspede era um crime que iria prejudicá-lo com os olkhun'ut e os keraites, mas achava que Eeluk poderia ser instigado a violar a proteção e então Temujin estaria livre para matá-lo.

Eeluk havia ficado mais corpulento nos anos desde que Temujin o vira pela última vez. Sua cabeça estava descoberta, totalmente raspada a não ser por uma única mecha de cabelo trançado que balançava quando ele andava. Usava um pesado dil preto, com acabamento de pele escura, sobre uma túnica e calças justas. Temujin estreitou os olhos ao reconhecer o punho da espada com cabeça de lobo, à cintura dele. Eeluk andava pelas iurtas sem olhar ao redor, os olhos fixos na figura junto à fogueira central. Tolui caminhava ao seu lado, ainda maior e mais poderoso do que Temujin recordava.

Temujin quisera permanecer sentado, para mostrar como se importava pouco com o homem que viera até ele, mas não pôde. Enquanto Eeluk e Tolui se aproximavam, levantou-se, com os irmãos se erguendo juntos como se tivessem recebido um sinal. Togrul viu como eles estavam tensos e, com um suspiro, também se levantou. Yuan e uma dúzia de seus melhores homens estavam às suas costas. O que quer que Eeluk pretendesse, sua vida seria confiscada à menor provocação.

O olhar de Eeluk saltou de Temujin a Khasar e Kachiun, franzindo a testa ao ver Temuge ali. Não reconheceu o filho mais novo de Yesugei, mas viu o medo nos olhos dele.

Não havia medo nos outros. Cada um deles estava pronto para atacar, o rosto pálido enquanto os músculos se enrijeciam e o coração martelava. O cã dos lobos estivera em todos os sonhos deles, e eles o haviam matado de mil modos antes de acordar. Kachiun e Khasar o tinham visto pela última vez quando ele levou os lobos, deixando-os para morrer nas planícies vazias, com o inverno a caminho. Tudo que haviam sofrido desde aquele dia poderia ser posto aos pés dele. Eeluk assumira o rosto de um monstro na imaginação deles, e era estranho ver apenas um homem, mais velho, porém ainda forte. Era difícil manter o rosto frio.

O olhar de Tolui foi atraído para Temujin e capturado ali pelos olhos amarelos. Ele também tinha lembranças, mas estava muito menos confiante do que quando havia capturado o filho de Yesugei e o levado de volta a seu cã. Havia aprendido a ser valentão com os que eram menos poderosos e a se rebaixar diante dos que o comandavam. Não sabia como reagir a Temujin, e desviou o olhar, perturbado.

Foi Togrul que falou primeiro, quando o silêncio ficou desconfortável.

— Você é bem-vindo no nosso acampamento — disse. — Vai comer conosco?

Eeluk assentiu sem afastar o olhar dos irmãos.

— Vou — respondeu.

Escutar a voz dele trouxe um novo espasmo de ódio em Temujin, mas ele se abaixou no tapete de feltro junto com os outros, observando para ver se Eeluk ou Tolui estendiam a mão para uma arma. Sua espada estava a postos junto da mão, e ele não relaxou. Sansar acreditara estar seguro em sua própria iurta.

Eeluk pegou sua tigela de chá salgado com as duas mãos e só então Temujin pegou a dele, bebendo sem sentir o gosto. Não falou. Como hóspede, Eeluk tinha de falar primeiro, e Temujin escondeu a impaciência atrás da tigela, sem lhe mostrar nada.

— Fomos inimigos no passado — disse Eeluk quando havia esvaziado a tigela.

— Ainda somos inimigos — respondeu Temujin imediatamente, liberado.

Eeluk virou o rosto inexpressivo para ele e ficou imóvel. Com tantos homens prontos para saltar em sua garganta, ele parecia calmo, mas os olhos estavam injetados, como se tivesse bebido antes da reunião.

— Pode ser verdade, mas não foi por isso que vim aqui agora — disse baixinho. — As tribos estão falando do exército tártaro que vem para o sul, um exército cuja existência você provocou com seus ataques.

— E daí? — perguntou Temujin rispidamente.

Eeluk deu um sorriso tenso, o mau humor crescendo. Fazia muitos anos que nenhum homem ousava usar um tom tão áspero assim com ele.

— As planícies estão vazias de desgarrados — continuou Eeluk. — Eles vieram se juntar a você contra um inimigo comum.

Subitamente, Temujin entendeu por que Eeluk havia trazido os lobos. Sua boca se abriu ligeiramente, mas não disse nada, deixando Eeluk continuar, enquanto pensava.

— Ouvi muitas vezes falar do jovem lobo que atacava os tártaros repetidamente. Agora seu nome é conhecido nas planícies. Seu pai teria orgulho.

Temujin quase saltou sobre ele, a fúria crescendo na garganta como bile vermelha. Foi necessário um esforço gigantesco para se dominar, e Eeluk o observou atentamente, sentindo isso.

— Só soube que você havia juntado os olkhun'ut aos guerreiros keraites, quando eu já estava movendo os lobos. Mesmo assim acho que você precisará dos meus homens para esmagar os tártaros e expulsá-los de novo para o norte.

— Quantos você tem? — perguntou Togrul.

Eeluk deu de ombros.

— Cento e quarenta. — Olhou para Temujin. — Você conhece a qualidade.

— Não precisamos deles — disse Temujin. — Agora eu lidero os olkhun'ut. Não precisamos de você.

Eeluk sorriu.

— É verdade que você não está tão desesperado quanto imaginei. Mesmo assim precisa de cada cavaleiro que possa encontrar, se os números que ouvi são verdadeiros. Ter os lobos com você significará que mais homens de... sua tribo estarão vivos no fim. Você sabe disso.

— E em troca? Você não veio aqui em troca de nada — disse Temujin.

— Os tártaros têm prata e cavalos. Têm mulheres. Esse exército é o movimento de muitas tribos juntas. Eles terão coisas de valor.

— Então foi a cobiça que o impeliu — observou Temujin com desprezo.

Eeluk ficou ligeiramente vermelho de raiva e Tolui se remexeu junto dele, irritado com o insulto.

— Os lobos não poderiam enfrentá-los sozinhos — respondeu Eeluk. — Teríamos de recuar para o sul quando eles viessem. Quando ouvi falar que os keraites resistiriam e que seus guerreiros haviam se juntado a eles, aproveitei a chance de você ser capaz de pôr de lado nossa história. Nada que vi aqui muda isso. Você precisa dos lobos. Precisa de mim a seu lado.

— Em troca de um sexto das riquezas — murmurou Togrul.

Eeluk olhou-o, mascarando a aversão pelo carnudo cã dos keraites.

— Se três cãs os enfrentarem, qualquer espólio deverá ser dividido por três.

— Não barganharei como um mercador — disse Temujin rapidamente, antes que Togrul pudesse responder. — Ainda não disse que vou aceitá-lo aqui.

— Você não pode me impedir de lutar contra os tártaros, se eu quiser — disse Eeluk baixinho. — Não há vergonha em discutir a partilha, para quando eles forem derrotados.

— Eu poderia impedi-lo com uma única ordem — disse Temujin. — Poderia derrubar os lobos primeiro. — Seu temperamento havia assumido o controle e uma pequena parte sabia que ele estava irado como um idiota, mas sua calma era apenas uma lembrança. Quase sem notar, começou a ficar de pé.

— Você não faria isso com as famílias — disse Eeluk com certeza, fazendo-o parar. — Mesmo que pudesse, seria um desperdício de vidas das quais você precisa para lutar contra os tártaros. Qual é o sentido de lutar entre nós? Disseram-me que você é um homem de visão, Temujin. Demonstre isso agora.

Todos os homens olharam para Temujin, para ver como ele responderia. Ele sentiu os olhares e abriu os punhos apertados enquanto se sentava outra vez, afastando a mão de onde havia caído, junto ao punho da espada.

Eeluk não havia se movido em reação. Se tivesse, teria morrido. A coragem de seu inimigo ao vir ali envergonhou Temujin, trazendo de volta as lembranças de ser um menino entre homens. Sabia que precisava dos guerreiros que Eeluk havia trazido, se ao menos pudesse engolir a aliança.

— Esses lobos vão aceitar minhas ordens? Você vai aceitar? — perguntou.

— Só pode haver um líder em batalha — disse Eeluk. — Dê-nos uma ala e deixe que eu a comande. Vou cavalgar com tanta dureza quanto os melhores de seus homens.

Temujin balançou a cabeça.

— Você precisaria conhecer os sinais das trompas, as formações que fiz com os outros. Há mais nisso do que cavalgar e matar o máximo possível.

Eeluk desviou o olhar. Não soubera exatamente o que encontraria quando mandou os lobos guardarem as iurtas e cavalgarem. Havia pensado nas chances de lutar pelos espólios com as tribos maltratadas que enfrentariam os tártaros, mas em seu íntimo havia sentido cheiro de sangue no vento, como um verdadeiro lobo, e não pôde resistir. Nas planícies, não houvera nada como o exército dos tártaros durante toda a sua vida. Yesugei teria ido contra eles, e a alma de Eeluk ficou escaldada ao ouvir dizer que os filhos do velho cã estavam desafiando o exército que vinha para o sul.

Mesmo assim havia esperado que seria bem recebido por homens temerosos. Encontrar os olkhun'ut já em aliança havia mudado o valor de seus guerreiros. Pensava em exigir metade dos espólios e, em vez disso, descobriu que os filhos de Yesugei mantinham uma arrogância fria contra ele. No entanto, havia se comprometido. Não podia simplesmente deixá-los na planície e levar os lobos de volta. Seu controle sobre a tribo sofreria depois que o vissem ser recusado. Sob as tochas tremeluzentes, podia ver dezenas de iurtas se estendendo ao redor, até a escuridão. A simples visão de tantos guerreiros suplantava seus sonhos. O que um homem poderia alcançar tendo tantos às costas? Se os filhos de Yesugei morressem na batalha, aqueles homens ficariam perdidos e amedrontados. Eles poderiam aumentar as fileiras dos lobos.

— Meus homens seguirão suas ordens, por meu intermédio — disse finalmente.

Temujin se inclinou adiante.

— Mas depois, quando os tártaros tiverem sido estripados, vamos acertar uma dívida antiga entre nós. Eu reivindico os lobos, como filho mais velho sobrevivente de Yesugei. Vai me enfrentar com essa espada que você usa como se fosse sua?

— Ela *é* minha — respondeu Eeluk, o rosto se retesando.

Um silêncio pousou no acampamento ao redor. Togrul olhou para os dois, observando o ódio mal mascarado pela civilidade. Eeluk se obrigou a ficar imóvel enquanto fingia pensar. Sabia que Temujin ia querê-lo morto. Havia considerado a chance de absorver os desgarrados sobreviventes dentro dos lobos, tirados das mãos mortas de Temujin. Em vez disso, enfrentaria o cã dos olkhun'ut, e o prêmio era cem vezes maior. Talvez os espíritos estivessem com ele mais do que nunca.

— Quando os tártaros estiverem derrotados, irei encontrá-lo — disse, os olhos brilhando. — Gostarei dessa chance.

Temujin se levantou subitamente, fazendo muitas mãos irem em direção às espadas. Eeluk ficou sentado como pedra e observou-o, mas o olhar de Temujin estava em outra parte.

Hoelun caminhava lentamente em direção aos homens reunidos, como se num transe. Eeluk virou para ver quem havia capturado a atenção de Temujin e, quando viu a mulher de Yesugei, também se levantou com Tolui para encará-la.

Hoelun estava pálida, e Eeluk viu como ela passava a ponta da língua sobre o lábio inferior, uma lasca de vermelho como o alerta de uma serpente. Quando ele a encarou, ela avançou rapidamente, estendendo o braço para atacar.

Kachiun entrou entre os dois antes que ela pudesse chegar ao cã dos lobos. Segurou a mãe com firmeza enquanto ela girava a mão como uma garra, tentando alcançar o rosto de Eeluk. As unhas não o tocaram, e Eeluk não disse nada, sentindo que Temujin estava pronto, às suas costas. Hoelun lutou, o olhar encontrando o filho mais velho.

— Como pode deixá-lo viver depois do que ele fez conosco? — perguntou, lutando contra o aperto de Kachiun.

Temujin balançou a cabeça.

– Ele é hóspede em meu acampamento, mãe. Quando tivermos lutado com os tártaros, eu tomarei os lobos dele ou ele tomará os olkhun'ut.

Eeluk virou para ele, e Temujin deu um sorriso amargo.

– Não é o que você quer, Eeluk? Não vejo mais iurtas em seu acampamento do que quando você nos deixou para morrer nas planícies. O pai céu abandonou os lobos sob sua mão, mas isso vai mudar.

Eeluk deu um risinho e flexionou os ombros.

– Eu disse tudo que vim dizer. Quando cavalgarmos, você saberá que um homem melhor sustenta sua ala. Depois disso, terei uma lição dura para você e não deixarei que você viva pela segunda vez.

– Volte às suas iurtas, Eeluk – disse Temujin. – Começarei a treinar seus homens ao amanhecer.

Enquanto os tártaros vinham para o sul entrando nas planícies verdes, tribos menores fugiam diante de seus números. Algumas não pararam ao ver a horda que Temujin havia reunido, rodeando-a de modo que pareciam pontos escuros movendo-se pelos morros distantes. Outras somavam seus números aos guerreiros dele, de modo que o exército crescia diariamente, num fluxo de cavaleiros furiosos. Temujin mandara mensageiros aos naimanes, aos oirates, a qualquer das grandes tribos que pudesse ser encontrada. Ou elas não puderam ser alcançadas ou não quiseram vir. Ele entendia a relutância, ao mesmo tempo que a desprezava. As tribos jamais haviam lutado juntas em toda sua história. Reunir ao menos três numa força única era espantoso. Elas haviam treinado juntas até ele achar que não poderiam ficar mais preparadas. No entanto, à noite, era chamado repetidamente para proibir rixas de sangue ou punir grupos em briga que se lembravam de ressentimentos de gerações anteriores.

Não havia visitado as iurtas dos lobos. Ninguém das antigas famílias havia falado a favor de sua mãe quando ela foi deixada para morrer com os filhos. Houvera um tempo em que ele teria dado qualquer coisa para caminhar entre o povo que conhecera na infância, mas, como Hoelun havia descoberto antes, eles não eram os mesmos. Enquanto Eeluk os governasse, isso não lhe traria paz.

No vigésimo amanhecer depois da chegada dos olkhun'ut, os batedores vieram a toda informar que o exército tártaro estava no horizonte, a menos de um dia de marcha. Com eles veio outra família de desgarrados, impelidos à frente como cabras. Temujin tocou o sinal para se reunirem, e houve silêncio nos acampamentos enquanto os guerreiros beijavam seus entes queridos em despedida e montavam nos cavalos. Muitos mastigavam embrulhos de carneiro quente com pão para reunir forças, postos em suas mãos por filhas e mães. As alas se formaram, com os lobos de Eeluk assumindo a esquerda e Kachiun e Khasar liderando os olkhun'ut à direita. Temujin manteve os keraites no centro e, ao olhar à esquerda e à direita ao longo da linha de cavaleiros, ficou satisfeito. Oitocentos guerreiros esperavam seu sinal de cavalgar contra os inimigos. As forjas dos keraites e dos olkhun'ut haviam sido acesas noite e dia, e quase um terço deles usava armaduras copiadas das que Wen Chao lhes dera. Os cavalos estavam protegidos por aventais de couro cravejados de placas de ferro sobrepostas. Temujin sabia que os tártaros não tinham visto nada do tipo. Esperou enquanto as mulheres recuavam, vendo Arslan se abaixar e beijar a jovem garota tártara que havia capturado e tomado como esposa. Temujin olhou ao redor, mas não havia sinal de Borte. O parto já estava para acontecer, e ele não esperava que ela saísse das iurtas. Lembrava-se de Hoelun dizendo que Yesugei havia saído na noite em que ele nascera e deu um sorriso torto diante do pensamento. O círculo girava, mas os riscos haviam crescido. Tinha feito todo o possível e não era difícil imaginar seu pai olhando os filhos. Temujin atraiu o olhar de Khasar e Kachiun, em seguida encontrou Temuge na segunda fileira à esquerda. Assentiu para eles e Khasar riu. Tinham percorrido um longo caminho desde a fenda nas montanhas, onde cada dia sobrevivido era um triunfo.

Quando estavam prontos, o xamã dos olkhun'ut cavalgou até a frente, montado numa égua de um branco puro. Era magro e velho, o cabelo da mesma cor da montaria. Cada olhar estava fixo nele enquanto o velho entoava, levantando as mãos para o pai céu. Segurava a omoplata de uma ovelha, rachada pelo fogo, e gesticulava com ela como se fosse uma arma. Temujin sorriu sozinho. O xamã dos keraites não havia se mostrado igualmente sedento de guerra, e Temujin escolhera o homem certo para o ritual.

Enquanto olhavam, o xamã apeou e se deitou na terra, abraçando a mãe que governava todos eles. O canto era fraco à brisa, mas as filas de guerreiros ficaram sentadas perfeitamente imóveis, esperando a palavra.

Por fim o velho olhou para as linhas pretas do osso, lendo-as enquanto passava os dedos nodosos pelas fissuras.

— A mãe se regozija — gritou. — Anseia pelo sangue tártaro que derramaremos dentro dela. O pai céu nos convoca em seu nome. — Em seguida partiu a omoplata com as mãos, mostrando uma força surpreendente.

Temujin encheu os pulmões e gritou para as fileiras:

— A terra só conhece um povo, meus irmãos. Ela se lembra do peso dos nossos passos. Lutem bem hoje, e eles fugirão diante de nós.

Os homens ergueram os arcos num grande rugido e Temujin sentiu a pulsação se acelerar. O xamã montou na égua e passou de novo pelas fileiras. Por medo supersticioso, nenhum guerreiro encarava o velho, mas Temujin assentiu para ele, baixando a cabeça.

Nos limites das linhas, cavaleiros levavam pequenos tambores e começaram a tocá-los. O ruído se igualava ao de seu coração batendo forte. Temujin levantou o braço e depois baixou-o à direita. Captou o olhar de Khasar quando o irmão saiu trotando com uma centena dos melhores guerreiros olkhun'ut. Cada um deles usava painéis blindados. Na carga de cavalaria, Temujin esperava que fosse impossível contê-los. Partiram com a força principal e, enquanto os observava, Temujin rezou para que se encontrassem de novo.

Quando a linha ficou silenciosa e os cem de Khasar estavam a cerca de um quilômetro e meio de distância, Temujin bateu os calcanhares no animal e os keraites, os lobos e os olkhun'ut avançaram juntos, deixando as mulheres e crianças, deixando para trás a segurança do acampamento.

CAPÍTULO 33

MESMO QUE TODOS CONHECESSEM O INIMIGO QUE ENFRENTAVAM, AINDA ERA UM choque ver a vastidão das forças tártaras. Eles se moviam como uma mancha lenta na terra, uma massa escura de cavaleiros, carroças e iurtas. Temujin e seus irmãos os haviam avistado oitocentos quilômetros ao norte, e a visão ainda era perturbadora. No entanto, não hesitaram. Os homens que cavalgavam com os filhos de Yesugei sabiam que estavam prontos para a batalha. Se havia medo nas fileiras, este não aparecia enquanto eles mantinham o rosto frio. Apenas a constante verificação das flechas revelava a tensão enquanto ouviam as trompas de alerta dos tártaros soarem a distância.

Temujin cavalgava por um vale verde, a égua fortalecida com bom capim de primavera. Repetidamente gritava ordens para conter seus líderes mais impetuosos. Eeluk era o pior: sua ala esquerda avançava adiante e ele precisava ser contido, até que Temujin começou a acreditar que era uma desobediência deliberada às suas ordens. Adiante, viu os tártaros se movimentando ao redor das iurtas, os gritos fracos perdidos na distância. O sol estava claro e Temujin sentia o calor nas costas como uma bênção. Verificou suas flechas mais uma vez, encontrando-as prontas na aljava, como antes. Queria acertar os tártaros a pleno galope, e sabia que deveria deixar a aceleração até o último instante possível. Os tártaros vinham se dirigindo ao sul durante pelo menos três luas, cavalgando todo dia. Esperava que não estivessem tão revigorados quanto seus guerreiros, nem tão sedentos por matar.

A um quilômetro e meio de distância, inclinou o peso adiante, acelerando a batida dos cascos até um meio galope. Seus homens o acompanharam perfeitamente, mas de novo Eeluk estava se esforçando para ser o primeiro a chegar à matança. Temujin tocou a trompa de sinal e captou o olhar furioso de Eeluk enquanto seus homens voltavam à formação. O barulho dos cascos enchia seus ouvidos, e Temujin podia ouvir os gritos empolgados de seus guerreiros ao redor, os olhos apertados por causa da pressão crescente do vento. Ajustou a primeira flecha na corda, sabendo que logo o ar estaria cheio delas. Talvez uma encontrasse sua garganta e o mandasse agonizando ao chão, num último abraço. Seu coração batia forte e ele perdeu o medo, concentrado. As primeiras flechas dos tártaros chegaram zumbindo, mas ele não deu o sinal para galopar. Tinha de ser perfeito. À medida que os exércitos se aproximavam, escolheu o momento.

Bateu os calcanhares, gritando "Chuh!" para a montaria. A égua respondeu com um jorro de velocidade, quase saltando adiante. Talvez sentisse a empolgação como os guerreiros. A linha o acompanhou, e Temujin retesou o arco com toda a força. Por alguns instantes, era como se segurasse o peso de um homem adulto apenas com os dois dedos, mas estava firme. Sentiu o ritmo do galope o atravessando, e ali estava o momento de perfeita imobilidade, quando a égua voava sem tocar o chão.

Os tártaros já estavam a pleno galope. Temujin arriscou um olhar para seus homens. Duas fileiras disparavam pela planície e todos os setecentos estavam prontos, os arcos retesados. Mostrou os dentes por causa da tensão nos ombros e disparou a primeira flecha.

O barulho que se seguiu foi um único estalo de som que ecoou nos morros ao redor. Flechas voaram para o céu azul e pareceram pender ali por um instante antes de mergulhar sobre as fileiras tártaras. Muitas se perderam no chão, desaparecendo até as penas. Muitas outras se cravaram em carne e arrancaram os cavaleiros do mundo num único golpe.

Antes que Temujin pudesse ver o que acontecia, a resposta chegou e flechas subiram acima dele. Nunca tinha visto tantas e sentiu uma sombra passar sobre sua fileira, vinda do sol distante. As flechas tártaras moviam-se lentamente enquanto ele olhava, tentando não se encolher com a expectativa. Então pareceram se mover mais depressa e ele pôde ouvi-las chegando com um zumbido de insetos. Seus dedos procuraram uma segunda flecha e seus homens dispararam de novo antes que as setas dos tártaros acertassem sua linha de guerreiros num golpe de martelo.

A pleno galope, homens desapareceram da sela, os gritos perdidos lá atrás num instante. Temujin sentiu algo se chocar contra a coxa e o ombro, ricocheteando para longe. Não havia atravessado a armadura, e ele gritou em triunfo, quase ficando de pé nos estribos enquanto mandava uma flecha depois da outra contra os inimigos.

Só poderiam ter se passado alguns instantes até que encontraram os primeiros cavaleiros tártaros, mas pareceu demorar uma eternidade. À medida que se aproximavam, Temujin pendurou o arco num gancho da sela, para estar ali quando precisasse. Era apenas uma das idéias que ele e seus oficiais haviam tido. Desembainhou a espada que Arslan fizera, ouvindo a lâmina chiar ao sair da bainha. Cada batida de coração demorava uma eternidade, e ele tinha tempo. Puxou a trompa segura por um cordão no pescoço e levou-a aos lábios, soprando três vezes. Com o canto dos olhos, viu as alas avançarem e segurou a espada com as duas mãos enquanto galopava, equilibrado e pronto.

Acertaram os tártaros com um estrondo. Os cavalos se encontraram a toda velocidade, sem que nenhum cavaleiro cedesse, de modo que foram arrancados da sela num trovão. Os exércitos se entrechocaram, flechas foram disparadas de pouca distância em rostos e pescoços. A morte vinha depressa, e os dois exércitos perderam dezenas de homens num instante. Temujin pôde ver que a armadura estava funcionando, e rugiu de novo em desafio, chamando o inimigo. Um guerreiro tártaro passou por ele num borrão, mas Temujin o havia cortado antes de o homem sumir. Outro disparou uma flecha tão de perto que ela atravessou a armadura, a ponta cortando o peito de Temujin e fazendo-o gritar. Dava para sentir a ponta da flecha se mexendo, rasgando a pele a cada movimento brusco. Ele girou a espada e decepou a cabeça do arqueiro.

O sangue o encharcou, escorrendo entre as placas de ferro da armadura. A carga havia esmagado a primeira fileira de tártaros, mas havia tantos que eles não se romperam. As linhas de luta haviam começado a se dividir em grupos menores de homens que golpeavam loucamente, soltando flechas com os dedos entorpecidos até que os arcos ficavam inúteis e eles passavam para as espadas. Temujin procurou os irmãos, mas eles estavam perdidos na confusão de homens. Matou repetidamente, sua égua saltando adiante apenas com o toque dos joelhos. Um tártaro veio em sua direção, berrando, a boca aberta já cheia de sangue. Temujin cravou a espada no peito dele, puxando-a violentamente para soltá-la. Outro veio da lateral com um machado, golpeando-o contra as camadas blindadas. O golpe não penetrou, mas Temujin foi jogado de lado pela força. Sentiu os músculos da coxa se rasgarem enquanto lutava para permanecer montado, mas o homem havia ido em frente.

Os lobos de Eeluk estavam abrindo caminho pela esquerda. Alguns deles haviam apeado e caminhavam juntos para o meio dos tártaros, disparando uma flecha depois da outra. Usavam armaduras de couro por baixo dos dils, e muitos estavam eriçados de flechas partidas. Alguns tinham gotas vermelhas ao redor da boca, mas continuavam lutando, chegando cada vez mais perto do centro dos tártaros. Temujin pôde ver Eeluk cavalgando com eles, o rosto molhado de sangue enquanto golpeava com a espada que já pertencera a Yesugei.

Cavalos estavam caídos agonizando e chutando loucamente, um perigo para quem chegasse perto demais. Temujin guiou sua égua ao redor de um deles, vendo um guerreiro olkhun'ut preso embaixo. Encarou os olhos do sujeito e xingou, saltando da sela para soltá-lo. Quando chegou ao chão, outra flecha bateu em seu peito, contida pelo ferro. Ela o derrubou de costas, mas ele se levantou, fazendo força com o homem até que este conseguiu ficar de pé. Uma aljava cheia de flechas estava no chão ali perto, e Temujin apanhou-a antes de montar de novo, pegando o arco. Bateu os calcanhares outra vez, usando toda a força para puxar a corda. Os tártaros mal pareciam ter percebido as perdas e ainda não haviam se rompido. Temujin gritou para eles, desafiando-os a encará-lo, e seus guerreiros o viram montar de novo. Animaram-se, cortando e matando com energia renovada. Isso não poderia durar, ele sabia. Viu os olkhun'ut pressionando à direita, mas não tinham números para cercar o inimigo. Quando suas flechas foram gastas, eles lançavam machadinhas girando contra a aglomeração de inimigos, matando muitos antes de pegarem as espadas.

Temujin ouviu o trovão de cascos antes de ver Khasar vindo com sua reserva. Eles haviam rodeado o local da batalha fazendo um grande círculo, escondidos pelos morros. Da garupa de sua égua, Temujin pôde ver a linha sólida cavalgando a uma velocidade imprudente, com Khasar na liderança. Os tártaros no flanco tentaram enfrentá-los, mas estavam muito apinhados. Acima do barulho dos cascos a galope, Temujin escutou muitos deles gritando, presos em meio aos próprios companheiros.

Os cavalos e homens com armaduras acertaram o flanco tártaro como um golpe de lança, penetrando fundo neles e deixando uma trilha de mortos ensangüentados. Cavalos e homens eram acertados por flechas dos tártaros, mas praticamente não diminuíam a velocidade até terem atravessado até o centro do inimigo, fazendo-o girar e gritar.

Temujin sentiu os tártaros cedendo e não pôde falar, devido à empolgação feroz que enchia seu peito. Galopou penetrando numa massa de homens, sua égua estremecendo de dor quando as flechas acertavam o couro e o ferro que protegiam seu peito arfante. Sua aljava estava vazia outra vez, e Temujin usou a espada de Arslan para trucidar qualquer coisa viva que encontrasse.

Procurou seus oficiais e viu que eles haviam reunido as linhas e estavam se movendo como um só. Kachiun e Arslan tinham forçado os olkhun'ut a seguir a louca penetração de Khasar até o centro, gritando enquanto lutavam. Muitos haviam perdido as montarias, mas mantinham-se juntos e levavam cortes inúteis na armadura enquanto matavam a cada golpe. Os tártaros ouviram as vozes deles às costas e uma onda de pânico os atravessou.

A batalha ficou mais lenta quando os homens se cansaram. Alguns haviam se exaurido de tanto matar, de modo que, dos dois lados, ficavam com o peito arfando e a respiração entrecortada. Muitos desses caíam facilmente diante de homens mais descansados, o rosto num desânimo ao sentir a força finalmente cedendo. O capim sob os pés estava vermelho de carne molhada e atulhado de corpos, alguns ainda se sacudindo debilmente enquanto tentavam ignorar o frio que vinha pegá-los. A brisa soprava em meio aos aglomerados de homens lutando, levando o cheiro do matadouro para pulmões exaustos. Os tártaros começaram a hesitar finalmente, recuando passo a passo.

Eeluk se lançou contra um agrupamento deles como alguém que tivesse perdido a cabeça. Estava tão coberto de sangue que parecia um espírito da morte, os olhos arregalados. Usou sua grande força para derrubar homens com os punhos e os cotovelos, pisoteando-os. Seus lobos vinham junto, e os tártaros mal levantavam as espadas enquanto o terror lhes tirava a coragem. Alguns correram, mas outros tentaram juntar o resto, apontando as espadas em direção às famílias que estavam ao redor das iurtas, atrás.

Ainda montado, Temujin podia ver o rosto pálido de mulheres e crianças olhando seus homens lutarem. Não sentia nada por eles. O pai céu recompensava os fortes com sorte. Os fracos cairiam.

— Estamos vencendo! — rugiu, e seus homens reagiram, vendo-o cavalgar com eles. Estavam cansados, mas tiraram forças de sua presença ali no meio, e a matança continuou. Os dedos de Temujin estavam escorregadios de sangue quando pegou a trompa pendurada no pescoço, tocando três vezes para rodear o inimigo. Deixou uma impressão da palma na superfície polida, mas não viu quando Eeluk e Kachiun avançaram. Todas as aljavas estavam vazias. Mas as espadas ainda giravam, e os tártaros finalmente se romperam, correndo de volta para as iurtas antes que fossem totalmente esmagados. Fariam uma última tentativa de resistência ali, percebeu Temujin. E gostou disso.

Viu seus homens começando a correr atrás deles e tocou uma nota descendente para diminuir a velocidade da carga. Caminharam sobre os mortos indo em direção às iurtas dos tártaros. Os que haviam corrido eram menos de duzentos, todos os que permaneciam vivos. Temujin não os temia agora. Para sua irritação, viu que os homens de Eeluk estavam perdidos na matança e não haviam atendido a seu chamado. Por um instante considerou deixá-los enfrentar sozinhos os homens nas iurtas, mas não podia suportar a visão de ver Eeluk trucidado tão facilmente. Os tártaros deviam ter arcos e flechas ali. Quem os encarasse teria de atravessar uma tempestade mortífera. Talvez Eeluk estivesse certo em não adiar. Temujin trincou o maxilar e tocou uma única nota para o avanço. Cavalgou sobre os ossos dos mortos que iam se partindo, para liderá-los.

Uma saraivada irregular de flechas veio das iurtas. Algumas caíram perto, já que as mulheres haviam pegado os arcos, mas outras tinham força suficiente para roubar a vida dos homens que se regozijavam com a vitória. Temujin ouviu seu exército ofegar, correndo e instigando os cavalos. Eles não seriam parados, e as flechas passavam inúteis, fazendo os homens cambalear quando batiam nas placas das armaduras. Temujin se inclinou contra o vento à medida que o espaço diminuía, pronto para terminar o que haviam começado.

Quando tudo acabou, a última posição dos tártaros podia ser vista pelo modo como os mortos se esparramavam em grupos. Eles haviam mantido uma linha por um tempo, antes que os cavaleiros de Khasar os atravessassem. Temujin olhou ao redor enquanto as três tribos procuravam o que saquear nas carroças, pela primeira vez agindo com uma única mente. Haviam lutado e vencido juntos, e ele achava que seria difícil retornar à antiga desconfiança, pelo menos contra homens que conhecessem.

Cansado, Temujin apeou e fez uma careta ao puxar as tiras que mantinham seu peitoral. Uma dúzia das placas de ferro havia sido arrancada, e muitas que permaneciam estavam tortas. Três flechas partidas se projetavam das camadas. Duas pendiam frouxas, mas a terceira se mantinha ereta, e era essa que ele queria longe. Descobriu que não conseguia tirar o tecido blindado. Quando tentava, algo repuxava seus músculos, provocando uma onda de tontura.

— Deixe-me ajudá-lo — disse Temuge junto a seu ombro.

Temujin olhou para o irmão mais novo e sinalizou que queria ficar sozinho. Não sentia vontade de falar e, enquanto a febre da batalha passava, seu corpo estava revelando todas as pancadas e as dores que havia sofrido. Ali parado, não queria nada mais do que tirar a armadura pesada e sentarse, mas nem isso podia fazer.

Temuge chegou mais perto e Temujin o ignorou quando seus dedos sondaram a placa quebrada e a flecha que se projetava dele, levantando e baixando junto com a respiração.

— Não pode estar funda — murmurou Temuge. — Se você conseguir ficar parado, eu arranco.

— Faça isso, então — respondeu Temujin, não se importando mais. Trincou os dentes enquanto Temuge serrou a haste da flecha com sua faca, depois enfiou a mão por baixo do pano blindado para segurá-la do outro lado. Puxando-o lentamente, tirou o protetor do peito e deixou-o cair enquanto examinava a ferida. A seda não havia se rasgado, mas tinha penetrado fundo no músculo do peito de Temujin. O sangue escorria ao redor da ponta, porém Temuge pareceu satisfeito.

— Um pouquinho mais e você estaria morto. Acho que posso tirar.

— Você já viu isso ser feito? — perguntou Temujin, olhando-o. — É preciso torcer a flecha enquanto ela sair.

Para sua surpresa, Temuge riu.

— Eu sei. A seda prendeu a ponta. Fique parado.

Respirando fundo, Temuge segurou firme a haste escorregadia, cravando as unhas na madeira para conseguir firmeza. Temujin grunhiu de dor enquanto a ponta da flecha se apertava nele. Seu peito estremeceu involuntariamente, como um cavalo afastando moscas.

— Para o outro lado — disse.

Temuge ficou vermelho.

— Agora consegui — respondeu ele, e Temujin sentiu o músculo que estremecia relaxar enquanto a flecha girava em sua carne. Ela estava girando ao acertá-lo. Com os dedos hábeis de Temuge torcendo-a para o outro lado, a flecha saiu facilmente, seguida de um fio de sangue com coágulos.

— Mantenha alguma coisa apertada contra isso por um tempo — disse Temuge. Sua voz saiu num triunfo calmo, e Temujin assentiu para ele, dando-lhe um tapa no ombro.

— Você tem mão firme — disse.

Temuge deu de ombros.

— Não foi em mim. Se tivesse sido, eu teria chorado feito uma criança.

— Não, não teria. — Temujin estendeu a mão e segurou a nuca do irmão, antes de virar para o outro lado. Sem aviso, sua expressão mudou tão rapidamente que Temuge girou para ver o que ele tinha visto.

Eeluk estava de pé em cima de uma das carroças dos tártaros, segurando um odre de airag numa das mãos e uma espada sangrenta na outra. Mesmo a distância, parecia mortal e perigoso. Essa visão trouxe a vida de volta aos membros de Temujin, banindo sua exaustão. Temuge ficou olhando enquanto Eeluk gritava alguma coisa para os lobos.

— Não me lembro dele — murmurou Temuge enquanto os dois olhavam por cima do capim ensangüentado. — Tento, mas foi há muito tempo.

— Não para mim — respondeu Temujin rispidamente. — Vejo o rosto dele sempre que durmo. — Em seguida desembainhou a espada lentamente, e Temuge virou para ele, com medo do que viu no rosto do irmão. Podiam ouvir os homens rindo ao redor das carroças e alguns aplaudiam Eeluk enquanto este gritava.

— Você deveria esperar até estar descansado — disse Temuge. — O ferimento foi raso, mas deve tê-lo enfraquecido.

— Não. Esta é a hora — respondeu Temujin, avançando.

Temuge quase foi com ele, mas viu Kachiun e Khasar trocando olhares e indo se juntar ao irmão. Temuge não queria ver outra morte. Não podia suportar a idéia de que Temujin fosse morto, e o medo borbulhava em seu estômago, deixando-o tonto. Se Eeluk lutasse e vencesse, tudo que haviam alcançado seria perdido. Viu Temujin caminhar firme para longe e subitamente soube que tinha de estar lá. Eles eram os filhos de Yesugei, e estava na hora. Deu um passo hesitante e correu atrás do irmão.

Eeluk estava gargalhando de alguma coisa que alguém havia gritado para ele. Fora uma vitória gloriosa contra os invasores tártaros. Ele havia lutado com coragem, e os homens tinham seguido sua liderança até o coração da batalha. Não estava se vangloriando quando aceitou os aplausos. Havia representado seu papel e mais ainda, e agora as riquezas dos tártaros esperavam para ser desfrutadas. As mulheres embaixo das carroças fariam parte da comemoração, e ele levaria muitas garotas novas de volta para os lobos, para terem filhos de seus homens de confiança. A tribo cresceria e seria espalhada a notícia de que os lobos haviam feito parte daquilo. Ele estava embriagado pelos prazeres da vida, ali de pé, deixando o vento secar o suor. Tolui estava lutando com dois homens de confiança dos lobos, rindo enquanto eles tentavam derrubá-lo. Os três desmoronaram embolados e Eeluk riu, sentindo a pele se retesar enquanto o sangue seco rachava. Pousou a espada e esfregou as duas mãos grandes no rosto, afastando a gosma seca da batalha. Quando levantou os olhos, viu Temujin e os irmãos vindo até ele.

Eeluk fez uma careta antes de se curvar e pegar a espada de novo. A carroça era alta, mas ele saltou no chão em vez de descer de costas para eles. Pousou bem e encarou os filhos de Yesugei com um sorriso retorcendo sua boca. Ele e Temujin eram os únicos cãs a testemunharem a vitória. Ainda que os keraites tivessem lutado bem, seu gordo líder estava em segurança nas iurtas, oito quilômetros ao sul. Eeluk respirou fundo e se firmou ao olhar ao redor. Seus lobos o tinham visto pular da carroça e vinham chegando, atraídos para o cã. Os olkhun'ut também haviam interrompido os saques junto com os keraites e vinham em pares ou trios para ficar perto e olhar o que viria. A notícia da desavença entre os líderes havia se espalhado, e eles não queriam perder a luta. As mulheres embaixo das carroças gemiam, ignoradas, enquanto os guerreiros caminhavam pelo capim até onde Eeluk e Temujin estavam parados em silêncio.

— Foi uma grande vitória — disse Eeluk, olhando os homens que se reuniam ao redor. Uma centena de lobos havia sobrevivido à batalha e todos pararam de sorrir quando viram a ameaça. No entanto, estavam em número tremendamente menor e sabiam que a situação só poderia ser resolvida entre os dois homens que os haviam trazido àquele lugar.

"Esta é uma dívida antiga — gritou Eeluk para eles. — Que não haja represálias. — Seus olhos estavam brilhantes ao espiar Temujin parado à sua frente. — Não pedi o sangue entre nós, mas sou cã dos lobos e não sou relutante.

— Eu reivindico o povo do meu pai — disse Temujin, o olhar passando pelas filas de guerreiros e homens de confiança. — Não vejo nenhum cã onde você está.

Eeluk deu um risinho, levantando a espada.

— Então *farei* com que você veja. — Ele notou que Temujin havia removido parte da armadura, e levantou a palma de uma das mãos. Temujin permaneceu firme, sem se mover, enquanto Eeluk desamarrava os escudos de couro cozido que o haviam mantido vivo na batalha. Temujin levantou os braços e seus irmãos fizeram o mesmo por ele, de modo que os dois estivessem usando apenas túnicas, calças e botas, com grandes manchas de suor secando à brisa. Cada um escondia o cansaço e se preocupava porque o outro parecia revigorado.

Temujin levantou sua espada e olhou a lâmina que Eeluk segurava como se o peso fosse nada. Tinha visto o rosto de Eeluk em mil sessões de treinamento com Arslan e Yuan. A realidade era diferente, e ele não conseguia invocar a calma de que precisava desesperadamente. De algum modo, Eeluk parecia ter ficado mais alto. O homem que abandonara a família de Yesugei para morrer era enormemente forte e, sem a armadura, seu corpo era intimidador. Temujin balançou a cabeça, como se quisesse afastar o medo.

— Venha para mim, carniça — murmurou, e os olhos de Eeluk se estreitaram.

Os dois explodiram em movimento a partir da imobilidade absoluta, disparando à frente com passos rápidos. Temujin aparou o primeiro golpe contra sua cabeça, sentindo os braços estremecerem sob o impacto. Seu peito doía onde a flecha havia rasgado o músculo, e ele lutou para controlar a fúria que iria matá-lo com sua selvageria. Eeluk o pressionava, girando a espada como se fosse um cutelo, com força enorme, de modo que Temujin precisava saltar de lado ou suportar um golpe que o faria cambalear. Seu braço direito estava ficando entorpecido enquanto continha e afastava cada impacto. Os homens de três tribos lhes davam espaço num grande círculo, mas não gritavam nem aplaudiam. Temujin via os rostos como um borrão enquanto circulava o inimigo, mudando o passo para reverter o movimento enquanto Eeluk varria o ar.

— Você é mais lento do que antigamente — disse Temujin.

Eeluk não respondeu, o rosto esquentando. Deu uma estocada, mas Temujin empurrou a lâmina de lado e acertou o cotovelo no rosto de Eeluk. Eeluk contra-atacou instantaneamente, o punho batendo no peito desprotegido de Temujin num soco direto.

A dor o atravessou, subindo, e Temujin viu que Eeluk havia mirado a mancha de sangue em sua túnica. Rosnou alto enquanto ia em frente, a fúria alimentada pela agonia. Eeluk recebeu seu giro selvagem da espada e deu outro soco no músculo ensangüentado, provocando um fino fio vermelho que manchou a túnica por cima de marcas mais antigas. Temujin gritou e deu um passo atrás, mas, quando Eeluk veio junto, deu um passo para a linha externa da espada de seu pai e golpeou com força o braço de Eeluk abaixo do cotovelo. Se fosse contra um homem menos poderoso, poderia tê-lo decepado, mas os antebraços de Eeluk eram cobertos de músculos. Mesmo assim, o ferimento foi terrível e o sangue jorrou. Eeluk não olhou para sua mão inútil, mas o sangue escorria pelos dedos e caía em gotas gordas.

Temujin assentiu para ele, mostrando os dentes. Seu inimigo ia enfraquecer e ele não queria uma luta rápida.

Eeluk avançou de novo, a espada parecendo um borrão. O choque de metal provocava tremores através de Temujin a cada vez que golpeavam, mas ele estava exultante, sentindo que a força de Eeluk se esvaía. Enquanto os dois se afastavam, Temujin levou um corte na coxa que fez sua perna direita se dobrar, de modo que ele permaneceu no mesmo local enquanto Eeluk circulava. Os dois estavam ofegando, perdendo as últimas reservas de energia que haviam recuperado depois da batalha. O cansaço estava esmagando a força até que restava apenas a vontade e o ódio que os mantinham encarando-se.

Eeluk usou a perna ruim de Temujin contra ele, lançando um ataque e depois se afastando rapidamente antes que Temujin pudesse se ajustar. Por duas vezes as lâminas ressoaram perto do pescoço de Temujin, e Eeluk aparou as respostas com facilidade. No entanto, estava hesitando. O ferimento no braço não havia parado de sangrar e, enquanto se afastava, ele cambaleou de repente, os olhos perdendo o foco. Temujin olhou para o braço de Eeluk e viu o sangue ainda escorrendo em pulsações. Podia ouvi-lo batendo na poeira sempre que Eeluk ficava parado, e agora havia em sua pele uma palidez que não existira antes.

— Você está morrendo, Eeluk — disse Temujin.

Eeluk não respondeu enquanto vinha de novo, ofegando a cada respiração. Temujin oscilou de lado, afastando-se do primeiro golpe, e deixou o segundo cortá-lo pela lateral, de modo que Eeluk chegasse perto. Contraatacou como uma serpente e Eeluk foi mandado para longe cambaleando, as pernas enfraquecendo. Um buraco havia aparecido no alto de seu peito e o sangue jorrava dali. Eeluk se curvou sobre o ferimento, tentando se firmar nos joelhos. A mão esquerda não respondia, e ele quase perdeu a espada enquanto lutava para respirar.

— Meu pai amava você — disse Temujin, olhando-o. — Se você tivesse sido leal, estaria comigo aqui, agora.

A pele de Eeluk havia ficado de um branco egro enquanto ele arfava em busca de ar e força.

— Em vez disso, você desonrou a confiança dele — continuou Temujin. — Simplesmente *morra*, Eeluk. Não tenho mais utilidade para você.

Ficou olhando enquanto Eeluk tentava falar, mas o sangue tocou os lábios dele e nenhum som brotou. Eeluk tombou sobre um dos joelhos e

Temujin embainhou a espada, esperando. Pareceu demorar um longo tempo enquanto Eeluk se agarrava à vida, mas finalmente ele se afrouxou, esparramando-se de lado no chão. Seu peito ficou imóvel e Temujin viu um dos lobos sair do lugar onde eles estavam olhando. Temujin se retesou esperando outro ataque, mas percebeu que era o homem de confiança Basan, e hesitou. O homem que havia salvado Temujin de Eeluk veio para perto do corpo, olhando-o. A expressão de Basan estava perturbada, mas, sem falar, ele se abaixou para pegar a espada com cabeça de lobo e se empertigou. Enquanto Temujin e seus irmãos olhavam, Basan estendeu o punho da espada e Temujin segurou-a, recebendo o peso da arma na mão como se fosse um velho amigo. Por um momento pensou que também fosse desmaiar, e sentiu os irmãos mantendo-o de pé.

— Esperei muito tempo para ver isso — murmurou Khasar baixinho.

Temujin sacudiu a apatia, lembrando-se de como seu irmão havia chutado o cadáver de Sansar.

— Trate o corpo com dignidade, irmão. Preciso conquistar os lobos, e eles não vão nos perdoar se o tratarmos mal. Que eles o levem para os morros e o deixem para os falcões. — Em seguida olhou as fileiras silenciosas das três tribos. — Depois quero voltar ao acampamento e reivindicar o que é meu. Sou cã dos lobos.

Sentiu o gosto das palavras num sussurro, e seus irmãos o seguraram com mais força ao ouvi-las, os rostos não revelando nada a quem assistia.

— Cuidarei disso — disse Khasar. — Você precisa tratar esse ferimento antes que sangre até a morte.

Temujin assentiu, dominado pela exaustão. Basan não havia se mexido e ele pensou que deveria falar com os lobos que estavam atordoados ao redor, mas isso poderia esperar. Eles não tinham aonde ir.

CAPÍTULO 34

Mais de duzentos guerreiros haviam sido perdidos na batalha contra os tártaros. Antes que as forças de Temujin deixassem a área, os céus se encheram de falcões, abutres e corvos, as encostas fervilhando de asas enquanto as aves remexiam entre os cadáveres, brigando e gritando. Temujin dera ordens para que nenhuma diferença fosse feita entre keraites, olkhun'ut e lobos. Os xamãs das três tribos suplantaram a aversão mútua e entoaram seus ritos de morte enquanto os guerreiros olhavam as aves de rapina planando no alto. Mesmo antes que os cânticos acabassem, abutres pretos e feios haviam pousado, os olhos escuros vigiando os vivos enquanto saltavam sobre os mortos.

Deixaram os tártaros onde haviam caído, mas somente mais tarde naquele dia as carroças começaram a voltar para o acampamento principal. Temujin e seus irmãos cavalgavam na vanguarda, os homens de confiança dos lobos atrás. Se ele não fosse filho do antigo cã, eles poderiam tê-lo matado assim que Eeluk havia caído, mas Basan lhe entregara a espada de seu pai e eles não se mexeram. Ainda que não exultassem como os olkhun'ut e os keraites, estavam firmes e eram seus. Tolui cavalgava rigidamente com eles, o rosto mostrando as marcas de um espancamento. Khasar e Kachiun o haviam levado silenciosamente para longe, à noite, e ele não olhava os dois enquanto cavalgava.

Quando chegaram ao acampamento de Togrul, as mulheres vieram receber os maridos e os filhos, procurando rostos desesperadamente até verem que seus entes amados haviam sobrevivido. Vozes gritavam de prazer e de sofrimento, e a planície ficou animada com as comemorações e o barulho.

Temujin trotou com sua égua sofrida até onde Togrul saíra e estava parado perto de Wen Chao. O cã dos keraites mantivera alguns guardas para proteger as famílias e esses homens não enfrentavam o olhar de Temujin que os examinava. Não haviam cavalgado com ele.

Temujin apeou.

— Quebramos a espinha deles, Togrul. Eles não virão para o sul de novo.

— Onde está o cã dos lobos? — perguntou Togrul, olhando para os guerreiros que se reuniam com as famílias.

Temujin deu de ombros.

— Diante de você. Eu reivindiquei a tribo.

Cansado, Temujin virou para dar ordens aos irmãos e não viu a expressão de Togrul mudando. Todos podiam sentir o cheiro de carneiro assando à brisa, e os guerreiros que voltavam comemoraram isso. Estavam famintos depois do dia, e nada seria feito até que tivessem se fartado de comida e bebida.

Wen Chao viu Yuan cavalgando até ele com um trapo sangrento amarrado na canela. Temujin estava indo para a iurta de sua mulher, e Wen Chao esperou pacientemente até que Yuan tivesse apeado e se abaixado sobre um dos joelhos.

— Não temos detalhes da batalha, Yuan. Você deve nos contar o que viu.

Yuan manteve o olhar no chão.

— Sua vontade, senhor — respondeu.

Enquanto o sol se punha, as colinas estavam iluminadas em barras de ouro e sombras. A festividade havia continuado até que os homens estivessem bêbados e saciados. Togrul participou, mas não aplaudiu Temujin junto com os outros, mesmo quando os homens de confiança dos lobos trouxeram suas famílias para fazerem um juramento de lealdade ao filho de Yesugei. Togrul vira os olhos de Temujin se encherem de lágrimas enquanto elas se ajoelhavam diante dele e sentiu o início de um ressentimento fervilhante. Era verdade que não lutara com eles, mas não havia representado um papel? A batalha não poderia ter sido vencida sem os keraites, e fora Togrul quem chamara Temujin do norte gelado. Não estivera cego ao modo como seus keraites haviam se misturado aos outros até não haver como distingui-los. Todos olhavam o jovem cã com espanto reverente, um homem que havia reunido as tribos sob seu comando e obtido uma vitória esmagadora contra um inimigo antigo. Togrul viu cada olhar e cabeça baixando e sentiu o medo abrir caminho em suas entranhas. Eeluk e Sansar haviam caído antes dele. Não era difícil imaginar facas chegando à noite para Togrul dos keraites.

Quando a festa acabou, ele se sentou em sua iurta com Wen Chao e Yuan, conversando até tarde da noite. Enquanto a lua subia, respirou fundo e sentiu os vapores do airag preto pairando pesados nos pulmões. Estava bêbado, mas precisava estar.

— Fiz tudo o que prometi, Wen Chao — lembrou ao embaixador.

A voz de Wen era tranqüilizadora.

— Fez. O senhor será um cã de vastas propriedades e seus keraites conhecerão a paz. Meus senhores ficarão satisfeitos em saber de uma vitória tão grande. Quando vocês tiverem dividido os espólios, irei com o senhor. Não há nada para mim aqui, não mais. Talvez eu tenha a chance de desfrutar meus últimos anos em Kaifeng.

— Se me deixarem partir — cuspiu Togrul subitamente. Sua carne estremeceu de indignação e preocupação, e Wen Chao inclinou a cabeça para olhá-lo, como um pássaro escutando.

— O senhor teme o novo cã — murmurou ele.

Togrul resfolegou.

— Por que não temeria, com uma trilha de mortos atrás dele? Tenho guardas ao redor desta iurta, mas de manhã quem sabe quanto tempo vai se passar antes... — Ele parou, os dedos se retorcendo enquanto pensava. — Você os viu aplaudindo-o, e meus próprios keraites no meio deles.

Wen Chao ficou perturbado. Se Temujin matasse o gordo idiota na manhã seguinte, qualquer represália poderia cair sobre Wen, tanto quanto sobre qualquer outro. Pensou no que fazer, muito consciente do rosto impassível de Yuan enquanto permaneciam sentados nas sombras.

Quando o silêncio ficou opressivo, Togrul tomou um gole enorme de airag, arrotando.

— Quem sabe em quem ainda posso confiar? — disse, a voz num gemido. — Ele estará bêbado esta noite e vai dormir um sono pesado. Se ele morrer em sua iurta, não haverá ninguém que me impeça de ir embora amanhã de manhã.

— Os irmãos dele iriam impedi-lo — disse Wen Chao. — Eles reagiriam em fúria.

Togrul sentiu os olhos lacrimejando e apertou os nós dos dedos contra os eles.

— Meus keraites representam metade do exército que está ao redor de nós. Eles não devem nada a esses irmãos. Se Temujin estivesse morto, eu poderia acabar com eles. Eles não podem me impedir.

— Se o senhor tentasse e fracassasse, a vida de todos nós estaria acabada — alertou Wen Chao. Estava preocupado com a hipótese de Togrul fazer alguma besteira no escuro e Wen ser morto exatamente quando a chance de retornar à corte havia se tornado real depois dos anos no ermo. Percebeu que sua segurança estava ameaçada de qualquer modo, mas parecia melhor esperar pela manhã. Temujin não lhe devia nada, mas eram boas as chances de que Wen tivesse permissão de ir para casa.

— O senhor não deve se arriscar — disse ao cã. — Os direitos de hóspede protegem os dois, e haverá apenas destruição se o senhor arriscar tudo, devido ao medo. — Wen se recostou, observando suas palavras penetrarem.

— Não — disse Togrul, fazendo um gesto como se cortasse o ar. — Você os viu aplaudindo. Se ele morrer esta noite, levarei meus keraites embora antes do amanhecer. Ao nascer do sol, eles já terão ficado há muito tempo atrás de nós e no caos.

— É um erro... — começou Wen Chao. Para sua perplexidade absoluta, foi Yuan que o interrompeu.

— Eu levarei homens à iurta dele, senhor — disse Yuan a Togrul. — Ele não é meu amigo.

Togrul virou para o soldado jin e apertou a mão dele com suas duas palmas carnudas.

— Faça isso, Yuan, depressa. Leve os guardas à iurta dele e mate-o. Ele e os irmãos beberam mais que eu. Não estarão preparados para você, pelo menos esta noite.

— E a mulher dele? — perguntou Yuan. — Ela dorme com ele, e vai acordar e gritar.

Togrul balançou a cabeça por causa dos vapores do airag.

— Não, a não ser que seja necessário. Não sou um monstro, mas *vou* sobreviver ao dia de amanhã.

— Yuan? — disse Wen Chao rispidamente. — Que idiotice é essa?

Seu primeiro oficial virou para olhar para ele, sombrio e pensativo nas sombras.

— Esse homem subiu depressa e chegou longe em pouco tempo. Se ele morrer esta noite, não iremos vê-lo em nossas fronteiras dentro de alguns anos.

Wen pensou no futuro. Ainda seria melhor deixar Temujin acordar. Se o jovem cã optasse por matar Togrul, pelo menos Wen não teria de suportar a companhia do sujeito até as fronteiras de suas terras. Certamente Temujin deixaria o embaixador jin partir, não? Não tinha certeza e, enquanto hesitava, Yuan se levantou e fez uma reverência para os dois, saindo pela porta. Apanhado na indecisão, Wen Chao não disse nada. Olhou Togrul com a testa franzida de preocupação, ouvindo Yuan falar com os guardas do lado de fora. Não demorou muito até que se afastaram na escuridão do vasto acampamento, longe demais para serem chamados de volta.

Wen decidiu chamar seus carregadores. Não importando o que acontecesse, queria partir antes do nascer do sol. Não podia afastar a sensação incômoda de perigo e medo no peito. Havia feito tudo que o primeiro-ministro poderia ter sonhado. Os tártaros tinham sido esmagados e finalmente ele teria a paz e o abrigo da corte novamente. O cheiro de suor e carneiro não estaria mais com ele a toda hora. O medo bêbado de Togrul ainda podia arrancar tudo isso, e ele franziu a testa quando se sentou com o cã, sabendo que naquela noite não teria descanso.

Temujin estava dormindo em sono profundo quando a porta de sua iurta se abriu rangendo. Borte estava deitada ao lado, num sono agitado. Estava enorme com a criança dentro, e com tanto calor que afastou as peles que mantinham longe o frio do inverno. A claridade fraca do fogão dava uma luz alaranjada à iurta. Quando Yuan entrou com dois outros homens, nenhum dos dois adormecidos se mexeu.

Os dois guardas carregavam espadas desembainhadas e deram um passo adiante de Yuan, que olhava para Temujin e Borte. Ele estendeu a mão e encostou os antebraços nos companheiros, parando-os como se eles tivessem batido numa parede.

— Esperem — sussurrou. — Não vou matar um homem adormecido.

Eles trocaram olhares, incapazes de compreender o soldado estranho. Ficaram em silêncio enquanto Yuan respirava e sussurrava para o cã adormecido.

— Temujin?

Seu nome chamou Temujin dos sonhos perturbados. Abriu os olhos remelentos, descobrindo que a cabeça estava latejando. Quando virou-a, viu Yuan ali parado e, por um momento, eles apenas se entreolharam. As mãos de Temujin estavam escondidas embaixo das peles e, quando ele se moveu, Yuan viu que o rapaz segurava a espada do pai. Estava nu, mas saltou da cama e jogou a bainha de lado. Borte abriu os olhos ao ver o movimento, e Yuan a escutou ofegar de medo.

— Eu poderia ter matado você — disse Yuan baixinho ao homem nu à sua frente. — Uma vida por uma vida, como você me concedeu a minha uma vez. Agora não há mais dívida entre nós.

— Quem mandou você? Wen Chao? Togrul? Quem? — Temujin balançou a cabeça, mas a tenda parecia oscilar. Lutou para clarear a mente.

— Meu senhor não tomou parte nisso — continuou Yuan. — Vamos partir de manhã e voltar para casa.

— Então foi Togrul — disse Temujin. — Por que ele se vira contra mim agora?

Yuan deu de ombros.

— Ele teme você. Talvez esteja certo. Lembre-se que sua vida foi minha esta noite. Eu o tratei com honra.

Temujin suspirou, o coração acelerado começando a se acalmar. Sentia-se tonto e enjoado e imaginou se vomitaria. Airag azedo borbulhava em seu estômago e, apesar das horas de sono, ainda estava exausto. Não duvidava de que Yuan poderia tê-lo matado facilmente se quisesse. Por um momento pensou em chamar seus guerreiros nas iurtas e arrastar Togrul para fora. Talvez fosse simples cansaço, mas tinha visto muita morte, e o sangue de Eeluk ainda fazia sua pele coçar.

— Antes que o sol se levante você partirá — disse ele. — Leve Wen Chao e Togrul. — Temujin olhou para os dois homens que haviam entrado com Yuan. Estavam pasmos diante do que viam, incapazes de encará-lo. — Os guardas dele podem acompanhá-lo. Não os quero aqui depois do que tentaram fazer.

— Ele vai querer os keraites — disse Yuan.

Temujin balançou a cabeça.

— Se ele quiser, posso chamar todos e contar sobre seu ato de covardia. Eles não seguirão um idiota. As tribos são minhas, Yuan, e os keraites também. — Ele se empertigou um pouco mais ao falar, e Yuan viu a espada com a cabeça de lobo brilhar à luz fraca do fogão.

— Diga que não tirarei sua vida se ele partir antes do amanhecer. Se eu o encontrar aqui, vou desafiá-lo na frente de seus guerreiros. — Seu olhar estava sombrio e duro ao olhar o soldado jin.

— Cada família cavalgando no mar de capim me reconhecerá como cã. Diga isso a seu senhor Wen Chao, quando retornar a ele. Agora ele está em segurança em relação a mim, mas irei vê-lo de novo.

Suas palavras ecoavam as de Yuan, mas as terras jin ficavam a mil e quinhentos quilômetros de distância. Mesmo as tribos reunidas ao redor do nome de Temujin eram uma parte minúscula dos exércitos que Yuan já vira. Não temia a ambição do sujeito.

— O acampamento vai acordar quando partirmos — disse Yuan.

Temujin olhou-o, depois voltou para a cama sem se preocupar em responder. Viu que os olhos de Borte estavam arregalados de medo, e estendeu a mão para tirar seu cabelo do rosto. Ela permitiu o toque, praticamente parecendo não sentir.

— Vá embora, Yuan — disse Temujin baixinho. Já ia puxar as peles sobre o corpo de novo quando parou. — E obrigado.

Yuan levou os dois guardas de volta para o ar frio da noite. Quando haviam deixado a iurta para trás, ele os fez parar de novo e sentiu que viravam interrogativamente no escuro. Não viram a faca que ele tirou do cinto e, mesmo que tivessem visto, não eram páreo para um homem que fora a primeira espada em Kaifeng. Dois golpes rápidos os deixaram de joelhos, e ele esperou até que tivessem caído e ficado imóveis. Havia desobedecido suas ordens, mas sentia-se de coração leve e agora não existiam testemunhas para contar a Wen Chao o que ele fizera. O acampamento estava silencioso, congelado sob as estrelas. O único som era de seus passos enquanto retornava ao senhor para lhe dizer que Temujin estava bem guardado demais. Yuan só olhou uma vez para trás, para a iurta do cã, enquanto se afastava sob o luar, fixando-a na mente. Pagara sua dívida.

Quando a lua estava baixando em direção aos morros, Temujin acordou pela segunda vez quando Khasar entrou na iurta. Antes que estivesse totalmente alerta, Temujin havia agarrado a espada do pai e saltado de pé. Borte se remexeu, gemendo no sono, e Temujin virou para ela, acariciando seu rosto.

— Está tudo bem, é só o meu irmão — murmurou. Borte murmurou alguma coisa, mas desta vez não saiu do sono. Temujin suspirou, olhando-a.

— Vejo que andou sonhando com mulheres bonitas — disse Khasar, rindo.

Temujin ficou vermelho, puxando as peles ao redor da cintura enquanto se sentava na cama.

— Fale baixo para não acordá-la — sussurrou. — O que você quer? — Viu Kachiun entrar atrás de Khasar e se perguntou se teria paz naquela noite.

— Achei que você gostaria de saber que há dois corpos aí fora, no chão.

Temujin assentiu, sonolento. Havia esperado isso. Khasar franziu a testa diante de sua falta de reação.

— Parece que Togrul e Wen Chao estão se preparando para ir embora — disse Khasar, ainda curioso. — Os guardas deles juntaram cavalos e aquela caixa ridícula que Wen Chao usa. Quer que eu os impeça?

Temujin pôs a espada do pai de novo sobre as peles, pensando.

— Quantos homens eles estão levando?

— Talvez três dúzias — disse Kachiun, da porta — e também a mulher e as filhas de Togrul. Com Yuan e os guardas jin, é um grande grupo. Togrul tem uma carroça para carregar o corpanzil. Você sabe alguma coisa que nós não sabemos?

— Togrul mandou homens para me matar, mas escolheu Yuan.

Khasar soltou um chiado de indignação.

— Posso mandar os lobos atrás dele antes de se afastarem um quilômetro e meio. São os que estão mais perto, e não têm aliança com Togrul.

— Ele ficou olhando com surpresa enquanto Temujin balançava a cabeça.

— Deixe-o ir. Temos os keraites. Eu teria de matá-lo de qualquer modo.

Kachiun assobiou baixinho.

— Quantos mais você vai trazer, irmão? Não faz tanto tempo assim que você era cã de alguns desgarrados no norte.

Por longo tempo Temujin não respondeu. Por fim levantou a cabeça, falando sem olhar para os irmãos.

— Serei o cã de todos. Somos um povo, e um homem pode liderá-lo. De que outro modo conseguiremos tomar as cidades dos jin?

Khasar olhou para o irmão e um sorriso lento se espalhou em seu rosto.

— Há tribos que não participaram da batalha contra os tártaros — lembrou Kachiun aos dois. — Os naimanes, os oirates...

— Elas não poderão se manter sozinhas contra nós — disse Temujin. — Vamos pegá-las uma a uma.

— Então seremos lobos de novo? — perguntou Khasar, os olhos brilhantes.

Temujin pensou por um tempo.

— Somos o povo de prata, os mongóis. Quando perguntarem, diga que *não existem* tribos. Diga que sou cã do mar de capim, e eles me conhecerão por esse nome, Gêngis. É, diga isso. Diga que sou Gêngis e vou cavalgar.

EPÍLOGO

A FORTALEZA NA FRONTEIRA DAS TERRAS DOS JIN ERA UMA CONSTRUÇÃO ENOR-
me, de madeira e pedra. Os poucos homens dos keraites que tinham vindo
com seu cã para o exílio pareciam nervosos enquanto se aproximavam.
Não tinham visto nada como aquela construção enorme, com suas alas e
pátios. A entrada era um grande portão de madeira cravejada de ferro onde
havia uma porta menor. Ali estavam dois guardas, vestidos com armaduras muito parecidas com as dos homens de Wen Chao. Pareciam estátuas
ao sol da manhã, polidos e perfeitos.

Togrul olhou para os altos muros, vendo mais soldados armados vigian-
do-os. A fronteira propriamente dita não passava de uma trilha simples.
Na viagem, Wen Chao havia alardeado uma grande muralha atravessando
milhares de quilômetros, mas isso ficava mais ao sul. Ele fora em linha reta
para o forte assim que o avistaram, sabendo que fazer outra coisa seria
pedir uma morte rápida. Os senhores jin não gostavam de homens que se
esgueiravam para seu território. Togrul se sentia atarantado e espantado
com a maior construção que já vira. Não conseguiu esconder a empolgação
quando a liteira de Wen Chao foi posta no chão e o embaixador saiu.

— Espere aqui. Tenho papéis que preciso mostrar a eles antes de podermos
passar — disse Wen Chao. Ele também parecia animado, tendo sua pátria à
vista. Não demoraria muito até estar de volta ao coração de Kaifeng, e o pequeno Zhang teria de trincar os dentes escondido, por causa de seu sucesso.

Togrul desceu da carroça, olhando atentamente enquanto Wen se aproximava dos guardas e falava com eles. Os guardas olharam para o grupo de mongóis, soldados e escravos, mas um deles fez uma reverência e abriu uma pequena porta no portão, desaparecendo ali dentro. Wen Chao não demonstrou impaciência enquanto esperava. Afinal de contas, havia sobrevivido anos longe do conforto.

Yuan olhou em silêncio quando o comandante do forte saiu e examinou os papéis de Wen Chao. Não pôde ouvir o que estava sendo dito e ignorou os olhares interrogativos que Togrul lançava em sua direção. Também estava cansado dos homens das tribos, e a visão das terras jin o lembrava de sua família e dos amigos.

Por fim o comandante pareceu satisfeito. Devolveu os papéis e Wen falou com ele de novo, como a um subordinado. A autoridade do primeiro-ministro exigia obediência instantânea e os guardas ficaram parados rigidamente como se estivessem sendo inspecionados. Yuan viu a porta se abrir de novo e o comandante entrar, levando junto seus soldados. Wen hesitou antes de segui-lo e virou para o grupo que observava. Seu olhar encontrou Yuan e pousou ali, perturbado. Falou no dialeto jin da corte, no estilo mais formal.

— Esses homens não terão permissão de entrar, Yuan. Devo deixá-lo com eles?

Yuan estreitou os olhos e Togrul deu um passo adiante.

— O que ele disse? O que está acontecendo?

O olhar de Wen Chao não se afastou de Yuan.

— Você fracassou comigo, Yuan, quando deixou de matar o cã em sua tenda. Que valor tem sua vida para mim agora?

Yuan ficou imóvel, sem demonstrar qualquer traço de medo.

— Diga para eu ficar e ficarei. Diga para ir e eu irei.

Wen Chao assentiu lentamente.

— Então venha a mim e viva, sabendo que sua vida foi minha, para ser tirada.

Yuan atravessou a distância até a porta e entrou. Togrul ficou olhando em pânico crescente.

— Quando vamos atravessar? — perguntou sua esposa.

Togrul virou para ela, e quando ela viu o medo terrível na expressão do marido, seu rosto desmoronou. Quando o embaixador jin falou de novo, foi na língua das tribos. Esperava que fosse a última vez que aqueles sons imundos atravessariam seus lábios.

— Sinto muito — disse, virando e passando pela porta. Ela se fechou em seguida.

— O que é isso? — gritou Togrul, desesperado. — Responda! O que está acontecendo? — Ele se imobilizou ao ver movimento nos altos muros do forte. Havia uma fila de homens ali e, para horror de Togrul, viu que estavam retesando arcos apontados para ele.

— Não! Ele me prometeu! — rugiu Togrul.

As flechas cuspiram pelo ar, cravando-se neles enquanto todos viravam, aterrorizados. Togrul caiu de joelhos com os braços estendidos, uma dúzia de flechas na carne. Suas filhas gritaram, e os sons foram cortados em golpes surdos que machucaram Togrul tanto quanto sua própria agonia. Por um momento ele xingou os homens que percorriam as tribos como aliados, dominando-os com ouro e promessas. O capim fino sob ele era o pó das terras mongóis, enchendo seus pulmões e sufocando-o. A raiva se dissipou e a manhã ficou silenciosa de novo.

POSFÁCIO

"A maior alegria que um homem pode ter é conquistar seus inimigos e persegui-los. Montar seus cavalos e tomar suas posses, ver o rosto de seus entes queridos cobertos de lágrimas e apertar nos braços suas mulheres e suas filhas."

— Gêngis Khan

OS ACONTECIMENTOS DA JUVENTUDE QUE CRIARAM GÊNGIS KHAN SÃO UMA LEITUra extraordinária. Pouquíssimos relatos contemporâneos sobreviveram, e até mesmo o mais famoso deles, "A história secreta dos mongóis", quase foi perdido. O original encomendado por Gêngis, em sua língua, não sobreviveu aos séculos. Felizmente foi feita uma versão fonética em chinês, e é a partir desse escrito que temos a maior parte do que sabemos sobre Temujin dos borjigin — os lobos azuis. Uma tradução para o inglês, feita por Arthur Waley, tornou-se minha principal fonte para *O lobo das planícies*.

Ainda que o significado exato do nome seja questionado, Temujin-Uge foi um tártaro morto por Yesugei, que então deu ao filho o nome do guerreiro derrotado. O nome tem semelhanças com a palavra mongólica para ferro, e este é o significado geralmente aceito, mas pode ser apenas coincidência. Temujin nasceu segurando um coágulo de sangue, o que teria amedrontado as pessoas que procuravam esse tipo de presságio.

Temujin era alto para um mongol, com "olhos de gato". Mesmo em meio a um povo rijo, ele era conhecido pela capacidade de suportar o calor e o frio, e era indiferente aos ferimentos. Tinha domínio completo do próprio corpo em termos de resistência. Como povo, os mongóis têm dentes e visão excelentes, cabelo preto e pele avermelhada e se acreditam parentes das tribos nativas americanas que atravessaram o estreito de Bering enquanto este estava congelado, e assim entraram no Alasca há cerca de 15 mil anos. As semelhanças entre esses povos são espantosas.

Na Mongólia atual, a maioria da população ainda caça com arco ou fuzil, cria ovelhas e cabras e reverencia os pôneis. Pratica o xamanismo e qualquer local elevado é marcado com pedaços de pano azul para homenagear o pai céu. O enterro no céu — isto é, colocar os corpos para serem despedaçados por pássaros selvagens em lugares altos — é como eu o descrevi.

O jovem Temujin foi levado à antiga tribo de sua mãe, os olkhun'ut, para arranjar uma esposa, mas sua mãe, Hoelun, foi tomada do *outro* modo de arranjar uma mulher: Yesugei e seus irmãos a seqüestraram do marido. Yesugei quase com certeza foi envenenado por inimigos tártaros, mas os detalhes exatos são escassos.

Com seu pai morto, a tribo escolheu um novo cã e abandonou Hoelun e sete filhos, até mesmo Temulun, um bebê. Não incluí um meio-irmão, Begutei, nesta história, já que ele não representou um papel importante e já havia muitos nomes similares. Do mesmo modo, mudei nomes onde achei que o original era longo demais ou complexo demais. Eeluk é muito mais simples do que "Tarkhutai-kiriltukh". O mongol não é uma língua fácil de se pronunciar, mas vale mencionar que eles não têm o som de "k", de modo que Khan seria dito como "Raan". Kublai Khan, o neto de Gêngis, seria pronunciado como "Rup-Lai Raan". É verdade que Gêngis talvez fosse mais bem grafado como "Tchinggis", mas "Gêngis" é como aprendemos e o que soa bem para mim.

Não se esperaria que Hoelun e seus filhos sobrevivessem, e é graças a essa mulher extraordinária o fato de nenhum deles ter morrido no inverno que se seguiu. Não sabemos exatamente como sobreviveram à fome e a temperaturas que chegavam a vinte graus negativos, mas a morte de Bekter mostra como chegaram ao limite naquele período. Dito isso, meu guia na Mongólia dormia com seu dil, em temperaturas muito baixas, de modo que o cabelo estava grudado no chão congelado, ao acordar. É um povo duro, e até hoje pratica três esportes: luta, arco e montaria, excluindo todo o resto.

Temujin matou Bekter mais ou menos como descrevi, mas foi Khasar, e não Kachiun, que disparou a segunda flecha. Depois de Bekter roubar comida, os dois garotos o emboscaram com arcos. Para entendermos esse ato, acho que primeiro deve ser necessário ver nossa família passar fome. A Mongólia é uma terra que não perdoa. O menino Temujin nunca foi cruel, e não há qualquer registro de ele jamais sentir prazer na destruição dos inimigos, mas era capaz de ser absolutamente implacável.

Quando a tribo mandou homens de volta para ver o que acontecera com a família abandonada, estes encontraram resistência feroz e flechas disparadas pelos irmãos. Depois de uma perseguição, Temujin se escondeu no fundo de um matagal durante nove dias sem comida, antes que a fome acabasse obrigando-o a sair. Foi capturado, mas escapou e se escondeu num rio. A margem de gelo azul que descrevi não está em *A história secreta*, mas vi uma coisa assim nas minhas viagens pela Mongólia. Mudei o nome do homem que o viu na água e não o entregou — de Sorkhansira para Basan. Foi Sorkhansira que escondeu Temugin em sua iurta. Quando a busca fracassou, Sorkhansira lhe deu uma égua cor de alcaçuz com boca branca, comida, leite e um arco com duas flechas, antes de mandá-lo de volta à sua família.

A esposa de Temujin, Borte, foi roubada pela tribo merkit, e não pelos tártaros, como descrevi. Ele foi ferido durante o ataque. Ela ficou desaparecida por alguns meses, e não dias. Em resultado, a paternidade do primeiro filho, Jochi, jamais foi totalmente garantida, e Temujin nunca aceitou completamente o garoto. Na verdade, foi porque seu segundo filho, Chagatai, recusou-se a aceitar Jochi como sucessor do pai, que mais tarde Gêngis nomeou o terceiro filho, Ogedai, como herdeiro.

O canibalismo, no sentido de comer o coração de um inimigo, era raro, mas não totalmente desconhecido entre as tribos da Mongólia. De fato, a melhor parte da marmota, o ombro, era conhecida como "carne humana".

Nesse sentido, também, há um elo com as práticas e crenças de tribos nativas americanas.

Togrul dos keraites de fato recebeu a promessa de um reino no norte da China. Ainda que a princípio ele tenha sido mentor do jovem guerreiro, passou a temer a súbita ascensão de Temujin ao poder e fracassou numa tentativa de mandar matá-lo, rompendo a regra básica das tribos, de que um cã deve ser bem-sucedido. Togrul foi forçado ao banimento e morto pelos naimanes, aparentemente antes de o reconhecerem.

O fato de ser traído por aqueles em quem confiava parece ter incendiado uma fagulha de vingança em Temujin, um desejo de poder que nunca o abandonou. Suas experiências de infância criaram o homem que ele se tornaria, que não se dobraria nem permitiria o medo ou a fraqueza de qualquer forma. Não se importava com posses ou riquezas, só com a queda de seus inimigos.

O arco mongol de curva dupla é como o descrevi, com uma força de retesamento maior do que o arco longo inglês, que foi tão bem-sucedido dois séculos depois contra armaduras. A chave para a força é a forma laminada, com camadas de chifre fervido e tendões sobre a madeira. A camada de chifre fica na face interna, já que o chifre resiste à compressão. A camada de tendões fica na face externa, já que resiste à expansão. Essas camadas, grossas como um dedo, acrescentam força à arma até o ponto em que retesá-la é equivalente a levantar dois homens no ar por dois dedos — a pleno galope. As flechas são feitas de bétula.

O uso do arco foi o que deu a Gêngis Khan seu império — isso e sua incrível capacidade de manobra. Seus cavaleiros moviam-se muito mais rápido que as colunas blindadas modernas e por longos períodos; podiam sobreviver com uma mistura de sangue e leite de égua, sem precisar de linhas de suprimentos.

Cada guerreiro levava dois arcos, com trinta a sessenta flechas em duas aljavas; uma espada, se tivesse; um machado e uma lima de ferro para afiar as pontas das flechas — presa à aljava. Além de armas, levava um laço de crina, uma corda, uma sovela para fazer buracos em couro, agulha e linha, uma panela de ferro, dois odres de couro para água, quatro quilos e meio de coalhada dura, para comer cerca de duzentos gramas por dia. Cada unidade de dez homens tinha uma iurta sobre uma montaria de reserva, de modo que era totalmente auto-suficiente. Se tivessem carne de carneiro seca, tornavam-na comestível amaciando-a sob a sela de madeira durante dias sem fim. É significativo que a palavra em mongol para "pobre" seja formada pelo verbo "andar" ou "caminhar".

Uma história que não usei é a de sua mãe, Hoelun, ter mostrado aos filhos como uma flecha podia ser partida, ao passo que um feixe delas se tornava resistente — a clássica metáfora para a força da união.

A aliança de Temujin com Togrul dos keraites lhe permitiu transformar seus seguidores num grupo de ataque bem-sucedido sob a proteção de um cã poderoso. Se ele não tivesse passado a ver os jin como controladores de seu povo por mil anos, poderia ter permanecido como um fenômeno local. Mas, como aconteceu, teve a visão de uma nação que abalaria o mundo. As incríveis habilidades marciais das tribos mongóis sempre foram desperdiçadas umas contra as outras. A partir do *nada*, rodeado de inimigos, Temujin ascendeu para unir todas elas.

O que viria em seguida sacudiria o mundo.

Conn Iggulden

Este livro foi composto na tipografia Roris Serif,
em corpo 11/15, e impresso em papel off-white
no Sistema Digital Instant Duplex da
Divisão Gráfica da Distribuidora Record.